REMEMBER HIS STORY

WENN DIE DUNKELHEIT AM HELLSTEN SCHEINT

CELINE ZIEGLER

Impressum

Celine Ziegler
Pappelweg 6
36137 Großenlüder
celine.ziegler@gmx.net

Druck: epubli, ein Service der neopubli GmbH, Berlin

ISBN: 978-3-7427-0023-0

Deutsche Erstausgabe 01/2016
Printed in Germany

Kapitel 1

Vor meiner Klassenzimmertür, die mit vielen bunten selbst gebastelten Schmetterlingen verziert ist, lässt meine Mama meine Hand los und kniet sich vor mich. Heute trägt sie wieder einen strengen Dutt, das bedeutet, sie geht gleich arbeiten und Papa wird mich nach der Schule abholen. Ich mag es lieber, wenn Mama ihre blonden Haare offen trägt, denn dann sieht sie so viel unbeschwerter aus.

„So, also Papa wird dich dann pünktlich um halb zwölf vor dem Eingang abholen, ja?", spricht sie lächelnd zu mir und streicht mir über das grüne Kleid, das sie mir gestern zum Geburtstag geschenkt hat. „Bitte mach dein neues Kleid nicht gleich wieder schmutzig, lass dir nicht ständig alles von den Jungs gefallen. Versprich mir, dass du zu Misses Hatheway gehst, wenn die Jungs dich wieder mit Schlamm bewerfen, okay?"

Ich nicke brav und lächle.

„Gut. Gib mir ein Kuss." Mama streckt die Lippen aus und ich gebe ihr einen Kuss auf den Mund, worauf sie mir ein letztes Mal durch die langen blonden Haare streicht und dann mit einem Winken aus der Tür verschwindet.

Ich atme tief ein und aus, bevor ich zum Türgriff greife, weil ich hoffe, dass die Jungs sich nicht über mein neues Kleid lustig machen. Es gefällt mir so sehr, sie würden mir mein Gefallen daran verderben.

Gerade als ich zum Türgriff greifen möchte, werde ich unsanft zur Seite geschubst.

„Pass doch auf, du Heuschrecke“, mault Jimmy und stampft mit Tim und Charly an mir vorbei. Jimmy öffnet ruckartig die Tür und sie knallt mir unsanft gegen die Stirn, hinterlässt einen pochenden Schmerz. Doch das interessiert die Jungs nicht. Sie gehen in den Klassenraum und lassen mich hier im Flur stehen, schmeißen die Tür laut hinter sich zu.

Das ist gemein. Ich hatte Geburtstag, können sie nicht wenigstens heute nett zu mir sein? Ich habe ihnen nie etwas getan. Weil der Schmerz in meiner Stirn so wehtut, bleibe ich auf der Stelle stehen und beginne zu schluchzen. Eine erste Träne kullert auf mein neues Kleid und ich will wieder nach Hause zu Papa, mit ihm weiter an seiner Eisenbahn basteln und Musik aus seinem Plattenspieler hören. Ich weiß jetzt schon, dass Jimmy, Tim und Charly mich den ganzen Tag ärgern werden.

Während ich so vor mich hin schluchze und schniefe, holt mich der Knall der Eingangstür aus meiner Sehnsucht nach Hause. Ich schrecke auf und sehe mit verweinten Augen hinter mich.

Nathan, ein Junge aus meiner Klasse, kommt die Treppe hochgeschlurft und starrt währenddessen auf seine Füße. Er geht mit gesenktem Kopf geradeaus zur Tür unseres Klassenzimmers und ich gehe sofort einen Schritt zur Seite, weil er mich anscheinend noch nicht gesehen hat. Er greift zum Türgriff und durch ein Schniefen von mir, sieht er zu mir. Mir fällt sofort auf, dass der blaue Rand um sein linkes Auge fast verheilt ist und der kleine Riss an seiner Oberlippe auch.

Ich sehe weg, als er mich von oben bis unten betrachtet. Er wirkt immer so müde. Ich wische mir beschämt die Tränen von den Wangen. „Hallo Nathan“, grüße ich ihn mit noch weinerlicher Stimme.

Er blinzelt resigniert, dann öffnet er ohne weitere Worte die Tür und lässt mich genauso wie Jimmy und die anderen gemeinen Jungs im Flur stehen.

Ich atme erneut tief ein und aus, wünsche mir immer mehr, wieder nach Hause zu Papa zu können. Kurz überlege ich, einfach so zu tun, als würde ich mich nicht gut fühlen und dann könnte ich vielleicht Papa anrufen, damit er mich abholt und wir gemeinsam den Tag verbringen können.

Doch noch bevor ich meinen Plan richtig ausbauen kann, öffnet sich die Tür zum Klassenraum erneut und Misses Hatheway lugt hinaus. Sie ist noch sehr jung. „Honor“, sagt sie verwirrt, als sie mich erblickt. Sie kommt zu mir in den Flur und kniet sich vor mich, wie Mama es vorhin getan hat. „Wieso weinst du denn? Möchtest du nicht in den Klassenraum kommen?“

„J-Jimmy“, beginne ich wieder zu schluchzen und sie versteht sofort. Jimmy ärgert mich oft und Misses Hatheway gibt ihm auch immer wieder Strafarbeiten, wenn er mich beleidigt oder verletzt, aber er tut es immer wieder.

„Hach, Süße“, seufzt Misses Hatheway und wischt mir mütterlich die kleinen Tränen von den Wangen, die wieder wie Bäche zu fließen begonnen haben.

„Du hattest doch gestern Geburtstag. Zeig doch der Klasse dein neues schönes Kleid, die werden Augen machen, wenn sie dich so sehen. Das verspreche ich dir."

„Jimmy hat mich Heuschrecke genannt", weine ich und spiele mit meinen, von meiner Mutter perfekt gefeilten Fingernägeln.

„Jimmy macht das nur, weil er dich so hübsch findet, glaube mir. Jungs sind sehr komplizierte Wesen." Sie steht schmunzelnd auf und streicht mir über den blonden Schopf. „Komm mit rein. Wir warten schon alle auf dich."

Schließlich nicke ich trotzig und wische mir schniefend die letzten Tränen von den Wangen. Ich folge Misses Hatheway durch den Türrahmen und hoffe, dass ich nicht ausgelacht werde, weil ich geweint habe. Ich weine sehr schnell, das mag ich nicht, aber ich kann es nicht ändern. Ich bin sehr sensibel, sagt Mama immer, nah am Wasser gebaut. Umso schlimmer ist es, dass ich durch Jimmy immer weniger gern in die Schule gehe, weil er mich ständig beleidigt oder mir wehtut. Doch schlimmer als manche Löcher in meinen Lieblingshosen oder Risse in meinen Kleidern, die er verursacht hat, sind Jimmys Worte. Er macht mir all die Dinge, die ich am liebsten habe, zunichte. Wie mein Kleid. Ich bin keine Heuschrecke, ich trage doch nur das grüne Kleid, das ich zu meinem Geburtstag bekommen habe.

Misses Hatheway ruft durch den Klassenraum, dass alle Schüler sich setzen sollen, und ich laufe mit gesenktem Kopf zu meinem Platz, vorbei an Jimmys und Charlys Tisch, die mich beide missbilligend betrachten. Ich frage mich, wieso sie mich nicht mögen. Schon seit dem Kindergarten mögen sie mich nicht. Ohne Grund.

Ich setze mich auf meinen Sitzplatz neben meiner Freundin Maria. Ihre und meine Familie gehen jeden Sonntag gemeinsam in die Kirche und dadurch habe ich mich mit ihr angefreundet. Sie ist meine beste Freundin, schon seit der ersten Klasse. Maria lächelt mir schweigend zu, während Misses Hatheway vorne den Unterricht beginnt. Maria hat wieder ihre braunen Haare zu einem französischen Zopf geflochten, wie sie es immer hat. Jeden Morgen nimmt ihre Mutter sich die Zeit und macht ihr die schönsten Frisuren, ich beneide sie darum, denn Mama hat morgens nicht viel Zeit und Papa kann nicht flechten.

„Ich möchte jetzt, dass ihr Vierergruppen bildet und dann gemeinsam überlegt, welche Spiele wir am Tag der offenen Tür spielen könnten, okay? Die Kindergartenkinder sollen immerhin unterhalten werden“, verkündet Misses Hatheway und setzt sich an ihr Pult. „Notiert eure Ideen und dann schreiben wir sie gemeinsam an die Tafel. Und los!“

Und schon ist der Trubel groß. Maria und ich sehen uns schon grinsend an, da wir immer in einer Gruppe sind, von daher brauchen wir nur noch zwei weitere Mitglieder.

„Wie wäre es mit Patricia?“, fragt Maria mich und sieht nach ihr. Doch im selben Moment sehen wir, dass sie bereits in einer Gruppe mit den anderen Mädchen ist.

Wir seufzen beide. Wir sind nur sechs Mädchen in der Klasse und das bedeutet, dass Maria und ich mit zwei Jungs eine Gruppe bilden müssen.

„Ich frage Julien", sagt Maria und will gerade aufstehen, als wir wieder feststellen müssen, dass auch Julien gerade eine Gruppe mit ein paar Jungs gebildet hat.

Ich sehe mich um, wer noch allein sitzt, und mein Blick fällt auf Nathan, der mit trüben Augen auf die Schere in seiner Hand starrt, womit er gedankenverloren rumspielt. „Wie wäre es mit Nathan?", frage ich Maria, halte meinen Blick aber auf ihm. Er ist immer allein und bei Gruppenarbeiten merkt man erst, wie unerwünscht er tatsächlich in unsrer Klasse ist, deswegen nutze ich die Chance, um ihm zu zeigen, dass nicht jeder etwas gegen ihn hat.

„Nathan? Der ist komisch, mit dem will ich nicht in einer Gruppe sein. Wer weiß, ob er uns auch verprügelt, wenn wir seine Spielideen nicht annehmen." Maria sieht ängstlich zu ihm rüber.

Sie redet über den Vorfall letzte Woche. Nathan hat sich mit einem Jungen aus der vierten Klasse geprügelt, den genauen Grund wissen wir leider nicht, aber es wird erzählt, dass Nathan ihn ohne Anlass geärgert hat und dann ist die Sache ausgeartet. Er gerät oft in Prügeleien mit Mitschülern und jedes Mal heißt es, dass er der Auslöser sei. Manchmal weiß ich nicht, ob das die Wahrheit ist, denn Nathan ist ein stiller Junge, wenn man nicht mit ihm redet, er schweigt den ganzen Tag. Und wie er immer wieder in Streitigkeiten mit anderen Jungs gelangt, wundert mich schon seit der ersten Klasse.

„Maria, Honor, habt ihr noch keine Partner?“, ruft Misses Hatheway zu uns.

Wir schütteln beide den Kopf.

Sie sieht sich im Raum um, dann sagt sie: „Ah, Nathan und Jimmy sind noch allein. Setzt euch bitte zusammen.“

Sofort will ich nicht mehr in Gruppen zusammenarbeiten. Jimmy in meiner Gruppe? Er wird doch ständig wieder abwertende Kommentare über mein Kleid sagen und mich Heuschrecke nennen, mir an den Haaren ziehen oder aus Versehen mein Kleid bemalen.

Jimmy kommt schon mit einem gemeinen Lächeln an unseren Tisch, während Nathan sitzen bleibt und anscheinend gar nicht mitbekommen hat, dass wir eine Gruppe bilden sollen. „Na, Heuschrecke“, feixt Jimmy und setzt sich mit einem Stuhl an Marias und meinen Tisch uns gegenüber.

„Sie ist keine Heuschrecke“, verteidigt Maria mich mutig, während ich nur eingeschüchtert den Kopf hängen lasse und bete, dass der Tag so schnell wie möglich rumgeht.

„Sie sieht aber aus wie eine.“ Jimmy greift über den Tisch zu der Schleife meines Kleides vor meiner Brust und zieht daran.

„Hey, lass das“, jammere ich und will seine Hand wegstoßen, damit er die schöne Schleife nicht abreißt. „Das habe ich zum Geburtstag bekommen!“

Und genau in dem Moment, als ich schon das erste Reißen gehört habe, fällt ein Mäppchen auf unseren Tisch und Nathan lässt sich gleichgültig auf einen Stuhl neben Jimmy sinken. Jimmy erschrickt und lässt sofort meine Schleife los. Zum Glück. Er rutscht weiter weg von Nathan und ein ängstlicher Ausdruck schleicht sich auf sein Gesicht, während Nathan nur auf die Tischplatte starrt und die Arme verschränkt. Jimmy hat Angst vor ihm. Wie jeder andere. Alle wissen, dass Nathan sich oft prügelt und gewalttätig ist, deshalb will niemand mit ihm reden, weil sie nicht die Nächsten sein wollen, die von ihm gehauen werden. Und durch Nathans ständige blaue Flecken an den Armen, Hals und im Gesicht, der kleinen Narbe unter seinem rechten Auge, wirkt er noch gefährlicher.

„Okay, fangen wir an“, beendet Maria die Stille und holt einen Schreibblock aus ihrem Schulranzen. „Wer möchte schreiben?“

Alle schweigen. Ich, weil ich Angst vor Jimmy habe, Jimmy, weil er Angst vor Nathan hat und Nathan, weil er noch immer desinteressiert auf den Tisch starrt.

„Dann schreibe ich.“ Maria holt ihren Füller heraus. „Habt ihr Ideen?“

„Wie wäre es mit Reise nach Jerusalem?“, frage ich lächelnd, weil ich dieses Spiel liebe.

„Das kann man nur in kleinen Gruppen spielen, dumme Heuschrecke“, wirft Jimmy ein.

Sofort schweige ich wieder und sehe verängstigt auf meine Finger. Er kann es einfach nicht lassen.

„Das stimmt doch gar nicht.“ Maria schreibt meine Idee auf den Zettel. „Das Spiel kannst du mit so vielen spielen, wie du willst, du dummer Rotkopf.“ Sie spielt auf Jimmys orangerotes Haar an.

Von seinem Aussehen könnte man nie denken, dass er so gemein sein kann. Sein Gesicht ist voller Sommersprossen, seine Haut blass, er sieht eigentlich lieb aus. Bis er den Mund öffnet. Dann ist er einfach nur fies.

„Halt die Klappe, du langweilige Kirchentussi", motzt Jimmy zurück und zieht Maria den Füller aus der Hand, worauf sie einen dicken Strich über ihr Blatt malt.

„Hey, lass das!" Ich versuche, nach dem Füller zu greifen, doch er hält ihn hinter sich.

„Was, wenn nicht?" Er sieht mich gespielt schmollend an. „Heulst du dann wieder und lässt dich von Misses Hatheway wie ein kleines Baby behandeln, Heuschrecke?"

Sofort beginnt meine Unterlippe zu zittern. „Ich bin keine Heuschrecke", gebe ich mit weinerlicher Stimme zurück, versuche, nicht zu weinen.

„Doch bist du. Und du bist genauso hässlich wie dieses hässliche Kleid, du Heulsuse."

„Ich bin nicht hässlich", schniefe ich leise. Papa sagt immer, ich sei hübsch, egal, was Jimmy sagt.

Als Maria erneut nach dem Füller greifen will, nimmt Jimmy die Feder und drückt sie fest auf den Tisch, sodass sie sich völlig verbiegt.

„Bist du blöd?", schreit Maria und zieht ihm jetzt den Füller aus der Hand. „Du hast ihn kaputt gemacht!"

„Was ist denn hier schon wieder los?" Misses Hatheway steht mit verschränkten Armen an unserem Tisch. Ich sehe sie flehend an und bitte sie mit meinen verweinten Augen darum, mich einfach nach Hause gehen zu lassen. „Solltet ihr nicht arbeiten? Stattdessen streitet ihr euch wieder! Jimmy, wie oft habe ich dir gesagt, du sollst die Mädchen in Ruhe lassen!"

„Jimmy hat meinen Füller kaputt gemacht", sagt Maria und hält zornig ihren Stift in die Luft.

Misses Hatheway nimmt ihn und sieht ihn sich an. Dann sieht sie erbost zu Jimmy. „Wieso hast du das getan? Du kannst doch nicht einfach die Schulutensilien deiner Mitschülerinnen zerstören!"

Jimmy hat sofort wieder diesen typisch unschuldigen Blick auf dem Gesicht, mit dem man meinen könnte, er wäre der Engel höchstpersönlich. „Ich war das nicht, Misses Hatheway", sagt er mit Glitzern in den Augen.

„Ach ja? Wer soll es denn sonst gewesen sein?"

Jimmy öffnet den Mund und scheint zu überlegen. Ich sehe ihn ungläubig an. Er hat den Füller kaputt gemacht! „Nathan war es!", sagt er schließlich empört und zeigt auf Nathan, der immer noch schweigend und resigniert neben ihm sitzt, auf den Tisch starrt. Er regt sich kein Stück. Als hätte er gewusst, dass Jimmy ihm die Schuld geben würde.

„Was?", ruft Misses Hatheway aus. „Nathan schon wieder!" Sie geht um den Tisch herum und haut den kaputten Füller vor Nathan darauf, worauf er mit müden Augen zu ihr aufblickt. „Ich hätte es mir ja schon fast denken können! Du kommst mit zum Rektor, ständig zerstörst du die Sachen der anderen!"

„Aber Nathan war es nicht", lasse ich sie kleinlaut wissen, worauf Jimmy mich mit zusammengekniffenen Augen ansieht. „Es war Jimmy."

„Schon gut, Honor", wütet sie und zieht Nathan am Arm von seinem Stuhl. Sein Blick ist noch immer so gleichgültig, als wäre er ein Schlafwandler. „Nathan kann es einfach nicht lassen." Sie sieht ihn böse an. „Das ist das letzte Mal, dass du so frech bist! Der Rektor wird deine Eltern anrufen!"

Ich beobachte perplex, wie sie ihn aus dem Klassenraum hinter sich herzieht und er es sich gefallen lässt. Er bekommt oft von Schülern in unserer Klasse Sachen in die Schuhe geschoben, die er nie getan hat, und trotzdem wehrt er sich nie. Ihm scheint das wirklich alles egal zu sein. Ob er jetzt von der Schule geworfen wird? Die Lehrer haben ihm oft mit einem Schulverweis gedroht, bisher ist aber noch nichts passiert.

Ich frage mich, wie seine Eltern jedes Mal reagieren, wenn der Rektor ständig bei ihm zu Hause anruft. Sie müssen ihn ja sehr oft schimpfen. Aber ich habe sie sowieso noch nie gesehen, er kommt immer allein zur Schule, ich habe ihn nur einmal aus einem schwarzen Auto aussteigen sehen. Wenn ich mir vorstelle, meine Eltern würden angerufen werden, weil ich etwas angestellt habe, bekomme ich unglaubliche Angst. Sie wären sehr enttäuscht von mir und würden mir wahrscheinlich meine Spielsachen wegnehmen. Aber ich würde auch niemals den Füller eines Mitschülers kaputt machen, denn mir wurde immer beigebracht, dass Gewalt keine Lösung ist.

„Du bist gemein", traue ich mich zu Jimmy zu sagen, der selbstgefällig zusieht, wie Misses Hatheway Nathan aus der Tür zieht.

Er sieht mich grimmig an. „Was hast du gesagt, Heuschrecke?"

Ich knicke ein wenig ein, doch ich wiederhole: „Du bist gemein. Nathan hat nichts getan."

Er kneift seine Augen wieder zusammen und dann reißt er auch schon, noch bevor ich reagieren kann, die grüne Schleife von meinem Kleid.

„Hey, bist du bescheuert?" Maria reißt ihm die Schleife aus der Hand.

Ich beginne sofort wieder zu weinen. Jetzt hat er es tatsächlich kaputt gemacht. Viele lose Fäden hängen vor meinem Oberteil und ein kleines Loch ist entstanden, wodurch man mein weißes Unterhemd sehen kann.

„Oh, jetzt heult sie wieder", macht Jimmy. „Du bist so eine Heulsuse, wie halten das ihre Eltern nur mit ihr aus?"

Ich halte mir die Hände vors Gesicht und verstecke mich weinend dahinter, weil es mir unangenehm ist, immer sofort zu weinen. Ich bin eine Heulsuse. So wie Jimmy es gesagt hat. Maria streicht mir tröstend über den Rücken und Jimmy geht von unserem Tisch weg zu Charly und Tim.

Nathan war bis zur großen Pause nicht mehr im Unterricht. Ich nehme an, dass seine Eltern ihn von der Schule abholen mussten. Er tut mir leid. Ständig bekommt er Ärger für Dinge, die er nicht getan hat. Aber wieso wehrt er sich nie dagegen? Ich verstehe ihn nicht. Er würde noch lange nicht so viele Strafen bekommen, wenn er sich mal behauptet und versucht, die Wahrheit zu sagen. Obwohl. Wahrscheinlich würden ihm die Lehrer nicht glauben. Kein Lehrer kann ihn ausstehen, weil er immer so viele Schüler verletzt, angeblich soll er eine Lehrerin getreten haben.

Immer noch leise schniefend sitze ich mit Maria auf einer Bank am Schulhof, während die anderen Kinder um uns herum Fangen spielen oder am Klettergerüst hangeln.

„Mach dir nichts draus“, tröstet Maria mich. „Meine Mama kann dein Kleid wieder nähen, das hat sie doch sonst auch immer gemacht.“

„Aber es sieht dann nicht mehr so aus wie vorher“, jammere ich und sehe auf das Loch in meiner Brust, wo die Fäden raushängen.

„Ich sage ihr, dass sie sich viel Mühe geben soll. Jimmy ist ein doofer Blödmann, ich finde dein Kleid schön.“

„Danke … Übrigens ist mein Geburtstag heute um zwei. Mama meinte, sie könne dich abholen, weil deine Mama heute länger arbeiten muss.“

Maria nickt lächelnd. „Okay. Ich habe ein supercooles Geschenk für dich!“

Jetzt lächle ich auch. Doch dann wird Maria von einem Mädchen auf dem Schulhof gerufen und sie lässt mich kurz allein. Seufzend sehe ich auf die grüne Schleife in meiner Hand. Ich hatte mich so gefreut, das Kleid heute anzuziehen, und Mama hat heute Morgen auch noch gesagt, ich solle es nicht kaputt machen, und jetzt ist es doch kaputt. Es war neben meinem hellblauen Kleid mein liebstes.

Aus dem Augenwinkel sehe ich, wie sich jemand auf die Bank neben meiner setzt. Ich blicke auf und wische mir ein paar Tränen von den Wangen, weil ich immer noch nicht ganz aufhören kann zu weinen. Es ist Nathan. Anscheinend mussten seine Eltern ihn doch nicht abholen. Er hat seine Hände in den Jackentaschen seiner schwarzen Jacke vergraben und lehnt sich wieder mit diesem gleichgültigen Blick zurück, sieht auf den Schulhof. Ich mag seine Haare. Sie sind so wuschelig und lockig, hängen ihm fast völlig über die grünen Augen.

Ich schniefe noch mal und rufe mit heiserer Stimme zu ihm rüber: „Hat der Rektor deine Eltern angerufen?“ Weil er nicht reagiert, rufe ich erneut und spiele nervös mit der Schleife in meiner Hand. „Nathan?“

Er sieht jetzt zu mir rüber, allerdings ändert sich sein Ausdruck nicht. Anscheinend möchte er mir nicht antworten oder hat mich einfach nicht verstanden, weil der Krach auf dem Schulhof so laut ist.

Ich rutsche ein wenig auf der Bank näher zu seiner. „Ich habe Jimmy gesagt, dass es gemein war, dass er dir die Schuld gegeben hat.“

Nathan ignoriert mich und sieht wieder nach vorne zum Hof.

Ich verziehe etwas verletzt den Mund. Mittlerweile sollte ich schon daran gewöhnt sein, dass er mich ignoriert, doch trotzdem lässt es mich schlecht fühlen. Ich versuche oft, mit ihm zu reden, damit er sich nicht ausgeschlossen fühlt, denn selbst hier in den Pausen kommt ihm niemand näher als vier Schritte, weil ihn alle fürchten. „Was hat der Rektor zu dir gesagt?“, frage ich wieder. „Hast du viel Ärger bekommen?“

Wieder antwortet er nicht, sondern sieht sogar in die entgegengesetzte Richtung, sodass ich nicht mal mehr sein Gesicht sehen kann.

Traurig spüre ich, wie sich erneut Tränen in meinen Augen ansammeln. Ich habe gerade mal die Hälfte des Schultages hinter mir und fast die ganze Zeit damit verbracht zu weinen. Nur wegen Jimmy. Er tut mir immer wieder weh, das macht mich noch sensibler.

Unmädchenhaft ziehe ich die Nase hoch und ich sehe aus dem Augenwinkel, wie Nathan zu mir sieht. Er greift in seine Hosentasche und schmeißt mir etwas vor die Füße.

Verwundert betrachte ich das kleine Plastikpäckchen vor mir und stelle schnell fest, dass es Taschentücher sind. Verwirrt sehe ich zu ihm.

„Wisch dir damit die Tränen weg", sagt er und sieht wieder resigniert nach vorne.

Eins *seiner* Taschentücher. Zwar hat er schon ab und zu mit mir geredet, doch es waren nie nette Sachen. Sonst sagt er immer nur, dass ich ihn nerve und doch verschwinden solle. Doch heute? Er schenkt mir seine Taschentücher. Ich bücke mich dankbar nach den Päckchen und ziehe ein weißes Tuch hervor. „Danke", weine ich leise und wische mir damit vorsichtig die Nässe von den Wangen. Ich beuge mich zu seiner Bank rüber und lege die Packung ganz an den Rand, weil ich weiß, dass er es nicht mag, wenn ich ihm zu nahe komme. „Das ist lieb von dir."

Er lässt die Packung da liegen und sieht weiter geradeaus. „Ich wollte nicht lieb sein, es sieht einfach nur bescheuert aus, wenn du ständig heulst.“

Ich schürze die Lippen und sehe auf meine Finger. „Oh“, mache ich traurig und kneife mir unbewusst in meinen Handballen. „Ich kann nichts dafür …“

„Wofür?“

„Dass ich ständig weinen muss.“

„Doch, kannst du. Tu es einfach nicht. Es nervt.“

„Tut mir leid“, sage ich leise und stehe wieder kurz davor zu weinen, doch ich halte die Luft an, weil ich Nathan nicht weiter nerven möchte. Mit gebrochener Stimme füge ich noch hinzu: „Ich wollte dich nicht nerven.“ Und rutsche auf der Bank weiter von ihm weg.

Er beugt sich zu der Packung Taschentücher und wirft sie mir wieder zu, sodass sie direkt in meinen Schoß fällt, dann steht er auf. Als ich ihn fragend ansehe, meint er monoton: „Behalte sie. Du heulst ja schon wieder, das hält keiner aus.“

Meine Unterlippe beginnt wieder zu zittern und ich kann ihm nicht mal ins Gesicht sehen. „Sei nicht so gemein“, flüstere ich.

„Wieso?“

Was eine seltsame Frage. Weil es mich verletzt. „Weil ich immer nett zu dir bin“, erkläre ich.

„Ich will aber nicht, dass du nett zu mir bist“, murrt er böse. „Ich habe dir schon oft gesagt, dass du mich einfach nervst und ich dich nicht mag.“

Eine Träne fließt wieder meine Wange herunter, tropft auf mein Kleid.

„Du nervst und ich mag dich nicht", wiederholt er. „Bekomm das endlich in deinen blöden Schädel."

Ich sehe verweint auf und erkenne, dass in seinem Blick noch immer keine direkte Emotion zu erkennen ist. Er sieht noch genauso gleichgültig aus wie vorhin, als Misses Hatheway ihn aus dem Unterricht gezogen hat. Wie kann er nur solche verletzenden Worte sagen, ohne auch nur etwas dabei zu fühlen? Er sieht nicht mal wütend aus.

„Ich wollte doch nur mit dir befreundet sein", weine ich niedergeschlagen.

„Ich will aber nicht mit dir befreundet sein. Vor allem nicht, wenn du ständig heulst."

Er will noch etwas dazu sagen, doch eine erwachsene Stimme ertönt über den Schulhof. „Nathan!" Mister McErming stampft aufgebracht zu ihm und zieht Nathan am Ohr, sodass er sein Gesicht verzieht. „Du hast heute schon genug angestellt, glaubst du nicht, dass du langsam genug Mädchen verletzt hast?"

Ich würde Mister McErming gerne widersprechen, doch ich kann es nicht. Einerseits, weil der Kloß in meinem Hals zu groß ist, und andererseits, weil Nathan mich wirklich verletzt hat. Zwar nicht mehr als sonst, aber gemeinsam mit der kaputten Schleife in meiner Hand tut es noch mehr weh.

„Wir werden jetzt sofort deine Eltern anrufen, diesmal sage ich dem Rektor, er soll keine Ausnahme machen", wütet der Lehrer und zieht fester an Nathans Ohr, sodass er schon auf die Zehenspitzen muss. Mister McErming sieht zu mir. „Ist alles in Ordnung, Honor? Wo ist Maria?"

„Ich bin hier“, sagt Maria, die gerade zu mir auf die Bank kommt und sofort wieder tröstend eine Hand auf meinen Rücken legt.

„Okay, gut.“ Noch einmal zieht er an Nathans Ohr. „Und jetzt kümmern wir uns um dich, Freundchen.“ Er zieht Nathan mit sich über den Schulhof, der ihm mit schnellen Schritten fast joggend und mit schmerzverzogenem Gesicht folgt.

Ich sehe ihnen hinterher, ignoriere Maria, die mich fragt, was passiert sei. Nathan dreht sich etwas in meine Richtung und sieht zu mir. Jetzt erkenne ich etwas in seinem Gesicht. Verachtung. Mir dreht sich der Magen um. Wieso zeigt er jetzt eine Emotion, aber vorher nie?

Mister McErming und Nathan verschwinden hinter der Tür des Sekretariats.

Ab diesem Tag kommt er nie wieder in die Schule.

Kapitel 2

„Stop, stop, stop, stop, stop!“, ruft meine Violinlehrerin aus und hält sich entsetzt die Ohren zu.

Sofort nehme ich den Bogen von den Saiten und lasse die dunkelbraune Violine seufzend sinken.

„Das war grauenvoll, Honor.“ Misses Baskin schüttelt, sich die Brille von der Nase nehmend, mit dem Kopf. „Johann Sebastian Bach hat sich diese Violinsonate bestimmt nicht ausgedacht, damit du es mit deinen ständig davonschweifenden Gedanken falsch spielen kannst.“

„Tut mir leid“, sage ich kleinlaut. „Ich bin sehr unkonzentriert heute.“

Sie seufzt und streicht sich eine graue Strähne hinter ihr Ohr. „Das mag sein, aber bald hast du das Vorspiel und du kannst es dir nicht erlauben, dich dort zu verspielen. Also noch mal, a-Moll.“

Tief durchatmend halte ich mir wieder die Violine ans Kinn und sehe auf den Notenzettel vor mir. Ich setze den Bogen an und spiele die ersten beiden Töne.

„Okay, stop!“, unterbricht Misses Baskin wieder das Stück. Ich lasse die Violine hängen und sie sieht mich streng an. „Honor-Marie. Das ist jetzt heute dein siebter Versuch und nicht mal die ersten zwei Töne triffst du. Was geht denn in deinem Köpfchen vor?“

Ich lasse mich erschöpft auf einen Hocker fallen und lege die Violine auf den Flügel neben uns. „Ich habe so Angst vor dem Vorspielen. Ich bekomme das Stück doch nie in den zwei Monaten hin … Es ist viel zu schwer für mich.“

„Das Stück ist vielleicht nicht das einfachste, ja, aber du willst die Jury doch von dir überzeugen, nicht wahr? Du musst dich konzentrieren. Und hör auf zu behaupten, dass du das nicht packen würdest, rede dir das gar nicht erst ein, das machen nur Verlierer. Du bist kein Verlierer.“

„Dann würde ich es ja hinbekommen. Stattdessen verspiele ich mich immer und immer wieder.“

„Vielleicht sollten wir die Violine erst mal beiseitelegen.“ Misses Baskin steht auf und stellt sich an den Flügel. „Lass uns mit dem Flügel weitermachen. Eventuell brauchst du einfach mal Abwechslung. Komm, hopp, hopp.“

Ich stehe auf und verstaue meine Violine in meinem Violinenkoffer, auf der Musafia eingestickt ist. Meine Mutter legt viel Wert auf gute Qualität meiner Musikausrüstung, deswegen kauft sie keine Utensilien unter zweitausend Pfund, weswegen wir Stammkunden bei Musafia sind. Umso sorgsamer muss ich mit dem Koffer umgehen, deswegen schließe ich ihn vorsichtig. Ich setze mich an den Flügel und lege meine Notenblätter zurecht, um das vorgegebene Stück zu spielen.

„Okay, jetzt volle Konzentration“, befiehlt Misses Baskin und setzt sich wieder die Brille auf die Nase, damit sie die Noten auf den Zetteln lesen kann. „Setz dich bitte gerade hin. Ein gerader Rücken ist sehr wichtig.“

Sofort ändere ich meine Haltung und lege die Finger auf die Tasten. Ich weiß, dass ich es nicht hinbekommen werde. Heute ist ein Tag, an dem es mir schwerer als sonst fällt, mich zu konzentrieren, dadurch, dass es in letzter Zeit oft gewittert und ich deswegen nicht schlafen kann.

Ich beginne, die Noten zu spielen, und bewege meinen Kopf zu der Melodie, lasse meine Finger über die weißen und schwarzen Tasten gleiten. Es wundert mich, dass Misses Baskin mich noch nicht unterbrochen hat, denn ich habe das Gefühl, dass ich mich gerade schon zum dritten Mal verspielt habe.

Im Moment passieren einfach zu viele Dinge um mich herum, die mich belasten, weswegen ich oftmals erschöpft bin. Bald mache ich meinen Abschluss an der Privatschule hier in Cardiff und dadurch kommen die Prüfungen immer näher. Ich schreibe gute Noten und hatte nie sonderlich viele Probleme in der Schule, doch es ist viel, was auf mich zukommt. Und da ich gerne an der Musikhochschule in Birmingham studieren würde, muss ich die Violine und den Flügel perfekt beherrschen können, weil ich in zwei Monaten dort das Vorspielen habe, das über meine Zukunft entscheiden wird. Entweder ich schaffe es oder ich schaffe es nicht. Das macht mir Angst und raubt mir so manchen Nerv, den ich eigentlich mehr als gebrauchen könnte.

Ich beende das Stück und sehe Misses Baskin erwartungsvoll an.

Sie schüttelt nur langsam mit dem Kopf und verzieht ihren faltigen Mund. „Eine Katastrophe."

Sofort fallen meine Schultern wieder. Das ist wirklich eine Katastrophe.

Ich ziehe mir meine schwarzen Lederhandschuhe über, damit ich weniger friere, und laufe dann mit meinem Violinenkoffer und meiner Schultasche aus der U-Bahn in die Stadt. Ich bin sehr froh, wenn ich endlich zu Hause bin. Es kommt oft vor, dass ich nicht vor sieben Uhr nach Hause komme, da mein Schulunterricht bis vier Uhr geht und ich vier Mal die Woche nach der Schule Violin- und Klavierunterricht habe. Ich bin froh, wenn in einer Woche endlich Weihnachtsferien sind und ich wieder meine Freizeit genießen kann. Wenigstens morgens ausschlafen und lange wach bleiben. Meine Zeit mit meinen Freunden verbringen und einfach wieder Spaß haben. Die letzten Wochen bestehen nur noch aus lernen, lernen und proben.

Ich betrete die Apotheke, um Beruhigungstabletten für meinen Vater zu kaufen. Er mag Gewitter auch nicht, deswegen braucht er nachts etwas, womit er ruhig schlafen kann. Ich lächle einer Verkäuferin freundlich zu und gehe dann zwischen die vielen Regale. Da ich schon genau weiß, wo die Tabletten stehen, greife ich danach und nehme gleich zwei Packungen, damit ich übermorgen nicht wieder nach der Schule hierherlaufen muss. Als ich gerade zur Kasse gehen will, piept mein Handy in meiner Jackentasche und ich versuche, mein Gepäck halten zu können, damit ich die Nachricht lesen kann. Meinen Violinenkoffer kann ich nicht einfach auf den schmutzigen Boden des Ladens stellen. Fast fällt mir die Medizin aus der Hand, doch ich schaffe es gerade noch so, mein Handy hervorzuziehen.

Bring bitte noch Milch aus dem Supermarkt mit, Schätzchen. Mama

Seufzend will ich wieder das Handy in die Jackentasche meines Mantels schieben, da fällt mir doch die Medizin runter. Als ich mich bücke, rutscht mir fast noch das weiße Plakat unter dem Arm raus, doch ich arrangiere mich noch schnell.

Ich will gerade zur Kasse, als mein Blick auf einen Jungen fällt, der im selben Gang steht wie ich. Ich erkenne sein Gesicht nicht, da er eine Kapuze trägt und sich etwas von mir wegdreht, doch trotzdem entgeht mir nicht, dass er ab und zu mal wieder zu mir sieht. Er hält ein paar Medikamente in der Hand. Wer weiß, was er hat. Ich schultere meine Tasche wieder ordentlich.

Doch mir entgeht nicht, was der Junge gemacht hat, als ich mich gerade wegdrehen wollte. Er hat die Medikamente in seine Jackentaschen geschoben. Deswegen hat er als so geguckt! Er wollte nicht erwischt werden.

Ich sollte ihn nicht so offensichtlich anstarren. Doch ich bin zu entsetzt. Er kann doch nicht einfach in einer Apotheke stehlen.

Keine Sekunde später sieht er wieder zu mir. Er merkt sofort, dass ich ihn dabei gesehen habe, wie er die Packungen eingesteckt hat. Kurz sehen wir uns einfach nur an. Ich weiß nicht, wie ich reagieren soll. Soll ich ihn verraten? Oder einfach so tun, als hätte ich nichts gesehen?

Schließlich setzt er sich als Erstes in Bewegung. Er steckt seine Hände in die schwarze Jacke und sieht mich die ganze Zeit an, während er auf mich zuläuft. Ich muss zugeben, dass er beängstigend aussieht. Da helfen auch nicht die Locken, die aus seiner Kapuze hervorlugen. Wie eingefroren bleibe ich auf der Stelle stehen und mein Herz pocht immer schneller, je näher er mir kommt.

Kurz bevor er bei mir ankommt und ich mir sicher bin, dass er mir etwas androhen wird, damit ich ihn nicht verrate, läuft er einfach an mir vorbei, als wäre nichts gewesen. Verwirrt drehe ich mich zu ihm um und beobachte, wie er ganz locker in Richtung Ausgang läuft. Die Verkäuferin an der Kasse beäugt ihn zwar misstrauisch, sagt dennoch nichts, denn er sieht wirklich nicht aus wie jemand, der sich nicht trauen würde, zu stehlen. Groß, schwarz gekleidet, böse Augen. Einfach einschüchternd. Kein Wunder, dass die Verkäuferin sich nicht traut, ihn aufzuhalten, ich traue mich immerhin auch nicht.

Die glasigen Schiebetüren öffnen sich und er läuft hinaus. Total perplex stehe ich noch in dem Gang und sehe ihm weiter hinterher. Er dreht sich etwas in meine Richtung und sieht über meine Schulter genau in meine Augen. Es fühlt sich an wie eine stumme Warnung, ihn jetzt besser nicht zu verraten.

Und es hat gewirkt. Ich bezahle meine Medikamente und laufe nach Hause.

„Papa! Mama!“, rufe ich durchs Haus, als ich die Haustür hinter mir schließe und meine Tasche mit dem Koffer ordentlich auf den Boden stelle. „Ich bin zu Hause!“

„Wir sind in der Küche, Liebling!“, ruft meine Mutter zurück und ich gehe mit den Tabletten und der Milch in die Küche.

Ich stelle die Milch zu Mama neben den Herd, an dem sie steht und gerade eine Suppe kocht, und küsse sie auf die Wange. Dann setze ich mich zu Papa an den Tisch, der mich erstarrt anblickt.

„Wie war die Probe?“, fragt Mama.

Ich spiele mit der Gabel neben meinem Teller rum und ignoriere Papas Blick. „Gut“, lüge ich. „Es könnte nicht besser laufen.“ Mama soll nicht wissen, dass ich mich ständig verspiele und hinterherhänge. Sie würde mich sonst nur noch öfter zu den Proben schicken und mich an den Wochenenden zu Misses Baskin schicken, anstatt etwas mit Freunden unternehmen zu dürfen.

„Das freut mich.“ Mama stellt den Kochtopf auf den Tisch und setzt sich neben Papa, dem sie etwas in seinen Suppenteller schöpft.

Seine Augen sind immer noch groß, während er mich perplex anstarrt. „Wer bist du?“, fragt er leise.

Ich lächle ihm zu und schütte ihm Tee ein. „Honor, Papa. Deine Tochter.“

Sein Blick zeigt Verwirrung. „Meine Tochter?“

„Ja, Liebling“, sagt meine Mutter und streicht ihm liebevoll über die Hand. „Du scheinst noch viele Kopfschmerzen zu haben. Aber jetzt iss erst mal, ja?“

Kurz sieht er mich noch eindringlich an, dann nickt er wie benebelt und nimmt den Löffel in die Hand, um die Suppe zu essen. Mama und ich beginnen ebenfalls zu essen.

Papa hat schon vor ein paar Jahren begonnen, dement zu werden. Es gibt Tage, an denen man es ihm kaum anmerkt und dann gibt es Tage – wie heute –, an denen er vergisst, dass ich seine Tochter bin. In der sechsten Klasse hat es angefangen. Mittlerweile habe ich mich schon daran gewöhnt, dass er mich vergisst und ich ihm immer wieder sagen muss, dass er tatsächlich mein Vater ist, doch es tut immer noch ein wenig weh, wenn das passiert. Es ist einfach traurig. An manchen Tagen wird er auch wütend. Er rastet einfach aus, weil ihm alles zu viel wird, doch das dauert oft nicht lange an, weil die Erinnerungen in seinem Kopf wie Flashbacks wieder zurückkehren. So hat es der Arzt zumindest beschrieben. Doch Mama und ich können damit umgehen. Es ist Alltag für uns und er ist trotzdem noch immer mein Vater, mit dem ich an manchen Tagen in seinem Zimmer sitze und seine Eisenbahnen aufbaue, während wir seine alten Platten auf seinem Plattenspieler hören.

Das Einzige, das alles nur schlimmer macht, ist, dass es nicht besser wird, eher jeden Monat schrecklicher. Manchmal vergisst er sogar Mama. Sie versucht dann, nie ihren Schmerz dahinter zu zeigen, doch ich merke es immer wieder. Es macht sie einfach traurig. Vor allem, weil er gerade mal sechsundfünfzig ist.

Während des Essens erzählt Mama von ihrer Arbeit im Krankenhaus und ich höre ihr neugierig zu. Ich räume den Tisch ab und sie sagt, als sie ins Wohnzimmer geht: „Ich habe dir etwas mitgebracht."

„Was denn?"

„Hier." Sie holt eine Vase mit ein paar kleinen rosa Blumen hervor. „Ein Patient hat sie mir geschenkt und du kannst sie mehr gebrauchen als ich."

Glücklich nehme ich ihr die Vase ab und drücke sie liebevoll. „Danke! Die sind echt schön." Sanft fahre ich über die rosa Blüten. „Das sind Bartnelken, solche habe ich noch nicht."

„Dann kannst du ja von Glück reden, dass sie mir geschenkt wurden", lacht Mama und setzt sich neben Papa auf die Couch, der gedankenverloren durch die Sender schaltet.

Ich trage erst die Blumen in mein Zimmer und hole dann meinen Violinenkoffer und meine Schultasche, um gleich noch Hausaufgaben machen zu können. Doch erst ziehe ich ein Buch aus dem Regal. Ich setze mich damit auf mein Bett und schneide die Köpfe der Blumen ab, um sie vorsichtig zwischen die Buchseiten zu legen, damit sie dort gepresst werden. Zufrieden stelle ich es wieder in das Regal.

Schon seit ich klein bin, presse ich Blumen und klebe sie dann in Bücher mit leeren Seite, um eine Art Album zu kreieren. Nur eben nicht mit Fotos, sondern mit Blumen. Ich habe mindesten schon zwanzig Stück davon und alle davon habe ich in meinem Regal stehen. Sie machen viel Arbeit, doch ich liebe es. Blumen sind, neben der Musik, meine große Leidenschaft. Meine Granny hat das damals mit mir gemacht, als ich klein war, und heute kann ich nicht mehr aufhören. Vor zwei Jahren ist sie gestorben, doch ich trage ihr Hobby weiter. Das verbindet mich irgendwie mit ihr.

Um Punkt zehn Uhr bin ich fertig mit meinen Hausaufgaben und gehe ins Bett, nachdem ich mir eine warme Dusche gönne. Die Abende sind meine tägliche Entspannung. Die Stunden von morgens bis abends um sieben sind mehr als anstrengend, weil ich diesen Stress nicht gewohnt bin.

Doch es muss sich auszahlen. Ich muss dieses Stipendium für die Musikhochschule in Birmingham einfach bekommen, ich denke, dass ich es verdient hätte. Ich lerne wirklich hart, auch wenn es nicht immer klappt.

Kapitel 3

„Ich bin mehr als bereit für die Ferien“, stöhnt Olivia, meine beste Freundin und setzt sich neben mich in die U-Bahn. „Auch wenn ich die Matheprüfung versaut habe. Was soll's? Wer braucht Mathe?“

„Na ja, du wirst es noch oft brauchen“, kichere ich und klemme mir meine Mappe enger an meine Brust.

„Quatsch. Wenn ich Sportlehrerin werde, brauche ich kein Mathe. Alles Quatsch.“

Kopfschüttelnd lache ich. Oli geht mit mir seit der sechsten Klasse auf die gleiche Schule und seitdem sind wir unzertrennlich. Sie ist zwar das genaue Gegenteil von mir und lebt eher ein rebellisches Leben, doch wir sind ein Herz und eine Seele. Umso trauriger ist es, dass wir uns die ganzen Weihnachtsferien nicht sehen werden, weil sie nach Australien zu ihrer Familie fliegen wird.

Heute ist Freitag und vor einer Stunde haben wir die letzte Prüfung hinter uns gebracht. Mathematik. Ich habe ein gutes Gefühl, genauso wie in Englisch, Französisch und Spanisch. Das viele Lernen hat sich definitiv ausgezahlt, somit kann ich beruhigt in die Ferien starten.

„Du tust mir echt leid, dass du die ganzen Ferien arbeiten musst“, sagt Oli und versteckt ihre schwarzen Haare unter einer Wollmütze.

Ich zucke nur mit den Schultern. „Das kannst du nicht arbeiten nennen. Das ist nun mal das Hotel meines Grandpas und ich denke nicht, dass Mama und Grandpa mich dort hart arbeiten lassen."

„Aber du musst morgens früh aufstehen. Und das reicht schon. Ich verstehe sowieso nicht, wieso du diesen Mist machen musst. Ihr seid reich."

„Hey, wir sind nicht reich", erwidere ich. „Wir …"

„Ihr seid nur wohlhabend, schon gecheckt." Oli verdreht die Augen. Dann kommen wir an der Station an, an der sie aussteigen muss, und sie verabschiedet sich von mir mit einer Umarmung.

Ich beobachte durch das Fenster der Bahn, wie sie in einer Gasse verschwindet, und schon setzen wir uns in Bewegung. Eigentlich habe ich wirklich keine Lust, in den Ferien zu arbeiten, denn das bringt mich nur von meinen Proben ab und meiner Lust, auch mal zu Hause zu üben. Die ganze Woche war ich jeden Tag bei Misses Baskin und habe versucht, die Violinsonate zu spielen, doch es sei noch immer nicht gut genug, wie sie ständig sagte.

Gedanklich seufze ich.

Ich setze mir in den Kopf, mindestens die Violinsonate bis Silvester perfekt zu beherrschen. Als kleines Geschenk an mich selbst.

Mama möchte aber auch unbedingt, dass ich in den Ferien arbeite, damit ich mir auch mal mein eigenes Geld verdiene. Theoretisch ist es ja ihr Geld, denn sie wird mich bezahlen, doch ich soll verstehen, wie es ist zu arbeiten, denn bisher habe ich genug Taschengeld bekommen und musste mir nie um irgendetwas Gedanken machen. Eigentlich fand ich das gut, denn ich hatte genug Stress mit den ganzen Proben, doch anscheinend reicht das nicht aus. Es muss unbedingt dieses doofe Hotel sein.

Kurz bevor die Bahn an der Haltestation hält, an der ich raus muss, stehe ich schon vor der Tür und sehe heraus, während hinter mir ein altes Pärchen über das anstehende Mittagessen diskutiert. Die Türen öffnen sich und noch bevor ich den ersten Schritt nach draußen machen kann, werde ich unsanft von der Seite von einem schwarz gekleideten Jungen mit Kapuze angestupst, der an mir vorbei nach draußen stürmt. Meine Mappe fliegt auf die geteerte Straße und alle Blätter liegen auf dem Boden, was niemanden zu interessieren scheint, denn ich kann jetzt schon sehen, wie immer mehr Fußabdrücke auf den Zetteln entstehen. Leise fluchend und den vielen Leuten aus dem Weg gehend, knie ich mich auf den Boden, um die vielen Blätter einzusammeln. Das kann doch alles nicht wahr sein. Das sind all meine Notenblätter.

Misses Baskin wird mich umbringen!

Hektisch stopfe ich die Blätter in den Ordner, und als ich gerade nach dem letzten Zettel greifen will, wird er von dem Wind davongeweht. Na toll. Das wird ja immer besser.

Schnell stelle ich mich auf, schultere meine Tasche wieder richtig und gehe durch die vielen Leute hindurch dem Zettel hinterher, der seinen Weg immer weiter zu fliegen scheint. Wo kommt denn plötzlich dieser nervige Wind her?

Mit vielen Entschuldigungs und Sorrys quetsche ich mich durch die Leute, behalte das weiße Papier im Auge. Und genau auf einer Stelle, wo keine Leute stehen, bleibt es still liegen. Erleichtert jogge ich schnell hin und bücke mich danach. Ich mustere es. Risse, Dreck und ein fetter Fußabdruck.

Misses Baskin wird mich so was von umbringen.

Als ich mich gerade umdrehen will, um nach Hause zu laufen, werde ich plötzlich am Ärmel einen Meter zur Seite gezogen. Ich stolpere über meine eigenen Füße durch die plötzliche Geschwindigkeit und lande unsanft auf dem Bürgersteig. Meine Mappe fliegt ebenfalls wieder auf den Boden und alle Notenzettel sind erneut zerstreut.

Total verwirrt verstehe ich erst jetzt, dass ich mitten auf der Straße stand und ein Auto in Höchstgeschwindigkeit auf mich zukam. Wie konnte ich so unvorsichtig sein?

„Beschissene Idee, auf der Straße zu lernen“, höre ich eine tiefe, rauchige Stimme und erst jetzt sehe ich eine Person neben mir. Er ist schwarz gekleidet, hat eine Kapuze auf und dreht sich schon wieder von mir weg, noch bevor ich sein Gesicht sehen kann. Er scheint mich von der Straße gezogen zu haben.

Etwas überfordert sehe ich ihm hinterher, wie er davongeht, mit den Händen in den Jackentaschen. Ich kann ihn doch nicht einfach so weggehen lassen. Wenigstens danke schön sollte ich sagen, immerhin hat er mich vor einem Unfall gerettet. „Hey, Moment mal!“, rufe ich ihm schnell hinterher und sammle rasch die vielen Zettel ein, stopfe sie einfach unsauber in meine Mappe. Ich klemme sie mir unter meinen Arm und jogge ihm hinterher. Er ignoriert meinen Ruf, deswegen rufe ich noch mal: „Stop, warte kurz!“

Doch er läuft immer noch mit schnellen Schritten geradeaus. Er kann mich nur gehört haben, denn jeder andere sieht mich komisch an.

Ich beschleunige meine Schritte und komme bei ihm an. „Ich sollte mich bei dir bedanken“, sage ich schnaufend und versuche seinem Schritt standzuhalten. Wir bleiben an einer roten Ampel stehen und ich versuche, meine Atmung zu kontrollieren. „Also … danke schön.“

Er dreht sich jetzt zu mir und ich kann sein Gesicht erkennen. Moment mal … Ist das nicht …? „War's das?“, murrt er genervt.

Eindringlich betrachte ich ihn und er runzelt schon die Stirn, weil ich ihn so anstarre. „Ja“, sage ich nachdenklich. „Das war's.“ Er ist sehr unfreundlich dafür, dass ich mich nur bedanken wollte.

Der Junge dreht seinen Kopf wieder weg und in dem Moment springt die Ampel auf Grün. Mir ist egal, ob es die falsche Richtung ist und mein Zuhause sich immer weiter von mir entfernt. Er geht davon, ohne noch etwas zu sagen, doch ich folge ihm wieder flink.

„Bist du nicht der Junge aus der Apotheke?“, frage ich ihn neugierig und fühle mich schwach neben ihm, weil ich zwei Schritte machen muss, während er einen läuft.

Wieder ignoriert er mich und atmet angespannt geradeaus, ich merke genau, wie er versucht, schneller zu werden. Doch ich nutze die Zeit, um ihn genauer zu betrachten. Das ist er definitiv. „Hör auf, mich so anzustarren“, knurrt er.

„Du bist definitiv der Junge aus der Apotheke“, stelle ich fest und ignoriere seine vulgäre Ausdrucksweise.

Er biegt in eine Straße und ich folge ihm weiter.

„Willst du nicht mit mir reden?“, frage ich ihn.

„Ach, ist das so offensichtlich? Hör auf, mir auf die Nerven zu gehen.“

„Du musst nicht gleich beleidigend werden“, sage ich kleinlaut und sehe auf meine Füße.

Plötzlich bleibt er stehen und ich remple gegen seine breite Schulter. „Ich werde jetzt links in diese Gasse biegen“, sagt er gereizt und sieht mir das erste Mal in die Augen. „Und du wirst in die andere Richtung gehen, verstanden?“

Plötzlich fährt ein Schlag der Erkenntnis durch meinen Körper. Ganz davon abgesehen, dass er der Dieb aus der Apotheke ist, kommt er mir noch viel bekannter vor. Ich dachte zwar, dass es Zufall wäre, dass mich seine Augen an jemanden erinnern, aber … Da ist diese Narbe unter seinem linken Auge. Ich starre ihn nur erstarrt an. Das kann doch nicht Nathan sein. Oder? Nathan ist seit Jahren nicht mehr in Cardiff. Das kann nicht sein.

„Alles klar.“ Er dreht sich weg und geht wieder mit schnellen Schritten davon.

Wie benebelt sehe ich ihm hinterher. Ich achte auf jede Bewegung, die er macht, während er davongeht. Vielleicht erkenne ich ja etwas an seiner Gangart. Doch wie sollte ich? Ich habe den kleinen Jungen schon seit zehn Jahren nicht mehr gesehen, er läuft bestimmt nicht mehr wie ein Neunjähriger.

Er wird immer kleiner und ich kämpfe mit mir selbst. Ich muss wissen, ob es wirklich Nathan ist. Doch gleichzeitig weiß ich nicht, ob es so eine gute Idee wäre, ihm zu folgen. Er wirkt so angespannt und genervt … Wie früher. Und heute ist er kein Achtjähriger mehr, heute würde er noch viel schlimmere Dinge zu mir sagen. Vielleicht würde er mir wehtun. Ich sollte ihm wirklich nicht folgen.

Doch ich folge ihm trotzdem. Ich halte mich weit genug von ihm entfernt und hoffe, dass er mich nicht sieht. Ich weiß zwar nicht, wie genau ich so herausfinden soll, ob er Nathan ist, aber vielleicht läuft er ja zu einer Wohnung oder einem Haus, wo sein Name an der Klingel steht.

Wenn er wirklich der kleine lockige Nathan aus der Grundschule ist, würden sich mir tausend Fragen im Kopf bilden. Mich interessiert schon seit Jahren, wieso er damals einfach verschwunden ist, wo er wohnt, was er so macht, wie es ihm so geht, wie er so ist? Ob er wirklich immer noch so ein Rebell ist wie früher? Gut vorstellbar ist es auf jeden Fall, denn er war gerade nicht wirklich nett zu mir.

Zehn Minuten folge ich Nathan unauffällig durch ein paar Straßen und komme mir mehr als bescheuert vor. Mama wird mich bald anrufen, weil sie sich Sorgen macht, doch ich will einfach wissen, wer er ist.

Er bleibt an einer Ecke stehen und lehnt sich dann an eine Hauswand. Er sieht sich um. Anscheinend wartet er auf irgendwen.

Schnell verstecke ich mich hinter einem Auto mit einem guten Sicherheitsabstand von mindestens dreißig Metern. Ich überlege, wie es nun weitergehen soll. Er wird sich hier mit irgendwem treffen und dann gehen sie weg. So bekomme ich nie raus, wie er heißt. Wieso mache ich das überhaupt? Ich sollte schon längst zu Hause sein, es beginnt schon dunkel zu werden, außerdem soll Mama sich keine Sorgen machen.

Doch meine Neugier ist größer als meine Vernunft. Mama muss warten.

Ich beuge mich etwas an dem Auto vorbei und sehe wieder zu ihm. Er zündet sich gerade eine Zigarette an, dann bläst er den Rauch aus seiner Nase. Ob Nathan wirklich rauchen würde? Wahrscheinlich. Würde mich nicht wundern, wenn er nicht nur Tabak raucht.

Ich sitze noch weitere fünf Minuten hinter dem Auto. Noch immer steht er an der Hauswand und scheint zu warten. Okay, das geht doch eigentlich ganz einfach. Ich mache es mir viel zu kompliziert. Bevor ich hier noch erfriere, mache ich es jetzt.

Ich beuge mich wieder etwas an dem Auto vorbei und stelle auch klar, dass er mich definitiv nicht sehen kann, aber ich ihn. Ich atme tief ein und aus. Und dann: „Nathan!" Schnell ducke ich mich ein wenig, doch luge noch so hervor, dass ich ihn sehen kann.

Und tatsächlich. Er dreht sich verwirrt in meine Richtung.

Er ist es!

Ach du heiliger Himmel.

Oder er heißt auch Nathan. Oder er hat nur geguckt, weil er sich erschreckt hat. Was rede ich da? Das wären zu viele Zufälle auf einmal. Dieser rauchende, schwarz gekleidete, große Junge ist definitiv der kleine achtjährige Junge aus meiner Kindheit.

Da vorne steht wirklich dieser kleine Junge, der damals einfach verschwunden ist und wahrscheinlich die meist gehasste Person der Schule war. Dieser kleine, stille Junge mit den blauen Flecken und aufgeplatzten Lippen. Ich kann mich noch erinnern, dass er damals sogar ein wenig kleiner war als ich. Heute überragt er mich mehr als einen Kopf. Nathan war damals zwar schon sehr einschüchternd, doch das ist kein Vergleich zu heute. Er hat eine fast rabenschwarze Aura um sich herum.

Während ich ihn weiter anstarre und nicht fassen kann, dass er tatsächlich er ist, klingelt plötzlich mein Handy. Oh, verdammt, das wird er definitiv hören, denn wir sind die einzigen Leute hier in dieser Straße. Hektisch krame ich mein Handy aus meiner Tasche und versuche, den Ton in meiner Jacke zu dämpfen, indem ich mich fast auf diese setze. Es ist Mama. Schnell gehe ich ran. „Ja, Mama?“, flüstere ich in die Leitung und sehe noch mal zu Nathan, um sicherzugehen, dass er mich nicht gehört hat. Er steht noch immer nur da, schmeißt seine Zigarette weg.

„Wann hast du vor, nach Hause zu kommen?“, nörgelt meine Mutter. „Es ist schon halb sieben und du weißt, dass wir um sechs Uhr essen.“

Seufzend setze ich mich auf den kalten Boden und lehne mich an das Auto. „Tut mir leid. Ich werde in einer halben Stunde zu Hause sein. Olivia und ich haben uns noch so lange unterhalten, du kennst sie ja“, lüge ich.

„In Ordnung, aber sag doch das nächste Mal Bescheid, ich habe mir Sorgen gemacht. Vor allem wenn es dunkel ist."

„Mama, ich bin achtzehn."

„Na und? Dir kann immer etwas passieren, Liebling."

Ich schmunzle. „Wie immer hast du recht. Ich werde bald da sein, wartet nicht mit dem Essen."

Wir verabschieden uns und ich lege auf, schiebe das Handy in meine Jackentasche. Kurz schließe ich die Augen und lehne meinen Kopf an die Autotür hinter mir.

Diese ganze Situation macht mich kirre. Dieser Typ aus der Apotheke, der gestohlen hat, ist Nathan. Wie war noch mal sein Nachname? Cort, genau, Cort. Wie könnte ich das je vergessen? Wahrscheinlich würde ich mich immer an ihn erinnern. Wenn ich zurückdenke, wie oft ich als kleines Mädchen versucht habe, Kontakt zu ihm aufzubauen und mit ihm zu spielen, weil er immer so allein und gebrochen aussah, und wie oft er mich abgeblockt und beleidigt hat, rutscht mir das Herz in die Hose. Das sind keine schönen Erinnerungen, doch trotzdem lag er mir am Herzen. Warum, weiß ich nicht und wusste ich, denke ich, auch damals schon nicht, aber er hatte einfach diese trostlose Art an sich. Diese traurige. Und das hat irgendwie einen gewissen Instinkt in mir hervorgerufen, es war mir schon als Kind wichtig, andere Menschen glücklich zu machen.

Ich öffne wieder die Augen.

Und sehe unmittelbar auf eine schwarze Jeans.

„Oh, mein Gott“, keuche ich erschrocken und zucke zusammen, weil Nathan genau vor mir steht und mich mit verschränkten Armen anstarrt.

Allerdings sieht er nicht glücklich aus. Eher genau das Gegenteil. Wieder extrem einschüchternd. Wie hat er nur diesen Blick in seine Augen bekommen?

„Wieso zur Hölle folgst du mir?“, faucht er zornig. „Habe ich dir vorhin nicht klar und deutlich gesagt, dass du mich in Ruhe lassen sollst? Was bist du? Ein beschissener Stalker?“

„Nein“, sage ich wortkarg. Er muss denken, ich bin verrückt. Aber das schüchtert mich nur noch mehr ein. „I-Ich … E… Es …“

„Du, was? Stotter nicht so rum.“

Ich knicke vor seiner festen Stimme ein. Mir kommt die ganze Situation mehr als bekannt vor. Damals war es ganz genauso, jedes Mal, wenn ich mit ihm reden wollte, hat er mich auf diese Art und Weise zurückgewiesen. Nur scheint er jetzt seine stille Art abgelegt zu haben, sondern hat keine Scheu mehr, auch mal auf jemanden zuzugehen und ihn zu beleidigen. Beziehungsweise mich. Nathan scheint sich kein Stück geändert zu haben, wenn, dann ist er schlimmer geworden.

„I-Ich wollte dir nicht folgen“, erkläre ich unsicher meine Situation. „Ich … Es tut mir leid.“ Es bringt sowieso nichts. Wenn er nicht merkt, dass ich ihm gefolgt bin, dann muss er dumm sein und das war er damals nicht und heute ist er es mit Sicherheit auch nicht.

Kurz gafft er mich einfach nur mit etwas zusammengekniffenen Augen an und von hier unten sieht er noch bedrohlicher aus. Vor allem, weil es immer dunkler wird und so nimmt seine Aura noch mehr an Dunkelheit zu. „Hat Eduard dich geschickt?“, fragt er schließlich giftig.

Ich blinzle. „Eduard? Nein, ich – niemand hat mich geschickt.“

Er scheint mir direkt in die Seele zu blicken, um herauszufinden, ob ich die Wahrheit sage. Dann dreht er sich etwas und zieht sich wieder die Kapuze über. „Du solltest besser verschwinden. Das ist keine Gegend für kleine Mädchen wie dich.“ Dann geht er auch schon wieder über die Straße.

Ich stehe auf und sehe mich um. Er hat recht. Erst jetzt fällt mir auf, dass ich hier noch nie war, und gleichzeitig sieht es mehr als gruselig auf. Es sieht so viel anders aus als die Straßen zu Hause. Schnell schultere ich meine Tasche und gehe um das Auto rum. „Wo bin ich hier?“, rufe ich Nathan hinterher, der kurz davor ist, um die Ecke zu verschwinden. „Ich weiß nicht, wie ich wieder zurückkomme!“

„Nicht mein Problem! Die Scheiße hast du dir selbst eingebrockt!“

„Bist du schon aufgeregt?“, fragt mich meine Mutter, als wir beide am Montagmorgen um halb acht morgens aus dem Auto steigen, um in das Hotel meines Grandpa zu gehen.

Ich richte mir den Kragen meines weißen Hemdes und folge ihr durch den Eingang. „Ich weiß nicht, vielleicht ein wenig.“

Uns beiden werden die großen Eingangstüren von zwei Pagen geöffnet und wir betreten das riesige Gebäude. Ich war zwar schon öfter im Ealswirth-Hotel, aber es beeindruckt mich doch jedes Mal wieder. Man sieht sofort, dass mein Grandpa viel Geld hier reingesteckt hat, dadurch sind auch keine einfachen Leute hier, sondern Menschen mit einem gewissen Kontostand.

Mama und ich gehen durch die Lobby zur Rezeption, wo schon eine junge Frau in der typisch dunkelblauen Hoteluniform steht und uns anlächelt. „Guten Morgen. Wissen Sie zufällig, wo sich mein Vater rumtreibt? Er … ach, da ist er ja schon.“

Mein Grandpa kommt in einem Anzug um die Ecke und lächelt uns zu. Er ist eine der nettesten Personen, die ich kenne, dafür liebe ich ihn so. „Ein guter Hotelfachmann kommt nie unpünktlich“, erklärt er und stellt sich zu uns. „Merk dir das, Marie“, sagt er zu mir und wir drücken uns liebevoll. Grandpa nennt mich mit Grandma als Einziger Marie, warum weiß niemand, aber er macht es einfach.

„Natürlich, Grandpa“, sage ich und stelle mich von Mama zu ihm.

„Dad, bitte übertreibe es nicht mit den Aufgaben", sagt meine Mutter zu ihm. „Das ist heute ihr erster Tag, sei gnädig. Und du weißt ja, dass sie eine Hausstauballergie hat, also lass sie am besten nicht in den Keller. Außerdem …"

„Diana", unterbricht Opa sie. „Ich kenne meine Enkelin genauso gut wie du. Wir schaukeln das schon. Geh nach Hause und … Tu das, was du auch immer tust." Er legt einen Arm um meine Schulter und zieht mich in einen Flur. „Schönen Tag noch!"

Ich sehe über meine Schulter zu Mama, wie sie durchatmend an der Rezeption steht und uns gereizt hinterhersieht. Sie und Grandpa hatten schon immer ein seltsames Verhältnis. Er ist mehr der gelassene Typ und sie ist ein Perfektionist. Das sorgt oft für Reibereien, doch natürlich wird sich nie ernsthaft gestritten. Manchmal ist es ganz lustig, wie Opa sie auf den Arm nimmt, weil sie oftmals wirklich übertreibt. Da kommt er einem viel jünger vor als sie.

„Du kennst dich hier ja schon aus, deswegen können wir uns den Rundgang sparen", meint Grandpa und setzt sich seine Brille richtig auf die Nase. „Hast du schon gefrühstückt?"

Ich nicke. „Ja, ausgiebig."

„Schade. Du hättest dich an dem riesigen Frühstücksbüfett bedienen können."

„Aber ich soll doch arbeiten." Ich lache.

„Hach, deine Mutter muss das ja nicht wissen. Ich gestalte dir die paar Wochen hier schon erträglich. Also möchtest du sicher nichts essen? Denn sonst muss ich dir wohl oder übel eine Aufgabe geben."

Ich schmunzle. „Ich habe wirklich keinen Hunger."

Er seufzt. „Na schön." Er öffnet eine große Eisentür und wir stehen in einer riesigen Halle. Das ist die Veranstaltungshalle, in der Silvester und das Sommerfest stattfinden. Es gibt dann jedes Mal ein prächtiges Feuerwerk und die Feiern hier sind einfach die besten. Auch, wenn ich nicht in diesem Hotel arbeite, gehe ich gerne zu diesen Festen.

„Weil bald Silvester ist, muss die Halle ein wenig aufgemotzt werden", erklärt Grandpa und wir gehen durch den riesigen Raum. „Darum wirst du dich hauptsächlich kümmern."

„Allein?", keuche ich entsetzt.

„Natürlich nicht, mein Schatz. Du hilfst meinen Angestellten beim Aufbauen und dem ganzen Kram, die erklären dir das alles schon. Der Hausmeister sollte hinten in der Küche sein, ihn kannst du fragen, was du machen sollst." Er geht auf ein paar Schalter an der Wand zu und drückt mehrere Knöpfe, damit viele Lichter in der Halle angehen und erst jetzt die komplette Größe zu erkennen kommt. „Kann ich dich hier allein lassen?"

„Ja, das sollte kein Problem sein", sage ich und sehe mich in der großen Halle um.

„Gut. Ruf mich einfach an, wenn du was brauchst. Und vergiss nicht, Pause zu machen. Du kennst die Zeiten."

Ich nicke lächelnd. „Versprochen, Grandpa."

Er lächelt zurück. „Ich bin mir sicher, dass ich mich auf dich verlassen kann. Wir sehen uns spätestens in der Mittagspause, klar?"

„Klar."

Dann verschwindet er aus der großen Halle und ich stehe allein hier. Er meinte, der Hausmeister stehe in der Küche, also sollte ich dort wohl als Erstes hingehen. Deswegen gehe ich durch die Halle zu der Küche, in der ebenfalls Licht brennt. Ab und zu hört man jemanden werkeln. Ich gehe durch einen kleinen Flur und sehe in der Küche einen Mann auf dem Boden liegen, der mit seinem Oberkörper gerade unter einer Spüle steckt.

„Hallo?“, frage ich, um seine Aufmerksamkeit zu bekommen.

Plötzlich ertönt ein lauter Knall und darauf ein lautes „Fuck!“. Er kommt unter der Spüle hervor und sieht zu mir.

Und mir stockt sofort der Atem.

Nathan sieht mich mit der Hand am Kopf reibend, vernichtend an. „Danke für die scheiß Kopfschmerzen.“ Er scheint mich noch nicht erkannt zu haben. Nehme ich zumindest an, denn sonst hätte er wahrscheinlich anders reagiert.

„Tut mir leid“, piepse ich, als er aufsteht und in seiner ganzen Größe drei Meter von mir entfernt steht.

Kann es eigentlich noch mehr Zufälle geben? Erst begegne ich ihm in der Apotheke, dann rettet er mir in der Stadt das Leben und jetzt arbeitet er auch noch in dem Hotel meines Grandpas. Ich bin mir nicht sicher, wie ich damit umgehen soll. Sollte ich mich freuen, dass ich ihn vielleicht so besser kennenlernen kann, oder sollte ich Angst haben, dass er mich wieder beleidigt?

Er fährt sich kurz durch die nach oben gestylten Haare und mir fällt auf, dass ich ihn das erste Mal ohne Kapuze sehe. Eigentlich ist er attraktiv. Breite Schultern, schmale Hüften, markantes Kinn. Ich habe noch genau dieses kindliche Bild von ihm vor meinen Augen und heute steht ein erwachsener Mann mit Bartstoppeln vor mir. Es hat sich viel an ihm verändert, nur seine Augen sind genauso dunkel, wie damals. „Bist du Marie?", fragt er mich, als ich kein Wort aus mir rausbekomme.

Ich nicke wie betäubt, erschrocken davon, dass er meinen Namen ausgesprochen hat.

Er legt seinen Schraubenschlüssel auf die Kochablage und wischt sich kurz mit der schmutzigen Hand über die Stirn, wo sich ein wenig Schweiß gebildet hat, während er auf mich zukommt.

Ich schrecke zusammen und gehe ihm sofort aus dem Weg, als er an mir vorbeigeht, weil er mir einfach auf eine gewisse Art und Weise Angst macht. Anscheinend ist Nathan es dennoch gewohnt, dass die Menschen so auf ihn reagieren, denn er geht gelassen weiter. Ich sehe ihm verwirrt hinterher. „Soll ich dir folgen?", traue ich mich zu fragen.

„Was glaubst du denn?"

Schnell folge ich ihm durch die Halle. Er hat mich nicht mal erkannt und trotzdem ist er so unfreundlich. Anscheinend ist er zu jedem giftig. Wie kann Grandpa ihn hier arbeiten lassen, obwohl er so ein Stinkstiefel ist? Ob er sich vor Kunden auch so widerlich verhält?

Nathan öffnet eine Tür an der Wand und holt eine Art Staubsauger heraus, stellt ihn mir hin. „Du wirst die ganze Halle saugen."

Ich blinzle und sehe den Staubsauger an. „Die ganze Halle?“

„Ja, die ganze Halle.“ Er geht wieder in den Raum und holt einen Eimer mit einem Putzlappen heraus. „Und danach wirst du die ganze Halle putzen.“

„Das werde ich alleine nie schaffen“, fiepe ich und sehe ihn entsetzt an.

Er verdreht die Augen und schließt die Tür. „Ich werde dir bei der Scheiße ganz bestimmt nicht helfen, ich habe selbst zu tun. Und … Moment mal.“ Nathan betrachtet mich etwas eindringlicher und ich sehe sofort weg. „Du bist doch … Ich fass es nicht. Verfolgst du mich?“

„Nein!“, platze ich sofort raus. „I-Ich … mein Grandpa ist der Inhaber des Hotels und … Ähm, ich soll hier über die Ferien arbeiten.“

Nathan sieht mich skeptisch an und scheint zu überlegen, ob ich die Wahrheit sage oder nicht. Wenn ich er wäre, wäre ich wahrscheinlich genauso unsicher. Ich komme mir selbst vor wie eine Stalkerin. „Wie auch immer“, sagt er schließlich gleichgültig und geht wieder. „Mach einfach deine Arbeit.“

Mit zusammengepressten Lippen sehe ich auf den Staubsauger und den Putzeimer. Okay, ich habe entschieden, dass ich es besser finden würde, wenn Nathan nicht da wäre. Ich hätte eher eine freundliche Begrüßung geschätzt als so pampige Worte von ihm, auch wenn ich weiß, dass das normal bei ihm ist. Wenigstens hier hätte er doch netter sein können. Ich kenne wirklich keinen einzigen Menschen, der je so barsch mit mir umgegangen ist.

Argwöhnisch nehme ich den Stiel des Staubsaugers in die Hand und suche das Kabel, um Strom zu bekommen. Ich möchte sofort wieder nach Hause. Nicht, weil ich keine Lust habe zu arbeiten, sondern einfach, weil Nathan mir so ein ungutes Gefühl vermittelt. Als ich nach fünf Minuten immer noch kein Kabel finden kann, bin ich dazu gezwungen, Nathan zu rufen. Ich habe kurz überlegt, Grandpa anzurufen und zu fragen, aber dann würde ich mir doof vorkommen.

Nathan kommt mit schweren Schritten aus der Küche und ich höre ihn schon von Weitem fluchen.

„Ich finde das Stromkabel nicht", erkläre ich kleinlaut und zeige auf den Staubsauger.

Schweigend geht er darauf zu und drückt einen Knopf, worauf der Sauger anspringt.

Oh. Das hätte ich auch selbst finden können. Beschämt sehe ich von ihm weg und bin froh, jetzt nichts mehr sagen zu müssen, da der Staubsauger so laut ist.

Gereizt dreht er sich wieder um und will gerade weggehen, da geht der Staubsauger aus. Er dreht sich erneut zu mir und scheint mir mit seinen Augen vorzuwerfen, dass ich ihn ausgemacht hätte.

„Ich war das nicht!", sage ich sofort. „Er ist einfach ausgegangen!" Ich knie mich nach unten und drücke den Knopf. Nichts passiert. Ich drücke ihn erneut, und wieder und wieder. Er geht einfach nicht mehr an.

„Klasse", knurrt Nathan und atmet tief ein und aus.

Als wäre es meine Schuld, sehe ich ihn entschuldigend an, obwohl ich dafür genauso wenig kann wie er. „Was soll ich jetzt machen?"

Kurz überlegt er, dann dreht er sich wieder weg und geht zur Küche: „Komm mit mir."

Ich lege den Staubsauger beiseite und folge ihm gehorsam. Ich frage mich, welchen Posten er wirklich hier im Hotel hat. Er sollte jetzt neunzehn Jahre alt sein, normalerweise ist man da doch noch kein Hausmeister. Zumindest nicht allein. Es muss noch einen älteren, erfahreneren Hausmeister hier geben. Vielleicht ist Nathan auch nur Aushilfe. Schon wieder bilden sich zehntausend Fragen in meinem Kopf wie zum Beispiel, welchen Schulabschluss er hat oder wie er zu diesem Job gekommen ist.

Wir kommen in die Küche und Nathan drückt mir einen Putzlappen in die Hand, ohne mich auch nur anzusehen, und setzt sich wieder an seinen alten Arbeitsplatz unter der Spüle. Er ist anscheinend kein Verfechter von vielen Worten.

„Soll ich etwas säubern?", frage ich, weil er mir keine Anweisung gegeben hat.

„Offensichtlich."

Ich muss einen Seufzer unterdrücken. Ihm fehlt jegliches Benehmen. Anscheinend hat er mich noch immer nicht als Honor erkannt und theoretisch bin ich für ihn irgendein fremdes Mädchen, doch trotzdem ist er so … so kalt. Wenn er Mädchen kennt, dann müssen sie ihn hassen. Hat er Freunde? Geht er vielleicht nur mit Mädchen so gemein um? Schon wieder so viele Fragen.

Als ich gerade den Putzlappen auf einer Kochplatte ansetzen will, ertönt wieder Nathans Stimme. „Vielleicht solltest du den Lappen nass machen und Putzmittel benutzen, denkst du nicht?“

Verwirrt sehe ich zu ihm. Er hat seinen Kopf noch immer unter der Spüle, doch selbst wenn er mich nicht sieht, ist er gemein. Doch eigentlich hat er recht. Nathan bringt mich so durcheinander, dass ich sogar mit einem trockenen Lappen sauber machen wollte. Ich gehe zu dem Waschbecken, wo er gerade nicht am Werkeln ist und mache den Lappen nass. „Wo sind die Putzmittel?“, frage ich und erwarte schon die nächste unfreundliche Antwort.

„Mach die Augen auf.“ Da stehen sie.

Ich sehe mich um und erblicke sofort mehrere Putzmittel, die auf dem Herd stehen. Ich gebe ein wenig davon auf den Lappen.

„War nicht so schwer oder?“

„Ja“, hauche ich leise und wische über die Kochplatte. Am liebsten würde ich ihm sagen, dass er etwas netter zu mir sein könnte, doch ich schweige. Jedes Mal, wenn ich es ihm früher gesagt habe, war er noch gemeiner und ich bin mir fast sicher, dass er sich in dieser Richtung genauso wenig geändert hat.

Für eine Weile arbeiten wir einfach schweigend vor uns hin. Und schließlich breche ich die Stille. „Ich heiße übrigens Honor.“

Er sagt nichts dazu.

Nachdenklich verziehe ich den Mund. Okay, ich darf nicht aufgeben, er kann mich nicht die ganze Zeit ignorieren. „Also eigentlich heiße ich Honor-Marie. Meinen Nachnamen kannst du dir vielleicht schon denken, wegen meinem Grandpa“, witzle ich und lache etwas. Weil er immer noch nicht redet, frage ich: „Darf ich vielleicht deinen Namen wissen?“

Ich höre, wie Nathan seinen Kopf aus der Spüle hervorholt und die Regaltür schließt. Er stellt sich hin, sodass ich ihn jetzt sehen kann. „Ich bin mir sicher, dass du ihn schon kennst“, meint er monoton und wirft sich einen Lappen über die Schulter, während er zur nächsten Spüle geht, was noch mehr Abstand in dieser riesigen Küche zwischen uns bringt.

„Woher sollte ich ihn wissen?“, frage ich und meine Stimme steigt ein paar Oktaven. Das passiert jedes Mal, wenn ich lüge. Ich bin eine grausame Lügnerin.

Nathan verdreht die Augen und verschwindet wieder in der Spüle. Er scheint Konversation wirklich zu hassen.

„Du heißt Nathan, oder?“, traue ich mich zu fragen.

„Du machst deinem Hobby als Stalker alle Ehre.“

Jetzt steht es fest. Er ist wirklich Nathan. Zwar war es mir die ganze Zeit schon klar, doch jetzt habe ich den direkten Beweis. Anscheinend hat er mich an meinem Namen nicht erkannt, doch ich muss unbedingt wissen, ob er sich an mich erinnert. Ich meine, ich war als kleines Mädchen wirklich oft bei ihm und die einzige Person, die Nähe zu ihm aufgebaut hat, er kann mich doch gar nicht vergessen haben.

„Wir waren früher in der Grundschule in der gleichen Klasse“, fange ich vorsichtig das Verhör an.

Wieder schweigt er.

„Vielleicht erinnerst du dich an mich … Sagt dir der Name Honor nichts?“

„Nein.“

„Verstehe“, sage ich leise und wische weiter über die Platte. „Aber vielleicht erinnerst du dich an, ähm, so ein kleines blondes Mädchen, das immer mit dir spielen wollte? Ich habe oft versucht, mit dir zu reden.“

Nathan stellt sich wieder hin und legt ein paar Schrauben auf den Tisch. „Sagt mir nichts.“ Er klingt so extrem desinteressiert, dass es fast wehtut.

Doch so schnell gebe ich nicht auf. Er muss lügen. Er muss sich an mich erinnern. „An deinem letzten Tag hast du mir Taschentücher geschenkt. Kannst du dich noch an Jimmy erinnern?“

Er scheint tatsächlich zu überlegen. Eine Falte bildet sich zwischen seinen Brauen, während er gerade mit einem Tuch über seinen Schraubenschlüssel wischt. Er sieht ernst aus, doch dann bildet sich ein spöttisches Grinsen auf seinen Lippen. „Natürlich. Honor. Du bist diese kleine Heulsuse.“

Bei jedem weiteren Wort, das er gesagt hat, ist mehr Hoffnung in mir gestorben. Toll. Er erinnert sich an mich, doch betitelt mich sofort als Heulsuse. Jetzt sieht mich nicht mehr der erwachsene Nathan an, sondern der kleine, gemeine Junge, der mich ständig beleidigt hat.

Ich nehme verletzt meinen Blick von ihm und sehe auf meine Hand, die schon zum millionsten Mal über dieselbe Stelle wischt. „Ja … Das bin ich. Heute bin ich nicht mehr so.“

Er lacht leise und ich erkenne Grübchen in seinen Wangen. Das ist das erste Mal, dass ich sie sehe, weil er früher nie gelacht hat. Wirklich nie. „Hast dich trotzdem kein Stück verändert“, spottet er.

„Was?“

„Du verfolgst mich immer noch und gehst mir auf den Sack.“

„Ich verfolge dich nicht!“, stelle ich klar. Ich kann doch nichts für Zufälle.

„Sich hinter einem Auto verstecken und mich beobachten, willst du also wie betiteln?“ Er hebt gehässig eine Braue.

Ich werde rot. Wenn man es so sieht, hat er recht. Ein wenig seltsam klingt das schon, aber ich wollte doch nur wissen, ob er wirklich Nathan ist. „Keine Ahnung“, sage ich beschämt. Er verschwindet wieder unter der Spüle und es entsteht erneut Stille. Ich überlege, ob ich ihm einfach ein paar Fragen stellen sollte. Mehr als unfreundlich sein, kann er sowieso nicht und das ist er auch, wenn ich ihm keine Fragen stelle. „Wieso bist du damals in der dritten Klasse gegangen?“

Weil Nathan schon seit fünf Sekunden nicht mehr antwortet, bereue ich meine direkte Frage sofort. Ein etwas leiserer Knall ertönt und Nathan stellt sich mit angespannter Miene wieder hin, schmeißt unsanft den Schraubenzieher auf die Spüle. Diese Frage gefällt ihm anscheinend überhaupt nicht, denn er sieht noch böser aus als vorhin.

„Ich wollte dir nicht zu nahe treten“, versuche ich, die Situation zu beschwichtigen. „Es ist nur …“ Ich hoffe, dass ich mich nicht weiter erklären muss, denn ich fühle mich mehr als unwohl.

„Es ist nur, was?“, giftet Nathan und scheint mich mit seinen grünen Augen töten zu wollen.

Beinahe ängstlich sehe ich ihn an. „Es hat mich einfach interessiert.“

„Es hat dich aber nicht zu interessieren, verstanden? Das ist meine Scheiße. Kümmere dich um deinen eigenen Dreck und hör endlich auf, irgendwelche beschissenen Fragen zu stellen.“ Er schmeißt die Tür der Spüle zu und ich schrecke wegen des plötzlichen Knalls auf. Wieder schmeißt er sich den Lappen über die Schulter.

„Tut mir leid.“ Ich knicke ein und sehe wieder schuldbewusst auf die Kochplatte.

„Mach die Scheiße hier fertig und dann geh jemand anderem auf die Nerven, ich bin ganz bestimmt nicht dafür zuständig, dich zu unterhalten.“ Und schon ist er aus der Küche verschwunden.

Man könnte behaupten, dass ein Mensch sich in seiner Entwicklungsphase verändert, doch Nathan ist noch genauso wie früher. Heute flucht er einfach nur mehr. Jetzt fehlt nur noch, dass ich weine, und es wäre ein perfektes Ebenbild von damals. Doch das mache ich nicht, auf keinen Fall, die Zeiten sind vorbei, egal, was er zu mir sagt. Ich bin mittlerweile eine achtzehnjährige heranwachsende Frau und so sollte ich mich auch benehmen. Nur fühle ich mich bei ihm immer noch wie ein kleines Kind, das viel zu neugierig ist.

Aber er muss doch verstehen, dass ich mich natürlich dafür interessiere, was damals passiert ist, und wieso er ständig Wunden auf seiner Haut hatte. Doch ich muss natürlich auch verstehen, dass ich ihn theoretisch gar nicht mehr kenne. Heute ist er wie ein Fremder für mich und ich bin für ihn ein

Niemand. Ein nerviges kleines Mädchen. Wieso sollte er mir vertrauen? Ich nehme es ihm nicht übel, ich würde mir auch nicht vertrauen, immerhin kennen wir uns kaum bis gar nicht. Was habe ich auch erwartet, als ich ihn danach gefragt habe? Er wird mir kaum seine Lebensgeschichte auf dem Präsentierteller bieten.

Zwei Tage habe ich Nathan im Hotel kaum gesehen. Er spaziert den ganzen Tag durch das Gebäude und macht Dinge, die ein Hausmeister macht, und jedes Mal, wenn wir uns zufällig begegnen, verschwindet er ganz schnell. Er scheint mich wirklich nicht gerne in seiner Nähe haben zu wollen.

Bis ich ihn am Donnerstag in der Mittagspause in einer ruhigen Ecke im Hotelrestaurant sitzen sehe, während er gerade isst. Er scheint mich noch nicht gesehen zu haben, deswegen überdenke ich kurz meine Möglichkeiten. Entweder ich gehe mit meinem Teller zu ihm und esse mit ihm, kann wenigstens versuchen, ein Gespräch anzufangen, oder ich setze mich woanders hin.

Definitiv die erste Möglichkeit. Ich könnte ihn fragen, was er so in den letzten zwei Tagen gemacht hat oder wieso er mir ständig aus dem Weg geht, irgendetwas, aber ich will nicht mehr diese Spannung. Das macht mich einfach verrückt und setzt mir mehr zu, als es sollte.

Gestern bei der Probe mit Misses Baskin war ich noch unkonzentrierter als sonst, weil ich ständig an ihn denken musste. Doch allerdings nicht im guten

Sinne. Ich habe einfach so viele Fragen, worauf ich keine Antwort weiß. Das macht mich verrückt.

Um uns herum sind viele Gäste, deswegen kann er gar nicht so pampig mit mir umgehen, wenn ich mich zu ihm setze. Eine gewisse Freundlichkeit sollte er – auch als Hausmeister – in einem Hotel schon ausstrahlen. Deshalb gehe ich mit meinem Salat zu ihm, beobachte ganz genau, ob er zu mir sieht oder nicht. Bisher hat er mich noch nicht entdeckt, er scheint in Gedanken zu sein.

Doch als ich meinen Teller genau vor ihn stelle und den Stuhl zurückschiebe, blickt er auf. Seine Miene ist verwirrt, doch wird dann schnell durch den üblichen Nathanblick ersetzt. Abweisung.

„Das kannst du vergessen“, meckert er sofort, als ich vor ihm sitze, und sieht mich vernichtend an.

Unschuldig wickle ich mein Besteck aus der Serviette. „Was meinst du?“

„Das da.“ Er zeigt mit seiner Gabel zwischen meinem und seinem Teller hin und her. „Ich esse allein, also setz dich woanders hin.“

„Aber ich kann mich hinsetzen, wo ich möchte.“ Ich piekse in meinen Salat und versuche, meine seriöse Miene beizubehalten und seine Worte nicht an mich ranzulassen. „Außerdem ist nirgends mehr Platz“, lüge ich.

Nathan atmet jetzt schon gereizt durch und legt seine Gabel auf seinen Teller. „Was zum Fick soll das? Hier ist genug Platz, also setz dich gefälligst auch woanders hin.“

„Du solltest vor den Gästen nicht so fluchen“, belehre ich ihn lässig und gehe seinem aggressiven Blick aus dem Weg.

„Und du solltest verschwinden.“

„Und du solltest vielleicht einen Antiaggressionskurs belegen.“

Er atmet wieder genervt aus und wischt sich durchs Gesicht.

„Ich tue doch nichts, als hier sitzen“, sage ich. „Ich werde dich nicht nerven. Versprochen.“

Kurz starrt er mich noch an, dann nimmt er genervt wieder seine Gabel und isst weiter. Ab und zu versuche ich, ihn heimlich zu beobachten und seine Bewegungen genau zu scannen. Es ist einfach höchst interessant, wie er sich bewegt und einfach vor sich hin lebt. Die Narbe, die er unter seinem Auge hat, sieht man nicht mehr so stark wie damals, doch sie ist noch gut sichtbar. Ich weiß noch, wie heftig die Wunde damals aussah, als sie frisch war. Es sah einfach nur grauenvoll aus, doch niemand wusste – natürlich –, wovon sie stammt. Niemand wusste allgemein etwas über ihn.

„Wo hast du eigentlich die Narbe unter deinem Auge her?“, frage ich, ohne nachzudenken, und bereue es sofort die Sekunde darauf.

Ohne mich auch nur ein weiteres Mal anzusehen, knallt Nathan seine Gabel auf den Teller, nimmt ihn und steht auf, verschwindet im Personalraum.

Ich drehe mich schnell um, um ihm wenigstens hinterherzurufen, dass ich es nicht so gemeint habe, aber dann taucht auch schon Grandpa vor meiner Nase auf.

„Na“, sagt er grinsend und setzt sich auf Nathans ehemaligen Platz. „Wie ich sehe, hast du schon mit Nathan Bekanntschaft gemacht.“

„Mehr oder weniger“, murmle ich und picke enttäuscht von mir selbst im Salat rum. Ich muss sachter an die Sache mit Nathan rangehen.

„Was ist los? Du wirkst müde. Willst du früher Schluss machen?“

Ich schmunzle Grandpa an. „Nein, ist schon in Ordnung. Ich komme nur noch nicht ganz mit Nathan klar“, sage ich wahrheitsgemäß, weil Vertrauen in unserer Familie schon immer ganz oben stand, auch bei Opa.

„Nathan also.“ Er seufzt. „Ja, er ist ein sehr … spezieller Mensch.“

„Ein sehr spezieller Mensch?“ Verhält Nathan sich vor anderen Kollegen, sogar vor seinem Chef, auch so dreist?

„Na ja, er ist halt ein aufmüpfiger Bengel. Sehr aufmüpfig. Also wirklich sehr, sehr aufmüpfig.“

„Das habe ich bemerkt. Aber wieso hast du ihn überhaupt eingestellt, wenn er so unfreundlich ist? Ich meine, er ist ja wirklich nur unfreundlich.“

„Er ist billig und gut. Ich hätte nirgends einen so zuverlässigen Hausmeister bekommen können wie ihn, immerhin findet er sonst keinen Job, also arbeitet er hier für einen Hungerlohn. Dafür nehme ich gerne seine freche Art in Kauf.“

Grandpas Worte schocken mich beinahe. Er sagt das so gleichgültig, als wäre es Alltag, Leute so auszubeuten. Auch wenn es nur Nathan ist. Eine Sache steht auf jeden Fall schon mal fest. Er muss einen schlechten oder gar keinen Schulabschluss haben, wenn er sonst keinen Job bekommt.

„Wieso bekommt er denn keinen anderen Job?"

„Das kann ich dir nicht sagen, dazu bin ich nicht befugt, auch wenn du meine Enkelin bist", lacht er.

„Hmm, okay. Und weißt du, wo er wohnt?"

Opa hebt eine Braue. „Marie."

„Ja?"

„Du hast dich doch nicht verguckt, oder?"

Ich blinzle. „Was?"

„Du weißt schon, was ich meine", lacht Grandpa wieder. „Verguckt, verknallt, verliebt, das, was Jugendliche eben so tun."

„Um Gottes willen, nein!", sage ich sofort und hebe beide Hände. „In Nathan absolut nicht. Er ist, wie gesagt, ein aufmüpfiger Stinkstiefel."

Erleichtert wischt Grandpa sich imaginären Schweiß von der Stirn. „Gott sei Dank. Er ist wirklich nicht das, was ich dir wünschen würde. Vor allem nicht deiner Mutter."

Ich verdrehe die Augen. „Wenn es nach Mama gehen würde, wäre ich sowieso für den Rest meines Lebens alleinstehend."

„Sie will nur nicht, dass dich so ein Idiot wie Nathan verletzt. Ich kann sie da verstehen, du bist ein hübsches Mädel. Die Jungs müssen dir reihenweise hinterherrennen."

„Grandpa", lache ich. „Jetzt bleib mal auf dem Boden der Tatsachen."

„Hach, in der Richtung bist du wie deine Mutter. Sie wollte auch nie einsehen, dass sie der Männerschwarm schlechthin war."

Um halb sechs abends ziehe ich mir meine hellbraune Winterjacke an und dazu noch meine dicke Wollmütze. Ich bin nur froh, dass momentan kein Schnee liegt, also kann ich ohne nasse Füße nach Hause laufen. Ich verlasse mit dem Handy in der Hand das Hotel, um Mama eine Nachricht zu schreiben, dass ich pünktlich um sechs zum Essen zu Hause sein werde.

Bis mir jemand auf dem Parkplatz auffällt. Ich blicke auf und sehe Nathan, wie er gerade auf ein Motorrad steigt. Er hat ein Motorrad? Es sieht nicht wirklich billig aus, deswegen wundere ich mich, wie er es sich leisten kann, wenn Grandpa doch meinte, dass er nur für einen Apfel und ein Ei arbeitet.

Unmittelbar gehe ich zu ihm, stecke mein Handy wieder in die Jackentasche, ohne Mama zu schreiben. „Hey", sage ich zu Nathan, der sich gerade den Helm aufsetzen will.

Er blickt zu mir auf und lässt den Helm wieder sinken. Argwöhnisch beobachtet er jeden Schritt, den ich ihm näher komme.

„Ich wusste gar nicht, dass du ein Motorrad hast", versuche ich freundlich, ein Gespräch zu starten. Ich muss versuchen, so viel wie möglich aus ihm herauszubekommen.

„Du scheinst auch anscheinend nicht zu wissen, dass du mir auf die Nerven gehst, also wundert es mich nicht."

Ich ignoriere seinen blöden Spruch und mustere das schwarze Gefährt unter ihm. „Das Teil sieht wirklich krass aus."

Er hebt eine Braue. „Krass“, wiederholt er spöttisch.

„Ja, richtig fetzig!“ Ich bin dumm. „Ähm, ja, also einfach richtig cool.“

„Wunderbar“, meint er monoton und will sich wieder den Helm aufsetzen.

„Was ist das für eine?“, frage ich, worauf er den Helm wieder stöhnend sinken lässt. „Eine YUMAHA?“

Nathan lacht gehässig. „Yumaha. Du meinst wohl eher YAMAHA und nein, das ist keine YUMAHA.“

„Oh.“ Ich laufe sofort rot an. Was quatsche ich hier eigentlich? Ich blamiere mich mehr, als eine ordentliche Konversation mit ihm zu führen. „Meinte ich ja.“

Kurz wartet Nathan, ob ich noch etwas Blödes zu sagen habe, dann hebt er wieder den Helm zu seinem Kopf.

„Stop!“, sage ich schnell. „Ich, ähm, wo, äh, wo fährst du denn jetzt hin?“

Zum gefühlten hunderttausendsten Mal atmet Nathan heute gestresst durch. Für einen Moment sieht er mich nachdenklich an, dann sagt er: „Du scheinst wirklich interessiert an meinem Shit zu sein, oder?“

Unsicher zucke ich mit den Schultern. Eigentlich schon. Am liebsten würde ich alles wissen.

„Okay.“ Er dreht den Schlüssel seines Motorrads. „Steig auf und ich zeig dir ein wenig von meiner Welt.“

Kapitel 4

Perplex sehe ich ihn an. „Was?“

Er zieht sich den Helm auf und tritt den Ständer seines Motorrads weg. „Ich gebe dir keine zweite Chance. Tu’s oder lass es. Ich werde auf jeden Fall jetzt verschwinden.“

Okay, es muss jetzt ganz schnell eine Entscheidung her. Ich tu’s oder ich lass es. Er wird mir keine zweite Chance geben. Er will mir etwas von seiner Welt zeigen. Oh, mein Gott, vielleicht werde ich es so bereuen, aber schließlich packe ich meinen Mut und setze mich hinter ihn auf sein Motorrad.

„Schlechte Entscheidung“, ertönt Nathans Stimme über den Klang seines lauten Motors, während ich versuche, mich irgendwie hinter ihm zu arrangieren. Er gibt kurz im Stand Gas, sodass der Motor noch lauter aufheult und ich vor Schreck meine Arme sofort um seinen Oberkörper schlinge. Auch wenn er mich dafür wahrscheinlich hassen wird, dass ich ihm so nahe komme, fahre ich keinen Meter mit ihm mit, ohne an ihm festgekrallt zu sein. Ich riskiere keinen Schädelbruch.

Es vergehen keine weiteren zwei Sekunden und Nathan fährt los. Ich drücke mich noch enger an ihn, sodass ich mir sicher bin, er wird mich jeden Moment runterschmeißen, aber ich bin noch nie auf so einem Teil gefahren und das auch noch ohne Helm. Ziemlich unromantisch die ganze Sache. In

Filmen gibt der Junge dem Mädchen immer den Helm, damit sie nicht verletzt wird, aber ich muss mir wieder klarmachen, dass das hier kein Film ist und meine Arme nicht um Zac Efron, sondern um Nathan Cort geschlungen sind.

Wenn meine Mutter mich nur sehen würde. Sie würde mich eiskalt zu Hause einsperren. Ohne Helm bei einem quasi Fremden auf einem Motorrad mitzufahren, ist vermutlich das letzte, das sie sich erhofft hat, als sie mich ins Hotel zum Arbeiten geschickt hat. Allerdings war das auch nicht mein Plan. Nathan war definitiv nie mein Plan, aber mal wieder ist meine Neugier größer als meine Vernunft.

Ich habe das Gefühl, dass Nathan in Höchstgeschwindigkeit durch die Stadt fährt, nur um mich zu ärgern, weil er spüren muss, wie sehr ich zittere, aber ich bin mir fast sicher, dass es mir nur so extrem schnell vorkommt, weil meine Mütze mir fast vom Kopf fällt und meine Haare sich im Wind verknoten.

Mit jedem weiteren Meter, den wir fahren, merke ich, wie abgelegener die Gegend wird, zu der er fährt. In der Straße, zu der ich ihm gefolgt bin, bin ich auch nie gewesen, aber diese Straßen sehen beinahe noch gruseliger aus. Vor allem, weil es fast dunkel ist. Ich hoffe nur, dass er mich dann wenigstens wieder nach Hause fährt und mich nicht erneut allein hier stehen lässt wie beim letzten Mal. Das war vielleicht ein Desaster.

Nathan hält vor einem Haus, das relativ … alt aussieht. Sehr schäbig und heruntergekommen, aber es spiegelt perfekt die Gegend wider. Schäbig und heruntergekommen. Ich fühle mich auf Anhieb unwohl.

„Lass mich los und steig ab“, befiehlt er, als ich noch immer wie eingefroren meine Arme um seinen Oberkörper geschlungen habe.

Sofort lasse ich ihn los und steige fast stolpernd ab, weil das Motorrad doch höher ist, als ich dachte, und außerdem bin ich wegen der Fahrt noch total durch den Wind. Mein Adrenalinpegel ist mehr als auf hundertachtzig und mein Herz pocht mir bis zum Hals.

Nathan zieht sich den Helm vom Kopf, hängt ihn auf seinen Lenker und wuschelt sich kurz durch die Locken, worauf sie wieder unverschämt gut sitzen. Er zieht den Schlüssel heraus und schwingt sein Bein von dem Gefährt, als wäre er der Höllenreiter höchstpersönlich. Alles ist so schwarz und gefährlich an ihm. Sogar sein Motorrad.

„Wo gehen wir jetzt hin?“, frage ich mit fiepender Stimme und versuche trotzdem, stark zu klingen. Ich darf mir meine Unruhe jetzt nicht anmerken lassen, es darf nicht so wie früher sein.

„Angst?“, fragt Nathan höhnend und lässt seinen Schlüssel in seiner Hosentasche verschwinden.

„Nein“, sage ich. Klinge aber viel zu ängstlich.

„Na gut, dann komm mit.“ Er geht zu dem alten Haus, ein paar Treppen nach oben.

Ich folge ihm mit unsicheren Schritten und versuche, meine Haare mit meinen Fingern zu kämmen, weil sie wirklich sehr verknotet sind. Sollte ich denn Angst haben?

„Wohnst du hier?“, frage ich Nathan, während er die Tür aufschließt.

Kurz lacht er auf. „Du glaubst doch nicht wirklich, dass ich dir zeige, wo ich wohne.“

Ich schweige. Natürlich zeigt er mir nicht, wo er wohnt, wäre auch zu viel verlangt. Nathan muss immer noch der Typ mit den tausend Geheimnissen sein.

Die Tür öffnet sich mit einem Klick und sofort kommt uns ein unangenehmer Nebel entgegen, gemischt mit widerlichem Gestank. Augenblicklich halte ich mir die Nase zu, während Nathan gelassen das Haus betritt. Das ist abartig. Wie kann er so tun, als würde dieser eklige Geruch einem nicht die Brauen wegätzen? Ich folge ihm in das Haus und man hört sofort Klänge von Rockmusik durch den kleinen Flur.

Mir die Nase zuhaltend, sehe ich Nathan hinterher, wie er durch den Flur in ein Zimmer geht, wo der Nebel rauskommt. Ich höre mehrere Stimmen. Ach du meine Güte. Das kann nur ein schlechtes Zeichen sein. Eilig folge ich ihm und bereue jetzt schon, dass ich mit ihm gekommen bin.

Ich betrete das Zimmer, das sich als Wohnzimmer rausstellt – mehr oder weniger –, und sehe, wie Nathan sich auf eine Couch fallen lässt, die um einen Tisch rum steht. Mir wird sofort klar, wovon dieser schreckliche Nebel kommt. Fünf Leute sitzen dort um den Couchtisch herum und rauchen.

„Wer’s das?“, fragt ein Kerl säuselnd mit schwarzen langen Haaren und mustert mich genauso wie der Rest der Bande, während ich total verspannt im Türrahmen stehe und mich sofort fehl am Platz fühle.

„Sie wollte euch unbedingt kennenlernen“, erklärt Nathan mit einer Zigarette zwischen den Lippen und zündet sie an.

„Dann wird sie uns kennenlernen“, raunt ein anderer der vier Kerle. „Setz dich zu uns, Hübsche“, ruft er zu mir rüber und klopft auf den freien Platz neben sich. „Wir beißen auch nicht.“

„Vielleicht“, fügt ein anderer hinzu und lacht darauf rau. Seine Stimme ist mehr als zerstört, ich nehme an, es kommt davon, dass sie ihre Zeit in Räumen verbringen, die so verraucht wie dieser sind.

Weil ich immer noch total perplex dort stehe, fragt Nathan spottend: „Was ist los, Honor? Sagtest du nicht, du willst meine Welt sehen?“

„Ja“, sage ich schwer schluckend und versuche, nicht zu viel von dem THC in der Luft einzuatmen. Ich raffe mich dazu auf, zu dem Tisch zu gehen.

Der Typ mit der kaputten Stimme klopft wieder neben sich und ich setze mich vorsichtig neben ihn, mit einem großen Abstand, weil er gruselig aussieht. Genauso wie der Rest. Einer der vier Kerle hat rot gefärbte Haare und eine Seite davon abrasiert und schwarz geschminkte Augen. Auf seinem Schoß sitzt ein Mädchen, ich würde sie auf nicht älter als ich schätzen, ihre Haare sind blau. Oder grün. Eine seltsame Farbe.

„Ich bin Connor“, säuselt mir der Typ neben mir zu und rutscht näher zu mir ran, legt seinen Arm um mich, worauf mich sofort eine Art von Ekel überkommt und ich mich gegen die Couchlehne presse, um seinem Mundgeruch aus dem Weg zu gehen. „Und du heißt Honor, huh?“

„Ich mag deine Haare“, nuschelt der Typ auf der anderen Couch neben uns und nimmt eine Strähne von mir in die Hand, wickelt sie um seinen Finger.

Mir schlägt das Herz bis zum Hals und ich fühle mich mehr als bedrängt. „Danke“, sage ich fast flüsternd und nehme ihm die Haarsträhne weg, versuche, meine Furcht nicht zu zeigen, doch es gelingt mir ganz und gar nicht.

„Und ich deine Haut“, sagt wieder der Typ mit dem Arm um mich rum und streicht mir mit seinem Zeigefinger und extrem schmutzigem Fingernagel über meine Hand.

Schnell drehe ich mein Gesicht weg und sehe Hilfe suchend zu Nathan. Er beobachtet die ganze Szene praktisch belustigt. Gleichgültig raucht er an seiner Zigarette und lehnt sich locker in den Sessel zurück.

„Magst du keine körperliche Nähe?“, fragt Connor und presst mich an seine Seite, sodass ich keine Chance habe, mich zu wehren. Er sieht beinahe wütend aus.

„Connor, lass sie“, sagt das Mädchen und funkelt ihn böse an. „Siehst du nicht, dass du ihr Angst machst?“

Connor sieht zu mir und zieht an seiner Zigarette. „Ist das so?“, fragt er und bläst mir den Zigarettenrauch ins Gesicht.

Schnell halte ich den Atem an und kneife die Augen zu. „Bitte“, krächze ich und versuche, mich aus seinem Griff zu winden. „Hör bitte auf.“

„Setz dich zu mir“, schlägt der Typ mit den langen schwarzen Haaren vor, der auf einem Stuhl sitzt, und klopft auf sein Bein. „Bei mir bist du sicher, Kleine … Ich verspreche es dir.“

Ich schaffe es, mich aus Conners Arm zu winden, und richte meine Jacke, quetsche mich erneut an die Lehne. „Schon okay“, hauche ich eingeschüchtert.

„Wo hast du die denn aufgegabelt?“, meckert Connor und sieht zu Nathan. „Noch langweiliger ging es nicht.“

„Willst du eine Zigarette?“, fragt mich leise der Typ rechts von mir und hält mir seine Schachtel entgegen.

Ich schüttle den Kopf.

Er runzelt die Stirn. „Was?“

„Ähm, ich rauche nicht.“

Nathan drückt seine Zigarette an der Sessellehne aus und sagt: „Ich habe sie nicht aufgegabelt, sie ging mir einfach nur ständig auf den Sack und hier nach wird sie mir nicht mehr auf den Sack gehen.“

„Wie, du rauchst nicht?“, fragt der Typ neben mir wieder leise, während Nathan mit den anderen redet.

Ich blinzle verwirrt. „Ich rauche halt nicht … Das ist sehr ungesund.“

„Ungesund?“, fragt er fast schon überfordert, als wüsste er nicht, was dieses Wort bedeutet.

„Ja … Das Nikotin ist sehr schlecht für deinen Körper.“

„Schlecht für meinen Körper“, wiederholt er perplex und nimmt die Schachtel zurück, starrt sie benebelt an.

„Ja“, meine ich irritiert. Anscheinend wusste er das nicht. Er sieht aus wie fünfundzwanzig, doch wirkt wie ein kleiner Junge.

Was ist nur los mit diesen Leuten? Sie wirken alle so befremdlich. Solche Leute wie hier sieht man normalerweise nur auf der Straße oder in Filmen. Ich gehöre hier nicht hin. Ganz und gar nicht. Am liebsten wäre ich jetzt zu Hause beim Abendessen mit meinen Eltern, während ich ihnen von meinem Tag erzähle. Ich hätte nicht mit Nathan hierherkommen sollen, ich hätte es wissen sollen. Natürlich unterscheidet sich meine Welt stark von seiner, was hatte ich auch erwartet? Er ist verrucht, genauso wie die Menschen hier in diesem Zimmer. Sie strahlen alle das Gleiche aus. Diese rabenschwarze Aura.

Das Mädchen mit den grünen Haaren sieht mich an und ich wage zu behaupten, dass Mitleid in ihrem Blick zu erkennen ist. Der Typ, auf dem sie sitzt, sieht mich ebenfalls nur gleichgültig an, doch er scheint nicht wegsehen zu wollen.

„Hast du was von Eduard gehört?“, fragt der Kerl mit den langen schwarzen Haaren Nathan, der sich eine weitere Zigarette anzündet.

„Nein, habe ich nicht“, sagt Nathan genervt. „Fang nicht schon wieder mit der Scheiße an, ich kümmere mich darum.“

„Das hast du schon vor zwei Monaten gesagt.“

„Mir scheißegal, ich kümmere mich darum.“

Ich würde Nathan gerne fragen, wer dieser Eduard ist und was es mit ihm auf sich hat. Letztens in der Stadt hat er mich auch schon gefragt, ob Eduard mich geschickt hat. Doch es wäre sinnlos. Er würde ja doch nicht mit mir reden, sondern mich wieder beleidigend abblocken.

„Willst du mal ziehen?“, fragt mich der Typ wieder neben mir und hält mir ein langes Glasgestell hin. Ich betrachte es überfordert und er erklärt: „Das ist eine Bong. Keine Zigarette.“

Sofort gehen bei mir die Alarmglocken an. Eine Bong. Von einem Referat in der Schule weiß ich, dass diese Teile mit Drogen in Verbindung stehen und dass das noch viel schlimmer als Nikotin ist. „Nein, danke“, lehne ich deshalb ab.

Wieder nimmt der Typ verwirrt die Bong zurück. „Wieso? Rauchst du auch nicht Bong?“

Ich schüttle den Kopf. „Nein … Ich nehme keine Drogen.“

„Jasper, gib’s auf“, lacht der Typ mit den schwarzen, langen Haaren. „Die Kleine ist mehr als langweilig. Reich das Ding mal durch.“

Der Typ neben mir, anscheinend heißt er Jasper, reicht nickend die Bong durch.

„Ich bin nicht langweilig“, verteidige ich mich, weil ich nicht ständig auf mir rumhacken lassen will. „Ich rauche einfach nur nicht und nehme keine Drogen. Daran ist nichts langweilig. Das ist Anstand.“

Connor lacht laut auf und nimmt dem Typ die Bong ab. „Wir scheißen auf Anstand, bei uns bist du scheiße langweilig.“ Er hält ein Feuerzeug daran und nimmt einen tiefen Zug, dann atmet er es aus und hustet. „Trinkst du wenigstens Alkohol?“

„Wenn es einen Anlass dazu gibt, ja.“

„Dann ist heute ein Anlass dazu“, säuselt Jasper und holt eine Glasflasche hervor mit durchsichtigem Inhalt und stellt sie auf den Tisch.

Ich schlucke schwer. Nein, heute ist definitiv kein Anlass dazu, Wodka zu trinken, dazu gibt es nie einen Anlass. Ich trinke höchstens mal Sekt auf Geburtstagen oder Familienfesten, aber doch keinen Schnaps.

Connor greift sich die Flasche und öffnet sie und nimmt einen kräftigen Schluck. Perplex beobachte ich ihn dabei. Ich würde mich danach sofort übergeben. Er setzt die Flasche ab und zischt auf. Anschließend hält er sie mir hin. „Hier.“

Schnell schüttle ich den Kopf.

„Was? Trink einen Schluck, ich dachte, du trinkst Alkohol.“

Ich beiße mir auf die Zunge. Ich will nach Hause. Mit meinen Augen bettle ich Nathan an, dass ich gehen möchte und ich mich mehr als unwohl fühle. Das hier ist vielleicht seine Welt, aber nicht meine. Doch Nathan sieht mich nur mit leicht erhobener Braue an, ihm scheint es total egal zu sein.

Mich trifft etwas an den Kopf, worauf ich sofort wieder zu Connor sehe, der mich erbost anblickt. „Trinkst du jetzt? Du nervst langsam mit deiner Scheiße. Stell dich nicht so an.“

„Wenn sie nicht will, dann lass sie“, sagt wieder das Mädchen. „Nicht jeder trinkt Wodka wie Wasser so wie du.“

„Halt endlich deine Fresse, Suzi“, stöhnt Connor. „Du gehst hier ebenfalls jedem auf den Sack, also einfach die Fresse halten.“ Er sieht wieder zu mir und hält mir erneut die Flasche hin. „Trink jetzt.“

„Nein“, traue ich mich zu sagen, doch es ist eher ein heiseres Wispern.

Plötzlich weiten sich seine Pupillen und seine Miene ist mehr als zornig. „Trink.“

Wieder schüttle ich den Kopf und rutsche weiter von ihm weg, weil er mir Angst macht. „Ich möchte nicht.“ Wieder sehe ich zu Nathan. Wie kann er einfach ganz ruhig zusehen und zulassen, dass Connor sich so verhält? Auch wenn er mich vielleicht nicht sonderlich mag, könnte er doch wenigstens sagen, dass er mich endlich mit diesem blöden Alkohol in Ruhe lassen soll.

„Du bist so fucking langweilig“, stöhnt der Typ mit den langen schwarzen Haaren und wirft eine leere Zigarettenschachtel nach mir, die mir in den Schoß fällt, worauf ich sie sofort runterschmeiße.

„Ich möchte einfach nicht rauchen und trinken“, versuche ich mich unsicher zu erklären. „Was ist denn so schlimm daran?“

Plötzlich taucht eine kleine Explosion vor meinem Auge auf, die mich leise aufkreischen lässt und ich sofort zusammenzucke. Entsetzt sehe ich zu Conner, der einfach genau vor meinem Gesicht sein Feuerzeug aufgedreht hat.

„Das ist das Problem“, sagt Connor und funkelt mich an. Seine Augen sind rot wie Feuer. Anscheinend zeigt die Bong ihre Wirkung. „Du bist eine verdammte Schisserin und das fuckt ab.“

„Es tut mir leid, aber …“ Wieder trifft mich etwas. Jasper hat ebenfalls seine Zigarettenschachtel nach mir geworfen und lacht jetzt lauthals. Was ist denn hier los? Was habe ich getan? Und wieso zum Teufel schreitet Nathan nicht ein?

Doch noch bevor ich Jasper die Schachtel zurückwerfen kann, spüre ich plötzlich eine unangenehme Kälte auf meinem Gesicht.

Connor schüttet mir den ganzen Wodka über den Kopf, während er heftig lacht.

Kreischend springe ich auf und versuche, mir den Wodka aus den Augen zu wischen, weil es brennt wie die Hölle. Und es stinkt. Und es ist kalt. Und es tut einfach weh. „Was ist nur los mit euch?", frage ich zu laut für meine Verhältnisse in die Runde, während ich den widerlichen Geschmack des Wodkas auf meinen Lippen schmecke, der mich fast dazu bringt, mich zu übergeben. „Was habe ich euch getan?"

Connor wirft wieder lachend den Deckel der Wodkaflasche nach mir. „Halt's Maul und heul nicht so rum. Du bist hier nicht weiter erwünscht, du machst alles nass."

Wie vor den Kopf geschlagen, starre ich Connor an, dann sehe ich zu Nathan, der – zu meinem Entsetzen – lachend in seinem Sessel sitzt. „Und du willst nichts dazu sagen?", brülle ich ihn an.

Er sieht mich amüsiert an. „Wozu?"

Ich würde ihm am liebsten den Kopf abschlagen. „Darüber, wie deine Freunde mit mir umgehen?"

„Mir doch egal, wie die mit dir umgehen. Dein Pech, wenn du dich verhältst wie die beschissene Jungfrau Maria."

Mir klappt der Mund auf. Was fällt ihm ein? Mag ja sein, dass Nathan einen schlechten Charakter hat, aber selbst so etwas hätte ich ihm niemals zugetraut.

Das ist unter aller Sau. „Du bist widerlich", zische ich und gehe eingeschnappt um den Tisch herum, remple mit Absicht seine Beine an, die mir im Weg stehen. „Ich werde gehen."

Auf hundertachtzig stürme ich aus dem Haus, ziehe mir währenddessen die durchnässte Mütze vom Kopf und stopfe sie angewidert in meine Jackentasche. Das ist das Allerletzte. Ich hatte viel erwartet, als ich auf Nathans Motorrad gestiegen bin, doch ganz bestimmt nicht das. Meine Mutter wird mich umbringen, wenn ich nach Rauch und Alkohol riechend nach Hause komme. Sie wird mich anbrüllen und ich bekomme Ärger, nur weil ich so naiv war und dachte, Nathan und ich könnten vielleicht Freunde werden.

Ich laufe die mittlerweile dunkle Gasse entlang und ziehe mir die nasse Jacke von den Schultern. Ich kann sie keinen Meter mehr tragen, sie widert mich nur noch an. Ich kann sie nie wieder tragen. Sie wird wohl im Müllcontainer landen. Dank Nathan. Dank seinen bescheuerten Freunden.

„Hey!", ruft jemand nach mir, der eindeutig Nathan ist.

Doch ich ignoriere ihn und stampfe weiter. Er kann mich mal. Ich lasse mir diese Beleidigungen nicht mehr bieten. Ich wollte immer nett zu ihm sein, immer, doch er ist noch genauso gemein wie damals.

„Honor, jetzt bleib stehen, man!", höre ich seine Stimme, die immer näher kommt.

Als ich gerade um die Ecke gehen will, zieht er an meinem Arm, worauf ich mich aufgebracht zu ihm umdrehe. „Was?“, schreie ich. „Was willst du?“

Er sieht mich ernst an. „Schrei mich nicht an, du hast dir die Scheiße selbst zuzuschreiben!“

„Ich habe es mir selbst zuzuschreiben? Ich habe nichts getan!“

Er lacht. „Wenn du nicht so beschissen langweilig wärst, würde dir der Mist gar nicht erst in den Haaren kleben.“

„Du meinst wohl eher, wenn ich genauso asozial wie deine Freunde wäre!“

„Nein, ich meinte, wenn du nicht so scheiße langweilig wärst“, sagt er locker.

„Wieso rede ich überhaupt noch mit dir?“, rufe ich aufgebracht und werfe die Hände in die Luft. „Es hat doch keinen Zweck!“

„Ich habe dir von Anfang an gesagt, dass du dich nicht für meinen Mist interessieren solltest.“

Erzürnt drehe ich mich von ihm weg und gehe in irgendeine Richtung. Ich habe keine Ahnung, wo ich bin, aber ich will einfach weg. Ich will von ihm weg.

„Wo willst du hin?“, ruft er mir hinterher und ich höre seine Schritte. „Du hast doch keine Ahnung, wo du bist!“

„Mir egal!“, rufe ich zurück und sehe nicht mal zu ihm. Ich bin froh, dass wir allein hier sind, denn Nathan ruft definitiv nicht die beste Seite in mir hervor. „Ich will einfach keine weitere Sekunde hier bei dir verbringen!“

„Das hättest du dir vielleicht überlegen sollen, bevor du mit mir gekommen bist, meinst du nicht?“

Diesmal ist er derjenige, der mir folgt, und ich diejenige, die ihn nicht in ihrer Nähe haben will.

Außer mir vor Wut drehe ich mich wieder zu ihm um.

Er ist ungefähr zwei Meter von mir entfernt. Er steht in der Dunkelheit, als wäre er dort geboren. Nathan passt perfekt hierhin.

„Ich hätte mir vielleicht auch vorher überlegen sollen, ob ich überhaupt auch nur einen einzigen Gedanken an dich verschwende!“, schreie ich ihm zu. „Ich wollte immer nur nett sein, Nathan, immer! Aber heute hast du mir einfach bewiesen, dass alles umsonst war, schon als ich klein war!“

„Ich habe dir tausend Mal gesagt, dass ich kein Bock auf dich habe, also rede hier nicht so einen Mist!“

Ungläubig schüttle ich den Kopf und drehe mich wieder um, gehe weiter geradeaus, spüre die Kälte, die meinen Kiefer zum Zittern bringt, weil die Nässe mich noch mehr zum Frieren bringt.

„Warum renne ich dir eigentlich hinterher?“, höre ich Nathan fluchen. „Sieh zu, wie du nach Hause kommst, ich habe dir gesagt, dass es eine beschissene Entscheidung war, mit mir zu kommen!“

Ein großer Teil von mir wusste, dass so was passieren würde, als ich auf Nathans Motorrad gestiegen bin, und ein anderer, kleinerer, dümmerer Teil hatte gehofft, dass man vielleicht leibhaftig mit ihm reden könnte und er mal kein arroganter Vollidiot ist. Schon seit einer Stunde frage ich mich selbst, wieso ich überhaupt zugelassen habe, dass er so viel Platz in meinem Kopf einnimmt.

Er hat mir doch schon als Achtjährige ständig wehgetan, wieso lasse ich das selbst zehn Jahre später noch zu?

Nathan ist ein arroganter Mistkerl mit einem riesigen Ego und so jemanden sollte ich nicht in mein Leben lassen, vor allem, wenn er mich schon zum zweiten Mal allein in der Kälte lässt. Ich habe keine Ahnung, wo ich bin, mein Handy ist kaputt durch den Wodka und ich stinke nach Alkohol, außerdem friere ich mich beinahe zu Tode, weil meine Haare einfach nicht trocknen wollen.

Schlechte Entscheidung hat er gesagt, als mit ihm gekommen bin. Hätte ich doch nur auf ihn gehört. Mittlerweile ist es schon nach neun Uhr und meine Eltern werden stinksauer sein, weil ich nicht mal Mama geschrieben habe. Es würde mich nicht wundern, wenn sie die Polizei rufen, wenn ich nicht vor zwölf Uhr zu Hause bin. Meine Mutter ist in solchen Fällen sehr pingelig, dennoch wäre es mir recht, wenn sie nach mir suchen würde, denn ich bin mir sicher, dass meine Haarspitzen bereits Eispartikel bilden vor lauter Kälte.

Ich presse meine Knie noch enger an meine Brust und lege meine mittlerweile nur noch halbnasse Jacke über mich. Den Wodkageruch ignoriere ich einfach, indem ich nur durch den Mund atme und an etwas Schönes denke.

Blumen. Ja, Blumen. Ich stelle mir vor, ich würde in einem Blumenbeet liegen und ein paar davon in mein Buch kleben, das ich Papa zum Geburtstag schenken möchte.

Ich schrecke auf, weil plötzlich ein lauter Motor gemischt mit quietschenden Reifen auf der Straße neben mir ertönt.

Ich erkenne erst Nathans Gestalt, als er stehen bleibt und sein Licht ausschaltet, das direkt in meine Richtung geleuchtet hat. Er zieht seinen Helm ab, stemmt sein Motorrad auf den Ständer und kommt auf mich zugestampft. Nathan sieht mehr als zornig aus.

Ich wende mich von ihm ab und beachte nicht mal ansatzweise seinen wütenden Ausdruck. Er beeindruckt mich damit nicht mehr, für mich ist er nur noch lächerlich.

„Hast du Connors Brieftasche geklaut?", fragt er mich aggressiv und stellt sich einen Meter von der Bank hin.

Ich sehe ihn ungläubig an. Das kann doch nicht sein Ernst sein. „Wie bitte?"

„Du hast mich verstanden", zischt er. Selbst durch die Dunkelheit kann ich das Düstere in seinen Augen erkennen.

„Warum sollte ich seine Brieftasche stehlen?"

„Um dich zu rächen, um … keine Ahnung, mir scheißegal. Sag einfach, ob du sie hast oder nicht."

„Natürlich habe ich sie nicht! Ich habe es nicht nötig zu stehlen, frag lieber mal den Rest deiner netten Freunde!" Vor lauter Kälte wieder zitternd, ziehe ich mir die Jacke enger um den Körper und lasse mich mehr in die Bank sinken. „Und jetzt lass mich allein. Ich habe Besseres zu tun, als mich mit dir zu unterhalten."

Nathan lacht feindselig auf und verschränkt die Arme. „Das sehe ich. Du stinkst bis hier hin und siehst gleichzeitig noch beschissener aus, als ich dachte.“

„Wow“, sage ich halb lachend und sehe von ihm weg. „Selbst in Momenten wie diesen bist du noch so.“

„Wie?“

„Gemein.“

„Gemein“, amüsiert er sich.

Ich sehe ihn giftig an. „Ja, gemein. Und damit du mich nicht länger ertragen musst, kannst du jetzt gehen. Du hast es geschafft. Ich will definitiv nichts mehr von dir wissen.“

„Das ging einfacher als gedacht“, lacht er und setzt sich neben mich, allerdings mit großem Abstand.

Entsetzt blicke ich zu ihm. „Was wird das? Willst du jetzt plaudern, mich noch mehr beleidigen? Ich will nicht, dass du hier bist, schon vergessen?“ So zickig kenne ich mich gar nicht. Ich würde niemals mit jemandem so respektlos reden, doch vor Nathan habe ich einfach keine Achtung mehr. Zwar weiß ich immer noch nicht, was damals in seiner Kindheit passiert ist, doch ich möchte ihn einfach aus meinem Leben streichen. Er hat mich enttäuscht.

Jetzt sieht er spottend zu mir. „Ich bin gemein, schon vergessen? Wieso bist du überhaupt hier? Hast du keine überfürsorglichen Eltern, die dich suchen?“

„Ich wüsste nicht, was dich das angeht“, meckere ich und rutsche weiter von ihm weg, ganz an den Rand, sodass ich beinahe auf dem Boden lande, doch das ist mir egal. In seiner Nähe fühle ich mich mickrig und ich mag dieses Gefühl nicht.

„Also was hast du vor? Hier die Nacht verbringen?"

„Das geht dich nichts an. Geh und kümmere dich um … Keine Ahnung. Nehm deine Drogen und rauch deine Zigaretten, aber lass mich einfach in Ruhe."

„Du hast recht", sagt er und greift in seine schwarze Jacke, holt eine Packung Zigaretten hervor. „Ich könnte tatsächlich eine rauchen." Er steckt sich den Krebsstängel zwischen die Lippen und sieht mich an. „Du hast nicht zufällig Feuer?"

Ich sehe ihn nur mit zusammengekniffenen Augen an.

„Dachte ich mir schon", nuschelt er gleichgültig und greift in seine Hosentasche, holt ein silbernes Feuerzeug hervor, zündet damit die Zigarette an. „Willst du auch eine?"

„Sag mal, was soll das werden?", frage ich genervt und ignoriere seine dumme Frage. „Willst du mir den Abend noch unerträglicher machen? Denkst du nicht, dass du und deine Freunde mich schon genug bloßgestellt habt?"

„Ich tue doch nichts, als hier sitzen. Wenn du meinst, wie ein Penner hier zu schlafen, dann kann ich dafür auch nichts. Das ist ein öffentlicher Platz." Er kann wirklich kaum einen Satz sagen, ohne mich nicht zu beleidigen. Anscheinend hat er das schon richtig drauf. Ihm kommen die Sätze flüssig von der Zunge, als hätte er jahrelang nichts anderes gemacht. Oh, stimmt ja, er hat schon damals jahrelang geübt.

Doch es macht sowieso keinen Sinn, mit ihm zu diskutieren. Er ist arrogant und überheblich, mit einem riesigen Ego. Wie soll man auch mit so jemandem normal reden können?

„Okay", sage ich beinahe erschöpft und lege mich auf die Seite, doch mache mich so klein, wie ich kann, damit ich ihm nicht zu nahe komme. „Dann sei wenigstens still." Seufzend schließe ich die Augen und wünschte, ich würde in meinem warmen Bett liegen.

„Du willst ernsthaft hier pennen? Das ist beinahe lustig", höre ich seine tiefe Stimme.

„Sei bitte still. Ich will einfach nur die Nacht rumbekommen."

Nathan lacht leise brummend und ich höre, wie er an seiner Zigarette zieht und den Rauch ausatmet. „Wenigstens gehst du mir auf der Arbeit nicht mehr auf den Sack."

„Allerdings", sage ich. „Ich werde nicht mehr dort arbeiten."

Nach einer kurzen Pause fragt Nathan: „Wieso?"

„Wegen dir. Ich will nicht mit dir zusammen arbeiten müssen, nach dem, was du mit mir gemacht hast." Ich erschaudere kurz, weil ich wirklich sehr friere. Die Kälte beißt sich quasi durch meine Jeans.

„Du bist also doch noch die gleiche beschissene Heulsuse wie damals", gibt Nathan locker zurück.

Ich setze mich erbost wieder auf und sehe ihn an. Mir ist egal, wie schlimm ich aussehe. „Ich bin keine Heulsuse, hör auf, das zu behaupten!"

Er sieht mich mit erhobener Braue an und zeigt auf mein Gesicht. „Und was ist das?"

Ich wische mir verwirrt über die Wange und muss tatsächlich feststellen, dass mir die Tränen fließen. Zornig über meine eigene Schwäche, die Nathan wieder in mir hervorruft, presse ich die Lippen aufeinander und schwinge mich schnell von der Bank. Einen Schluchzer unterdrückend binde ich mir die Jacke enger um den Körper und gehe von der Bank weg.

„Jetzt rennst du heulend weg?“, ruft Nathan mir hinterher und ich höre, wie er aufsteht.

„Lass mich einfach in Ruhe!“, rufe ich schließlich doch weinend zurück und gehe einen Schritt schneller in irgendeine Richtung. Hauptsache, von ihm weg. „Du bist einfach ein Arsch!“ Ich biege um eine Ecke und nach ein paar Momenten höre ich Nathans Motorrad hinter mir auf der Straße immer näher kommen. Ich ignoriere ihn, als er langsam neben mir herfährt.

„Jetzt hör auf zu heulen!“, ruft er mir zu. „Ich fahr dich nach Hause!“

Ich schüttle den Kopf und gehe weiter geradeaus. „Vergiss es, ich gehe nirgends mit dir hin!“

„Hör auf, so stur zu sein, und tu es einfach, man!“

„Warum? Willst du mich wieder irgendwo hinbringen, damit einer deiner anderen Freunde mich anzünden kann?“

Nathan stöhnt auf und stoppt den Motor. Während ich weiter von ihm weggehe, steigt er von dem Motorrad und läuft mit schnellen Schritten zu mir. Er packt mich unsanft um die Taille und trägt mich beinahe schon zu seinem Gefährt.

„Was soll das?“, fluche ich und will mich aus seinem Griff befreien, während er mich auf seinem Motorrad absetzt.

Ich will gerade runterspringen, da hält er mich fest an den Schultern und sieht mich böse an. „Ich warne dich. Bleib verdammt noch mal sitzen.“

Wie vor den Kopf geschlagen, schweige ich. Dieser dunkle Schein in seinen Augen hat wohl doch noch diese Wirkung auf mich, die mich einschüchtert. Doch ich frage mich, wieso er das überhaupt macht. Er muss etwas aushecken.

„Und hör endlich auf zu flennen“, murrt er noch und setzt sich den Helm auf, steigt auf das Motorrad.

Ich schniefe daraufhin leise. „Du weißt nicht, wo ich wohne.“

Er nimmt das Motorrad vom Ständer. „Doch, weiß ich. Halt dich fest.“

Ich weigere mich.

Gestresst greift er nach hinten zu meinen Armen und legt sie um seinen Bauch. „Ich sollte dich hier liegen lassen.“

„Wieso tust du es nicht?“, frage ich eingeschüchtert, als ich an ihn gepresst werde.

Nathan dreht den Schlüssel. „Rede dir einfach ein, ich hätte ein Gewissen.“

Als ich von Nathans Motorrad absteige und auf das große graue Tor sehe, das den Eingang zu unserem Hof trennt, überkommt mich ein merkwürdiges Gefühl. Ich denke, ich müsste mich schlecht fühlen, weil Nathan in heruntergekommenen Verhältnissen lebt und ich in einem riesigen Haus mit riesigem Garten.

Ich weiß, ich sollte mich nicht schlecht dafür fühlen, denn ich wurde hier hineingeboren, das ist nun mal das Zuhause, das meine Eltern mir bieten.

„Danke“, sage ich leise zu Nathan und streiche mir eine verirrte Strähne hinter mein Ohr. Ich traue mich nicht mal, ihn anzusehen. Wahrscheinlich hasst er mich noch mehr dafür, dass meine Familie in solch einer Villa lebt.

Er startet wieder den Motor seines Gefährts und antwortet mir nicht mal, da ist er schon davongefahren. Dass er kein Freund von vielen Worten ist, wird mir mit jeder Sekunde mehr bewusst, die ich mit ihm verbringe. Doch trotzdem bleibt die Frage: warum? Und ich frage mich, woher er wusste, wo ich wohne. Früher hatten wir nie mehr Kontakt als heute und unsere Gespräche waren nicht wirklich aufschlussreich, sodass ich ihm hätte erzählen können, wo ich lebe. Vielleicht hat er es damals irgendwo mitbekommen, wer weiß.

Nathan ist sowieso ein Mysterium. Erst beleidigt er mich und lässt mich in der Kälte stehen, dann fährt er mich nach Hause. Und das obwohl ich Nein gesagt habe. Vielleicht hat er ja doch eine gute Seite. Doch das ist eher unwahrscheinlich und wäre reines Wunschdenken meinerseits. Es wäre zu schön, wenn man mit ihm normal reden könnte, sodass ich vielleicht etwas über seine Vergangenheit rausbekomme und endlich erfahre, was er so treibt und wieso, verflixt noch mal, er damals in der dritten Klasse einfach verschwunden ist.

Doch der Abend hat mir mehr als bewiesen, dass Nathan nicht diese Art von Mensch ist, mit dem man Kontakt haben möchte. Er ist gemein und unausstehlich.

Trotzdem kann ich mir so viele Vorwürfe machen, wie ich möchte, ich weiß jetzt schon, dass ich mir gleich eine Standpauke von Mama anhören kann. Eventuell noch von Papa, wenn er wach ist. Sie hassen es, wenn ich zu spät nach Hause komme und dann auch noch, ohne Bescheid zu sagen.

Also gehe ich reumütig zu dem großen Tor und drücke auf den Knopf, wo Ealswirth steht. Mama wird mir mehr als nur eine Standpauke halten.

„Hallo?“, ertönt die Stimme von Mama aus dem Lautsprecher.

„Ich bin's“, gebe ich mich kleinlaut zu erkennen.

Kurz schweigt sie nur, dann höre ich, wie sie auflegt und das Tor öffnet. Oh je. Ich kann mich auf etwas gefasst machen. Ob sie mir vielleicht mehr vergibt, wenn ich ihr sage, wie grausam mein Abend war? Besser nicht. Wenn sie wüsste, wo ich war, wäre meine Strafe nur viel höher. Sie sollte besser auch nicht von Nathan erfahren. Schon als ich klein war, mochte sie ihn nicht, genauso wie der Rest der Elternschaft, denn er war damals einfach der kleine Junge, der alle Kinder verprügelt hat.

Das Tor öffnet sich und ich laufe über den gepflasterten Weg durch unseren großen Garten mit den kunstvoll verzierten Büschen und Hunderten von Blumen, die ich mit unserem Gärtner Jose eingepflanzt habe. Als ich an der Haustür ankomme, steht Mama schon mit verschränkten Armen und Schlafanzug im Türrahmen und tippt mit ihrem Fuß gereizt auf den Boden.

Mit gesenktem Kopf gehe ich an ihr vorbei ins warme Haus und mache mich schon auf das Schlimmste gefasst. Ich ziehe mir die Schuhe aus und spüre Mamas strengen Blick auf mir. Vielleicht sagt sie auch gar nichts und lässt mich einfach in mein Zimmer gehen, weil sie sieht, wie schäbig ich aussehe.

Ich will gerade die Treppe hochlaufen, da sagt sie: „Wo warst du?"

Seufzend drehe ich mich zu ihr um. „Ich habe mich verlaufen", lüge ich und sehe auf den Boden.

„Du hast dich verlaufen. Und wieso hast du mich nicht angerufen? Wofür hast du ein Handy?" Sie glaubt mir sofort. Das ist verständlich. Ich lüge Mama normalerweise nie an und sie vertraut mir sehr. Nur wegen Nathan lüge ich sie an.

„Es ist kaputt gegangen", gebe ich zurück.

„Wieso?"

„Es ist mir ins Wasser gefallen, als ich auf der Arbeit geputzt habe."

Mama nickt mit skeptischem Blick. „Okay. Du musst besser aufpassen."

„Versprochen, Mama." Ich sehe sie an und lächle etwas, weil ich hoffe, sie lässt mich gehen.

„Wieso siehst du so …" Sie kommt zu mir und nimmt eine verklebte Strähne in die Hand, betrachtet sie angewidert. „So schäbig aus? Und wieso …" Verwirrt riecht sie an einer Strähne. Dann reißt sie ihre Augen auf und ich gehe einen Schritt zurück. „Honor-Marie, was ist das in deinen Haaren? Ist das Schnaps?"

Ich muss schwer schlucken. Mama ist normalerweise keine strenge Mutter, aber bei Alkohol und vor allem Jungs ist sie extrem empfindlich. Ehrlich nicke ich. „Ja … Es war ein Unfall."

„Ein Unfall?", schreit sie fast und ich gehe noch einen Schritt zurück, presse meine Jacke an meine Brust. „Wie kann das ein Unfall gewesen sein? Deine Haare sind voll von diesem Teufelszeug!"

„J-Ja", sage ich eingeschüchtert. „Es war, ähm, da war so ein Obdachloser und e-er hat mir im betrunkenem Kopf Alkohol über die Haare geschüttet." Ich lüge schon zum zweiten Mal. Das gefällt mir nicht. Und wenn Mama die Wahrheit rausbekommt, wird ihr das auch nicht gefallen.

„Zwei Wochen Hausarrest", urteilt meine Mutter schließlich erbost.

Innerlich verfluche ich mich selbst. Ich hätte damit rechnen müssen. Die Lüge mit dem Obdachlosen war zu dick aufgetragen und dazu kommt noch mein kaputtes Handy. Theoretisch habe ich es verdient. Noch dazu habe ich sie angelogen, wofür ich mir noch mehr Vorwürfe mache. Ergeben nicke ich.

„Du wirst nur noch zur Arbeit ins Hotel gehen und sofort danach wieder nach Hause kommen. Zu den Proben mit Misses Baskin wirst du auch gehen, verstanden?", redet meine Mutter weiter. „Keine Widerrede und keine faulen Ausreden mehr, ich möchte das nicht mehr hören. Außerdem musst du dich auf das Vorspiel in Birmingham vorbereiten, solche Fehler wie heute Abend sollten nicht noch mal vorkommen, das ist sehr wichtig für dich, das weißt du."

Wieder nicke ich nur. Sie hat schließlich recht. Die Musikhochschule bedeutet mir alles und das sollte mein nächstes Ziel sein, nicht irgendwelche Informationen aus irgendeinem belanglosen Jungen rausquetschen, der mich nur beleidigt. „Darf ich wenigstens in den Garten?", frage ich. „Wegen meiner Blumen …"

Mama atmet etwas beruhigter tief ein und aus. „Natürlich, mein Schatz, das könnte ich dir niemals verbieten."

Etwas lächle ich, obwohl ich bedrückter bin, als ich zugeben mag. Wenn sie mich so zurechtweist, komme ich mir immer vor wie eine Zwölfjährige. Dabei bin ich achtzehn Jahre alt und erwachsen. Doch niemals würde ich mich trauen, dieses Argument gegen sie zu verwenden, denn wenn ich in Birmingham auf eine andere Schule gehe, werde ich sie kaum noch sehen und deswegen möchte ich mich so wenig streiten wie möglich.

„Bitte sei mir nicht böse", sagt Mama und Reue klingt in ihrer Stimme mit. „Aber ich habe mir einfach große Sorgen um dich gemacht."

„Ist schon okay … Ich kann dich verstehen."

Sie nimmt mich in den Arm und drückt mich liebevoll an sich. „Also bist du mir nicht böse?"

Nach einer kleinen Pause sage ich: „Nein, ich bin dir nicht böse. Ich habe immerhin die Fehler gemacht."

„Ja, da hast du recht." Sie lässt mich wieder los und sieht auf mein Haar. „Und geh bitte jetzt noch duschen, du riechst fürchterlich, ich möchte nicht, dass du morgen so auf die Arbeit gehst."

„Mama“, sage ich noch, bevor sie ins Schlafzimmer zu Papa gehen kann. „Kann ich vielleicht … ähm … Ich möchte nicht mehr im Hotel arbeiten.“

Sie runzelt die Stirn. „Wieso?

Kurz überlege ich, sie erneut anzulügen, doch ich sage: „Ich fühle mich dort nicht wohl. Das alles ist nichts für mich.“

„Ist etwas vorgefallen?“

Ich kratze mich nachdenklich am Hinterkopf. „Also, ähm, nicht direkt, aber …“

„Dann wirst du weiterhin dort arbeiten. Du musst lernen, wie es ist, Geld zu verdienen, Papa und ich können dir nicht dein Leben lang alles bezahlen. Hör auf, dich zu drücken.“

Und weil ich wieder nicht widersprechen möchte, nicke ich niedergeschlagen. „Okay ... Ich dachte vielleicht, du … schon okay.“ Ich drehe mich zur Treppe und sehe noch etwas über meine Schulter. „Gute Nacht, Mama.“ Dann laufe ich in mein Zimmer. Na super. Jetzt muss ich Nathan doch noch weitere drei Wochen sehen.

Kapitel 5

„Da hinten stehen die Schneeschippen und dort hinten unter dem Baum machst du den Schnee hin“, erklärt Ray, ein netter Kollege aus dem Hotel, mir meine nächste Aufgabe. Den Hinterhof vom Schnee befreien, der letzte Nacht in großen Mengen auf die Erde gerieselt ist. „Aber du musst auf die Blumen aufpassen. Dein Grandpa vergöttert diese Teile und wenn ihnen etwas zustößt, bin ich, glaube ich, sofort gekündigt.“

Wir lachen gemeinsam. „Das sollte kein Problem sein. Bei Blumen bin ich extra vorsichtig.“

„War ja klar, dass dieser Blumenfetisch in der Familie weitergegeben wurde. Also dann … Kann ich dich mit dem Schnee und den Schippen allein lassen?“

Ich nicke und nehme mir den Schneeschipper von der Hauswand. „Absolut.“

Kurz sieht sich Ray noch um, dann seufzt er. „Viel Spaß, du hast wirklich viel zu tun. Wenn du Hilfe brauchst, dann ruf einfach den Hausmeister, der hilft dir schon. Wer weiß, wo der wieder rumgeistert.“

Nur über meine Leiche, denke ich mir und fange an den ersten Schnee wegzuschippen.

„Wenn du fertig bist, dann komm zu mir in die Küche, da warten so einige Kartoffeln auf dich, die geschält werden müssen“, ruft Ray mir noch hinterher, bevor er wieder im Hotel verschwindet.

Ich vergrabe mein Gesicht mehr in meinem Wollschal und fahre mit dem Schneeschipper über den gepflasterten Hof, schmeiße dann den Schnee auf den Haufen unter dem Baum, von dem Ray gesprochen hat. Mein Arbeitstag ist schon fast vorbei und bisher ist mir Nathan noch nicht über den Weg gelaufen, worüber ich eigentlich glücklich bin, denn so plagt er mich nicht mit seinen beleidigenden Sprüchen oder zieht mich mit dem gestrigen Abend auf.

Allerdings habe ich sein Motorrad auch nicht auf dem Parkplatz gesehen, weswegen es auch sein kann, dass er gar nicht erst auf der Arbeit erschienen ist. Ob Nathan sich öfters mal erlaubt, einfach nicht zu kommen? Ich kann mir nicht vorstellen, dass Grandpa ihm das oft durchgehen lassen würde und er seinen Job stattdessen dadurch schnell los wäre. Wahrscheinlich ist Nathan einfach nur intelligent genug, nicht mit dem Motorrad zu fahren, während alles zugeschneit ist.

Nachdem ich die Hälfte des Hofes schon freigeschaufelt habe, meine Finger mehr als eingefroren sind, weil ich meine Handschuhe vergessen habe, mache ich mich ans Blumenbeet. Ich nehme mir einen Besen, um die Alpenveilchen vorsichtig freizukehren. Normalerweise blühen sie erst im Februar, es ist beinahe ein Wunder, dass sie hier so bunt strahlen. Die Chance muss ich sofort nutzen.

Schnell gucke ich, ob ein Mitarbeiter mich sehen könnte, dann knie ich mich zu den Blumen und pflücke gleich zwei von den lila Blüten. Sachte schiebe ich sie in meine Jackentasche, damit sie nicht kaputt gehen. Schmunzelnd streiche ich über weitere Blumen und fühle mich sofort wohl. Blumen geben mir einfach gewisse Glücksgefühle, die mich so einiges vergessen lassen, warum auch immer. Wahrscheinlich weil ich damit meine Grandma verbinde und ich viele schöne Zeiten mit ihr erlebt habe, während wir Blumen in unsere Bücher geklebt haben. Im Eifer des Gefechts pflücke ich zwei weitere Blüten und lasse sie in meiner Jacke verschwinden. Man kann nie genug haben, vor allem weil bald Weihnachten ist und ich viele Bücher zu verschenken habe.

„Als Enkelin des Chefs ist das ganz schön unmanierlich", ertönt plötzlich eine dunkle Stimme hinter mir und mir fällt ein Veilchen aus der Hand, weil ich mich so erschrecke.

Ich drehe mich um und blicke unmittelbar zu Nathan, der an der Hauswand gelehnt zu mir sieht. „N-Nathan", stelle ich keuchend fest und stelle mich augenblicklich auf. „Was machst du denn hier?"

Er stößt sich mit den Händen in den Hosentaschen von der Wand ab und lässt sich auf eine Bank daneben fallen. „Ich soll dir helfen."

„Okay … Und wirst du mir helfen?"

„Nein. Bis auf die Tatsache, dass du tatsächlich irgendwelche beschissenen Blumen aus dem Garten klaust, machst du das eigentlich gut. Ich werde hier sitzen und dir zugucken."

„Ich, äh, ich habe sie nicht geklaut", versuche ich, mich rauszureden, weil ich Angst bekomme, er könnte es Grandpa sagen und Grandpa ist wirklich sehr empfindlich, was seine Blumen angeht. Selbst vor mir würde er keinen Halt machen, mir eine Predigt zu halten oder mir eine Strafarbeit reinzudrücken.

Nathan hebt eine Braue. „Was hast du denn stattdessen mit den jetzt abgerissenen Blumen gemacht?"

Ich sehe zu ihnen, dann wieder zu ihm. „Ich habe sie mir … genommen."

„Okay, du hast sie dir genommen. Zum Glück hast du sie dir nur genommen und nicht geklaut."

Und schon geht er mir wieder mit seinen sarkastischen Sprüchen auf die Nerven. Keine zwei Minuten ist er hier, nimmt er mich erneut auf den Arm. Unerträglich in jedem Aspekt. „Solltest du mir nicht eigentlich helfen und aufhören, doofe Sprüche zu machen?", meckere ich jetzt und nehme mir den Besen vom Boden.

Er zuckt nur gleichgültig mit einer Schulter. „Wie gesagt, du machst das auch gut ohne meine Hilfe. Du bist ein Naturtalent."

Verärgert beginne ich wieder, mit dem Besen die Blumen vom Schnee zu befreien. „Übrigens habe ich gestern auch nur wenig Ärger von meinen Eltern bekommen, danke der Nachfrage."

„Was interessiert es mich, was du mit deinen Eltern hast?"

„Es ist deine Schuld, dass ich zu spät nach Hause gekommen bin, nach Alkohol gerochen habe und mein Handy kaputt gegangen ist."

„Nein, das ist ganz bestimmt nicht meine Schuld", lacht Nathan auf. „Du hättest ja nicht mitkommen müssen. Und wenn du dich nicht so kindisch verhalten hättest, wäre dir auch die Scheiße mit dem Wodka erspart geblieben."

Empört sehe ich ihn an und stampfe mit dem Besen auf. „Kindisch? Du scheinst kindisch mit erwachsen zu verwechseln. Es war kindisch, wie sich deine seltsamen Freunde verhalten haben, und erwachsen, dass ich diese Rauschmittel abgelehnt habe."

„Rauschmittel", amüsiert sich Nathan. „Du hörst dich an wie eine verdammte Nonne. Was ist nur los mit dir?"

„Was ist nur los mit dir? Du sitzt hier rum und beleidigst mich! Ich arbeite wenigstens, im Gegensatz zu dir."

„Stell dich nicht so an. Ich arbeite hier schon länger als du, ein wenig Arbeit tut dir mal gut. Jetzt bekommst du eben nicht mehr den Arsch von deinen Eltern gepudert."

„Ich bekomme den Arsch von meinen Eltern nicht gepudert", verteidige ich mich und muss schon wieder aufhören, mit dem Besen die Blumen zu befreien, denn sonst zerquetsche ich sie noch, weil ich durch Nathan so geladen bin. „Du kennst mich doch gar nicht, also behaupte nicht so etwas!"

Wieder sieht Nathan mich ungläubig an. „Also bekommst du von deinen Eltern nicht alles, was du dir erwünschst?"

Sofort schießen mir tausend Dinge in den Kopf, die ich in meinem ganzen Leben von meinen Eltern bekommen habe, und muss Nathan gedanklich recht geben. Ich habe immer das bekommen, was ich wollte, und musste nie für etwas arbeiten. Zumindest nicht körperlich. Sie hatten Erwartungen an mich, wie gute Noten und den Violinen- und Klavierunterricht, aber sonst hatte ich alles, was mein Kinderherz begehrte. Doch natürlich würde ich das nie vor Nathan zugeben. Nur weil meine Eltern mehr Geld haben und ich nicht betteln musste, um das zu bekommen, was ich wollte, macht mich das nicht zu einem minderwertigeren Menschen.

„Verzogen nenne ich so etwas", gibt Nathan noch hinzu und legt desinteressiert seinen Kopf in den Nacken, lässt ein paar Schneeflocken in sein Gesicht fallen.

„Verzogen?", frage ich empört. „Nur weil deine Eltern anscheinend keine Ahnung hatten, wie man ein Kind erzieht, heißt das noch lange nicht, dass ich verzogen bin!"

Nathan sieht mich wieder an und schweigt für einen kurzen Moment. Seine Augen wirken mit einem Mal so leer, da ist keine Belustigung mehr, kein Sarkasmus, kein Zorn, nichts. „Okay, ich gebe auf", sagt er schließlich und sein rechter Mundwinkel hebt sich ein wenig, jedoch bleiben seine Augen leer. „Meine Erziehung wurde vollkommen verkackt und du bist verzogen. Einigen wir uns darauf."

Zweifelnd sehe ich ihn mit gerunzelter Stirn an. „Hör auf zu behaupten, ich sei verzogen, das bin ich nicht. Ich kann auch ein Leben ohne meine Eltern leben."

„Ach ja? Welches denn?" Sein plötzliches Interesse erschreckt mich fast.

„Zum Beispiel werde ich bald auf eine Musikhochschule gehen", sage ich stolz und fange wieder an, mit dem Besen die Blumen freizuschippen. „In ein paar Wochen …“

„Ja, ist mir eigentlich scheißegal“, unterbricht Nathan mich und steht stöhnend auf. „Ich musste nur ein wenig Zeit schinden, damit der Chef denkt, ich hätte dir wirklich geholfen.“ Er geht zur Tür. „Viel Spaß noch.“ Und kurz bevor er durch die Tür verschwindet, dreht er sich noch mal um. „Und die Sache mit den scheiß Blumen ist noch nicht vergessen … Ich bin mir noch nicht sicher, ob ich dich nicht verraten werde.“

„Also notier dir bitte den 3. Februar“, sagt Misses Baskin, während ich meine Violine in meinem Koffer verstaue. „Du darfst den Vorspieltermin nicht verpassen. Geh am besten in der Woche nicht zu viel raus, damit du nicht krank wirst, das ist wirklich sehr, sehr wichtig.“

Eine weitere vierstündige Probe an einem weiteren Samstagabend mit weiteren Reden von Misses Baskin darüber, wie wichtig das Vorspiel ist und wie absolut grausam ich meine Sonate spiele, geht vorüber. Diese Probe war ich sogar noch schlechter als die ganze Woche. Dadurch, dass Mama und Misses Baskin mir noch mehr Druck mit dem Vorspiel in Birmingham machen, scheine ich umso unkonzentrierter.

Und dann ist da natürlich noch Nathan. Egal, wie wenig ich an ihn denken mag, tue ich es trotzdem. Die Art, wie er mit mir umgeht, empört mich mehr als genug und dass er gleichzeitig noch so viele Geheimnisse hat, die ich gerne lüften würde, nimmt mir einfach jegliche Konzentration. Ich weiß nicht, wieso, aber er ist interessant, auch wenn er stets aufmüpfig und gemein ist. Nur ob er auf eine positive Art interessant ist, würde ich nicht behaupten. Er ist interessant als Mensch an sich, wieso er so ist, wie er nun mal ist, ein Mysterium, das man gerne hinterfragen und näher betrachten würde, doch mehr nicht. Ich bin mir beinahe sicher, dass er diese Art schlechter Mensch ist, die kein Gewissen und jegliche Humanität schon vor Jahren abgelegt hat. Zumindest verhält er sich so. Ich sollte mich nicht mit so jemanden auseinandersetzen, doch irgendwas lässt meine Gedanken doch immer wieder zu ihm schweifen.

„Und sei morgen früh pünktlich um neun Uhr hier“, redet Misses Baskin weiter und sammelt die vielen Notenblätter ein. „Ich dulde diesmal keine Unpünktlichkeit wie die ganze letzte Woche.“

Ich bin nur einmal fünf Minuten zu spät gekommen, würde ich sie gerne korrigieren, doch ich nicke gehorsam und nehme meinen Koffer in die Hand. „Aber wenn ich pünktlich sein muss, dann sollten wir zehn Uhr machen. Morgen früh sind wir in der wöchentlichen Kirchenmesse, das wissen Sie doch.“

„Oh, stimmt.“ Sie hält mir den Ordner mit den Notenblättern hin. „Dann morgen um zehn Uhr. Pünktlich.“

„Versprochen, Misses Baskin“, sage ich und lächle ihr noch mal zu, bevor ich das Gebäude erschöpft verlasse.

Früher haben mir die Proben jeden Tag Spaß gemacht, doch heute ist es nur noch pure Folter, der ich nicht aus dem Weg gehen kann. Seit ich diesen Druck im Hinterkopf habe, weil ich unbedingt dieses Vorspiel schaffen muss, klappt gar nichts mehr. Selbst das Üben zu Hause bekomme ich nur halbherzig hin, weil mir die Lust und der Wille zu alledem einfach fehlen. Ich schaffe es ja doch nicht.

Doch weil der Tag nicht schon schlimm genug war, bekomme ich genau in der Sekunde einen Regentropfen ab, als ich den ersten Schritt nach draußen mache. Klasse. Der Weg nach Hause ist lang und meine Karte, um U-Bahn zu fahren, habe ich schlauerweise nicht dabei. Genervt halte ich mir den Koffer über den Kopf und gehe mit schnellen Schritten nach Hause. Ich laufe eine Abkürzung durch ein paar Gassen, damit ich schneller zu Hause bin, die ich sonst nicht laufe, weil ich es hier nicht mag. Es ist dreckig und hier stinkt es immer widerlich nach Einöde. Hier wohnen auch Leute, doch diese Menschen tun mir nur leid, denn hier zu wohnen, muss eine Plage sein.

Ich muss nur noch um eine Ecke laufen, dann habe ich es schon geschafft und ich komme wieder an die weniger gruseligen Stellen von Cardiff. Doch genau in der Sekunde, in der ich um die Ecke laufe, guckt mich ein Hund an. Ich bin tierlieb und es würde mich nicht stören, wenn ein streunender Hund vor mir steht, doch dieser Hund … Kann man so etwas Hund nennen? Man sieht ihm augenblicklich an, dass er aus dieser Gegend hier kommt, sein Fell ist zerpflückt und ihm fehlt das rechte Auge, das ihn noch angsteinflößender wirken lässt.

Ich bleibe stocksteif stehen und hoffe, dass er mir nichts tut, weil er mir genau in die Augen sieht und mich anknurrt. Als ich vorsichtig versuche, einen Schritt nach rechts vorne zu machen, um an ihm vorbeizulaufen, bellt er plötzlich lauthals und ich schrecke auf Anhieb auf, lasse einen leisen Schrei los, der mehr wie ein Wimmern klingt.

„Lieber Hund", rede ich vor Angst zitternd mit ihm, als er mit gefletschten Zähnen und Sabber aus dem Maul laufend auf mich zukommt. „Ganz ruhig." Ich gehe ein paar Schritte zurück, während er mir immer näher kommt. Zu meinem Pech komme ich auch schon mit einer kalten Steinwand in Berührung, die den Abstand zwischen dem einschüchternden Tier und mir verringert.

Ich handle schnell. Ich renne so schnell ich kann nach links um eine Ecke, hoffe, ich komme irgendwo an, wo ich schnell verschwinden kann, doch mal wieder habe ich Pech. Ich stehe in einer Sackgasse. Der wildgewordene Hund folgt mir bellend und ich verstecke mich wie ein Kleinkind hinter einem Müllcontainer und bete, dass er jeden Moment verschwinden wird. Er steht einfach am anderen Ende der Sackgasse und starrt zu mir hinüber.

Und gerade als ich denke, er würde verschwinden, legt er sich seelenruhig auf den Boden und scheint zu warten. Worauf? Wahrscheinlich darauf, bis er mich endlich zu Tode beißen kann. Weil das noch nicht reicht und der Abend nicht noch schlimmer werden kann, höre ich ein polterndes Donnern und der Regen wird heftiger.

Ich setze mich in die Ecke der Sackgasse auf den dreckigen Boden und halte mir meine Jacke etwas über den Kopf, damit ich nicht noch nasser werde. Gleichzeitig kämpfe ich damit, nicht jeden Moment einen Herzinfarkt zu bekommen, weil Gewitter meine absoluten Erzfeinde sind.

Selbst nach fünfzehn Minuten und bereits eingefrorenen Gliedern sitzt der Hund noch immer dort und sieht mich an.

Ich will nach Hause.

Doch dann sehe ich einen Hoffnungsschimmer.

Jemand joggt an der Sackgasse vorbei. Schnell stehe ich auf. „Hallo?“, rufe ich. „Ich brauche Hilfe!“ Doch der Jogger joggt weiter und scheint mich nicht zu hören. Ich traue mich, etwas weiter zum Ende der Sackgasse zu laufen und hoffe, der Hund bleibt still. „Hallo! Bitte!“

Schließlich bleibt der Jogger stehen und durch die Dunkelheit erkenne ich, dass es ein Mann ist. Er kommt zurückgelaufen und scheint den Hund gar nicht gesehen zu haben, denn er geht einfach in die Sackgasse hinein.

Schnell gebe ich mich zu erkennen und rufe von weiter weg: „Können Sie mir helfen?“

Als der Mann näher kommt, erkenne ich ihn erst. Nathan. Was für ein verflixter Zufall. Natürlich muss er in solch einer Gegend herumlaufen.

„Honor?“, lacht er und kommt näher. „Was zur Hölle?“

Doch ich bin viel zu verängstigt durch den gruseligen Hund und das Gewitter über unseren Köpfen, um jetzt nicht glücklich darüber zu sein, dass jemand hier ist, sei es auch nur Nathan. „Nathan“, sage ich erleichtert und gehe mit schnellen Schritten auf ihn zu. „Zum Glück bist du da!“

„Zum Glück bin ich da? Bist du breit?“ Erst jetzt fallen mir seine Sportklamotten auf. Eng anliegende Hosen, schwarze Handschuhe und schwarzer Kapuzenpullover, darunter trägt er eine schwarze Mütze. Wie immer ganz in Schwarz.

„Bitte sei einmal nicht gemein“, flehe ich und schäme mich für mein jämmerliches Auftreten. „Kannst du mir einfach helfen, hier rauszukommen? Bitte … Auch wenn du mich nicht leiden kannst.“

Er schiebt seine Brauen zusammen. „Was hält dich davon ab, hier rauszukommen?“

Zitternd zeige ich hinter ihn zu dem schwarzen Hund, der wie ein Teufelshund durch die Dunkelheit wirkt.

Nathan sieht hinter sich, dann sieht er amüsiert zu mir. „Wegen des Hundes?“

Ich nicke und presse die Lippen aufeinander. Er muss wirklich denken, ich bin eine Heulsuse, doch ich kann nichts dagegen machen. Dieser Hund ängstigt mich und bei Gewittern kenne ich keine Scherze. „Bitte hilf mir einfach“, sage ich leise.

Man sieht ihm genau an, dass er einen Spruch auf den Lippen hat, ihn jedoch runterschluckt. Er nimmt zwei Finger zwischen die Lippen und ein lautes Pfeifen ertönt, was mich kurz aufschrecken lässt.

Der schwarze Hund kommt zu uns gerannt und Nathan dreht sich zu ihm um.

„Nathan, pass auf!“, warne ich schnell und verstecke mich hinter seinem Rücken, damit mich das Tier nicht angreift.

Doch er ignoriert meine Worte völlig und beugt sich zu dem Hund nieder.

Jedoch ziehe ich ihn schnell wieder nach oben, halte seinen Pullover zwischen meinen Fingern gekrallt. „Er wird dich angreifen!“

„Mach dich locker“, sagt Nathan und beugt sich wieder zu dem Hund, streichelt ihm kurz über die Schnauze. „Das ist meiner, mich wird er ganz bestimmt nicht angreifen.“

Mir klappt entsetzt die Kinnlade runter. Das soll Nathans Hund sein? Er streunt hier einfach umher und bellt wildfremde Menschen an, knurrt rum wie ein wildes Tier! Nun gut. Es könnte doch Nathans Hund sein, immerhin sind die beiden genau gleich. Nathan beleidigt auch ständig fremde Leute und verbreitet Angst und Schrecken.

„Allerdings kann ich dir nicht versprechen, dass er dich nicht angreifen wird“, fügt Nathan noch hinzu.

„Sehr witzig“, murmle ich und streiche mir eine nasse Strähne aus der Stirn. Immer wenn ich Nathan begegne, bin ich entweder in Arbeitsklamotten, durchnässt oder sehe fix und fertig aus. Er hat ein sehr schlechtes Bild von mir und mir gefällt das nicht. Und nicht mal zwei Sekunden später donnert und blitzt es laut, was mich leise aufkreischen lässt und mich gleichzeitig dazu zwingt, mich an Nathan zu krallen.

Doch er findet das ganz und gar nicht gut. „Man, was soll die Scheiße?“, flucht er und zieht seinen

Arm von mir und geht einen Schritt weg. „Hast du irgendwelche Probleme? Du verhältst dich wie ein weinerliches Kleinkind."

Sofort schäme ich mich für meine vielen Ängste. Ich kann doch nichts dafür. Konnte ich nie. „Tut mir leid. Ich hatte schon immer etwas mehr … ähm, Angst vor … na ja …"

„Unwetter?", fragt Nathan mich halb belustigt, halb ernst.

Ich nicke peinlich berührt und sehe auf den Boden. Mir sollte so etwas nicht peinlich sein, immerhin hat jeder Mensch seine Ängste und meine größte Angst ist nun mal die vor Gewittern.

„Scheiße, du bist echt ein weinerliches Kleinkind", höhnt Nathan und zieht sich seine Kapuze wieder über und dreht sich etwas weg. „Ich verschwinde."

Und wieder einmal lässt er mich in der Kälte, klitschnass in der tiefsten Dunkelheit stehen. Was ein trauriges Déjà-vu. Deprimierender könnte es kaum sein. Ob ich je ein Wort mit ihm wechseln kann, ohne dass ich mich danach schlechter fühle als vorher? Ist der Stress mit Birmingham und meinen Proben nicht genug?

Niedergeschlagen schlappe ich zum Ende der Sackgasse und gehe die Straße entlang. Ich male mir aus, wie ich gleich zu Hause in meinem warmen Bett liege, wie Mama mich anmeckern wird, weil ich wieder so dreckig bin, doch dann wird es noch schlimmer. Ein Auto fährt mit viel zu schneller Geschwindigkeit an mir vorbei durch eine Schlammpfütze und bedeckt mich von oben bis unten mit Schlamm und Wasser. Entsetzt wische ich es mir aus dem Gesicht und will gerade meinen Violinenkoffer abstellen, da rutsche ich aus und falle geradewegs auf mein Hinterteil in die nächste Pfütze.

Ich könnte heulen. Nein, ich will heulen. Wie ein kleines Kind in den Schlamm trommeln, mit den Beinen strampeln und laut weinen. Verdammtes Schicksal. Verdammtes Karma. Was habe ich denn heute falsch gemacht?

Doch als ich gerade noch meine ersten Tränen aufhalten kann, steht jemand vor mir und hält mir seine Hand hin. Ich muss zweimal hinsehen, um mir auch sicher sein zu können, wer es wirklich ist.

„Steh auf", sagt Nathan. Es wäre netter gewesen, wenn er es freundlicher gesagt hätte, doch es ist schon ziemlich nett für jemanden wie Nathan, mir überhaupt seine Hand hinzuhalten.

Ich ergreife benebelt seine Hand und sehe ihm in die Augen.

Ich weiß nicht, ob es einfach dieses Wohlfühlgefühl ist, weil mir jemand hilft oder etwas anders ist, das plötzlich ein erwärmendes Gefühl durch meinen Körper sendet. Es ist beinahe verwirrend, doch ich achte nicht weiter darauf, als ich mich von ihm – voll mit Schlamm bedeckt – auf die Beine ziehen lasse.

Nathan lässt meine Hand sofort wieder los, als ich stehe. Ich betrachte meine Klamotten und muss feststellen, dass ich schlimmer aussehe, als ich dachte. Ich bin wirklich völlig bedeckt mit Schlamm, sogar meine Haare sind erneut versaut. So kann ich nicht nach Hause gehen, auf keinen Fall. Grandpa und Grandma kommen heute Abend zum Abendessen und wenn ich so zu Hause durch die Haustür spaziere, wird meine Mutter ausrasten, denn meine Grandma ist eine sehr pingelige Frau. Sie achtet stets auf Ordnung und Perfektionismus. In solchen Momenten vermisse ich meine andere Grandma, Papas Mama. Sie war das komplette Gegenteil von ihr.

Nathan bückt sich nach meinem Violinenkoffer und hebt ihn hoch. Er ist ebenfalls mit Schlamm getränkt und ich sehe jetzt schon das Gesicht meiner Mutter vor meinem geistigen Auge rot anlaufen, weil ich den teuren Koffer kaputt gemacht habe. „Der scheint ganz schön im Arsch zu sein“, sagt Nathan und betrachtet den Koffer.

Ich nehme es ihm ab und sehe ihn traurig an. Der Abend kann nicht noch schlimmer werden.

Nach kurzem Schweigen sagt Nathan: „Wie auch immer. Diabo!“, ruft er und sein schwarzer Teufelshund erscheint wieder hinter einem Gebüsch. „Vielleicht solltest du beim nächsten Mal durch die Straßen laufen, zu denen du auch gehörst.“ Er dreht sich um und läuft davon.

Doch ich kann ihn nicht einfach wegjoggen lassen. Ich kann nicht einfach so nach Hause gehen, ich kann nicht schon wieder Ärger von meiner Mutter kassieren und eine Blamage vor meiner strengen Oma riskieren, ich muss mich jetzt endlich mal was trauen. Deswegen rufe ich: „Nathan!“

Er bleibt stehen, dreht sich jedoch nicht zu mir um. Sein Hund sieht mich misstrauisch an.

Ich schlucke den Kloß in meinem Hals herunter und rufe wieder durch den Regen und das Gewitter:

„Bitte lass … bitte lass mich nicht so nach Hause gehen."

Etwas dreht er sich zu mir, doch nicht genug, dass ich sein ganzes Gesicht sehen kann, denn seine Kapuze verdeckt alles. Überlegt er?

Ich presse den Violinenkoffer an meine Brust. „Bitte", flehe ich weiter, kann mir gleichzeitig aber auch nicht ausmalen, was passieren würde, wenn er mir tatsächlich helfen würde. Das wäre merkwürdig und ich frage mich, wieso ich ihn überhaupt um Hilfe bitte.

Nathan dreht sich wieder nach vorne, doch joggt nicht weiter. Ich höre ihn leise „Scheiße" vor sich hin fluchen, dann überrascht er mich, indem er sagt: „Ein einziges beschissenes Mal."

Mehr als baff von seinem Willen, mir wirklich zu helfen, mich mit zu sich zu nehmen, mir zu zeigen, wo er wohnt, wie er so lebt, sammle ich mich schnell und folge ihm. Allerdings laufe ich mit einem sicheren Abstand von knapp zwei Metern hinter ihm, weil ich immer noch nicht einschätzen kann, wie er auf Nähe reagiert und schon gar nicht, wie er reagieren würde, wenn ich genau neben ihm laufe. Dass ich mir mal bei einer Person über solch seltsame Dinge Gedanken machen muss, ist beinahe amüsant, doch gleichzeitig so bedrückend.

Nathan ist einfach so ein merkwürdiger Mensch. Er steckt voller Fragen, die ich endlich beantworten möchte. Vielleicht finde ich Antworten in seinem Zimmer oder wo auch immer er lebt.

Wie erwartet verläuft der Weg zu ihm nach Hause still. Zwar hätte ich ihn alle fünf Meter gefragt, wie tief er noch in diese gruseligen Straßen um uns herumlaufen will, doch dass ihn das nerven würde, habe ich mittlerweile schon verstanden. Er ist sehr reizbar. Doch wirklich wundert es mich nicht, dass er dort wohnt, wo sich sonst niemand hin traut. Er passt hierhin, genauso wie sein Hund zu ihm passt.

Er geht zu einem alten Blockhaus und geht dort zwei kaputte Treppen nach oben, steckt in die alte Tür seinen Schlüssel. „Hier nach wirst du sofort vergessen, wo ich wohne, verstanden?", raunt er mir zu, als er die Tür noch nicht geöffnet hat, und sieht mich eindringlich an.

Ich nicke schnell und presse den Violinenkoffer enger vor meine Brust. Weil seine Haare unter der schwarzen Mütze versteckt sind, stechen seine grünen Augen mehr heraus und somit könnte er einen mit seinem messerscharfen Blick noch mehr zerfleischen.

Schließlich öffnet er die Tür und betritt das Haus. Er hält sie mir nicht auf, deswegen schlüpfe ich schnell hinein, weil meine Hände noch um den Koffer geschlungen sind.

Und der Anblick hier schockiert mich. Wir stehen in einem alten grauen Treppenhaus mit Rissen und Einkerbungen in den Wänden, von denen ich schwören könnte, dass sie durch Schusswaffen entstanden sind. Ich muss schwer schlucken, als ich mich umsehe, während ich Nathan die Treppe nach oben folge. Hier ist es sogar noch kälter als draußen und das, obwohl wir in einem Gebäude sind. Ich hoffe, dass es bei Nathan wärmer ist.

Es tut mir leid, dass er in solch einem heruntergekommenen Zuhause leben muss. Ob er mit seinen

Eltern hier wohnt? Ob er hier früher schon als kleiner Junge gelebt hat?

Wir laufen bis nach ganz oben des Treppenhauses und bleiben vor einer weiß bemalten Holztür stehen, an der der Lack schon absplittert. Unten rechts fehlt in der Tür eine Ecke, was mich befürchten lässt, dass es in Nathans Wohnung kalt sein wird. Er öffnet diese Tür ebenfalls und sein Hund sprintet gleich hinein, ich hinter ihm, der die Tür hinter mir schließt.

Verunsichert stehe ich in dem kleinen Flur und versuche, mich nicht zu offensichtlich umzusehen. Vielleicht sollte ich mich auch nicht so genau umsehen, denn der erste Eindruck schockiert mich noch mehr. Kaputte Türrahmen, ein kaputtes Regal im Flur, das Glas der Tür zum Badezimmer ist zersprungen, es liegen sogar noch Scherben auf dem Boden. Bleiche Wände ohne Tapete, sie sind einfach grau, strahlen eine ungemeine Einsamkeit und Kälte aus.

„Ich kann dir natürlich keine Luxusvilla bieten, wie du zu Hause hast, aber ist mir auch scheiß egal“, holt mich Nathan aus meiner Erkundigungstour und zieht sich die Mütze mit Kapuze vom Kopf, lässt beides einfach auf das kaputte Regal fallen. Er zeigt auf die Tür mit dem zersplitterten Glas. „Da drin ist das Badezimmer. Nutz das und dann verschwinde wieder.“

Ich kann nicht mal ein Wort sagen, weil ich noch zu verdutzt von diesem ganzen Ambiente bin.

Nathan geht an mir vorbei, ohne mich auch nur eines Blickes zu würdigen, und geht durch einen

Türrahmen ohne Tür, lässt sich dort auf eine alte Couch fallen. Das wird wohl das Wohnzimmer sein … oder so. „Und komm bloß nicht auf die Idee, dass du mir irgendeine Art Rechenschaft schuldig bist. Ich brauche kein Danke, es reicht, wenn du einfach schweigend aus meiner Wohnung verschwindest."

Ich starre einfach nur zu ihm rüber, wie er mit verschränkten Armen auf der Couch sitzt, seine Beine auf einen kleinen Tisch davor legt und sein Hund sich vor ihn auf den Boden setzt. Gerne würde ich wissen, ob er wenigstens so etwas wie einen Fernseher hat, doch ich traue mich nicht nachzusehen. Deswegen nicke ich einfach nur und gehe mit meinem Violinenkoffer zu der Tür mit der kaputten Scheibe. Ich schiebe vorsichtig die Scherben davor zur Seite und öffne sie.

Ich hatte erwartet, dass das Bad stinken oder abartig aussehen würde, doch es sieht sogar seltsamerweise gepflegt aus. Zwar hat das Waschbecken ein paar Risse und das Regal darunter hat auch ein eingetretenes Loch in der Tür, doch der Rest ist sauber. Kein Schimmel, keine ekligen Krabbeltiere, die mir Albträume bereiten könnten. Wenigstens das.

Erleichtert schließe ich die Tür hinter mir und stelle meinen schmutzigen Koffer auf den Boden. Zitternd entledige ich mich meiner Klamotten, weil es einfach sehr, sehr kalt ist, und steige in die Wanne, die gleichzeitig die Dusche ist.

Wer hätte letzte Woche noch gedacht, dass ich irgendwann mal bei Nathan unter der Dusche stehe. Ich hoffe, das Wasser ist warm. Wie schrecklich wäre es für ihn, wenn er immer mit kaltem Wasser duschen müsste.

Ich stelle die Dusche an und traue mich noch nicht unter den Strahl, weil es noch kalt ist, bete gleichzeitig, dass es bald warm werden wird. In der Zeit sehe ich mich genauer um.

Er hat genau zwei Duschmittel. Eins für die Haare, eins für den Körper. Ich kenne Kerle, bei denen steht die ganze Dusche voller Waschzeug, weil sie nicht genug bekommen können, doch Nathan scheint eher bedächtig damit umzugehen. Aber natürlich kann ich auch nicht erwarten, dass er viel davon hier stehen hat, immerhin wohnt er auch in … solch einer Wohnung.

Als ich mich unter den Strahl stelle und erleichtert das warme Wasser über meinen Körper fließen lasse, empfinde ich plötzlich tiefstes Mitleid für ihn. Ja, vielleicht hat er einen schlechten Charakter und eine unreine Seele, doch das hier … dieses Zuhause hat er nicht verdient. Das ist grausam für einen Neunzehnjährigen. Ich wünschte, Grandpa würde ihm mehr bezahlen, damit er sich wenigstens eine etwas bessere Wohnung leisten kann. Vielleicht in einer netteren Gegend, mit netteren Leuten. Ich bin mir sicher, dass seine Nachbarn keine netten Leute sind.

Jetzt stellt sich mir trotzdem die Frage, welche Eltern ihr Kind in solchen Verhältnissen leben lassen. Das hier ist grausam, ich könnte meinen Sohn hier nie so schrecklich leben lassen. Wo sind sie? Sie müssen doch ein schlechtes Gewissen haben, ihm wenigstens finanzielle Hilfe bieten. Wer weiß, ob er sich überhaupt jeden Tag etwas Ordentliches zu essen leisten kann.

Eventuell musste er deshalb damals in der Apotheke stehlen. Weil er kein Geld hat. Ich wüsste gerne, was es war, das er gestohlen hat, vielleicht verrät das mehr über ihn.

Ich benutze Nathans Duschmittel nur spärlich, weil ich ihm nicht zu viel davon nehmen möchte. Ich bin mir sicher, dass er sich davon auch nicht so viel leisten kann, wenn er schon das ganz billige Zeug benutzt.

Nach knapp sieben Minuten steige ich wieder aus der Dusche und mache mich in der eisigen Kälte auf die Suche nach einem Handtuch. Hier ist nichts, rein gar nichts, was man mit einem Handtuch vergleichen könnte. Na super. Jetzt muss ich ihn rufen, obwohl er mir das strikt verboten hat. Doch es muss sein.

Leise öffne ich die Tür und will gerade rufen, da sehe ich schon ein schwarzes Handtuch vor der Tür liegen. Überrascht bücke ich mich danach und bin mal wieder baff von Nathans Aufmerksamkeit. Das ist schon die dritte nette Sache, die er heute für mich getan hat. Die vierte, wenn man bedenkt, dass er mich vor seinem eigenen Hund „gerettet" hat.

Ich nehme das Handtuch schnell und gehe – mir damit die Haare trocken rubbelnd – zum Waschbecken und betrachte mich in dem Spiegel. Doch das geht wohl nicht.

Nathan besitzt keinen Spiegel.

Vor mir hängt nur ein Regal, doch kein Spiegel. Allerdings erkennt man ganz klar auf den Regaltüren einen quadratischen Rand und abgenutzten Kleber, auf dem definitiv mal ein Spiegel hing. Er hat ihn abgerissen?

Es gibt so viele Dinge an ihm, die einfach keinen Sinn machen, aber gleichzeitig so gut zusammenpassen. Er ist eine definitiv verkorkste Seele, wieso sollte er also nicht seinen Spiegel abreißen? Wieso sollte er nicht einen gruseligen Hund mit nur einem Auge halten? In seinem Kopf wird es mit Sicherheit Sinn machen, irgendwo ganz tief in seinen verschlüsselten Gedanken. Ich als Außenstehende kann nur die Stirn runzeln, doch ich habe natürlich auch keinen Blick in seinen Kopf, wie gerne ich es auch hätte.

Ich bücke mich nach meinen Klamotten, lasse sie aber schnell wieder fallen, weil sie wirklich völlig mit Schlamm und Wasser getränkt sind. Es ist unmöglich, sie anzuziehen, ohne dass ich nicht gleich wieder schmutzig werde. Mir das Handtuch über die Schultern werfend, weil ich so dermaßen friere, seufze ich. Das ist ein Desaster.

Eine Lösung würde sich natürlich anbieten, doch mich das zu trauen, ist eine andere Sache. Nathan einfach mal nach Klamotten zu fragen, ist wahrscheinlich schlimmer, als würde ich ihn nach hundert Pfund fragen. Es ist sehr intim und da er es nicht so mit dem Teilen seiner Privatsphäre hat, bin ich mir sicher, dass er mich auch gleich nackt rausschmeißen wird, wenn ich ihn danach frage. Doch mir bleibt nichts anderes übrig. Meine Klamotten sind einfach im Eimer.

Ich wickle mir das schwarze Handtuch um den Körper, bin froh, dass es groß genug ist, um meine komplette Blöße zu bedecken, und öffne wieder die Tür. Oh je. Nathan wird wütend werden. Er wird wütend werden und mich rausschmeißen, ich bin mir so sicher, doch hoffe auf ein wenig Verständnis von ihm. Dass eventuell seine nette Phase noch nicht vorüber ist und er mir einfach ein altes T-Shirt und eine alte Hose von ihm gibt. Ich muss nur nach Hause kommen.

Beinahe ängstlich laufe ich durch den Flur, achte darauf, nicht auf gefährliche Gegenstände zu treten, und stelle mich in den Türrahmen zu dem Raum, wo Nathan sitzt. Er sitzt gelangweilt auf der Couch und sieht fern. Doch dann schaut er zu mir. Sein Blick fällt auf meinen Körper, der kaum bedeckt ist, dann wieder in mein Gesicht. „Was soll das?“, fragt er und setzt eine böse Miene auf.

Noch mehr verunsichert halte ich das Handtuch um meine Brust fester und sehe auf meine blanken Füße. „Ich, ähm …“ Weil ich denke, dass er mich wieder gereizt unterbrechen wird, stoppe ich und sehe ihn an, aber er tut es nicht. Er sieht mich zwar genervt an, doch redet nicht. Deswegen rede ich weiter. „Ich habe keine Klamotten.“

„Doch hast du.“

„Ja. Aber sie sind stark beschmutzt und nass … Ich kann sie unmöglich anziehen.“

„Und?“

Unruhig kaue ich auf meiner Innenlippe. „Vielleicht … Vielleicht könntest du mir, na ja … Etwas von deinen geben.“

Er sieht von mir weg. „Vergiss es. Sieh zu, wie du klarkommst.“

Enttäuscht davon, dass seine nette Phase anscheinend wirklich schon ein Ende genommen hat, drehe ich mich um und gehe wieder ins Bad. Das hätte ich mir eigentlich auch denken können. Ich kann mich glücklich schätzen, dass er nicht noch schlimmere Sachen zu mir gesagt hat.

Ich bücke mich wieder zu meinen Klamotten und inspiziere sie erneut. Ich ziehe mir meine Unterwäsche an, die zum Glück nicht nass ist und versuche mich dann in meine völlig durchnässte Jeans zu quetschen. Ich verzweifle. Der Stoff klebt widerspenstig an meiner Haut und es will einfach nicht funktionieren. Ich bin am Ende. So geht das nicht. So kann das einfach nicht gehen. Nathan hat schon keinen Föhn, womit ich meine Haare trocknen kann, was definitiv eine Erkältung nach sich ziehen wird, und jetzt auch noch meine dreckigen Klamotten. Ich könnte eigentlich auch gleich hier auf dem Boden ausrutschen und mir ein Bein brechen, das wäre beinahe das weniger schlimme Übel.

„Honor", ertönt plötzlich Nathans dunkle Stimme durch die Tür. Er steht nicht davor, sonst würde ich ihn sehen.

Ich sehe einfach nur zur Tür und weiß nicht, was ich machen soll, weil er nichts weiter sagt.

„Ich rufe nicht ein zweites Mal."

Oh, okay. Schnell stehe ich auf, schnappe mir das Handtuch und halte es vor meinen halb nackten Körper. „Ja?", sage ich und stelle mich in den Flur, wo ich ihn nicht entdecken kann.

„Komm her", kommt seine Stimme aus einem Zimmer. Ich gehe dort hin und stelle mich in den Türrahmen.

Nathan steht in dem dunklen Raum vor einem Regal und zieht etwas aus einer Schublade, schmeißt es auf eine Matratze, die einfach am Boden liegt.

„Was ist das?", frage ich.

„Was glaubst du wohl?"

Ich gehe zwei Schritte darauf zu und betrachte es näher. Er hat mir eine schwarze Stoffhose und ein schwarzes T-Shirt rausgelegt. Er hat mir wirklich von sich Klamotten rausgelegt. Anscheinend ist seine nette Phase doch noch nicht vorbei. Ich sehe ihn an und lächle mehr als dankend. „Vielen Dank. Das ist wirklich nett."

Er sieht schnell weg und rümpft die Nase, als hätte ich ihn beleidigt. Während ich das T-Shirt in die Hand nehme, sehe ich, wie er meine Hände gedankenverloren beobachtet und auf seiner Innenwange herumkaut. Etwas scheint ihn anzuspannen, er wirkt ganz und gar nicht zufrieden.

„Du musst mir deine Klamotten nicht geben", sage ich, weil ich mir jetzt nicht mehr sicher bin, ob er das wirklich will. „Ich schätze sehr, dass du es mir angeboten hast, aber …"

„Nimm es einfach", unterbricht er mich und atmet tief ein und aus. „Die Sachen sind mir sowieso zu klein."

Ich nicke und nehme mir die Hose und das Shirt, achte darauf, dass mein Handtuch nicht von meinem Körper wegrutscht. „Danke", sage ich leise und drehe mich etwas von ihm weg. „Ich werde wieder ins Badezimmer gehen.“ Und verschwinde im Bad.

Die fünfte nette Sache. Ich muss in mich hineinschmunzeln, als ich seine Klamotten in meinen Händen halte. Natürlich sind sie schwarz, doch sie sind ein Geschenk von ihm für mich und das macht es gleich viel schöner. Heute scheint der erste Tag zu sein, an dem Nathan wirklich nett zu mir ist. Na ja, er hat mir schon vor zwei Wochen bei unserer ersten Begegnung das Leben auf der Straße gerettet und mich vor ein paar Tagen spät abends nach Hause gefahren, aber jetzt habe ich das Gefühl, dass er es auch wirklich so meint, wenn er es tut.

Schnell ziehe ich mir die Sachen über und fühle mich direkt wohler. Sie sind mir zu groß, doch nicht sehr viel. Es ist bequem. Ich kämme mir meine Haare mit meinen Fingern durch und verfluche es, dass er keinen Spiegel hat. Ich muss scheußlich aussehen, mit verschmierter Wimperntusche und geröteten Wangen.

Ich schnappe mir meine anderen Klamotten und meinen Koffer, ziehe mir meine Schuhe an und gehe so aus dem Bad, schließe die Tür leise hinter mir. Ich erinnere mich an Nathans Bitte, ich solle einfach schweigend gehen, wenn ich fertig bin, und bedankt habe ich mich auch schon bei ihm für die Klamotten, deswegen öffne ich leise die Wohnungstür, um zu verschwinden, wie er es gesagt hat. Erkältung, ich komme.

„Hey“, hält mich Nathans Stimme auf und ich drehe mich verwirrt um. Er steht im Flur und zieht sich gerade seine schwarze Jacke über, dann seine Kapuze über den Kopf. „Ich nehme dich mit."

„Du nimmst mich mit?"

Er nimmt sich seinen Schlüssel vom Regal und kommt auf mich zu. Seine Brust ist meiner gefährlich nah, als er an mir vorbeigreift, um das Licht auszuschalten, doch trotzdem entgeht mir nicht sein Geruch, den ich das erste Mal rieche. Es riecht nach … Nathan. Einfach nach Nathan. Es riecht gut.

„Ja, ich nehme dich mit", wiederholt er und geht an mir vorbei in den Hausflur.

Ich schließe die Tür überfordert hinter mir und folge ihm schnell, ziehe mir meinen verdreckten Mantel über. „Mit deinem Motorrad?"

Mit schnellen Schritten läuft er die vielen Treppen nach unten. „Ja."

„Wieso?", frage ich und muss mich anstrengen, seinen schnellen Schritten standzuhalten.

Plötzlich bleibt er stehen und ich knalle in seinen breiten Rücken. Er sieht über die Schulter zu mir. „Willst du laufen?"

Ich blinzle. „Nein, ich … aber …"

„Also hör auf, so beschissene Fragen zu stellen."

„Tut mir leid", sage ich leise vor mich hin, als wir das Haus verlassen.

Die sechste nette Sache, die er für mich tut. Es ist seltsam. Das alles ist seltsam. Er tut all das, aber gleichzeitig kommt es mir so vor, als würde er es nicht wollen. Als wäre es eine riesige Belastung für ihn. Irgendetwas kann doch da nicht stimmen. Aber trotzdem bin ich mehr als froh, dass ich nicht mit meinen nassen Haaren nach Hause laufen muss. Allerdings wird mir der kalte Wind auch einen ordentlichen Zug verpassen, doch es ist immer noch besser, als eine halbe Stunde zu laufen. Und ich komme vielleicht noch pünktlich nach Hause.

Nathan läuft neben das Haus zu seinem Motorrad, setzt sich darauf und tritt es an. Er muss es wohl eilig haben.

Schnell gehe ich zu ihm und setze mich vorsichtig hinter ihn, damit ich meinen Koffer und meine Klamotten nicht verliere. Er setzt sich seinen Helm auf und nimmt das Motorrad vom Ständer.

Ich rutsche nah an ihn heran. Es ist einfach dieses Gefühl der Sicherheit, das er mir vermittelt, wenn ich hinter ihm sitze, was mich näher an ihn heranbringt. Außerdem ist es so wärmer. Er strahlt eine gewisse körperliche Wärme aus und sein Geruch … Wow. Einmal ist er nett, schon denke ich so skurril über ihn. Eigentlich war er sechsmal nett zu mir, aber er ist immer noch unausstehlich.

„Könntest du etwas zurückrutschen?“, fragt Nathan mich über den Klang des Motors.

Ich nehme meinen Kopf von seinem Rücken und richte mich etwas auf. Was? Doch ich tue, was er sagt, auch wenn ich es nicht möchte. Anscheinend fühlt er sich in meiner Nähe nicht so sicher wie ich mich bei ihm. Doch wer hätte das erwartet? Jeder.

„Darf ich mich dennoch an dir festhalten?“, frage ich. „Ich habe Angst herunterzufallen.“

„Ja, darfst du. Aber komm mir nicht so nahe.“

Ich nicke verletzter, als ich es sein sollte, und rutsche noch etwas von ihm weg, lege jedoch meine Arme wieder um seinen Oberkörper.

Ich bin froh, wenn ich im Bett liege.

Kapitel 6

Mein Herz setzt für einen kurzen Moment aus, als Nathan in die Straße meines Zuhauses fährt. Das Tor steht offen und gerade Grandma entdeckt uns als Erstes. Sie stehen alle dort im Hof und sehen zu, wie Nathan vor dem Tor hält. Mein Puls steigt, als ich in das Gesicht meiner Mutter sehe. Ihr ist das Entsetzen ins Gesicht geschrieben. Ich, ohne Helm, mit noch halb nassen Haaren auf einem Motorrad. Mit einem Jungen. Und dann auch noch mit Nathan. Ich bete zu Gott, dass sie ihn nicht erkennt.

„Marie!“, ruft meine Grandma und kommt als Erstes zu mir, als ich gerade von dem Motorrad steige. Sie versucht, sich mit ihren halbhohen Schuhen auf dem Kies zu arrangieren und nicht mit ihren mit der weißen Strumpfhose bekleideten Knöcheln umzuknicken. Mal wieder trägt sie einen Rock, egal, wie kalt es ist. Oma sei eine Lady, sagt sie immer, Klasse müsse sein.

„Hallo Oma“, grüße ich sie und stelle mich schon auf das Schlimmste ein. Mama, Papa und Grandpa folgen ihr im Eilschritt, keiner von ihnen sieht glücklich aus.

„Was hast du denn da an?“, nörgelt Oma und zupft angewidert an dem schwarzen T-Shirt von Nathan. Es ist ihr egal, ob ich friere, sie sieht nur, dass mein T-Shirt keine Farbe hat und mir nicht passt. „Und deine Haare! So kommst du zu einem Familienessen?“

Noch bevor ich mich erklären kann, kommt Mama. „Honor, bist du lebensmüde? Du hast ja kaum was an und dann fährst du auch noch auf so einem Ding mit!“ Außer sich zeigt sie auf Nathans Motorrad, der gerade den Motor wieder startet, um abzuhauen. Ist wahrscheinlich auch besser für ihn.

„Hey, du brauchst gar nicht abzuhauen!“, ruft mein Vater wütend zu Nathan, worauf Nathan wieder genervt stöhnend den Motor abschaltet. „Es ist sehr unverantwortlich, Sarah ohne Helm umherzufahren!“

„Papa, ich heiße Honor“, melde ich mich kleinlaut zu Wort und schäme mich vor Nathan für meine Familie. Sie behandeln mich wie ein Kleinkind. Mal wieder.

„Und dazu noch im Winter!“, schimpft meine Mutter wieder. „Die Straßen sind glatt und rutschig! Du hättest ihr wenigstens deinen Helm geben können oder bist du dir dafür zu fein?“

Ich blicke sie empört an. „Mama!“

„Nein, deine Mutter hat recht“, nörgelt jetzt meine Oma wieder und inspiziert noch immer mein Outfit. „Lass mich raten. Das sind seine widerwärtigen Klamotten?“

Ich reiße ihr das Stück Stoff aus der Hand, das sie erneut mit angeekeltem Gesicht zwischen ihre alten Finger genommen hat. „Na und? Sie sind sehr bequem und außerdem hätte ich sonst mit nassen Klamotten fahren müssen!“

Nathan gibt sich im Hintergrund wieder zu erkennen. „Muss ich mir die Scheiße echt antun?“, ertönt seine tiefe Stimme durch den Helm.

Jetzt schaltet sich Grandpa ein und sagt die Worte, die ich heute eigentlich nicht mehr hören wollte. „Nathan? Bist du’s? Ich wusste doch, dass ich das Motorrad schon mal irgendwo gesehen habe!“

Ich sehe, wie meine Mutter verwirrt blinzelt. Nein, bitte denk nicht zu viel über diesen Namen nach, Mama. Es wäre besser, wenn sie nicht wüsste, dass dieser Nathan der Nathan ist.

Nathan zieht widerwillig seinen Helm ab und schüttelt die Hand, die mein Grandpa ihm hinhält.

„Moment mal“, sagt meine Mutter jetzt und kommt einen Schritt näher auf Nathan zu.

Ich kneife hoffnungsvoll die Augen zu. Bitte lass das jetzt nicht geschehen.

„Nathan? Nathan Cort?“

„Ja“, antwortet mein Opa. „Er arbeitet bei mir im Hotel.“

Kurz herrscht völlige Stille, in der ich stumm meine Gebete spreche.

„Honor, du wirst sofort nach drinnen kommen“, befiehlt meine Mutter jetzt und ich bin mir sicher, dass sie sich ganz genau an Nathan erinnert.

Ich sehe sie an. „Wieso?“

Ihr Blick zerfleischt mich. „Weil ich nicht dulde, dass du mit so einem Jungen unterwegs bist. Deswegen. Und jetzt geh rein.“

„Was? Du kannst mir doch nicht befehlen, mit wem ich unterwegs bin und mit wem nicht.“

„Ich kann dir aber befehlen, dass du dich von solchen grotesken Gestalten wie ihm fernhältst."

Mir klappt die Kinnlade nach unten und ich sehe sie entsetzt an. So redet sie über Nathan? Über einen Jungen, den sie nicht mal kennt? „Wie kannst du so über ihn reden?", frage ich sie geschockt.

Sie kneift ihre Augen zusammen. „Honor, diskutier nicht mit mir. Er ist schlecht und das weißt du, das war er schon früher. Also vergessen wir jetzt einfach diese Sache und gehen rein. Du holst dir noch eine Erkältung mit den nassen Haaren."

Ich schüttle ungläubig den Kopf. Sie kann mir viel befehlen und ich lasse mir auch den Hausarrest gefallen, aber es stört mich, dass sie so über Nathan redet. Und es stört mich, dass sie meint, mir zu befehlen, mit wem ich etwas zu tun habe und mit wem nicht. „Hör auf, so über ihn zu reden", gebe ich deshalb zornig zurück.

„Widersprich nicht deiner Mutter, Marie", mischt sich meine Grandma wieder ein und zieht mich an meinem Ärmel in Richtung Haus.

Doch ich reiße meinen Arm zurück. „Hört auf mich zu behandeln wie ein Kind! Ich kann in der Kälte stehen bleiben, wenn ich das möchte!"

„Honor, sei nicht dumm", sagt meine Mutter. „Sag diesem … diesem Kerl, er soll nach Hause fahren oder wo auch immer er lebt, und morgen werden wir ihm seine Klamotten zurückbringen, denn du wirst sie nicht behalten. Wer weiß, was er damit angestellt hat."

Fassungslos starre ich sie an. Ich weiß, dass meine Mutter ihn nie leiden konnte, doch dass sie so abwertend über ihn redet, hätte ich niemals gedacht. Sie ist gerade widerlich, nicht er. Er sollte das nicht hören. „Wieso redest du so widerwärtig über ihn?“ Ich rede ungewöhnlich laut. „Er hat niemandem etwas getan! Er hat mich sogar nach Hause gebracht!“

Noch bevor meine Mutter zurückschreien kann, mischt sich mein Vater ein. „Sarah, Diana, bitte beruhigt euch einfach. Lasst uns reingehen und essen. Wir können später darüber reden.“

Ich presse unglücklich die Lippen aufeinander und sehe ihn an. „Ich heiße Honor, Papa! Honor!“ Dann sehe ich wieder zu Mama. „Und du entschuldigst dich bei Nathan!“

Mama hebt belustigt die Brauen. „Mich entschuldigen? Ich denke nicht, dass er etwas wie eine Entschuldigung verdient hat, Liebling.“

Nach einer kurzen Denkpause sage ich: „Entweder du entschuldigst dich bei ihm oder ich werde wieder mit ihm wegfahren.“

Ich höre, wie Nathan sich hinter mir bewegt, denn der Kies unter seinen Füßen knarrt, und sehe, wie Mamas Belustigung aus ihren Augen schwindet.

„Honor, spiel keine Spielchen“, warnt sie. „Geh jetzt ins Haus.“

„Entschuldige dich bei ihm“, zische ich, mutiger, als ich es je vor ihr und allen anderen war.

Doch sie starrt mich nur abwartend an, was mir ein Zeichen gibt, dass sie sich nicht bei Nathan entschuldigen wird. Sie denkt also immer noch so schlecht von ihm, glaubt, er will mir etwas Schlechtes. Ich konnte nie ganz nachvollziehen, wieso sie ihn so gehasst hat, denn er war immerhin damals ein kleines Kind. Er könnte heute eine ganz andere Person sein, wieso denkt sie immer noch so?

Ohne viel zu überlegen, schmeiße ich meine Klamotten auf den Boden, schnappe mir meinen Violinenkoffer und steige auf Nathans Motorrad. „Bitte fahr weg“, bitte ich ihn inständig.

„Komm da sofort runter!“, brüllt meine Mutter und kommt auf mich zu.

„Bitte“, sage ich noch schnell zu Nathan, worauf er losfährt, noch bevor meine Mutter mich vom Motorrad ziehen kann.

Ich kralle mich so fest ich kann an Nathan und ignoriere gleichzeitig seine Bitte von vorhin, ihm nicht zu nahe zu kommen, doch gerade kann ich nicht anders. Zwar sind meine Haare mittlerweile trocken, aber im Winter nur mit T-Shirt auf einem Motorrad zu sitzen, das bestimmt achtzig Stundenkilometer fährt, ist Folter. Ich weiß nicht, wo Nathan hinfährt, ich traue mich auch nicht, die Augen aufzumachen, aber ich spüre nach einer Weile, dass er langsamer wird und der Boden unebener.

Plötzlich bleibt er stehen. Ich mache die Augen auf und muss feststellen, dass er zum Ende der Stadt zu einem Waldrand gefahren ist.

„Steig ab“, befiehlt er herrisch, schaltet den Motor aus und ich mache sofort, was er sagt, falle auf den Boden, weil meine Glieder so eingefroren sind von dem starken Windzug und der eisigen Kälte. Nathan ignoriert, dass ich auf dem Boden liege, deswegen rapple ich mich wieder auf. „Ich habe keine Ahnung, was das sollte, aber ich werde dich nicht umherfahren“, hallt seine Stimme durch seinen Helm. „Du wolltest von deinen Eltern weg, jetzt bist du es.“

Ich nicke motorisch, als hätte ich schon erwartet, dass so etwas passieren wird. Natürlich lässt er mich einfach hier mitten im Nirgendwo stehen. In der Kälte. Wie er es fast immer getan hat. Zitternd gehe ich zu einer Bank und setze mich darauf, ziehe die Knie an und sehe auf den kleinen See vor mir. Es ist schön hier. Ich würde es noch schöner finden, wenn die Umstände netter wären. Wenn Nathan wieder netter wäre.

Nathan steht jedoch immer noch mit seinem Motorrad ungefähr drei Meter hinter mir. Wahrscheinlich überlegt er sich den nächsten Spruch, den er mir vor die Füße schmeißen kann, jetzt wo er meine strenge Familie gesehen hat und wie sie mich behandeln wie ein Kleinkind. Ich würde es ihm nicht mal verübeln. Sie haben ihn sehr beleidigt.

Dann höre ich, wie er sich bewegt. Ein Klicken ertönt und ich höre seinen Schlüssel rascheln, dann ein Knallen und darauffolgende schwere Schritte, die mir immer näher kommen.

Ich drehe mich etwas über eine Schulter und sehe, wie er mit genervtem Ausdruck auf mich zukommt. Er hält eine schwarze Stoffjacke in der Hand. Achtlos schmeißt er sie zu mir, worauf sie auf meinem Kopf landet, und lässt sich mit einem großen Abstand neben mich auf die Bank sinken.

Verwirrt ziehe ich mir die Jacke vom Kopf und betrachte sie. Er muss sie wohl in seinem Helmfach gehabt haben. „Du gibst sie mir?“

Er starrt mit angespannter Miene auf den See. „Ja."

Mit steifen Fingern ziehe ich sie an und kuschle mich sofort hinein. Sie riecht nach ihm und ist weich. Zwar ist sie noch kalt, aber das wird sich gleich ändern. „Das ist sehr nett von dir", sage ich leise, bedacht darauf, ihn nicht anzusehen. „Danke."

„Hör endlich auf, dich ständig zu bedanken. Ich hasse das, da könnte ich kotzen."

Ich presse die Lippen aufeinander, ziehe mir die zu langen Ärmel über die Hände. „Tut mir leid."

Wieder ist er so. Wieder ist er so gereizt und genervt, obwohl es keinen Grund dazu gibt. Ich habe ihn doch nicht dazu gezwungen, mir seine Jacke zu geben, ich habe ihn auch nicht dazu gezwungen, mir seine anderen Klamotten zu geben oder mich mit zu ihm zu nehmen. Ich habe ihn gebeten und er hat zugestimmt. Aber jetzt lässt er mich fühlen, als würde er es hassen, das alles für mich zu tun.

Kann es eigentlich noch trauriger werden?

Ich bin von zu Hause das erste Mal in meinem Leben abgehauen, habe meine Mutter und meinen Vater angebrüllt. Und das nur wegen Nathan. Oder vielleicht nicht wegen Nathan. Vielleicht weil ich nicht möchte, dass sie mich so unter Druck setzen und ich nicht so leben kann, wie ein achtzehnjähriges Mädchen leben sollte. Ich habe es vermasselt. Ich habe es so was von vermasselt. Ich werde nach Hause kommen und meine Eltern werden stinksauer sein, weil ich einfach gegangen bin. Und dann auch noch mit Nathan. Ich hätte einfach auf Mama hören und ins Haus gehen sollen. Stattdessen sitze ich hier in der Kälte und weiß nicht mal, wo ich bin.

„Du weinst schon wieder“, holt mich Nathans Stimme aus meinen unglücklichen Gedanken.

Er hat recht. Ich wische mir schnell die kleinen Tränen weg, wende mein Gesicht von ihm ab. „Ja, mach dich nur lustig über mich. Jetzt hast du erneut die Bestätigung, dass ich eine kleine Heulsuse bin.“

„Was?“

„Du weißt ganz genau, was ich meine. Du siehst doch, wie jämmerlich ich weine. Wie ein weinerliches Kleinkind, wie du schon sagtest.“

Nach einer kurzen Pause sagt Nathan: „Okay, wenn du es unbedingt hören möchtest: Du bist eine weinerliche Heulsuse.“

Wieder schluchze ich. Das hätte er sich auch sparen können.

„Aber ich hätte nichts gesagt, wenn du nicht so dumm darum gebettelt hättest.“

Bitter lache ich auf und wische mir die nächsten Tränen mit Nathans Jackenärmel weg. „Du kannst wirklich nichts Nettes sagen, ohne mich im gleichen Satz noch zu beleidigen.“

„Ich habe dich gerade nicht beleidigt.“

„Dumm ist eine Beleidigung.“

Er verdreht die Augen und sieht wieder zu dem See vor uns. „Mir scheiß egal, ich rede nun mal so.“

„Unverkennbar“, murmle ich und bin gleichzeitig froh, dass ich aufgehört habe zu weinen. Ich habe in meinem ganzen Leben schon so oft vor ihm geweint, mittlerweile glaube ich, dass das Adjektiv dumm tatsächlich die beste Beschreibung für mein Verhalten sein könnte.

Wieder herrscht Stille zwischen Nathan und mir. Nur noch das Fließen des Sees und der leichte Wind zwischen den Blättern der Bäume sind zu hören. Ab und zu zirpt auch mal eine Grille. Eigentlich wäre es romantisch. Der Mond spiegelt sich perfekt im Wasser und der Himmel ist klar, man kann die Sterne sehen. Doch romantisch ist die absolut falsche Bezeichnung für die momentane Situation.

„Musst du nicht eigentlich irgendwo hin?“, frage ich Nathan nach einer Weile.

„Nein, es hat sich etwas geändert.“

„Was denn?“

„Ich habe keine Lust mehr.“

„Oh“, mache ich und sehe auf meine kalten Finger. „Und nur weil du keine Lust mehr hast, gehst du einfach nicht hin? Ist das nicht unfreundlich?“

„Ich habe keine Lust, also gehe ich auch nicht hin.“

Ich nicke in mich hinein. Er scheint wirklich unabhängig von allem zu leben. Er hat anscheinend keine Eltern, die ihm alles vorschreiben, er kann machen, was er will, hingehen, wo er will. Ein wenig beneide ich ihn darum. „Jetzt hast du mal meine überfürsorglichen Eltern kennengelernt“, rede ich wieder weiter, weil ich nicht stumm hier rumsitzen möchte. „Wie du sie letztens ja betitelt hast …“

Nathan sieht weiterhin einfach auf den See. Sein Mund verzieht sich ein wenig, woraus ich schließe, dass er über etwas nachdenkt. „Deine Eltern sind wirklich scheiße überfürsorglich“, sagt er schließlich. Gott, er flucht immer, wann er kann.

Ich zucke nur wortlos mit einer Schulter. Überfürsorglich trifft es einfach auf den Punkt.

„Dein Vater. Er hat dich ständig Sarah genannt. Wieso?“

Ich sehe ihn verdutzt an. „Das interessiert dich?“

Er zuckt mit den Schultern und sieht wieder nach vorne.

Ich seufze. „Er hat große Probleme mit seinem Gedächtnis. Er war früher Lehrer und hatte eine Schülerin, die hieß Sarah. Sie hat ihn immer an mich erinnert und heute nennt er mich einfach Sarah … Warum auch immer. Er vergisst manchmal einfach meinen Namen.“ Ich atme tief durch und lege mein Kinn auf meine Knie. „Oder meine Existenz“, nuschle ich noch leise, bin mir jedoch sicher, dass Nathan es nicht verstanden hat. Dafür ist er zu weit weg.

„Das klingt ätzend.“

„Es ist oft sehr erniedrigend“, korrigiere ich seine vulgäre Ausdrucksweise.

„Nein. Es klingt ätzend.“

Ich sehe ihn an. „Du musst nicht immer fluchen. Es reicht auch, wenn du schlecht oder schlimm sagst.“

Er hebt die Brauen und sein rechter Mundwinkel hebt sich. „Beschissen, abgefuckt, ätzend, zum Kotzen, bekackt …“

„Okay, ich habe es verstanden!“, stoppe ich ihn und halte mir die Ohren zu. „Du kannst dich obszön ausdrücken, schon gecheckt.“

Nathan lacht rau. „Ich wette, deine Eltern verbieten dir, so zu reden.“

Ich schweige. Ja, das machen sie. Ich darf zu Hause nicht mal das Wort Gottes in den Dreck ziehen, da meine Mutter sehr gläubig ist. Bei meinem Vater ist das anders, aber auch er befürwortet es nicht, wenn ich fluche.

„Ach du Scheiße", feixt Nathan jetzt wieder. „Sie verbieten es dir tatsächlich."

„Meine Mutter ist nun mal früher sehr streng erzogen worden", erkläre ich mich. „Und außerdem ist fluchen nichts Gutes. Es kommt nicht wirklich sympathisch rüber."

„Also würdest du mich als unsympathisch bezeichnen?"

„Ich würde dich mehr als nur unsympathisch bezeichnen. Du bist unausstehlich."

Jetzt grinst er und sieht wieder zum See. Seine Grübchen stechen hervor. Sie stehen ihm. Er sieht dadurch jünger und unbeschwerter aus, nicht so ernst wie sonst. „Das ist das netteste Kompliment, das ich seit Jahren bekommen habe", sagt er.

Ich runzle die Stirn. „Das war kein Kompliment, eher eine Beleidigung."

„Eben."

Nathan ist seltsam. Gerade führen wir wahrscheinlich die gesittetste Konversation, die wir je hatten, und trotzdem fallen unangenehme Worte. Entweder von ihm oder von mir. Aber irgendetwas mag ich daran. Vielleicht der Reiz, dass ich mit sonst niemandem so reden kann oder etwas, das ich noch nicht herausgefunden habe, aber ich mag es. Wenn er so ist, wie er gerade ist, dann könnte ich mich öfters mit ihm unterhalten. Auch wenn wir dafür in der Kälte an einem See sitzen müssen.

Vielleicht mag er mich ja. Vielleicht redet er jetzt offener mit mir. Wir reden gerade relativ locker miteinander, ich darf meine Chancen auf Antworten nicht verpassen.

„Sag mal", sage ich vorsichtig. „Wo sind eigentlich deine Eltern?"

Ich halte inne, als Nathans Kiefer sich anspannt und sein Blick noch ernster in Richtung des Sees fällt. Vielleicht muss ich lebensmüde sein, dass ich mich wage, ihn so etwas Persönliches zu fragen, obwohl er mir schon oft genug gesagt hat, wie nervend er es findet.

„Deine ständigen Fragen gehen mir echt auf den Sack", sagt er nach einer kurzen Weile durch die Dunkelheit, was es mich sofort bereuen lässt, dass ich ihn gefragt habe.

Ich seufze. „Es tut mir leid. Ich dachte vielleicht, dass … irgendwie … keine Ahnung, was ich dachte."

Wieder herrscht Stille. Diesmal ist sie unangenehmer als vorher, weil Nathan wieder sehr gereizt wirkt. Und erneut habe ich die Stimmung kaputt gemacht.

Doch dann sagt er: „Entweder sie schmoren in der Hölle oder leben irgendwo an irgendeinem beschissenen Ort ihr beschissenes Leben."

Ich sehe überrascht zu ihm. Was?

Ich wage zu behaupten, dass sein linker Mundwinkel sich etwas hebt, als er hinzufügt: „Vielleicht beides."

„Was redest du da?"

Er sieht zu mir und hebt eine Braue. „Du wolltest wissen, was mit meinen Eltern ist. Soll ich es wiederholen?“

Schnell schüttle ich den Kopf. Nein, lieber nicht. Diese Worte werde ich wohl so schnell nicht vergessen.

Entweder sie schmoren in der Hölle oder leben irgendwo an irgendeinem beschissenen Ort ihr beschissenes Leben. Vielleicht beides.

Wie gerne würde ich fragen, was das zu bedeuten hat, aber ich sollte mich glücklich schätzen, dass Nathan mich nicht wieder einfach hier sitzen gelassen hat, weil ich meine Neugier nicht im Zaum halten kann. Aber eins ist mir bei so einer Antwort sicher: Nathans Eltern würden nicht umsonst in der Hölle schmoren. Irgendetwas muss vorgefallen sein und es juckt mich in den Fingern, danach zu fragen.

Doch stattdessen entscheide ich mich dazu, einfach mal ein normales Gespräch mit ihm zu führen. Wie Leute in unserem Alter. Seufzend lege ich mein Kinn auf meine Knie. „Eltern können wirklich nervig sein.“

Ich spüre seinen Blick auf mir, doch er sagt nichts.

„Ich meine, mal ganz ehrlich. Meine Eltern behandeln mich wie ein Kleinkind, dabei bin ich achtzehn Jahre alt. Volljährig. Weißt du eigentlich, wie bescheuert das ist?“

Wieder sagt er nichts.

„Und dann ist da noch meine total penible Großmutter. Mannoman, wenn du sie kennen würdest. Sie ist eine schreckliche Frau, trägt immer Seidenstrümpfe, wodurch sie hofft, dass man ihre Altersflecken auf den Beinen nicht sieht, aber man sieht sie. Jedes Mal. Außerdem hat sie eine grausam nervige Stimme und schert sich immer darum, wie ich aussehe und mich verhalte.“ Ich stehe auf und sehe auf den See. „Sie würde es sogar höchst grotesk finden, wenn ich jetzt hier in diesen See springe. Meine Haut könnte Frostbeulen bekommen und meine Lippen würden blau werden. Wahrscheinlich würde sie noch meine erfrorene Leiche anmeckern, weil meine Haut so bleich ist und mein Teint total verdorben.“

Nathan schweigt immer noch, doch das habe ich mittlerweile schon ausgeblendet. Das ist das erste Mal, dass ich so richtig schlecht über meine Grandma rede, und all das hätte ich schon längst mal aussprechen sollen. Es ist befreiend und ich habe das Gefühl, ich komme gerade erst in Fahrt.

Meine Augen bleiben starr auf dem schwarzen See vor mir. „Oh und wie sie es hassen würde, wenn ich jetzt hier in diesen See springen würde“, sage ich und öffne Nathans Jacke, ziehe sie mir von den Schultern.

„Was zur Hölle wird das denn?“

Ich ziehe mir meine Schuhe von den Füßen, blicke wie hypnotisiert weiter auf das Wasser. „Ich bin von zu Hause abgehauen, es ist kalt und spät abends. Schlimmer kann die Situation sowieso nicht mehr werden.“

Als ich meine Socken in meine Schuhe stopfe, scheint Nathan zu verstehen. „Scheiße, du willst in den kalten See springen?“

Ich antworte nicht mal, sondern gehe die ersten Schritte zum See, halte meinen großen Zeh ins Wasser. Verflucht. Das ist wirklich kalt.

„Das ist die beschissenste Art der Rebellion, die ich je gesehen habe", feixt Nathan hinter mir.

„Aber schon längst überfällig", sage ich und atme tief durch, bereite mich auf die bevorstehende Kälte vor. „Ich mach das."

„Dann tu es. Ich kann es kaum erwarten." Ich höre, wie er sich eine Zigarette anzündet.

„Ich tue es wirklich."

„Ja, dann tu es auch."

„Okay", atme ich noch mal tief ein und aus, schließe die Augen und balle die Fäuste. Ich tu es einfach. Ärger mit meinen Eltern habe ich sowieso und vielleicht werde ich sogar so krank, dass sie mich bemitleiden und die ganze Sache vergessen ist. Es kann nur auf etwas Positives hinauslaufen.

Oder sie werden mich noch mehr anbrüllen, weil ich erneut mit nassen Klamotten nach Hause komme, und mich zur Strafe nicht auf die Weihnachtsfeier im Hotel lassen, auf die ich mich schon seit Oktober freue.

Ich muss es riskieren.

Ich tue das.

„Ich warte", höre ich Nathans Stimme hinter mir.

Mehrmals nicke ich und sehe ein letztes Mal auf das schwarze Wasser. Ich tue es! Und dann springe ich.

Es ist eine schmerzhafte Kälte.

Meine Glieder scheinen sofort zu erfrieren und der Weg bis zur Wasseroberfläche erscheint mir viel zu lang. Kurz habe ich Angst, dass es zu kalt ist, um überhaupt zu schwimmen, und ich ertrinken werde, aber dann tauche ich schließlich auf und nehme einen großen Atemzug.

„Verdammt!", keuche ich und schwimme mit schnell pochendem Herzen auf der Stelle. „Oh mein Gott, ist das kalt!"

Nathan lacht und sieht mir seelenruhig dabei zu, wie ich zu einem Baumstamm schwimme, um mich dort festzuhalten. „In solchen Situationen wäre es praktischer, fluchen zu können, huh?"

Mein Kiefer zittert wie verrückt, genauso wie der Rest meines Körpers. Ich hätte das nicht tun dürfen. Es ist viel kälter als in meiner Vorstellung. Viel, viel kälter.

„Es hat sich beinahe gelohnt, dich hierherzufahren", höhnt Nathan wieder und zieht an seiner Zigarette. „Das sieht wirklich scheiße kalt aus."

„W-Was du nicht s-sagst", bibbere ich und kralle mich fester an den Baumstamm. Da springt mir etwas ins Auge. Besser gesagt etwas Weißes, Leuchtendes, es ist beinahe unmöglich, es zu übersehen.

Eine Seerose.

Wie verflucht lange suche ich schon nach einer weißen Seerose? Ich brauche nicht lange, um zu entscheiden, mir sie zu holen. Jedoch ist sie gute zehn Meter von mir entfernt. Ich müsste über den Baumstamm klettern, um sie zu erreichen. Doch das ist es mir wert.

Als ich gerade anfange, mich wie ein Tollpatsch an dem liegenden Baumstamm hochzuziehen, fragt Nathan: „Was wird das jetzt wieder?"

Ich kann nicht mal antworten, weil ich zu eingefroren bin. Jetzt kann ich Rose von Titanic verstehen, als sie nach Hilfe schreien wollte, doch niemand hat sie gehört. Ich hieve ein Bein auf den Stamm und kralle mich mit dem Fuß in einem kleinen Loch dort fest. Normalerweise fände ich das super eklig und meine Haut ist auch schon voller abgestorbener Rinde, aber ich muss diese Seerose haben.

„Was zur Hölle tust du da?", fragt Nathan erneut, als ich mich auf den Baumstamm ziehe und darauf liege wie ein totes Tier.

Kurz verweile ich auf dem Baumstamm und mache eine Pause. „S-Seerose."

„Was? Du willst diese scheiß Seerose haben?"

Ich sehe ihn jetzt trotz eingefrorener Gesichtszüge bitter an, kann jedoch nicht sprechen. Meine Lungen scheinen durch die Kälte wie von einem Presslufthammer zerdrückt zu werden.

„Okay, dann hol dir die scheiß Seerose", sagt er, als er meinen Blick sieht, wirft seine Zigarette weg und vergräbt seine Hände in den Hosentaschen. „Ich werde hier sitzen und dir zusehen."

Wie immer also, denke ich mir und setze erneut an, um mich über den Baumstamm zu hieven. Ich rutsche ein wenig nach rechts, um mich einfach ins Wasser fallen zu lassen. Ich falle und bin sogar erfreut, dass ich auf der anderen Seite stehen kann. Zwar nur knapp, doch genug, wenn ich auf Zehenspitzen laufe. Zitternd versuche ich, den ersten Schritt in Richtung der wunderschönen Seerose zu machen, als … Ich stecke fest. Irgendwo stecke ich mit meinem rechten Fuß im Boden fest. Mehrmals versuche ich zu rütteln und zu ziehen, es funktioniert nicht. Irgendetwas hat sich um meinen Knöchel geschlungen.

„Was ist los? Gibst du schon auf?"

Ich versuche weiter verzweifelt, meinen Fuß zu befreien. „I-Ich stecke f-fest!"

„Du steckst fest?"

„Ja!", rufe ich aus, jetzt panischer, nachdem ich realisiert habe, dass ich wirklich richtig feststecke. Langsam fängt es schon an zu schmerzen. Ich sehe zur Seerose, dann zu Nathan. „N-Nathan, ich s-stecke fest!"

„Befrei dich."

Ein weiteres Mal versuche ich zu rütteln. „Es funktioniert n-nicht!"

Er nimmt die Hände aus den Hosentaschen und setzt sich aufrechter hin. „Das ist nicht dein scheiß Ernst!"

Ich breche in Panik aus. Ich komme hier nie im Leben weg. Und mein Körper scheint mit jeder Sekunde mehr zu erfrieren. Das alles war ein riesiger Fehler.

„Siehst du jetzt, was du von der Scheiße hast?", ruft Nathan und steht auf, geht zum Rand des Sees.

Meine Zähne brechen jeden Moment ab, weil sie so stark aufeinanderknallen. „E-Es ist so kalt."

Kurz starrt Nathan mich einfach nur mit gereizter Miene an, dann flucht er leise und zieht sich die Schuhe aus. Dann folgen seine Jacke und sein T-Shirt. Ich kann mich nicht mal auf seinen tätowierten Oberkörper konzentrieren, weil ich so friere und die pure Panik in meinem Körper ausbricht. „Dafür wirst du so was von bezahlen!", ruft er zornig und geht näher zum See. Er hält nicht mal seinen Fuß rein, sondern geht einfach in das kalte Wasser, das ihm bis zur Schulter geht. „Fuck!"

„Sch-Schnell", wimmere ich, weil meine Körpertemperatur immer mehr zu sinken scheint.

Er schwimmt zu mir, klettert über den Baumstamm und steht jetzt genau vor mir in dem Wasser. Und weil das Wasser hier weniger tief ist, strahlt mir seine Haut entgegen. Und weil er seinen Körper so anspannt, durch die Kälte, sehe ich deutlich seine Brust und Armmuskeln. Ich komme mir fast schmutzig vor, wenn ich ihm so nahe bin, während er oberkörperfrei vor mir im Wasser steht, doch die Situation lässt es nicht anders zu.

„Und das nur wegen so einer scheiß Seerose", knurrt Nathan wieder leise und packt mich an der Taille, versucht, mich nach oben zu ziehen. Ich kann diesen Blitzschlag, wenn er mich berührt, nicht ignorieren.

„Au", jammere ich, weil mein Fuß noch immer nicht befreit ist und mein Knöchel immer mehr zerquetscht wird. Weil mein Körper mittlerweile betäubt ist, halte ich mich an Nathan fest, presse meine Wange an seine nackte Brust. Er ist warm. Zumindest wärmer als ich und das Wasser. Für einen kurzen Moment kann ich sogar sein Herz wild pochen hören.

Jedoch drückt er mich von sich weg und ich schwebe wieder in dem Wasser. Doch noch bevor ich etwas sagen kann, taucht er unter und rüttelt an dem Ding, das mein Fuß gefangen hält. Es dauert nicht lange und ich bin befreit. Ich atme erleichtert auf. Morgen wird da auf jeden Fall ein fetter blauer Fleck zu sehen sein. Es schmerzt höllisch.

Nathan taucht wieder auf und streicht sich die Haare aus der Stirn. Er packt mich, ohne viel zu murren, an der Hüfte und schwingt mich über seine Schulter, was mich aufkeuchen lässt. Ein wenig schiebt er den Stamm beiseite und läuft so durch das Wasser bis zum Rand hoch auf die Wiese.

Unsanft lässt er mich ins Gras fallen und ich huste auf, weil seine Schulter mir so in die Magengrube gedrückt hat. Es ist schweinekalt. Mehr als das. Ich hätte das alles nicht tun sollen. Jetzt wird er mich noch mehr hassen, weil er wegen mir in den kalten See musste. Weil ich so dumm bin.

Er ist definitiv wütend, als er an mir vorbei zu seinen Klamotten geht.

„N-Nathan", sage ich und setze mich zitternd auf, presse meine Beine an meine Brust. „E-Es …"

„Sag jetzt besser kein Ton", warnt er angespannt und dreht sich zu mir um, zieht sich unsanft die Schuhe über die nassen Füße.

Ich erstarre, als ich seinen Rücken sehe.

Zwei schwarze Flügel sehen mich an. Jedoch keine echten Flügel, sondern zwei tätowierte Flügel. Schwarze. Auf seinem Rücken.

Ich muss schwer schlucken, während ich auf Nathans Rücken sehe, der im Schein des Mondes glänzt, während die vielen Tropfen hinablaufen und er sich zu seinem T-Shirt bückt.

Schwarze Flügel.

Was soll das darstellen? Will er ein Todesengel sein? Hier in der Dunkelheit sieht er mit diesen Flügeln auf jeden Fall so aus. Mehr als genug. Selbst sein Haar ist beinahe schwarz, weil es nass ist.

Natürlich würde ich ihn gerne nach diesem skurrilen Tattoo fragen, doch ich bekomme kein Wort heraus. Ich bibbere, zittere, wimmere, wegen dieser eisigen Kälte, die meinen Körper umschließt, presse meine Beine an meine nasse Brust und wünschte, ich wäre niemals in diesen See gesprungen. Das war das Dümmste, das ich je getan habe.

Nathan zieht sich sein Shirt über, dann seine Jacke und wischt sich die nassen Haare nach hinten, dann seine Kapuze über. Er dreht sich zu mir um und sieht mich wie ein Häufchen Elend auf der Wiese sitzen. Ich kann mich nicht mal zu der Jacke bewegen, die er mir vorhin gegeben hat, weil meine Glieder so steif und mein Körper so schwach ist.

„D-Die Jacke", zittere ich und deute auf seine schwarze Jacke, die noch auf der Wiese liegt. „Bitte g-gib sie mir."

Er nimmt die Jacke und schmeißt sie mir zu. „Ich hoffe, die Scheiße hat dir wenigstens was gebracht."

Schnell nehme ich mir die Jacke und werfe sie mir um die Schultern, mache mich noch kleiner. Schuldbewusst und mit klappernden Zähnen sehe ich zu ihm auf. „T-Tut mir leid."

Nathan setzt sich zwei Meter von mir entfernt auf die Wiese und starrt mit angespannter Falte zwischen den Brauen auf den See. Seine Ellenbogen legt er auf seine Knie. Er sagt nichts zu meiner Entschuldigung.

Ein Wassertropfen läuft ihm an der Schläfe entlang zu seinem Kinn, tropft dann auf seine Hose.

Ich unterdrücke einen frustrierten Seufzer. Ich habe mich vorhin noch so „schön“ mit ihm unterhalten und ich musste es vermasseln, indem ich in diesen blöden See springe. Er wird hier nach nie wieder mit mir reden wollen, weil er sich wahrscheinlich eine heftige Erkältung zuziehen wird. Ich bin so blöd. Trotzig sehe ich zu ihm, ziehe die Jacke enger um meine Schultern. „Es tut mir wirklich leid, Nathan“, wiederhole ich mich.

„Ich sollte dich hier sitzen lassen dafür, dass du so scheiße dumm bist.“

Ich zucke etwas zusammen vor seinen harschen Worten. Jedoch … „Wieso tust du es dann nicht?“

Er schweigt. Ich sehe, wie sich sein Kiefer anspannt. Kurz denke ich, er wird mich wirklich hier sitzen lassen, dann steht er auf und geht zur Bank, nimmt sich dort seine Zigarettenschachtel. Ich beobachte ihn ängstlich, weil ich hoffe, dass er mich hier nicht allein lässt. „Steh auf“, sagt er zu mir und geht zu seinem Motorrad. „Das wird das letzte Mal sein, dass ich dich nach Hause fahre.“

Schnell rapple ich mich auf, achte darauf, dass ich nicht einknicke und ich wieder Gefühl in meinen Beinen bekomme. Ich frage mich, ob ich ihn gerade wieder zu viel gefragt habe. Eigentlich bin ich diesmal nicht zu weit gegangen. Ich habe ihn etwas gefragt, das mit mir zu tun hat.

Und dann passiert die alte Leier. Er fährt mich in der Kälte nach Hause. Ich gebe ihm schweigend vor meinem Haus seine Jacke zurück, bedanke mich und er fährt ohne ein weiteres Wort davon.

Was ist nur mit ihm los?

Ich will in seinen Kopf sehen können. Dieses Rätsel, das er darstellt, endlich lösen und wissen, was all das ist, das er tut. Wieso hat er schwarze Flügel auf seinem Rücken, haut einerseits mit mir von meinen Eltern ab, hilft mir aus dem kalten See, gibt mir seine Jacke und sagt mir letzten Endes, dass es das letzte Mal sein werd, dass so etwas passiert? Alles, was er macht, widerspricht sich. Nathan ist einfach ein riesiger Widerspruch in sich selbst. Eine durcheinandergeratene Seele.

Doch egal, wie sehr ich auch gerne wüsste, wieso er so ist, wie er ist, bin ich mir ab heute sicher, dass er mich nicht in seine Seele hineinsehen lässt. Wer verübelt es ihm? Ich bin Honor-Marie. Die kleine Honor-Marie, die ihm damals in der Grundschule schon ständig auf die Nerven gegangen ist, ihm in fremden Straßen auflauert und seltsame Fragen stellt.

Es wundert mich, dass er mich nicht am See hat sitzen lassen. Das waren so viele nette Dinge, die er heute für mich getan hat, und trotzdem fühle ich mich letzten Endes von ihm verstoßen, weil er … Er ist Nathan. Er ist immer noch Nathan. Dieser Nathan von früher, der niemals jemanden an sich rangelassen hat. Es wäre naiv zu denken, es könnte heute anders sein.

Frierend schleiche ich durch den Hof, schnappe mir den Schlüssel für Notfälle und schließe leise die Tür auf. Mittlerweile muss es schon fast null Uhr sein und meine Eltern müssten bereits schlafen. Ich hoffe es zumindest. Ich will einfach nur noch ins Bett und mich fragen, ob ich diesen Tag heute vergessen sollte oder nicht.

Wahrscheinlich sollte ich ihn vergessen.

Obwohl ich das nicht möchte.

Wahrscheinlich sollte ich die ganze Sache mit Nathan vergessen, obwohl ich das nicht möchte. Es muss einen Grund geben, warum er mich, schon seit ich klein bin, so interessiert und ich immer wieder dieses Gefühl hatte und habe, ihm nahe zu sein. Doch es ist eine seltsame Nähe. Es ist unbeschreiblich, kein Wort wie anziehend oder Seelenverwandtschaft dafür verwenden, ich habe einfach das Gefühl, ich müsste Nathan – dieses Rätsel lösen.

Ich ziehe mir später die feuchten Klamotten aus, lege sie sorgfältig auf meinen Stuhl und falle in einen tiefen Schlaf, träume von Engeln und Teufeln.

Total übermüdet laufe ich mit einem Gesangbuch in der Hand aus der großen Kirche, die Steintreppe nach unten und starre auf meine Füße. Ich mag die Kirche und die Gottesdienste, aber das frühe Aufstehen sonntags wird mich wohl immer stören. Vor allem nach letzter Nacht. Ich bin total erkältet und meine Eltern sind stinksauer auf mich. Noch gestern Abend konnte ich mir eine weitere Standpauke von meiner Mutter anhören, weil ich einfach gegangen bin. Doch diesmal kann ich sie verstehen. Ich bin einfach abgehauen, sie hat sich große Sorgen um mich gemacht. Und wegen der Tatsache, dass ich nicht mal ein Handy habe, worauf sie mich hätte erreichen können, war sie noch aufgebrachter. Und natürlich weil ich bei Nathan einfach in einer eisigen Kälte auf dem Motorrad ohne Helm davongefahren bin. Und wegen Nathan.

Sie hat noch viele böse Worte über ihn verloren, die mich innerlich wirklich aufbrausen lassen. Ich habe mich kein zweites Mal getraut, ihr die Stirn zu bieten, doch dass sie so schlecht über ihn redet, stört mich enorm. Nathan ist auch nur ein Mensch. Oder so. Ich weiß noch nicht, was er genau ist, aber er ist ein Mensch wie jeder andere auch. Ich hab oft versucht, sie zu fragen, wieso genau sie ihn nicht mag, doch sie konnte mir nie eine prägnante Antwort darauf geben. Sie halte einfach nichts von ihm, er sei ein schlechter Mensch und wolle mir nichts Gutes tun, meinte sie stets.

„Honor, Schatz", holt meine Mutter mich aus meinen müden und davonschweifenden Gedanken von grünen Augen und schwarzen Flügeln. Sie lächelt mich liebevoll an, ganz anders als letzte Nacht. „Wann solltest du noch mal bei Misses Baskin sein?"

Ich seufze und stelle mich aufrechter hin. „In einer halben Stunde."

Wir stehen in einem Kreis von Bekannten, die mit uns schon seit Jahren jeden Sonntag in die Kirche gehen. Unsere Nachbarn verstehen sich super mit meinen Eltern und seitdem ist der wöchentliche Kirchgang unser Ritual geworden. Joseph und Gertrud, unsere beiden Nachbarn, haben einen Sohn, Zachary, er ist nur ein Jahr jünger als ich. Ich verstehe mich gut mit ihm, auch wenn er sich jeden Sonntag eher in die Kirche zwingt. Im Gegensatz zu seinen

Eltern glaubt er absolut nicht an Gott. Ich betitle ihn als Optimist, er sich als Pessimist.

„Dann werden wir gleich losfahren, du darfst nicht zu spät kommen“, sagt Mama und hakt sich bei Papa unter. Sie verabschiedet sich von Gertrud und Joseph, die freundlich lächeln.

Zachary guckt grimmig. Er ist mindestens genauso müde wie ich. Ich gehe zu ihm und stupse ihn leicht an der Schulter an. Er ist einer der wenigen Jungs, in dessen Augen ich gucken kann, weil wir gleich groß sind. „Kopf hoch“, sage ich. „Du hast es hinter dich gebracht. Gott wird dir jetzt nicht mehr die Ohren vollreden.“

„Du meinst wohl eher dieser nach Gott fanatische Pfarrer, der glaubt, Gott habe ihn auf diese Erde geschickt, um einen behämmerten Glauben zu verbreiten, der – wie alle anderen Glaubensrichtungen – nichts weiter bringt als Hass und Kriege auf der Welt, die wiederum dazu führen, dass Menschen leiden, hungern, sterben und im Nachhinein trotzdem in eine viel zu unterkühlte Kirche rennen, um Gott dafür zu danken, dass er so ein toller Gott ist“, gibt er monoton zurück.

„Zachary James Edwards“, nörgelt seine Mutter sofort und zieht ihn wütend an sich heran. „Du sollst nicht so reden!“

Zachary verdreht die Augen und ich werfe ihm einen letzten mitleidigen Blick zu, während sie in ihrem Auto verschwinden.

Ich setze mich mit Papa und Mama ins Auto, hinten auf die Rückbank. Am liebsten würde ich wieder ins Bett und schlafen, eine Genesung genießen, Tee trinken, alles, aber nicht zu dieser Probe fahren. Meine Sonaten wollen immer noch nicht sitzen und die ständigen Meckereien von Misses Baskin kann ich kaum noch hören. Erneut in Gedanken versunken, sehe ich aus dem Fenster, während Mama fährt.

„Ist alles okay, Liebling?", fragt Papa und sieht mich durch den kleinen Spiegel der Sonnenblende an.

Ich nehme meinen Blick nicht von den vorbeiziehenden Straßen. „Alles bestens."

Er seufzt. „Ich merke doch, wenn etwas nicht stimmt."

Ich zucke nur mit den Schultern. Die letzte Nacht hängt mir noch sehr in den Knochen. Nicht nur, weil ich jetzt erkältet bin, sondern weil mir Mamas Worte einfach nicht aus dem Kopf gehen. Ich habe immer noch das Bedürfnis, ständig für Nathan sprechen zu müssen, mich für ihn einzusetzen und zu versuchen, ihm ein gutes Gefühl zu vermitteln. Umso deprimierender ist es, dass Mama versucht, mich von ihm fernzuhalten. Ich will ihn richtig kennenlernen können, endlich erfahren, warum er damals verschwunden ist.

Mama unterbricht die drückende Stille im Auto. „Honor … Du musst aufhören, an diesen Jungen zu denken."

Ich schweige. Sie scheint also zu wissen, warum meine Stimmung so im Eimer ist. Schön, dass sie wenigstens merkt, wie mich diese Situation belastet.

„Du wirst mir dafür danken, wenn du jemanden kennenlernst, der gut für dich ist."

„Ich will doch nur", sage ich leise. „Ich will doch nur … Ihn kennenlernen. Mehr nicht."

„Schatz, was würde dir das bringen? Er ist … anders."

Ich sehe ihren Hinterkopf an. „Anders ist nicht immer schlecht."

„Aber dieses anders, wie er es ist, ist nicht gut. Versuch mir zu vertrauen. Dein Vater und ich sind uns einig, dass es besser wäre, wenn du ihm nicht zu nahe kommst. Du hast etwas Besseres verdient."

Jetzt sehe ich wieder trostlos aus dem Fenster. Sie würden mich niemals verstehen. „Ihr wisst doch gar nicht, was ihr da redet", murmle ich so leise vor mich hin, dass sie es nicht hören. Ich bin zwar von diesen Worten selbst noch nicht ganz überzeugt, aber ich bin mir sicher, dass Nathan nicht so ist, wie Mama es immer beschreibt. Er ist andersartig, ja, aber er ist ein Mensch, der eine Geschichte hat, die sein Anderssein erklärt. Wie es bei jedem Menschen ist.

Die Woche vergeht ohne jegliche Spannungen. Mama, Papa und ich verstehen uns wieder besser, das Thema Nathan kommt nicht noch mal vor. Zumindest nicht am Tisch. Meine Gedanken bleiben ständig bei ihm, vor allem wenn ich ihn ab und zu im Hotel sehe. Wir reden nicht miteinander, er geht mir aus dem Weg und ich gehe ihm aus dem Weg. Ich würde gerne mit ihm sprechen, doch er ist sauer, das kann ich verstehen. Nach dieser Aktion am See nehme ich es ihm nicht mal übel.

Das Hotel hat die ganze Woche die Veranstaltungshalle auf Vordermann gebracht, für den Winterball, der jedes Jahr hier stattfindet. Es ist ein jährliches Highlight. Dutzende von Menschen kommen und dieses Jahr bin ich nicht als Gast dabei, sondern als Kellnerin, was es noch aufregender macht.

Es ist Freitagabend. Ich ziehe mir meine halbhohen Schuhe an, schließe den Reißverschluss meines schwarzen Kleides und sehe zu den anderen Kellnermädchen im Personalraum, die ebenfalls dieses schwarze Kleid mit den hohen Schuhen tragen. Darüber kommt noch eine weiße Schürze und jetzt sehen wir definitiv aus wie schicke Kellnerinnen. Mit den ellenlangen Ärmel frieren wir auch nicht. Dann noch ein strenger Zopf und vollendet ist es.

„Seid ihr bereits, Mädels?“, fragt mein Opa, der von außen an die Tür klopft.

„Ja!“, rufen wir alle im Chor.

„Okay! In fünf Minuten geht es los, dann beginnen wir mit dem Champagner!“

Ich atme tief durch. Ich schaffe das. Mir darf bloß kein Missgeschick passieren. Ein letztes Mal betrachte ich mich im Spiegel. Meine Augen sind heute stärker geschminkt als sonst, doch nicht zu viel. Die Klasse muss immer noch bleiben.

„Scheiße!“, ruft plötzlich eine meiner Kolleginnen, was mich erschrocken herumschrecken lässt. Entsetzt sieht sie auf ihr Handy. „Meine Schwester liegt in den Wehen und ihr Mann ist im Urlaub! Ich muss da sofort hin!“ Schnell greift sie sich ihre Jacke.

„Was?“, ruft eine andere Kellnerin. „Du kannst doch nicht einfach verschwinden! Wir brauchen dich hier!“

Doch sie hat schon die Türklinke in der Hand. „Hallo? Meine Schwester liegt in den Wehen! Viel

Glück, Mädels! Tut mir wirklich leid!“ Dann ist sie auch schon verschwunden.

Verdutzt starren wir uns alle an. Irgendwer muss uns aushelfen. Sonst ist der ganze Plan im Eimer.

„Okay, wir bekommen das hin“, sagt Sascha mit ihrem russischen Akzent und streicht sich durch die blonden Haare. „Wir fragen einfach Mister Ealswirth, er wird eine Lösung finden. Was kann schon Schlimmes passieren?“

„Es könnte alles ruiniert sein!“, ruft eine andere Kollegin aus.

„Beruhigt euch! Ich rufe Paul“, sagt Claudia und geht zur Tür. „Honor, komm bitte mit, wenn du dabei bist, ist er meist weniger wütend.“

Schnell nicke ich und folge ihr durch den Flur zur Veranstaltungshalle, wo schon unglaublich viele gut gekleidete Gäste stehen und darauf warten, dass der Ball beginnt und sie endlich den Champagner bekommen.

Claudia ruft Grandpa, der sich gerade mit ein paar Gästen lachend unterhält. Er verabschiedet sich von ihnen und geht dann durch die Menge zu uns. „Was ist los? Ihr solltet doch schon so langsam mit dem Champagner beginnen.“

„Wir haben ein kleines Problem“, sagt Claudia und ich nicke zustimmend. „Megan musste schnell weg, jetzt sind wir eine zu wenig.“

„Was?“, knurrt Grandpa. „Sie kann doch nicht einfach … okay, kein Grund zur Panik.“ Er sieht zu mir. „Marie, was ist mit Olivia? Meinst du, sie könnte uns aushelfen?“

Ich schüttle den Kopf. „Sie ist in Australien.“

Er seufzt. „Dann haben wir ein Problem. Ihr müsst zehn Mädchen sein, sonst klappt das nicht.“ Nachdenklich sieht er auf den Boden. Dann holt er sein Handy aus dem Jackett. „Ich kann nicht glauben, dass ich das jetzt tun muss“, nuschelt er wütend.

„Was meinst du?“, frage ich neugierig.

Grandpa hält sich das Handy ans Ohr und geht meiner Frage aus dem Weg. „Geht wieder in den Personalraum und bereitet euch bitte vor. In zehn Minuten geht’s los. Megans Vertretung wird gleich kommen. Das sollte er zumindest besser“, fügt er nur knurrend hinzu.

Claudia und ich nicken gehorsam und wir verschwinden wieder in dem Personalraum. Die Mädchen scheinen immer nervöser zu werden, weshalb sie versucht, ein paar beruhigende Worte zu sprechen, während wir auf Megans Vertretung warten. Ich selbst werde ebenfalls immer nervöser. Ich will mir gar nicht vorstellen, wie grausam es wäre, würde mir ein Glas runterfallen oder ein Teller oder Besteck. Was, wenn mir ein Messer runterfällt und ein Gast fällt darauf, spießt sich auf? Oh Gott.

„Okay, wir fangen an!“, ruft Grandpa nach sieben Minuten durch die Tür. „Nehmt euch die Tabletts und kommt wie besprochen der Reihe nach heraus!“

Alle nehmen sich ihre Tabletts mit den Champagnergläsern und ich versuche, es elegant auf meiner Hand zu balancieren. Mich darf jetzt nichts aus der Ruhe bringen. Konzentration ist angesagt. Nach der Reihe verlassen wir den Personalraum und ich laufe als letztes, setze mein schönstes Lächeln auf.

Die vielen Gäste stehen um die runden Tische verteilt und sehen uns an, während im Hintergrund eine Band weihnachtliche Lieder spielt. Es sind so wahnsinnig viele Leute, die so wahnsinnig schön aussehen. Die ganze Halle ist in einem schönen Gold und Rot dekoriert.

Wir laufen zu den Tischen und plötzlich spüre ich eine Präsenz hinter mir. Sie ist auf jeden Fall größer als ich. Das wird wohl Megans Vertretung sein, denn sie sollte eigentlich hinter mir laufen. Ich würde mich gerne umdrehen, um zu sehen, wer das ist, doch ich muss nach vorne sehen, damit ich nicht in Saschas Hacken trete oder nicht über meine eigenen Füße stolpere. Wir verteilen uns jeweils immer zu zweit bei den Tischen.

Jetzt kann ich auch sehen, wer die Vertretung ist, denn sie steht auf der anderen Seite des Tisches. Nathan steht in einem weißen Hemd, Fliege und schwarzer Hose dort und hält genauso wie ich ein Tablett in die Höhe. Ich muss mehrmals blinzeln und mein Lächeln verschwindet sofort.

Nathan soll Megans Vertretung sein?

Mir bleibt der Atem weg. Nicht nur wegen der Tatsache, dass es Nathan ist, sondern weil er lächelt. Er lächelt, als würde er es Tag und Nacht tun, als wäre er eine glückliche, zuvorkommende Person. Und es steht ihm. Oh ja und wie es ihm steht. Man könnte beinahe meinen, er wäre eine völlig andere Person. Seine Haare sind ordentlich gestylt, das Hemd sitzt perfekt um seine breiten Schultern, ist in seine schwarze Hose gesteckt und sogar ein Gürtel blinkt mir entgegen. Sein Hemd ist an den Armen hochgekrempelt, sodass man seine starken Unterarme sieht. Er steht dort wie ein Profi. Wie er das Tablett mit den Gläsern in die Luft, einen Arm hinter seinem Rücken hält und den Gästen entgegenlächelt, als wäre er jemand anders. Nathan sieht fantastisch aus.

Mein Herz überschlägt sich, als er zu mir sieht und auch mich mit diesem Lächeln beglückt. Ich muss schlucken, um nicht gleich einzuknicken.

Weil das Tablett in meiner Hand leicht zu schwanken beginnt, stelle ich mich gerader hin und versuche, mich wieder zu sammeln. Mich sollte doch nichts aus der Ruhe bringen. Musste es auch unbedingt Nathan sein?

Mein Grandpa hält eine kurze Rede auf der Bühne und dann kommt der Startschuss für das Verteilen der Gläser. Ich setze wieder ein Lächeln auf, doch diesmal fällt es mir schwerer, denn Nathan macht mich nervös. Gleichmäßig verteilen wir um den Tisch herum die Gläser. Ab und zu versuche ich, in seine Richtung zu sehen, um zu schauen, wie er sich anstellt. Wieder mal muss ich feststellen, dass er aussieht wie ein Profi. Er lacht mit den Gästen und sieht trotzdem dabei so seriös aus, stellt mit purer Eleganz die Champagnergläser auf den Tisch.

Wir kommen uns immer näher. Gleich muss ich auch noch neben ihm stehen, wenn die Gläser verteilt wurden. Ich habe das Gefühl, mein Herz schlägt immer schneller, je näher er mir kommt. Gott, was ist das? Ich fühle mich beinahe körperlich zu ihm hingezogen. Nur weil er dieses verdammte Hemd trägt und einfach so … So ist. Würde man ihn nicht so kennen, wie ich ihn kenne, könnte man meinen, er wär ein sympathischer junger Mann. Ohne schwarze Flügel auf dem Rücken.

Dann sind die Gläser verteilt und er stellt sich neben mich, das leere Tablett hält er hinter seinem Rücken, genauso wie ich. Wir sehen auf die Bühne, wo Grandpa mit einem Mikrofon in der Hand steht und seinen Champagner hochhält.

Nathan riecht sogar gut. Nicht nach Zigaretten, sondern einfach gut. Ich muss mich gut konzentrieren, um ihm nicht näher zu kommen, denn dieses Gefühl, das ich gerade in mir spüre, will genau das. Aus dem Augenwinkel sehe ich, dass er immer noch dieses wahnsinnig gut aussehende Lächeln auf den Lippen hat. Es sieht nicht mal gespielt aus, so wie bei manch anderen Kellnerinnen hier.

„Konzentration, Honor", flüstert er leise, als ich kurz davor bin, vor ihm auf die Knie zu fallen, weil er mich so schwach macht.

Ich sehe sofort nach vorne zu meinem Grandpa, der gerade ‚Auf einen wundervollen Abend' ruft und alle an den Tischen anstoßen.

Nathan dreht sich zu mir und verweilt kurz so. Ich bin total überfordert. Was ist nur los mit mir?

„Geh", befiehlt er leise mit seiner rauchigen Stimme und leicht spüre ich seine Hand an meiner Hüfte, was mich aufzucken lässt.

Ich sehe ihn an, dann fällt mir auf, dass die Kellner wieder verschwinden müssen. Alle anderen Mädchen laufen auch schon wieder in den Raum. Hurtig nicke ich und gehe schnell in Richtung Personalraum. Nathan folgt mir schweigend.

Kapitel 7

Ich betrete den Personalraum, jedoch bleibt Nathan draußen stehen, als sich die Tür schließt. Doch das ist gut so. Drinnen lehne ich mich an die Wand und atme tief ein und aus. Jetzt werde ich Nathan den ganzen Abend sehen, sogar in meiner Nähe haben, denn Megan war eigentlich meine Partnerin. Ich bin mir noch nicht sicher, ob ich das gut oder schlecht finde. Mein Herz macht Sprünge bei dem Gedanken, aber mein Kopf weigert sich noch immer, denn in diesem Aufzug, in dem sich Nathan präsentiert, wird mir warm, viel zu warm.

„Oh, mein Gott“, quietscht eins der Kellnermädchen. „Habt ihr Nathan gesehen? Er sieht noch besser aus als sonst!“

„Ja!“, quiekt jetzt eine andere und lehnt sich seufzend an die Wand. „Und wie einfach er sein Tablett hochgehalten hat …“

„Und seine Haare“, seufzt eine andere.

„Wer muss denn mit ihm zusammen arbeiten?“

„Honor.“

Alle sehen zu mir. Ich blinzle.

„Du bist echt zu beneiden“, sagt eins der Mädchen. „Ich würde gerne deinen Platz neben Nathan einnehmen.“

„Und ich erst!“, wirft eine andere ein. „Ich würde ihn mit nach Hause nehmen.“

Beinahe verwirrt über ihre Schwärmerei starre ich sie sprachlos an. Keine von ihnen scheint Nathan so zu kennen wie ich. Sie denken wirklich, er wäre so, wie er sich heute Abend gibt. Wenn sie ihn ohne sein weißes Hemd erleben würden, bin ich mir sicher, dass sie ihn nicht mehr mit nach Hause nehmen wollen.

Noch bevor ich etwas sagen kann, öffnet sich die Tür zum Personalraum wieder und Grandpa lugt hinein. „Marie, kommst du bitte?"

„Klar", sage ich nickend und verlasse den Raum mit den vielen schmachtenden Mädchen. Wenigstens bin ich nicht die Einzige, die anscheinend von Nathans Schale entzückt ist. In meinem Kopf widerspricht sich gerade so viel. Immer wenn ich an Jungs gedacht habe, bildete sich das Bild eines einmeterachtzig großen, blonden Typs mit blauen Augen und schöner heller Haut. An so jemanden wie Nathan hätte ich niemals gedacht. Tattoos, dunkle Augen, dunkle Haare. Es ist fast erschreckend, dass ich ihn so attraktiv finde.

Vor der Tür steht Grandpa mit Nathan. Nathan sieht jetzt nicht mehr so freundlich aus wie vorhin. Er scheint sich wohl wirklich nur anzustrengen, wenn Gäste anwesend sind. Eigentlich ist es beeindruckend. Ich könnte meine Persönlichkeit nicht einfach so um hundertachtzig Grad ändern.

„Ihr beide werdet den ganzen Abend die Jacksons bedienen", lässt mein Grandpa uns wissen. „Diese Familie ist steinreich und es sind Stammgäste, sie sind wirklich wichtig. Ich hoffe, ich kann euch das zutrauen." Er deutet auf die Familie an einen der runden Tische. „Behaltet sie die ganze Zeit im Auge. Ihr müsst ihnen ansehen, wenn sie etwas möchten. Ich denke, ihr könnt das.“ Ihm steht der Schweiß auf der Stirn. Er scheint wirklich gehetzt zu sein. „Enttäuscht mich nicht.“ Er dreht sich zu Nathan und funkelt ihn an. „Vor allem du nicht. Ich warne dich. Ein falsches Wort und du bist gefeuert.“

Nathan zuckt lässig mit den Schultern. „Wir werden sehen.“

Grandpa dreht sich tief durchatmend zu mir. „Bitte achte ein wenig darauf, dass er nicht vor den Gästen flucht. Ihr seid ja irgendwie befreundet. Ich vertraue euch wirklich wichtige Leute an.“

„Ja“, krächze ich, räuspere mich dann und wiederhole: „Ja, wir werden das hinbekommen.“

Seufzend nickt er. „Okay. Bitte hol mich, wenn er Probleme macht.“

Ich nicke nur, weil ich genau weiß, wen er meint. Gleichzeitig hoffe ich, dass er keine Probleme machen wird, sondern sich genauso verhalten wird wie eben. Grandpa verschwindet im Personalraum und ich sehe zu Nathan, der sich gerade ein Tablett von der Theke nimmt. Sein jetziger Ausdruck passt überhaupt nicht mehr zu seinem Aufzug, doch trotzdem bin ich noch immer wie benebelt, wenn er bei mir ist.

„Heute starrst du also nur und stellst keine tausend beschissenen Fragen“, sagt Nathan und holt mich aus meiner Starre.

Ich will etwas sagen, doch heraus kommt nur ein hohes Ähh. Gott, wie soll ich so den ganzen Abend mit ihm verbringen? Ich muss mich zusammenreißen.

Er drückt mir ein Tablett in die Hand. „Konzentrier dich, verdammt noch mal, ich werde ganz bestimmt nicht wegen dir meinen Job verlieren."

Stumm nicke ich nur und sehe zu ihm auf. Es wäre mir lieber, wenn er zu mir genauso nett wäre wie zu den Gästen. Ich mag es nicht, dass er mich einschüchtert, als wäre ich ein kleines Kind. Diese Phase sollten wir eigentlich überwunden haben, aber ich bin zu unkonzentriert.

„Gut", sagt er und dreht sich um. Ein wunderbarer, undefinierbarer Geruch kommt mir entgegen. „Und jetzt versuch wenigstens so zu tun, als wärst du gut in dieser Scheiße."

Mit gerunzelter Stirn folge ich ihm. Das lasse ich jetzt nicht auf mir sitzen. Sofort vergesse ich sein unverschämt gutes Aussehen und meckere: „Ich bin eine gute Kellnerin, ich weiß, was ich mache, klar?"

Ich sehe Nathans Schultern wackeln, weil er lacht. „Dann benimm dich auch so."

Wir kommen am Tisch der Jacksons an und sofort hat Nathan wieder sein strahlendes Lächeln drauf und ich bemühe mich, es ihm gleichzutun, was mir schwerfällt, denn seine Art geht mir jetzt schon auf die Nerven. Doch eigentlich ist es gut. So konzentriere ich mich aufs Wesentliche und nicht auf seine Grübchen oder dieses weiße Hemd, das so unverschämt gut auf seinen starken Schultern sitzt.

Wir servieren freundlich den ersten Gang mit ein paar Getränken und ich achte stets darauf, Nathan nicht anzusehen, sondern mich nur auf die Gäste zu konzentrieren, denn ich bin eine gute Kellnerin.

Nichts anderes. Ich kann auch mit diesen Leuten lachen und witzig sein, genauso wie Nathan.

So geht das zwei Stunden während der gesamten Essenszeit und geschlagenen fünf Gängen. Meine Arme schmerzen bereits, doch ich strenge mich weiterhin an. Nathan scheint das alles nichts auszumachen, deswegen muss ich mithalten. Ich fange an, mich zu fragen, wo er das alles gelernt hat. Ob er vorher schon mal in einem Hotel gearbeitet hat? Oder vielleicht sogar eine Ausbildung gemacht hat? Na ja, das kann ich mir kaum vorstellen. Nathan als ausgebildeter Restaurantfachmann passt so gut zusammen wie Feuer und Wasser. Nämlich gar nicht. Außerdem ist er hier Hausmeister.

Es ist schon neun Uhr und alle Teller sind abgeräumt. Die Gäste werden immer lustiger, da sie immer mehr trinken und die Stimmung wird von Sekunde zu Sekunde lockerer. Außer bei Nathan und mir. Wir haben kein richtiges Wort während der ganzen Zeit miteinander geredet. Jetzt stehen wir hinter der Theke und waschen schweigend Gläser ab.

Während ich ein Glas abtrockne, beobachte ich seine Hände, wie sie die Gläser in gleichmäßiger Geschwindigkeit abwaschen, zu den Handtüchern greifen, die Gläser ins Wasser tunken oder sie abtrocknen. Ich versuche, das Muster seines Tattoos auf dem Arm zu erkennen, das aus dem Hemd hervorlugt, doch ich kann verflixt noch mal nichts erkennen. Kaum zu glauben, dass er so viele Tattoos hat. Das muss unendlich viel Geld gekostet haben. Er kann sich keine richtige Wohnung leisten, aber so viele Tattoos, das ergibt keinen Sinn.

„Ey“, holt mich Nathans Stimme aus meinen Gedanken.

Vor Schreck fällt mir das Glas aus der Hand und zerspringt dort in tausend Teile. „Mist“, fluche ich und bücke mich danach.

Als ich gerade nach einer großen Scherbe greifen will, kniet sich schon Nathan vor mich und greift nach meinem Handgelenk, umschließt es mit seinen langen Fingern. Er sieht mich mit zusammengekniffenen Augen an. „Was wird das? Willst du dir die Finger aufschneiden und das Blut auf den Gästen verteilen?“

Perplex sehe ich ihn an. Wie bitte? Auf so etwas achtet er?

Er lässt mein Handgelenk los und greift nach einem kleinen Besen mit Schaufel unter der Spüle. „Denk das nächste Mal besser mit, wenn dir schon so eine Scheiße passiert.“ Beides schmeißt er vor mich und steht wieder auf. „Eigentlich wollte ich dir nur sagen, dass du schon seit geschlagenen zehn Minuten das gleiche Glas abtrocknest.“

„Oh“, mache ich und greife nach der Schaufel mit dem Besen und fange an, die Scherben aufzukehren. „Das habe ich nicht bemerkt … Ich war wohl in Gedanken.“

„Du bist zu oft in Gedanken.“

„Ich weiß“, gebe ich entschuldigend zurück. Leise murmelnd sage ich noch: „Wenn du auch so verwirrend bist.“

Nathan scheint es nicht gehört zu haben, denn er räumt weiter ein paar Gläser in die Schränke.

Ich stehe auf und schmeiße die Scherben in einen kleinen Mülleimer. Es nervt mich, dass er wieder so mit mir umgeht. Kaum öffnet er den Mund, ist er gemein. Und das, obwohl er mich davor bewahrt hat, mich an den Scherben zu schneiden, was man eigentlich als nett bezeichnen kann. Selbst dann ist er unausstehlich. So hatte ich mir den Weihnachtsball eigentlich nicht vorgestellt. Ich habe mich so lange darauf gefreut und er ist kurz davor, es mir zu versauen.

„Weißt du“, sage ich deshalb, während ich mir das nächste Glas nehme, um es abzutrocknen. „Ich strenge mich wirklich an, wirklich, aber mir macht das alles keinen Spaß, wenn du ständig so … so gemein bist.“

„Jetzt fang nicht wieder mit diesem Müll an“, murrt er und verdreht die Augen. „Wenn du etwas Dummes tust, dann musst du das wissen.“

„Aber du kannst es mir freundlicher sagen. Zu den Gästen bist du doch auch freundlich. Wieso nicht zu mir? Ich tue dir doch nichts.“

„Diese Gäste gehen mir aber auch am Arsch vorbei.“

Verdutzt sehe ich ihn an. Was ist das denn für ein Spruch? „Und ich gehe dir nicht am Arsch vorbei?“

Nathans Stirn legt sich in Falten, während er ein Glas abtrocknet. Und das schon seit zwei Minuten. „Was?“, fragt er gereizt. „Nein – du – Scheiße – natürlich gehst du mir am Arsch vorbei.“

Ich hebe eine Braue und betrachte seine Hände, die das Glas immer noch abtrocknen. Viel zu schnell und viel zu fest. „Nicht so nervös, Nathan.“ Ich kichere.

Mit zu viel Schwung stellt er das Glas ins Regal, was die anderen Gläser klirren lässt.

Ich schmunzle triumphierend, fast schon viel zu zufrieden. „Das entschädigt deine schäbige Art von eben“, sage ich und sehe auf das Glas in meinen Händen, das ich zu den anderen Gläsern ins Regal stelle.

„Bild dir bloß nichts ein“, gibt er zurück. „Heute Abend habe ich schon genug mit meiner Persönlichkeit zu kämpfen.“

„Stimmt. Du bist richtig zuvorkommend. Zumindest zu den Gästen.“ Ich sehe ihn an. „Wo hast du das gelernt?“

„Honor, Nathan“, ertönt die Stimme der kichernden Sascha, die zu uns hinter die Theke lugt. Wir sehen zu ihr und sie sagt: „Es ist so weit. Die Mädchen eröffnen den Tanz.“

Als sie zu den anderen Mädchen verschwindet, halte ich mir verzweifelt die Hand an die Stirn. „Oh nein“, sage ich. „Das habe ich total vergessen.“

„Was für ein scheiß Tanz?“, fragt Nathan und sieht mit gerunzelter Stirn zur Tanzfläche, wo sich die Kellnerinnen versammeln.

„Weil die Gäste alle immer viel zu scheu sind, um zu tanzen, fangen wir damit an … Und eigentlich sollte ich mit Megan tanzen.“

Kurz ist Nathans Stirn noch gerunzelt, dann scheint er zu verstehen und sieht mich an. „Und was tanzt ihr da?“

Ich neige etwas den Kopf. Er überlegt doch nicht etwa, mit mir zu tanzen oder? „Walzer, wieso?“

Jetzt hebt sich Nathans rechter Mundwinkel ein wenig. Er sieht beinahe selbstgefällig aus. „Ich kann Walzer."

Ich reiße die Augen auf. „Ach", sage ich mit krächzender, hoher Stimme. „Echt?"

Er nickt und legt das Geschirrtuch in seiner Hand weg. „Ja. Und wir werden tanzen."

Noch bevor ich antworten kann, zieht er mich am Handgelenk zur Bühne. Ich versuche, seinem Schritt mitzuhalten, damit ich nicht ganz so gequält rüberkomme. Nicht dass die Gäste denken, ich würde das nicht wollen. Das ist ja alles geplant, oder auch nicht? Will ich mit Nathan tanzen? Um Gottes willen, nein. Oder doch? Ach, ich weiß es nicht.

Die anderen Mädchen werfen uns verstohlene Blicke zu, während Nathan und ich uns auf den Platz inmitten der Mädchen stellen. Jetzt sind wir auch noch in der Mitte. Was, wenn er gar nicht tanzen kann, sondern gelogen hat, nur um mich zu blamieren? Nein, das ergibt keinen Sinn. Dann würde er sich selbst blamieren und Grandpa noch dazu, was Konsequenzen hätte.

Als wir in Reihe und Glied stehen und auf die Gäste sehen, die uns neugierig betrachten, verkündet mein Grandpa durch das Mikrofon, dass wir den Ball mit diesem Tanz eröffnen. Nathan legt seine Hand leicht um meine Hüfte. Es prickelt angenehm. Oder unangenehm. Ich weiß es nicht. Es erhöht meine Körpertemperatur auf unangenehme Art und Weise, da ich mir sicher bin, dass mein Kopf knallrot ist.

Die Musik beginnt und Nathan dreht mich zu sich. Erwartungsvoll und total hypnotisiert von dieser Situation, seiner Nähe und seinen Berührungen sehe ich ihn an, kann mich kaum bewegen.

„Deine Hand“, sagt er mit leiser Stimme, als ich mich noch immer nicht rege. Er führt meine Hand langsam zu seiner Schulter. „Gehört hier hin.“ Sein Blick ist so intensiv, dass meine Knie beinahe einknicken. Dann verschließt er seine Hand mit meiner anderen und hält sie in die Luft, legt seine rechte Hand auf meinen Rücken.

Mein Atem geht flach. Wieso fällt mir jetzt auf, wie durchdringend seine Augen sind und wie wunderbar fest sich seine Schulter anfühlt? Wie wundervoll warm seine Hände sind. Ich bin mir so was von sicher, dass ich knallrot bin. Seine Nähe ist wie ein Aphrodisiakum. Irgendetwas stimmt heute nicht mit meinem Körper.

Oder vielleicht ist es auch dieser hübsche Kerl vor mir, der heute unverschämt gut aussieht. Und so unfassbar gut riecht. Ich weiß noch immer nicht, welcher Geruch es ist.

„Was ist los?“, fragt Nathan mit erhobener Braue. „Ich bin mir sicher, du kannst Walzer tanzen.“

Wie benommen nicke ich. „Ja“, hauche ich und kann meine Augen nicht von seinen nehmen.

„Lass dich von mir führen.“ Er sagt es fast aufmunternd. „Ich mache jetzt den ersten Schritt“, sagt er und dann geht er mit seinem rechten Fuß nach vorne und ich mit meinem linken nach hinten.

Ich lasse mich von ihm führen, mich beinahe von ihm halten und fühle mich schwerelos, während wir über die Tanzfläche schweben. Nathan kann tatsächlich tanzen. Er hat die perfekte Haltung und beherrscht jeden Schritt erstklassig.

Wer ist dieser Junge nur? Er ist so ein großes Rätsel, so ein riesiges, mysteriöses Rätsel. Er ist unausstehlich, gemein und obszön, aber gleichzeitig tanzt er Walzer wie ein Prinz und bedient die Leute mit diesem wahnsinnigen Lächeln. Ich habe wieder so unendlich viele Fragen. Am liebsten würde ich sie ihm alle stellen, doch es ist unmöglich, mich auf etwas anderes zu konzentrieren, außer auf diesen jungen Mann vor mir, der mich im Kreis dreht und mich dabei beobachtet, als würde er es wirklich wollen.

Er zieht mich wieder zu sich und diesmal bin ich ihm näher als eine Armlänge. Meine damalige Tanzlehrerin würde jetzt einen roten Kopf bekommen, doch diesmal bin ich diejenige, die einen roten Kopf bekommt. Ich habe das Gefühl, dass wir länger so nah aneinander stehen, ohne uns zu bewegen, als wir sollten, nur um uns für eine Millisekunde ansehen zu können. Ich bin so berauscht von seinem Dasein, dass ich die anderen tanzenden Mädchen um uns herum und die vielen Gäste schon völlig ausgeblendet habe.

Doch Nathan nimmt wieder meine Hand und ist der Erste, der den Blickkontakt das erste Mal unterbricht. Wir tanzen weiter und ich sehe auf seine Brust. Was zum Teufel passiert hier? Ich muss mich einfach zusammenreißen. Das alles kann nur ausarten.

„Keine Fragen parat?", fragt Nathan nach einer Weile.

Ich sehe zu ihm auf. „Was?"

Noch einmal dreht er mich und sieht mich nahezu frech an. „Sonst kannst du dich kaum zurückhalten und jetzt schweigst du. Schon so ermüdet?“

Es dauert einen kurzen Moment, bis ich wieder was sagen kann. „Nein“, sage ich mit kratzender Stimme, räuspere mich dann. „Ich bin nicht müde. Du?“

Nathan lacht etwas. „Nein, bin ich nicht. Ich bin lange Nächte gewohnt.“

Eine Offenbarung. Eine kleine Sache, die er mir einfach so erzählt. Er ist lange Nächte gewohnt. Ich würde ihn gerne fragen, wieso, doch ich frage stattdessen: „Woher hast du gelernt, so gut zu kellnern?“

Wiederholt dreht Nathan mich. Ich vermute, dass er so dieser Frage aus dem Weg gehen will und ich ihn damit verärgert habe, aber sein Blick ist immer noch so wie eben. Er zeigt keine Wut oder Ähnliches. Als ich wieder fest in seinem Griff bin, sagt er: „Wenn du so lange allein lebst wie ich, dann lernst du, wie du dich in manchen Situationen zu verhalten hast. Und bevor ich meinen Job verliere, benehme ich mich lieber einen Abend.“

Auch wenn er mir jetzt nicht genau gesagt hat, wo er das Kellnern gelernt hat, ist diese Antwort mehr als genug. Jedoch runzle ich skeptisch die Stirn. „Du weißt, wie man sich benimmt, verhältst dich aber jeden Tag wie ein arroganter Mistkerl?“

Er hebt eine Braue, geht allerdings nicht auf die Beleidigung ein, was mich innerlich aufatmen lässt. „Wieso sollte ich mich benehmen wie ein verweichlichter Vollidiot? Es würde keinen Sinn ergeben.“

„Wieso?“

„Weil ich so nicht bin“, sagt er und wir drehen uns wieder. „Wieso verhältst du dich wie eine verdammte Jungfrau, während du mit jedem Kerl von der Straße ficken könntest?“

Etwas schrecke ich vor seiner Ausdrucksweise zurück. Eben haben wir beinahe normal miteinander geredet, doch ich darf nicht vergessen, dass dieser Mann mit dem weißen Hemd Nathan ist, der den ganzen lieben langen Tag flucht. „Weil ich so was nie machen würde“, gebe ich perplex zurück.

„Richtig“, sagt Nathan. „Du bist keine Nutte, also verhältst du dich auch nicht so. Ich bin kein netter Typ, also verhalte ich mich auch nicht so. Ganz einfach, oder?“

Eigentlich hat er recht, muss ich feststellen. Wieso sollte er etwas sein, das er nicht ist? Auch wenn er dann vielleicht ein erfüllteres Leben haben könnte, vielleicht eine Freundin finden würde oder … normale Freunde. „Es ist nur“, sage ich nachdenklich und sehe auf seine Brust. Soll ich es wirklich sagen? Ach, ich sage es einfach. „Du könntest vielleicht … glücklicher sein.“

Anstatt dass Nathan mir Beleidigungen um die Ohren wirft, sieht er zu mir runter. Sein Blick ist fragend. Anscheinend will er, dass ich weiterrede.

„Na ja“, sage ich deshalb. „Wenn du netter wärst … Also, so im Allgemeinen, dann würden dich vielleicht mehr Leute mögen und du … nun ja. Vielleicht würdest du eine Freundin finden, lustige Freunde haben, die keine Drogen nehmen, und einen besseren Job.“

Jetzt sieht er wieder von mir weg und dreht mich erneut, diesmal schneller, worauf ich härter an seine

Brust falle. Er übt mehr Druck auf meinen Rücken aus, was meine Wange fast seine Brust berühren lässt. „Das ist deine Art von Glück“, raunt er mir flüsternd zu. „Nicht meine. Es ist um einiges sicherer, wenn du so eine Scheiße nicht an dich ranlässt, wenn dich diese Welt nicht mal ansatzweise berührt. Einen guten Job brauche ich nicht. Ich verdiene genug Geld, um davon leben zu können. Lustige Freunde sind überbewertet und eine Freundin …“ Er lacht kurz auf. „Kein abgefucktes Mädchen der Welt könnte mich dazu bringen, mich zu vergessen, um ihr nahe zu sein. Lieber krepiere ich jämmerlich in einem Loch.“

Ich schlucke schwer. Das ist eine klare Ansage, klarer hätte sie kaum sein können. Ein letztes Mal dreht Nathan mich und schließlich beendet er unseren Tanz, indem er mich loslässt und ich fast stolpernd zum Stehen komme.

Mit leicht erhobenen Mundwinkeln verbeugt er sich, als wäre er tatsächlich ein wahrer Prinz. „Ich denke, das sollte reichen. Es war mir beinahe ein Vergnügen.“

Errötet sehe ich ihn wie festgefroren an. Ich scheine so versunken in unserem Gespräch gewesen zu sein, dass mir gar nicht aufgefallen ist, wie viele Leute bereits um uns herum tanzen. Sogar die anderen Mädchen haben schon aufgehört zu tanzen. Ein paar von ihnen sehe ich am Rand der Tanzfläche, wie sie mich und Nathan anstarren und kichern.

Während Nathan mit solch einer Grazie, wie sie kaum zu ihm passt, von der Tanzfläche gleitet, stehe ich noch immer auf einem Fleck und sehe ihm wie benommen hinterher. Wieso ist er so? Wenn man mir dieses riesige Fragezeichen über meinem Kopf nicht ansieht, dann weiß ich auch nicht mehr. Gott, ich will wissen, wo er so tanzen gelernt hat und wieso er so … so elegant und seriös sein kann, obwohl er ein absolut nicht netter Kerl ist, wie er sagte.

Und ich will wissen, was verdammt noch mal mit mir los ist. Wieso bin ich auf einmal so benebelt von ihm? Das muss dieses weiße Hemd oder diese schwarze Hose sein, die so perfekt um seine schmalen Hüften sitzt. Oder seine Haare, die heute mal kein reines Durcheinander sind. Ein tanzendes Pärchen, das mich aus Versehen anrempelt, holt mich aus meinen tiefen Gedanken. Gott, ich muss damit aufhören.

„Marie!", höre ich die Stimme meines Grandpas. Ich drehe mich in die Richtung, aus der er gerufen hat, und sehe, wie er breit grinsend auf mich zukommt. Er klatscht freudig in die Hände. „Das war große Klasse!", sagt er und zieht mich von der Tanzfläche. „Wer hätte gedacht, dass Nathan so tanzen könnte, huh?"

„Ja", hauche ich mit den Gedanken sofort wieder bei seinen grünen Augen. „Wer hätte das gedacht."

„Du darfst das auf keinen Fall deiner Mutter erzählen", sagt Grandpa, während wir zum Personalraum laufen. „Sie würde mich umbringen, wenn sie wüsste, dass ihr beide den ganzen Abend zusammen gearbeitet habt. Bitte behalte das für dich."

Leicht lache ich. „Keine Sorge, sie wird es nie erfahren."

Er atmet auf und wischt sich imaginären Schweiß von der Stirn. Dann greift er nach meinem Mantel, der an der Tür hängt. „Du hast das heute sehr gut gemacht, Marie, ich bin stolz auf dich. Du darfst nach Hause gehen."

Ich runzle die Stirn. „Aber der Abend ist doch noch lange nicht vorbei."

Grandpa hält mir die Jacke so hin, dass ich gleich reinschlüpfen kann. „Ich brauche nicht mehr alle Mädchen und außerdem bist du nur Aushilfe. Und meine Enkelin. Also darfst du früher gehen."

Ich drehe mich schmunzelnd um und lasse mir von ihm den Mantel über die Schultern legen. „Danke, Grandpa", sage ich und drehe mich zu ihm um.

Er lächelt zurück. „Kein Problem. Aber vergiss nicht, deine Mutter darf nichts erfahren."

Wieder lache ich. „Dein Geheimnis ist bei mir sicher."

Ich schnappe mir noch schnell meine Tasche, tausche meine hohen Schuhe gegen flache und verlasse die große Halle. Draußen atme ich erst einmal tief ein und aus. Endlich frische Luft. Das brauchte ich da drinnen wirklich am meisten, vor allem als ich mit Nathan getanzt habe. Ich habe das Gefühl, dass mein Körper das erste Mal diesen Abend abkühlt und vielleicht endlich meine erhitzten Wangen verschwinden könnten. Seufzend sehe ich nach oben in den Himmel zu den Sternen, dann will ich gerade losgehen, als mich etwas Lilafarbenes anfunkelt. Schmunzelnd bücke ich mich nach dem Veilchen und pflücke es. Ich kann nie genug davon bekommen.

„Was hast du nur ständig mit diesen scheiß Blumen?“, ertönt eine tiefe Stimme hinter mir.

Erschrocken drehe ich mich um und muss einen Schrei unterdrücken, stattdessen fasse ich mir entsetzt ans Herz. „Nathan! Kündige dich doch das nächste Mal früher an!“

Er hebt eine Braue und bläst den Rauch seiner Zigarette aus. Dieser Krebsstängel widerspricht seinem schönen weißen Hemd. Ich bin mir sicher, dass er jetzt nicht mehr so gut riecht. „Kann ich wissen, dass du dir in die Hose scheißt, während du irgendwelche beschissenen Blumen pflückst?“

Ich verdrehe die Augen und lasse das Veilchen in der Innentasche meines Mantels verschwinden. „Könntest du vielleicht noch mehr fluchen?“

„Reg dich nicht auf. Nicht jeder steht auf Blumen und Violinsonaten. Was tust du eigentlich immer mit diesen Drecksteilen?“, gibt er lässig zurück und zieht erneut an seiner Zigarette.

Ich schließe meinen Mantel und lasse seine Beleidigung gar nicht erst an mich ran. „Ich trockne sie und klebe sie dann in Bücher.“

Jetzt lacht er und schüttelt mit dem Kopf.

„Wieso lachst du?“

„Weil du tatsächlich noch ermüdender sein kannst, als ich dachte.“

„Ermüdender? Mir macht das Spaß. Das sind nun mal meine Interessen. Tut mir leid, dass ich nicht rauche und Alkohol trinke oder Drogen nehme so wie du. Dein Leben muss ja höchst interessant sein.“

Wow. Die frische Luft tut mir anscheinend besser, als

ich dachte. Auf einmal kann ich mich vor ihm behaupten.

Nathan schmeißt seine Zigarette weg und bläst den Rauch aus, der in den Himmel empor steigt. „Ja, wie auch immer.“ Er sieht mich nicht noch einmal an, als er die Tür zur Halle öffnet und sagt: „Ich bin weg.“

Um halb zwölf komme ich zu Hause an und lege mich nach meinem allabendlichen Ritual sofort ins Bett. Ich bin wirklich müde. Dieser Abend war anstrengender, als ich gedacht habe. Ich bin mir ziemlich sicher, dass ich morgen Muskelkater in meinem Arm haben werde, weil ich ständig versucht habe, mit Nathan mitzuhalten. Er hat das alles so gut gemacht und ich wollte nicht nur dumm daneben stehen. Ich schalte das Licht auf meinem Nachtschränkchen aus und schließe die Augen. Ich versuche, meine Gedanken an einen Ort wandern zu lassen, an dem Nathan nicht existiert, doch es gelingt mir nicht. Ich schlafe ein.

Ein Poltern holt mich unsanft aus dem Schlaf. Sofort reiße ich die Augen auf, als ich einen unangenehm hohen Ton vernehme. Als mir klar wird, woher ich diesen Ton kenne, und dass das Quietschen meines Fensters genauso klingt, schrecke ich entsetzt auf und presse mich an die Wand. Mir schlägt das Herz bis zum Hals, als ich beobachte, wie eine dunkle Gestalt gerade von außen mein Fenster öffnet und unsanft meine Gardinen beiseiteschiebt. Ich traue mich nicht mal, mein Licht anzuschalten, so erstarrt bin ich. Was soll man in so einer Situation tun? Ich musste mich nie mit einem Einbrecher auseinandersetzen. Vor allem nicht in dieser Gegend.

Ein tiefes Stöhnen ertönt, als die Figur durch den Fensterrahmen auf meinen Teppichboden fliegt. Ich halte den Atem an. Vielleicht hat er mich noch gar nicht bemerkt. Oder er hat sich einfach im Fenster geirrt und wollte ganz woanders einbrechen. Ich werde nie wieder vergessen, mein Fenster zu schließen, wenn ich schlafen gehe.

Als er sich aufrappelt und sich dabei an meinem Schreibtisch abstützt, um stehen zu können, finde ich schließlich wieder meine Stimme. „Hallo?", piepse ich. „Sind Sie ein Mörder?" Was ist das denn für eine bescheuerte Frage? Es würde mich nicht wundern, wenn er mich geradewegs auslachen würde.

Die große schwarze Figur in meinem Raum stützt sich weiter an meinem Schreibtisch ab und hält sich eine Hand an den Kopf. „Was ist das denn für eine beschissene Frage?", wiederholt er meine Gedanken.

Mir stockt der Atem. Ich reibe mir über die Augen und kneife mich heimlich, um auch sicherzugehen, dass das hier gerade kein Traum ist. Doch schließlich frage ich: „Nathan?"

„Wer sonst?" Lallt er? „Und jetzt schalt das scheiß Licht an, wenn du nicht willst, dass ich dein ganzes Zimmer auseinandernehme."

Sofort beuge ich mich zu meinem Nachtschränkchen und knipse das kleine Licht an. Jetzt sehe ich Nathan, wie er mit blutunterlaufenen Augen an meinem Schreibtisch steht und sich nur schwer halten kann.

Er hält sich gequält die Hand vor die Augen. „Scheiße, ich habe es mir anders überlegt. Mach es wieder aus."

Ich werfe die Decke von meinem Körper und vergesse total, dass ich meine grausamste Schlafhose anhabe, die mit rosa und weißen Herzen bestickt ist. Mit gerunzelter Stirn stelle ich mich hin und scanne ihn genau. „Bist du betrunken?"

Nathan nimmt seine Hand vor den Augen weg und sieht mich an. Sogar sein Grinsen sieht betrunken aus, doch gleichzeitig so gehässig. „Sehe ich für dich nüchtern aus?", fragt er mit schwerer Zunge.

„Nein, nicht wirklich."

„Dann frag auch nicht so beschissen." Er greift in seine Hosentasche und holt etwas Weißes hervor, dann schmeißt er es auf mein Bett, während er sich weiter am Schreibtisch abstützt. „Du hast dein scheiß Namensschild vergessen."

Mit verengter Stirn sehe ich von ihm auf das Namensschild auf meinem Bett. „Ähm, danke. Sehr aufmerksam von dir. Aber ich hätte es eigentlich auch morgen holen können. Du musst nicht mitten in der Nacht durch mein Fenster steigen."

„Und du musst nicht so verdammt nervig sein", knurrt er und stößt sich vom Schreibtisch ab. Seine Augen sind so rot, es sieht fast gruselig aus, wie er so torkelnd in meinem Zimmer steht. Kurz denke ich, er fällt um, doch er kann sich im letzten Moment noch am Bücherregal festhalten, worauf ein Buch vor seine Füße fällt.

Ich halte mir die Hände an den Kopf. „Gott, Nathan, pass besser auf. Zum Glück sind meine Eltern nicht da."

Als ich gerade zu dem Buch gehen will, hat er es sich schon gegriffen und betrachtet es in seinen Händen, während er leicht hin und her schwankt. „Du liest sogar langweilige Bücher. Welches achtzehnjährige Mädchen hat schon ‚Jane Austen' in ihrem Bücherregal stehen?"

Wütend reiße ich ihm das Buch aus der Hand und stelle es zurück an seinen Platz. „Ich lese gerne historische Bücher, daran ist nichts verwerflich."

Er lacht und stützt sich wieder an dem Bücherregal ab. Er ist mir so nah, ich kann Schnaps und Zigaretten riechen. Es ist eklig. Leider trägt er auch nicht mehr sein weißes Hemd, sondern ein schwarzes T-Shirt unter seiner schwarzen Jacke mit schwarzer Hose. Auch seine Haare sind wieder durcheinander. „Hörst du dich selbst eigentlich manchmal reden? Du klingst wie eine Fünfzigjährige."

„Verstehe", sage ich und setze mich auf den Rand meines Bettes und verschränke die Arme. Ich danke Gott nebenbei, dass meine Eltern heute Nacht auf der Betriebsfeier meiner Mutter sind. „Und du bist hergekommen, um mich zu beleidigen?"

„Nein", lallt er und sieht wackelig auf mein Bücherregal. „Ich habe dir dein scheiß Namensschild gebracht. Sagte ich doch."

„Du hast mir mein Namensschild gebracht", wiederhole ich skeptisch.

„Ja", raunt er und zieht ein Buch aus meinem Regal, betrachtet es mit einer tiefen Falte zwischen seinen

Brauen. Es ist das Buch, woran ich im Moment am meisten arbeite. Dort habe ich vorhin erst mein Veilchen zum Pressen reingelegt. Nathan öffnet das es und sofort flattert das Veilchen vor seine Füße.

„Bitte mach es nicht kaputt“, sage ich vorsichtig und betrachte unsicher, wie er sich nach der Blume bückt und sie, auf wackeligen Beinen, betrachtet.

Sein Gesicht verzieht sich. „Ich hasse Blumen.“

„Wieso? Sie sind schön und außerdem riechen sie gut“, versuche ich sofort, meine Blumen zu beschützen.

„Nein“, sagt er und sein Gesicht verzieht sich noch angewiderter, während er die lila Blüte in seiner Hand zwischen seinem Daumen und Zeigefinger hin und her dreht. „Sie sind unnütz.“

„Für mich nicht. Und für die Bienen auch nicht.“

„Sie sind unnütz“, murrt Nathan leiser.

„Also eigentlich …“, will ich sagen, doch plötzlich scheint Nathan einen Aussetzer zu haben.

Er schmeißt mit aller Wucht mein Buch gegen die Wand. „Scheiße, sie sind unnütz!“, brüllt er, während ich ihn fassungslos ansehe. Was ist denn jetzt los? Wie ein wildgewordenes Tier geht er zu meinem Bücherregal und räumt alle Bücher mit einem Arm ab.

Entsetzt springe ich auf. „Nathan, was tust du denn da?“

„Was ich hier tue?“, schreit er zurück und greift sich mein Buch von dem Trümmerhaufen vor seinen Füßen. „Du liest so eine Scheiße!“

„Na und? Das ist doch noch lange nicht …“

„Scheiße, du sammelst irgendwelche beschissenen Blumen und klebst sie in irgendwelche abgefuckten Bücher!“, wütet er weiter und öffnet das Buch in seinen Händen. „Du denkst, ich lasse einfach zu, dass du mit diesem Bullshit in mein scheiß Leben kommen kannst, als wäre es ganz normal?“ Aggressiv reißt er ein Bündel Seiten aus dem Cover.

Ich halte mir die Hände vor den Mund und sehe zu, wie er weitere Seiten herausreißt, als wäre er nicht ganz bei Sinnen. Was ist nur in ihn gefahren?

„Du mit deinen scheiß Blumen, deiner scheiß Geige und deiner beschissenen Art, mich immer wieder aufs Neue zu nerven!“, tobt er und wirft die Seiten und das jetzt leere Cover durch den Raum. „Und deinem scheiß Schlafanzug!“

Ich kann nichts weiter tun, als ihm dabei zuzusehen, wie er sich völlig verliert. Anscheinend macht der Alkohol ihn noch aggressiver, weshalb ich erst recht nicht einschreiten sollte. Auch wenn ich nicht daran denken möchte, würde ich Angst haben, dass er mir … Na ja, er mir vielleicht auch wehtut. Dadurch, dass er die Seiten meines Lieblingsbuches rausgerissen hat, hat er schon ganze Arbeit geleistet.

„Fuck!“, flucht er leise und dreht sich, mit den Händen in den Haaren vergraben, wütend zum Fenster und tritt gegen meinen Schreibtischstuhl, worauf er mit einem lauten Knall umfällt. „Du bist so verdammt nervig“, wiederholt er jetzt durch zusammengepresste Zähne. „So verdammt nervig und ätzend und …“

Ich versuche, den Kloß in meinem Hals herunterzuschlucken, doch es gelingt mir nicht. Er hat die ganze

Einrichtung meiner Regale auf den Boden geschmissen. Ich kann sehen, wie die Flüssigkeit meiner Schneekugel auf den Teppich läuft, geradewegs zu meinen Büchern und den losen Blättern, die überall im Zimmer verteilt sind. Ich sehe von dem Schutt, den er hinterlassen hat, zu ihm. „Deswegen bist du also hierhergekommen? Um mir wehzutun?"

„Was?", sagt er und dreht sich ein wenig zu mir, als hätte ich ihn mit dieser Frage verwirrt. „Ich habe dich nicht angefasst."

Ich sehe wieder auf die Trümmer zwischen uns. „Manchmal musst du einen Menschen nicht anfassen, um ihm wehzutun. Du hast genug getan …" Bedrückt knie ich mich zu dem leeren Cover von Austen und betrachte es.

„Shit – du", sagt Nathan beinahe überfordert. „Das ist nur ein scheiß Buch."

Mit zusammengepressten Lippen lege ich das kaputte Cover weg und lasse seufzend die Schultern hängen. „Nathan … Du verstehst es nicht."

„Nein, du verstehst es nicht. An dieser ganzen Scheiße bist du schuld, nicht ich!"

Ich sehe ihn ungläubig an. „Was redest du da nur? Du kommst mitten in der Nacht durch mein Fenster gestiegen, zerstörst meine Sachen, beleidigst mich und dann gibst du mir die Schuld dafür?"

Jetzt presst er angespannt die Augen zusammen, als würde ich ihn anschreien, und hält sich wieder die Hände an den Kopf und vergräbt sie in seinen Haaren. „Scheiße", murrt er und lehnt sich an die Wand. Sein Gleichgewichtssinn scheint wohl nicht mehr mitzuspielen.

„Ich dachte wirklich, dass wir beide vielleicht … irgendwie Freunde sein könnten“, sage ich kleinlaut und stelle die zerstörte Schneekugel auf den Kopf, damit aus dem Riss keine Flüssigkeit mehr läuft. „Aber du hast mir hiermit deutlich bewiesen, dass dir nichts an meinen Gefühlen liegt. Ich hätte es mir eigentlich denken können.“

Kurz herrscht Stille im Raum. Ich räume schweigend die Bücher zusammen und beachte Nathan nicht weiter, der immer noch mit geschlossenen Augen an der Wand lehnt. Man könnte meinen, er würde schlafen, weil er so ruhig ist.

Dann unterbricht er die Stille. „Honor“, sagt er mir beruhigter Stimme. Ich sehe zu ihm auf. Seine Augen sind noch immer geschlossen, doch sein Gesicht ist angespannt, seine Brauen zusammengeschoben. „Mit jemanden wie mir solltest du nicht befreundet sein. Du solltest mich nicht mal kennen.“

Kapitel 8

Ich sehe ihn verwirrt an. „Wieso sagst du so etwas?“

Jetzt öffnet er ein wenig die Augen, doch sieht mich nicht an. Er starrt auf den Boden. Sein Ausdruck ist emotionslos wie schon lange nicht mehr. „Du solltest dem Teufel aus dem Weg gehen, wenn du ihn siehst.“

Meine Brauen schieben sich zusammen, als ich ihn so leicht schwankend an der Wand stehen sehe, sein Blick noch immer auf den Boden unter uns gerichtet. Er betitelt sich selbst als Teufel, als die am meisten gehasste Person der Erde? Das muss der Alkohol sein, der aus ihm spricht, anders kann ich mir das nicht erklären. Es mag sein, dass er nicht viel von sich hält, aber … er ist Nathan. Ich weiß, dass da etwas ist, was ihn zu einem sensiblen Menschen macht, wie jeder andere es ist, auch wenn ich es noch nicht entdeckt habe. Dieser kleine Nathan aus der Grundschule kann nicht der Teufel sein, nicht mal im übertragenen Sinne, niemals.

Nach einem kurzen stillen Moment sage ich leise: „Was, wenn man es nicht tut?“

Nathan sieht mich jetzt an, sein Blick noch immer ohne jeglichen Ausdruck.

„Was, wenn man ihm die Hand schütteln will? Wie soll man herausfinden, wer der Teufel wirklich ist, wenn man ihn nicht kennt?“

Leicht hebt sich sein Mundwinkel, als er wieder von mir weg auf den Boden sieht. „Bevor du ihn kennenlernst, hast du dich schon so schnell verbrannt, dass du schneller abhaust, als dein Verlangen nach dem Unbekannten war."

„Der Teufel ist nie so schwarz, wie man ihn malt. Wieso sollten mich Brandwunden zurückhalten, wenn es Heilung auf der anderen Seite gibt?"

„Wer behauptete je, dass es Heilung auf der anderen Seite gibt?", sagt Nathan und stößt sich von der Wand ab. Er dreht sich zum Fenster. „Er würde einem weiter wehtun, selbst wenn man auf seiner Seite steht. Der Teufel ist so schwarz, wie seine Seele es erlaubt. Und es ist besser, sich ihm gar nicht erst zu nähern."

Schwankend schiebt er die Gardinen beiseite und will gerade aus dem Fenster steigen, als ich schnell aufstehe und sage: „Nathan."

Er hält inne, dreht mir jedoch immer noch den Rücken zu.

„Manchmal ist der Teufel der, der die Gebete am meisten braucht."

Kurz herrscht völlige Stille im Raum und für einen Moment denke ich, dass er einfach verschwinden wird, wie er es schon oft getan hat. Dann dreht er sich zu mir, allerdings nicht, ohne sich am Fensterrahmen festzuhalten. „Honor", sagt er leise mit seiner dunklen Stimme. „Du würdest bereuen, deine Hand auch nur ausgestreckt zu haben. Du kannst nicht immer denken, dass in jedem Menschen etwas Gutes steckt. Ich war nie gut und werde es nie sein." Er dreht sich zu mir um. „Ich bin eine andere Spezies als du. Wie deine Eltern schon sagten, du brauchst jemanden wie mich nicht in deinem Leben."

Ich schüttle mit dem Kopf. „Meine Eltern wissen nicht, was sie damals gesagt haben … sie kennen dich nicht."

„Und du denkst, du kennst mich?" Er lacht bitter auf. „Nicht mal in einer Million Jahren wirst du mich kennen. Vorher bist du längst davongerannt."

Ich versuche, ihm so ehrlich und tief in die Augen zu sehen, wie ich kann. „Aber was, wenn ich nicht davonrenne? Was würde schlimmstenfalls passieren?"

Er hält meinem Blick trotz seiner Betrunkenheit stand. Ich bin mir sicher, er würde niemals so mit mir reden, wäre er nüchtern. „Du könntest sterben", sagt er. „Du könntest den qualvollsten Tod erleiden, den du dir nur vorstellen kannst."

Jetzt hebt sich mein Mundwinkel. „Bevor ich einen qualvollen Tod sterbe, bin ich schon längst verschwunden. Ich bin flink."

Wieder lacht er und schüttelt leicht den Kopf. „Bevor du einen qualvollen Tod erleidest, hätte ich dich längst verjagt."

„Wieso, weil du nicht willst, dass ich leide?", frage ich keck.

„Nein. Weil niemand … das verdient hat."

„Was verdient hat?"

Mit dunklen Augen sieht er auf. „Mich."

Ich schlucke schwer und presse die Lippen aufeinander. Gott, wo führt dieses Gespräch nur hin? „Wie kannst du so schlecht von dir denken? Du redest von dir, als wärst du … als bist du wirklich der Teufel."

Wieder hebt sich sein Mundwinkel ein wenig. „Welche Ironie, nicht wahr?"

„Ich bin mir sicher, dass du nicht so schlimm bist, wie du denkst."

„Du hast recht. Wahrscheinlich bin ich noch schlimmer."

Jetzt bin ich diejenige, die ungläubig mit dem Kopf schüttelt und diese eingeknickte Person vor ihr betrachtet. Gestern Abend war er noch so … so stark und sicher, in allem, was er tat. Jetzt steht er betrunken vor mir und redet von sich, als wäre er der grausamste Mensch der Welt. „Ich kann dich nicht verstehen", sage ich leise. „Ich sage dir, dass du ein guter Mensch bist und du blockst es ab."

„Verstanden werden ist ein dummes Verlangen der Menschheit", raunt er noch immer etwas lallend von dem Alkohol. „Und ein guter Mensch sein zu wollen, erst recht." Wieder dreht er sich zum Fenster und schiebt es jetzt zielstrebig auf.

Schnell gehe ich einen Schritt auf ihn zu. „Nathan, warte. Du kannst jetzt nicht gehen."

Mit gerunzelter Stirn dreht er sich wieder zu mir um.

„Du bist total betrunken. U-Und du … Du könntest einen Unfall bauen."

„Was geht dich das an? Ich bin schon oft betrunken gefahren."

„Ja", sage ich und versuche, überzeugt von meiner Idee zu klingen. „Aber du, ähm, du kannst hierbleiben. Es wäre unachtsam von mir, dich in diesem Zustand nach Hause fahren zu lassen."

Als würde ihm plötzlich eine riesige Last von den Schultern fallen, lässt er das Fenster los und die Schultern hängen. „Das ist ein Fehler, Honor."

„Das ist mir egal", sage ich leise und komme ihm näher. „Schlaf wenigstens nur ein oder zwei Stunden, damit du ein wenig nüchterner wirst. Bitte."

Er spannt sich an, als ich meine Hand auf seine Schulter lege, um ihn zu meinem Bett zu ziehen.

„Bitte", wiederhole ich. „Ich werde im Gästezimmer schlafen. Meine Eltern kommen erst morgen Mittag nach Hause."

„Du …", knurrt er leise und ich sehe, wie Nathan seine Augen zusammenkneift, als würde ich ihm wehtun. „Ich hasse diese Scheiße so sehr."

Ich antworte nicht, sondern ziehe ihn sanft an seinem Arm zu meinem Bett. Nur widerwillig lässt er sich ziehen, doch er tut es und das ist das Wichtigste. Argwöhnisch betrachtet er mein Bett, in dem ich eben noch lag, bevor er in mein Zimmer gefallen ist.

„Nein", sagt er und entzieht mir seinen Arm. Er geht zur Wand neben meinem Bett und lässt sich dort zu Boden gleiten. „Ich werde hierbleiben."

„Auf dem Boden?"

Er verschränkt die Arme und schließt die Augen. „Ich schlafe nicht in deinem scheiß Bett. Sei lieber froh, dass ich nicht einfach verschwinde."

„Du wirst Rückenschmerzen bekommen, aber okay", sage ich und kann ein kleines Lächeln nicht unterdrücken. Ich gehe zu meinem Bett und lege mich hinein. „Ich hoffe, es stört dich nicht, wenn ich hierbleibe.“

Als er nicht antwortet und ich über den Bettrand zu ihm sehe, fällt mir auch auf, wieso. Sein Kopf hängt kraftlos nach unten und seine Augen sind geschlossen, er atmet gleichmäßig. Allerdings sind seine Arme noch verschränkt und sogar eine angestrengte Falte zwischen seinen Brauen ist noch beständig. Anscheinend schläft er sogar gereizt.

„Alles klar“, flüstere ich leise und knipse das Licht aus, bevor ich ihn noch einmal betrachte. Ich lege mich ins Bett und ziehe die Decke bis zu meinem Kinn. Ganz leise höre ich seinen Atem, wenn ich genau hinhöre, was ich tue, denn ich kann nicht anders.

Vielleicht sollte ich das Gefühl haben, dass der Teufel höchstpersönlich neben meinem Bett sitzt, doch das habe ich nicht. Das sagt mir zumindest mein Herz. Ich werde selbst entscheiden, ob er der Teufel ist oder doch einfach nur ein neunzehnjähriger Rebell. Ich hoffe, dass er länger hierbleiben wird als nur ein oder zwei Stunden. Vielleicht könnten wir morgen noch einmal reden und vielleicht bekomme ich aus ihm heraus, was sein Verschwinden in der Grundschule angeht. Aber eigentlich bin ich mir sicher, dass er morgen wieder dichtmachen wird, wenn er nüchtern ist. Wahrscheinlich ist er dann noch gemeiner.

Als ich kurz davor bin, einzuschlafen, stehe ich noch einmal auf und lege Nathan eine dünne Decke über seinen Körper. Er sitzt vielleicht auf dem Boden, aber er muss nicht frieren.

Ich lege mich wieder still ins Bett und schließe endlich die Augen.

Kapitel 9

„Honor!“, ertönt plötzlich die Stimme meiner Mutter in meinem Traum. Dann ein zweites Mal und ich schrecke ruckartig auf und setze mich kerzengerade hin. Mama steht im Türrahmen und lächelt mir freundlich zu. „Ist schon gut, Schatz, ich wollte dir nur Bescheid geben, dass wir jetzt zu Hause sind. Anscheinend ging es gestern sehr lange, wenn du bis in die Puppen schläfst.“

Noch total schlaftrunken sehe ich schnell zur Wand, wo Nathan letzte Nacht saß. Er ist nicht mehr da. Ich blinzle mehrmals. Habe ich das nur geträumt? Nein, das kann kein Traum gewesen sein. Meine Vermutung, dass es keiner war, bestätigt sich, als ich meine kaputte Schneekugel sehe. Natürlich war es kein Traum. Er war wirklich hier, hat mein Zimmer verwüstet und ist an meiner Wand eingeschlafen. Ich sehe zum Fenster, weil mich plötzlich ein kalter Windzug streift. Es steht offen und die Gardinen wehen nach draußen.

Er war tatsächlich hier.

Als wäre er ein Geist, ist er verschwunden und lässt den kalten Wind in meinem Zimmer zurück, damit ich mich an ihn erinnere.

„Wie hältst du das nur hier drin aus?“, fragt Mama und geht zu meinem Fenster. Sie schließt es und sofort ist der Windzug weg. „Du bist sowieso schon krank, es muss nicht noch schlimmer werden.“ Sie schiebt die Gardinen vor das Fenster und geht wieder zur Tür. „Ich wecke dich, wenn du zur Probe musst. Schlaf ruhig noch ein paar Stunden.“

Ich nicke und lege mich wieder hin. Ich ziehe die Decke bis zu meinem Kinn. Wenn sie nur wüsste, was letzte Nacht und in den letzten vierundzwanzig Stunden passiert ist. Zwar weiß ich immer noch nicht, was genau sie gegen Nathan hat, doch ihr davon zu erzählen, wäre ein großer Fehler, da bin ich mir sicher. Ich mag es nicht, Geheimnisse vor meinen Eltern zu haben, aber sie würden mich nicht verstehen. Ich verstehe mich ja selbst kaum, wie soll ich sie überzeugen?

Doch wie sagte Nathan gestern? Verstanden zu werden, ist ein dummes Verlangen der Menschheit. Vielleicht hat er recht. Vielleicht muss ich einfach damit klarkommen, dass ich mich auf irgendeine seltsame Art und Weise zu ihm hingezogen fühle, egal, wie absurd es klingen mag. Er ist unausstehlich, ja, aber diese Verbindung … Diese seltsame Anziehung kann ich nicht ignorieren. Das konnte ich damals als Kind schon nicht. Mag sein, dass er nicht so über mich denkt, aber ich denke so und ich kann es nicht ändern.

Um vier Uhr nachmittags sitze ich bei Misses Baskin im Unterricht und verzweifle erneut. Ich spiele dieses Klavierstück schon zum dritten Mal, doch trotzdem will es nicht sitzen. Ich verspiele mich ständig oder spiele Noten, die Mozart gar nicht geschrieben hat, als er dieses Meisterwerk mit knapp vierzehn Jahren komponierte. Manchmal wünsche ich, ich hätte solch ein Talent wie er. Zwar liebe ich die klassische Musik, doch in letzter Zeit verabscheue ich sie.

„Honor“, seufzt Misses Baskin und stellt sich – genauso verzweifelt wie ich – an den Flügel und sieht mich tadelnd an. „Das geht jetzt seit drei Wochen so. Was ist los?“

Ich zucke mit den Schultern und sehe auf die Notenblätter vor mir.

„Es muss doch eine Erklärung dafür geben. Oder liegt es an dem Stück? Wenn es wirklich nicht klappt, dann suchen wir dir ein anderes heraus.“

„Es liegt nicht an dem Stück“, erwidere ich. „Ich … momentan sind meine Gedanken einfach … woanders.“

„Woanders“, wiederholt Misses Baskin und zieht eine perfekt gezupfte Augenbraue hoch.

„Ja. Aber … Es … Ich versuche es ja wirklich! Ich weiß nicht wieso, aber irgendwie ist meine Motivation weg.“

„Okay, das müssen wir ändern“, sagt sie entschlossen und setzt sich neben mich. „Was hat dich denn dazu angespornt, Musik zu machen?“

Ich blinzle. „Ähm … Keine Ahnung. Meine Eltern?“

„Deine Eltern“, sagt sie nickend. „Okay, aber anscheinend motivieren sie dich heute nicht mehr. Du musst für jemanden spielen.“

„Für jemanden?“

Wieder nickt sie. „Ja, für jemanden. Spiel dieses Stück nicht für dich, sondern für jemanden, den du

… Hm. Vielleicht für dieses Ding, woran du ständig denken musst."

Ich sehe jetzt auf die Notenblätter. Ich denke ständig an Nathan. Ich kann mir doch nicht vorstellen, für ihn zu spielen. Das wäre absurd.

„Versuch es. Konzentriere dich nur auf diese eine Sache, deine Finger tun den Rest. Vielleicht klappt es ja."

Unsicher atme ich tief ein und aus und sehe auf den Flügel vor mir. Es ist total bescheuert, aber ich stelle mir für einen Moment vor, dass Nathan dort steht. Er steht hier an diesem Flügel, in seinem weißen Hemd und sieht mich mit seinen grünen Augen an. Lässig lehnt er an dem schwarzen Klavier und wartet nur darauf, dass ich anfange zu spielen. Ich bin skeptisch. Er merkt, dass ich verunsichert bin, und nickt mir lächelnd zu, was mir zeigt, dass es okay ist. Es ist okay, mir ihn jetzt vorzustellen und für ihn zu spielen.

„Okay", sage ich leise und lege die Finger auf die Tasten. Ich beginne zu spielen. Aber diesmal spiele ich nicht für mich oder für Misses Baskin, ich spiele nicht für meine Eltern oder dieses Vorspiel in Birmingham. Jetzt spiele ich für Nathan. Er sieht mich an, während ich die Augen schließe und meine Finger über die weißen und schwarzen Tasten gleiten lasse. Ich fühle mich sicher, in dem, was ich tue. Ich fühle mich beobachtet, doch gleichzeitig beschützt und aufgehoben.

Als das Stück vorbei ist, sehe ich erwartungsvoll wieder auf und will in Nathans Gesichtsausdruck erkennen, ob es ihm gefallen hat. Doch er steht nicht mehr an diesem Klavier. Es macht mich traurig, dass ich ihn nicht mehr sehen kann. Es hatte sich richtig angefühlt, irgendwie.

„Das war perfekt", sagt Misses Baskin und grinst. „Du hättest es nicht besser machen können!"

Ich sehe von dem Platz, an dem Nathan gerade noch stand, zu ihr und lächle schüchtern. „Danke."

„Woran hast du denn gedacht, dass du so perfekt gespielt hast?"

Ich zucke mit den Schultern. „Weiß nicht …", lüge ich. „Es ist einfach passiert."

„Wie auch immer", sagt sie und steht auf, geht zur Violine. „Das Gleiche noch mal, nur diesmal mit Bach."

Anderthalb Stunden später laufe ich mit meinem Violinenkoffer auch schon Richtung Subway, um nach Hause zu fahren. Seitdem ich gedanklich für Nathan gespielt habe und das Klavierstück auch noch perfekt saß, komme ich nicht mehr von dieser Szene los. Was hat das zu bedeuten? Es ist merkwürdig, so verdammt merkwürdig. Wie kann ein so rabiater Junge mich so unter Kontrolle haben? Selbst die Kontrolle über meine Gedanken hat er bereits. Ständig spukt er in meinem Kopf umher, im positiven sowie im negativen Sinne. Seitdem wir uns so nah bei unserem Tanz waren, scheint sich so einiges verändert zu haben. Plötzlich habe ich das Gefühl, ich muss einfach damit klarkommen, dass Nathan so ein skrupelloser Mensch ist, und will einfach in seiner Nähe sein.

Das bringt mich dazu, dass ich statt nach Hause, zu ihm laufe. Es dämmert bereits, doch das hält mich nicht davon ab, durch diese gruseligen Straßen zu laufen, in denen er wohnt. Ich frage mich noch immer, wie er es hier aushalten kann. Er kann hier nicht freiwillig wohnen. Nur vage erinnere ich mich an die Nummer seines Wohnblocks, doch trotzdem stehe ich schließlich vor der Tür, durch die er mich letztens geführt hat, damit ich bei ihm duschen kann.

Ich drücke auf den Knopf, auf dem sein Name steht, doch es tut sich nichts. Ob seine Klingel überhaupt funktioniert? Deswegen klopfe ich einfach gegen die Tür. Nichts passiert. Vielleicht ist er gar nicht zu Hause, sondern mit seinem Hund joggen. Dann könnte es natürlich sein, dass er jeden Moment hier auftaucht. Auf gut Glück stelle ich meinen Koffer neben mich und setze mich vor die Tür. Ich warte auf Nathan oder irgendein Wunder. Er muss ja irgendwie entweder sein Haus verlassen oder betreten. Ich komme mir verrückt vor, doch das ist mir egal.

„Na, zu wem willst du denn?“, ertönt eine dunkle Stimme nach zehn Minuten.

Ich blicke auf und sehe in das Gesicht eines alten Mannes, der sehr schmuddelig aussieht. Tiefe Falten, kaputte Zähne. Und er riecht sehr streng. „Ich will hier rein“, sage ich eingeschüchtert.

„Zu mir?“, fragt er mit einem dreckigen Grinsen.

Ich schüttle schnell den Kopf. „Nein, ähm, zu Nathan.“

„Zu Nathan“, sagt er brummend und geht zur Tür. „War ja klar, dass er die Engel fickt.“

Entsetzt verschlucke ich mich an meiner eigenen Spucke. Dieser Mann ist mindestens siebzig Jahre alt. Er redet wie ein … Er redet ungewöhnlich. Er schließt die Tür auf und hält sie mir auf. „Treten Sie ein, Seraph."

„Eigentlich heißt ich Honor", korrigiere ich ihn eingeschüchtert und trete ein, versuche, ihm nicht allzu nahe zu kommen.

„Natürlich", sagt der Mann und verschwindet in der ersten Tür, die noch mehr beschädigt ist als Nathans. „Es war schön, dich kennenzulernen, Seraph Honor." Dann schließt er lächelnd die Tür.

Ich bleibe verwirrt zurück. Wer zur Hölle ist Seraph? Hat Nathan vielleicht doch eine Freundin, von der ich nichts weiß? Was ist Seraph überhaupt für ein seltsamer Name? Ich habe ihn wirklich noch nie gehört, nicht mal gelesen. Doch schließlich gehe ich die Treppe hoch zu Nathans Wohnung. Die Tür steht ein wenig offen, doch wahrscheinlich ist das immer so. Man könnte sie einfach öffnen, wäre sie geschlossen. Das Schloss wurde schon mal aufgebrochen.

Jetzt verlässt mich mein Mut. Was, wenn er wütend wird, weil ich ihm wieder gefolgt bin? Ich weiß nicht, was er über unsere Freundschaft denkt, aber ich rechne einfach mal mit allem. Er kann mich nur rausschmeißen oder mich bei sich behalten. Er wird mir wohl kaum etwas tun.

Langsam schiebe ich die Tür seiner Wohnung auf und luge hinein. Ich kann nichts hören. Vielleicht ist er doch nicht da. Ich trete einen Schritt in das kleine Apartment und sehe mich um. Es hat sich nicht viel verändert. Die Scherben liegen noch immer auf dem

Boden und das Glas ist noch immer zerbrochen. Ihn scheint es gar nicht zu stören.

„Was zur …“, höre ich ihn fluchen und springe leicht in die Lüfte, als er aus dem Wohnzimmer kommt. „Was tust du, verdammt noch mal, hier?“

Ich runzle die Stirn. Mal davon abgesehen, dass er es anscheinend nicht so toll findet, dass ich hier bin, fällt mir etwas anderes auf. Etwas, das ich leider schon viel zu oft in seinem attraktiven Gesicht gesehen habe. Ich stelle meinen Koffer weg und gehe langsam auf ihn zu. „Was ist passiert?“, frage ich ihn geschockt.

Doch noch bevor ich Nathan ins Gesicht fassen kann, um die Wunden auf seiner Unterlippe und auf Stirn zu betrachten, hält er meine Hand auf und drückt sie von sich weg. „Du wirst wieder gehen“, sagt er herrisch und drängt mich zur Tür.

„Nathan“, sage ich und drehe mich wieder zu ihm um. „Du siehst grausam aus. Das muss verarztet werden!“

„Ein Scheiß muss verarztet werden.“ Er drängt mich weiter zur Tür. „Und jetzt verschwinde. Du kannst nicht bleiben.“

„Wieso?“, frage ich verwirrt und schlüpfe an ihm vorbei, möglichst weit weg von der Tür. „Ich kann dir helfen. Ich habe sogar Pflaster dabei. Und Desinfektionsmittel sollte ich …“

„Honor“, unterbricht er mich gereizt und sieht mich böse an. Es ist solch ein Déjà-vu, dass ich ihn in solch einem Zustand sehe. Jetzt, wo er älter ist, sieht er mit diesen Wunden noch bedrohlicher aus als damals. „Du musst gehen, verdammt. Es …“

Plötzlich ertönt ein lauter Knall vom Treppenhaus her, der ihn verstummen lässt.

„Scheiße", flucht er leise und fährt sich schnell gestresst durch die Haare.

Ich sehe ihn überfordert an. „Was ist los?"

Er kommt schnell auf mich zu und schiebt mich ins Wohnzimmer, in dem sein Hund neben der Couch sitzt und mich bedrohlich anstarrt. „Du wirst dich nicht vom Fleck bewegen und still sein, verstanden?"

Ich komme nicht mal dazu, noch etwas zu sagen, da wird die Tür heftig aufgestoßen, was mich aufschrecken lässt und mich automatisch dazu bringt, meine Finger in Nathans Ärmel zu krallen.

„Nathan!", ertönt eine laute Männerstimme durch das Apartment und man hört mehrere Schritte.

Nathan schiebt meine Hände von sich weg und geht in Richtung der Stimmen. Doch noch bevor er in den Flur eintreten kann, erscheinen drei große Figuren im Wohnzimmer. Sie bauen sich aggressiv vor ihm auf. Einer von ihnen hält einen Baseballschläger in der Hand, der andere ist mindestens zwei Köpfe größer als Nathan und definitiv stärker. In der Mitte steht ein etwas älterer Mann mit grauem Haar. Zwischen den beiden Männern sieht er schmächtig aus, doch gleichzeitig unantastbar.

Nathans Hund beginnt automatisch, laut zu bellen, weil er die Gefahr wohl zu riechen scheint.

Der Mann in der Mitte sieht unbeeindruckt auf den Hund, dann zu Nathan. „Bring ihn zum Schweigen oder wir werden es tun."

Nathan dreht sich zu dem Hund und hebt seine Hand, was ihm zu verstehen gibt, dass er still sein soll, was der Hund augenblicklich tut. Er dreht sich wieder zu den Männern. „Was wollt ihr?“

Der Mann in der Mitte hebt eine Braue und lacht gehässig auf. „Das weißt du nicht?“

„Es gibt nichts zu klären. Ich habe alles so getan, wie du es wolltest.“

Wieder lacht der Mann auf und schüttelt den Kopf. „Nathan … Vielleicht sollten wir dir ein wenig auf die Sprünge helfen.“ Er gibt dem Mann mit dem Baseballschläger ein Zeichen.

Plötzlich holt der große Kerl mit voller Wucht aus und schlägt mit seinem Baseballschläger auf Nathans Fernseher, der sofort zerspringt. Vor Schreck kreische ich auf und halte mir die Hände vor den Mund. Auch Nathans Hund hat wieder angefangen zu bellen und diesmal bekommt Nathan ihn nicht beruhigt.

Genervt verdreht der alte Mann die Augen. „Nehmt ihn“, sagt er nur, worauf sich der andere Mann Nathans Hund am Halsband schnappt und ihn zu sich zieht.

Der Hund jault kläglich auf und man sieht ihm an, wie wenig Luft er bekommt. Er zappelt umher, doch der Mann hält ihn fest.

„Wage es dich, ihm auch nur ein beschissenes Haar zu krümmen“, knurrt Nathan und ich sehe von hinten, wie er sich anspannt.

Wieder hebt der alte Mann seine Brauen. „Aber dann lernst du doch nicht aus deinen Fehlern.“

„Scheiße, es ging nicht anders!“, wütet Nathan. „George wurde frech und ich lasse mir so eine

Scheiße nicht gefallen. Was interessiert es dich, wie ich mit ihm umgehe?“

Auch wenn ich nicht weiß, um was es geht, wundere ich mich über Nathans Ausdrucksweise, obwohl dieser Mann anscheinend viel Macht über ihn hat.

„Es interessiert mich, dass du dich nicht ein einziges Mal an die Regeln halten kannst, Nathan“, sagt der Mann. „Du siehst echt beschissen aus. Tun die Wunden wenigstens weh? Ich hoffe es doch. Du hättest mehr davon verdient.“ Plötzlich fällt der Blick des Mannes auf mich, was mich schlucken lässt. Ein widerliches Grinsen ziert sein Gesicht. „Nathan“, sagt er, sieht mich jedoch weiter an. „Sag bloß, du hältst diese Schönheit bei dir gefangen.“

Nathan dreht sich etwas zu mir und sieht mich kurz an. „Nein. Sie ist bedeutungslos.“

Ich kann den kurzen Stich in meiner Brust nicht ignorieren.

„Bedeutungslos also“, sagt der Mann und geht beinahe schwebend an Nathan vorbei zu mir. Ich gehe einen Schritt zurück und stoße mich an Nathans Couch. „Wer hätte gedacht, dass mein Neffe irgendwann mal mit solch hübschen Mädchen verkehrt?“ Er betrachtet mich von oben bis unten.

Nathan ist sein Neffe? Welcher Onkel geht so mit seinem Neffen um? Was zur Hölle ist hier los?

„Eigentlich solltest du mit uns kommen“, sagt der Mann wieder zu mir und hebt seine nach Zigaretten stinkende Hand an mein Gesicht. Er streicht mir darüber, was mich zurückweichen lässt.

„Dann nimm sie mit“, sagt jetzt Nathan und sieht ohne Ausdruck auf den Boden.

Entsetzt sehe ich ihn an. Was?

„Nimm sie und missbrauch sie“, spricht Nathan weiter. „Vergewaltige sie und bring sie danach um.“

Ich muss ein Keuchen unterdrücken. Was redet er denn da? Was ist los mit ihm?

Die Augen des Mannes, die immer noch auf mir liegen, verengen sich kurz, dann wird sein Ausdruck emotionslos. Er nimmt langsam seine Hand von meinem Gesicht, sogar sein Grinsen ist verschwunden. Ein letztes Mal sieht er mich an, dann dreht er sich um und stellt sich wieder zwischen die beiden Männer.

Ich erkenne ein kleines triumphierendes Lächeln auf Nathans Lippen, während er sich wieder zu ihm dreht.

„So etwas wie heute sollte nicht noch mal passieren“, sagt der Mann wieder und starrt Nathan vernichtend an. „Du wirst dich an die Regeln halten oder dir werden schlimmere Dinge passieren als die paar Kratzer, die deine Visage bereits trägt. Lass den Hund los“, sagt er zu dem Mann, worauf der Hund jaulend wieder zu Nathan springt und sich hinter seinen Beinen versteckt. „Lass es dir gesagt sein, Nathan.“ Er wirft mir und Nathan einen letzten Blick zu. Er dreht sich um und die beiden großen Männer folgen ihm.

Allerdings schlägt der Mann mit dem Baseballschläger ein letztes Mal auf Nathans Fernseher, worauf er noch mehr zerspringt. „Wichser“, beschimpft er Nathan und verschwindet mit den anderen beiden.

Die Tür wird laut zugeknallt und Stille tritt ein.

Noch total perplex von der Szene, die sich gerade in diesem Raum abgespielt hat, sehe ich auf den Türrahmen, durch den gerade die drei Gestalten verschwunden sind. Was zum … Ich versuche, das alles zu verarbeiten, obwohl ich mir sicher bin, dass ich das niemals vergessen werde.

Nathan kniet sich, mir noch immer den Rücken zudrehend, auf den Boden und nimmt seinem Hund das Halsband ab. Ihn scheint das alles locker zu lassen.

„Was war das?“, hauche ich wie benebelt.

„Der Grund, weshalb du nicht hättest herkommen sollen“, sagt Nathan und schmeißt das Halsband auf die Couch. Er streichelt kurz über den Hals des Tieres, dann legt sich der Hund trotzig neben das Sofa.

„Wie konntest du sagen, dass er mich mitnehmen soll?“, frage ich ihn wütend, nachdem ich mich ein wenig in der Szenerie gefunden habe. „Du kannst doch nicht irgendjemand sagen, dass er mich missbrauchen und umbringen soll! Das macht man nicht! Gott, Nathan, ich dachte wirklich, er …“

„Krieg dich wieder ein“, unterbricht Nathan mich und setzt sich auf die Couch. „Er hätte es nicht getan. Ich habe dir deinen Arsch gerettet.“

„Wie hast du mir denn meinen Arsch gerettet, indem du ihm sagst, er soll mich vergewaltigen?“

Er legt seinen Kopf zurück und schließt die Augen. „Eduards Tochter wurde vor längerer Zeit vergewaltigt und umgebracht, weil er so ein riesiger Wichser ist. Seitdem ist er empfindlich, was das angeht.“

„Und du hältst ihm das einfach so vor? Das ist unmenschlich!“

Jetzt öffnet Nathan wieder seine Augen und sieht mich an. „Was ist? Soll ich ihm hinterhergehen und ihm sagen, dass er dich ruhig mitnehmen kann?"

Ich reiße die Augen auf. „Nein! Ich meine, ähm …" Ich seufze. „Danke."

Er sagt nichts darauf und legt seinen Kopf wieder zurück, um die Augen zu schließen.

Ich setze mich auch auf die Couch, allerdings versuche ich, ihm nicht zu nahe zu kommen. „Also kommen die Wunden von einer Prügelei?"

„Natürlich stellst du wieder Fragen", stöhnt Nathan genervt und steht auf. Er geht zu einem kleinen Schrank über dem kaputten Fernseher.

„Das ist doch wohl verständlich. Du siehst schlimm aus."

Er kommt wieder zur Couch und stellt ein kleines Fläschchen mit einem Tuch vor sich. Es klebt bereits Blut daran, was mich angewidert die Nase rümpfen lässt. Er will mir doch nicht sagen, dass er sich damit jetzt die Wunden säubert?

„Das solltest du vielleicht nicht tun", sage ich und sehe zu, wie er sich das Tuch nimmt.

„Wieso? Weil es schmutzig ist?", spottet er und nimmt sich das Fläschchen.

„Ganz genau." Ich nehme ihm das Tuch ab und stehe auf.

„Was zum …"

„Wenn du eine Blutvergiftung bekommen willst, dann nur zu, verwende dieses eklige Tuch", unterbreche ich seine Beschwerde und ignoriere seine zusammengekniffenen Augen. Ich gehe in den Flur zu meinem Koffer, indem ich eine Packung Taschentücher habe. Ich komme wieder und lege sie vor ihn. „Hiermit ist es besser. Dieses Tuch solltest du verbrennen oder vergraben.“ Angeekelt betrachte ich es und schmeiße es einfach wahllos weg, weil hier sowieso alles herumliegt.

Ich sehe, wie Nathan ein Spruch auf den Lippen liegt und wie er sie aufeinanderpresst, doch ohne sich zu beschweren, greift er nach den Tüchern und reißt fest die Packung auf.

„Du kannst dich sogar dafür bedanken“, sage ich keck.

„Wieso bist du überhaupt hier?“, ignoriert er mich und öffnet die Flasche, von der ich annehme, dass es Desinfektionsmittel ist. Er scheint wohl öfters Wunden zu verarzten. „Musst du nicht wem anders auf die Eier gehen?“

„Du hast mich doch letzte Nacht auch einfach so besucht. Wieso darf ich das nicht auch? Außerdem bist du gegangen, ohne dich zu verabschieden. Ich konnte mir nicht sicher sein, dass du ohne Unfall nach Hause gekommen bist, so betrunken wie du warst.“

Nathan sieht mich mit erhobener Braue an. „Das ist also deine Ausrede? Du bist hergekommen, um zu sehen, ob ich es, ohne zu verrecken, nach Hause geschafft habe?“

Ich runzle die Stirn. „Hey, stell mich nicht als blöd dar. Du bist letzte Nacht mit der Ausrede, du müsstest mir mein Namensschild bringen, gekommen.“

Er lacht und sieht auf das Tuch in seinen Händen, das er in Desinfektionsmittel getränkt hat. „Was man sich nicht alles ausdenkt, wenn es scheiße kalt ist und man auch noch betrunken ist. Ich musste einfach irgendwo ins Warme, mehr nicht."

„Und da fährst du zu mir?", frage ich und beobachte, wie er das Tuch ohne Hemmungen auf seine Wunde an der Stirn drückt. Ich verziehe das Gesicht. Autsch, das muss doch wehtun.

„Ich dachte eigentlich, du hättest interessantere Fragen, außer wieso ich zu dir gekommen bin. Interessiert dich nicht, wer dieser Bastard eben war?"

Ich zucke mit einer Schulter und sehe auf die Tischplatte. „Du würdest es mir doch sowieso nicht sagen."

„Stimmt."

„Sag mal", sage ich und sehe auf seine Wunden. „Das muss doch unheimlich wehtun. Ich würde das ein wenig vorsichtiger machen."

Er knüllt das Tuch zusammen und wischt die Reste vom angetrockneten Blut aus seinem Gesicht. Jetzt sieht es nicht mehr so brutal aus, doch trotzdem noch schlimm genug. Ich mag diesen Anblick nicht. „Okay, es wird Zeit für dich zu gehen", sagt er und steht auf. „Es sei denn, du willst mit Diabo allein hierbleiben, und ob ihm das gefällt, ist fraglich." Nathan geht aus dem Wohnzimmer und ich folge ihm schnell.

„Wieso?", frage ich und stelle mich in den Türrahmen des Badezimmers, in das er geht. Stets darauf bedacht, nicht auf die Scherben zu treten. „Musst du noch irgendwo hin?"

„Ja", sagt er und dreht den Wasserhahn auf. Er hält seine Hände unter das Wasser und wäscht sein Gesicht.

„Wohin?“

Er dreht den Wasserhahn wieder ab und trocknet sein Gesicht mit seinem Shirt. Ich beobachte ganz genau sein Gesicht und merke sofort, wie er auf das Regal vor sich sieht, an dem mal ein Spiegel hing. Er sieht kurz darauf, als würde er tatsächlich in einen Spiegel sehen, doch dann dreht er sich schnell zu mir und kommt auf mich zu.

Genau vor mir bleibt er stehen. Die Spannung baut sich innerhalb von Millisekunden auf. Plötzlich ist mir heiß und kalt zugleich. „Bist du dir sicher, dass du das wissen willst?“, fragt er leise und ich erkenne ein kleines Grinsen auf seinen Lippen, als wüsste er ganz genau, welch eine Wirkung es auf mich hat, wenn er mir so nahe kommt. Allerdings sieht das Grinsen alles andere als freundlich aus.

Als wäre ich auf der Stelle festgefroren, stehe ich im Türrahmen und sehe zu ihm auf. Beinahe berührt meine Brust seine und das Blut beginnt in meinen Ohren zu pochen. Ich kann den Geruch von Zigaretten wahrnehmen, während sein Atem auf mein Gesicht trifft. Ich muss schwer schlucken und frage eingeschüchtert: „Will ich das denn?“

Leicht schüttelt er den Kopf. „Nein, Honor. Willst du nicht.“ Dann sieht er von mir weg und schubst mich ein wenig zur Seite. Sofort bin ich wieder im Hier und Jetzt. „Deswegen nimm dir deinen scheiß Koffer und verschwinde.“

Ich atme tief ein und aus und versuche, den Schauer zu ignorieren, der mir gerade über den Rücken kriecht. „Kannst du mich vielleicht …“

„Nein", unterbricht er mich und zieht sich seine schwarze Jacke über. „Ich bin nicht dein bekackter Fahrdienst."

Und als hätte Gott uns ein Zeichen geschickt, beginnt es plötzlich laut zu donnern.

Ich zucke zusammen und mein Herz schlägt wild gegen meine Brust. Flehend sehe ich Nathan an, weil er weiß, wie sehr ich Gewitter hasse. Es wäre eine Qual, wenn er mich so nach Hause laufen lassen würde.

„Das kannst du vergessen", raunt er und zieht sich seine Kapuze über. Er scheint mein Flehen gesehen zu haben. „Wegen so eines scheiß Gewitters fahre ich dich nicht."

Ich seufze hoffnungslos und sehe auf den Boden. Es donnert erneut und das Licht des Blitzes scheint durch das kleine Fenster im Badezimmer, erleuchtet kurz den Flur. Nochmal zucke ich auf. Gott, ich hasse es.

Nathan atmet hörbar ein und aus. „Scheiße." Er geht an mir vorbei zur Tür. „Komm mit."

Ich drehe mich zu ihm um, beobachte perplex, wie er die Tür öffnet. „Du … äh." Doch weil ich mir sicher bin, dass er sich nicht noch mal wiederholen möchte, schnappe ich mir schnell meinen Geigenkoffer und folge ihm die Treppe nach unten. „Danke, Nathan!"

Ich höre ihn leise fluchen, als er nach draußen zu seinem Motorrad geht. Dann ruft er: „Das ist das letzte verdammte Mal, dass ich dich irgendwo hinfahre!" Er schiebt sein Motorrad zur Straße und setzt sich darauf.

Ich würde ihm gerne sagen, dass er das schon beim letzten Mal gesagt hat, aber damit würde ich wahrscheinlich nichts besser machen. Er mag es einfach nicht, nette Dinge zu tun, doch er macht sie trotzdem für mich, das reicht mir. Das ist einfach ein kleiner Beweis, dass es auch eine nette Seite in ihm gibt, egal, wie sehr er dagegen ankämpft.

Als es noch mal donnert und die ersten Regentropfen auf die Erde fallen, setze ich mich schnell hinter ihn und halte mich ängstlich an ihm fest. Es ist mir unangenehm, dass Gewitter mich so einschüchtern, doch es war schon immer so und ich bin mir sicher, dass es auch immer so bleiben wird. Und ich bin mir sicher, dass es noch schlimmer wird, wenn ich erst mal zu Hause bin.

Denn Dad hasst Gewitter auch.

Nathan startet den Motor, nachdem er sich seinen Helm aufgesetzt hat, und tritt das Rad vom Ständer.

Ich rutsche noch näher an ihn heran und schlinge meine Arme fester um seinen Oberkörper. Bei Regen zu fahren, macht mich noch ängstlicher, und ohne Helm erst recht.

„Honor“, höre ich Nathan durch seinen Helm knurren. Er spannt sich mehr an.

Jetzt fällt es mir wieder ein. Er will nicht, dass ich ihm so nahe komme. Das sagte er schon beim letzten Mal. „Ja?“, frage ich und hoffe, er sagt mir nicht, ich solle ihn loslassen.

Zwei Sekunden vergehen. Ich spüre, wie er durchatmet, als müsste er sich beruhigen. „Du …“, sagt er und sieht jetzt nach vorne. „Halt dich fest.“

Ich nicke und schlinge meine Arme fester um ihn, als er losfährt. Ein kleines Lächeln kann ich nicht unterdrücken, während ich meinen Kopf an seinen Rücken lehne. Er lässt es zu.

Ich steige von Nathans Motorrad ab und klemme mir den Geigenkoffer unter den Arm. Mal wieder bin ich durchgefroren, aber das ist immer so, wenn man im Dezember durch die eisige Kälte saust. Vor allem weil Nathan vom langsam Fahren wirklich noch nichts gehört hat. Manchmal denke ich, er macht das mit Absicht, doch ich denke auch, er hat einfach nur Spaß an der Geschwindigkeit.

„Danke“, sage ich zu ihm, während er noch vor mir steht. Ich lächle. „Ich hoffe, ich habe dir deine Termine nicht völlig durcheinandergebracht.“

Ich sehe, wie er gerade etwas sagen will, doch plötzlich ertönt ein Poltern aus unserem großen Haus. Ich drehe mich um und weiß sofort, was mich gleich wieder erwarten wird.

„Was war das?“, fragt Nathan und sieht mit gerunzelter Stirn zu unserem Haus.

Hektisch schiebe ich mir eine Haarsträhne hinters Ohr und laufe rückwärts in Richtung des Tors. „Nichts!“, rufe ich durch den mittlerweile stärker gewordenen Regen. „Pass auf, dass du vorsichtig fährst!“ Ich lasse Nathan zurück und hoffe, dass er einfach wegfahren wird. Ich öffne das Tor und laufe über den Kiesweg zur Haustür. Ich höre schon das Geschrei von drinnen. Vor der Tür atme ich tief ein und aus. Okay, ich kenne das doch. Ich packe das.

Wie jedes Mal, wenn es gewittert. Entschlossen schließe ich die Tür auf.

Ein lauter Knall ertönt und dann das Geschrei meiner Mutter. „Gus! Bitte hör mir doch zu!“

Ich stelle den Koffer ab und laufe widerwillig durch den Flur ins Wohnzimmer. Papa ist gerade dabei, alle Bilder von den Wänden zu reißen, und schmeißt sie aggressiv zu Boden.

„Nein!“, brüllt er und schubst meine Mutter von sich weg. „Wie soll ich mit dir reden, wenn du eine verdammte Lügnerin bist? Ihr alle seid Lügner!“

Meine Mutter weint hysterisch und versucht, ihn davon abzuhalten, noch mehr Bilder zu zerstören. „Wir belügen dich nicht! Ich liebe dich, bitte glaube mir doch!“

„Verpiss dich!“, schreit er und schubst sie weiter weg. Sie knallt gegen die Wand.

Jetzt schreite ich ein, obwohl ich weiß, dass ich nicht viel ausrichten kann. „Papa!“, rufe ich und stelle mich vor Mama. „Beruhige dich! Wir wollen dir nichts Böses.“

„Du auch noch“, schreit er mich an und schmeißt ein Bild nach mir. Ich ducke mich schnell und es zerspringt über meinem Kopf an der Wand. „Niemandem kann ich vertrauen! Ihr seid daran schuld, dass er tot ist.“

Ich beginne zu weinen. Ihn so zu sehen tut weh. Es passiert immer bei Gewittern. Ein weiterer Grund, weshalb ich Gewitter verabscheue. „Bitte!“, flehe ich ihn an. „Du musst dich beruhigen. Du willst uns nichts Böses antun.“

„Mein Bruder ist tot und du denkst, ich lasse einfach zu, dass ihr mir das vorenthaltet?"

„Wir halten es dir nicht vor. Wir haben es dir schon etliche Male gesagt, du vergisst es nur immer wieder. Bitte glaub mir doch!"

Seine Augen kneifen sich zusammen und ein lauter Donner ertönt. Er schreckt zusammen und hält sich die Ohren zu. „Nein! Ihr lügt!"

„Nein, Papa", schluchze ich und bleibe weiterhin vor Mama stehen, die hinter mir weint. „Du musst uns glauben! Sean ist schon seit Jahren tot."

Plötzlich reißt er die Augen auf und stürmt auf mich zu. „Lüge!", brüllt er und erhebt die Hand.

Ich halte mir die Arme vors Gesicht und mache mich klein.

Papas Schrei lässt mich wieder aufblicken. Mein Herz pocht schnell.

Nathan ist bei uns im Wohnzimmer und stößt ihn von mir weg. Dad torkelt ein paar Schritte zurück und scheint die Situation gar nicht zu verstehen. Mit großen Augen sieht er ihn an.

Nathan geht einen Schritt zurück und kommt mir so nah, als wolle er mich tatsächlich beschützen. Sein Atem geht schnell und seine Fäuste sind geballt.

Sprachlos betrachte ich ihn. Er ist nicht gefahren?

Ich denke für einen kurzen Moment, meine Mutter schmeißt ihn raus, doch sie tut nichts. Sie scheint selbst noch nicht ganz mit der Situation klarzukommen.

Mein Vater starrt Nathan mit großen wütenden Augen an. Seine Fäuste ballen sich. „Du“, knurrt Papa aggressiv. „Du warst es.“

Ich verstehe die Situation nicht. Was meint er?

„Du hast ihn umgebracht!“, brüllt Dad.

„Nein, Papa“, sage ich jetzt und sehe hinter Nathans Rücken hervor. „Du weißt nicht, was du da redest.“

„Nein, er ist der Mörder“, brüllt Papa und zeigt auf Nathan. „Ich weiß es! Und dafür wird er bezahlen.“ Aggressiv stürmt er auf Nathan zu.

Doch Nathan reagiert schnell und geht – mich hinter sich herziehend – von ihm weg. „Einen Scheiß habe ich getan“, brüllt er Papa an, der jetzt wie ein wildgewordenes Tier auf der anderen Seite der Couch steht, die eine Barriere zwischen uns bildet.

„Du bist der Mörder“, zischt mein Vater. „Ich weiß es. Ich wusste es schon immer.“

Verwirrt betrachte ich ihn. Zwar ist er immer schon ausgerastet, wenn Mama ihm bei Gewittern sagen musste, dass sein Bruder tot ist, doch er hat nie jemanden als Mörder beschuldigt. Wie kommt er nur darauf, Nathan als Mörder zu betiteln? Sein Bruder ist vor mehr als zwanzig Jahren gestorben.

„Mama“, sage ich weinend zu ihr. Sie steht wie benebelt im Raum. „Sag ihm doch, dass es nicht stimmt.“

Sie sieht mich an. Ich erwarte, dass sie einschreitet, doch sie tut es nicht. Sie will Papa in dem Glauben lassen, dass Nathan der Mörder ist?

„Mama!“

„Sei still“, schreit Papa. „Wie kannst du auf der Seite dieses Monsters stehen?“

Ich sehe ihn entsetzt an. „Was? Papa, komm wieder zur Besinnung. Bitte!“

Nathan zieht mich weiter hinter sich, weil Dad sich wieder anspannt. Warum beschützt er mich?

Er starrt Nathan vernichtend an. „Lass meine Tochter los.“

„Wohl kaum“, gibt Nathan zurück und stellt sich näher vor mich.

Ein kleiner Instinkt in mir schreit danach, mich von Nathan zu lösen und mich auf die Seite meiner Familie zu stellen, doch ein größerer Instinkt fühlt, dass ich hier genau richtig bin. Meine Mutter will die Sache nicht aufklären und mein Vater rastet aus. Ich wäre die ganze Nacht mit ihnen hier, während es gewittert, und würde mich unsicher fühlen, doch bei Nathan … bei Nathan ist es anders. Deswegen bleibe ich hinter ihm stehen und sehe mit verweinten Augen auf seinen Rücken.

Kurze Sekunden in einer drückenden Stille vergehen, dann stürmt Papa los. Er geht mit schnellen Schritten um die Couch, unmittelbar auf Nathan zu. „Du nimmst mir nicht noch jemanden aus meiner Familie!“

Doch noch bevor er bei uns ankommen kann, drückt Nathan mich zur offenen Eingangstür. Kurz weiß ich nicht, was ich tun soll. Ich weiß nicht, ob es richtig ist, jetzt mit ihm zu gehen. Aber es fühlt sich richtig an, deswegen verschwinde ich aus dem Haus.

Nathan knallt die Haustür und hält sie zu. „Honor“, sagt er und sieht mich an, wie ich total hektisch hinter ihm stehe. „Willst du gehen?“

Ich fasse mir an den Kopf und höre meinen Vater von drinnen fluchen und schimpfen. Meine Mutter höre ich auch. „Ich weiß es nicht! I-Ich weiß nicht! E-Es …"

„Hey", sagt Nathan und muss seinen Fuß an der Hauswand abstützen, damit die Tür weiterhin zubleibt. „Beruhige dich. Willst du gehen oder bleiben? Es ist deine Entscheidung, aber ich würde mich schnell entscheiden."

Schnell nicke ich und atme durch. „I-Ich", stottere ich und sehe auf die Tür. Dann sehe ich zu Nathan. Ich folge meinem Instinkt. „Ich möchte gehen. Ja, ich möchte gehen."

Nathan nickt und sieht ebenfalls zur Tür. Papa hat aufgehört, daran zu rütteln, und es ist still geworden. Immer noch konzentriert lässt er die Tür los, dreht sich zu mir um und geht zu seinem Motorrad. „Lass uns gehen, bevor er wieder ausrastet."

Schnell folge ich ihm. Ich blicke über meine Schulter, um sicherzugehen, dass meine Eltern mir nicht folgen. Sie tun es nicht. Ich dachte, dass mindestens Mama total ausrasten würde, weil ich mit Nathan gehe. Doch auch sie könnte mich jetzt nicht aufhalten. Sie hätte Papa sagen müssen, dass Nathan unschuldig ist. Sie hat es nicht getan.

Als ich vor Nathans Motorrad stehe, nimmt er seinen Helm und setzt ihn mir – zu meiner Überraschung – auf den Kopf. Er ist mir viel zu groß, doch trotzdem lasse ich zu, dass Nathan ihn an meinem Kinn zuschließt. Ein letztes Mal sieht er durch das Tor zu meinem Zuhause, dann schwingt er sich auf sein Motorrad. Ich rücke den Helm noch mal richtig und setze mich hinter ihn. Ich klammere mich an ihn, als wäre er mein Retter, an dem mein Leben hängt. Er startet das Motorrad und fährt los.

Ich sehe auf die vorbeiziehende Landschaft und versuche, mich nicht auf den kalten Wind zu konzentrieren. Erschöpft lege ich meinen Kopf auf Nathans Rücken und schließe die Augen. Ich genieße den Moment. Die Sicherheit, die er mir gibt, während ich hinter ihm sitze und die Tatsache, dass ich das erste Mal einer schlimmen Nacht mit Gewitter vor meinem Vater entfliehen konnte.

Zu oft ist schon so etwas wie heute passiert. Jedes Mal, wenn es gewittert, verliert Papa sich und zerstört Dinge. Sein Bruder ist damals bei einem Autounfall ums Leben gekommen, in den er verwickelt war. Der Auslöser war ein einschlagender Blitz. Papa hat überlebt.

Doch seitdem ist er verstört, was Gewitter angeht. Und durch seine Demenz erinnert er sich immer erst an seinen Bruder, wenn es donnert und blitzt. Der Arzt meint, dass er Flashbacks erleben würde und Bilder in seinem Kopf erscheinen, die er selbst nicht glauben kann. Es ist grausam. Für ihn, für Mama und mich. Er will in solchen Momenten nie wahrhaben, dass sein Bruder wirklich tot ist, und hält uns vor, wir würden ihn anlügen.

Doch trotzdem verstehe ich nicht, wieso er vorhin bei Nathan so wütend geworden ist. Wie kommt er auf die Idee, Nathan sei der Mörder? Wen oder was hat er in ihm nur gesehen, dass er so ausrastet? Er hat sich verhalten, als wäre Nathan … Als wäre er der Teufel höchstpersönlich.

Während der Fahrt bemerke ich nicht, dass mir Tränen über die Wangen laufen. Es fällt mir erst auf, als ich spüre, dass Nathan langsamer wird und ich die Augen öffne. Wir stehen wieder vor seinem Blockhaus. Ich fühle mich schlecht, weil ich ihm zwischen seine Pläne gefunkt habe, doch ich danke ihm dafür, sehr sogar.

Ich lasse ihn los und steige ab. Er schließt das Motorrad ab. Wir schweigen. Die Situation ist seltsam. So verkehrt herum. Als ich das erste Mal mit Nathan auf diesem Motorrad gefahren bin, hat er mir nicht seinen Helm gegeben, geschweige denn mir erlaubt, ihm so nahe zu kommen. Damals hätte er mich niemals vor der Krankheit meines Vaters beschützt … Das behaupte ich zumindest.

Ich ziehe mir den Helm vom Kopf und wische mir sofort die Tränen von den Wangen. In Nathans Augen zeigen sie Schwäche, weshalb ich möglichst versuche, sie zu verstecken. Er nimmt mir den Helm ab und hängt ihn über den Lenker. Immer noch schweigend gehen wir in das Haus nach oben. Eine eiserne Kälte überkommt mich. Nicht nur, weil es hier in diesem Treppenhaus eiskalt ist, sondern weil ich mich grausam fühle. Das Gewitter ist noch beständig und erinnert mich immer wieder an die Szene von eben. Wie mein Vater das Bild nach mir geschmissen hat und wie krank er Nathan angesehen hat. Als wäre er ein Monster.

Nathan öffnet seine Wohnungstür und wir betreten das Apartment. Ich muss die Luft anhalten, um nicht zu schluchzen. In solchen Situationen bin ich es gewohnt, einfach zu weinen, weil ich es konnte. Ich bin danach immer entweder bei Olivia oder allein, deshalb waren mir meine Tränen egal. Aber bei Nathan fühle ich mich so klein, wenn ich weine. Auch wenn er mir geholfen hat, erlaube ich es mir einfach nicht, vor ihm so einzuknicken, egal, wie oft ich schon vor ihm geweint habe.

Er zieht seine Jacke aus und Nathans Hund kommt aus dem Wohnzimmer. Er knurrt mich bedrohlich an. Ich presse die Lippen aufeinander. Sollten Hunde nicht eigentlich ein Gespür für traurige Menschen haben?

„Diabo!“, zischt Nathan und hält ihm die Schnauze zu, worauf der Hund still ist und mich nur anstarrt.

Ich gehe an den beiden vorbei ins Wohnzimmer und setze mich auf die Couch. Ich friere. Es scheint keine Heizung hier zu geben. Ich presse meine Knie an meine Brust und versuche, weiterhin die Tränen zurückzuhalten, während Nathan ebenfalls mit Diabo ins Wohnzimmer kommt und sich mir gegenüber setzt. Diabo gesellt sich neben ihn auf die Couch und sieht mich genauso unwissend an.

Niemand sagt etwas. Die Stimmung ist einfach seltsam. Keiner von uns beiden scheint zu wissen, was gesagt werden soll oder was zu tun ist. Ich starre auf den kleinen Tisch vor mir.

Schließlich bin ich diejenige, die die Stille bricht. „Du hast gar keinen Aschenbecher hier“, sage ich mit schwacher Stimme.

„Ich rauche nicht in der Wohnung.“

Gekünstelt lächle ich. „Sieht dir gar nicht ähnlich.“

„Es ist wegen Diabo. Ich will nicht, dass er den Rauch einatmet."

Ich nicke verstehend, sehe ihn trotzdem nicht an. Er zeigt Herz, oder was auch immer das ist. Trotzdem freut es mich, dass ihm sein Hund so am Herzen liegt.

Kaum zu glauben, dass ich bei ihm bin und dass ich tatsächlich meine Eltern zurückgelassen habe, weil ich mich bei ihm wohler fühle. Bei dem Jungen, der mir schon vor zehn Jahren oft traurige Nächte bescherte und mir den letzten Nerv raubte. Ich habe Angst, dass es das alles nicht wert ist. Was, wenn ich einen riesigen Fehler mache? Ich könnte Dinge in Nathan sehen, die es nicht gibt.

Vor drei Wochen noch hätte ich so etwas niemals getan. Ich hätte mich niemals so gegen meine Mutter behauptet, wäre nachts nie in einen kalten See gesprungen oder von zu Hause abgehauen. Zwei Mal. Ich weiß nicht mehr, was richtig und falsch ist. Was ist das nur, das mich dazu bringt, ständig bei Nathan sein zu wollen? Es macht so vieles kaputt. Ich hatte eigentlich immer ein ruhiges Familienleben. Ich habe einfach die Tatsache akzeptiert, dass meine Großmutter eine pingelige, grässliche Frau ist, meine Mutter mich behandelt wie ein Kleinkind und mein Vater krank ist. Es war für mich okay, einfach okay.

Seitdem ich Nathan kenne – beziehungsweise besser kenne, ist nichts mehr okay. Da ist nur noch er.

Jetzt kann ich ein Schluchzen nicht unterlassen. Ich drücke mein Gesicht zwischen meine Knie und schluchze leise hinein, versuche, meine Schwäche in dem Stoff meiner Hose zu ersticken. Es gelingt mir nicht. Jetzt weine ich doch vor Nathan.

Plötzlich spüre ich etwas Warmes an meinem Bein. Ich sehe auf und sehe direkt in das eine Auge von Diabo. Er liegt neben mir auf der Couch und stupst mit seiner Nase meinen Oberschenkel an. Ungläubig lache ich und wische mir eine Träne von der Wange. Eben hat er mich noch angeknurrt und jetzt sieht er mich so trostspendend an, wie es nur ein Hund kann. Auch wenn er nur ein Auge hat und sein Fell total zerzaust ist. Ich streichel ihm über den Kopf, worauf er sich mir nähert.

Nathan beobachtet uns ganz genau. Sein Blick ist so neutral, ich könnte kein Gefühl hineininterpretieren. Er sieht einfach extrem nachdenklich aus.

„Diabo hat anscheinend doch ein Hundeherz", sage ich schmunzelnd und schniefe.

Nathan nickt und sieht ihn an. Seine Brauen sind ein wenig zusammengeschoben.

Ich fühle mich unwohl, weil er nichts sagt. „Ich kann wieder gehen, wenn du das möchtest. Ich wollte dir nicht deinen Abend kaputt machen."

Er sieht mich immer noch nicht an und schweigt. Sein Blick ist nachdenklich auf Diabo gerichtet, der sich von mir kraulen lässt. Dann steht er auf und verschwindet im Flur.

Verunsichert sehe ich ihm hinterher. Was hat er? Ich kann sein Verhalten einfach nicht deuten. Wenn er mich nicht hier haben will, hätte er mich schon längst rausschmeißen können, deswegen verwirrt er mich umso mehr. Er redet nicht mal mit mir.

Nathan kommt wieder zurück. Eine schwarze Decke hat er in seiner Hand. „Es ist nicht viel“, sagt er und schmeißt sie mir zu. „Aber mehr habe ich nicht.“ Genauso monoton wie er aufgestanden ist, setzt er sich wieder hin.

Ich sehe überrascht auf die Decke, die jetzt halb über Diabo liegt. Ich ziehe sie von ihm runter und lege sie über mich, mache mich ganz klein und kuschle mich hinein. Diabo macht es sich ebenfalls darunter bequem. Ich sehe zu Nathan, während ich meine Knie wieder zum Kinn ziehe. „Danke“, hauche ich leise. „Für … alles.“

Er sagt nichts. Es macht mich skeptisch, dass er so verdammt nachdenklich und schweigsam ist. Sonst hat er doch auch immer einen Spruch auf den Lippen.

„Nathan.“ Ich will den Abend nicht so schweigsam verbringen. Lieber höre ich mir seine Beleidigungen an, als hier so still voreinander zu sitzen und darauf zu warten, was als Nächstes passiert. „Was, ähm … Wieso bist du nicht gegangen?“

Fragend sieht er mich an.

„Du hättest fahren können“, erkläre ich unsicher. „Aber du bist zu mir gekommen, um … mir zu helfen. Wieso?“

„Ich weiß es nicht“, sagt er und ich habe sofort das Gefühl, dass es die Wahrheit ist. „Ich hatte das Gefühl, ich muss es tun.“

Kapitel 10

Ich sehe ihn an. Sein Blick ist so starr, als würde er selbst nicht verstehen, was er gerade gesagt hat.

Er hat das Gefühl, er müsste mir helfen?

Doch ich vergesse für einen kurzen Moment, wie Nathan eigentlich ist, und danke ihm mit einem leichten Lächeln dafür, dass er es getan hat. Doch eines bleibt mir noch im Hinterkopf. „Mein Vater“, sage ich und verziehe nachdenklich den Mund. „Er hat dich als Mörder beschimpft.“

Nathan zuckt nur mit einer Schulter. Ein gleichgültiger Ausdruck liegt wieder in seinem Gesicht. „Mir wurden schon oft Dinge an den Kopf geworfen, die absoluter Bullshit waren.“

Ich runzle die Stirn. Das stimmt. Ich erinnere mich noch ganz genau, dass selbst damals in der Grundschule alles Nathan in die Schuhe geschoben wurde. Doch er hat sich nie dagegen gewehrt. „Und das lässt du einfach zu?“

„Man gewöhnt sich dran.“

Ich schüttle mit dem Kopf. „Nein, das ist falsch.“

Er runzelt die Stirn.

„Früher hast du das schon immer zugelassen, du kannst doch nicht … Bist du es nicht irgendwann satt, dass alle Menschen denken, du wärst ein schlechter Mensch?“

Nun hebt er eine Braue und sein Mund verzieht sich zu einem ironischen Lächeln. „Hatten wir das nicht schon? Ich bin ein schlechter Mensch."

„Das glaube ich dir nicht. Ein schlechter Mensch hätte mir in einer Situation wie eben nicht geholfen."

Nathans Miene wird ernster, wütender. „Hör auf, so eine Scheiße zu labern. Ich kann es dir gerne beweisen und dich rausschmeißen, damit du in der Kälte erfrierst."

Ich kneife die Augen zusammen. „Tu's doch", sporne ich ihn an, weiß aber ganz genau, dass er es nicht tun wird. Vor drei Wochen hätte ich es ihm noch zugetraut, doch jetzt nicht mehr.

Angespannt presst er die Lippen aufeinander und ich sehe, dass er einen inneren Kampf führt. Seine Fäuste sind geballt und er sieht auf den Tisch vor der Couch. Ruckartig steht er auf und geht zu dem kleinen Balkon. Aggressiv öffnet er die Balkontür und tritt nach draußen. Mit einem lauten Knall schmeißt er sie hinter sich zu, was Diabo und mich aufschrecken lässt. Von drinnen kann ich sehen, wie er sich eine Zigarette anzündet und über die vielen Dächer durch die Dunkelheit blickt.

Seufzend sehe ich zu Diabo. Dass Nathan mir nicht viel Trost spenden würde, war mir klar. Aber dass er gleich so ausrastet, nur weil ich Tatsachen ausspreche, die ihm vielleicht nicht gefallen, hätte ich nicht erwartet. Er ist kein schlechter Mensch, das weiß ich, und er weiß es auch. Ganz tief in sich drin. Für ihn scheint das etwas Schlechtes zu sein, warum nur? Will er, dass die Leute schlecht von ihm denken?

Ich ziehe mir endlich meine dicke Jacke aus, weil es mittlerweile sogar in seiner Wohnung warm geworden ist, und lege sie ordentlich zur Seite. Die Decke ziehe ich mir wieder bis über die Knie und betrachte das Zimmer. Es hat wirklich keinen Charme. Es stehen keine Bücher oder Musik in den Regalen, keine Bilder, wirklich rein gar nichts. Es sind einfach halb zerstörte Regale, wenn überhaupt welche vorhanden sind. Ich überlege, ob ich einfach mal in Nathans Schlafzimmer gehe, doch das sollte ich besser nicht riskieren. Nathan ist wieder zu angespannt, ich bin mir sicher, es würde ihm nicht gefallen, wenn ich in seinen Sachen wühle.

Ich gähne. Da hier keine Uhr ist, muss ich die Uhrzeit schätzen. Draußen ist es schon stockdunkel, deswegen schätze ich mal, dass es nach neun Uhr ist. Zum Glück ist heute Samstag, das bedeutet, morgen muss ich nicht arbeiten, Nathan auch nicht. Ich frage mich, was er eigentlich für heute Abend geplant hatte. Lässt er wirklich seine Pläne für mich sausen?

Diabos Kopf schreckt hoch, weil sich die Balkontür wieder öffnet und Nathan rein kommt. Er sieht nicht weniger beruhigt aus als vorhin, doch jetzt rieche ich sofort wieder diesen abscheulichen Zigarettengeruch.

„Wieder beruhigt?“, frage ich ihn.

„Nein“, murrt er und nimmt sich seine Jacke von der Couch. „Diabo, komm her.“

Sofort springt sein Hund auf und geht zu ihm.

„Wirst du gehen?“ Ich will nicht allein hier sein. Wenigstens Diabo könnte er doch hierlassen.

„Ja“, sagt er und zieht sich seine Jacke über, mit Kapuze. „Du kannst hierbleiben oder verschwinden, mir scheißegal. Ich werde die Tür verriegeln, deswegen würde ich mich schnell entscheiden."

„Äh. Ich würde gerne bleiben."

Er nickt und geht zum Ausgang, ohne sich zu verabschieden. Ich höre noch, wie er die Tür zuknallt und sie von außen verriegelt. Ob er ein extra Schloss hat? Ich habe nie eins gesehen.

Jetzt bin ich allein in dieser schäbigen Wohnung und starre auf den kaputten Fernseher. Ihn scheint es nicht zu interessieren, dass er kaputt ist. Ich kann mir sowieso nicht vorstellen, dass er viel Zeit hier verbringt. Niemand würde gerne und lange hierbleiben wollen.

Ich lege meinen Kopf auf die Lehne der Couch und strecke meine Beine aus. Die Decke ziehe ich mir bis zum Kinn und hoffe, dass in dieser Gegend wirklich keine Einbrecher umherlaufen. Gleichzeitig bete ich, dass Nathan nicht lange weg sein wird. Es beängstigt mich, hier ohne ihn zu sein.

Schließlich lasse ich mich in meiner Erschöpfung fallen und schließe die Augen.

Das Geräusch der Wohnungstür holt mich aus einem ungemütlichen Schlaf. Ich öffne die Augen und sehe auf den Stoff der Couch, auf der ich liege. Es ist auf jeden Fall unbequem, zu unbequem. Mein Rücken tut jetzt schon weh. Ich lausche den Geräuschen, um herauszufinden, ob Nathan zurückkommt oder ich diesmal abgestochen werde, weil ein Mörder mich besucht.

Ich höre Gerumpel und Schritte. Ich bin mir sicher, dass es mehrere Personen sind, höchstens drei. Sofort pocht mein Herz bis zum Hals. Einbrecher. Mörder.

Vergewaltiger. Ich wusste es.

Plötzlich ertönen ein Knall und ein männliches Stöhnen. „Ohh, Nathan pass doch auf", nuschelt jemand, der wohl mehr als betrunken ist.

„Halt die Fresse!", höre ich Nathan leise zischen. Er klingt nüchtern. „Du musst ja nicht so scheiße schwer sein!"

Erleichterung macht sich breit. Keine Mörder, keine Einbrecher, nur Nathan und ein anscheinend Betrunkener. Ich komme allerdings nicht auf die Idee, mich umzudrehen. Ich warte nur darauf, bis ich weiterschlafen kann, denn ich bin mir sicher, dass es nach drei Uhr ist.

Ich höre, wie sich jemand auf die Couch mir gegenüber fallen lässt. Daraufhin atmet Nathan durch. „Wehe, du bewegst dich auch nur einen Zentimeter vom Fleck", sagt Nathan leise. „Und halt gefälligst dein besoffenes Maul." Er geht um den Tisch herum und setzt sich in einen Sessel.

„Woah", sagt wieder der Betrunkene leise. „Hab ich Halluzinationen oder …" Ich spüre, wie sich der Stoff meiner Couch an meinen Füßen senkt und dann höre ich, wie Nathan schon aufsteht und ihn wieder auf die Couch zieht.

„Scheiße, was habe ich gerade gesagt? Du kannst draußen pennen, wenn du dich nicht beherrschen kannst."

„Ist ja gut, man. Sei nicht so ein Wichser. Sie schläft, einmal anpacken geht doch voll klar."

„Soll ich dich, verdammt noch mal, von dem scheiß Balkon schmeißen?"

„Tz. Flipp nicht so aus, ich bin betrunken wie zehn

Russen. Gib mir drei Sekunden und ich bin weg."

„Das hoffe ich für dich", murrt Nathan und ich höre, wie er sich wieder in den Sessel setzt.

Es herrscht Stille im Raum und ich schließe ebenfalls wieder die Augen. Ich bete heimlich zu Gott, dass mich mitten in der Nacht kein Betrunkener anfasst.

Ein schnüffelndes Geräusch lässt mich wieder aufwachen. Schnell schrecke ich hoch und blicke direkt auf Diabo, der vor der Couch sitzt und mich verwirrt ansieht. Kurz weiß ich nicht, was passiert ist, doch dann erinnere ich mich wieder. Ich habe die Nacht in Nathans Wohnung verbracht.

Ich sehe mich im Wohnzimmer um, es ist bereits hell. Doch ich würde es nicht später als acht Uhr schätzen, da die Sonne noch nicht ganz aufgegangen ist. Jalousien hat Nathan anscheinend nicht, weshalb ich direkt auf eine fremde Person blicke, die wie ein Tier auf dem Rücken liegt, alle viere von sich gestreckt und laut schnarcht. Seine Beine baumeln von der Couch, weil er zu groß ist. Das ist wohl der Betrunkene von letzter Nacht. Ich versuche, mich zu erinnern, ob er einer von den Kerlen ist, die dabei waren, als mir Wodka über den Kopf geschüttet wurde, doch ich erinnere mich nicht an sein Gesicht. Er ist mir definitiv unbekannt.

Mein Blick fällt auf den Sessel rechts gegenüber von mir. Nathan sitzt dort mit geschlossenen Augen. Er stützt seinen Kopf in seiner Hand ab. Da seine Brust sich zu seinem Atem gleichmäßig bewegt, bin ich mir sicher, dass er schläft. Wieso schläft er nicht in seinem Bett? Ich könnte mir niemals vorstellen, so im Sitzen zu schlafen, und das zwei Nächte hintereinander.

Kurz sehe ich den kleinen, jüngeren Nathan auf diesem Sessel sitzen. Mit seinen Wunden im Gesicht und den durcheinandergeratenen Haaren ist er das perfekte Abbild von damals, kurz bevor er verschwunden ist. Ich kann immer noch nicht fassen, dass er tatsächlich wieder hier ist. Und vor allem kann ich nicht fassen, dass ich gerade bei ihm bin. Nur zu gern wüsste ich, wo er in den letzten zehn Jahren war und was mit ihm passiert ist. So schweigend, wie er hier sitzt, verhält er sich im übertragenen Sinne mir gegenüber, was die Offenbarung irgendwelcher privater Dinge angeht.

Ich schwinge meine Beine von der Couch und strecke mich leise, weil mein Rücken an solche unbequemen Liegeplätze nicht gewöhnt ist. Zu Hause habe ich ein superweiches Bett, das komplette Gegenteil von dieser Couch. Diabo stupst mich mit seiner Nase an und scheint irgendetwas zu wollen. Wahrscheinlich will er raus oder etwas zu fressen? Ich hatte nie einen Hund, ich kann die Sprache nicht deuten.

Deswegen stehe ich so leise wie nur möglich auf und will gerade einen Schrank öffnen, um etwas Hundefutter zu suchen, als jemand „Nicht da“ sagt.

Erschrocken drehe ich mich zu Nathan um, der mich noch halb schlafend ansieht, sein Kopf hat er immer noch in seine Hand gestützt. „Nathan!“, flüstere ich. „Musst du mich immer so erschrecken?“

Tief ein- und ausatmend reibt er sich kurz über ein Auge und richtet sich auf. „Sein Essen steht neben der Couch.“ Er klingt noch so verschlafen. Ich wette, er hat nicht mehr als ein paar Stunden geschlafen, doch trotzdem sieht er sehr attraktiv aus, dafür dass er gerade erst aufgewacht ist. „Aber er muss raus, deswegen kannst du dir das sparen.“

Nickend sehe ich zu Diabo, der zwischen Nathan und mir hin und her sieht. „Und, ähm … Wirst du mit ihm rausgehen?“

„Das würde wahrscheinlich helfen, oder?“ Jetzt ist er aus seiner Trance aufgewacht. Er steht auf und lässt seinen Nacken zwei Mal knacken, was mich das Gesicht verziehen lässt. Mit noch müden Augen nimmt er seine Jacke vom Sessel und zieht sie sich über. Er pfeift zu Diabo, während Nathan in den Flur geht und Diabo ihm sofort aufgeregt folgt.

Schnell tapse ich ihm hinterher. „Darf ich, ähm, vielleicht mitkommen? Ich würde auch gerne mal an die frische Luft und hier liegt noch so ein komischer Mann und …“

„Komm einfach“, unterbricht Nathan mich genervt und geht aus der Haustür.

Hurtig schnappe ich mir noch meine Jacke, schließe die Tür und folge ihm das Treppenhaus hinunter. „Willst du diesen Kerl einfach allein da liegen lassen? Was, wenn er aufwacht?“

Wir verlassen das Haus und sofort kommt mir eine eisige Kälte entgegen. Über Nacht hat es gefroren, was die Blumen und Blätter mit kristallenen Rändern schmückt. Sogar in einer Gegend wie dieser sieht es schön aus. Wir laufen über einen Bürgersteig. Hier ist keine Menschenseele, was mich erleichtert. Ich sehe wahrscheinlich schrecklich aus und ich bin mir sicher, dass die Leute hier nicht freundlich „Guten Morgen“ sagen.

„Er ist besoffen“, sagt Nathan, während ich versuche, einen Sicherheitsabstand von einem Meter einzuhalten. „Er würde nicht mal merken, dass wir weg sind.“

„Verstehe“, sage ich und sehe auf den Boden unter uns. Wir laufen in Richtung eines Parks, der mit Laub geschmückt ist. „Schläfst du eigentlich immer im Sitzen?“ Ich lache, um die Stimmung zu lockern.

„Nein“, antwortet er nur und sieht zu Diabo, der vor uns durch die Blätter rennt. Kaum zu glauben, dass dieser Hund mich damals so angeknurrt hat und ich eine riesige Angst vor ihm hatte.

Wieder nicke ich nur mit geschürzten Lippen. „Okay …“ Er ist wiederholt so kalt. „Anscheinend war dein Abend gut, wenn er so betrunken war.“

„Jap.“

Ich seufze. „Nathan – sei nicht wieder so.“

Er sieht mich an. „Wie?“

„So – distanziert. Wir können uns doch ganz normal unterhalten wie zwei ganz normale Menschen. Es gibt keinen Grund, abweisend zu mir zu sein.“

Jetzt sieht er wieder nach vorne, seine Miene angespannt und nachdenklich. So wie es in letzter Zeit oftmals der Fall ist. „Okay, du willst wissen, wie mein Abend war? Er war beschissen.“

Ich blinzle, überfordert mit seiner plötzlichen Ehrlichkeit. „Okay? Und, ähm, wieso?“

„Weil Eduard ein verdammter Wichser ist.“

„Eduard ist der Kerl, der letztens bei dir war, nicht wahr?"

„Ja. Der Kerl mit dieser scheiß Elvisfrisur."

Ich muss leise in meinen Ärmel kichern. „Elvis?"

„Ja. Eine mit noch mehr Drogen vollgepumpte Version von einem dünnen sechzig Jahre alten Elvis."

Wieder kichere ich. „Gemischt mit McGonagall aus Harry Potter."

Ich traue meinen Augen kaum, doch Nathan lacht. Zwar nicht stark oder laut. Ich habe ihn schon oft lächeln gesehen oder lachen gehört, doch jedes Mal war es aus Sarkasmus oder purer Dreistigkeit. Jetzt lacht er, weil er etwas lustig findet. Und ohne gemein sein zu wollen. Er sieht viel jünger aus, wenn er lacht, unbeschwerter. Doch schnell verschwindet sein Lachen wieder. Erneut bildet sich diese strenge Falte zwischen seinen Brauen, während er geradeaus sieht, als dürfte er es sich nicht erlauben zu lachen. „Wie auch immer. Er ist ein Wichser."

Sofort verschwindet mein Lächeln und ich taste mich langsam wieder an die Konversation ran. „Okay, verstehe … Er ist doch dein Onkel oder?"

„Er ist der Bruder der Frau, die mich geboren hat, ja."

„Oh." Anscheinend gibt es Gründe, weshalb er ihn nicht als seinen Onkel bezeichnen möchte. „Und wieso ist … Schon okay, ich will dir nicht zu nahe treten", korrigiere ich mich sofort, weil ich genau weiß, wie aggressiv er auf private Fragen reagiert.

Nathan sagt nichts darauf, was mir die Bestätigung gibt, dass es wirklich besser ist, wenn ich den Rand halte. Egal, wie viel er für mich tun könnte, wahrscheinlich würde er mich nie ganz an sich heranlassen und ein ehrliches Gespräch mit mir führen.

Ich muss mir einen traurigen Seufzer unterdrücken und sehe zu Diabo, der an den Bäumen schnuppert.

„Er bezahlt mir meine Wohnung."

Überrascht blicke ich zu ihm. Er redet? Freiwillig?

„Er ist …", Nathan verzieht angewidert das Gesicht, „scheiße, ich wünschte, ich könnte ihn einfach umbringen. Aber ich muss mir weiter seine Scheiße geben. Ich bin so verdammt abhängig von ihm, das macht mich krank."

Mir verschlägt es die Sprache. Wow. Ich folge jedem Wort, das er sagt, und sauge es quasi in mich auf. Von mir aus könnte er ständig so weiterreden, egal, wie viele Obszönitäten darin vorkommen.

„Er sorgt dafür, dass ich weiter hier in Cardiff leben kann, und ich sorge dafür, dass er weiterhin wie ein beschissener Wichser leben kann und seine abgefuckten Geschäfte macht", redet Nathan weiter. Ich sehe, wie er mit sich kämpft, allerdings glaube ich, dass das Dinge sind, die er noch nie jemandem erzählt hat, weshalb solch ein Gespräch vielleicht schon längst überfällig ist. „Aber das … Ach, scheiß drauf." Er sieht von mir weg.

„Nein", sage ich schnell, flehend. Er soll nicht aufhören zu reden. „Du kannst mit mir reden, Nathan. Ich höre dir zu. Wirklich."

Er sieht wieder nach vorne und er greift in seine Jacke, zieht eine Zigarettenschachtel hervor.

Sofort nehme ich mehr Abstand. Das macht er also, wenn er dichtmacht. Rauchen. Zumindest kann er mich so verjagen. „Weißt du, das ist echt schlecht, was du da tust“, sage ich und sehe zu, wie er sich den Krebsstängel anzündet.

„Wieso?“ Er sieht mich mit erhobener Braue an. Plötzlich scheint der Zorn von eben verschwunden zu sein. „Rauchen ist doch nicht etwa ungesund?“

„Spotte nur. Du und alle anderen Raucher auf der Welt werden dafür schon noch die Quittung bekommen. Spätestens wenn du redest wie Darth Vader und deine Haut so faltig ist wie die einer Achtzigjährigen, während du gerade mal die vierzig erreicht hast.“

„Um reden zu können wie Darth Vader, würde ich sogar mehr tun, als nur zu rauchen.“

„So siehst du das also? Dann rauch halt weiter. Es macht dich nebenbei echt unattraktiv.“

„Unattraktiv“, wiederholt er mit erhobenem Mundwinkel und zieht an der Zigarette. „Ich wüsste nicht, wann ich je nicht unattraktiv auf dich wirken sollte.“

Na ja, eigentlich macht er das nie. Das Rauchen macht ihn auf einer Skala von 1-10 zu einer 9,999.

Oder vielleicht bleibt er doch eine Zehn.

Er muss aber auch nicht so verflixt anziehend sein, egal, was er macht. Selbst wenn er ein Arsch ist, ist er ein gut aussehender Arsch.

„Ist ja auch total egal“, sage ich, weil ich keine schlaue Antwort darauf habe. „Deine Lungen werden es dir danken, wenn sie dich anhusten.“

„Du tust so, als würde ich den ganzen Tag rauchen. Meine Fresse.“

„Du rauchst oft.“

„In Situationen, in denen es vielleicht besser ist, eine zu rauchen, bevor ich ausflippe.“

„Dann musst du mich ja echt anstrengend finden,

wenn du ständig in meiner Gegenwart rauchen musst."

Wieder zieht er an seiner Zigarette und sieht mich nur mit erhobenen Brauen an, die mir wohl sagen sollen, dass meine These richtig ist.

„Na vielen Dank auch."

„Du wärst weniger anstrengend, wenn du dich nicht ständig, wie eine ungevögelte Hausfrau verhalten würdest. Scheiße, man könnte beinahe behaupten, du wärst eine verdammte Jungfrau."

Beleidigt verschränke ich die Arme und sehe weg. Was fällt ihm ein? Mal davon abgesehen, dass er sich wieder unmöglich ausdrückt, spricht er auch noch Sachen an, die nun mal wirklich nicht in eine normale Unterhaltung gehören. Uns könnte sonst wer hören.

„Warte", sagt Nathan feixend. „Wahrscheinlich bist du deswegen so prüde. Du bist eine verdammte Jungfrau!"

„Stimmt überhaupt nicht!", werfe ich zurück, obwohl ich meine erröteten Wangen nicht aufhalten kann.

„Und wie das stimmt! Scheiße, das vollendet das Bild der perfekten Nonne erstklassig!"

„Sei nicht so gemein", murre ich und ich traue mich nicht mal, ihm ins Gesicht zu sehen. Meine Güte, wie oft wurde ich schon mit diesem Thema konfrontiert und wie oft musste ich schon peinliche Momente erleben, weil all meine Freunde – sogar Olivia – den ganzen lieben langen Tag Sex haben, nur ich nicht.

„Es ist cool."

Ich sehe ihn verwirrt an. „Cool? Was ist daran cool? Du betitelst mich als Nonne."

Er zuckt mit den Schultern und wirft seine Zigarette weg. „Ich kenne so viele Mädchen, die schon unendlich viele Schwänze in sich drin hatten, es ist beruhigend, dass ich jemanden kenne, die sich nicht gleich verschenkt."

Ist das jetzt ein Kompliment? Auf jeden Fall fühlt es sich so an, obwohl es trotzdem doch sehr unpassend ist. Ich wollte mit ihm über andere Dinge reden und nicht über meine Jungfräulichkeit. „Mit achtzehn noch nie … Na ja, ist eher beschämend als beruhigend. Ich fühle mich jedes Mal wie ein Kind, wenn es um so ein Thema geht."

„Wieso? Ich wette, die Kerle stehen Schlange, um dich zu vögeln."

„Nathan!", mahne ich entsetzt seine Ausdrucksweise.

Er zuckt nur lässig mit den Schultern. „Gewöhn dich dran."

Ich seufze. „Es … ähm … Ich möchte nicht darüber sprechen."

„Jetzt stellst du dich wirklich an wie ein Kind."

„Nur weil ich nicht darüber reden möchte? Du sprichst doch auch kaum über dich."

Nathan lacht. „Okay, du hast recht." Wieder greift er in seine Jacke und zieht eine Zigarette heraus.

„Wieder kurz vorm Ausflippen?"

„Wenn du nur wüsstest, Honor", nuschelt er noch immer mit leicht erhobenen Mundwinkeln, während er die Zigarette zwischen seine Lippen klemmt.

Nathan und ich betreten wieder seine Wohnung. Er schließt die Tür hinter uns und ein abartiger Gestank macht sich breit. Oh mein Gott, das riecht, als wären wir in einem Schweinestall. Hat hier jemand in die Ecke gemacht? Ich halte mir angewidert die Nase zu. „Was ist das für ein Geruch?", frage ich Nathan.

Auch Nathan verzieht jetzt sein Gesicht, weil er es riechen kann. Kurz überlegt er, dann geht er ins Wohnzimmer. „Ey!", sagt er zu dem Kerl, der noch auf der Couch döst.

Dieser winkt Nathan weg und zieht sich die Kappe ins Gesicht. „Verpiss dich, ich schlafe."

Nathan zieht ihn am Kragen in die Sitzposition und drückt ihn gegen die Couch. „Willst du mich verarschen?" Er lässt ihn los, als der Typ die Augen wieder öffnet und seine Kappe vom Kopf fällt. „Hast du kein eigenes Klo, du Bastard?"

Jetzt halte ich mir erst recht die Nase zu. Oh mein Gott.

„Stell dich nicht so an, du Pussy", säuselt der Kerl, als Nathan sich in den Sessel setzt. „Das ist der Bierschiss, dafür kann ich nichts. Sei froh, dass ich nicht … Wow, ach du Kacke", sagt er plötzlich, als ich mich auf die Couch setze. Er starrt mich perplex an, dann sieht er zu Nathan. „Ich dachte, die ist weg! Alter, du lässt mich in dein Klo scheißen, obwohl du noch 'ne Tussi hier hast? Hier stinkt's so dermaßen nach Scheiße, so was musst du doch vorher bedenken!"

„Halt einfach die Fresse", murmelt Nathan leise genervt und muss sich ebenfalls die Nase zuhalten.

„Okay, das ist jetzt echt ein beschissener erster Eindruck, aber ich versuche noch mein Bestes", sagt der Kerl, streicht sich kurz die blonden Haare glatt. Er setzt sich die Kappe auf, schwingt ein Bein über das andere und lehnt sich dann schelmisch grinsend zu mir. Er räuspert sich einmal und setzt einen verführerischen Ton auf. „Hi. Ich bin Will." Er hält mir die Hand hin.

Argwöhnisch schüttle ich seine Hand und hoffe gleichzeitig, dass er sie nach dem Klogang gewaschen hat. Ich halte mir noch immer die Nase zu und sage: „Hi, Ich bin Honor."

„Honor", wiederholt er mit tiefer verstellter Stimme, betrachtet mich und nimmt seine Hand wieder zurück. Er setzt sich gerade hin. „Ich muss jetzt irgendwie von diesem abartigen Scheißgeruch ablenken, das ist echt penetrant. Nathan, ohne Müll, du bist ein Bastard."

„Gib mir nicht die Schuld dafür, dass du meine Wohnung verpestest", erwidert dieser.

„Okay, wie auch immer, anderes Thema. Tun wir kurz so, als würde es hier nach Blumen duften." Will riecht kurz an der Luft und sieht dann zu mir. „Honor, hey, riechst du das? Riecht nach Nelken."

Ich muss lachen. „Nelken riechen ein wenig anders", sage ich mit nasaler Stimme.

„Nein. Definitiv Nelken. Ich bin Gärtner, ich kenne mich aus. Hier." Er zeigt auf seine Schuhe, die voller Schlamm sind. „Die Schuhe eines wahren Gärtners. Riechen sogar noch nach Erde. Willste mal?" Glücklich hält er mir seinen Schuh hin.

„Nein, danke", sage ich und rücke von seinem

Schuh weg. Irgendwie ist er mir sympathisch. Ich sehe zu Nathan, um eventuell herauszufinden, wie er zu ihm steht. Ihm steht die Belustigung im Gesicht, allerdings versucht er, sie zu verstecken, wie er es immer tut.

„Magst du Blumen?", fragt Will wieder und setzt ein sympathisches Lächeln auf. Eigentlich ist er wirklich hübsch. Gerade, weiße Zähne, etwas zu große Nase, Grübchen am Kinn, aber hübsch.

„Scheiße, bitte nicht", höre ich Nathan leise seufzen.

Doch ich ignoriere ihn. Ich lächle Will zurück. „Ich liebe Blumen."

Will kneift die Augen etwas zusammen. „Das sagst du jetzt nur so. Viele Mädchen sagen, sie mögen Blumen, einfach nur, um weiblich rüberzukommen."

„Aber ich liebe Blumen wirklich. Ich habe sogar Blumenalben, die ich selbst mache."

Ihm klappt die Kinnlade runter und er sieht mich überrascht an. Er schaut zu Nathan. „Jo, die kannst du nur gekidnappt haben. So ein überaus wundervolles Mädchen würde sich niemals auf dich einlassen."

Nathan rollt die Augen. „Sie lässt sich auch nicht auf mich ein. Wir kennen uns nur."

Ich presse die Lippen aufeinander. War ja klar, dass Nathan so etwas sagt. Für ihn kennen wir uns nur ... Ich wünschte, solche Dinge würden mir nicht so nahe gehen.

„Umso besser für mich. Hätte mich auch gewundert, weil du sonst nur Brünette bei dir rumhängen hast", sagt Will wieder und zuckt mit den Schultern. „Aber ich mag blond." Wieder lächelnd sieht er zu mir. „Weißt du, Honor ... Ich liebe Blumen ungemein und ich denke, dass das Schicksal ist. Glaubst du an Schicksal?"

Ich blinzle überfordert. „Ähm, ich weiß nicht, ich …“

„Ich glaube an Schicksal und … Ach, was rede ich da? Soll ich dir mal was zeigen?" Noch bevor ich etwas sagen kann, zieht Will seine Jacke aus und sitzt nur noch in einem ärmellosen Shirt vor mir. Er hebt stolz die Arme. „Siehst du das?", fragt er und deutet auf seine rasierten Achseln. „Da sind keine Haare drunter. Kein einziges Haar. Das macht mich aerodynamisch, wenn ich kämpfe. Ich prügle mich manchmal, ich könnte dich dadurch also immer und überall beschützen, denn ich gewinne immer. "

„Nicht immer", wirft Nathan mit erhobener Braue ein.

Will verdreht die Augen, hält allerdings immer noch die blanken Arme hoch. „Okay, nicht immer, aber Nathan hat das zum Beispiel nicht. Auf mich könntest du dich immer verlassen. Ich könnte dir Blumen pflücken und … Was sind deine Lieblingsblumen, mal so nebenbei?"

„Rosen", antworte ich amüsiert von ihm.

„Oh ja, natürlich sind es Rosen", sagt Will lächelnd und nimmt die Arme herunter. Er atmet tief ein und aus, lehnt sich zurück. „Weißt du was? Eigentlich bin ich jetzt schon verliebt in dich."

„Äh", mache ich, unsicher, wie ich mit der Situation umgehen soll. So offensichtlich hat mich noch nie ein

Typ angemacht. Will scheint wohl wirklich keine Scheu zu haben.

„Aber ich sollte damit aufhören", redet Will weiter und legt die Füße auf den Tisch. „Sonst werde ich gleich aufgespießt."

„Was?"

Will nickt zu Nathan, der seinen Kopf wieder zwischen seine Finger gestemmt an der Sofalehne hat und uns zusieht. Als er bemerkt, dass wir ihn ansehen, sieht er auf. „Was ist?"

„Nix." Will streckt sich, worauf sein Rücken knackst, dann schmatzt er auf. „Mein Maul schmeckt noch so nach Alkohol. Gib mir mal was zu essen oder so."

„Ich bin kein scheiß Hotel. Besorg dir gefälligst selbst was."

„Schlecht geschlafen, huh? Honor, du hast nicht zufällig was?"

Ich schüttle entschuldigend mit dem Kopf. „Nein, leider nicht."

Will seufzt. „Verdammt. Ich würde ja gerne Pizza bestellen, aber hier werden Pizzaboten immer sofort überfallen, wenn die Penner in der Gegend Pizza auch nur riechen. Wir könnten … Ach, Nathan, was ich dir noch sagen sollte ... äh ..." Will überlegt schwer.

„Vielleicht solltest du dir deine Gehirnzellen weniger wegsaufen, damit du nicht ständig alles vergisst", sagt Nathan.

Will schnippst, weil es ihm wieder einfällt. „Ich hab's! Eduard braucht dich nächste Woche schon. Für ... Darf ich das laut sagen?" Jetzt flüstert er.

„Für du weißt schon was."

Nathan legt seine Stirn in Falten. „Das kann nicht sein. Er meinte, erst nächsten Monat."

„Nö, nächste Woche. Hat sich irgendwie was verschoben oder so, was weiß ich. Kennst den alten Mann ja." Er sieht wieder zu mir. „Und du, Honor? Womit verdienst du dein Geld? Ich hoffe doch auf die legale Art und Weise."

„Ja, also, ähm, eigentlich schon", antworte ich verdutzt auf so eine ungewöhnliche Frage. „Ich arbeite in einem Hotel."

„In einem Hotel. Biste Hausmeister wie Nathan?"

„Nein, ich kellner dort."

„Dort?" Will hebt eine Braue. „Ihr arbeitet zusammen?"

Ich nicke.

Jetzt grinst Will breit und nickt, als hätte er ein Rätsel gelöst. „Jetzt verstehe ich." Er richtet sich an Nathan. „Das ist die Kleine, von der Connor letztens geredet hat! Und du meintest, sie wäre nichts Besonderes? Meine Fresse, du musst geblendet von diesem Engel gewesen sein!"

Ich erröte schlagartig. Er wirft mit Komplimenten um sich, dass sie mir beinahe gespielt vorkommen.

„Musst du nicht irgendwo hin?", fragt Nathan genervt. „Du gehst mir auf den Sack. Schon wieder."

„Ach, tu nicht so", winkt Will ab und sieht zu mir. „Wir sind beste Freunde, aber er versucht, sich immer dagegen zu sträuben, weil er ja der fiese, gemeine Nathan ist. Weißt schon, der mit den schwarzen Flügeln am Rücken und so. Spooky, nicht wahr?"

Es verschlägt mir die Sprache. Will verschlägt mir

die Sprache. Er ist der Erste, den ich kennenlerne, der es sich traut, vor Nathan solche Dinge zu sagen. Und Nathan tut nichts dagegen. „Es ist, ähm", sage ich. „Sehr ... ungewöhnlich."

„Ja", seufzt Will und sieht auf seine Füße, die auf dem Tisch liegen. „Aber wie auch immer ... Ich spüre, dass der Kater sich erneut in meinem Körper ausbreitet." Er steht auf und richtet seine Kappe wieder. „Ich muss mich kurz übergeben – bewegt euch nicht vom Fleck!"

Will verschwindet im Bad und ich sehe zu Nathan, der mich ansieht. „Du hast ja doch lustige Freunde."

„So was findest du lustig? Will ist einfach nur ein kranker Bastard."

„Aber er scheint dich zu mögen, also ... Okay, dann muss er wohl ganz schön krank sein." Genauso spottend, wie er mich angesehen hat, sehe ich ihn jetzt an.

Nathans Mundwinkel zuckt und er sieht auf Diabo, der sich vor seine Füße legt. „Du fängst an, dich zu wehren, es wird Zeit, dich nach Hause zu fahren."

Sofort verschwindet meine bisher gute Laune. „Nach Hause?", frage ich und versuche, mir meine Enttäuschung nicht ansehen zu lassen.

„Dachtest du, du kannst noch eine Nacht bleiben? Das war eine Ausnahme."

Ich seufze. Natürlich war es nur eine Ausnahme. Bei Nathan ist alles immer nur eine Ausnahme. Doch eigentlich kann ich mich glücklich schätzen, dass er mich schon freiwillig nach Hause fährt. „Ich will noch nicht gehen", gebe ich leise zu und sehe auf meine Finger. „Meine Eltern werden stinksauer auf mich sein."

„Früher oder später wirst du sowieso wieder gehen müssen und außerdem muss ich heute Mittag wegfahren und noch mal lasse ich dich nicht alleine hier. Du kannst nicht hierbleiben."

Traurig nicke ich. Theoretisch hat er recht. Früher oder später muss ich wieder nach Hause und ob es jetzt ist oder heute Abend macht auch keinen Unterschied. Meine Eltern werden sauer sein und das nicht zu knapp, vor allem weil sie sich wahrscheinlich denken können, dass ich bei Nathan übernachtet habe. Jetzt bin ich froh, dass ich nächste Woche noch einmal im Hotel arbeiten muss, so hänge ich nicht ständig zu Hause in ihrer Nähe herum und muss mir ihre enttäuschten Gesichter angucken. „Aber du müsstest mich zur Kirche fahren", sage ich bedrückt.

„Zur Kirche?"

„Ja ... Es ist Sonntagmorgen, da gehen wir immer in die Kirche. Und ich habe keinen Schlüssel dabei, deswegen muss ich sie dort abfangen."

„Wenn's sein muss", murrt er und steht auf.

Will betritt wieder den Raum und sieht uns verwirrt an, als ich aufstehe. „Was ist hier los? Ist die Party schon vorbei?"

„Ja", sagt Nathan. „Und du wirst jetzt auch verschwinden."

„Fährst du mich? Ich hab kein Bock …"

„Nein, ich fahre Honor."

„Ah", macht Will wissend. „Natürlich, die hübschen Mädchen gehen vor."

Nathan verdreht die Augen und verschwindet im

Flur.

„War nett, dich kennengelernt zu haben", sagt Will lächelnd zu mir, während ich meine Jacke anziehe. Er kommt auf mich zu und drückt mich, was mich aufkeuchen lässt. Er drückt mich lang. Als würde er mir für etwas danken. Leicht lässt er mich los, damit er mich ansehen kann. „Ich bin mir sicher, wir werden uns öfter sehen."

Ich winde mich aus seiner Umarmung und lächle schüchtern zurück. „Ähm, vielleicht ... Ich hoffe es." Nicht nur, weil ich ihn wiedersehen will, sondern weil ich hoffe, dass ich ihn durch Nathan wiedersehen kann.

Er zwinkert mir zu. „Da bin ich mir sicher, du blonder Engel."

Nathan fährt auf den großen Parkplatz der Kirche und ein mulmiges Gefühl macht sich in mir breit, als ich von dem Motorrad absteige. Gleich werde ich Mama und Papa wiedersehen und kann mir eine Standpauke anhören, die sich gewaschen hat. Ich hoffe zumindest, dass sie hier sind. Sie würden normalerweise nie ihren Kirchgang für irgendetwas sausen lassen.

„So", sage ich seufzend zu Nathan, als ich vor ihm stehe und er den Motor abschaltet. Ich gebe ihm den Helm zurück, den er mir wieder zur Verfügung gestellt hat. Netterweise.

Er nimmt ihn und sieht mit undefinierbarem Blick zur Kirche.

„Du könntest mit reinkommen", schlage ich vor. „Dann wäre ich nicht so ... allein." Ich will ihn einfach nur wieder wie meinen Beschützer an meiner Seite haben, wenn meine Eltern mich anmeckern.

„Lieber nicht", erwidert er, sein Blick noch immer auf die große Kirche gerichtet.

„Wieso? Drinnen ist es warm."

Er schüttelt den Kopf. „Nein." Jetzt sieht er mich an und sein rechter Mundwinkel hebt sich wieder so gehässig. „Nicht, dass ich in Flammen aufgehe, wenn ich über die Schwelle trete."

„Wieso solltest du … Ah, verstehe. Weißt du, nur die wahren Teufel gehen in Flammen auf, wenn sie die Kirche betreten."

„Leg es besser nicht drauf an." Er zieht sich den Helm über und startet den Motor seines Motorrads, lässt es einmal laut aufheulen.

Ich will nicht, dass er geht. Deprimiert stehe ich hier und sehe zu, wie er davonfährt. Der Luftzug hat meine Haare zum Wehen gebracht, weshalb ich sie hinter mein Ohr streichen muss. Gott, wie verloren bin ich eigentlich schon? Ich komme nicht darum herum zu denken, dass jetzt etwas fehlt, wenn er nicht da ist. Je mehr Zeit ich mit ihm verbringe, umso süchtiger werde ich nach ihm. Das ist ungesund, sehr ungesund, doch ich kann nicht aufhören. Er reizt mich einfach auf so eine Art und Weise. Er ist interessant mit allen Facetten, ich kann mir nicht vorstellen, je genug davon zu bekommen, egal, wie merkwürdig es klingen mag.

Doch je mehr ich mich nach ihm sehne, umso gefährlicher wird es auch für mich. Meine Eltern werden das nicht akzeptieren, sie tun es ja jetzt schon nicht. Sogar mein Vater ist ausgeflippt, er, der sich bei solchen Sachen normalerweise nicht einmischt. Wieder diese Fragen, diese gottverdammten Fragen.

Mal davon abgesehen, dass Nathan vielleicht etwas ungehobelt ist, gehen sie mit ihm um, als wäre er ein Monster. Warum tun sie das? Es muss eine Antwort darauf geben, ich bin mir sicher. Und ich bin mir sicher, dass ich die Antwort finden werde. Ich muss es einfach.

Schließlich gehe ich seufzend zum Gebäude und öffne die riesige Holztür. Viele Leute sitzen schweigend in der Kirche, während der Pfarrer spricht. Unwohl laufe ich durch die Mitte der Bänke und bin mir sicher, dass mich die Leute anstarren. Ich muss scheußlich aussehen. Ich habe mit meiner Kleidung geschlafen, meine Haare sind ungekämmt und ich rieche wahrscheinlich auch nicht gut. Wieso müssen meine Eltern auch immer ganz vorne in der Kirche sitzen?

Ich komme an und quetsche mich an ein paar Leuten vorbei zu meiner und zu Zacharys Familie. Zachary sieht mich mit verdutztem Blick an. Ich setze mich neben ihn, ganz an den Rand, damit ich meinen Eltern nicht zu nahe komme.

Er sieht zu mir und mustert mich von oben bis unten. Dann dreht er sich wieder nach vorne. „Du bist so was von im Arsch", flüstert er mir leise zu.

Ich seufze. „Ich weiß."

Kapitel 11

Meine Eltern fahren stillschweigend mit mir nach Hause. Sie schweigen und das ist ein noch schlechteres Zeichen, als wenn sie mich anbrüllen würden. Mein schlechtes Gewissen frisst mich beinahe auf und die Panik vor dem kommenden Disput und der unausweichlichen Bestrafung kann ich nicht unterdrücken. Ich bin mir sicher, dass sie mir so einiges verbieten werden. Nicht nur den Kontakt mit Nathan, sondern vielleicht auch die Arbeit im Hotel, denn sie wissen, dass ich ihn dort jeden Tag sehe. Ich hoffe, sie tun es nicht. Ich kann Nathan sonst nicht kontaktieren, denn ich habe kein Handy und ob er überhaupt eins hat, weiß ich nicht.

Mit gesenktem Kopf betrete ich hinter Papa das Haus und will gerade die Treppe hoch, als Mama sagt: „Hier bleiben."

Sofort bleibe ich stehen und drehe mich zu ihnen um. Ihre Blicke sind neutral, aber gleichzeitig extrem angespannt.

Meine Mutter kommt auf mich zu und drückt mir ein altes Handy in die Hand. „Das wirst du ständig bei dir haben, ständig. Verstanden? Du wirst uns nicht wegdrücken und jeden Anruf annehmen. Wenn wir sagen, dass du nach Hause kommst, wirst du hören und wage es dich ...", sie kneift ihre Augen zusammen, „wage es dich auch nur noch ein einziges Mal, mit diesem Jungen zu verschwinden."

Ich presse die Lippen eingeschüchtert aufeinander. So zornig habe ich sie selten gesehen. Sogar Papa scheint einverstanden damit zu sein, denn er sieht mich nicht weniger gereizt an. Sonst hat er sich immer bei mir entschuldigt, wenn er Mama und mich angebrüllt hat, doch diesmal scheint er sich nicht schlecht zu fühlen, für das, was er getan hat. Oder er erinnert sich nicht mehr.

Mama geht von mir weg und hängt ihre Jacke auf. „Übrigens wirst du trotzdem nächste Woche im Hotel arbeiten, allerdings ohne ihn."

Ich runzle die Stirn. „Wie meinst du das?"

„Ich meine damit, Honor-Marie, dass Grandpa ihn feuern wird. Ich habe mit ihm gesprochen. Ihr werdet euch also nicht mehr jeden Tag über den Weg laufen. Und da du nach der Arbeit und nach den Proben jedes Mal sofort nach Hause kommst, werdet ihr keine Chance haben, auch nur eine Sekunde zusammen zu verbringen."

Ich reiße entsetzt die Augen auf. Sie will, dass Grandpa ihn feuert? „Das kannst du doch nicht machen!", rufe ich fassungslos. „Du kannst Nathan doch nicht einfach so den Job wegnehmen, nur weil du ihn nicht magst!"

„Doch, das kann ich, Honor", spricht sie unbeeindruckt von meinem Entsetzen. „Und es wird geschehen. Wir werden nicht zulassen, dass dieser Mensch dich verdirbt."

Ungläubig starre ich sie an. Sie will Nathan kündigen lassen. Das ist ... Ich finde keine Worte dafür. Sie ist doch diejenige, die mich schlecht fühlen lässt, nicht Nathan. Ich sehe zu Papa. „Und du siehst das auch so?"

Er nickt nur. „Ganz recht."

Ich schüttel betroffen den Kopf. „Ihr seid ... Ich kann nicht glauben, dass ihr das tut. Er wird kein Geld mehr haben, wenn Grandpa ihn kündigt."

„Das hat er dann wohl verdient", sagt Mama. „Schlechte Menschen werden irgendwann immer mit dem Karma konfrontiert, Liebling."

„Das ist kein Karma, das seid ihr!"

Mama kneift die Augen zusammen. „Brüll mich nicht an, Honor."

Mir steigen Tränen der Wut in die Augen. Ich kann nicht glauben, dass sie das tun. Sie wollen Nathan noch mehr in den Abgrund treten, obwohl er ... Er ist kein schlechter Mensch. Das ist er einfach nicht. Wieso wollen sie das nicht verstehen? „Ihr seid grausam!", schreie ich weinend. „Ich hoffe, dass das verdammte Karma euch irgendwann treffen wird, für das, was ihr tut!"

„Du fluchst nicht in meinem Haus!", ruft Mama zurück. „Geh hoch in dein Zimmer!"

Ein letztes Mal sehe ich meine Eltern verachtend an. Ich kann nicht glauben, dass sie sich nur wegen Nathan so unmenschlich verhalten. Ich renne die Treppe nach oben in mein Zimmer. Ich schmeiße die Tür laut zu. Am liebsten würde ich dieses blöde Handy einfach gegen die Wand schmeißen oder im Klo versenken.

Was ist nur mit ihnen los? Ich würde niemals so mit ihnen reden, wenn sie nicht so mit mir umgehen würden. Ich hätte niemals gedacht, dass ich irgendwann mal meine Eltern so verachten würde wie gerade. Wir hatten immer ein wahnsinnig gutes Verhältnis, aber jetzt erkenne ich sie einfach nicht mehr wieder.

Sie müssen Nathan unglaublich hassen, wenn sie sich selber verhalten wie die Anhänger des Teufels.

Bitterlich weinend lasse ich mich in mein Bett fallen und schluchze in mein Kissen. Gott, wie konnte sich alles in den letzten drei Wochen so zum Negativen entwickeln? Ich will nicht Nathan dafür die Schuld geben, doch trotzdem komme ich nicht darum herum zu denken, dass alles nur wegen ihm ist. Es ist im Großen und Ganzen mein Fehler, weil ich ihm ständig so hinterhergelaufen bin, doch ich kann nicht anders. Es fühlt sich an wie ein verdammtes Band, das mich immer wieder zu ihm oder ihn zu mir führt.

Ich wünschte, meine Eltern würden mir wenigstens sagen, wieso sie ihn so hassen, damit ich versuchen kann, sie zu verstehen, doch das tun sie nicht. Zu behaupten, ein Mensch sei ein Monster und einfach nur schlecht, ist keine Argumentation. Ich kann nachvollziehen, dass sie nicht die beste Meinung von ihm haben, weil er früher in der Grundschule ein aufmüpfiger Junge war, doch das ist noch kein Grund, so mit jemandem umzugehen, wie sie es tun. Mit der Kündigung treiben sie es zu weit.

Ein schriller Ton holt mich unsanft aus meinem Schlaf. Wieder erkenne ich den Laut. Mein Kopf dreht sich sofort zum Fenster, das erneut von einer dunklen Gestalt geöffnet wird. Mein Herzschlag steigt bis ins Unermessliche. Nathan.

Das Fenster wird nach oben geschoben und er betritt mein Zimmer. Ich richte mich auf und will gerade das Licht anschalten, als er schon neben meinem Bett steht. Als ich etwas sagen will, spüre ich plötzlich seinen Finger auf meinen Lippen, die mich aufhalten. Ich runzle die Stirn. Das riecht nicht nach Nathan.

„Pscht", macht der Kerl vor mir.

Das Adrenalin in meinem Körper steigt. Das ist definitiv nicht Nathan! Sofort schrecke ich zurück und presse mich gegen die Wand. „Wer …“

Die Figur stemmt sich auf mein Bett und hält mir den Mund zu. „Sei bitte still, deine Eltern dürfen nicht wach werden.“ Ich erkenne seine Stimme nicht.

Ängstlich sehe ich ihn durch die Dunkelheit an. Er trägt eine Kapuze, dunkle Haare blicken an den Seiten heraus. Seine Hand riecht nach Zigaretten und ist kalt auf meinem Mund.

Er sieht zur Tür, hält kurz inne, dann dreht er sich wieder zu mir. „Kann ich meine Hand von deinem Mund nehmen, ohne dass du schreist?"

Ich überlege kurz. Kann er das? Ich weiß nicht, wer er ist und ob er mir etwas Böses will oder nicht. Doch weil er nicht aggressiv oder bedrohlich klingt, nicke ich ängstlich.

Langsam nimmt er seine Hand von meinem Mund, wartet kurz ab, ob ich schreie, dann setzt er sich auf mein Bett neben mich. „Du bist Honor, richtig?"

Ich nicke nur. Ich traue mich nicht, das Licht anzuschalten, weil ich zu erstarrt bin.

„Gut." Er steht auf und schnappt sich meine Jacke von meinem Schreibtischstuhl. „Komm mit."

„Was?", hauche ich leise. Ich weiß nicht, wie mir geschieht. Ist das ein Traum?

Er zieht mich sanft, aber bewusst vom Bett, damit ich stehe. „Wir müssen nur aus diesem Haus raus, deine Eltern könnten uns hören. Hier." Er hält mir die Jacke hin, damit ich reinschlüpfen kann.

Noch immer viel zu verunsichert, sehe ich von der Jacke zu dem großen Kerl vor mir.

„Ich werde dir nichts tun", versucht er mich zu beruhigen. „Ich habe keine Waffen oder andere Dinge. Ich will nur reden. Es geht um Nathan."

Sofort legt sich ein Schalter bei mir um. „Um Nathan?", frage ich leise.

„Ja. Und jetzt zieh dir bitte die Jacke an und komm mit mir. Du wirst früh genug nach Hause kommen, damit deine Eltern nichts merken."

Zu meiner Überraschung nicke ich. Ich schlüpfe in die Jacke und lasse extra das Handy zu Hause, damit meine Eltern nicht auf die Idee kommen, mich anzurufen, falls sie bemerken, dass ich weg bin. Ich hoffe trotzdem, dass sie es nicht bemerken. Diesmal würden sie wahrscheinlich direkt die Polizei einschalten.

Das erste Mal in meinem Leben steige ich hinter einem Unbekannten aus meinem Fenster. Es ist tief. Zu tief. Ich stehe mit ihm auf der Garage unseres Hauses und bereue jetzt schon, dass ich mitkomme. Wie kommt man hier hinunter, ohne sich einen Knöchel zu brechen? Und wie kommt man hier überhaupt hoch?

„Du musst vorsichtig sein", flüstert der Junge mir zu und schiebt das Fenster hinter mir wieder nach unten, während ich in die Tiefe blicke.

„Hier komme ich nie im Leben hinunter.“

„Doch, kommst du. Es steht eine Leiter neben der Garage." Er geht geduckt an mir vorbei, zum Rand des Daches. Er beugt sich nach unten, dann winkt er mich zu sich.

Unsicher, ob das alles nicht doch ein riesiger Fehler ist, laufe ich mit kleinen Schritten zu ihm. Mit nur einer dünnen Schlafhose nach draußen zu gehen, ist vielleicht keine so gute Idee.

„Hier", flüstert der Junge und deutet auf die Leiter, die tatsächlich an der Wand der Garage steht. „Ich halte sie fest und du kletterst runter."

Ich wusste nie, dass da eine Leiter steht. Jetzt erklärt sich auch, wie Nathan hier hochgekommen ist. Kurz kämpfe ich mit mir, doch schließlich hocke ich mich wackelig hin und greife nach der Leiter. Zitternd drehe ich mich um und stelle den Fuß auf die erste Stufe. Alles wackelt und ich könnte heulen, weil ich nicht sterben will.

„Keine Angst", flüstert der Junge wieder. „Ich halte sie fest." Er kniet sich vor mich und hält die Leiter fest in seinen Händen.

Ich atme tief durch und trete mit dem anderen Fuß auf die erste Stufe. Diesmal wackelt sie nicht. Langsam, ganz langsam klettere ich hinunter und hoffe, dass meine Eltern das niemals herausfinden. Ich fühle mich wie ein Flüchtling. Ich hätte niemals gedacht, dass ich irgendwann mal mitten in der Nacht von zu Hause ausbüchse, mit einem fremden Jungen.

Als ich unten ankomme, schwingt sich der Junge auch schon locker auf die Leiter und klettert gekonnt nach unten. Er steht vor mir, dann greift er sich die

Leiter und legt sie auf den Boden. Ein letztes Mal sieht er zum Schlafzimmer meiner Eltern. Das Licht ist noch aus. Gutes Zeichen.

Er steuert die Straße an. „Los, komm mit", flüstert er und geht geduckt über den Hof.

Ich folge ihm und versuche Schritt zu halten. Auch ich ducke mich. Warum auch immer. Man sieht uns trotzdem. Kurz frage ich mich, wie er über das riesige Tor kommen will, doch dann erklärt sich schon alles, als er durch einen Busch zum Nachbarhaus schlüpft und schließlich auf der Straße steht.

Ich folge ihm nur missmutig. Meine Jacke wird hiernach bestimmt Löcher haben und meine Hose auch. Aber darüber denke ich jetzt nicht nach. Rebellischer kann es sowieso nicht mehr werden. Also kämpfe ich mich ebenfalls durch den Busch und stehe mit ihm auf der Straße.

„Da hinten steht mein Auto", sagt er und zeigt auf einen alten Truck.

Ein unangenehmes Gefühl überkommt mich, als ich ihm zu dem Auto folge. Ich kenne diesen Kerl nicht, er könnte ein Vergewaltiger, ein Mörder sein. Wieso vertraue ich ihm einfach so? Ich muss verrückt und leichtsinnig sein.

Er öffnet mir die Tür und ich steige ein. Schnell geht er auf die andere Seite und steigt ebenfalls ein. Hier drinnen ist es warm. Zum Glück.

„Wir werden etwas weiter wegfahren", sagt er und diesmal höre ich seine Stimme, ohne zu flüstern. Sie ist tief und rau.

„Okay", hauche ich unsicher und sehe zu dem Haus meiner Eltern. Das alles kann nur ein großer

Fehler sein. Sie werden es herausfinden. Und sie werden mich umbringen.

„Keine Angst." Der Motor wird gestartet und die Straße erleuchtet. „Sie werden es nicht herausfinden."

Ich nicke argwöhnisch und sehe mit geschürzten Lippen nach vorne. Sie dürfen es nicht herausfinden.

„Ich heiße übrigens Dale“, unterbricht der dunkelhaarige Junge neben mir die unangenehme Stille. Sein Blick ist noch immer auf die Straße vor uns gerichtet. Ich weiß nicht, wo er hinfährt, doch ich bin mir auch nicht sicher, ob er überhaupt ein Ziel hat.

Wieder nicke ich nur. Noch kann ich die Situation nicht ganz einschätzen. Er sagte nur, er wolle über Nathan reden und je weiter weg er von meinem Zuhause fährt, umso nervöser werde ich. Als er an einem Waldrand hält, rauscht mir das Blut schon in den Ohren. Wälder sind nie ein guter Platz, um mit Fremden zu reden.

Er stoppt den Motor und es wird dunkel. Ich sehe eingeschüchtert von der Dunkelheit um uns herum nach vorne und suche schon mal den Türgriff, um sofort danach schnappen zu können, wenn er mich angreifen will. Dale zieht den Schlüssel aus der Zündung und sieht ebenfalls ruhig nach vorne.

„Also“, sage ich, weil er nichts sagt. „Wieso, ähm … Wieso bin ich hier?“

Kurz schweigt er noch und sieht nachdenklich geradeaus. Dann atmet er tief ein und aus. „Du kennst mich nicht, aber ich kenne dich. Sogar schon ziemlich lange.“

Ich schlucke schwer. „Okay?“

Er streift sich die Kapuze vom Kopf und wuschelt

sich kurz durch die dunklen Haare. Sie liegen ihm in der Stirn, beinahe verdecken sie sogar seine dunklen Augen. „Weißt du“, sagt er wieder, sieht mich jedoch immer noch nicht an. „Ich hätte scheiße noch mal nicht gedacht, dass ich irgendwann mal dieses Gespräch führen muss, doch ich komme wohl nicht drumherum.“

Neugierig sehe ich ihn an. Etwas in seinen Augen, in seinem Gesicht kommt mir bekannt vor, auch wenn ich ihn nur von der Seite sehe.

Dale atmet tief ein und aus. „Aber kommen wir zum Wesentlichen … Zu Nathan.“

„Was ist mit ihm?“, frage ich jetzt nachdrücklicher.

Seine Mundwinkel heben sich ein wenig und er lacht leise auf. „So hatte ich mir dich vorgestellt.“

Ich runzle verwirrt die Stirn. Wovon redet er?

„Du und Nathan“, sagt er wieder. „Ihr seht euch in letzter Zeit öfter, richtig?“

„Also, ähm, ich … Tut mir leid, aber ich weiß nicht, wer du bist … Du könntest sonst wer sein.“

Jetzt sieht er mich an. „Das fällt dir nicht auf?“

Ich blinzle. „I-Ich weiß nicht, ich habe dich noch nie zuvor gesehen.“

„Kaum zu glauben. Sonst sagen immer alle, mein kleiner Bruder wäre mir wie aus dem Gesicht geschnitten.“

Verdutzt betrachte ich ihn näher. Die Erkenntnis trifft mich wie ein Schlag ins Gesicht. „Oh mein Gott“, keuche ich entsetzt. „Du bist Nathans Bruder. Ich wusste nicht, dass er einen Bruder hat.“

„Da bist du nicht die Einzige. Ich bin mir sicher, er selbst hat mich schon längst vergessen.“

Ich schiebe die Brauen zusammen. „Wieso sollte er das tun?"

Dale seufzt. Erst jetzt fällt mir die Ähnlichkeit auf. Er hat Nathans Lippen und diesen Blick. Diesen konzentrierten, starren, dunklen Blick. „Das ist eine lange Geschichte, ich will dich mit so einer Scheiße nicht langweilen, ich bin mir sicher, dass du noch früh genug deine Antworten bekommen wirst. Aber jetzt geht es um Wichtigeres."

Eifrig nicke ich. Oh Gott, ich stelle mich auf das Schlimmste ein.

„Wahrscheinlich wirst du gemerkt haben, dass Nathan alleine lebt", spricht Dale. „Und das schon ziemlich lange."

„Ja."

„Und unseren Onkel hast du auch schon kennengelernt."

„Woher weißt du das?", frage ich verwirrt.

„Eduard ist der einzige Kontakt, den ich zu Nathan habe. Das weiß er jedoch nicht. Ich habe Nathan schon seit Ewigkeiten nicht mehr gesehen. Ich glaube, es sind ungefähr dreizehn Jahre. Er würde mich auf der Straße nicht erkennen, da bin ich mir sicher. Das ist auch alles nebensächlich … Wichtig ist, dass ich ihn wiedersehen muss."

„Ähm", mache ich und sehe ihn leicht überfordert an. „Okay. Und was habe ich damit zu tun?"

„So einiges. Eduard lässt mich nicht an Nathan heran und sagt mir nicht, wo er lebt. Und deswegen brauche ich dich. Als Eduard meinte, dass du und Nathan Kontakt habt, war mir klar, dass ich hier herkommen muss. Du musst mich zu ihm bringen."

Ich spiele nervös mit meinen Fingern. Ich könnte schwören, ich beginne zu schwitzen. „Was ist denn passiert?"

Dale sieht wieder nach vorne und atmet zornig die Luft ein. „Unsere – na ja, ich bezeichne sie mal als unsere Lebensschenker – sind in Cardiff."

„Eure Eltern sind in Cardiff? Ist das etwas Schlechtes?"

Bitter lacht er auf. „Oh Honor, wenn du nur wüsstest. Sie haben vorher in London gelebt und ich habe stets im Hintergrund darauf geachtet, wo sie leben und was ihre nächsten Ziele sind. Und jetzt kommen sie nach Cardiff. Nathan muss das wissen, deswegen musst du mich zu ihm bringen. Am besten gleich morgen."

Völlig überrumpelt von so viel Information reibe ich mir über die Stirn und sehe durch die Frontscheibe. „Dale, das … Ich weiß nicht, ob ich dich zu Nathan bringen kann. Meine Eltern, sie wollen mich von ihm fernhalten. Ich bin mir nicht mal sicher, ob ich ihn überhaupt wiedersehen werde." Ich muss es aussprechen, auch wenn die Worte mich schmerzen.

„Deine Eltern wollen dich von ihm fernhalten?" Seine Stirn legt sich in Falten. Gott, dieser Blick. Er sieht Nathan so ähnlich.

Ich nicke. „Ja. Sie hassen ihn – warum auch immer."

Wieder sieht er nach vorne, kaut sich nachdenklich auf der Innenwange. „Sie tun es also immer noch", murmelt er leise vor sich hin. Er atmet durch. „Honor, ich bin mir sicher, dass du Nathan wiedersehen wirst. Ihr arbeitet zusammen, richtig?"

Wieder nicke ich. Woher weiß er das alles? Erzählt Nathan diesem Eduard wirklich so viel?

„Ich muss mit ihm an einem ruhigen Ort sprechen, wir sollten nicht in der Öffentlichkeit sein, weswegen wir ihn bei ihm zu Hause abfangen sollten. Meinst du, du bekommst das hin?"

„I-Ich weiß nicht. Meine Eltern wollen ihn kündigen lassen und …"

„Hey", sagt Dale jetzt beruhigender. Er legt mir eine Hand auf die Schulter und sieht mich eindringlich an. „Honor, du bekommst das hin, was auch immer morgen geschehen mag. Ich würde mich niemals zu erkennen geben, wenn es nicht wichtig wäre. Finde heraus, wann er morgen zu Hause sein wird, und dann rufst du mich an und wir fahren dort hin. Okay?"

Kurz ringe ich noch mit mir. Ich habe Angst. Ich weiß noch nicht, wovor, doch ich kann sie spüren. Ich würde Dale gerne so viele Fragen stellen. Was mit ihren Eltern ist, wieso er nie da war und, und, und – doch ich bekomme kein Wort heraus. Ich nicke nur hektisch und hoffe, dass ich Dale nicht enttäusche. Das wird Probleme nach sich ziehen, da bin ich mir sicher. Meine Eltern wollten nicht, dass ich zu Nathan gehe, jetzt habe ich wieder einen Grund, ihn zu treffen. Sie werden mich zu Hause einsperren. Doch das ist mir egal. Dale meint, es sei wichtig, und ich will herausfinden, was mit Nathan damals passiert ist. Das könnte der erste Schritt zur Lösung dieses Rätsels sein.

Dale nimmt seine Hand wieder zurück, als er merkt, dass ich ruhiger werde. Ein Lächeln umspielt jetzt seine Lippen. „Weißt du, dass ich dich das letzte Mal gesehen habe, als du fünf warst?“

Ich schlucke den Kloß in meinem Hals herunter und versuche, mich in eine bequemere Position zu setzen. „Ach ja?“, frage ich mit schwacher Stimme.

„Ja. Kaum zu glauben, wie sehr du dich verändert hast, aber gleichzeitig auch nicht.“

„Was soll das denn heißen?“ Ich versuche zu lachen, um die Stimmung zu lockern.

„Na ja, du hattest schon immer diese langen blonden Haare und diese blauen Augen. Ein Wunder, dass Nathan es wirklich geschafft hat, sich von dir fernzuhalten.“

„Anscheinend sind lange blonde Haare nicht so sein Typ“, scherze ich.

Dales rechter Mundwinkel hebt sich ein wenig, als er wieder nach vorne sieht. „Engel mit langen blonden Haaren waren schon immer sein Typ.“

Ich sehe nach vorne und seufze schwer. „Jetzt fängst du auch noch damit an. Was haben die Leute nur alle mit diesen verdammten Engeln?“

Er lacht und steckt den Schlüssel ins Zündloch. „Man sieht es dir eben sofort an.“

„Ich fühle mich allerdings überhaupt nicht so“, sage ich leise und sehe aus dem Fenster, während Dale losfährt. „Ich fühle mich eher, als stehe ich direkt in der Hölle.“

„Oh nein“, sagt er ebenfalls leiser. „Das ist gerade erst der Anfang.“

Schnell jogge ich durch die Eingangstür des Hotels, um Grandpa noch vor Dienstbeginn zu erwischen. Ich komme extra eine halbe Stunde früher, um ihn davon abzuhalten, Nathan zu feuern. Das darf einfach nicht passieren. Nathan verdient sowieso schon so wenig, er hat das nicht verdient. Und vielleicht hört Grandpa ja auf mich, wenn ich versuche, mit ihm zu sprechen.

Schnaufend komme ich an der Rezeption an. „Paul“, keuche ich. „Wo ist er?“

Die Angestellte mit dem seltsamen Hut auf dem Kopf sieht mich kurz verwirrt an, dann sagt sie: „Er ist gerade in einem Gespräch mit dem Hausmeister.“

Meine Miene verzieht sich schlagartig. Ich bin zu spät. Ich hätte daran denken müssen, dass Nathan immer eine Stunde früher anfängt als ich. Jetzt wird Grandpa ihn feuern und das nur, weil meine Eltern so verdammt unberechenbar sind. Weil ich nicht auf sie höre und mich von Nathan fernhalte. Nathan verliert seinen Job wegen mir.

„War es denn etwas Wichtiges?“

Ich schüttle nur traurig den Kopf und entferne mich von der Rezeption. „Nein“, sage ich leise. „Es war nur … schon okay.“

Sie sieht mich mitleidig an. Doch noch bevor sie etwas sagen kann, sehe ich meinen Grandpa, wie er aus seinem Büro kommt. Ein junger Mann folgt ihm.

Schnell gehe ich zu ihm. Nathan ist nicht bei ihm, vielleicht hat er noch nicht mit ihm gesprochen. Ich muss es versuchen. „Grandpa!“ rufe ich nach ihm, worauf er sich zu mir umdreht.

Er lächelt. „Marie, du bist ja schon …“

Ich klammere mich an sein Jackett, als würde ihn das dazu bringen, mir diesen Gefallen zu tun. „Du darfst Nathan nicht feuern. Bitte, du darfst ihn nicht feuern, egal, was Mama sagt!"

Er scheint total überfordert zu sein und weiß nicht, wie ihm geschieht. „Marie, ich …"

„Bitte", bettle ich weiter und drücke mich an seine Brust. „Mama weiß nicht, was sie da redet! Du kannst ihn nicht einfach feuern, Grandpa …"

Er räuspert sich einmal, dann drückt er mich ein wenig von sich weg. Er deutet auf den jungen Mann, ungefähr Anfang zwanzig und sagt: „Wenn ich dir vorstellen darf. Bill, unser Hausmeister und …"

„Was?" Er hat Nathan schon gefeuert und einen Neuen eingestellt? „Du hast ihn schon längst gefeuert?"

„Marie", sagt Grandpa nachdrücklich und auch Bill scheint nicht zu wissen, was mit mir los ist. „Das ist Bill, unser Hausmeister und gleichzeitig Nathans helfende Hand. Ich habe ihn nicht gefeuert."

Ich blinzle und sehe Bill an. Er hat Nathan gar nicht gekündigt. Eine riesige Last fällt mir von den Schultern. Ich grinse breit und drücke Grandpa fest. „Danke Grandpa! Danke, danke, danke!"

„Keine Angst", sagt Grandpa zu Bill, während ich ihn umklammere. „Sie ist nicht immer so."

Bill lacht. „Das würde mir nichts ausmachen."

Ich löse mich von Grandpa und atme zufrieden durch. Das erste Problem ist schon mal beseitigt, Nathan behält seinen Job. Ich werde Grandpa fragen müssen, was er Mama erzählen will, dass Nathan weiter hier arbeitet, doch das kann ich später machen. Wichtig ist erst einmal, dass ich herausfinde, wie lang er heute arbeitet, damit ich Dale kontaktieren kann. Das ist nämlich das nächste Problem. Als Dale mich letzte Nacht nach Hause gebracht hat, kam ich nicht umhin, mir mindestens hundert verschiedene Szenarien vorzustellen, in denen Nathan immer anders auf seinen Bruder reagiert. Dale meinte, sie haben sich dreizehn Jahre lang nicht gesprochen, vom Sehen ganz zu schweigen.

Er glaubt, dass Nathan ausrasten wird. Er hat ihn damals alleine gelassen, weil er es nicht zu Hause ausgehalten hat, weswegen er nachvollziehen kann, falls Nathan ihn rausschmeißt. Doch wir müssen es probieren. Wir haben keine andere Wahl. Wenn es wirklich so ein mächtiges Problem ist, dass seine Eltern in der Stadt sind, dann müssen wir Nathan darauf aufmerksam machen. Warum und wieso die Tatsache, dass ihre Eltern hier sind, so schlecht ist, das wollte Dale mir nicht sagen. Er meinte nur, ich würde es erfahren, wenn es der richtige Zeitpunkt sei, und der soll anscheinend jetzt noch nicht sein. Er hätte all die Antworten auf meine Fragen, doch nicht jetzt. Da ist er wie sein Bruder. Nur, dass Nathan mir noch weniger über seine Familie offenbart als Dale und ihn habe ich letzte Nacht erst kennengelernt.

Ich sehe auf Nathans Dienstplan im Personalraum. Um halb vier darf er gehen. Okay, halb vier, das sollte kein Problem sein. Eigentlich muss ich bis um fünf arbeiten, doch ich bin mir sicher, dass Grandpa eine Ausnahme macht. Umso besser, dass er früher Schluss hat, dann fällt meinen Eltern nicht einmal auf, dass ich bei Nathan war, weil sie denken, ich würde arbeiten.

Ich schreibe schnell Dale eine SMS und dann versuche ich, den Tag hinter mich zu bringen. Natürlich lässt Grandpa mich früher gehen, deswegen stehe ich auch schon am Straßenrand und warte auf Dale, der jeden Moment kommen muss. Ich achte extra darauf, dass ich vor Nathan gehe, damit er uns nicht sieht und er keine Szene in der Öffentlichkeit macht, sondern wenn schon dann nur bei ihm zu Hause.

Dales Truck fährt vor und ich steige sofort ein. Eine wohlige Wärme umgibt mich und ich halte sofort zitternd meine Hände vor die Heizung. „Zwei Minuten länger und ich wäre erfroren", bibbere ich lachend.

Dale lacht ebenfalls und als ich ihn ansehe, springt mir sofort wieder diese Ähnlichkeit mit Nathan ins Auge. Es ist unglaublich, dass es jemanden auf der Welt gibt, der solch einen Blick wie Nathan hat. Es macht Dale für mich sofort sympathisch. „Tut mir leid", sagt er und dreht die Heizung mehr auf. „In London war es nie so kalt wie in Cardiff."

„Dann wird es Zeit für mich, nach London zu ziehen."

Lächelnd fährt Dale los. „Ist er schon zu Hause?"

Ich schüttel den Kopf und reibe meine Hände aneinander. „Nein, er ist noch im Hotel, aber er hat jeden Moment Feierabend."

„Okay." Dale wird wieder ernst und sieht konzentriert nach vorne.

Ich lehne mich zurück und betrachte ihn, als wäre er ein seltenes Ausstellungsstück. Es fasziniert mich einfach so sehr, dass Nathan tatsächlich einen Bruder hat, von dem ich nie was wusste. Wirklich niemand wusste das. „Wie alt bist du eigentlich?“ frage ich Dale beiläufig, während ich ihm immer wieder die Richtung zeige, zu der er fahren muss.

„Zweiundzwanzig“, antwortet er.

„Oh“, mache ich und sehe nach vorne. Zweiundzwanzig. Das bedeutet, dass Dale damals gegangen ist, als er acht oder neun war. Kein Wunder, dass er sich an mehr erinnert als Nathan, immerhin hat er viel mehr mitbekommen.

Wir kommen bei Nathan an und Dale parkt vor dem großen Wohnhaus. Wir steigen aus und er betrachtet die Umgebung. „Scheiße, sieht das hier beschissen aus.“

Ich muss lachen. „Man merkt, dass du Nathans Bruder bist. Er hätte wahrscheinlich das Gleiche an deiner Stelle gesagt.“

„Ja, das mit dem Fluchen liegt wohl in der Familie.“ Er folgt mir die Treppe nach oben zu Nathans Wohnung.

Die Tür steht mal wieder offen, weswegen es kein Problem ist, einfach hineinzuspazieren. Eigentlich ein Wunder, dass nicht schon längst irgendwelche Dinge aus Nathans Wohnung geklaut wurden. Vielleicht hat er deshalb so wenig Möbel und Dinge herumstehen. Wahrscheinlich wurde schon alles geklaut, wer weiß.

Seufzend setzen Dale und ich uns auf die Treppe vor Nathans Wohnung, um nicht unerlaubt in sein Zuhause zu treten. „Jetzt heißt es warten“, sage ich und verkrieche mich mehr in meine Jacke, um mich zu wärmen.

„Ich bin mir sicher, dass er mich umbringen wird“, sagt Dale und lehnt sich zurück. „Und wenn nicht, dann schickt er mich direkt in die Hölle.“

Ich antworte nicht darauf. Ich kann diese Sprüche über die Hölle, den Teufel, Engel und andere mystische Dinge nicht mehr hören. Es muss irgendein Fluch sein, dass plötzlich alle über den Satan Bescheid wissen. Ich bin sehr gläubig und ich glaube an Gott, den Allmächtigen und will mich nicht ständig mit dem Teufel beschäftigen.

Während Dale und ich vor Nathans Tür warten, erzähle ich ihm ein wenig von mir. Von meinem Traum, in Birmingham auf die Musikhochschule zu gehen, dass ich Violine und Klavier spiele. Er hört mir interessiert zu. In solchen Situationen ist es beinahe unmöglich zu glauben, dass er Nathans Bruder ist. Nathan hat mir nie so interessiert zugehört, wie er es tut. Dale lässt mich ausreden und ist stets aufmerksam, auch wenn er ab und zu mal flucht. Aber daran habe ich mich schon längst gewöhnt.

Kurze Zeit später hören wir die Haustür zuknallen. Schwere Schritte stampfen die Treppe nach oben und ich erkenne sofort, dass es Nathan ist. Ich sehe Dale an und gebe ihm zu verstehen, dass das hundertprozentig Nathan ist. Er nickt und steht auf, während die hallenden Schritte immer näher kommen.

Ich stelle mich neben ihn und bereite mich auf das Schlimmste vor. Mein Herz scheint mir jeden Moment aus der Brust zu springen, so heftig pocht es.

Nathan kommt um die Ecke. Er sieht auf. Sein Blick fällt erst auf mich, dann auf Dale, der ruhig neben mir steht.

Für einen kurzen Moment schweigen wir alle.

Nathans Blick ist undefinierbar. Er denkt nach, doch noch ist kein Zorn zu erkennen. Er steht einfach da und sieht uns an.

„Hallo Nathan“, unterbricht Dale jetzt neben mir die Stille.

Nathans Augen blicken auf ihn. Sie verengen sich. Ich sehe, wie seine Brust sich kurz mehr hebt und dann wieder langsam senkt. Als ich gerade denke, er wird ausflippen, weil er Dale erkennt, kramt er seinen Schlüssel aus der Hosentasche und geht zu seiner Tür. Verwirrt sehe ich ihm hinterher. Er schließt das Schloss auf und öffnet die Tür. „Ich denke, mir bleibt nichts anderes übrig, als euch hereinzulassen, nicht wahr?“, fragt er mit dunkler Stimme. Sein starrer Blick durchbohrt mich.

Ich weiß nicht, was ich sagen soll. Ich hoffe, dass Dale spricht.

„Ja“, sagt Dale. „Dir bleibt definitiv nichts anderes übrig.“

Nathan sieht ihn an. „Vorher solltest du wissen, dass ich Gäste hasse.“

Kapitel 12

Wir folgen Nathan in seine Wohnung und ich werfe Dale einen verunsicherten Blick zu. Das klang ja wirklich nicht so begeistert, wie Nathan uns empfangen hat. Allerdings bin ich mir noch nicht sicher, ob er Dale wirklich erkannt hat. Nach dreizehn Jahren ist es beinahe unmöglich.

Dale lächelt mir nur aufmunternd zu, während wir Nathan ins Wohnzimmer folgen. Er scheint nicht so eine Panik zu haben wie ich. Doch das ist natürlich auch verständlich. Dale ist der größere, ältere Bruder. Wie mickrig müsste er sich machen, wenn er Angst vor seinem kleinen Bruder hat? Und weil Dale ebenfalls diese dunkle Aura ausstrahlt, bin ich mir sicher, dass er sich mehr als beweisen kann, sollte Nathan wirklich ausflippen.

Nathan setzt sich auf den Sessel im Wohnzimmer und ich setze mich neben Dale auf die Couch, ihm gegenüber. Er beobachtet jeden Schritt, den Dale macht. Jetzt bin ich mir sicher, dass er ihn erkennt. Ich kann mir nicht vorstellen, dass er ohne Grund jemanden gleich so vernichtend ansehen würde.

Er sieht uns beide einfach nur an, während wir so da sitzen und Diabo sich neben Nathan setzt, als würde er ihm beistehen. Gemischt mit Nathans durchdringendem Blick und Diabos schwarzem Fell könnte hier wirklich ein Anwärter auf den Teufelsthron sitzen.

„Rede“, sagt Nathan schließlich als Erstes zu Dale, als die Luft immer stickiger wird. Er wirkt extrem gleichgültig. Das komplette Gegenteil von dem, was wir erwartet haben.

„Okay, pass auf“, sagt Dale und lehnt sich nach vorne, stützt seine Ellenbogen auf seine Knie. „Ich dachte, ich müsste es dir sagen. Doch ich bin mir sicher, dass du weißt, wer …“

„Ich weiß, wer du bist“, unterbricht Nathan ihn ruhig und sieht ihn weiter an.

Dale atmet tief durch. „Okay, du weißt es. Nathan, ich … Ich werde dir keine abgefuckte Geschichte über die letzten dreizehn Jahre erzählen, ich bin mir sicher, das interessiert dich auch gar nicht. Ich komme wegen etwas anderem.“

Abwartend sehen wir ihn an. Sein Blick strahlt noch immer diese Gleichgültigkeit aus. Sogar Diabo sieht angespannter aus.

Weil Nathan nichts sagt, redet Dale weiter. „Es geht um unsere Eltern. Sie sind hier.“

Wieder sagt Nathan nichts. Es regt sich nichts in seinem Gesicht.

„Du solltest wissen, dass ich ständig aufgepasst habe, dass sie dir nicht zu nahe kommen, und ich habe mir geschworen, wenn sie dir folgen, dann werde ich dich warnen. Das bin ich dir schuldig.“

Wieder sitzt Nathan einfach nur da und sieht ihn an. Er macht mich nervös. Er kann unmöglich wirklich so ruhig sein, wenn hier vor ihm sein Bruder sitzt, den er seit Ewigkeiten nicht mehr gesehen hat.

„Eduard hat mich all die Jahre auf dem Laufenden gehalten“, spricht Dale weiter. „Ich wusste immer, dass es keinen Sinn machen würde, zurückzukommen, deswegen bin ich weggeblieben. Doch ich wusste auch, dass, wenn der Zeitpunkt gekommen ist, ich zu dir kommen muss. Und der ist jetzt gekommen. Sie suchen dich, Nathan. Sie wollen das hier … Du weißt schon. Sie wollen es verhindern. Du musst vorsichtig sein. Es …“

„Du erbärmliches Stück Dreck“, unterbricht Nathan ihn. Seine Miene ist noch immer emotionslos, doch seine Augen drücken so viel aus.

Dale schweigt sofort und ich fange an zu schwitzen. Das ist kein guter Anfang.

„Du jämmerlicher Bastard“, führt Nathan seine Beleidigungen fort.

„Nathan“, spricht Dale wieder und atmet durch. „Du musst mir glauben, wenn ich dir sage, dass ich immer gekommen wäre, wenn es gefährlich worden wäre. Ich bin hier, um dir zu helfen.“

Für eine Sekunde schließt Nathan die Augen. Sein rechter Mundwinkel hebt sich und er lacht auf. „Du kommst, wenn es gefährlich wird.“ Seine Stimme ist tiefer als sonst. Er sieht Dale wieder genau an. „Ich sollte dich umbringen.“

„Wahrscheinlich hätte ich es verdient.“

Nathan richtet sich weiter auf, lehnt sich bedrohlich nach vorne. „Aber eigentlich bist du ja schon tot … Nicht wahr? Dale.“

„Nathan … Es geht nicht um die Vergangenheit, versuch, das zu verstehen. Es geht darum, dass …“

„Weißt du eigentlich, was sie mit mir gemacht haben?“, unterbricht Nathan ihn wieder, beängstigend leise.

Dale wird ebenfalls nervös. Er reibt sich über die Stirn und sieht Nathan nicht einmal an. Er muss sich unheimlich schuldig fühlen.

„Hast du überhaupt eine scheiß Ahnung, was passiert ist, als du, du lächerlicher Feigling, abgehauen bist?“ Nathan ist immer noch ruhig, doch seine Worte kommen aus ihm heraus wie Pistolenschüsse. „Ich sollte dir all das antun, was sie mir angetan haben. Du erbärmlicher, abgefuckter …“ Er wird mit jedem Wort zorniger, doch dann rümpft er aggressiv die Nase und sieht von Dale weg. „Dreizehn Jahre“, spuckt er. „Dreizehn verkackte Jahre.“

Ich sehe, wie Dale schluckt. Kurz herrscht eine bedrückende Stille im Raum, dann sagt er schließlich leise: „Es tut mir leid. Es sollte nie so kommen.“

„Es ist aber so gekommen“, raunt Nathan. „Du bist gegangen, weil du schwach bist. Und du wirst es immer sein. Großer Bruder.“

Wieder werden wir von eisiger Stille geplagt, doch dann richtet Dale sich auf. Er wirkt nun entschlossener. „Ja, ich war ein beschissener Bruder und wahrscheinlich habe ich noch mehr verdient, als das, was du mir vorwirfst, doch jetzt geht es um mehr. Du weißt ganz genau, wovon ich rede.“

Nathan lehnt sich wieder zurück. Ein wenig Zorn verschwindet aus seinen Augen. Er sieht zu mir, dann wieder zu Dale. „Wieso ist sie hier?“

„Weil du sonst alles auseinandergenommen hättest und das weißt du. Ich wusste, sie würde dich beruhigen.“

Wie vor den Kopf geschlagen sehe ich Dale an. Er denkt, ich beruhige Nathan? Da liegt er aber so was von falsch. Ein Wunder, dass er mittlerweile nicht schon zehn Zigaretten hintereinander geraucht hat, während ich in seiner Nähe bin.

Noch bevor Nathan etwas sagen kann, sagt Dale wieder mit erhobenen Augenbrauen zu ihm: „Du weißt es."

Erwartungsvoll sehe ich zu Nathan und hoffe, irgendeine Reaktion zu erkennen. Ich beruhige ihn? Das kann ich mir nicht vorstellen. Doch Nathan sitzt weiterhin gleichgültig in seinem Sessel und sieht Dale nur an. „Wo sind sie momentan?"

„Ich weiß es nicht", sagt Dale und lehnt sich zurück.

Ich atme unauffällig erleichtert aus. Die Stimmung scheint sich ein wenig gelockert zu haben, wenn auch nur ein bisschen. Ich bin froh, dass die Beleidigungen aufgehört haben.

„Ich weiß, dass sie wieder nach Cardiff gezogen sind, doch mehr weiß ich nicht. Aber ich bin mir sicher, dass sie Kontakt mit Honors Eltern aufnehmen werden", spricht Dale weiter.

„Mit meinen Eltern?", traue ich mich den ersten Satz zu sagen.

Er nickt. „Ja. Unsere und deine Eltern waren früher befreundet. Es ist gut möglich, dass sie wieder all ihre alten Kontakte auffrischen werden."

Nachdenklich verziehe ich den Mund. Nathans Eltern waren mit meinen befreundet? Das wusste ich nicht. Ich habe seine Eltern noch nie gesehen, geschweige denn von ihnen gehört, und so wie es klingt, müssen es abscheuliche Menschen sein. Ich kann mir kaum vorstellen, dass meine Eltern wirklich mit ihnen verkehrten.

„Was ist mit Eduard?“, fragt Nathan. „Wieso bekommt er seine Fresse nicht auf?“

„Weil er denken wird, dass du Cardiff verlassen wirst, wenn du weißt, dass sie hier sind. Und weil du so ein dreckiger Wichser bist, der für ihn arbeitet, darf er es nicht drauf anlegen.“

Ich hebe die Brauen und höre ihnen weiter zu. Anscheinend liegen die Schimpfwörter wirklich in der Familie.

„Dieses beschissene Arschloch“, knurrt Nathan. „Aber ich werde Cardiff nicht verlassen. Noch mal renne ich nicht weg.“

„Aber vielleicht wäre das besser.“ Dale zieht sich die Kapuze vom Kopf und wuschelt sich wieder durch die Haare. „Dieses Mal ist es gefährlicher als sonst. Du bist nicht mehr allein und das wissen sie. Deswegen sind sie hier.“

Ich sitze hier und verstehe kein Wort. Dale spricht in Rätseln, genauso wie Nathan. Wieso sollte Nathan nicht mehr allein sein? Was wollen ihre Eltern verhindern und die allergrößte und wichtigste Frage ist: „Was passiert, wenn eure Eltern euch finden?“ Wahrscheinlich sollte ich Angst vor der Antwort haben.

„Gute Frage“, sagt Dale. „Doch die bessere Frage ist wohl, was würde passieren, wenn sie Nathan finden? Und ich bin mir ziemlich sicher, dass das niemand – nicht mal er – genau beantworten kann.“

Ich sehe zu Nathan. Dieser sieht nachdenklich auf den kleinen Tisch, der zwischen uns steht.

„Aber wichtig ist, erst einmal herauszufinden, wo sie momentan wohnen“, spricht Dale weiter und scheint

etwas in seinen Jackentaschen zu suchen.
„Ich könnte euch dabei helfen“, werfe ich ein und sehe zu Nathan, der mich ansieht. „I-Ich meine, ihr sagtet doch, dass sie wahrscheinlich mit meinen Eltern Kontakt aufnehmen werden, und vielleicht lerne ich sie ja kennen. Ich könnte so eventuell ein paar Dinge über sie herausfinden.“
„Gute Idee.“ Dale zieht eine Zigarettenschachtel aus seiner Jacke. Natürlich raucht er. „Versuch, deine Eltern und unsere weiter in dem Glauben zu lassen, dass du mit Nathan keinen Kontakt mehr hast. Es ist zwar schwer vorstellbar, dass es wirklich so ist, was sie wahrscheinlich durchschauen werden, aber sei einfach vorsichtig, was das angeht. Du sitzt jetzt im gleichen Boot wie wir.“
„Nein, tut sie nicht“, sagt Nathan und beobachtet Dale, wie er sich eine Zigarette aus der Schachtel zieht. „Sie hat noch immer nichts mit dieser ganzen Scheiße zu tun und das wird auch so bleiben.“
Dale klemmt sich die Zigarette zwischen die Lippen. „Doch, Nathan, das hat sie, scheiße noch mal. Das hat sie schon immer.“
Ich sehe verwirrt zwischen den beiden hin und her. Ich will endlich aufgeklärt werden. Wieso sitze ich schon immer im gleichen Boot wie sie? Verdammt, liegt es auch in der Familie, dass die beiden ihre Geheimnisse nicht ausplaudern?
„Rauch gefälligst draußen“, zischt Nathan und geht nicht weiter auf das Thema ein. „Oder siehst du hier irgendwo einen scheiß Aschenbecher?“
Dale sieht sich um, dann greift er nach einer leeren Dose und stellt sie auf den Tisch. „Jetzt steht hier

ein Aschenbecher.“ Er zündet sich desinteressiert seine Zigarette an.

Ich rücke von ihm weg. In der Wohnung rauchen ist ja noch schlimmer als draußen. Hoffentlich saugt sich der Geruch nicht gleich in meine Klamotten, was meine Mutter sofort riechen wird.

Nathan greift sich schlagartig die Dose, noch bevor Dale hinein aschen kann, und schmeißt sie aggressiv weg. „Rauch draußen, du Wichser!“

„Ist ja gut“, sagt Dale und steht unbeeindruckt auf. „Vielleicht solltest du auch mal eine rauchen, damit du ruhiger wirst, Wichser.“ Dale verschwindet auf dem kleinen Balkon und schließt die Tür hinter sich.

Eine unheimliche Stille breitet sich in dem Raum aus. Ich sehe Nathan an, ihm ist die Anspannung deutlich anzusehen.

„Vielleicht solltest du wirklich eine Zigarette rauchen“, sage ich halb scherzend. „Ein Wunder, dass du es aushältst, so lange keine zu rauchen, während ich hier bin.“

Erwartungsvoll sehe ich ihn an, doch er wirkt noch immer angespannt. Er lehnt sich zurück und wischt sich durchs Gesicht. „Ein Wunder, dass ich diesem Wichser nicht schon längst ein Messer ins Herz gerammt habe.“

Wieder versuche ich, die Situation aufzulockern. „Ich glaube, das wäre auch nicht so gut. Du müssest das ganze Blut wegwischen und so.“ Oh Gott, ich komme mir selbst blöd vor. Doch wie beruhigt man einen Jungen, der sich selbst nicht mal beruhigen kann?

Nathan schweigt wieder und schließt die Augen, als

würde er wirklich versuchen, die ganze Situation erst einmal zu verstehen. Ich habe ihn zwar schon oft wütend oder gestresst gesehen, doch dieses Mal ist es anders. Er sieht nicht aus, als wolle er gleich diesen Raum auseinandernehmen, sondern als verliere er sein Bewusstsein. Diese ganze Sache muss ihn unglaublich zusetzen. Ich weiß zwar nicht viel über seine Eltern, doch dass die Situation, in der er steckt, schlecht ist, habe ich mehr als verstanden.

Mitleidig betrachte ich ihn. „Nathan", rede ich leise auf ihn ein. „Ich … Ich werde dir helfen, soweit ich kann."

Er sieht nicht hoch, sein Kopf ist immer noch zwischen seine Finger gestützt.

„Du bist nicht mehr allein", wiederhole ich Dales Worte, obwohl ich nicht mal weiß, was sie wirklich zu bedeuten haben. „Du musst nichts mehr hiervon alleine durchleben. Ich verspreche es dir."

„Das bringt mir einen Scheiß", raunt er leise.

Ich presse traurig die Lippen aufeinander. Wie soll man nur mit so einem Menschen reden? Normalerweise umarme ich die Leute, die ich trösten will, doch nicht einmal das kann ich bei Nathan machen.

„Sie werden mich trotzdem finden", redet Nathan weiter. „Und das Abgefuckteste an der ganzen Scheiße ist, dass ich diesmal nicht abhauen kann."

„Wieso? Sie könnten sich geirrt haben und …"

„Nein." Sein Blick trifft genau in das Blau meiner Augen. „Diesmal nicht."

Noch bevor ich mehr Fragen stellen kann, kommt auch schon Dale wieder ins Wohnzimmer und unterbricht unser Gespräch. Wieder einmal werde ich mit mehr Fragen zurückgelassen, als ich hergekommen bin. Immer, wenn ich denke, ich weiß mehr, ende ich noch ratloser. Dieser verdammte Kreislauf.

Es dauert nicht lang, da verschwinden Dale und ich auch schon aus Nathans Wohnung, weil Dale noch irgendwo hin muss. Ich hätte gerne länger mit Nathan gesprochen, einfach um mehr herauszufinden, doch anscheinend muss ich mich mit kleinen Dingen zufriedengeben.

Das Einzige, das ich weiß, als ich abends im Bett liege, ist: Ich sitze im gleichen Boot wie Nathan und Dale. Ich bin irgendwie in diese ganze Sache verwickelt, nur kenne ich meinen Platz noch nicht ganz. Ich weiß nicht, wieso ich nie Nathans Eltern kennengelernt habe und wieso Nathan meint, dass er diesmal nicht abhauen kann. Ich weiß gar nichts, außer dass ich helfen muss. Ich muss seine Eltern kennenlernen und mir ein Bild von ihnen machen, herausfinden, wo sie leben und was sie so tun.

Allerdings ist die ganze Sache auch mit viel Angst verbunden. Ich weiß nicht, was auf mich zukommt und was alles passieren wird, doch ich bin bereit dafür. Früher konnte ich Nathan nicht helfen, aber heute kann ich es. Und das werde ich.

Seufzend stelle ich den letzten Stuhl in die Abstellkammer der Veranstaltungshalle unseres Hotels. Endlich ist die schlimmste Arbeit vollendet. Seit zwei Tagen tue ich hier nichts anderes, außer Tische und Stühle zu schleppen, damit es hier wieder ordentlich aussieht. Ich schließe die Tür ab und will gerade den Schlüssel herausziehen, als … Oh nein, wirklich? Das vermiest mir den anstrengenden Mittwoch wirklich noch mehr. Entsetzt sehe ich auf das abgebrochene Ende des Schlüssels und dann auf das Schlüsselloch, indem noch der Rest steckt. Schlimmer kann es wirklich nicht mehr werden. Das ist auch noch der Generalschlüssel. Grandpa wird mich umbringen.

Kurz überlege ich, einfach zu verschwinden und so zu tun, als wäre das jemand anderes gewesen, doch das kann ich mit meinem Gewissen nicht vereinbaren. Allerdings muss ich es Grandpa auch nicht gleich sagen. Ich hole das alte Hotelhandy aus meiner Jeanshose und wähle die 341. Auch wenn ich Nathan seit zwei Tagen im Hotel nicht gesehen habe, muss er mir jetzt unter die Arme greifen. Wenigstes als Hausmeister.

„Hallo?“, ertönt eine Stimme am anderen Ende der Leitung, jedoch ist es nicht Nathans Stimme.

„Ähm, hallo“, sage ich verwirrt. „Ich brauche den Hausmeister.“

„Wo denn?“

„In der Halle.“

„Komme sofort.“ Dann legt die Person auf.

Verdutzt sehe ich auf mein Handy. Okay, entweder Nathan hat das Rauchen aufgegeben und seine kratzige Stimme verloren oder jemand will mich reinlegen. Wahrscheinlich würde Nathan auch nicht sagen Komme sofort, sondern Scheiße, muss das sein? Dann flucht er noch ein paarmal und kommt dann schließlich doch. So wie immer also. Mittlerweile habe ich gelernt, dass er sich oft sträubt, aber er hilft im nachhinein trotzdem immer. Zwar auf keine nette Art und Weise, doch er macht es.

Die große Tür zur Halle öffnet sich und ich erwarte einen schlecht gelaunten Nathan, doch stattdessen kommt ein blonder, großer Junge auf mich zu, dem man sofort ansieht, dass er hier arbeitet. Er trägt das gelbe Hotelshirt mit dem Logo darauf, gegen das sich Nathan stets sträubt, es anzuziehen. „Ich wurde benötigt?“, ruft der Junge mir zu und lächelt freundlich. Ich würde ihn nicht älter als zwanzig schätzen.

Ich blinzle, als er sich zu mir stellt. Jetzt fällt es mir wieder ein. Das ist Bill, Nathans helfende Hand, wie Opa ihn betitelt hat. Das hätte ich mir auch vorher denken können. „Ja“, sage ich deshalb und zeige ihm reumütig den Schlüssel. „Mir ist ein kleines Missgeschick passiert.“

„Zeig mal her“, sagt er und nimmt mir den Schlüssel ab. Er inspiziert ihn und eine Falte bildet sich zwischen seinen Brauen. Er hat wahnsinnig blaue Augen, sie lassen ihn direkt sympathisch wirken. „Jap“, sagt Bill wieder. „Definitiv abgebrochen.“

Ich muss lachen. „Gut gemacht, Sherlock.“ Ich deute auf die Tür. „Da steckt der Rest. Meinst du, du kannst da was machen? Ohne, dass vielleicht … Na ja.“

„Ohne, dass der Chef was mitbekommt, huh?“ Wissend hebt er eine Braue.

Unschuldig lächle ich.

„Das sollte kein Problem sein“, sagt er und sieht zur Tür. „Kann natürlich ein wenig dauern, aber das bekomm ich hin. Ich hab nicht umsonst drei Jahre bei einem Schlüsseldienst gearbeitet.“

„Hast du wirklich? Das passt ja!“

„Nein, war nur ein Scherz. Ich kenne mich mit so

etwas kein Stück aus. Ich wollte dich nur beruhigen."

Schnaubend verdrehe ich die Augen. „Na toll."

Schmunzelnd zieht er das Hausmeisterhandy aus seinem Gürtel mit dem Werkzeug und tippt eine Nummer ein. „Mach dir nichts daraus. Mir sind hier innerhalb von drei Tagen schon viel schlimmere Dinge passiert. Gestern habe ich einen Gast beinahe mit einem Blumenkübel aus dem dritten Stück erschlagen."

„Oh Gott", feixe ich. „Das ist definitiv schlimmer als mein kleiner Ausrutscher hier."

Er hält sich das Handy ans Ohr und sieht mich weiter mit seinen blauen Augen an. „Und an meinem ersten Tag habe ich einer alten Frau an die Brüste gefasst, weil sie beinahe auf dem gewachsten Boden im Flur ausgerutscht ist. Das ist noch schlimmer."

Wieder muss ich lachen. „Die arme Frau."

Bill lacht ebenfalls und wartet, bis jemand am anderen Ende der Leitung abnimmt.

Als ich ihn gerade fragen will, wo er vorher gearbeitet hat, werde ich plötzlich unterbrochen.

Und zwar von einer riesigen Ladung kaltem Wasser.

Zwar landet das halbe Meer an Wasser nicht auf mir, sondern auf Bill, doch trotzdem kreische ich erschrocken auf. Bill schreckt zwei Schritte zurück und keucht entsetzt. Er kann die Situation noch gar nicht richtig erfassen. Er ist klitschnass, von oben bis unten. Und das Handy in seiner Hand ist mit Sicherheit auch kaputt.

„Was zur Hölle? Hallo?!", schreit er nach oben zu dem Gang, in dem die alten Tische und Stühle stehen.

Ein brauner Haarschopf guckt jetzt über das Geländer und ich glaube es fast nicht. Was macht Nathan denn da? „Oh", macht Nathan nur und ich sehe sein dreckiges Grinsen bis hierunter. „Ich wusste nicht, dass ihr da unten steht."

„Du wusstest nicht, dass wir hier unten stehen?", rufe ich aufgebracht nach oben. „Seit wann kippt man denn einen Eimer Wasser in die Halle?" Ich kann es nicht fassen. Das hat er zu hundert Prozent mit Absicht gemacht. Kaum sehe ich ihn ein paar Tage nicht, meldet er sich mit so einem Mist zurück.

„Ich wollte die Halle sowieso noch sauber machen, also dachte ich, dann kann ich gleich 'ne Ladung Wasser reinkippen", erklärt Nathan, ohne auch nur ein Stück Reue zu zeigen. „Übrigens. Ich würde aufpassen, dass es nicht in die Augen kommt. Könnte giftig sein."

„Was?", keucht er und streicht sich die tropfenden Haare aus der Stirn. Schnell wischt er mit einem trockenen Stück T-Shirt über seine Augen.

Ich höre Nathans gehässiges Lachen. Wütend presse ich die Lippen aufeinander. So ein Idiot. Er kann doch nicht umherlaufen und seinen Kollegen so behandeln, zumal Bill echt nett zu sein scheint.

Giftig blicke ich zu ihm herauf. „Du machst das hier gefälligst wieder sauber und dann kannst du das Grandpa erklären!"

„Jaja", winkt Nathan nur ab und verschwindet von dem Geländer. „Sieh lieber zu, wie du die Scheiße mit dem Schlüssel erklärst!“

Ungläubig den Kopf schüttelnd sehe ich zu Bill, der sich wie wild versucht, die Flüssigkeit aus dem Gesicht zu tupfen. Ich rieche an der Flüssigkeit auf meinem Shirt und verdrehe sofort wieder die Augen. „Ganz ruhig, Bill“, tröste ich ihn. „Das ist nur Wasser, also kein Putzmittel.“

Erleichtert lässt er sein Shirt wieder fallen und atmet auf. Er wischt sich die blonden Haare nach hinten und wringt sein T-Shirt aus. „Dieser Kerl ist echt …“

„Ein Idiot“, vervollständige ich seinen Satz und trete aus der riesigen Pfütze, die durch Nathan nun um uns herum ist. „Er ist einfach unmöglich.“

Bill lacht und tritt ebenfalls aus der Pfütze. Seine Muskeln sind zu sehen, jetzt wo sein Shirt an seinem Körper klebt. Trainiert ist er auf jeden Fall. „Ist er dein Freund oder so?“, fragt er, als wir zum Ausgang laufen.

„Nathan? Nein. Er weiß einfach nur nicht, wie man sich benimmt.“

„Nicht jeder kann mit Eifersucht umgehen“, sagt Bill beiläufig, als er mir die Tür aufhält. „Doch ich verübel es ihm nicht.“

Ich lache auf, denke aber gleichzeitig über seine Worte nach. Darüber, dass Nathan wirklich eifersüchtig sein könnte, habe ich keine Sekunde nachgedacht, weil es zu ihm einfach nicht passen würde. Allerdings springt mein Herz, wenn ich mir vorstelle, er wäre tatsächlich neidisch. „Nathan ist nicht eifersüchtig“, winke ich ab, als wir durch den Flur laufen. „Er ist einfach nur ein Idiot.“

„Verstehe schon.“ Bill lacht. „Ihr seid euch also noch nicht ganz einig.“

„Einig? Womit?“

„Na, ob ihr aufeinander steht oder nicht.“

Mir stockt augenblicklich der Atem. „Was redest du denn?“ Ich versuche, gelassen zu klingen, allerdings steigt meine Stimme einige Oktaven an, was mich immer viel zu oft verrät.

Bill lächelt. „Schon okay.“ Wir bleiben vor dem Personalraum stehen. „Ich werde mich erst mal umziehen, wahrscheinlich kann ich so kaum weiterarbeiten.“

„Natürlich. Ich werde solange zusehen, wie ich einen Schlüsseldienst herbekomme.“

„Ich bin mir sicher, Nathan kann dir da helfen“, zwinkert Bill und verschwindet in seinem Raum.

Ich bleibe baff zurück. Ich hätte niemals gedacht, dass ich mir irgendwann mal Gedanken darüber machen muss, ob Nathan eifersüchtig ist oder nicht. Zwar weiß ich, dass er mich auf irgendeine Art und Weise mag, aber so … Das will nicht in meinen Kopf, das funktioniert auch gar nicht erst. Nathan ist nicht eifersüchtig. Er hat das nur gemacht, weil er gemein und unausstehlich ist, wie immer. Er braucht seine täglichen Frechheiten mir gegenüber, egal unter welchen Umständen.

Doch das lasse ich bestimmt nicht auf mir sitzen. Wenn er denkt, er könnte einfach so einen Mist abziehen, dann kann ich das auch. Vorhin war er noch oben in der Halle, ich hoffe, er ist immer noch dort. Zielstrebig gehe ich in den nächsten Putzraum unter der Treppe und hole einen Plastikeimer heraus.

Schnell sehe ich mich noch um, ob mich auch keine Putzfrau erwischt oder schlimmer noch, Grandpa. Dann verschwinde ich auch schon in der nächsten Toilette und fülle den Eimer mit Wasser. Er ist schwer, doch Nathan hat es verdient.

Mit einem unschuldigen Lächeln gehe ich durch die Flure und Gänge des Hotels zum Dachboden und lasse mir meinen Plan nicht anmerken. Ich beginne zu schnaufen, als ich die vielen Treppen nach oben laufe, weil der Eimer so schwer ist, doch schließlich komme ich oben an.

Ein Schlüsselbund steckt in der offenen Tür des Dachbodens, weswegen ich mir sicher sein kann, dass Nathan noch hier ist. Ich lausche kurz, bevor ich den Raum betrete. Ich höre, wie er irgendwo herumwerkelt. Okay. Ich atme tief durch und hebe den Eimer schon mal an, damit ich das schneller hinter mich bringen kann.

Leise wie ein Ninja betrete ich den Raum und ducke mich leicht. Ich halte nach ihm Ausschau. Wo bist du, du kleiner Teufel? Ich höre ihn aus einem Raum. Schleichend gehe ich dorthin und versuche so still zu sein, wie ich kann. Ich hoffe, dass er keine Ersatzklamotten dabei hat. Die Tür des Raumes, in dem er ist, steht offen und ich sehe ein kleines Stück von ihm, weil er sich anscheinend nach irgendetwas bückt.

Neben dem Türrahmen bleibe ich stehen und konzentriere mich noch einmal. Ich springe einfach hinein und schütte ihm den Eimer über den Kopf, ganz einfach. Wahrscheinlich wird er ausrasten, aber er hat es verdient. Okay, ein letztes Mal atme ich tief ein und aus und bereite mich auf die nächsten zehn Sekunden vor.

Ich springe in den Türrahmen, ich hebe den Eimer an und kippe ihm die ganzen zehn Liter Wasser über den Kopf, während er auf dem Boden kniet. Das wird ihn ein wenig abkühlen, denn ich habe es extra kalt gemacht.

„Heiliger!“, flucht er laut und mir bleibt das Herz stehen.

Ich nehme den Eimer zurück und laufe ein paar Schritte nach hinten. Mir fällt der Eimer aus der Hand. Das ist nicht Nathan. Das ist Grandpa!

Grandpa steht auf und dreht sich zu mir um. Sein Anzug ist von oben bis unten nass. Sein Gesicht ist entsetzt, aber gleichzeitig wütend, als er mich sieht. „Was soll das?“, wütet er und tritt aus dem kleinen Raum. „Geht’s dir noch ganz gut?“

Ich halte mir fassungslos die Hände vor den Mund und sehe ihn sprachlos an. „G-Grandpa, ich … Es …“

„Ich glaube, du spinnst!“, regt er sich weiter auf und nimmt sich die nasse Brille von der Nase und wischt sie vergeblich ab. Er setzt sie sich wieder auf, allerdings sieht er jetzt noch weniger. „Welcher Teufel hat dich denn geritten?!“

Ich stehe weiter starr auf einem Fleck und kann nicht glauben, was gerade passiert.

„Hier sind die … Ach du Scheiße“, ertönt eine tiefe Stimme vom Eingang des Dachbodens. Nathan steht breit grinsend im Türrahmen und hält ein Kabelbund in der Hand. Er sieht erst Grandpa an, dann mich. „Scheiße, das ist ein verkackter Traum!“

Ich bin noch immer wie eingefroren. Am liebsten würde ich ihm eine knallen. Jetzt macht er sich auch noch lustig über mich, weil ich so blöd bin und ihm eins auswischen wollte. Aber natürlich missglückt mir so etwas. Ich bin eben nicht geboren worden, um gemein zu sein wie er!

„Nein, das ist kein Traum!“, meckert mein Grandpa und stampft mit nassen Schuhen an Nathan vorbei. Er ist wirklich klitschnass. „Keine Ahnung, was mit euch wieder los ist, aber macht das sauber! Sofort!“ Aufgebracht zeigt er auf mich. „Und du, Fräulein! Wir sprechen uns später!“ Wütend stapft Grandpa die Treppe herunter, man hört seine nassen Schuhe durch das ganze Treppenhaus.

Ich sehe zu Nathan. Er hat immer noch das selbstgefälligste Grinsen im Gesicht, das er wahrscheinlich je gezeigt hat. Natürlich muss er nur in solchen Situationen seine wunderbaren Grübchen zeigen. Ich gehe an der riesengroßen Pfütze vorbei zu einem alten Stapel Handtücher. „Hör auf, so blöd zu grinsen“, zische ich und nehme mir ein Handtuch, greife jedoch im nächsten Moment zum ganzen Stapel, weil wir sie wahrscheinlich alle brauchen. Fast der ganze Abstellraum steht unter Wasser.

„Du glaubst, ich helfe dir damit?“, feixt Nathan immer noch amüsiert und zeigt auf die riesige Pfütze. „Scheiße, nein.“

Ich knie mich neben die Pfütze und schmeiße das erste Handtuch hinein. „Scheiße, doch“, ahme ich ihn nach. „Es ist auch deine Schuld, dass hier alles nass ist!“

Wieder lacht er laut. Er kann gar nicht mehr aufhören, sich über mich lustig zu machen. „Meine Schuld? Ich habe ganz bestimmt nichts damit zu tun, wenn du deinem Chef einen Eimer Wasser über den Kopf schüttest!“

Ich funkel ihn böse an. „Es sollte ja auch eigentlich dich treffen!“

„Wer hätte das gedacht?“ Vor lauter Lachen klopft er sich sogar schon auf sein Knie und muss sich im Türrahmen festhalten.

Je länger er lacht, desto weniger kann ich mir ein Grinsen unterdrücken. Es ist einfach ansteckend. Er sieht so glücklich aus, wenn er lacht, auch wenn er eigentlich über mich lacht. Hauptsache, er lacht. „Halt endlich die Klappe!“, rufe ich ihm zu und versuche vergeblich, mein Grinsen zu unterdrücken. Ich schmeiße ihm das bereits in Wasser getränkte Handtuch gegen die Brust, worauf er sich langsam wieder einbekommt. „Und jetzt hilf mir!“

Ohne dass ich es erwartet hätte, kommt er wirklich – immer noch lachend – auf mich zu und kniet sich neben mich. „Ich sollte dich die Scheiße wirklich alleine sauber machen lassen“, sagt er. „Einfach nur, weil du’s wirklich überhaupt nicht drauf hast.“

„Danach kannst du noch die riesige Pfütze in der Halle sauber machen“, weise ich ihn an und schmeiße das nächste Handtuch ins Wasser, bewege es hin und her, um es aufzusaugen. „Das hast nämlich du angerichtet.“

Er nickt und muss sich auf die Innenwange beißen, um nicht wieder aufzulachen, doch ein belustigtes Grinsen bleibt. Er wischt ebenfalls mit einem Handtuch durch das Wasser.

Weil mich sein doofes Grinsen langsam echt provoziert, spritze ich ihm ein wenig Wasser ins Gesicht. „Hör endlich auf zu grinsen!“

Kurz denke ich, er wird sauer, doch er grinst einfach weiter und wischt sich die Nässe aus dem Gesicht. Er ist so attraktiv, es tut beinahe weh, ihm beim Lachen zuzusehen. „Ich komme einfach noch nicht damit klar, wie schlecht du in so was einfach bist.“

Ich verdrehe die Augen, muss mir allerdings auf die Lippen beißen, um das Grinsen zu unterdrücken, was bestätigt, wie sehr ich diesen Moment gerade genieße. Das ist wahrscheinlich die erste Situation, die ich mit Nathan habe, indem ich mich nicht schlecht fühle. Es macht Spaß, so mit ihm zu lachen, als hätten wir sonst keine anderen Probleme. Als wäre er ein normaler Junge und ich ein normales Mädchen, das einfach nur ein wenig in seine grünen Augen verknallt ist.

Plötzlich klingelt Nathans Hotelhandy in seinem Hausmeistergürtel. Er atmet genervt aus, setzt sich und geht ran. „Ja?“, brummt er und versucht nicht mal, freundlich zu klingen. Dass auch ein Gast dran sein könnte, interessiert ihn gar nicht. „Frag Bill … Ich war vor einer scheiß Stunde erst da, man … Mir scheiß egal, ich kann gerade nicht.“ Dann legt er einfach auf und schiebt sich gereizt das Handy in die Hosentasche.

„Ich hoffe doch, dass da niemand Wichtiges dran war“, sage ich mit erhobener Braue und werfe das nächste nasse Handtuch in den Flur nach draußen.

„Die Küche“, murrt er und schmeißt ein anderes

Handtuch in die Pfütze. „Diese scheiß Roswita ist unfähig, den Mixer richtig zu benutzen, und verstopft ihn heute schon zum dritten mal.“

Ich nicke. „Ah ja, Roswita. Sie ist total lieb, sie bringt mir immer russische Schokolade von zu Hause mit.“

„Sie nervt. Ich renne wegen ihr mindestens viermal am Tag in die Küche, um ihren scheiß Mixer zu reparieren.“

„Vielleicht steht sie ja auf deinen unwiderstehlichen Charme und kann gar nicht genug von dir bekommen.“

Nathan sieht mich mit erhobener Braue an. „Denkst du?“

Ich zucke mit den Achseln. Wahrscheinlich würde ich den Mixer auch ständig verstopfen, wenn Nathan deswegen jedes Mal antanzen muss. „Selbstverständlich. Wer will nicht den ganzen Tag Scheiße und Verdammt hören?“

Jetzt lacht er wieder rau. „Es hört sich so scheiße falsch an, wenn du das sagst.“

„Was? Scheiße?“

„Ja. Hör auf, das zu sagen.“

„Wieso? Steht es mir nicht, wenn ich Scheiße sage?“

„Honor.“

„Scheiße Alter, was?“, ahme ich ihn mit tieferer Stimme nach. Gott, so konnte ich ja noch nie mit ihm umgehen. Es bereitet mir richtig Freude, ihn ein wenig auf den Arm zu nehmen. Immerhin macht er das mit mir auch immer.

Jetzt atmet Nathan ein und aus, allerdings nicht, ohne sich ein Lächeln verkneifen zu können. „So ’ne

Scheiße würde ich nie aussprechen."

„Scheiße, dann muss ich meine verfluchte scheiß Aussprache korrigieren. Verdammte Scheiße aber auch."

„Selbst wenn du fluchst, klingst du bescheuert."

„Scheiße, das …" Ich schrecke zurück, weil jetzt Nathan derjenige ist, der mir Wasser ins Gesicht spritzt. Beinahe überrascht davon, dass er so etwas macht, sehe ich ihn an. Er grinst sogar selbstgefällig dabei.

„Sag noch einmal Scheiße und ich erzähle Paul die Scheiße mit dem Schlüssel", droht er mir und wischt weiter das Wasser auf.

Ich seufze. Na toll, stimmt ja. Das Problem mit dem Schlüssel habe ich ja immer noch. Das wird ganz schön teuer. „Das habe ich schon fast vergessen", sage ich deprimiert. „Ich weiß echt nicht, wie mir so was passieren konnte. Er ist einfach abgebrochen."

„Ich hab den Schlüsseldienst schon gerufen", sagt Nathan beiläufig, als wäre es selbstverständlich, dass er das für mich tut. „Ich hätte mich natürlich schon früher darum kümmern können, wenn du nicht den Dachboden unter Wasser gesetzt hättest."

Und zum gefühlt hundertsten Mal verdrehe ich die Augen. „Ich hab's verstanden."

Für einen kurzen Moment herrscht Stille zwischen uns, doch es ist eine angenehme Stille. Wir sitzen einfach hier und wischen das Wasser weg. Ich genieße es, mehr als ich sollte. Ich mag Nathans Nähe, es beruhigt mich auf eine gewisse Art und Weise, bei ihm zu sein und zu wissen, dass es ihm gut geht.

Ich wollte die Woche öfter mal nach ihm gucken, doch ich habe ihn nie angetroffen. Sogar Dale habe ich nicht mehr gesehen. Ich warte nur auf den Tag, an dem ich seine Eltern kennenlernen werde.

„Fuck, das dauert Stunden", flucht Nathan nach einer Weile. Er steht auf und ich sehe ihm verwirrt hinterher, wie er zu dem Regal mit den alten Handtüchern geht und alle auf einmal nimmt und in die Pfütze schmeißt.

Mit erhobenen Brauen sehe ich auf den Haufen Handtücher vor mir. „Ich wette, davon hätten wir nur die Hälfte gebraucht."

„Mir scheiß egal, wir werden sonst nie fertig." Er kniet sich wieder neben mich und verteilt die Handtücher in der Pfütze.

Ich helfe ihm, bis sich unsere Hände für einen kurzen Augenblick berühren. Ein heftiger Blitzschlag macht sich in meinem Körper bemerkbar und sofort beginnt meine Kopfhaut zu prickeln. Berühre ich Nathan wirklich so selten, dass mein Körper gleich so reagiert, sobald ich ihm nahe komme?

Ich halte inne, während Nathans Hand sofort zurückzuckt, als hätte er sich verbrannt. Er hört auf, die Handtücher zu verteilen, und ich traue mich nicht mal, ihn anzusehen. Er sagt nichts, richtet sich nur mehr auf, während ich so tue, als wäre nichts passiert. Ob er auch so etwas spürt wie ich?

„Du, ähm", sagt er. „Mach das", er steht auf, „mach die Scheiße hier fertig und … Ich muss in die Küche, wegen Roswitas Mixer."

Ich sehe zu ihm auf, während er zum Ausgang geht und mich hier alleine sitzen lässt. Jetzt plötzlich muss er doch zu Roswita?

Er dreht sich noch einmal zu mir, als er im Türrahmen steht, doch er sieht mich nicht an. Er wirkt, als wäre er verwirrt und gleichzeitig nachdenklich. „Ich geb‘ dir Bescheid, wenn der Schlüsseldienst da war und dir einen neuen Schlüssel gemacht hat.“

Ich nicke, traurig darüber, dass er mich einfach zurücklässt. „Okay“, hauche ich und sehe auf die vielen nassen Handtücher vor mir.

Ich bemerke, wie er noch kurz dort steht, doch dann verschwindet er schließlich und schließt die Tür.

Kapitel 13

Natürlich habe ich von Nathan den ganzen Tag kein Wort mehr gehört. Ich habe nur nebenbei mitbekommen, wie der Schlüsseldienst kam, doch anstatt mir – wie er es gesagt hatte – Bescheid zu geben, wenn ich einen neuen Schlüssel bekomme, hat er ihn einfach in meine Tasche gelegt. Eigentlich nett von ihm, hätte ich nicht nur schon wieder das Gefühl, er versucht, mir aus dem Weg zu gehen.

Als ich durch das große Tor vor unserem Hof gehe und zu unserem Haus laufe, fällt mir ein unbekanntes Auto auf. Ein schwarzer Corsa. Ich habe ihn noch nie hier gesehen. Doch ich denke mir nichts dabei. Gut möglich, dass der Gasuhr-Ableser da ist. Ich schließe die Haustür auf und sofort kommt mir ein wohliger Geruch von Kuchen entgegen.

„Honor?", ertönt Mamas Stimme aus der Küche.

„Ja?" rufe ich zurück, während ich meinen Mantel ausziehe. Ich gehe in die Küche und zwei Augenpaare lächeln mich an. Eine Frau und ein Mann, die ich nicht kenne.

„Schön, dass du da bist", sagt meine Mutter lächelnd und steht auf, legt mir den Arm um die Schulter. „Das ist sie", stellt sie mich den zwei Fremden vor.

Die braunhaarige Frau steht auf und kommt warm lächelnd auf mich zu. Sie ist extrem dünn, weswegen ihre Wangenknochen unnatürlich hervorstechen und die Hose, die sie trägt, schlabbert an ihren Beinen, obwohl ich mir sicher bin, dass das schon die kleinste Größe ist. Ihre Haare liegen perfekt auf ihren Schultern, ihre Haut ist rein. Allerdings sieht man ihr an, dass sie schon älter ist. Dadurch, dass sie so dünn ist, wirkt ihre Haut faltiger und lascher. Graziös geht sie Schritt für Schritt auf mich zu, ihre blauen Augen sind direkt auf meine gerichtet. „Wie schön“, sagt sie. Ihre Stimme ist sanft und beinahe wohltuend für das menschliche Ohr. „Endlich bekommen wir die schöne Honor-Marie zu Gesicht.“

„Wie sie gewachsen ist“, sagt der Herr, von dem ich mir sicher bin, dass er ihr Mann ist. Er hat ebenfalls braunes Haar, wirkt jedoch noch lange nicht so abgemagert wie sie. Er ist groß, schlaksig und strahlt die gleiche Grazie aus wie sie.

Die Frau steht jetzt unmittelbar vor mir. Sie ist genauso groß wie ich, weswegen ich ihr direk in die Augen sehen kann. Sie betrachtet mich lächelnd von oben bis unten, als wäre ich ein Meisterwerk. „Wie ein wahrer Engel“, sagt sie.

„Nicht wahr?“, freut sich meine Mutter und streichelt mir über den Arm. „Honor, das sind Esther und Joel. Sie sind alte Bekannte von uns und wollten dich unbedingt kennenlernen.“

Ich sehe von meiner Mutter zu Esther und Joel. Sie sind beinahe zu glücklich, mich anzutreffen. Sie wirken seltsam, auch wenn sie eigentlich nett aussehen. Ihr Lächeln scheint wie eingemeißelt zu sein. Das ist gruselig.

„Setz dich doch zu uns, ich habe extra Kuchen gemacht“, sagt meine Mutter und drückt mich zum

Tisch.

Esther setzt sich mir genau gegenüber und kann gar nicht die Augen von mir lassen. Sie beobachtet jede Bewegung von mir, als fasziniere ich sie. Ich versuche, sie nicht ständig anzusehen, damit die Situation nicht noch merkwürdiger wird.

„Wo ist Papa?“, frage ich, als mir auffällt, dass er nicht anwesend ist.

Meine Mutter schneidet mir ein Stück von dem Kuchen ab und legt ihn mir auf den Teller. „Er schläft. Wir waren heute im Krankenhaus, jetzt ist er sehr müde.“

Ich nicke verstehend und nehme die Gabel, um von dem Kuchen zu essen. Ich spüre weiterhin die Blicke von Esther und Joel auf mir. Langsam wird es ungemütlich. Wer sind diese Leute?

„Honor, erzähl doch Esther und Joel mal von deinem nächsten Ziel“, sagt meine Mutter wieder freudestrahlend.

Ich sehe wieder zu Esther und Joel, die mich neugierig betrachten. Gott, habe ich irgendetwas in meinem Gesicht? Ich bin doch kein Museumsstück. „Na ja“, krächze ich und picke in dem Kuchen herum. Diese starren Blicke machen mich nervös, deswegen sehe ich wieder auf meinen Teller, während ich rede. „Ich spiele Violine und, ähm, Piano und … also … nächstes Jahr will ich auf die Musikhochschule in Birmingham, um dort zu studieren.“

Esther nickt, als wäre das das Tollste, das sie je gehört hat. „Violine und Piano“, wiederholt sie und sieht zu Joel. „Ich sagte doch, dass sie mit Sicherheit nicht nur ein Instrument spielt. Sie ist ein Naturtalent."

Er lacht. „Du hattest recht, Liebling. Wie konnte ich mich irren?"

Esther sieht wieder zu mir und legt den Kopf schief. „Und sag mal, Honor-Marie, was macht denn die Schule? Ich hoffe doch, du schreibst gute Noten."

„Sie schreibt nur Einsen", antwortet meine Mutter für mich. „Sie weiß ganz genau, was sie will."

„Das klingt ja toll. So hatte ich mir dich vorgestellt."

Ich versuche, mir meine Skepsis nicht ansehen zu lassen, als ich mich an Mama wende. „Woher, ähm, kennt ihr euch denn?"

„Hach, dein Vater und ich haben Esther und Joel damals im Kirchenverein kennengelernt. Wie lange ist das schon her, Esther? Fünfundzwanzig Jahre?"

„Mehr!", lacht Esther und lehnt sich zurück. „Ich denke, es sind fünfzehn Jahre."

„War das nicht sogar eine Woche nach eurer Hochzeit?", frag Joel.

„Stimmt!" Meine Mutter lacht. „Kaum zu glauben, wie lange das schon her ist." Sie sieht wieder zu mir. „Du musst wissen, dass Esther und Joel vor zehn Jahren nach London gezogen sind und wir sie seitdem nicht mehr gesehen haben."

„Ja, zehn Jahre", wiederholt Esther und sieht von meiner Mutter zu mir. „Ich habe dich das letzte Mal gesehen, da warst du noch ein achtjähriges Schulkind. Aber du bist immer noch der gleiche Engel wie früher."

Ich halte inne. Ich lasse beinahe die Gabel fallen,

als mich die Erkenntnis direkt ins Gesicht trifft.

Esther und Joel sind Nathans Eltern.

Wie konnte ich nicht schon von der ersten Sekunde daran denken? Dale meinte doch, dass sie demnächst Kontakt mit meinen Eltern aufnehmen würden, weil sie sich schon jahrelang kennen. Und die Tatsache, dass sie vor zehn Jahren gegangen sind, passt perfekt ins Bild dieses Rätsels. Das hier sind definitiv Nathans und Dales Eltern.

Oh mein Gott.

Sie kommen mir beinahe viel zu nett vor, um Nathans Eltern zu sein. Viel zu nett. Ich hatte sie mir wie die Teufelsanhänger höchstpersönlich vorgestellt, doch nicht so. Sie lächeln und sitzen hier ganz normal, essen Kuchen mit meiner Mutter und reden mit mir, machen mir Komplimente.

Doch jetzt, wo mir klar ist, dass diese zwei lächelnden Menschen wirklich die sind, die Nathan grausame Dinge angetan haben sollen, sehe ich sie mit anderen Augen.

Esther wirkt plötzlich nur noch verrückt auf mich und Joel wie ihr Anhänger. Sie hat böse Augen, sie sind verhältnismäßig zu weit aufgerissen und durchdringen meinen Blick stark, das ist nicht normal. Die Art, wie sie sich bewegt und ihre dünnen, adrigen Hände übereinanderlegt, wirkt nicht ganz normal. Sogar ihre Fingernägel sind zu perfekt gefeilt.

Ich betrachte Esther ganz genau. Sie lächelt noch immer, doch ich beginne jetzt schon, sie zu verachten. Genauso wie Joel. „Wie können Sie das sagen?“ frage ich sie. „Sie kannten mich doch nie. Vielleicht bin ich ja mehr Teufel als Engel.“

Ich dachte, dass ein kleines Stück der Fassade bröckeln würde, doch ihr Lächeln bleibt. Sie neigt ihren Kopf leicht. „Natürlich bist du kein Teufel, Honor-Marie. Ich kenne dich nicht sehr gut, das stimmt, doch ich sehe Menschen an, ob sie gut oder böse sind."

„Honor", korrigiere ich sie.

„Wie bitte?"

„Honor reicht. Niemand nennt mich Honor-Marie."

Ihr Lächeln ist immer noch beständig. „Selbstverständlich. Honor."

Ich erwidere nichts mehr, sondern nehme den ersten Bissen von dem Kuchen vor mir und verziehe das Gesicht. Ist da überhaupt Zucker drin?

Esther kichert ein wenig. „Anscheinend schmeckt dir veganer Kuchen nicht."

Ich sehe sie entsetzt an. „Vegan?"

„Ja", sagt meine Mutter, als wäre es normal, dass es in unserem Haus veganen Kuchen gibt. „Esther und Joel essen ausschließlich vegan, deshalb habe ich einen veganen Kuchen gebacken."

„Wir würden kein Geschöpf Gottes leiden lassen, nur um Köstlichkeiten zu genießen", erklärt Esther und sieht zu Joel. „Nicht wahr, Liebling?"

Dieser nickt. „Niemals. Kein Lebewesen dieser Erde soll für uns leiden müssen."

Mit gerunzelter Stirn betrachte ich sie. Was sind das denn für Sprüche? Sie wirken noch verrückter als vorher. „Aha", murmle ich nur und schiebe den Teller weg. Das werde ich bestimmt nicht essen.

„Deine Mutter hat erzählt, dass du in dem Hotel

deines Großvaters arbeitest“, fängt Esther wieder ein Gespräch an. Gott, dieses Lächeln macht mich noch irre.

Ich nicke. „Ja … in den Ferien. Nächste Woche habe ich wieder Schule.“

Ihre Mundwinkel heben sich noch ein wenig mehr. „Wie schön. Dann bin ich mir sicher, dass du unseren Sohn kennst. Er hat dort vor Kurzem noch gearbeitet.“

Sofort steigt mein Puls. Sie offenbaren mir, dass Nathan ihr Sohn ist? Und sie wissen, dass er dort arbeitet? Ich schlucke. „Ja“, sage ich mit schwacher Stimme. Meine Handflächen beginnen zu schwitzen. “Jetzt arbeitet er aber nicht mehr da. Er wurde am Montag gekündigt.“

„Wie schade“, sagt Esther und klimpert mit ihren langen Wimpern. „Ich bin mir sicher, er war ein guter Arbeiter. Habt ihr denn noch Kontakt? Joel und ich haben ihn schon seit Ewigkeiten nicht mehr gesehen.“

Mir rutscht das Herz in die Hose. Schwach schüttle ich den Kopf. „Nein“, krächze ich. „I-Ich – Mama will nicht, dass ich mit ihm zu tun habe, und daran halte ich mich.“

Meine Mutter legt ihre Hand auf meine Schulter. „Genau. Sie weiß jetzt, dass er sie nur auf die falsche Bahn führt, deswegen habe ich die Sache sofort mit ihr geklärt.“

Esther nickt wieder und sieht von meiner Mutter zu mir. „Das ist gut. Ich liebe meinen Sohn zwar, doch er war schon immer bekannt dafür, schlecht mit seinen Mitmenschen umzugehen.“ Sie seufzt. „Ich weiß nicht, was mit ihm nur falsch gelaufen ist. Ich wünschte, wir könnten ihn wenigstens nach zehn Jahren wiedersehen."

„Er fehlt uns wirklich sehr", beteuert Joel und legt seine Hand traurig auf Esthers Schulter, die ebenfalls traurig guckt und sich an ihn lehnt. „Doch wer verübelt es uns? Wir wissen nicht, wo er lebt, was er tut. Er könnte auf der Straße leben und wir hätten keine Chance, ihm zu helfen."

Ich muss mir einen verachtenden Blick verkneifen. Was reden sie da nur? Sie tun so, als würden sie sich um Nathan sorgen. Es widert mich an. Ich glaube ihnen kein Wort, nicht mal eine Sekunde kaufe ich ihnen dieses kleine Schauspiel ab. In diesem Moment ist es wahrscheinlich besser, dass ich nicht genau weiß, was sie damals mit ihm und Dale gemacht haben, denn dann würde ich ihnen die Augen auskratzen. Zumindest in meiner Vorstellung.

„Wir machen uns wirklich große Sorgen um ihn", spricht Esther weiter.

„Das kann ich mir vorstellen", lüge ich und versuche, ihnen zu vermitteln, dass ich Mitleid mit ihnen habe. „Es muss schlimm sein, den eigenen Sohn, den man über alles liebt, zehn Jahre lang nicht zu sehen."

Esther nickt wieder traurig. „Ja … Er ist damals einfach verschwunden, weißt du? Ohne sich zu verabschieden."

„Du musst wissen, dass Esther und Joel extra wegen ihm wieder nach Cardiff gezogen sind", erklärt meine Mutter mir. „Sie wollen ihn unbedingt wiedersehen."

Ich beiße mir auf die Zunge, damit ich nichts sage. Wenn sie wirklich denken, ich erzähle ihnen irgendetwas über Nathan, dann haben sie sich geschnitten. Niemals würde ich ihn verraten.

„Honor“, seufzt Joel und streicht über Esthers Arm, während sie noch immer traurig an ihm lehnt. „Weißt du vielleicht, wo wir ihn finden könnten? Wir wissen zwar, dass ihr keinen Kontakt habt, doch uns ist jede Hilfe recht.“

Sofort schüttel ich den Kopf. „Nein, tut mir leid. Ich weiß nicht, wo er wohnt.“

„Wirklich?“, schnieft Esther. Gott, weint sie? „Nicht mal irgendeine Ahnung? Bitte tu uns den Gefallen. Er ist unser Fleisch und Blut.“

„Ich weiß nichts“, erwidere ich erneut und kneife mir in den Schenkel, weil ich so nervös bin. „I-Ich … Er hat mir nie sagen wollen, wo er lebt oder was er tut. Wir mochten uns sowieso nie … er war immer gemein zu mir.“

„Oh“, macht Esther. „Ist er schlecht mit dir umgegangen?“

Ich nicke und versuche, traurig zu wirken. „Ja … er hat mich ständig beschimpft. Meine Mutter hatte recht, als sie entschieden hat, ihn feuern zu lassen. Er ist ein schlechter Mensch.“

Jetzt richtet sich Esther wieder auf. Ihre Trauer ist ihr kaum noch anzusehen. „Er ist der Teufel … nicht wahr?“, fragt sie mich und ein Blitz erscheint in ihren hellen Augen.

Ein Schauer überkommt mich. Sie wirkt wie eine Irre, wie sie mich so ansieht. So abschätzend und durchdringend. „Ja“, bestätige ich eingeschüchtert ihre Aussage und nicke. „E-Er ist der Teufel."

Wie verrückt kann ein Mensch nur auf andere wirken? Wie kann meine Mutter mit diesen Leuten befreundet sein? Jeder merkt sofort, dass etwas mit ihnen nicht stimmt. Nur Gleichgesinnte würden sich mit ihnen abgeben, doch das sind meine Eltern absolut nicht. Oder?

„Er hat noch immer diese grüne Iris, nicht wahr?" fragt Esther mich erneut mit ihren aufgerissenen, verrückten Augen und lehnt sich etwas über den Tisch. „Wie die einer Schlange."

Ich drücke mich unbehaglich gegen den Stuhl. Was redet sie denn da? „Was?"

Joel zieht Esther etwas zurück, die mich dennoch immer noch anstarrt, als erwartete sie eine Antwort. „Es wird Zeit für uns zu gehen", sagt er und steht auf. Er zieht Esther hoch.

Ein krankes Lächeln umspielt wieder ihre Lippen. „Wie die einer Schlange", haucht sie. „Oder?"

„Esther!", warnt meine Mutter sie und steht ebenfalls auf, weil sie meine Angst bemerkt. „Ja, ihr solltet vielleicht gehen, Joel. Honor muss mir sowieso noch in der Küche helfen."

Ich kann meinen Blick nicht von Esthers Augen nehmen. Sie starrt mich weiterhin an, während Joel sie am Tisch vorbeizieht. Ich bekomme das Gefühl, sie will mir irgendetwas sagen oder mir einfach direkt in die Seele blicken. Sie sieht aus wie eine Frau, die gerade aus der Anstalt geflohen ist.

„Es war schön bei euch", sagt Joel und schüttelt Mamas Hand, während sie in den Flur gehen. Er zieht Esther hinter sich her.

Ich bleibe am Tisch sitzen und sehe sie weiter an.

Sie formt mehrere Wörter mit ihren Lippen, doch spricht sie nicht aus. Ich weiß nicht, was sie sagt, es klingt verwirrt. Joel zieht sie in den Flur und sie verschwindet aus meinem Blickfeld.

Erst jetzt fällt mir auf, dass sich meine Finger der rechten Hand schmerzhaft in meinen linken Arm gebohrt haben. Er blutet fast. Ich höre, wie meine Mutter die beiden zu ihrem Auto begleitet, was mir kurz Luft zum Atmen gibt. Mein Herz pocht wie wild. Schnell überlege ich. Ich muss Dale anrufen. Esther und Joel scheinen Nathan wirklich dringend sehen zu wollen, er muss das wissen.

Als ich mir das Telefon schnappe und in mein Zimmer renne, um Dale anzurufen, fällt mir ein, dass ich nicht mal herausbekommen habe, wo Nathans Eltern wohnen. Mist, ich hätte mich mehr konzentrieren sollen. Ich wähle aufgeregt Dales Nummer und kaue mir an den Fingernägeln. Ich schließe schnell mit meinem Fuß die Tür meines Zimmers.

Während es tutet, sehe ich aus dem Fenster in den Hof zu Mama und Nathans Eltern.

Genau in dem Moment, in dem Esther ins Auto steigt, sieht sie direkt zu mir nach oben. Als wüsste sie, dass ich hier stehe. Ein krankes Lächeln spiegelt sich in ihrem Gesicht, als Joel losfährt.

Sofort gehe ich von dem Fenster weg und presse mich an die Wand. Ich könnte schwören, mein Herz ist nicht mehr an Ort und Stelle. Es ist mir mindestens bis zu den Fußsohlen gerutscht. Sie hat mich gesehen, wie ich mir das Telefon ans Ohr halte. Verdammt. Ob sie sich denken kann, dass ich sofort

Nathan kontaktiere?

„Hallo?", ertönt Dales Stimme in der Leitung.

Augenblicklich bin ich wieder im Hier und Jetzt. Doch mein Atem geht noch immer zu schnell. „Dale", keuche ich. „D-Dale, sie waren hier."

„Honor?", fragt er verwirrt.

„Ja. Dale, sie waren hier." Aufgebracht laufe ich von links nach rechts. „Eure Eltern, sie waren hier!"

„Wow, ganz ruhig! Du …"

Immer noch entsetzt davon, wie krank Esthers Blick eben war, setze ich mich auf meine Bettkante. „Sie sind verrückt", hauche ich und halte meinen Kopf. „I-Ihr sagtet, sie sind schlimm, a-aber … Esther, sie … sie ist verrückt!"

„Honor, bitte, bleib ganz ruhig, ja? Soll ich dich holen?"

Schnell schüttele ich den Kopf. „Nein, das geht nicht. Mama würde es merken." Ich versuche, mich zu beruhigen, indem ich tief ein- und ausatme und kurz die Augen schließe. „Aber, ähm, du könntest nachher kommen … also heute Nacht."

Ich höre ihn rau lachen. „Du willst dich also wieder rausschleichen?"

„Was anderes bleibt mir nicht übrig."

„Na, wie du meinst. Dann komme ich heute Nacht. Ich komme um, ääh, halb drei? Bist du da wach?"

Erschöpft lasse ich mich zurück ins Bett fallen und nicke. „Ja … Ich werde wach sein."

„Gut. Honor, mach dir keine Gedanken, ich weiß, wie unsere Eltern drauf sind. Wir reden nachher."

Wieder nicke ich und schließe die Augen und sehe

dieses Bild von Esther, wie sie mich anstarrt, ständig sagt „Wie eine Schlange, nicht wahr?“ und dann noch diese Situation eben am Fenster.

„Ja“, wispere ich. „Wir reden nachher.“

„Und sie hatte so einen kranken Blick“, erzähle ich aufgebracht Dale mein Erlebnis mit seiner Mutter, nachdem ich mich erfolgreich in sein Auto geschlichen habe. „Sie wirkte, als wäre sie besessen von irgendetwas, als könnte sie mir in die Seele blicken.“ Immer noch total benebelt von dieser Frau fahre ich mir durch die blonden Haare und lehne mich in den Sitz zurück. „Und sie hat so seltsame Dinge gesagt. Sie hat irgendetwas von Nathans Augen geredet und dass sie so grün wären wie die einer Schlange. Das war so … einfach so verrückt.“

„Wie die einer Schlange?“, fragt Dale, während wir zu Nathan nach Hause fahren.

„Ja. So grün wie die einer Schlange, sagte sie ständig.“

Nachdenklich kaut sich Dale auf der Lippe und tippt mit seinem Finger auf dem Lenkrad.

Ich sehe ihn an. „Was meint sie damit?“

„Kein Plan.“

Ich seufze und sehe wieder nach vorne. Er ist genauso stur wie Nathan, langsam nervt es. „Du weißt es, Dale und ich will es wissen. Nathan redet schon nicht mit mir über diese Dinge und wenn – wie du behauptet hast – ich so viel mit dem ganzen Zeug zu tun habe, dann muss ich auch wissen, worum es hier geht. Ihr könnt das alles nicht ewig vor mir geheim halten.“

Gestresst reibt sich Dale über die Stirn. „Ich weiß auch nicht so viel über diese Scheiße, aber als ich noch bei ihnen gelebt habe, haben sie auch ständig über Nathans grüne Augen geredet. Sie haben sie einfach gehasst, ich weiß nicht, wieso. Unsere Eltern sind so abgefuckt besessen und ich verstehe auch nicht alles, was die da vor sich hin labern."

„Sie haben Nathans Augen gehasst?" Oh Gott. „Aber er kann doch für seine Augenfarbe nichts."

„Kein Plan. Ich habe blaue Augen und sie auch. Nathan hat grüne und irgendwie konnten sie das nicht akzeptieren. Aber im Großen und Ganzen haben sie sowieso alles an ihm gehasst."

„Aber wieso? Sie können doch einen kleinen Jungen nicht einfach hassen!"

„Ich … Das …", Dale fährt sich nervös durch die Haare, „ich kann dir die ganze Scheiße nicht erzählen, Nathan muss das tun. Auch wenn er mich hasst, ist er immer noch mein kleiner Bruder und ich bin mir sicher, er würde mich noch mehr hassen, wenn ich dir jetzt mehr erzähle."

„Aber er wird es mir niemals erzählen", jammere ich. „Das Einzige, das passieren wird, ist, dass es nur noch mehr Fragezeichen in meinem Kopf gibt."

„Er wird es dir erzählen, wenn er es für richtig hält, Honor. Er weiß, dass er nicht mehr drumherum kommt."

Wir kommen bei Nathan an und noch bevor Dale überhaupt sein Auto stoppen kann, entdecken wir ihn schon am Straßenrand mit Will. Ich erkenne sofort, dass Will wieder betrunken ist, denn Nathan muss ihn stützen, weil er ständig über seine eigenen

Füße stolpert.

„Was zur Hölle geht denn hier ab?", fragt Dale, als er das Auto anhält.

Ich seufze nur. „Das scheint wohl normal bei den beiden zu sein."

Wir steigen aus und Nathan stemmt Will gegen die Hauswand. Will grinst breit, als er uns entdeckt. „Honor!", ruft er lallend. „Und ein Fremder! Ihr seid stets willkommen!"

„Warum zum Fick springst du unter der Woche um halb drei Uhr nachts hier rum?", fragt Dale Nathan und ignoriert Will, der versucht, sich weiter gegen die Wand zu lehnen.

Nathan geht zu seinem Motorrad und versucht, seinen Schlüssel in das Zündloch zu stecken. Ich betrachte ihn skeptisch.

„Alter, bist du betrunken?", liest Dale meine Gedanken und geht auf Nathan zu.

„Natürlich ist er das!", ruft Will – anscheinend total zufrieden mit der Welt. „Deswegen fährt er mich ja jetzt nach Hause!"

„Was?" Dale sieht von Will zu Nathan, der es endlich geschafft hat, den Schlüssel ins Schlüsselloch zu stecken. Allerdings zieht Dale ihn schnell wieder raus. „Bist du noch ganz bei Trost? Du willst besoffen umher fahren? Willst du dich umbringen?"

Nathan funkelt ihn böse an und versucht, ihm den Schlüssel aus der Hand zu nehmen, doch Dale ist schneller. „Verpiss dich", knurrt er. „Es hat dich einen Scheiß zu interessieren, was ich tue." Auf jeden Fall ist Nathan noch lange nicht so betrunken wie Will, denn seine Aussprache ist definitiv noch verständlich.

„Ich bin dein großer Bruder“, erinnert Dale ihn und geht von ihm weg. „Und es interessiert mich immer, was du tust.“ Er kommt zu mir und drückt mir die Schlüssel in die Hand. „Ich werde diesen Vollidioten hier an der Wand nach Hause fahren, dann komme ich sofort zurück. Ich bin mir sicher, dass du mit Nathan schon klarkommst, er tut dir nichts. Okay?“

Doch noch bevor ich protestieren kann, weil Nathan alles andere als gelassen wirkt, geht Dale wieder zu Will und zieht ihn am Arm zu seinem Auto.

„Hey, hey, hey“, lallt Will und versucht Schritt zu halten. „Nicht so schnell, ich sehe schon Sternchen.“

„Mir scheißegal“, zischt Dale und öffnet die Beifahrertür.

Will wird hineingedrückt und lässt sich sofort in den Sitz sinken. „Scheiße, ich sehe Sternchen … Du musst dich beeilen, sonst bin ich ohnmächtig, bevor ich nach Hause komme!“

Dale atmet genervt durch und geht auf die andere Seite. „Honor!“, ruft er mir noch zu. „Es wird nicht lange dauern, versprochen! Geht schon mal hoch, bevor der andere Wichser erfriert!“

Ich nicke hastig und Dale setzt sich ins Auto, fährt davon. Ich sehe zu Nathan, doch muss feststellen, dass er gar nicht mehr an seinem Motorrad steht.

Er sitzt vor seiner Haustür und sieht mich an. „Willst du nicht langsam mal die Tür aufschließen?“

Ich erwache aus meiner Starre und gehe nickend

zur Tür an ihm vorbei. „Wahrscheinlich muss ich dir nicht sagen, dass Freundlichkeit nichts kostet."

Er stemmt sich stöhnend auf und folgt mir ins Haus. „Du tauchst mitten in der Nacht bei mir zu Hause auf und erwartest dann noch, dass ich freundlich bin?" Er geht an mir vorbei, während ich die Tür aufschließe. „Wohl kaum."

Ich seufze und folge ihm die vielen Treppen nach oben. Ich würde gerne seine freche Art auf den Alkohol schieben, doch diesmal kann ich es nicht. Er würde auch ohne Alkohol so reagieren, wenn ich einfach um halb drei Uhr morgens bei ihm vor der Tür stehe. Zumal er wirklich nicht viel getrunken haben kann, denn er kann geradeaus laufen und spricht deutlich.

Ich folge Nathan in seine Wohnung und erst jetzt fällt mir auf, wie sehr ich mich schon an ihn und seine unfreundliche Art gewöhnt habe. Es ist einfach normal, dass er an manchen Tagen gemein ist und an manchen Tage – erträglich.

„Also", sagt er, als er sich auf seine Couch fallen lässt. „Was suchst du diesmal hier?"

Ich bleibe im Türrahmen des Wohnzimmers stehen und runzle die Stirn. Mag ja sein, dass er Alkohol getrunken hat, aber das heißt noch lange nicht, dass er so mit mir umspringen kann. Ich komme schließlich wegen seiner Eltern und nicht wegen meiner. „Kannst du nicht wenigstens versuchen, normal mit mir zu reden?", nörgle ich und verschränke die Arme.

Er verdreht die Augen. „Natürlich fängst du wieder mit der gleichen Scheiße an."

„Wenn du dich – mal wieder – wie ein Fiesling verhältst."

„Wie ein Fiesling." Er lacht. „Drück dich doch noch beschissener aus."

Ich rümpfe aufgebracht die Nase. Das hätte ich mir auch sparen können. Natürlich muss er wieder ein Idiot sein und mich beleidigen. „Okay", sage ich und drehe mich um. „Anscheinend hast du nicht vor, dich zu benehmen, also werde ich gehen." Wütend und enttäuscht zugleich gehe ich zur Tür. Ich hätte es mir denken können. Nathan hat vergessen, dass wir auf der Arbeit zusammen gelacht haben, und fällt wieder in sein altes Verhaltensmuster zurück. Ohne Grund, einfach so. „Wieso komme ich überhaupt hierher?"

„Hey", sagt Nathan, der jetzt ebenfalls in den Flur kommt. Seine Brauen sind zusammengeschoben, als könnt er es nicht nachvollziehen, dass ich einfach gehen will. „Was soll das werden?"

„Nach was sieht es denn aus?" Launisch greife ich nach dem Türgriff, öffne die Tür. „Ich verschwinde. So willst du es doch, weil du wieder unausstehlich bist."

Doch noch bevor ich überhaupt aus der Tür verschwinden kann, drückt Nathan sie vor meiner Nase zu und lehnt sich dagegen. „Ich hab nicht gesagt, dass du verschwinden sollst."

Wieder verschränke ich die Arme. „Ich will aber nicht hierbleiben, wenn du gemein bist. Ich kann nicht ständig denken, dass du mich magst, und im nächsten Moment beleidigst du mich wieder. Nathan, so funktioniert das nicht."

Er runzelt die Stirn. „So funktioniert was nicht?"

„Ich …“ Ja, was genau funktioniert denn nicht? Wie soll man das auch nennen, was Nathan und ich haben? „Ist doch vollkommen egal, ich werde gehen“, sage ich jetzt entschlossen und will an ihm vorbei zur Tür greifen.

Doch wieder drängt er sich dazwischen. „Nein.“

Ich sehe ihn verwirrt an. „Was heißt hier Nein? Ich …“

„Ich möchte nicht, dass du gehst“, unterbricht er mich und mit einem Mal schlägt mein Herz schneller.

„Dann willst du mich hier bei dir behalten, damit du mich beleidigen kannst?“

Sein Gesicht verzieht sich und er sieht von mir weg, als wäre ich diejenige, die ihn jetzt beschimpft hat. „Nein“, murmelt er. „Ich will einfach … Gott, Honor, kannst du dich nicht einfach ins scheiß Wohnzimmer setzen?“

Überrascht von seinen Worten blinzel ich. Nathan will, dass ich bleibe? Einfach so? Er hat es zwar nicht sonderlich nett ausgedrückt, doch die Kernaussage bleibt. Er will mich bei sich haben. Oder er duldet, dass ich bei ihm bin. Oder es lässt mich einfach nicht gehen. Ich kann die Hitze, die mir in den Kopf steigt, nicht aufhalten, als mir klar wird, dass er mich tatsächlich in seiner Nähe haben will.

Wie benebelt nicke ich.

Er atmet durch, als wäre es ihm eine Last gewesen, so etwas auszusprechen. Wahrscheinlich war es das auch. Es ist das erste Mal, dass Nathan so etwas auch nur andeutet.

Ich drehe mich mit gestiegener Hitze um und gehe ins Wohnzimmer. Nathan folgt mir und ich setze mich auf die Couch und er gesellt sich auf das andere Sofa, weiter von mir weg.

Für einen kurzen Moment herrscht eine unangenehme Stille. Niemand scheint zu wissen, was wir sagen sollen.

Doch schließlich unterbreche ich die Ruhe. „Ich, ähm … Deine Eltern waren gestern Abend bei uns zu Hause.“

„Ich weiß. Dale hat es mir bereits erzählt“, sagt er, ohne mich anzusehen.

„Okay“, hauche ich und sehe auf meine Finger, die nervös miteinander spielen. Kaum zu glauben, dass ich hier sitze, nachdem Nathan mich darum gebeten hat, zu bleiben. „Wieso bist du betrunken?“

„Ich bin nicht betrunken.“

„Aber du hast Alkohol getrunken.“

„Ja, aber ich bin nicht betrunken. Ich kann klar denken und reden.“

Ich nicke und verziehe nachdenklich den Mund. „Okay … Gab es etwas zu feiern?“

Jetzt sieht er mich mit gerunzelter Stirn an. „Wieso sollte es etwas zu feiern geben?“

„Weil du Alkohol getrunken hast.“

Kurz schweigt er, dann sieht er wieder weg zu Diabo, der schlafend neben seinem Sessel liegt. „Nein, es gab nichts zu feiern.“

„Oh“, sage ich leise. „Und … Du trinkst einfach so?“

„Wir trinken immer, nachdem wir bei Eduard waren“, erklärt er ehrlich und es überrascht mich. Er erzählt mir etwas, ohne mich zu beleidigen, dass ich zu neugierig bin? Das muss der Alkohol sein.

Doch wenn er schon mal, auch wenn nur durch Alkohol, so ehrlich ist, kann ich die Situation für mich nutzen. „Was macht ihr denn immer bei Eduard?“

Er sieht mich mit erhobener Braue an. „Was? Denkst du, nur weil ich Alkohol getrunken habe, erzähle ich dir sofort jede Scheiße?“

Vor seinen harschen Worten zucke ich ein wenig zurück. „Tut mir leid“, sage ich kleinlaut. „Ich wollte dir nicht zu nahe treten.“

Er seufzt und schweigt kurz. Dann erzählt er: „Er sagt uns, was wir tun sollen und wir tun es.“

Ich sehe ihn wieder an. Diesmal hoffnungsvoller. Es kann nur am Alkohol liegen, dass er plötzlich so viel erzählt. „Und was sind das für Dinge?“

„Was glaubst du denn?“

„Ich weiß nicht … Dealst du mit Drogen?“ Das ist das erste, das ich vermutet hatte, als ich erfuhr, dass er für Eduard „Dinge“ macht. Bei seinen seltsamen Freunden könnte das glatt passen, denn diese hatten auch Drogen konsumiert, als mir der Wodka über den Kopf geschüttet wurde.

„Nein“, antwortet Nathan. „Ich gebe dir noch eine Chance.“

Ich denke nach. Wie viele Möglichkeiten gibt es? Er könnte andere Menschen verprügeln, illegale Sachen verkaufen, Mädchen kidnappen und sie zu Eduard bringen. In meinem Kopf spielen sich die grausamsten Dinge ab. Aber letzten Endes kann ich doch alles in einer Frage verpacken. „Müssen andere Menschen leiden, wenn ihr diese Dinge macht?“

Kurz sieht Nathan mich ausdruckslos an. Er ist still, als würde er sich gerade eine Antwort ausdenken. Ich bin mir eigentlich sicher, dass er lügen wird, aber er antwortet: „Ja."

Ich muss schwer schlucken. Auch wenn mir klar war, dass Nathan wahrscheinlich kein Superheld ist, der Katzen von Bäumen rettet oder alten Frauen über die Straße hilft, schockt es mich dennoch. Doch darauf konzentriere ich mich momentan nicht. Ich kenne keine Hintergründe und weiß nicht, wieso Nathan das alles wirklich macht. Im Moment steht das Problem mit seinen Eltern im Vordergrund und nicht seine außergewöhnlichen Freizeitaktivitäten.

Ich nicke nur, worauf Nathan mich argwöhnisch ansieht. „Du nimmst das einfach hin?"

„Wieso?", frage ich verwirrt. „Was soll ich denn tun?"

Er zuckt mit einer Schulter. „Ich hatte erwartet, du würdest – keine Ahnung – irgendwelche scheiß Fragen stellen. Mir sagen, dass das scheiße ist, was ich tue und so'n Dreck."

„Es würde doch nichts ändern, wenn ich das machen würde, oder?"

„Nein, würde es nicht."

„Also …"

Wieder herrscht Stille. Gott, es ist so seltsam. Bei Nathan weiß man nie, wo man dran ist. Ich habe das Gefühl, ich könnte gerade mit ihm über so viele Dinge reden, weil er anscheinend heute sehr offen ist, doch gleichzeitig habe ich solche Angst vor seinen Reaktionen. Er ist einfach nicht einzuschätzen. Ich weiß nie, was er als Nächstes tut.

„Deine Eltern wissen nicht, dass du noch bei meinem Grandpa im Hotel arbeitest“, sage ich irgendwann, weil er das noch wissen sollte.

Er sieht mich an.

„Meine Mutter wollte, dass er dich feuert, aber er hat es nicht getan, doch das weiß sie nicht. Und deine Eltern anscheinend auch nicht. Ich habe dich nicht verraten.“

Nathan nickt verstehend und ich sehe, wie er tief ein- und ausatmet.

Ich verziehe bedrückt den Mund, weil ich einfach das Gefühl habe, dass ihn das belastet, auch wenn er es vielleicht nicht zeigen mag. „Nathan“, sage ich deshalb leise. „I-Ich weiß nicht, was deine Eltern dir angetan haben, aber … Wenn du einfach nur über irgendetwas reden möchtest … Es kann alles sein … Dann kannst du das tun. Du musst das nicht in dich hineinfressen.“

Als wäre kein Gefühl in ihm, starrt er auf den kleinen Tisch vor ihm. Nach einer kurzen Ruhepause sagt er: „Ich brauche niemanden, der mir sagt, dass es okay ist, darüber zu reden, wie abgefuckt ich bin. Das weiß ich selbst am besten.“

Unglücklich schüttel ich den Kopf. „Ich werde dir so etwas nicht sagen, wenn du es nicht hören willst. Ich will nur …“

„Du willst nur was?“ unterbricht er mich zornig, was mich sofort zum Schweigen bringt. „Was willst du, Honor? Hier sitzen, trauern darüber, wie absolut krank meine Eltern sind und wie grauenvoll die Zeit damals war? Worüber willst du trauern? Du hast doch überhaupt keine Ahnung was passiert, also tu nicht so, als könntest du mich verstehen, verstanden? Es macht mich krank, dass du denkst, du könntest irgendetwas besser machen, denn das kannst du nicht.“ Aggressiv verzieht sich sein Gesicht und er sieht zum Fenster. Seine Faust ist geballt. „Du kannst mich nicht retten, Honor.“

Kapitel 14

Für ein paar Sekunden sehe ich ihn einfach nur an. Wie er dort sitzt, aggressiv, aufgebracht und ... verzweifelt. Die Gefühle in diesem Gespräch ändern sich von Moment zu Moment und es fällt mir immer schwerer, damit umzugehen. Schließlich tue ich das, was ich denke, das andere Menschen brauchen, wenn sie so sind wie Nathan. Ich stehe auf und gehe zu ihm.

Sein Kopf schnellt zu mir und er beobachtet skeptisch jede Bewegung von mir. Wie ich mich nah neben ihn setze. Ich sehe ihn nicht an, während ich an ihn heranrücke und mich gegen die Couch lehne. Mein Herz schlägt mir bis zum Hals, weil ich nicht weiß, ob er mich gleich von der Couch schubst oder nicht. Ich ziehe meine Knie zur Brust und mache mich klein.

Langsam lege ich meinen Kopf auf seine Schulter und komme ihm so nah, wie ich kann.

Ich spüre, wie er sich anspannt, doch er macht nichts. Er sitzt einfach da und lässt es zu.

Beruhigt schließe ich meine Augen und erlaube meinem Körper, sich zu entspannen. Ich sinke mehr auf seine Schulter. Zwar versuche ich dadurch, ihn zu beruhigen, doch gleichzeitig ist es Trost für mein eigenes Herz. Auf einen Moment wie diesen habe ich lange gewartet.

„Warum tust du das?", fragt er mit rauer Stimme

nach einer Weile.

Meine Augen sind weiterhin geschlossen. „Weil ich das Gefühl habe, dass ich es müsste“, zitiere ich seine Worte, nachdem er mich vor meinem Vater beschützt hat.

Er sagt nichts.

Wir sitzen einfach nur auf der Couch in der Stille, in der Dunkelheit um uns herum. Nathan ist immer noch ein Mysterium und ich weiß nicht, wie er fühlt und was er denkt, doch ich weiß, dass er auch nur ein Mensch ist wie jeder andere. Er mag behaupten, er sei der Teufel, doch er ist es nicht. Er ist ein Mensch, der Momente wie diese braucht. Jeder will getröstet werden, jeder will hören, dass es okay ist, und jeder will hören, dass es jemanden gibt, der für ihn da ist, egal, was auch passieren mag. Ich sage es ihm zwar nicht, aber ich kann es ihm zeigen. Ich weiß nicht, wieso er mich auf diese gewisse Art und Weise immer wieder anzieht, doch es ist richtig so. Es hat sich selten etwas so richtig angefühlt.

Das Geräusch der Tür holt mich aus einem kurzen, sanften Schlaf. Ich bin tatsächlich auf Nathans Schulter eingeschlafen. Ich öffne die Augen und sehe Diabo, der in den Flur sieht, aus dem Dale angelaufen kommt.

Er kommt ins Wohnzimmer und scheint erst irritiert zu sein, wie er uns vorfindet, doch dann versteht er, als hätte er erwartet, uns so zu sehen.

Doch ich bin viel zu schlaftrunken, um irgendwie zu reagieren. Es ist bestimmt schon vier Uhr morgens. Ich bin selten so lange wach. Ich schaffe es nicht mal, meinen Kopf von Nathans Schulter zu nehmen. Weil er sich nicht dagegen wehrt, belasse ich es dabei.

„Ich werde sie nach Hause bringen“, sagt Dale zu Nathan.

Anscheinend war Nathan die ganze Zeit wach, denn er sagt ganz normal: „Ja, solltest du.“

Nur blinzelnd bekomme ich mit, wie Dale auf mich zukommt und mir sanft seine Hand auf die Schulter legt. „Honor“, sagt er leise „Komm, ich fahre dich nach Hause, okay?“

Ich nehme müde meinen Kopf von Nathans Schulter und reibe mir über die Augen, während ich nicke. Am liebsten würde ich einfach weiterschlafen, doch morgen muss ich arbeiten und meine Eltern dürfen auch nichts mitbekommen.

Dale hilft mir hoch und es fällt mir schwer zu stehen, weil ich so erschöpft bin, deswegen stützt er mich. „Du bist lange Nächte anscheinend nicht gewohnt“, sagt er amüsiert. Dann sieht er zu Nathan, der uns beobachtet. „Wahrscheinlich willst du nicht, dass ich danach noch mal zu dir komme, richtig?“

„Vergiss es“, raunt Nathan und steht auf. Er geht zur Balkontür und nimmt sich eine Zigarette vom Fensterbrett, bevor er sie öffnet.

„Alles klar“, murmelt Dale und sieht zu mir, während ich noch immer halb schlafend in seinem Arm liege. „Dann fahren wir. Hey, Augen auf, sonst fällst du mir die Treppe runter.“

Das Einzige, das ich noch höre, ist die Balkontür, die laut zugeschmissen wird, und dann finde ich mich auch schon in meinem Bett wieder.

Ich schiebe konzentriert meine Zunge zwischen meine Lippen, während ich die letzte Blume in mein Buch klebe. Ein letztes Mal vorsichtig darauf klopfen und pusten und …

Stolz halte ich das endlich vollendete Buch in die Höhe und mustere es zufrieden. Besser hätte ich es nicht machen können. Meine Eltern müssen sich einfach freuen. In diesem Buch sind jetzt Blumen vom Frühling bis zum Winter, die ich über die Monate gesammelt habe. Eine Menge Arbeit, aber es hat sich gelohnt.

Ein Klopfen an meiner Zimmertür holt mich aus meiner Konzentration.

„Ja?" rufe ich und streiche noch mal den Kleber glatt. Ich höre, wie die Tür sich öffnet und ich drehe mich um.

Ich erleide einen kurzen Herzinfarkt, als Esther lächelnd in meinem Türrahmen steht. Was sucht sie denn hier?

„Hallo Honor", grüßt sie mich mit ihrer seidenen Stimme. „Darf ich kurz reinkommen?"

Argwöhnisch nicke ich. Sie wirkt nicht mehr so verrückt wie beim letzten Mal, doch trotzdem hat sie noch immer diese unnormale Grazie in ihren Bewegungen.

Sie schließt die Tür und sieht sich lächelnd in meinem Zimmer um. „Schön hast du es hier. Ich dachte mir schon, dass du Blumen magst."

„Wieso?"

Sie geht zu meinem Bücherregal und sieht über die vielen Buchrücken. „Weil es zu deinem Wesen passt. Ich selbst liebe Blumen über alles. Ich wette,

Rosen sind deine Lieblingsblumen."

Ich blinzle überrascht. „Ja, sind sie."

Jetzt dreht sie sich zu mir um. „Wie schön, meine auch. Sie strahlen so viel … Liebe aus. Nicht wahr?"

Beklommen nicke ich. Sie ist gruselig, genauso wie beim letzten Mal. „Wieso, ähm, sind Sie hier?", traue ich mich zu fragen.

Wieder lächelt sie. „Mein Mann und ich werden für die nächste Zeit bei euch wohnen. Wir können uns das Hotel nicht mehr leisten und eine Wohnung bekommen wir noch nicht. Deine Eltern waren so nett und haben uns ihr Gästezimmer angeboten. Ich bin hier, um dich zu fragen, ob das auch für dich in Ordnung ist."

Sie und Joel wollen bei uns wohnen? Für die nächste Zeit? Oh, Gott. Ich soll tatsächlich mit einer Verrückten unter einem Dach leben. Meine Eltern können das doch nicht machen. Wieso fällt ihnen nicht auf, wie merkwürdig Joel und Esther sind?

Doch mir bleibt nichts anderes übrig, als es zu akzeptieren. Ich kann mich schlecht darüber beschweren, dass Esther mir Angst macht, und eigentlich ist das ganz praktisch. So kann ich aufpassen, dass sie nicht nach Nathan suchen, und weiß manchmal, wo sie sich gerade aufhalten, sollten sie mal nicht zu Hause sein.

Zwar habe ich von Nathan den Rest der Woche nichts mehr gehört, weil er nicht auf der Arbeit war, doch trotzdem ist es mir wichtig, sicherzugehen, dass ihm nichts passiert, was seine Eltern angeht. Grandpa meinte, er habe sich auf der Arbeit krankgemeldet, was mich doch sehr verwundert hat, da er beim letzten Mal noch wohlauf war. Doch bei ihm sollte mich eigentlich nichts mehr wundern. Er ist ein Mysterium.

Sowieso wird es demnächst schwieriger sein, ständig mit ihm in Kontakt zu bleiben, da ab morgen die Schule wieder anfängt und er anscheinend kein Handy besitzt. So kann ich nur Kontakt mit Dale aufnehmen, der auch nicht ständig bei Nathan ist. Ich muss also auf das Schicksal vertrauen.

„Du glaubst gar nicht, wie lange ich schon auf diesen Abend warte", erzählt Olivia von ihrer anstehenden Geburtstagsparty heute Abend, während wir aus dem Schulgebäude laufen. „Carsten kommt extra aus Australien, um mit mir meinen Geburtstag zu feiern!" Sie seufzt glücklich.

Ich lächle und höre ihr weiter zu. Schon den ganzen Schultag redet sie von nichts anderem mehr als ihrer Geburtstagsfete heute Abend und weil es ihr achtzehnter Geburtstag ist, werden auch jede Menge Leute auftauchen. Mal davon abgesehen, dass sie beinahe die halbe Schule eingeladen hat, darf jeder auch noch zwei Leute mitbringen. Das kann nur lustig werden. Ich freue mich ebenfalls, denn ich habe viele Freunde schon lange nicht mehr gesehen und einen witzigen Abend mit ihnen brauche ich dringend nach diesen anstrengenden Ferien.

„Ich glaube, ich habe mindestens hundert Flaschen Sekt gekauft", erzählt sie weiter. „Wir können an dem Abend ruhig mal einen über den Durst trinken."

„Na ja", sage ich. „Ungern. Du weißt doch …"

„Jaja. Du bist total anti Alkohol, aber ein wenig können wir schon trinken. Ich werde nicht jeden Tag achtzehn."

Gerade als ich etwas sagen will, fällt mir eine schwarze Gestalt auf. Nathan joggt tatsächlich gerade – natürlich völlig in Schwarz – mit Diabo auf der gegenüberliegenden Straßenseite entlang. „Olivia, wir schreiben später, ja?", sage ich schnell zu ihr und sehe weiter Nathan hinterher. „Ich muss gehen."

Noch bevor sie etwas sagen kann, lasse ich sie einfach stehen und gehe schnell über die Straße, um Nathan einzuholen. „Hey!", rufe ich ihm hinterher.

Weil er nicht reagiert, beginne ich zu joggen, um ihn einzuholen. Ich habe ihn jetzt mehrere Tage nicht gesehen, ich muss ihn wenigstens fragen, wie er heute Nacht Silvester verbringt.

Ich greife ihn am Arm und halte ihn fest, worauf er erschrocken zurückzuckt und erst jetzt fällt mir auf, dass er Kopfhörer in den Ohren hat. Er hat also doch ein Handy.

„Tut mir leid", lache ich, als er sich die Stöpsel aus den Ohren zieht. „Ich wollte dich nicht erschrecken."

„Hätte ich mir eigentlich denken können, dass du auf so eine scheiß Privatschule gehst", höhnt er. Er hat einen leichten Schweißfilm auf seiner Stirn, doch es steht ihm. Mit seiner Kapuze und der Mütze darunter wirken seine grünen Augen intensiver und das mag ich sehr. Vielleicht etwas zu sehr, doch ich kann nichts dagegen tun.

Ich gehe nicht auf seinen Spruch ein. „Wo warst du denn letzte Woche? Grandpa meinte, du warst krank."

„Ich war krank."

Ich hebe eine Braue. „Ach ja? Krank, so wie keine Lust krank?"

Sein rechter Mundwinkel hebt sich ein wenig, was mich innerlich aufatmen lässt. Er reagiert also nicht mehr gereizt, wenn ich ihn mal ein wenig necke. „Du scheinst mich durchschaut zu haben."

„Und was machst du heute Abend?"

Er runzelt die Stirn. „Wieso?"

„Na, heute ist Silvester. Ich könnte ja vielleicht …"

„Nein, kannst du nicht. Ich feiere mit den Leuten, die du mit Sicherheit nicht ausstehen kannst", unterbricht er mich und steckt sich schon wieder einen Stöpsel ins Ohr. Innerhalb von einer Sekunde hat sich seine Laune geändert. „Ich muss weiter." Und schon joggt er davon.

Verdutzt sehe ich ihm hinterher. Was war das denn gerade? Für einen kurzen Moment dachte ich wirklich, ich könnte ein normales Gespräch mit ihm führen, aber anscheinend hat er schlimmere Stimmungsschwankungen als eine Frau in den Wechseljahren.

„Hey Honor!", ertönt eine Stimme von der anderen Straßenseite. Ich blicke hinter mich und sehe Zachary, der glücklich zu mir gejoggt kommt.

Seufzend sehe ich von Nathan zu Zachary, der jetzt grinsend vor mir steht. „Hey Zachary."

„Du bist heute Abend auch bei Olivia, oder?"

„Ja, wieso?"

„Weil …" Er legt einen Arm kumpelhaft um meine Schulter und läuft mit mir in Richtung nach Hause. „Weil ich mir so dermaßen die Kante geben werde und du mir dabei helfen wirst.“

Amüsiert sehe ich zu ihm auf. „Du willst dich betrinken? Ich bin mir sicher, dass das deinen Eltern nicht gefallen wird. Du weißt doch: Alkohol ist das Getränk des Teufels und so ein Kram.“

„Ach“, winkt er lässig ab. „Meine Eltern sind das Wochenende bei Oma und Opa, das heißt, ich kann mal ein Mensch sein und antichristliche Dinge tun. Du musst mir die Haare halten, wenn ich kotze. Zumindest wenn du nicht selbst rabenrund bist.“

„Ich denke nicht, dass ich viel trinken werde. Meine Eltern sind nämlich nicht bei Oma und Opa. Du kennst sie ja.“

„Du kannst bei mir pennen, dagegen haben deine Eltern mit Sicherheit nichts. Sie denken sowieso, ich bin die heilige Maria höchstpersönlich.“

„Ich weiß nicht … Ich habe am Samstag Probe und davor sollte ich wirklich nicht so viel trinken. Eigentlich wollte ich auch sofort nach Mitternacht gehen, weil …“

„Honor“, unterbricht mich Zachary und legt mir seine Hand auf den Mund. „Du magst vielleicht brav sein, aber du bist achtzehn und es ist Silvester. Du wirst auf jeden Fall mit mir trinken, keine Widerrede."

„Honor!“, ruft plötzlich jemand hinter mir und ich erkenne sofort, dass es Nathan ist.

Verwirrt drehe ich mich um und wickel mich gleichzeitig aus Zacharys Arm.

Nathan kommt mit Diabo angejoggt. „Ich habe etwas vergessen.“

Ich sehe ihn an. „Was denn?“

Er sieht kurz Zachary an, dann wieder mich. „Dale. Er meinte, du würdest nicht an dein Handy gehen, deshalb … Also er will wissen, weshalb du nicht an dein Handy gehst.“

Durcheinander runzle ich die Stirn. Ich gehe nicht an mein Handy? Dale hat nicht versucht, mich anzurufen. Was redet Nathan denn nur da? „Ähm“, mache ich ratlos. „Ich … Keine Ahnung. Ich wusste nicht, dass er mich versucht hat, anzurufen.“

„Hey, man“, sagt Zachary locker. „Kommst du von hier?“

Nathan sieht von mir zu ihm und seine Augen verengen sich ein wenig. „Ja.“

„Dann solltest du unbedingt heute Abend in der Westernstreet feiern, falls du noch nichts vorhast. Wahrscheinlich wird halb Cardiff kommen und je mehr Leute kommen, umso mehr Spaß.“

Entsetzt sehe ich zu Zachary. Er lädt Nathan zur Party ein? Um Gottes willen. Nathan und eine Party. Und dann auch noch mit meinen Freunden. Ich hoffe, er sagt ab.

„Wer bist du?“, fragt Nathan ihn.

„Oh, klar“, lacht Zachary und hält ihm die Hand hin. „Zachary. Honors Nachbar und Kirchengeselle.“

Allerdings hat Nathan nicht vor, seine Hand zu schütteln, sondern sieht wieder zu mir. Sogar Diabo beginnt zu knurren. „Wie gesagt“, meint er und dreht sich weg, mustert ein letztes Mal Zachary, der perplex wieder seine Hand zurücknimmt. „Melde dich bei Dale.“

Dann verschwindet er wieder und lässt mich zum

wiederholten Mal verdutzt zurück. Wenn man einmal denkt, man beginnt ihn zu verstehen, macht er Dinge, die einen noch mehr verwirren.

„Okay, das war auf jeden Fall … merkwürdig“, sagt Zachary, während wir noch Nathan hinterhersehen. „Ich dachte, er bringt mich gleich um.“

Ich seufze, als wir uns umdrehen, um nach Hause zu laufen. „Das ist eben Nathan.“

Die Musik dröhnt unglaublich laut in meinen Ohren, während ich mich durch die vielen Leute quetsche und versuche, mein Getränk nicht zu verschütten. Zachary hatte recht, als er meinte, dass halb Cardiff zu Olivias Geburtstags Schrägstrich Silvesterparty kommt. Das ganze Haus ist voll und alle paar Minuten hört man etwas krachen, weil wieder etwas zerstört wurde. Es wundert mich, dass ihre Eltern das mitmachen. Meine Eltern würden mir niemals erlauben, so eine riesige Party zu Hause zu feiern.

Weil Olivia mit ihrem australischen Freund irgendwo herumknutscht und hier definitiv mehr Leute herumlaufen, die ich nicht kenne, suche ich Zachary. Ich bin mir ziemlich sicher, dass er an der Theke steht, denn nach seinen Plänen heute muss er dort den ganzen Abend verbringen.

Schließlich entdecke ich seinen blonden Haarschopf. Er sitzt auf einem Hocker, vor sich hat er vier Shots stehen.

Seufzend setze ich mich neben ihn und stelle meinen Becher vor mich. „Endlich habe ich dich gefunden.“

Er sieht grinsend zu mir. Nach seinen Augen zu urteilen, ist er schon mehr als alkoholisiert. „Honor!“, ruft er und schiebt mir wackelig zwei Shots rüber. „Du … trinken!“

Lachend schiebe ich die Shots weg. „Zachary, ich sagte doch, dass ich nichts trinken möchte.“

„Ja, aber du … Oh mein Gott.“ Mit großen Augen hält er sich die Hand vor den Mund und erstarrt.

„Was ist los?“, frage ich schnell. „Musst du dich übergeben?“

Er nickt nur, worauf ich sofort handle. Ich ziehe ihn am Ärmel zur Tür und noch bevor wir die kleine Treppe in den Garten kommen, übergibt er sich vor Olivias Haustür.

Angewidert verziehe ich mein Gesicht und auch alle anderen um uns herum kreischen auf, weil er eine Gruppe von Mädchen getroffen hat.

„Ihhh!“, schreien sie alle und springen davon. „Honor, bring ihn vorne zur Straße!“

Nickend schnappe ich mir Zachary wieder, während er sich total betrunken über den Mund wischt. „Man, Zachary“, sage ich. „Wenn das deine Eltern rausbekommen.“

„Hoffentlich schmeißen sie mich raus“, lacht er lallend und sofort danach übergibt er sich erneut im nächsten Busch.

Ich stelle mich neben ihn und halte ihn fest. „Du wirst nicht mal Neujahr erleben, weil du so betrunken bist.“

„Ach“, macht er keuchend, während er sich weiter nach vorne bückt. „Silvester werde ich noch oft …“ Er übergibt sich erneut.

Mit dem Kopf schüttelnd gehe ich etwas zur Seite,

damit er meine Schuhe nicht trifft, und reibe ihm gleichzeitig beruhigend über den Rücken. Zachary macht echt alles, um gegen seine Eltern zu rebellieren, nur weil sie so streng sind. Das ist nicht das erste Mal, dass er sich bis zur Besinnungslosigkeit betrinkt.

„Seht euch den an!“, ruft ein Kerl weiter weg von uns.

Ich drehe mich um und sehe eine Gruppe von Jungs am Straßenrand stehen. Sie lachen über Zachary und sofort tut er mir leid. Er gehört hier zu den Jüngsten, weil er gerade mal siebzehn ist.

„Hey!“ ruft wieder einer der Kerle. „Kinder sollten keinen Alkohol trinken!“

Seufzend sehe ich weg. Idioten, mehr sind das nicht.

„Moment mal“, sagt jetzt ein anderer und ich höre, wie er uns näher kommt.

Zachary stellt sich jetzt wieder gerade hin und wischt sich erneut über den Mund, jedoch muss er sich an mir stützen, um nicht umzukippen.

„Ich glaub’s nicht“, lacht der Kerl, als wir uns umdrehen. „Honor-Marie Ealswirth.“

Mir stockt der Atem. Ihn habe ich ja schon Jahre nicht mehr gesehen. Jimmy. In der siebten Klasse ist er sitzen geblieben, seitdem ist er mir nicht mehr begegnet, doch ich habe keine guten Erinnerungen an ihn. Er hat mich ständig geärgert in der Schule, ich habe viele Nächte wegen ihm geweint.

„Hallo“, piepse ich nur.

„Hallo“, lacht Jimmy und kommt einen Schritt näher. „Kaum zu glauben, dass man dich hier antrifft. Sagt Mutti nichts, huh?“

Natürlich sagt er nichts Nettes, was hatte ich auch

erwartet? „Komm“, flüstere ich zu Zachary und will von ihm weggehen. Hinter ihm tauchen auch schon seine Freunde auf, die mich mit Sicherheit auch nicht mögen, und auf seine Sprüche kann ich verzichten.

„Ey, stop mal!“, ruft mir Jimmy hinterher und zieht an meiner Schulter.

Ich bin gezwungen, stehen zu bleiben, und sehe ihn an.

„Willst du nicht bleiben? Wir könnten uns unterhalten, immerhin ist das doch Jahre her. Oder findest du nicht?“

„Honor“, murmelt Zachary und stößt sich von mir ab. „Ich muss rein, pissen.“

Ich lasse ihn los und flehe ihn mit meinen Augen an zu bleiben, damit ich nicht mit Jimmy allein hier bin. Er wird wieder gemein sein, das weiß ich und das möchte ich nicht. Früher hat er mich auch nie losgelassen. Doch Zachary verschwindet schon torkelnd im Haus.

„Komm schon“, raunt Jimmy hinter mir und dreht mich zu sich um.

Ich gehe einen Schritt zurück. „Tut mir leid, ich muss mich um Zachary kümmern … E-Er braucht Hilfe.“

Doch Jimmy hält mich am Handgelenk fest und zieht mich auf die Straße. „Nein, du bleibst bei uns. In unserer Gruppe fehlt noch ein Mädchen.“

„Jimmy, bitte“, bettel ich und versuche, seine Hand von meiner zu nehmen. „Ich will rein, es ist kalt.“

„Du kannst meine Jacke haben“, sagt einer seiner

Freunde und kommt näher, als Jimmy mich loslässt.

„Schon gut", danke ich kleinlaut ab, worauf er schnaubend seine Jacke wieder zurücknimmt. Gott, was ist hier nur los?

„Also Honor", säuselt Jimmy und stellt sich nahe vor mich, während seine Freunde hinter ihm stehen. „Du bist ja richtig groß geworden. Wie konnte ich früher nicht erkennen, wie hübsch du bist?" Er nimmt meine Haarsträhne zwischen seine Finger und betrachtet sie. „Ein Wunder, dass du mit solchen Losern rumhängst."

„Er ist kein Loser", erwidere ich ängstlich und gehe einen Schritt zurück. „Und ich möchte auch nicht mit euch reden … Ich will einfach nur rein."

„Na, also warte mal", hält mich Jimmy wieder an der Schulter fest. „So gehst du mit alten Bekannten um? Wir wollen dich nur ein wenig bewundern."

„Früher hattest du noch nicht diese Titten", sagt einer, den ich nicht mal kenne.

Ich schlucke. Nein, hier will ich definitiv nicht sein. Mein Herz schlägt bis ins Unermessliche und ich wünschte, Zachary hätte mich nicht alleine gelassen. „Bitte", bettel ich und versuche wieder, Jimmys Hand von mir zu bekommen. „Ich friere."

„Oh, du frierst", raunt Jimmy mir zu und drückt mich gewaltsam an seine Brust. „Dann wärme ich dich."

Ich presse jedoch meine Hände gegen ihn und stoße mich von ihm ab. Ich gehe einen Schritt zurück und wundere mich, dass er einfach erstarrt dort stehen bleibt und mich nicht wieder greift. Ich gehe einen weiteren Schritt zurück.

Plötzlich stoße ich mich an etwas. An jemandem.

Ich drehe mich verwirrt um und sehe direkt auf Nathans Brust. Ich blicke zu ihm nach oben. Sein Blick ist starr auf Jimmy und die anderen gerichtet. Ich würde ihn gerne umarmen, doch er wirkt angespannt. Sehr angespannt. Deswegen ist Jimmy mir wohl nicht mehr näher gekommen.

„Wer zur Hölle bist du?“, fragt Jimmy spuckend.

„Das weißt du nicht?“, antwortet Nathan mit dunkler Stimme und kommt ihm einen Schritt näher, worauf ich zur Seite gehe.

Jimmy geht einen Schritt zurück, sogar seine Kumpels scheinen eingeschüchtert von Nathans Gestalt zu sein. Kein Wunder. Wenn Nathan einen böse anschaut, dann guckt er einen wirklich böse an. „Woher soll ich wissen, wer du Wichser bist?“, faucht Jimmy. „Verpiss dich lieber, bevor ich mich vergesse.“

„Wie schade“, sagt Nathan. „Jimmy.“

„Woher kennst du meinen ...?“ Jimmy sieht ihn jetzt eindringlicher an. Dann scheint es ihm wie Schuppen von den Augen zu fallen, denn er erstarrt. Schon früher hatte er Angst vor Nathan, das wusste jeder. Allgemein hatte natürlich jeder Angst vor Nathan in der Grundschule, aber Jimmy war immer ein wenig empfindlicher, was das anging.

„Das kann nicht sein“, haucht Jimmy entsetzt. „Du bist seit zehn Jahren verschwunden.“

„Alter“, fragt einer von Jimmys Freunden „Wer ist das?“

„Du bist in der dritten Klasse verschwunden und solltest nie wieder auftauchen“, spricht Jimmy weiter und ignoriert ihn. Er scheint richtig verstört zu sein.

Nathans rechter Mundwinkel hebt sich ein wenig, als er noch einen Schritt auf ihn zugeht. Ich bewundere es, wie er sich nicht aus der Ruhe bringen lässt, obwohl vor ihm vier Kerle stehen und er alleine ist. Anscheinend weiß er, welche Wirkung er auf andere hat. Nathan sieht Jimmy an, der einen halben Kopf kleiner ist als er. „Ich bin wieder da."

Ich sehe Jimmy schlucken und wie er unter Nathans starrem Blick leidet. Dann sieht er zu den anderen. „Wir verschwinden, Leute."

„Was?" fragt einer von ihnen. „Du willst ihm keine verpassen?"

„Nein, lasst uns gehen. Ich will sowieso trinken." Sie machen einen Abgang und Nathan dreht sich zu mir um und kommt näher. Doch bevor er einen Schritt auf mich zumachen kann, ruft Jimmy noch: „Aber ey! Sag mir, wie's ist, 'ne Jungfrau zu vögeln!"

Nathan bleibt stehen und mein Puls schlägt schneller. Sein Kiefer spannt sich an und sein Kopf schwenkt sofort zu Jimmy und seinen Freunden, die lachend abhauen.

Plötzlich setzt er sich in Bewegung. Mit schnellen Schritten geht er Jimmy hinterher und noch bevor ich ihn rufen kann, hat er ihn von hinten am Kragen gepackt. Er zieht ihn aggressiv und mit viel Schwung an einen Baum, sodass Jimmy vor Schmerz aufjault.

Ich halte mir die Hände vor das Gesicht, als Nathan ausholt. Das Einzige, das ich mitbekomme, sind die vielen Leute, die plötzlich wild durcheinanderreden und Jimmy, der versucht, sich zu wehren.

Als ich angerempelt werde, weil jemand zur Hilfe eilt, nehme ich die Hände von den Augen. Innerhalb von Sekunden haben sich mindestens zwanzig Leute im Vorgarten versammelt und sehen zu, wie Nathan Jimmy einfach zu Boden fallen lässt, dabei aber kein bisschen Reue zeigt.

Jimmy blutet aus der Nase, es klebt ihm sogar um den Mund herum. Er hustet, als er auf dem Boden liegt und sich in der Erde einhakt. „Du beschissener Wichser", hustet er kläglich und wischt sich mit der Hand über die blutende Nase.

Nathan hockt sich, noch immer mit diesem aggressiven Blick, neben ihn und packt ihn mit einer Hand noch mal am Kragen seines Pullovers, um ihn höher zu sich zu ziehen. Ich höre nicht, was er zu Jimmy sagt, doch es ist nichts Freundliches, wenn man sich Jimmys Blick ansieht, als Nathan ihn wieder zu Boden fallen lässt.

„Hey!", ruft ein anderer Junge, der sich als Erster traut, dazwischenzugehen, obwohl es schon vorbei ist. „Was soll der Mist?"

Er will Nathan von Jimmy wegziehen, doch Nathan schubst ihn sofort von sich weg. „Fass mich gefälligst nicht an!", zischt er und steigt über Jimmy hinweg in meine Richtung.

„Verkackter Psycho", flucht Jimmy noch im Hintergrund, doch das scheint Nathan nicht mehr zu interessieren.

Er geht zwischen den Mädchen und Jungs hindurch und scheint sie alle ausblenden zu können. Alle sehen ihn an und gehen ihm aus dem Weg, als wäre er entweder ein König oder der Teufel. Ich tippe eher auf die zweite Möglichkeit, denn mit dem Blut an den Händen und seiner allgemeinen düsteren Ausstrahlung würde ihn wohl kaum jemand so schweigend ansehen, weil sie ihn toll finden.

Ich merke erst, dass mir ein Kloß im Hals steckt, als er genau vor mir steht und mich mit seinen dunklen Augen betrachtet. „Ich werde gehen. Willst du mit?"

Entsetzt sehe ich zu Jimmy, der gerade wieder von seinen Freunden auf die Beine gestellt wird, dann zu Nathan. „Nathan. D-Du … Was hast du getan?"

„Ich habe das getan, was er schon vor zehn Jahren verdient hat. Also was ist? Wo ist deine Jacke?"

„Sie ist drinnen bei Olivia …"

Nathan atmet durch, dann zieht er einen Schlüssel aus seiner Hosentasche und gibt ihn mir. „Ich bin mit Dales Auto da. Ich stehe am Ende der Straße." Dann dreht er sich um und geht zum Haus.

Verdutzt sehe ich ihm hinterher und dann auf den Schlüssel in meiner Hand. Er will, dass ich mit ihm komme? Sagte er nicht, er feiere Silvester mit irgendwelchen Freunden, die ich bestimmt nicht leiden könne? Und wieso ist er überhaupt hierhergekommen?

Doch meine Entscheidung steht fest. Natürlich komme ich mit Nathan mit, wenn er das möchte. Ich wäre nirgendwo lieber, auch wenn er gerade eben noch Jimmy blutig geschlagen hat. Eigentlich hat es Jimmy irgendwie verdient. Er hat mich damals schon ständig fertiggemacht und jetzt hat er seine Abrechnung dafür bekommen.

Als ich zu Dales Auto laufe, schleicht sich ein kleines Lächeln auf meine Lippen.

Ich werde die Silvesternacht mit Nathan verbringen. Alleine oder mit anderen, das ist mir egal, Hauptsache, ich bin bei ihm, das wollte ich schon die ganze Zeit. Ich weiß zwar nicht, was es ist, das mich so ruhig in Nathans Nähe macht, es macht mich zufrieden und das ist alles, was zählt.

Ich schließe das Auto auf und setze mich auf den Beifahrersitz. Ich lehne mich zurück und lasse mich die Wärme fühlen. Kaum zu glauben, dass ich so schnell wieder bei Nathan lande.

Eine Minute später wird auch schon die Fahrerseite geöffnet und Nathan setzt sich ins Auto, wirft mir meine Jacke zu. „Dieser scheiß Zachäus hat beinahe draufgekotzt", murrt er und steckt den Schlüssel ins Zündloch.

Ich muss kichern und ziehe mir die Jacke über. „Er heißt Zachary."

„Mir scheißegal, wie er heißt, wenn man Alkohol nicht verträgt, sollte man die Finger davon lassen." Er startet den Motor und greift das Lenkrad.

Mein Blick fällt sofort auf seine rechte Hand, die noch mit Blut befleckt ist. Es sieht wirklich übel aus. Zwar hat Nathan selbst nichts abbekommen, weil Jimmy sich nicht wehren konnte, doch trotzdem tut es mir weh, ihn so zu sehen. Immer wenn er eine Wunde auf seiner Haut hat, kommen mir Bilder von dem kleinen, jüngeren Nathan in den Kopf, der den ganzen Tag schweigsam auf seinem Platz saß und Ärger bekommen hat. Früher hat er sich auch oft geprügelt, doch ich wage zu behaupten, dass das ein anderes Niveau war als heute. So wie er Jimmy zugerichtet hat, ist das kein Vergleich zu früher.

„Wieso bist du hierhergekommen?", frage ich ihn und beobachte sein Profil, das konzentriert auf die Straße blickt. Leichte Bartstoppeln sind zu erkennen und seine grünen Augen funkeln durch die Lichter der Straßenlaternen.

„Weil ich wusste, du würdest hier sein", antwortet er.

„Aber du wolltest doch mit deinen Freunden die Nacht verbringen … Du hättest doch einfach etwas sagen können, wenn du möchtest, dass ich … Na ja … Silvester bei dir bin." Es ist so unbehaglich, so etwas auch nur auszusprechen.

„Es geht nicht darum, dass ich dich bei mir haben will", feuert er zurück und sofort schmerzt kurz meine Brust.

Ich sehe betroffen aus dem Fenster. Natürlich geht es nicht darum, dass er mich bei sich haben will. Das würde er nie wollen.

Ich höre ihn seufzen. „Es geht nicht nur darum."

Jetzt sehe ich ihn wieder an.

Seine eine Hand umfasst fest das Lenkrad, während er mit der anderen durch sein dunkles Haar fährt. „Es ist einfach", erklärt er wortkarg. „Scheiße, dieser beschissene Zachäus hat so viel Bullshit heute Mittag geredet, als er meinte, er wolle, dass du trinkst, und so eine Scheiße. So was fuckt mich einfach ab. Ich wusste nicht, was du tust und … Verdammt." Er ist so durcheinander, dass er gar nicht mitbekommt, wie schnell er mittlerweile eigentlich fährt.

Deswegen sage ich mit dem Blick auf die Straße und den Fingern fest in den Sitz gekrallt: „Nathan, fahr bitte langsamer."

Erst jetzt bemerkt er es und drosselt augenblicklich die Geschwindigkeit. Er atmet tief ein und aus. „Ich wollte einfach … Scheiße … Wegen so einer Scheiße wie Jimmy bin ich gekommen. Ich kann einfach nicht damit klarkommen, wenn ich mir nicht sicher sein kann, dass dir so eine Scheiße nicht passiert. Gott verdammt, wie er dich …“ Mit jedem Wort scheint er wieder wütender zu werden und die letzten Worte hat er nur noch zwischen seinen zusammengepressten Lippen hervorgequetscht.

„Es ist okay“, sage ich leise und versuche, ihn zu beruhigen, obwohl ich mir nicht mal sicher bin, warum er wütend ist. „Es ist nichts passiert und ich bin jetzt hier … bei dir. So wolltest du es doch.“

Er atmet wieder beruhigter und ich sehe, wie er angestrengt nachdenkt. „Ja“, sagt er und ich merke, wie viel Überwindung es ihn kostet, das zu sagen. „Ja, so wollte ich es.“

Ich lächle. Ja, er wollte es tatsächlich so. Er ist zu Olivias Party gekommen, weil er mich in seiner Nähe haben wollte. Es ist nur eine kleine Sache, doch sie lässt mein Herz höherschlagen.

„Also“, sage ich, lehne mich wieder zurück und sehe nach vorne. „Wo fahren wir eigentlich hin?“

Er sieht auf die Uhr in Dales Auto. Es ist viertel nach elf. Kurz überlegt er, dann macht er eine einhundertachtzig Grad Drehung auf der Straße, was mich kurz aufkreischen lässt.

„Oh mein Gott“, keuche ich. „Das hätte ganz schön in die Hose gehen können, weißt du das?“

Verschmitzt sieht er mich an. „Ist es aber nicht.“

„Ja, aber es hätte!“ Von diesem kurzen Schock er-

holend, lehne ich mich wieder zurück. „Also wo fahren wir jetzt hin?"
„Lass dich überraschen."

Kapitel 15

„Was ist das hier?“, frage ich Nathan, während er über einen Feldweg fährt. Hier war ich definitiv noch nicht. Ich hoffe doch, dass er nicht irgendwo in den Wald fährt, denn auf so Abenteuer stehe ich nicht.

Er bleibt stehen und schaltet den Motor ab. Sein Blick ist weiter geradeaus gerichtet, während er sich abschnallt. „Steig aus“, sagt er, doch er sagt es nicht so herrisch wie sonst immer.

Ich tue, was er sagt. Ich öffne die Tür und schlage sie hinter mir wieder zu. Mein Blick fällt auf Nathan, der sich vorne an die Motorhaube lehnt und seine Hände in den Hosentaschen vergräbt.

Und dann sticht mir erst das Aufschlussgebende auf. Mir klappt die Kinnlade herunter, als ich die Aussicht betrachte. Wir stehen an der Kante eines Steinbruchs und können perfekt über die Stadt blicken. Noch nie habe ich Cardiff aus so einem Blickwinkel betrachten können. Es leuchtet hell unter dem dunklen, klaren Sternenhimmel und das Einzige, das man hört, sind die leisen Stadtgeräusche der Menschen da unten, während wir hier oben stehen.

„Wow“, staune ich leise und stelle mich neben Nathan. „Das ist … Wow.“

„Es ist still. Das mag ich am meisten.“

Ich schmunzle und lehne mich ebenfalls an die

Motorhaube. Wie verdreht muss die Welt nur sein, wenn man sich vor Augen hält, in welcher Situation ich gerade stecke?

Ich stehe mit Nathan auf dem höchsten Punkt der Stadt und genieße in der Silvesternacht die Aussicht.

Oh, man. Ich habe das Gefühl, mich selbst nicht zu verstehen, doch irgendwie ergibt es Sinn. Ich mag Nathan einfach. Ich habe ständig, vierundzwanzig Stunden am Tag das Gefühl, dass er es wert ist, seine schlechten Launen hinzunehmen. Ich war mir noch nie so sicher bei einer Sache wie bei der, dass Nathan tief in sich drinnen jemand ist, der es wert ist, geliebt zu werden. Ich weiß zwar noch nicht, ob ich an dem Punkt angekommen bin, an dem ich sagen kann, dass ich ihn liebe, doch ich mag ihn, alles an ihm. Und das, obwohl er so ist, wie er ist. Da ist einfach eine Verbindung und was ich noch weiß, ist, dass er sie auch spürt.

Ich schüttle mich kurz unauffällig, weil es wirklich ziemlich kalt ist. Weil ich eigentlich auf der Party bleiben wollte, habe ich nur eine dünne Jacke mitgenommen, weshalb ich noch mehr friere.

Nathan sieht mich an, doch ich sehe weiter nach vorne. Irgendwie wünschte ich, er würde mir seine Jacke geben, einfach weil mir das die Bestätigung geben würde, dass ihm etwas an meinem Wohlbefinden liegt. Er scheint zu überlegen und dann stößt er sich von dem Auto ab und geht darum herum.

Verwirrt sehe ich ihm hinterher. „Was tust du?“

„Schlimmer kann die Scheiße eh nicht mehr werden“, höre ich ihn leise murmeln und dann zieht er zwei Wolldecken aus Dales Auto und schmeißt die

Tür wieder zu. Er kommt zu mir und breitet eine Wolldecke auf der Motorhaube auf.

Ich hebe die Brauen. Er hat jetzt nicht wirklich das vor, was ich denke, oder? Wenn ja, dann … Ach du meine Güte. „Willst du dich darauf legen?“, frage ich ihn überrascht und beobachte seine Hände, die die Decke weiter zurechtlegen.

„Ja.“

Blinzelnd nicke ich. Wahrscheinlich weiß er genauso gut wie ich, dass ich mich sofort auf so etwas einlassen würde. Mit Nathan auf der Motorhaube eines Autos liegen und in einer klaren Sternennacht über Cardiff in den Himmel blicken? Wer würde da Nein sagen?

„Komm“, sagt er und hält mir seine Hand hin.

Für einen kurzen Moment weiß ich nicht, was er möchte, doch dann wird mir klar, dass er mir hoch helfen will. Ich ergreife seine Hand und er zieht mich vor sich, zwischen das Auto und ihn.

Gott, kann ein Herz wirklich so schnell schlagen, dass ich es in meinen Ohren hören kann?

Er hebt mich an den Hüften sanft auf die Haube, doch er sieht mich nicht an, während ich wünschte, er würde es tun. Bisher gab es noch keinen Moment, in dem er mich berührt und gleichzeitig angesehen hat. Würde er es doch nur tun …

Ich krabbel auf die Decke zur Frontscheibe und setze mich hin, während Nathan sich neben mich setzt und die andere Decke aufschlägt. Mein Atem wird flach, als er sie über uns beide ausbreitet. Heiliger, jetzt teilt er auch noch die Decke mit mir. Ich falle gleich in Ohnmacht, wenn er mir noch näher kommt. So viel Nähe zu ihm ist so verdammt ungewohnt, mein Körper weiß gar nicht, wie er darauf reagieren soll.

Er legt sich zurück und winkelt ein Knie an. Ein Arm legt er unter seinen Kopf.

Weil ich die Situation nicht unangenehm machen möchte, lege ich mich auch zurück, doch versuche, ihm nicht zu nahe zu kommen. Die Decke schiebe ich mir trotzdem bis zum Kinn, da mir wirklich kalt ist.

Ich lasse meine Augen über die Sterne über uns schweifen und atme tief ein und aus. Es ist so schön. So, so schön. Auch wenn eigentlich noch nicht viel passiert ist, ist es das beste Silvester, das ich bisher erlebt habe. Ich habe das Gefühl, dass nur mit Nathan Silvester ein perfektes Silvester sein kann, so wie ich es mag. Es ist verrückt, doch auf irgendeine seltsame Art und Weise ist es so. Erst jetzt wird mir klar, dass mir etwas gefehlt hat. Als würde ein Teil von mir mich erst jetzt richtig ausfüllen und zufriedenstellen.

„Stell mir eine Frage“, unterbricht Nathan die Stille, sieht aber weiterhin einfach in den Himmel.

Allerdings sehe ich ihn an, denn er ist schöner als jeder Stern über uns. „Eine Frage?“

„Ja. Am Anfang hast du immer Fragen gestellt. Stell mir jetzt eine Frage.“

„Hm“, mache ich und sehe wieder in den Himmel. „Wie war dein Tag?“

Er lacht. „Du hast die Chance, mir eine Frage zu stellen, und du willst wissen, wie mein Tag war?“

„Na ja, ich will halt wissen, ob er gut oder schlecht

war. Damit ich vielleicht besser verstehe, wie … also wie es dir geht.“

Nach einer kurzen Pause sagt er: „Er war … nervenaufreibend.“

„Wieso?“

„Dale und Eduard stressen mich und dann war da noch ein Wichser wie Jimmy. Scheiße, ich sollte nicht an ihn denken, sonst fahre ich sofort wieder zu dieser scheiß Feier.“

„Okay, konzentrieren wir uns auf Dale und Eduard“, sage ich, weil ich nicht will, dass er sich wieder aufregt. „Was ist denn mit ihnen?“

„Dale versucht ständig, so zu tun, als wäre er mein Bruder, und Eduard ist immer ein Bastard, egal, was er tut.“

„Aber Dale ist dein Bruder. Wieso sollte er sich nicht so verhalten?“

„Er ist nicht mein Bruder“, erwidert Nathan mit bitterem Unterton. „Brüder tun nicht das, was er getan hat.“

Ich sehe ihn wieder an. „Was hat er getan?“

„Er hat mich alleine gelassen, weil er ein verdammter Feigling ist. Er wusste, wie krank unsere Eltern sind, doch trotzdem ist er gegangen. Und dafür verachte ich ihn so sehr … so sehr.“

Ich würde gerne fragen, was denn seine Eltern so Schlimmes mit ihm getan haben, doch ich tue es nicht. Ich will zwar mit ihm über seine Gefühle reden, jedoch nicht wieder einen Streit anzetteln, weil ich zu weit gehe.

„Er ist der Grund, weshalb dein Vater mich als Mörder bezeichnet“, sagt Nathan. „Zumindest denke ich das."

Ich runzle die Stirn. „Was? Wieso?"

„Weil Dale, er … Er ist gegangen, als ich fünf war, und schon damals war das Leben mit unseren Eltern – wie nenne ich das? Beschissen. Er ist damals gegangen und meine Eltern dachten, ich habe ihn umgebracht."

Entsetzt sehe ich ihn an. „Du sollst ihn umgebracht haben?"

„Ja. Ich habe oft versucht, ihnen klarzumachen, dass er gegangen ist, doch sie wollten es nicht hören. Ich habe ihn umgebracht und ich bin der Mörder meines Bruders. Tja, das denken sie heute immer noch. Und das kann der Grund sein, weshalb dein Vater denkt, ich hätte seinen Bruder umgebracht. Er ist verwirrt, wie du mal sagtest, und deine Eltern denken auch, ich hätte Dale getötet. Gut möglich, dass er die Scheiße durcheinanderbringt."

„Das ergibt sogar Sinn", hauche ich, obwohl ich wünschte, es würde keinen Sinn ergeben. Papa bringt viele Dinge durcheinander, seitdem er so krank ist. „Doch trotzdem ist es … Wahrscheinlich wollen deine Eltern deswegen nicht, dass wir … zusammen sind."

„Das ist einer der Gründe, ja", gibt Nathan nur zurück. „Ich würde meine Tochter auch nicht mit dem Teufel weglassen."

„Du bist nicht der Teufel, Nathan."

„Wie kannst du das sagen?", fragt er nach einer kurzen Pause. „Wie kannst du sagen, ich sei nicht der Teufel, während ich … Ich so bin, wie ich bin. Scheiße, ich habe vorhin einen Jungen blutig geschlagen."

Wieder einmal sehe ich zu ihm. Seine Augen sehen so durcheinander aus, doch trotzdem sieht er weiterhin in den Himmel. „Ich wünschte, es gäbe eine Erklärung“, sage ich leise. „Ich wünschte wirklich, ich könnte dir sagen, weshalb ich hier mit dir bin, während du wirklich oft gemein zu mir warst, aber die gibt es nicht. Es ist einfach so.“

Nathan schweigt. Seine Augen funkeln und die Sterne spiegeln sich in ihnen wider.

„Es macht mir scheiße Angst“, sagt er. Leiser. Nachdenklicher.

Ich beobachte neugierig seine Augen, die über den Sternenhimmel schweifen.

„Es war mir immer egal, ob ich jemanden verletze oder beleidige, aber … Versteh mich nicht falsch, es ist mir immer noch scheißegal und ich bin mir sicher, es wird immer so sein, aber bei dir ist es anders. Und das fuckt mich ab. Scheiße und wie mich das abfuckt. Es darf nicht so sein.“

Ich rücke etwas näher an ihn heran. „Wieso? Wieso kannst du es nicht einfach zulassen?“

Wieder ist er kurz still, doch dann sagt er: „Weil ich nicht für so etwas gemacht bin, Honor. Ich könnte dir nie das geben, was du willst.“

„Aber du gibst mir das, was ich will.“

„Du verstehst das nicht. Ich rede nicht einfach nur von irgendeiner beschissenen Arschloch-Tour, die manche Kerle fahren. Ich rede davon, dass ich wirklich nicht dazu gemacht bin, um so etwas auch nur zulassen zu dürfen.“

Ich presse die Lippen aufeinander. Wenn ich doch nur wüsste, wovon er redet. Wenn ich doch einfach nur die Wahrheit wüsste, dann könnte ich ihn wenigstens verstehen.

„Aber trotzdem muss ich bei dir sein. Obwohl es so, so scheiße falsch ist."

„Wieso soll es falsch sein, wenn es sich doch so richtig anfühlt?", frage ich.

Jetzt dreht er sich zu mir um. Er sieht mir das erste Mal tief in die Augen, während er mir näher kommt. Er kommt mir näher. Das erste Mal kommt er ganz nah an mich heran. Seine Brust berührt meine.

Ich muss den Atem anhalten, um nicht jeden Moment zu explodieren, so aufgeregt bin ich.

„Ich bin so abgefuckt in mir drin", wispert er. „Dass ich denke, niemand könnte je damit umgehen, wie ich in den letzten Jahren damit umgegangen bin. Aber – egal, wie scheiße schlecht es ist – wünsche ich mir doch, dass du es kannst."

Als er auch noch seine Hand auf meine Wange legt und mein Körper zu implodieren droht, beginnt mein Blut zu kochen. „Ich weiß", hauche ich. „Du hast einen Stein in deinem Herzen und vielleicht ist er manchmal so schwer, dass du nicht damit zurechtkommst, aber … Du musst nicht mehr allein damit sein. Du bist nicht mehr allein", zitiere ich Dales Worte, die er letztens zu Nathan gesagt hat.

Seine Augen durchbohren mich so intensiv, dass ich denke, ich schmelze gleich.

„Weißt du, wie schwer es mir fällt, dich nicht zu küssen?", fragt er jetzt und ich bin mir sicher, dass in diesem Moment mein Herz zu meinen Fußsohlen gerutscht ist.

Oh mein Gott.

„Wieso tust du es dann nicht?", frage ich ihn leise und bete, dass er es tun wird.

„Das Ding ist, wenn ich dich jetzt küssen würde", spricht er, „dann bin ich mir nicht sicher, ob ich wieder aufhören kann."

Mir entweicht jegliche Luft aus den Lungen und ich muss mich beherrschen, nicht sofort um seinen Hals zu fallen. Er hat Angst, er könnte nicht mehr aufhören mich zu küssen? Himmel, dann soll er eben nicht aufhören. Er kann mich die ganze Nacht küssen, solange er einfach nur bei mir ist.

Ich bekomme kein Wort heraus. Stattdessen versuche ich, ihm vorsichtig mit meinem Kopf näher zu kommen, um ihm zu signalisieren, dass ich will, dass er mich küsst.

Doch dann ändert sich etwas in seinen Augen und sofort halte ich inne.

„Nein", sagt er leise und entfernt sich mit seinem Kopf von mir und sieht weg. Doch seine Hand liegt noch immer um meine Wange.

Augenblicklich spüre ich, wie ich jetzt auf die Knie fallen würde, würden wir nicht liegen. „Was?", hauche ich atemlos und verzweifelt. Ich will, dass er mich küsst. Ich will es so sehr.

Doch er nimmt jetzt auch seine Hand von meiner Haut und dreht sich weg.

Hilflos beobachte ich, wie er sich wieder auf den Rücken legt und in den Himmel sieht. Wieso macht er das? Wieso macht er das, verdammt? Sieht er nicht, wie sehr ich danach bettel? Gott, ich komme mir so erbärmlich vor.

„Es geht nicht." Er klingt, als wäre er enttäuscht

von sich selbst. Als müsste er sich dazu zwingen, so etwas zu sagen. Wenn er doch so geknickt spricht, wieso tut er es nicht einfach?

Es könnte so schön sein. Es könnte das perfekte Silvester sein. Dieser Moment könnte perfekt sein. Wir liegen doch schon auf seinem Auto und betrachten die Sterne, was will er denn noch?

„Findest du mich nicht …“, traue ich mich zu fragen und betrachte sein Profil flehend. „Gut genug?“

Seine Stirn verengt sich. „Rede keinen Scheiß. Ich habe dir gerade eben gesagt, dass ich nicht für so einen Dreck gemacht bin.“

Er wirkt wieder so distanziert, unnahbar … kühl.

Mit geschürzten Lippen nicke ich niedergeschlagen. Er ist nicht für so einen Dreck gemacht. Es ist so traurig, wie schnell er seine Laune ändern kann. Eben dachte ich wirklich, er wäre … anders. Süß, romantisch, ehrlich.

Den Kloß in meinem Hals herunterschluckend, drehe ich mich auf den Rücken und sehe in den Sternenhimmel. Ob Gott uns gerade beobachtet? Ob er plötzlich ein Gewitter verursacht, wenn Nathan mich geküsst hätte? Ich wünschte, ich wüsste es. Doch ich weiß es nicht, denn Nathan hat mich einfach wieder fallen lassen.

Traurig ziehe ich die Decke bis zu meinem Kinn, um mich mehr wärmen zu können. Jetzt vergeht die Hitze in meinem Körper und plötzlich ist da nicht mehr dieses wohlige Gefühl, das ich noch die ganze Zeit mit Nathan hatte. Jetzt ist es einfach nur noch kalt.

„In sechs Minuten ist Mitternacht“, unterbricht

Nathan die Stille.

Ich nicke nur deprimiert. Jetzt will ich auch kein Feuerwerk mehr sehen. „Okay." Zitternd kuschel ich mich mehr in die Decke. Ich will wieder diese Wärme spüren.

„Ist dir kalt?"

„Nein", antworte ich, doch kann meine zittrige Stimme nicht verbergen.

Er seufzt und dann spüre ich, wie seine Hand unter der Decke zu meiner Taille wandert und er mich an sich zieht.

Ich muss ein überraschtes Keuchen unterdrücken. Allerdings spüre ich jetzt wieder Wärme, denn es wird genug Blut durch meinen Körper gepumpt, weil mein Herz erneut beginnt, wild gegen meine Brust zu schlagen.

Auf der Seite liegend, drückt Nathan mich eng an seinen starken Oberkörper, was mich den Atem anhalten lässt. Ich spüre, wie er tief ein- und ausatmet und dann schließlich seinen Kopf leicht über meinen abstützt, während er mich an sich presst. Er riecht so unheimlich gut, es tut beinahe weh. Er zieht die Decke höher, sodass ich fast völlig darunter verschwinde, doch er lässt sie weit genug unten, damit ich herauslugen und die Sterne betrachten kann. Doch das ist unmöglich, denn ich konzentriere mich nur auf die starke Brust, an der ich liege, und seine Arme, in denen ich mich wohler fühle denn je.

Für einen kurzen Moment verweilen wir so und hören den Grillen beim Zirpen zu und dem leichten Wind, der durch die Bäume weht.

„Du musst mich verstehen", sagt Nathan leise und bei jedem Wort spüre ich seine Brust vibrieren.

„Ich kann es nicht", flüstere ich nachdenklich. „Ich könnte dich verstehen, würdest du mir einfach nur die Wahrheit sagen."

„Honor … Die Wahrheit ist widerlich."

„Aber ich will dich verstehen."

Mit seiner großen Hand drückt er mich noch enger an sich. Ich spüre seinen warmen Atem leicht auf meinem Kopf. „Es würde so viel zerstören. Zu viel zerstören."

Ich sehe zu ihm auf, doch er sieht nicht zu mir hinab. „Du kannst mir nicht Dinge vorenthalten, in die ich verwickelt bin. Das ist nicht richtig."

„Du hast recht", sagt er. „Es ist nicht richtig. Aber es ist besser so. Manche Geschichten sollte man nicht lesen."

Ich traue mich langsam, meine Hand um seine Hüfte zu schlingen, um ihn wenigstens mit meinen Händen berühren zu können. Er spannt sich für einen kurzen Augenblick mehr an, doch er lässt es zu. „Aber ich möchte deine Geschichte lesen", wispere ich. „Ich will sie kennen."

„Nein, Honor … Es wäre besser für dich, einfach das zu tun, was du die ganze Zeit getan hast. Ich bin ein Buch, das du aufschlägst, doch niemals zu Ende lesen wirst."

Ich schüttel ungläubig den Kopf. „Wieso? Wieso denkst du nur so? Wieso denkst du, dass dich deine Vergangenheit definiert?"

Kurz herrscht Stille, dann sagt er: „Manche Dinge brennen sich zu tief in dich hinein, um sie vergessen zu können."

Ich presse die Lippen aufeinander und drücke mich jetzt ganz an ihn. Ich schlinge meine Arme um seinen Oberkörper und will ihn einfach nur spüren, seinen wundervollen Herzschlag hören, ihn riechen, ihn fühlen. „Auch wenn du denkst, dass du schlecht bist … Bereitest du mir gerade doch das schönste Silvester, das ich je hatte."

Seine Brust vibriert etwas, weil er rau lacht. „Noch kann ich dich bis Mitternacht vom Auto schubsen."

Ich muss schmunzeln. „Aber das tust du nicht. Dafür bist du gerade zu lieb."

„Sag so was nicht", erwidert er. „Ich bin nicht lieb."

„Doch, bist du."

Er seufzt. „Scheiße, ich muss wieder mehr fluchen."

„Finde ich auch."

„Du willst, dass ich fluche? Spricht das nicht gegen deine Verhaltensweisen?"

„Deswegen ja."

„Okay. Scheiße, dann wird es wieder Zeit. Wann fängt denn endlich dieses scheiß Feuerwerk an, meine Fresse? Ich will nicht umsonst auf diesen abgefuckten Berg gefahren sein."

Ich beiße mir auf die Lippe, um nicht lachen zu müssen. Ich rutsche weiter nach oben und strecke meinen Kopf aus der Decke. Jetzt ist mir definitiv warm. Nathan legt sich auf den Rücken und ich geselle mich neben ihn, sorge aber dafür, dass wir ständig in Berührung sind. Im Moment will ich nichts anderes, außer ihn berühren.

Und plötzlich beginnen die vielen Raketen zu knallen und aus der riesigen Stadt steigen bunte Lichter empor. Es ist so magisch. So, so magisch.

„Frohes neues Jahr“, lächle ich, doch sehe weiter auf das Feuerwerk.

Nathan antwortet nicht, doch das dachte ich mir schon. Es würde ihm nicht stehen, so etwas zu sagen, dafür ist er wieder viel zu sehr in seiner Fluch-Stimmung. Doch es ist perfekt so.

Das ist definitiv das beste Silvester, das ich je hatte, auch wenn er mich nicht geküsst hat.

Nathan hält um ein Uhr morgens vor dem Tor meines Hauses und ich hoffe, dass meine Eltern nicht erkennen können, wer am Steuer sitzt, sollten sie aus dem Fenster sehen. Allerdings schlafen sie wahrscheinlich schon. Selbst an Silvester bleiben sie nicht länger als bis halb eins wach.

Eigentlich will ich nicht aus diesem Auto steigen und in das Haus meiner Eltern gehen. Im Hof steht noch das Auto von Nathans Eltern, was bedeutet, sie sind auch bei uns. Wahrscheinlich schlafen sie auch schon. Er weiß nicht, dass sie bei uns sind, und das soll auch so bleiben. Ich möchte nicht, dass er weiß, wie nahe sie ihm eigentlich sind, so macht er auch nichts Unüberlegtes. Es reicht, wenn Dale Bescheid weiß.

„So“, seufze ich und sehe zu Nathan, der den Motor ausschaltet.

„Mach die Scheiße jetzt bloß nicht unangenehmer, als sie sowieso schon ist“, sagt er, jedoch schwingt ein kleiner Hauch Belustigung in seiner Stimme mit.

Ich lächle. „Du bist gar nicht so beschissen, wie du denkst."

Mit erhobenen Brauen sieht er mich an. „Was hast du gerade gesagt?"

„Ich sagte …"

„Ja, schon klar, was du gesagt hast. Aber seit wann fluchst du so viel? Wo ist die kleine Kirchenmaus hin?"

Lässig zucke ich mit den Schultern. „Ich habe vom Meister der vulgären Ausdrücke gelernt."

„Scheiße nein, gewöhn dir das ab", feixt er. „Ich darf fluchen, du nicht. Und jetzt verschwinde endlich, du sitzt schon wieder viel zu lange in diesem Auto."

„Du meinst wohl eher in diesem beschissenen Auto."

Er rollt die Augen, allerdings erkenne ich dieses kleine, schöne Zucken seiner Mundwinkel. „Geh gefälligst."

Ein letztes Mal lächle ich ihn an, dann nehme ich den Türgriff in die Hand. „Gute Nacht." Ich warte nicht mal, bis er antwortet, sondern schmeiße direkt die Tür zu, denn ich weiß, dass er mir keine Gute Nacht wünscht. So ist Nathan nun mal.

Er fährt davon und ich sehe dem blauen Truck hinterher und streiche mir glücklich seufzend eine Haarsträhne hinter das Ohr. Die Nacht hätte nicht schöner werden können. Ich und Nathan allein. Das hatte ich definitiv nicht erwartet, als ich Zachary beim Ausleeren seines Magens half. Ich frage mich, ob er es heil nach Hause geschafft hat oder vielleicht doch schon die zweite Runde Alkohol trinkt. Ich würde es ihm zutrauen.

So leise wie möglich öffne ich das Tor und laufe über den großen Hof zu unserem weißen Haus. Wie ein Ninja öffne ich die Haustür und schleiche mich hinein. Alles ist still, es scheint niemand mehr wach zu sein.

Also kann ich in Ruhe in meinem Bett über die letzten zwei Stunden nachdenken und sie immer und immer wieder in meinem Kopf abspielen, damit ich diese Momente mit Nathan niemals vergesse.

Ein sanftes Streicheln an meiner Wange holt mich aus einem Traum von grünen Augen und wunderbar rosa Lippen. Blinzelnd und verwirrt öffne ich leicht die Augen. Irgendetwas streicht mir ständig über die Wange, was ist das? Ich träume doch wohl nicht etwa so realistisch, dass Nathan mich tatsächlich streichelt, oder?

Als ich etwas weiter die Augen öffne und mein Kopf sich darauf einstellt, dass mein Traum vorbei ist, bleibt mir plötzlich das Herz stehen.

Ruckartig richte ich mich auf und presse mich gegen die Wand.

Esther.

Sie sitzt neben meinem Bett und grinst mich durch die blasse Dunkelheit an.

Sie muss mir über die Wange gestreichelt habe, während ich geschlafen habe.

Was zum …?

„Honor-Marie“, haucht sie und richtet sich etwas mehr auf, doch bleibt neben meinem Bett sitzen. Ihr

Grinsen ist so krank und festgetackert.

Hektisch atmend presse ich mich fester gegen die Wand und starre sie einfach nur an. Was macht sie hier? Mitten in der Nacht. In meinem Zimmer, neben meinem Bett, während ich schlafe!

„Hab keine Angst“, spricht sie leise weiter und hebt ihren dünnen Arm hoch zu meinem Gesicht.

Ich zucke ängstlich zurück, als sie ihre Hand auf meine Wange legt. Was ist hier los? Ich will laut schreien, ganz laut schreien, damit Papa oder Mama kommen. Doch ich bekomme keinen Ton heraus.

Esther streichelt mir vorsichtig über die Wange und betrachtet mich eindringlich. Ihre Augen sind so leer, doch gleichzeitig so verrückt. Ihre Haare sind durcheinander, sie ist so angsteinflößend.

Ich fühle mich wie in einem Horrorfilm. In einem schrecklichen Horrorfilm.

„W-Was“, bekomme ich geradeso heraus und versuche, nicht vor lauter Angst die Tränen fließen zu lassen. „Was tust du hier?“

Sie neigt ihren Kopf ein wenig zur Seite. Ihr Lächeln ist schaurig. „Honor-Marie, mein kleiner Engel, Honor-Marie … Ich bin hier, um dich zu warnen, Honor-Marie.“

Weil sie nicht aufhört, meine Wange zu streicheln, beginnt schon die erste Träne zu fließen. Sie macht mir so viel Angst.

„Luzifer“, sagt Esther leise und fährt mit ihrem Handrücken von meiner Wange langsam über meinen Hals, hinunter zu meiner Brust, in der mein Herz so heftig wie noch nie gegen meine Rippen hämmert. Genau über meinem Herz hält sie inne und atmet tief ein und aus, schließt die Augen, als würde sie sich irgendeine Kraft daraus ziehen. „Er ist hier."

Ich weiß nicht, wovon sie spricht. Wer ist Luzifer? Ich kann nicht klar denken, ich bin wie erstarrt.

Sie öffnet wieder ihre Augen. Ihr Lächeln ist immer noch beständig. „Er ist hier, nicht wahr?", fragt sie noch einmal mit ihrer seidenen Stimme und drückt fester auf mein Herz. „In deinem Herzen."

Mein Atem zittert und eine zweite Träne kullert über meine Wange. „I-Ich weiß nicht, wovon du s-sprichst."

„Er hat dich in seiner Gewalt", redet sie weiter, als hätte sie mich nicht sprechen gehört. Sie streicht mit ihrer Hand über meine nackten Arme.

Ihre Berührungen jagen mir einen Schauer über den Rücken. Ich will, dass sie verschwindet. Ich will verschwinden. Was passiert hier gerade?

„In der Gewalt des Grüns seiner Augen", spricht sie weiter, gedankenverloren und sieht auf ihre Hände, die über meine Haut fahren. „Versuchung – Versuchung so groß. Diabolos weiß, wie man verleumdet, verwirrt."

Ich kneife die Augen schluchzend zusammen, als ihre Hand sich wieder meinem Gesicht nähert.

Sie sieht mir nicht in die Augen, doch betrachtet mich mit ihrem leeren Blick, so klar und deutlich, als wäre ich ein Kunstwerk. „Locken wie Pan", redet sie leise weiter. „Gefallen. Gefallen … Nein. Verstoßen."

Ihre Hand wandert wieder langsam von meinem Hals über meine Brust. „Stolz. Verweigerung des Respekts." Weiter wandert ihre Hand über meinen

Bauch. „Lust, Begierde …"

Schließlich legt sie ihre Hand in meinen Schritt.

„Hier", haucht sie mit großen Augen und starrt auf meine Mitte. „Hier will er sein."

„Stop!", sage ich und drücke sofort ihre Hand von meinem Körper weg. Blitzartig springe ich aus meinem Bett und stelle mich weit von ihr weg. Ich halte mir mit verweintem Gesicht die Hand über das Herz. „Esther", keuche ich verängstigt von ihren Worten und Handlungen. „W-Was tust du da?"

Langsam steht sie auf, doch ihre Augen sind immer noch starr auf mich gerichtet. Ihren Kopf neigt sie wieder ein wenig zur Seite, wodurch sie noch erschreckender wirkt. „Hero", spricht sie leise und kommt langsam näher. „Hero sollte immer jemanden haben, der sie begehrt. Doch Leander begehrt dich nicht. Es war Betrug, die Unwahrheit. Betrogen hat Luzifer, um zu bekommen, was ihm nicht zusteht."

Immer noch verwirrt und entsetzt sehe ich sie an. Wovon spricht sie da nur? Ich verstehe kein Wort. „Bitte, Esther … Bitte, geh und lass mich allein."

Sie bleibt stehen und für ein paar Momente sieht sie mich einfach nur an. Ihr weißes Nachthemd strahlt so hell. Es ist solch ein Kontrast zu ihren durcheinandergeratenen Haaren und den tiefen Schatten unter ihren aufgerissenen Augen. „Gefallene Engel sind Monster, Honor-Marie", sagt sie leise und bedächtig. „Gefallene Engel verleumden, betrügen, lügen … morden. Gott hat Luzifer verbannt, weil er Satan nicht akzeptiert."

Mir fließen die Tränen in Strömen über das Gesicht.

Ihr Furcht einflößendes Lächeln wird noch breiter, als sie langsam zur Tür geht. Ein letztes Mal dreht sie sich zu mir um und sagt: „Keine Angst, Honor-Marie … Ich werde ihn finden. Der Teufel darf nicht weiter verkörpert werden. Ich werde dich beschützen. Vor ihm."

Dann verschwindet sie.

Ich habe genau zwei Stunden geschlafen, länger war es einfach nicht möglich. Ständig hatte ich Angst, Esther würde wieder in mein Zimmer kommen oder andere seltsame Dinge anstellen. Ich war letzte Nacht noch kurz davor, Dale anzurufen, doch ich habe es schließlich gelassen. Ich kann nicht ständig mitten in der Nacht verschwinden, zu groß ist die Angst, dass meine Eltern mich irgendwann erwischen.

Als ich um sieben Uhr morgens alleine am Frühstückstisch sitze, bekomme ich nicht mehr diese kranken Blicke und Worte aus meinem Kopf. Was hat sie da alles nur geredet?

Luzifer, Betrug, Verleumdung, Satan … Irgendetwas mit Hera. Oder Hero? Ich bin mir nicht mehr sicher.

Sie hat so viele verwirrende Dinge gesagt, doch im Nachhinein ist mir eins klar: Sie kann nur von Nathan geredet haben.

Nathan bezeichnet sich oft als Teufel und bei solch einer Mutter kann ich mir gut vorstellen, dass er das schon tausendmal von ihr gehört hat.

Doch wieso?

Und wieso sagt sie, dieses Etwas hätte mich in seiner Gewalt? Sie könnte selbstverständlich von

Nathan gesprochen haben, doch er hat mich nicht in seiner Gewalt. Er versucht mich von sich fernzuhalten, das ist das totale Gegenteil.

Noch bevor meine Eltern oder sonst irgendwer wach wird, verlasse ich das Haus. Ich weiß mir nicht anders zu helfen, als die Worte nachzuschlagen, die ich nicht verstehe. Ich muss in die Bibliothek. Im Internet sind die Quellen meist ungewiss und ich will endlich die Wahrheit wissen.

Zwar fallen meine Augen ständig zu, weil ich todmüde bin, doch das interessiert mich nicht.

„Guten Morgen, Honor", grüßt mich die Bibliothekarin verwirrt von meinem Erscheinen. Sie kennt mich, da ich öfter hier bin. „Wieso bist du um halb neun Uhr morgens hier? Kind, es ist Samstag."

Ich lächle ihr nur leicht zu. „Muss etwas nachschlagen. Sag mal, wo ist denn die religiöse Richtung? Die ganzen Bibeln und so ein Zeug?"

„Die religiöse Richtung", sagt sie mit erhobener Braue. „Deine Eltern haben doch mit Sicherheit etliche Bibeln zu Hause."

Ja, haben sie, aber nicht das, was ich suche. „Ja schon, aber ich suche nach tiefgründigeren Sachen. Also? Kannst du es mir zeigen?"

Sie nickt und steht von ihrem Schreibtisch auf. Ich folge ihr durch die vielen Bücherregale ins hinterste Eck. „Das hier sind alles Bibeln", erklärt sie und zeigt auf ein Regal. „Viel Hebräisches, also bin ich mir nicht sicher, ob das so interessant für dich ist. Hier geht es mehr in die griechische Richtung und da hinten die abergläubische. Da ist viel krankes Zeug dabei, also solltest du dich da vielleicht nicht hinverirren, außer du willst traumatisiert werden.“

Ich nicke verstehend. „Danke, ich weiß schon, was ich suche.“

Mit einem Lächeln verabschiedet sie sich.

Kapitel 16

Ich lasse meinen Blick über die vielen Bücher schweifen. Vielleicht werde ich jetzt Antworten bekommen. Ich hoffe es.

Ich habe Angst.

Was, wenn ich hier herausfinde, was Esther mit Nathan gemacht hat? Was, wenn sie und Joel ihm schlimmere Dinge angetan haben, als ich dachte?

Doch ich atme durch. Jetzt gibt es kein Zurück mehr. Wenn ich will, dass dieser Spuk endlich aufhört, dann muss ich recherchieren, egal, wie grausam die Wahrheit auch sein mag.

Auch wenn ich mich fürchte, laufe ich zielstrebig zu den Regalen, vor denen mich die Bibliothekarin gewarnt hat. Ich bin mir nicht sicher, ob ich meine Antworten in einer normalen Bibel finde. Ich weiß noch nicht mal genau, wonach ich als Erstes suchen soll.

Ich lasse meinen Blick konzentriert über die vielen Bücher schweifen. Irgendwo muss es hier ein stinknormales Sachbuch über den Teufel oder so etwas geben. Ich muss herausfinden, was das für Gerede war, das Esther von sich gegeben hat. Ich ziehe ein einfaches Sachbuch über christlichen Aberglaube heraus und öffne das Inhaltsverzeichnis.

Ich wünschte, ich müsste nicht danach suchen, doch ich blättere sofort zu den Seiten mit dem Überbegriff Satan.

Ich erinnere mich an Esthers Worte und versuche, sie in diesen Texten wiederzufinden. Konzentriert blicke ich über die Zeilen.

Der Teufel (griechisch Diabolos) wird bezeichnet als Durcheinanderwerfer, im Sinne von Faktenverdreher, Verwirrer, Verleumder.

Das sind Worte, die Esther in den Mund genommen hat. Ständig sprach sie davon, dass Luzifer betrügen und verleumden würde. Schnell finde ich heraus, dass Luzifer der Name des Teufels, Satans ist. Etwas, das ich eigentlich schon lange wusste, aber nie darüber nachgedacht habe.

Ein Bild von einem gewissen Pan wird abgebildet. Der Name sagt mir sofort etwas. Esther hat auch über ihn gesprochen.

Locken wie Pan, sagte sie. Gefallen. Nein, Verstoßen.

Ich betrachte das Bild eindringlicher und lese die Texte. Pan soll ein Hirtengott gewesen sein. Er wurde vom Olymp verstoßen, weil er die Engel begehrte, während er als Satanskind durch seine Ziegenbeine bekannt war.

Begehrte die Engel Seraph, heißt es.

Seraph, Seraph … Dieser alte Mann damals in Nathans Haus hat mich so genannt. Ich erinnere mich noch ganz genau. Ich dachte, er wäre verrückt.

Ich versuche, den Zusammenhang zwischen Esthers Worten, Pan und Nathan zu finden. Nathan hat Locken wie Pan, das kann man so sagen. Doch ich kann mir einfach nicht vorstellen, dass Esther nur deswegen glaubt, er wäre etwas Schlechtes. Es gibt viele Menschen, die Locken haben.

Wenn Pan begehrt die Engel, dann strafe ihn, verbiete ihm die Lust, seine Begierde ist zu stark, er darf nicht begehren die Seraph, lese ich ein Zitat eines alten Dichters des Mittelalters.

Nachdenklich reibe ich mir die Stirn. Ich muss mich auf etwas anderes konzentrieren. Ich darf mich nicht zu sehr auf diese eine Sache fixieren.

Ich ziehe ein biblisches Gedichtsbuch aus dem Regal. Schnell finde ich auch schon die satanistischen Seiten.

Wenn Satan nicht mag niederknien vor dem allmächtigen Herrn, möge er verbannt werden. Fallen vom Himmel, zum Grunde der Erde und tiefer. Der Allmächtige duldet kein Widersetzen, auch nicht, wenn Satan mag ausschlagen das Schwarz seiner Flügel.

Ich runzle die Stirn. Satan hatte schwarze Flügel?

Und wenn du siehst in die Augen der Schlange, die Versuchung sich in deinen Körper bannt, dann seist du verloren. Das Grün ist zu mächtig, nicht einmal Eva konnte ihren Blick von ihr abwenden. Satan sei überall, auch in den Augen der Schlange, die einst brach den Schwur zwischen dem Allmächtigen und den Menschen.

Moment mal … Esther hat doch auch ständig von grünen Augen und einer Schlange gesprochen. Sie meinte damals, Nathan hätte die grünen Augen einer Schlange.

Sie denkt doch nicht etwa, Nathan sei Satan im Körper der Schlange?

Schnell blättere ich weiter, suche nach diesen grünen Augen und der Schlange.

Wieder sticht mir etwas ins Auge.

Die Schlange mag mächtig sein. Sie mag mächtig und verwirrend sein, doch wie du kannst umgehen den Augen des Luzifers, dann musst du …

Ich schlucke schwer. „Oh Gott."

Dann musst du die Augen des Teufels mit dem blutigen Dolch von Eva herausschneiden.

Augenblicklich stockt mir der Atem. Mehrmals blinzle ich.

Wenn Esther wirklich denkt, dass Nathan der Teufel ist und – wie Dale damals sagte – sie und Joel seine Augen so sehr gehasst haben …

Nathans Narbe unter seinem rechten Auge.

Ich halte mir entsetzt die Hand vor den Mund.

Sie wollten Nathan die Augen herausschneiden.

Esther muss so überzeugt von der Tatsache gewesen sein, dass Nathan durch diese Dinge Satan ist, dass sie den Teufel aus ihm entfernen wollte.

Und im nächsten Moment kommt mir ein ganz unangenehmer Gedanke in den Kopf.

Ängstlich schiebe ich das Buch wieder in das Regal und suche etwas ganz Bestimmtes.

Meine Augen finden es und mit zittrigen Händen ziehe ich es heraus.

Exorzismus.

Die Vorstellung, dass Esther und Joel wirklich so verrückt sind, dass sie glauben, Nathan wäre der Teufel und sie tatsächlich versucht haben, den Teufel aus seinem Körper zu schicken, jagt mir einen kalten Schauer über den Rücken. Jahrelang habe ich mich gefragt, woher Nathans Narbe in seinem Gesicht kommt, und jetzt weiß ich es. Zwar ahnte ich, dass es irgendetwas mit seinen Eltern zu tun haben muss, doch so etwas … Das ist grausam. Gott, sie dachten, er wäre besessen. Weil er frecher war als andere grüne Augen und Locken wie Pan hatte. Wie können sie so etwas denken? Wie können sie nur so etwas denken bei so wenigen Indizien?

Schluckend öffne ich das Buch und fahre mit meinem Finger über das Inhaltsverzeichnis. Schließlich lande ich bei Arten von Austreibung des Dämons.

Hier könnten alle Antworten stehen. Hier könnte alles stehen, was Esther und Joel Nathan angetan haben. Will ich wirklich wissen, was sie mit ihm gemacht haben?

Ich habe Angst.

Doch manchmal ist die Wahrheit nun mal ungemütlich und grausam. Ich kann jetzt nicht aufhören. Ich will Nathan von diesen Dingen befreien, also muss ich wissen, was damals mit ihm passiert ist.

Langsam fliegen meine Augen über die Zeilen. Meine Lunge ist zerdrückt und ich muss mich mehr konzentrieren, um nicht die Fassung zu verlieren.

Schließlich finde ich, was ich gesucht habe. Ich schnappe das Wichtigste auf.

Mir kommen die Tränen.

Auspeitschen, der verseuchten Haut, um den Teufel aus den Wunden jagen zu können.

Tränken in Weihwasser, um den Teufel zu ersticken.

Hungern, dürsten lassen, in dunklen Räumen, um ihn leiden zu lassen.

Verbrennen, um ihn den verdienten Schmerz spüren zu lassen.

Vor lauter Entsetzen lasse ich mich auf einen Stuhl fallen, weil ich mich nicht auf den Knien halten kann. Ich atme schwer, meine Wangen sind nass.

„Was haben sie dir nur angetan?“, hauche ich verzweifelt und lese weiter.

Es gibt noch viele Foltermethoden, doch irgendwann gibt es auch ein Ende. Und das Ende sollte man erst dann anwenden, wenn man den Teufel aus dem Menschenkörper absolut nicht verbannen kann.

Ich lese.

Im nächsten Moment fällt mir das Buch aus den Händen, landet unsanft vor meinen Füßen.

Erstarrt sehe ich darauf.

Der Stich mit dem silbernen Dolch ins Herz des Dämons, um ihn endlich auszulöschen.

Vor lauter Entsetzen kann ich nicht atmen.

Der Stich mit dem silbernen Dolch ins Herz des Dämons, um ihn endlich auszulöschen.

Kapitel 17

Hektisch klopfe ich gegen die Tür des Hotelzimmers, in dem Dale momentan wohnt. Bevor ich zu Nathan gehe und ihn damit konfrontiere, muss ich erst mit Dale darüber sprechen, damit ich mir auch sicher sein kann, dass all diese Dinge stimmen. Jetzt bleibt ihm nichts mehr anderes übrig, als mir die Wahrheit zu sagen. Ich habe schon zu viel erfahren.

Der Stich mit dem silbernen Dolch ins Herz des Dämons, um ihn endlich auszulöschen.

Der Satz spukt die ganze Zeit in meinem Kopf herum.

Es ist grausam, wenn man sich vorstellt, was Esther und Joel Nathan alles angetan haben. Die Tatsache, dass sie ihn jetzt suchen und Esther letzte Nacht zu mir sagte, sie würde Luzifer vernichten … sie wollen Nathan töten. Und das kann ich nicht zulassen.

„Dale, mach auf!“ rufe ich durch die Tür und klopfe fester, weil sich nichts tut.

Im nächsten Moment öffnet sich die Tür einen Spalt und ein verschlafener Dale mit verwuschelten Haaren sieht mich an. „Honor“, sagt er mit kratziger Morgenstimme. „Was zum …“

Ich lasse ihn nicht ausreden, sondern drücke die Tür auf, worauf er zwei Schritte zurückstolpert. Aufgebracht gehe ich an ihm vorbei und stelle mich mitten in sein Zimmer.

Dale kommt nur in Unterhose, sich die Augen reibend, auf mich zu. „Also normalerweise …“

„Dale, eure Eltern sind Exorzisten!“, platze ich heraus. In der Sekunde, in der ich es ausgesprochen habe, habe ich es erst richtig realisiert. Sie haben Nathan wirklich diese schrecklichen Dinge angetan. Noch bevor Dale etwas dazu sagen kann, spreche ich weiter. „Sie sind Exorzisten“, wiederhole ich und merke sofort, wie mir ein Kloß im Hals wächst. Je öfter ich es ausspreche, umso klarer wird mir die Situation. „Sie dachten wirklich, Nathan wäre der Teufel! Sie dachten, er wäre der Teufel und diesen mussten sie ihm austreiben!“

Jetzt kann ich die Tränen nicht mehr aufhalten. Zu grauenvoll ist die Vorstellung, welche Höllenqualen dieser kleine Nathan aus der Grundschule erlebt haben muss, während ich mit meiner glücklichen Familie ein wunderbares Leben hatte.

Schluchzend lasse ich mich auf seine Bettkante fallen und vergrabe mein Gesicht in meinen Händen. „Sie dachten, er wäre der Teufel … S-Sie wollten ihm die Augen ausstechen. Jeden Tag hatte er Wunden, weil sie ihn so geschändet haben …“ Bitterlich weine ich. Dieser arme, kleine Nathan …

„Hey“, sagt Dale sanft und setzt sich neben mich, während ich meine verzweifelten Schluchzer nicht mehr kontrollieren kann. Er legt einen Arm um mich und drückt mich an seine nackte Brust. „Wie kommst du denn auf so was?“

„I-Ich war in der Bibliothek. Dort stand alles. Es hat alles perfekt zusammengepasst … Diese Sache mit Pan und dieser verdammten Schlange und …“ Ich bekomme kaum Luft, weil ich so sehr weine. „Das ist, was deine Mutter gemeint hat!“ Ich stehe ruckartig auf und wische mir ständig über die Wangen, laufe von links nach rechts. „Die Augen so grün wie die einer Schlange. Dale, ich war so dumm, wieso konnte ich das einfach nicht sehen? Nathan denkt wirklich, er wäre der Teufel!“

Dale stellt sich zu mir und hält mich an den Schultern fest. „Honor, beruhige dich!“, redet er auf mich ein. „Du redest wirr durcheinander, ich kann dir kaum folgen!“

Noch immer fließen die Tränen in Strömen über meine Wange und ich bin mir sicher, dass ich schrecklich aussehe. Doch ich kann nicht anders. „Dale, sie wollen ihn umbringen.“

Er runzelt die Stirn, so wie es Nathan immer macht. „Was?“

Ich versuche, mich zu beruhigen und den riesigen Kloß in meinem Hals herunterzuschlucken, doch es gelingt mir nur mäßig. Ich atme tief ein und aus, doch bei meinem nächsten Satz verliere ich wieder fast die Fassung. „I-Ich habe es gelesen … S-Sie – Es heißt, man kann einen Dämon am Ende nur beseitigen, wenn man ihm einen silbernen Dolch ins Herz …“ Ich kann es nicht ganz aussprechen.

Dale lässt mich los und geht einen Schritt zurück, als hätte ich ihn beleidigt. „Was redest du da?“

Ich sehe schniefend zu ihm auf. Auch seine Miene strahlt pures Entsetzen aus. „Deswegen suchen sie ihn … Esther war letzte Nacht in meinem Zimmer … Sie meinte, sie will Satan … beseitigen.“

Er schweigt. Er starrt mich an, als hätte ich ihm

etwas Schreckliches gesagt. Und das Schlimme an der Sache ist, dass es etwas Schreckliches ist. „Das …“, sagt er und sieht auf den Boden, schüttelt leicht mit dem Kopf. „Ich … Das … Scheiße. Das ergibt Sinn.“

„Wusstest du das nicht?“, frage ich ihn und versuche, mich etwas mehr zu beruhigen. „Was sie … mit ihm gemacht haben?“

Total vor den Kopf geschlagen, schüttelt er ihn. „Nein“, sagt er. „Nein, ich wusste es nie. Als ich noch bei ihnen war haben sie uns zwar geprügelt, aber nie auf diese Art und Weise … Es war nie die Rede davon, dass sie ihm irgendeinen beschissenen Teufel austreiben wollen oder … Verdammt.“ Mit den Händen an den Kopf lässt er sich auf die Bettkante fallen. „Verdammt. Verdammt, verdammt, verdammt! Eduard muss davon gewusst haben, deswegen hat er ihn damals da rausgeholt, doch trotzdem hat er es mir nie erzählt! Dieser verdammte Bastard! Hätte ich das gewusst, wäre ich nie gegangen!“ Außer sich, haut er auf das Bett und stützt sich dann nach vorne auf seine Knie, rauft sich wild die Haare. „Das ergibt alles so scheiße viel Sinn … Ich hätte es doch irgendwie wissen müssen. Sie haben schon immer gesagt, dass Nathan eine Ausgeburt der Hölle ist, doch dass sie wirklich dachten, er sei die Verkörperung des Bösen … Das ist so absurd. Scheiße. Das ist so verdammt absurd.“

Traurig setze ich mich neben Dale und sehe ihm zu, wie er seinen Kopf verzweifelt in seine Hände stemmt. „Deswegen hasst er dich so … Wenn du nur gelesen hättest, was dort alles in diesen Büchern steht.“

„Was steht darin?“, fragt Dale entschlossener. Er betrachtet mich eindringlich. „Sag mir, was sie gemacht haben.“

Ich schüttel schluckend den Kopf. „Nein, das willst du nicht wissen.“

„Doch. Sag es mir. Ich brauche mehr Gründe, um sie umzubringen, wenn sie ihm etwas antun.“

„Ich denke nicht, dass …“

„Honor!“, schreit er, worauf ich zurückzucke. „Sag es mir, verdammt!“

„S-Sie haben ihn ausgepeitscht“, sage ich sofort kläglich und schließe eingeschüchtert die Augen. Ich sehe Dale nicht an, damit ich nicht noch mehr Entsetzen in seinen Augen sehe. „Auspeitschen, hungern, dürsten lassen, s-sie haben ihn mit Feuer gequält und … Da war noch die Sache mit seinen Augen. Sie wollten sie ihm entfernen. So steht es zumindest in den Büchern.“

Ich sehe wieder Dale. Geschockt sieht er nach vorne an die Wand. Er sieht aus, als würde er jeden Moment das Bewusstsein verlieren. Es muss grausam für ihn sein, weil er Nathan in dieser Zeit als großer Bruder allein gelassen hat. Er hat ihn verlassen. „Deswegen hat er diese Narbe unter seinem Auge“, spricht Dale leise.

Ich nicke leicht. „Ja … deswegen hat er diese Narbe unter seinem Auge. Ich weiß nicht, weshalb sie es nicht ausgeführt haben, aber es würde perfekt passen.“

Wieder beugt Dale sich nach vorne. Ich erkenne Schweißperlen auf seiner Haut, so sehr muss ihn das mitnehmen. „Ich verstehe nicht, wieso er nie etwas gesagt hat … Er wusste, wo ich war, und ich wäre sofort zurückgekommen, wenn er einfach nur irgendein scheiß Wort gesagt hätte", zischt er, beinahe, als wäre er wütend auf Nathan. „Dieser verdammte Bastard … Scheiße, hätte er einfach nur irgendwas gesagt. Er hätte ihnen immer sagen können, dass er mich nicht umgebracht hat, und dann hätten sie ihn vielleicht weniger … Er hätte mich einfach verraten können."

Ich schürze die Lippen. „Vielleicht wollte er nicht, dass sie das Gleiche mit dir machen. Vielleicht … vielleicht hat er all das auf sich genommen, weil er … Na ja, weil er dich liebt."

Kurz herrscht peinigende Stille im Raum.

Dann passiert etwas, was ich niemals gedacht hätte.

Dale weint.

Er hält sich die Hände vors Gesicht und schluchzt schmerzlich hinein. Es hört sich grausam an, so echt und so wahr. Er muss sich grausam fühlen, denn wahrscheinlich liege ich mit meiner These nicht falsch.

Mir kommen sofort wieder die Tränen, weil ich es nicht mit ansehen kann, wie ein so starker Mensch wie Dale so entsetzlich in Kummer ertrinkt, dass er bitterlich weinen muss. Ich lege meine Arme um ihn und versuche, ihn zu halten, wie er mich gehalten hat.

Gott, wie unwirklich das alles doch ist. Ich bin mir nicht einmal sicher, ob ich das alles schon so richtig realisiert habe. Ob ich wirklich realisiert habe, was Esther und Joel damals mit Nathan getan haben.

„Wir dürfen nicht zulassen, dass ihm etwas passiert", flüstere ich Dale zu, während er sich gar nicht mehr einbekommt. „Das bist du … sind wir ihm schuldig.“

Ein lautes Hämmern lässt den Raum erklingen. „Ey!“, ruft eine Stimme durch die Tür.

Dale und ich sehen uns erschrocken an. Nathan!

„Was macht er hier?“, flüstere ich und wische mir eilig die Tränen von den Wangen.

„Dein Auto steht unten!“ ertönt Nathans Stimme. „Mach die scheiß Tür auf!“

Dale springt auf und wischt sich ebenfalls durchs Gesicht. „Scheiße ... Er wird sofort merken, dass irgendetwas nicht stimmt.“

Ich kämme mir mit den Händen durch die Haare, damit ich nicht so wild aussehe. „Wir, ähm, keine Ahnung, ich …“

Doch noch bevor ich ausreden kann, wird die Tür geöffnet und Nathan steht mit einer Klammer in der Hand im Türrahmen. Mal wieder ist er ganz in Schwarz gekleidet, was seine Präsenz noch beängstigender macht, allerdings sehe ich ihn jetzt anders. Ich sehe ihn jetzt wie einen jungen Mann, der Grausames erlebt hat, egal, wie böse er guckt.

Nathan sieht erst zu Dale, der stocksteif im Zimmer steht, und dann zu mir, während ich versuche, meine Haare noch ein wenig zu richten.

Und dann wird mir erst klar, wonach das hier eigentlich aussieht.

Es sieht aus, als hätten Dale und ich … Oh mein Gott. Er trägt ja nur Unterwäsche!

Mein Herz pumpt wie wild, als Nathan in das Zimmer tritt und den Autoschlüssel einfach aufs Bett schmeißt. „Hier“, sagt er resigniert und dreht sich wieder zur Tür. Er sieht mich nicht an, doch ich sehe, wie scharf er Dale ansieht, als er zischt: „Dein Autoschlüssel."

Dale ist ebenfalls so wortkarg wie ich, als Nathan wieder zur Tür geht und uns einfach den Rücken zudreht. Und dann scheint Dale ebenfalls die Situation zu verstehen, denn er erwacht. „Nathan", ruft er ihm hinterher. „Klingt jetzt vielleicht echt beschissen, aber es ist nicht das, wonach es aussieht. Honor und ich ..."

„Ist mir scheißegal, wonach es aussieht", unterbricht Nathan ihn, doch er kann einen gereizten Unterton nicht verbergen. „Ihr könnt vögeln, wen ihr wollt. Ich bin wieder weg."

Doch als er gerade nach dem Türgriff greifen will und Dale mich hilflos ansieht, springe ich auf. „Nathan, warte! Dale und ich hatten wirklich nichts!"

Er bleibt stehen, uns immer noch den Rücken zugedreht, und ich sehe, wie er durchatmet. Dann dreht er sich mit dunklen Augen um. „Honor. Ich sagte, es ..."

„Wir wissen es", unterbricht Dale ihn bestimmt.

Nathan verstummt und sieht ihn an. „Ihr wisst was?"

„Was unsere Eltern dir angetan haben."

Ungläubig hebt Nathan eine Braue. „Ach ja? Seht ihr deswegen so aus, als wärt ihr verdammte Heulsusen?"

Ich schlucke, weil sich wieder ein Kloß in meinem Hals bildet. Es ist so unglaublich, wie er alles so gleichgültig hinnehmen kann, obwohl er eigentlich traumatisiert von alldem sein sollte. „Wir wissen auch, was deine Eltern von dir wollen“, sage ich und versuche nicht zu weinen. Ich komme ihm vorsichtig einen Schritt näher.

Er sieht mich nur scharf an, während Dale sagt: „Nathan … du musst nicht so tun, als wäre es irrelevant. Denn das ist es nicht.“

„Du willst beurteilen, was irrelevant ist und was nicht?“ Nathan kommt Dale näher, doch Dale bleibt ruhig stehen. Er ist wahrscheinlich der Einzige, der keine Angst vor ihm hat.

„Sie wollen dich umbringen“, spricht Dale ruhig.

„Wir wollen dir helfen, Nathan“, flehe ich verzweifelt. „Was sie getan haben, war grausam und Esther war letzte Nacht bei mir und …“

„Ich brauche eure scheiß Hilfe nicht“, unterbricht Nathan mich und geht erneut zur Tür. „Die brauchte ich nie, also kümmert euch um eure eigene Scheiße.“

Doch Dale hält flink die Tür zu, bevor Nathan sie öffnen kann. „Hör endlich auf mit dieser Scheiße, man. Sie wollen dich umbringen, kapierst du das nicht? Und wenn du nicht ein beschissenes Messer in der Brust haben willst, dann erzähl uns endlich, was damals passiert ist!“

„Ich denke, ihr wisst es“, spottet Nathan. „Ich werde keinen Ton über diesen Dreck verlieren, lieber komm ich in die Hölle.“

Er versucht, nach dem Türgriff zu greifen, doch Dale schubst ihn nach hinten, worauf Nathan in den Raum stolpert. „Scheiße, fang endlich an zu reden!“, wütet Dale und kommt Nathan aggressiv näher. „Mach einfach die Fresse auf, denn das ist schon längst nötig!“

„Wir müssen es wissen“, rede ich ebenfalls auf Nathan ein, jedoch ruhiger. „Sonst wirst du diesem Teufelskreis niemals entkommen.“

Nathan verzieht nur das Gesicht, als würden ihm diese Worte wehtun.

„Man, der ganze Bullshit muss irgendwann raus-kommen!“, spricht Dale weiter. „Wieso verstehst du denn einfach nicht, dass wir uns scheiße Gedanken um dich machen!“

„Ihr macht euch Gedanken um mich?“, keift Nathan zurück. „Was jucken mich eure Gedanken, das ist immer noch meine Scheiße, nicht eure!“

Dann passiert es ganz schnell. Nathan versucht, an Dale vorbeizukommen, doch Dale schnappt ihn sich, öffnet die Badezimmertür und schubst ihn hinein. Schnell nimmt er sich noch den Schlüssel und schließt von außen ab.

Mit großen Augen sehe ich ihn an. Was hat er denn jetzt vor? Nathan wie ein Tier im Käfig gefangen halten?

„Scheiße, du Wichser!“, schreit Nathan durch die Tür und tritt dagegen. „Lass mich raus!“

„Du kommst nicht raus, bis du geredet hast!“, ruft Dale zurück und legt den Schlüssel auf den kleinen Tisch im Zimmer.

Perplex sehe ich zu ihm. „Und du denkst, das bringt etwas?“

Im Hintergrund kann man Nathan fluchen hören.

Dale zuckt mit den Schultern und zieht sich ein Shirt über. „Er kann von mir aus den ganzen Tag da drin rumsitzen, irgendwann wird er raus wollen und dann muss er reden."

„Ich breche die Tür auf!", ruft Nathan.

„Man, dann mach doch!", gibt Dale nur gleichgültig zurück. „Die Scheiße kannst du bezahlen und wir wissen beide, dass du das nicht kannst."

Kurze Stille, dann flucht Nathan „Fuck" und tritt ein letztes Mal gegen die Tür.

Seufzend setze ich mich auf das Bett. „Er wird da drin durchdrehen."

„Wahrscheinlich wird er das", sagt Dale und holt sich etwas zu trinken aus dem kleinen Kühlschrank.

„Und wie ich das werde!", hört man Nathan schimpfen, dann tritt er noch mal fest gegen die Tür.

Dale reicht mir eine Wasserflasche und setzt sich dann zu mir ins Bett. „Nathan, du musst nur reden, dann kannst du wieder rauskommen und meinetwegen alles auseinandernehmen. Aber rede einfach!"

„Ein Scheiß werde ich tun!"

Ich atme durch. „Nathan, bitte! Du würdest uns damit viel Last von den Schultern nehmen!"

„Was für eine scheiß Last? Außerdem denke ich, ihr wisst schon alles, also was wollt ihr noch von mir?"

„Wenn du willst, dass wir dir helfen, dann müssen wir einfach besser Bescheid wissen!", ruft Dale.

„Alter!", ruft Nathan. „Wie oft soll ich noch sagen, dass ich eure verdammte Hilfe nicht brauche?"

„Dann bleib halt für immer da drin und verreck", sagt Dale jetzt wieder und legt sich zurück ins Bett.

„Oder du redest einfach!", sage ich jetzt, weil ich eigentlich nicht möchte, dass Nathan verreckt. „Bitte … Ich habe nicht alles verstanden von dem, was ich gelesen habe. Diese Sache mit den Engeln und so was … Nur du kannst uns das alles beantworten."

„Scheiße", flucht Nathan leise und ich höre, wie er sich die Tür runtergleiten lässt und auf dem Boden sitzen bleibt. „Ihr könnt mich nicht ewig hier drin lassen, also fickt euch."

Und dann hören wir genau siebenundachtzig Minuten nichts mehr von Nathan. Er sitzt einfach schweigend in diesem Raum und gibt sonst keine Geräusche von sich. Dale und ich unterhalten uns über andere Dinge, weil wir uns einfach ablenken müssen.

Er erzählt mir von ein paar Freundinnen, die er in London hatte, und ich erzähle von Zachary und wie er an Silvester in die Büsche gekotzt hat. Dass ich jedoch mit Nathan dann noch unterwegs war, lasse ich aus, denn immerhin kann Nathan alles hören.

Die Minuten vergehen wie Stunden.

Wir hoffen nur darauf, dass Nathan endlich redet und seinen sturen Kopf beiseiteschiebt. Es ist enorm wichtig, endlich alles zu hören, damit wir wissen, womit wir es zu tun haben. Vielleicht könnte man die Polizei einschalten und so seine Eltern verhaften lassen oder … keine Ahnung. Nur Nathan weiß die Antwort. Würde er doch nur reden.

Für zwanzig Minuten bin ich kurz eingeschlafen, weil ich so müde bin. Die zwei Stunden Schlaf waren mir einfach zu wenig und heute Nachmittag muss ich auch noch zur Violinprobe. Meine Eltern haben sich zum Glück noch nicht auf meinem Handy gemeldet, denn ich habe ihnen geschrieben, dass ich in die Bibliothek gehe.

Abwartend und schweigend liege ich auf dem Bett, starre die Decke an, während Dale auf dem Boden sitzt und mit einem kleinen Ball gegen die Wand wirft. Es scheint aussichtslos. Nathan redet jetzt seit fast zwei Stunden nicht und beinahe bin ich kurz davor zu sagen, wir lassen ihn einfach raus, weil es kein Sinn macht.

Doch dann – als ich kurz davor bin, erneut einzuschlafen – ertönt seine raue Stimme durch die Tür.

„Es war noch viel schlimmer, als es in den ganzen Büchern geschrieben steht …“

Kapitel 18

Dale und ich sehen uns schlagartig an. Nathan redet. Endlich!

„Es ist nicht jeden Tag passiert“, spricht Nathan ruhig weiter, doch laut genug, damit wir ihn hören können. „Es war am schlimmsten, kurz bevor ich gegangen bin.“

Leise begeben Dale und ich uns vor die Badezimmertür, um ihn besser verstehen zu können. Ich setze mich aufgeregt und ängstlich vor Nathans Worten auf den Boden und sehe die Tür an, hinter der er sitzt. Dale lehnt sich neben die Wand daneben. Wahrscheinlich lässt er Nathan erst heraus, wenn er ausgesprochen hat.

Ich höre Nathan kurz tief durchatmen, bevor er weiterredet.

Mein Herz pocht wie wild. Erfahren wir jetzt alles von ihm oder wieder nur Bruchteile? Ich hoffe, er sagt uns einfach die ganze Wahrheit, obwohl ich Angst vor ihr habe.

„Dale“, sagt Nathan. „Bevor du gegangen bist, hatten sie mit so einer Scheiße noch nicht angefangen, deswegen wundere dich nicht, weshalb du nie etwas mitbekommen hast. Aber du weißt, wie sie mich immer genannt haben. Ausgeburt der Hölle, Satan, Dämon, das Sinnbild des Bösen … der Teufel. Am Anfang dachten wir beide noch, dass sie das sagen, weil sie mich einfach nur dafür gehasst haben, dass ich so

scheiße frech und vorlaut war, aber, verdammt …"
Er lacht kurz auf. „Du bist gegangen, sie dachten, ich hätte dich umgebracht und dann waren sie sich sicher, dass ich nicht normal war. Ab dem Tag deines Verschwindens hat es angefangen. Sie waren sich so sicher, dass ich – ein Sechsjähriger – der Mörder meines eigenen Bruders bin, dass sie mir Luzifer in die Haut ritzen wollten. Scheiße, sie hätten mich am liebsten noch an diesem Abend umgebracht, aber stattdessen haben sie …."

Kurze Stille.

„Sie haben harmlos angefangen. Harmlos für ihre Verhältnisse. Am Anfang haben sie mich am Bettgestell festgebunden, mich mit Weihwasser bespritzt und mir jedes mal eine Ohrfeige gegeben, wenn ich nicht auf ihre Worte reagiert habe. Was hätte ich auch tun sollen? Scheiße, meine Eltern wollten mir irgendeinen scheiß Dämon austreiben, von dem ich nicht mal wusste, was es überhaupt war. Ich hatte keine Ahnung, was sie da taten und wieso zur Hölle ich ständig nach und nach Schläge dafür bekommen habe, wenn ich mich einfach nur befreien wollte.

Seht das Kreuz des Herrn, flieht ihr feindlichen Mächte.

Scheiße, ich hasse diese Worte. Wie oft musste ich so einen Bullshit hören? Gefühlte tausend Mal, doch es schien einfach kein Ende zu nehmen.

Natürlich ist nichts passiert, während sie dachten, sie hätten mich von irgendeinem beschissenen Satan befreit. Ich war immer noch ich und ich hatte immer noch die grünen Augen und die dunklen, gelockten Haare. Honor, wahrscheinlich hast du davon gelesen, aber sie haben mich immer mit Pan verglichen. Pan, dieser abgefuckte Hirtengott, der den Teufel verkörpern sollte. Ich war frech ihnen gegenüber und wollte kein Gebet sprechen? – Pan spricht aus mir. Sofort kam der nächste Abend, an dem ich Höllenqualen erlitt.

Dale, du weißt, dass sie immer über meine grünen Augen gesprochen haben. Wie hässlich und grausam sie wären und wie falsch und wie teuflisch. Tja, wahrscheinlich kennt ihr die Geschichte von diesem verkackten Adam und der abgefuckten Eva, die in der Schöpfungszeit von der Schlange auf dem Baum manipuliert wurden, um diese beschissene Frucht zu essen.

Die Schlange war in diesem Fall der Teufel und weil die Schlange auch noch verkackte grüne Augen hat, hatten unsere Eltern nur noch mehr Beweise dafür, ich sei wirklich die Verkörperung des Bösen.

Ich glaube, es war in der zweiten Klasse, als sie versucht haben, mir die Augen rauszuschneiden."

Ich ziehe scharf die Luft ein. Er sagt es so locker, als wäre es nichts, doch dabei ist es grausam.

„Ich würde jetzt sagen, dass dies das Schlimmste war, was sie mir angetan haben, aber das war es nicht. Sie haben mich einfach gepackt, meinen Mund zugehalten, das Messer angesetzt und … Natürlich konnte ich mich nicht wehren, wie auch? Eine Frau, die ständig von den teuflisch grünen Augen der Schlange spricht, und ein Mann, der hundertmal stärker ist als man selbst. Dagegen konnte ich nichts ausrichten. Aber Eduard kam an diesem Abend zu uns und konnte mir helfen, bevor sie wirklich meine beschissenen Augen rausschneiden konnten.“ Wieder lacht er leise. „Sie wollten mir meine Augen entfernen, fuck, ich werde niemals die Fresse dieser Frau vergessen, während sie mich dabei angestarrt hat und so gierig darauf war, mich endlich von diesen scheiß Dämonen zu befreien.“

Mittlerweile kommen mir schon die Tränen. Es geht nicht anders. Es ist zu grausam.

„Ihr wollt noch mehr wissen, was sie alles mit mir gemacht haben“, redet Nathan weiter. „Es gab gute und es gab schlechte Tage. An den guten Tagen habe ich nichts zu essen oder zu trinken bekommen und an den schlechten Tagen wollten sie mich ertränken. An den ganz beschissenen Tagen jedoch, wollten sie …

Dale, kannst du dich an den Holzbalken in unserem Wohnzimmer erinnern?

Sie haben mich dort kniend festgebunden, mit dem blanken Rücken zu ihnen und haben mir mit einer Lederpeitsche darauf geschlagen.“

Entsetzt halte ich mir die Hand vor den Mund, um nicht laut aufzuweinen. Es zu lesen, ist eine Sache, doch es von ihm zu hören … Gott.

„Stirb, Verleumder, sagten sie immer, während sie es taten. Stirb, Durcheinanderwerfer, Diabolos, Luzifer. Weiche aus seinem Körper.“

Wieder herrscht kurze Stille.

„Das war der schlimmste Schmerz“, spricht Nathan. „Das war der schlimmste Schmerz … Weil sie nie aufgehört haben und vor allem, weil sie es taten, und ich nie wusste, wieso. Meine Haut musste bluten, richtig aufgerissen sein, damit Satan auch aus meinen Wunden entweichen konnte. Scheiße, es waren höllische Schmerzen … Aber sie taten es einfach immer wieder.

Und wieder.

Und wieder.

Und wieder.

Irgendwann bin ich an dem Punkt angekommen, an dem ich wirklich dachte, ich hätte es verdient. Ich meine, ich war jung und sie gaben mir jeden Tag das Gefühl, ich wäre das Böse. Was blieb mir anderes übrig, als selbst davon überzeugt zu sein, dass ich die Peitschenhiebe, dieses Hungergefühl oder die verbrannten Hautstellen verdient hätte.

Sie dachten, ich sei Satan, also gab ich ihnen Satan.

Ich war natürlich nie stärker als sie, ich war immer noch ein Kind. Aber ich kannte die Mittel, mit denen ich sie so bestrafen konnte, wie sie mich bestraften. Sie sagten immer, Pan sei ein unkontrollierbarer Lustknabe gewesen. Also sprach ich von Mädchen und wie sehr ich sie begehrte. Manchmal hatte ich selbst keine Ahnung, wovon ich da eigentlich sprach. Ich wollte einfach nur, dass sie mich als den Teufel sehen, damit sie genauso Angst vor mir hatten, wie ich vor ihnen hatte. Na ja … letztendlich wurden die Schmerzen nur größer.

Ich verstehe bis heute nicht, wieso sie mich damals nicht einfach umgebracht haben. Ich verstehe es wirklich nicht. Ich habe sie so oft angebettelt, es einfach zu beenden und mir endlich so einen beschissenen Dolch ins Herz zu rammen, weil ich es einfach nicht mehr aushalten konnte.

Die Zeit, kurz bevor Eduard mich da rausgeholt hat,

war ich so ausgelaugt von der ganzen Scheiße, dass ich einfach nur noch sterben wollte. Aber wer verübelt das schon einem Neunjährigen, der die schlimmsten Schmerzen erleiden muss? Nicht jeden Tag, aber mehrmals die Woche.

Ich war nur noch ein Haufen Elend und so habe ich mich verhalten.

Honor, du erinnerst dich daran, wie ich war. Ich hätte genauso gut eine verdammte Leiche sein können. Eine Leiche, die ab und zu mal diese kleine, nervige Blondine abwimmeln musste."

Fassungslos presse ich die Lippen aufeinander und nicke, obwohl er es nicht sehen kann. Ich erinnere mich an jeden Tag mit ihm. Wie könnte ich es je vergessen?

„Es gibt eine Erklärung dafür, dass ich nie zulassen konnte, dass du in mein Leben trittst, Honor. Meine Eltern kannten dich und wenn ich auch nur eine Sekunde zu lang mit dir verbracht hätte, wären die Strafen schlimmer gewesen.

Pan durfte nun mal nicht die Engel begehren. Und … da ist noch so eine andere spirituelle Scheiße, aber um ehrlich zu sein, ist das jetzt nicht wichtig. Ich durfte nicht mit dir sprechen, dich nur ansehen. Im Endeffekt wollte ich es auch gar nicht, weil es eh nur negative Scheiße hinter sich hergezogen hätte, das wusste ich, du allerdings nicht, weshalb du mir echt auf den Sack gingst."

Wieder ist er kurz still.

„Und Dale", sagt er wieder. „Damals habe ich dich nicht verraten, weil ich nicht wollte, dass dir auch so ein Bullshit passiert wie mir, aber weißt du was? Ich wünschte, es wäre dir passiert. Es klingt echt beschissen und abgefuckt, auch wenn du mein Bruder bist, aber das ist, was ich bin. Ich bin abgefuckt. Scheiße. Du bist gegangen und dafür hättest du wenigstens sehen sollen, was sie mit mir gemacht haben. An manchen Tagen habe ich sogar gehofft, du würdest wiederkommen, aber du kamst nie. Du Bastard kamst einfach nie und dafür verabscheue ich dich so sehr. Heute ist es mir scheißegal, aber damals … Ach, scheiß drauf.

Ich weiß, dass meine Eltern mich suchen, um mich umzubringen, das wusste ich die ganze Zeit. Sie haben es mir geschworen an dem Tag, an dem Eduard mich von ihnen weggeholt hat. Ich habe sie seitdem nicht mehr wieder gesehen, aber ich weiß, sie ziehen es durch, wenn sie mich sehen."

„Hast du denn keine Angst?", traue ich mich das erste Mal, ihn zu unterbrechen, mit weinerlicher und schwacher Stimme.

Kurzes Schweigen, dann antwortet er: „Nein, ich habe keine Angst. Ich hatte nie sonderlich viel Angst vorm Sterben, ich bin der Teufel, schon vergessen? Ich würde immer in anderen Körpern weiterleben." Er lacht rau. „Übrigens, Honor. Deine Eltern wussten es. Deine Eltern wussten von alldem, was Esther und Joel mir jahrelang angetan haben. Sie kennen jedes kleinste Detail, deshalb wollen sie dich von dieser Welt fernhalten.

Sie hatten immer Angst, dass wir uns nicht mehr trennen würden, wenn wir einmal richtig zueinanderfinden."

Ich runzle die Stirn. Was?

„Aber jetzt wisst ihr es. Eduard hat mich damals zu sich nach London geholt und ich habe für zehn Jahre da gelebt. Meine Eltern haben mich immer gesucht und als ich rausgefunden habe, dass sie ebenfalls in London sind, bin ich wieder nach Cardiff gekommen. Ich dachte, sie würden niemals darauf kommen, dass ich gerade in diesen Ort abhauen würde, weil ich zu viele scheiß Erinnerungen an diese Stadt habe, aber anscheinend war ich nicht schlau genug.

Jetzt sind sie hier und das Abgefuckteste an der Scheiße ist, dass sie mich diesmal finden werden. Das spüre ich einfach. Was dann allerdings passiert, ist noch fraglich.

Entweder sie bringen mich um oder ich sie."

Kapitel 19

Es herrscht qualvolle Stille. Das ist also die Wahrheit, die Wahrheit aus Nathans Mund. Mir fließen die stummen Tränen wie Bäche die Wangen herab, während ich all seine Worte sacken lasse.

Es ist schlimmer, als ich dachte. Mit keinem Wort könnte ich genug beschreiben, wie viel Grauen in seinen Worten liegt.

Ich habe diese ganzen Informationen über sich, über seine Eltern und Dale noch nicht richtig realisiert. Ich kann und will es noch nicht wahrhaben. Es ist einfach noch zu unvorstellbar, wie grausam alles für ihn gewesen sein muss.

Dale ist derjenige, der sich als Erster wieder sammelt. Er steht auf und schließt wieder die Tür auf. Man sieht ihm an, wie sehr ihn das mitnimmt. Er sieht beinahe traumatisiert aus, von dem, was er gerade gehört hat.

Die Tür öffnet sich und ich stehe ebenfalls schwach auf. Ich wische mir die Tränen weg, die ununterbrochen laufen. Wenn ich Nathan jetzt sehe, sehe ich den Nathan, den ich früher immer kennen wollte, den wirklichen Nathan mit seiner wirklichen Geschichte.

Schniefend trete ich in den Türrahmen des Bades, weil er nicht rauskommt. Ich presse die Lippen zusammen, als ich ihn sehe.

Er sitzt mit einem angewinkelten Bein auf dem Boden und sieht Dale und mich böse an. Ich dachte vielleicht, er würde weinen, weil er sich an diese schreckliche Vergangenheit erinnert, doch das macht er nicht. Er ist wütend auf uns. „Jetzt habt ihr, was ihr wolltet“, murrt er boshaft und steht auf. Er schubst Dale zur Seite und rempelt mich an der Schulter an, als er in den Flur geht. „Ich hoffe, jetzt könnt ihr nachts wieder beruhigt schlafen“, fügt er noch hinzu, als er sich die Kapuze überzieht und zur Tür geht.

Hilflos sehen wir ihm hinterher. Ich will nicht, dass er wieder verschwindet, ich will, dass er bei mir bleibt. Jetzt wäre ich am liebsten vierundzwanzig Stunden am Tag bei ihm. Ich will ihn in den Arm nehmen, ihm zeigen, dass ich für ihn da bin.

„Nathan“, versuche ich, ihn vom Gehen abzuhalten, als er zum Türgriff greift. Als er jedoch nicht reagiert, sondern die Tür öffnet, sage ich: „Ich will nicht, dass du gehst!“

Jetzt hält er inne. Es ist beinahe die gleiche Situation wie die, in der ich letztens aus seiner Wohnung verschwinden wollte, weil er gemein war. Er hat mich jedoch zurückgehalten.

Ich komme ihm vorsichtig einen Schritt näher. „Ich will nicht, dass du jetzt gehst, wie du damals nicht wolltest, dass ich gehe … Bitte.“

Kurz herrscht Schweigen, dann sagt er: „Komm mit mir. Aber ich werde nicht bleiben.“

„Ist okay“, sagt jetzt Dale und sieht mich verständnisvoll an. „Geh mit ihm. Wir werden später noch mal telefonieren, ja?“

Ich nicke nur stumm. Dale tut mir leid. Er muss damit alleine klarkommen, was ich eigentlich verhindern wollte, aber ich lasse Nathan jetzt nicht alleine. Für mich geht er vor, das ging er schon die ganze Zeit und wenn er mir anbietet, mit ihm zu kommen, dann werde ich das tun.

Ich schnappe mir meine Jacke und verabschiede mich von Dale mit einer langen, liebevollen Umarmung. Wir werden das alles gemeinsam durchstehen, denn wir sind jetzt ein Team. Ob Nathan in unserem Team mitspielt, ist noch fraglich, doch Dale und ich werden verhindern, dass ihm irgendetwas zustößt.

Ein letztes Mal lächel ich Dale zu, dann schließe ich die Tür hinter mir, während Nathan schon mit großen Schritten durch den langen Flur läuft. Er ist immer noch sehr wütend. Doch damit muss ich jetzt leben, denn Dale und ich haben ihm keine andere Wahl gelassen, als mit uns darüber zu sprechen. Ich kann ihn verstehen, aber irgendwie auch nicht. Wir wollen ihm doch nur helfen.

Nathan läuft ungefähr zehn Meter vor mir zu Dales Auto, als wir draußen sind. Verwirrt runzle ich die Stirn. „Du hast doch gar keinen Schlüssel!"

Er antwortet mir, indem er das Auto aufschließt, sich reinsetzt und die Tür mit einem lauten Knall zuschmeißt.

Seufzend gehe ich zu dem Auto. Anscheinend hat er sich einfach Dales Autoschlüssel geschnappt. Ich würde mich eigentlich darüber beschweren, doch jetzt hat sich so einiges verändert. Ich kann ihn jetzt mehr verstehen, auch wenn es mir schwerfällt. Ich öffne die Tür und setze mich auf den Beifahrersitz, als Nathan den Motor startet.

Sein Blick ist starr nach vorne gerichtet und seine

Finger umschließen das Lenkrad so fest, dass seine Knöchel weiß hervorstechen. Offensichtlich hat er nicht vor, sich irgendwie zu beruhigen.

Dreißig Sekunden vergehen in beängstigender Stille, während wir – Gott weiß wohin – fahren.

Dann: „Los, sag was“, unterbricht er gereizt die Ruhe.

Ich sehe ihn durcheinander an.

Angespannt fährt er sich durch die Haare und als würde er jeden Moment ausrasten, tippt sein Daumen ständig auf dem Lenkrad. „Sag irgendwas oder ich flippe aus. Sag, dass dir die ganze Scheiße leidtut oder dass Dale mir helfen wird oder dass sich alles bessert. Sag einfach irgendwas. Ich muss irgendwas hören, aber hör auf zu schweigen.“

Für einen kurzen Moment sehe ich ihn einfach nur an und ich sehe ihn. Diesen Jungen, der gebrochener ist, als er denkt. Eigentlich hasse ich es, Menschen als gebrochen zu bezeichnen, doch er ist es. In jeglichen Dingen handelt er kalt, weil er so gemacht wurde. Weil er Qualen gelitten hat, weil er nie geliebt, sondern gehasst und verachtet wurde. Wahrscheinlich ist jetzt das erste Mal seit Jahren, dass er sich wieder so intensiv mit diesem Thema befasst hat und damit kann er nicht umgehen. Es ist ein Trauma, das ihn nun wieder zu verfolgen scheint. Und deswegen sage ich leise: „Es ist okay.“

Er sagt nichts darauf, doch ich sehe, wie er nach Worten sucht, sie aber nicht findet. Er ist nervös.

Ich betrachte weiterhin traurig sein Profil. „Es ist okay, auszuflippen, ich hindere dich nicht daran. Wenn du dich dann besser fühlst, dann solltest du es tun. Dann bitte ich dich inständig darum, auszuflippen."

Immer noch schwer atmend tippt er auf dem Lenkrad herum, doch er lehnt sich mehr zurück. Allerdings ist seine Stirn noch in Falten. Die Wut hat ihn noch nicht verlassen. „Wieso sagst du das?", fragt er mit aggressivem Unterton. „Du willst nicht, dass ich ausflippe. Du willst mir irgendeine scheiß Hilfe anbieten, mir dein Mitleid geben und mir tausend Mal sagen, dass du für mich da bist. Das willst du."

Ich versuche, meine Tränen zu unterdrücken, was mir auch gelingt. Meine Stimme klingt ruhig. „Ja", sage ich monoton. „Ja, ich will dir mein Mitleid geben, dir meine Hilfe anbieten und dir tausend Mal sagen, dass ich für dich da sein werde. Das wollte ich schon, als wir Kinder waren."

Wieder sagt er nichts, sondern sieht weiter angestrengt geradeaus auf die Straße.

„Ich will, dass du ausflippst, mir deine schlechteste Seite zeigst. Damit, wenn du mich anschreist und mir sagst, dass dein Leben scheiße ist, ich trotzdem noch sagen kann, dass ich für dich da bin."

Sein Kiefer spannt sich an, jedoch beruhigt sich sein Körper mit jedem Wort, das ich sage. Die Zeit ist gekommen, dass er so etwas hören muss. Und ich sage ihm diese Dinge jeden Tag, jede Stunde, wann immer er es braucht.

„Ich lebe mein eigenes Leben", sagt er, als würde er sich verpflichtet dazu fühlen und sich selbst erklären. „Und ich verarzte meine Wunden selbst."

„Das ist keine Art zu leben."

„Aber es ist die Art, wie ich bin."

„Du musst nicht so sein“, sage ich einfühlsamer. „Nicht mehr.“

Wieder schweigt er.

„Nathan.“ Meine Stimme ist beinahe nur noch ein Flüstern. „Willst du, dass ich bleibe?“

„Wie meinst du das?“

Ich schlucke und atme tief ein und aus. Diese Sache liegt mir schon so lange am Herzen. Ich habe viele Nächte darüber nachgedacht, ihn das einfach zu fragen. Ich brauche mehr Gewissheit. Jetzt frage ich ihn einfach. Schlimmer kann es sowieso nicht mehr werden.

„Ich meine damit“, sage ich und versuche, die richtigen Worte zu finden. „Ich meine damit, ob du willst, dass ich ein Bestandteil deines Lebens bin … oder werde. Ich will einfach nur wissen, ob ich dich so mögen kann … auf diese andere Art und Weise. Denn ich weiß die Antwort darauf nicht. Du bist immer anders, das verwirrt mich … I-Im Nachhinein kann ich sowieso nichts daran ändern, wenn … wenn es passiert, aber ich … ich will einfach wissen, ob … keine Ahnung. Ich will einfach wissen, ob du willst, dass ich bleibe oder nicht.“

Schlimmer hätte ich es nicht formulieren können, doch jetzt habe ich es hinter mir. Entweder er schmeißt mich raus oder erklärt mich für verrückt. Vielleicht sagt er auch, dass wir niemals zusammen sein können, geschweige denn uns lieben können oder er macht eine Vollbremsung, sodass ich durch die Frontscheibe fliege und sterbe. Eine andere Reaktion kann ich mir gerade nicht vorstellen.

Ich weiß nicht, ob er nicht antwortet, weil er nachdenkt oder weil er versucht, eine Stelle zu finden, um rechts anzuhalten, damit er mich aus dem Auto werfen kann.

Es vergehen ungefähr zwanzig Sekunden, die mir vorkommen wie Stunden. Qualvolle Stunden.

Dann sagt er mit dem Blick immer noch geradeaus: „Ja. Ja, ich will, dass du bleibst."

Mein Körper erstarrt. Was hat er gesagt?

„Es ist zu spät zu sagen, dass ich es nicht will", gibt er zu. „Es war schon zu spät, als ich dich damals in der Apotheke gesehen habe."

Mein Herz pocht mir bis zum Hals und am liebsten würde ich meinen Kopf vor lauter Hitze aus dem Fenster halten. Er hat mich also damals schon erkannt. Er will, dass ich bei ihm bleibe. Im übertragenen Sinne natürlich. Ich kann mir ein Grinsen nicht unterdrücken. Ich muss mein Gesicht von ihm wegdrehen und mir auf die Lippe beißen, um ihm nicht zu zeigen, wie zufrieden mich diese Antwort macht.

„Aber das bedeutet nichts", sagt er und meine Mundwinkel senken sich wieder sofort. „Nur weil ich will, dass du … bleibst, bedeutet das nicht, dass … keine Ahnung. Es geht einfach nicht. Das wäre nicht richtig."

Sofort ist meine Laune wieder auf dem Tiefpunkt. Solche Stimmungsschwankungen in dieser Konversation und am Ende bin ich wieder niedergeschlagen. Wieso sagt er immer erst solche Dinge und zerstört sie am Ende, als hätten sie nie existiert?

Ich sehe ihn nicht an, weil er sofort erkennen würde, wie sehr mich das trifft.

Denn jetzt bin ich wieder die Heulsuse, die mit der

Situation nicht umgehen kann. Ich versuche, nicht zu weinen, das versuche ich wirklich, doch es tut einfach weh zu hören, dass er das alles nicht will. Während ich doch nichts anderes will. Gott, wieso schmerzt es so sehr? Nathan und ich hatten doch nie wirklich etwas, wieso fühlt es sich so grausam an?

Ein leises Schniefen kann ich mir nicht unterdrücken, während ich am Horizont schon die Sonne untergehen sehe.

„Honor." Nathans Stimme klingt sanft. Ungewöhnlich sanft. „Es …" Er atmet durch. „Scheiße", murmelt er leise. „Ich kann es dir nicht erklären."

„Kannst du nicht oder willst du nicht?", frage ich ihn mit schwacher Stimme, als ich mir unauffällig eine Träne aus dem Augenwinkel wische. Ich kann ihn noch immer nicht ansehen.

„Ich will nur, dass du … Du sollst mit dieser Scheiße nichts zu tun haben."

„Aber das habe ich doch schon längst … Ich stecke mittendrin, Nathan."

„Ja. Und das muss aufhören."

„Wieso? Du warst ständig alleine, wieso willst du weiterhin alleine bleiben?"

Sein Griff um das Lenkrad wird wieder fester. Erneut ist er angespannt. „Das hat nichts damit zu tun, dass ich allein sein möchte oder nicht. Es geht hier nicht um irgendeine scheiß Beziehungskacke, klar?"

Ich zucke von seiner harschen Ausdrucksweise zusammen und schweige. Jetzt sind wir also wieder hier angekommen. Bei seiner Wut.

Wieder flucht er leise und kramt etwas aus der Mittelkonsole hervor. Eine Zigarettenschachtel! Er schiebt sich eine Zigarette zwischen die Lippen und zündet sie mit gereiztem Ausdruck an.

Ich beobachte ihn, während er das Fenster leicht öffnet und dann einen tiefen Zug nimmt.

Es herrscht quälende Stille. Das Auto wird von dem widerlichen Rauch zugequalmt und ich versuche, nicht zu viel von davn einzuatmen. Er nimmt also dieses Mal keinerlei Rücksicht, sondern raucht einfach in einem geschlossenen Raum. Während er doch eigentlich weiß, wie abstoßend ich es finde. Das sagt schon alles.

Ich sehe traurig auf meinen Schoß, in dem meine Hände liegen. Jetzt will ich nicht mehr in diesem Auto sitzen.

„Es tut mir leid, dass du niemals ehrlich geliebt wurdest", traue ich mich, leise zu sagen. „Und dass es dich so gemacht hat … wie du jetzt bist."

Er schweigt. Nimmt wieder einen Zug.

„Aber …" Mir kommen wieder die Tränen. „Sag mir nicht, du willst, dass ich bleibe, und tu dann im nächsten Moment so, als würdest du es nicht wollen. Ich weiß nicht, warum es mir so schrecklich wehtut, aber das tut es … Das tut es wirklich. Also bitte … Ich kann das nicht mehr, Nathan."

Kurz ist er still. Kurz denke ich, ich verliere den Verstand, weil ich ihm so etwas sage. Und kurz denke ich, ich bin verrückt, weil mir plötzlich klar wird, dass egal, was er macht oder sagt … Ich ihn trotzdem nicht loslassen kann.

„Es tut mir leid."

Mein Kopf schwenkt langsam zu ihm.

Er sieht … traurig aus. „Hör auf zu weinen. Bitte."

Ich sehe ihn einfach nur an, wie er da sitzt. Er sagt, es tue ihm leid und er sagt „Bitte". Er wirkt gerade so ehrlich. Er wirkt echt, real … schöner denn je. Doch trotzdem tut es weh.

Plötzlich stoppt er den Motor und ich sehe nach vorne. Wir stehen an der Straße, etwas weiter weg von unserem Haus. Ich habe gar nicht gemerkt, dass er diese Richtung angesteuert hat. Er hat also vor, mich zu Hause abzusetzen. Mich wirklich loszuwerden.

„Es gibt eine Erklärung für all das", sagt er wieder, sieht mich jedoch nicht an. Er lässt die aufgerauchte Zigarette aus dem Fenster fallen. „Es gibt eine Erklärung für alles. Und du wirst all das erfahren, wenn es so sein soll. Wahrscheinlich erst in ein paar Jahren. Wenn du älter bist, vielleicht schon verheiratet und so einen Scheiß, aber … Heute nicht."

Er lehnt sich zurück in den Sitz. Noch immer sieht er mich nicht an. „Und jetzt solltest du einfach gehen."

Ich schürze die Lippen und betrachte ihn niedergeschlagen, doch tue, was er sagt. Ich bin zu erschöpft, um noch mehr Worte zu hören, die mich nur verletzen würden. Der Tag heute war eine reine Qual. Schlimmer kann es kaum noch werden, deswegen greife ich nach dem Türgriff und öffne langsam die Tür. Die Sonne steht schon tief, sodass es beinahe dunkel ist.

Ich drehe mich etwas zu ihm, bevor ich aus dem Auto steige. „Mir tut es auch leid, Nathan", sage ich mit heiserer Stimme.

Er sagt nichts, sieht nur weiterhin aus dem Fenster und ignoriert mich.

Und mir tut es wirklich leid. Mir tut es leid, was mit ihm geschehen ist, und mir tut es leid, dass er nie Liebe erfahren hat. Nie. Auf keine Art und Weise, nicht mal von seinem eigenen Bruder.

Ich schließe die Tür und laufe gekränkt über den Bürgersteig zu meinem Haus. Jetzt lasse ich es raus. Jetzt schluchze ich auf. Ich nehme keine Rücksicht mehr auf niemanden, ich schluchze einfach in meinen Jackenärmel und wünschte, es wäre einfacher.

„Honor-Marie“, ertönt plötzlich eine helle Stimme aus dem Nichts, was mich aufschrecken lässt.

Mit pochendem Herzen blicke ich nach rechts und sehe Esther, die verrückt grinsend vom Tor auf mich zugelaufen kommt. Sie scheint gewartet zu haben. Auf mich?

Sofort gehe ich einen Schritt zurück. Sie wirkt heute nicht mehr so verrückt, doch trotzdem habe ich Angst vor ihr. Letzte Nacht habe ich noch nicht vergessen. Jetzt sehe ich sie nur noch als Monster. Das Monster, das Nathans Leben zu einer reinen Tortur gemacht hat.

Sie kommt näher und legt ihren Kopf schief. „Honor-Marie, weinst du etwa?“

Ich schüttel schnell den Kopf und versuche, ihrer Hand aus dem Weg zu gehen, die wieder meine Wange angesteuert hat. „Nein“, sage ich knapp.

„Doch, Honor-Marie … Was ist los? Bist du traurig?“

„Nein … Bitte. Ich will rein gehen.“

Ich will an ihr vorbei, doch sie hält mich zurück. Ihr

Griff ist fest um meinen Arm geschlungen, sodass es schmerzt. „Es ist wegen ihm“, raunt sie und ihre Augen werden schlagartig größer. „Nicht wahr? Du warst bei ihm und er hat dich verletzt.“

Noch bevor ich etwas sagen kann oder mich auch nur aus ihrem Griff befreien kann, riecht sie an meiner Schulter. „Ja“, haucht sie und starrt auf den Stoff meiner Jacke. „Du warst bei ihm.“

Sofort entziehe ich mich ihrem Griff. „Esther“, sage ich und gehe von ihr weg zum Tor. „Lass das, ich war nirgends. Was ist nur mit dir los?“

Mit schnellen Schritten folgt sie mir. Noch bevor ich das Tor öffnen kann, packt sie mich an den Armen und schüttelt mich. „Sag mir, wo er ist!“, brüllt sie mir ins Gesicht und ihre kranken Augen durchbohren mich. „Sag es mir schon! Los! Sag es!“

„Hör auf!“, brülle ich zurück und versuche, mich aus ihren dünnen Fingern zu winden, doch sie ist ungewöhnlich stark. „Du bist verrückt!“

„Du musst mir sagen, wo er ist“, haucht sie jetzt und kommt mir mit ihrem Kopf ganz nahe. Sie riecht an meinem Haar. „Gott … Ich kann es riechen.“

Sie widert mich an. Sogar so sehr, dass ich ihr am liebsten eine verpassen würde, doch ich kann mich kaum bewegen. Sie hält mich stark in ihrem Griff, sodass ich zulassen muss, wie sie weiter an meinem Hals riecht.

„Du musst es mir sagen, Honor-Marie“, flüstert sie. „Sag es mir.“

„Nein“, wimmere ich ängstlich und kneife die Augen zusammen. „Ich war in der Bibliothek.“

„LÜGE!“, kreischt sie plötzlich außer sich und schubst mich einfach zu Boden. „Du bist eine Lügnerin! Ich täusche mich nicht! Ich kann ihn spüren!“

Ich kauere mich am Boden zusammen und bete einfach, dass meine Eltern sie schreien hören und mir helfen. Wieder beginnt meine Unterlippe zu zittern, denn ich kann mit solch einer Angst nicht umgehen. Gott … Noch nie hat mir jemand so viel Angst gemacht wie sie.

Esther kniet sich jetzt vor mich und nimmt unsanft mein Kinn zwischen ihre Finger. Ihre Augen sind so krank. „Ich muss wissen, wo er ist“, zischt sie. „Sag mir, wo er ist.“

Ich wimmere wieder und schließe vor lauter Furcht die Augen. „I-Ich weiß nichts … I-Ich war in der Bibliothek …“

Plötzlich kreischt Esther wieder wild auf und krallt ihre Finger in meine Haare, zieht meinen Kopf nach hinten, was mich vor Schmerz aufschreien lässt. „Hör auf, Hero!“, schreit sie mich an. „Hör auf, ihn zu beschützen! Er ist der Teufel, verstehst du das denn nicht?“

Jetzt weine ich. „B-Bitte“, flehe ich sie an und versuche, mit meinen Händen ihre Hand aus meinen Haaren zu nehmen. Es tut so weh.

Wieder kommt sie mir mit ihrem Kopf nahe.

Wo sind nur meine Eltern? Wieso hören sie nicht, wie hysterisch sie herumschreit?

„Du wirst sterben“, haucht sie mir zu und ein mitfühlender Ton klingt in ihrer Stimme. Doch es klingt immer noch krank. „Wieso willst du das nicht verstehen, Honor-Marie? Du wirst sterben, wenn du ihn liebst … Ich will dich beschützen. Du musst mir nur sagen, wo er ist. Es ist nur zu deinem besten, du schöner Engel."

„Ich bin hier."

Plötzlich hält Esther inne. Ihre Miene erstarrt und sie sieht mit großen Augen über meinen Kopf hinweg, als hätte sie der Blitz getroffen.

Ich kann ihn nicht sehen, doch er steht hinter ihr. Seine Stimme ist unverkennbar.

Esthers Griff in meinen Haaren lockert sich. Sie sieht sogar ängstlich aus, als sie sich langsam umdreht.

Jetzt kann ich ihn sehen. Er steht ungefähr vier Meter von uns entfernt in der Dunkelheit. Er wirkt schwarz, dunkel. Wie eine düstere Gestalt.

Wie der Teufel.

„Da ist er", sagt Esther leise und steht wie hypnotisiert auf.

Nathan starrt sie mit hasserfüllten Augen an. Ich habe ihn schon oft böse gesehen, doch jetzt … Das ist etwas anderes. Das ist richtiger Hass. Purer Hass. Pure Verachtung.

Ich kann nicht einmal aufstehen, weil meine Glieder so schwach sind. Das Adrenalin pumpt heftig in meinen Venen, ich würde sofort wieder umkippen, deswegen bleibe ich auf dem kalten Boden knien.

„Ich kann es sehen", meint Esther wieder leise und geht langsam einen Schritt auf Nathan zu. Sie wirkt immer noch total benebelt. „Das Grün. Ich kann es sehen."

Nathan steht einfach nur da. Er sieht sie an, als würde er sie jeden Moment umbringen wollen.

Sie kommt ihm noch näher und mit jedem Schritt, den sie auf ihn zumacht, pocht mein Herz wilder.

Jetzt steht sie genau vor ihm. Sie sieht nach oben zu ihm, direkt in seine Augen.

Nathans Atem geht flach, ich sehe es. Seine Brust bewegt sich schnell auf und ab. Allerdings nimmt er nicht seine Augen von ihren.

Esthers Kopf neigt sich ein wenig, während sie ihn ansieht. „Du darfst sie nicht lieben", sagt sie ruhig. „Du bist nicht Leander."

Kurze Stille.

„Du Satanskind."

Und plötzlich passiert es ganz schnell.

Nathan umschlingt schlagartig und mit lauter Aggression im Blick ihren dünnen Hals mit seiner rechten Hand.

Esther hechelt. Versucht, seine Hand vergeblich von ihrem Hals zu entfernen. Sie bekommt keine Luft, zappelt wild herum.

Doch Nathan wird wütender. Sein Gesicht spannt sich mehr an und er drückt noch fester zu. Sie schwebt schon in der Luft, während er ihr genau in die Augen sieht und dabei fest seine Hand um ihre Kehle quetscht.

Esther zappelt weiter, versucht mit ihren Armen auf ihn einzuschlagen, doch es ist unmöglich. Er würgt sie zu heftig.

Ich stehe entsetzt und heftig atmend auf. „Nathan!", kreische ich so laut ich kann. Doch ich kann mich nicht bewegen. „Du bringst sie um!"

Er ignoriert mich. Er sieht die Frau, die vergeblich nach Luft schnappt und schon blau anläuft, an, als würde er sie wirklich töten wollen.

„Hör auf!“ schreie ich noch mal und weine bitterlich, halte mir die Hände vor den Mund. „Bitte, hör auf!“

Sekunden vergehen.

Sekunden, in denen Esther beinahe stirbt und Nathan schon entschieden hat, ein Mörder zu werden.

Ich sinke verzweifelt auf die Knie. Auch wenn Esther krank ist … Er darf nicht morden. „Bitte“, schluchze ich vergeblich und flehe ihn mit meinen Augen an. „Du bist nicht das, was sie aus dir gemacht haben … Sei nicht der Teufel. Bitte …“

Weitere Sekunden.

Esther japst, man hört, dass sie keine Luft mehr bekommt. Langsam hört sie schon auf zu zappeln. Sie hat keine Kraft mehr.

Nathan will sie töten. Das sehe ich. Er will sie leiden sehen. Er will, dass sie leidet, wie er gelitten hat.

Doch in dem Moment, in dem ich denke, dass er sie wirklich umbringt, lässt er sie zu Boden fallen.

Esther fällt und hustet augenblicklich heftig. Sie röchelt und spuckt.

Ich atme auf, doch weine immer weiter. Er hätte sie fast umgebracht … Er wollte sie umbringen.

Nathan steht weiter einfach nur da und sieht sie immer noch mit dem gleichen Hass an. Er sieht zu, wie sie auf dem Boden liegt und versucht, Luft zu bekommen. Es sieht aus, als wäre es eine Genugtuung für ihn, sie so zu sehen.

„Monster“, keucht Esther und sieht hustend zu Boden.

Erst jetzt fällt mir auf, dass meine Eltern vom Haus zum Tor rennen. Sie tauchen entsetzt hinter mir auf und versuchen, die Situation zu verstehen. Ich bekomme nicht mit, was sie sagen, ich konzentriere mich ganz auf Esther und Nathan, während mein Vater mich nach oben zieht, mir zuredet, doch ich höre ihm nicht zu.

Esthers Kopf schwingt erschreckend schnell nach oben zu Nathan. „Du Monster!“, kreischt sie ohrenbetäubend.

Nathan bleibt weiterhin nur dort stehen und sieht sie weiter mordlüstern an, während sie sich aufrappelt. Man erkennt einen tiefroten Abdruck an ihrem Hals.

„Tötet ihn!“, schreit Esther weiter und geht – sich die Hände entsetzt an den Kopf haltend – mehrere Schritte zurück, sieht ihn jedoch weiterhin an. „Tötet das Monster!“

Meine Mutter geht schnell zu Esther und hält sie fest, versucht, sie zum Tor zu ziehen, während sie weiter schreit.

„Töten!“, ruft Esther weiter und versucht, sich von Mamas Griff zu befreien, doch jetzt hilft auch noch Papa. „Tötet doch Satan endlich! Seht ihr nicht seinen Blick? Seht ihr nicht den Tod in seinen Augen?“

„Esther, sei still!“, schreit meine Mutter und versucht, sie weiter zum Haus durch das Tor zu ziehen. „Du drehst durch!“

Wie aus dem Nichts beginnt Esther laut zu weinen. „Tötet ihn!“ Sie wird immer schwächer. „Bitte!“

Nun halte ich es nicht mehr aus.

Es sind zu viele Worte, zu viele schlimme Taten.

Ich renne zu Nathan, falle ihm schluchzend in die Arme. Er umschlingt mich fest und drückt mich an sich.

„Nein!“, kreischt Esther wieder wild, doch sie ist nun weiter entfernt. „Das darf nicht sein! Seht ihr das nicht? Er wird ihr Leid zufügen!“

Fest in Nathans Armen drehe ich mich etwas in ihre Richtung und sehe sie an. Wie sie wie eine Verrückte von meinen Eltern ins Haus gezogen wird.

Und wie meine Mutter mich vernichtend ansieht. Ihr wird jetzt klar, dass ich nie vorhatte, mich in jeglicher Art von Nathan zu distanzieren.

Doch das ist mir egal. Für diesen Moment.

Ich presse mich wieder enger an Nathan und höre sein Herz heftig pochen. „Es tut mir so leid“, schluchze ich bitterlich in seine Jacke. „Es tut mir so leid.“

Er sagt nichts, drückt mich nur am Hinterkopf enger an seine Brust.

„S-Sie ist verrückt“, weine ich weiter. „Es tut mir so leid … Alles tut mir leid. Es tut mir so, so, so sehr leid …“

Und das tut es mir. Es tut mir leid, dass er solche Worte von einer Frau hören muss. Es tut mir leid, dass er als Monster beschimpft wird. Und es tut mir leid, dass er den Willen hat, seine eigene Mutter zu erwürgen, weil sie ihm grausame Dinge angetan hat.

„Du bist kein Monster“, plappere ich und kann meine Tränen einfach nicht aufhalten. Ich bin außer mir. „Du bist kein Monster …“

Ich spüre, wie Nathans Atem sich ein wenig beruhigt, sein Atem zittert.

„Ich wollte sie umbringen“, sagt er nach einer Weile leise.

„Aber du hast es nicht getan“, flüstere ich ruhiger, sicher in seinen Armen.

„Ich wünschte, ich hätte es getan.“

„Nein“, sage ich und sehe total verweint zu ihm auf.

Sein Blick ist undefinierbar. Das erste Mal hält er mich in seinen Armen und ich habe das Gefühl, hier sicherer zu sein als je zuvor. Als wäre ich hierfür gemacht. Für ihn. Für uns.

„Du bist nicht der Teufel. Deswegen mordest du nicht … Du bist nicht der Teufel, Nathan.“

Sein Gesicht verzieht sich angestrengt und er sieht weg. Als könnte er diese Worte nicht hören, doch ich weiß, dass er sie dringend hören muss.

„Du bist nicht der Teufel“, wiederhole ich. „Ganz egal, was du getan hast … Du hast sie am Leben gelassen.“

Weiterhin sieht er weg. Nachdenklich. Seine Augen beinahe leer, doch trotzdem voller Emotionen.

Jetzt sieht er mich an. Ich sehe, wie seine Lippen sich öffnen und er etwas sagen will.

Doch dann ertönt eine laute Stimme. „Honor!“

Erschrocken drehe ich mich um. Mein Vater kommt schnell durch das Tor und noch bevor ich mich versehen kann, zieht er mich gewaltsam von Nathan weg, der ebenfalls nicht schnell genug reagieren kann.

„Fass sie nicht an!“, brüllt er Nathan an und zieht mich hinter sich. „Verschwinde gefälligst!“

„Nein, Papa!“ Ich versuche, mich zu wehren, doch er ist stärker. Viel, viel stärker. „Bitte!“

„Los!“, ignoriert mein Vater mich und schreit weiter

Nathan an, der nur wieder starr dort steht und ihn böse ansieht.

Er scheint zu überlegen.

Er sieht zu mir und etwas Verletzendes liegt in seinen Augen. Ich weiß nicht, was es ist, was ihn so erscheinen lässt, doch mir wird in diesem Moment bewusst, dass er gehen wird. Genau in der Sekunde, in der sich unsere Blicke treffen, begreife ich es. Er wird gehen, er wird einfach gehen.

Und dann geht er mehrere Schritte rückwärts, bis er sich dazu entscheidet, mich tatsächlich alleine zu lassen.

Kapitel 20

Ich bin ausgelaugt, als ich unser großes Haus betrete. Ich starre nur noch vor mich hin und kann nicht fassen, was eben gerade passiert ist.

Nathan ist gegangen und ich … ich bin jetzt hier.

Meine Eltern wissen jetzt, dass ich mit ihm in Kontakt war und Esther wird von Sekunde zu Sekunde verrückter. Nathan wollte sie umbringen. Alles wird aus dem Ruder laufen, ich habe es im Gefühl. Mir fließen nur noch stumme Tränen über die Wangen, während ich meinem Vater durch den Flur ins Wohnzimmer folge. Er ist wütend. Doch das bin ich auch. Irgendwie …

Ich denke nur an Nathan. Was wird jetzt passieren? Ist es sogar möglich, dass ich ihn wirklich nie wiedersehen werde, weil er gegangen ist?

„Honor“, keucht meine Mutter, als ich im Türrahmen des Wohnzimmers stehe. Sie kommt auf mich zu und ohne dass ich es erwartet habe, drückt sie mich fest an sich.

Ich weiß nicht, ob ich sie umarmen kann. Sie wird mir sagen, dass ich Nathan nie wiedersehen werde. Ich weiß es.

„Es tut mir leid“, schluchzt sie in mein Haar und drückt mich fester an sich. „Esther hatte sich nicht unter Kontrolle. Sie wird dir nichts mehr tun. Das verspreche ich dir.“

Ich reagiere nicht mal großartig darauf. Ich nicke

einfach. Esther ist mir egal. Von mir aus kann sie an einem Herzinfarkt sterben. Ich will nur zu Nathan zurück.

Während mein Vater sich gekränkt auf die Couch setzt, nimmt meine Mutter meinen Kopf zwischen ihre Hände und betrachtet mein Gesicht mit Tränen in den Augen. „Was hat sie mit dir gemacht? Es tut mir so unendlich leid. Wir haben nichts mitbekommen."

„Sie hat mich geschubst", gebe ich monoton zurück. „Und mir an den Haaren gezogen."

Die Unterlippe meiner Mutter beginnt zu zittern und sie drückt mich wieder fester. „Schatz, das tut mir so leid … Joel und sie werden nicht mehr bei uns wohnen."

„Sie kam letzte Nacht in mein Zimmer", sage ich noch.

„Das wird nicht mehr passieren. Noch heute werden sie verschwinden."

Ich nicke und sie atmet tief ein und aus, dann wischt sie sich schniefend die Tränen von den Wangen. Das ist das erste Mal seit Langem, dass ich sehe, wie sie sich ernsthaft um mich sorgt. Doch trotzdem kann ich mich nicht dafür begeistern, denn im Endeffekt …

„Ihr werdet Nathan und mich wieder trennen", sage ich ausdruckslos und sehe meine Mutter und meinen Vater nicht mal an.

Ich bin so erschöpft. So erschöpft.

Mama seufzt und lässt mich los. „Honor …"

Ich sehe auf. „Was?" Sie soll es einfach sagen. Schlimmer kann es nicht werden.

Sie setzt sich zu Papa auf die Couch. Dann klopft sie leicht darauf, damit ich mich zu ihnen setze, was ich auch tue. Kurz herrscht Stille. Doch dann sagt sie: „Du sagtest doch, du hältst dich von ihm fern."

Ich sage nichts. Was soll ich auch darauf sagen? Es ist offensichtlich, dass es eine Lüge war.

Mama atmet tief durch. „Es tut mir leid, Honor, aber wir können das nicht akzeptieren. Du hast uns belogen und dich hinter unserem Rücken mit diesem Jungen getroffen."

Wieder sage ich nichts. Es ist eine Tatsache.

Sie wartet, dass ich etwas darauf zurückgebe, aber ich bin einfach still. Deswegen spricht sie weiter. „Du hast gesehen, was er getan hat … Ich hoffe, du bist wenigstens jetzt von ihm abgeschreckt. Hast du gesehen, wie er Esther angegriffen hat? Seine eigene Mutter."

Ja, ich habe es gesehen. Doch ich bin noch immer nicht abgeschreckt. Ich werde es nie sein.

„Er ist ein schlechter Mensch. Er ist schlecht für dich und dein Leben. Deswegen müssen wir Konsequenzen ziehen."

Ich sehe sie an, warte auf ihre nächsten Worte.

„Wenn du dich weiterhin mit ihm triffst, dann ist Birmingham für dich gestrichen", verkündet sie schließlich.

Etwas sticht in meiner Brust. Entweder die Tatsache, dass sie mir wirklich die Musikhochschule verbieten wollen, oder der Fakt, dass sie – meine Eltern – mir wirklich so etwas antun wollen.

„Es tut uns leid", spricht Mama weiter. „Aber wir wollen nur dein Bestes, Honor … Das weißt du doch, oder?“

Mein Bestes … Sie wollen mein Bestes. Ich will Nathan.

Doch ich nicke, wie gewohnt.

„Okay.“ Mama seufzt. „Liebling … Bitte sei nicht traurig. Dieser Junge hätte dich nur verletzt. So wie Esther es sagte.“

„Esther sagte auch, dass er der Teufel sei und man ihn töten solle“, spreche ich das erste Mal, doch sehe sie nicht an. Ich klinge bitter. Total ungewohnt.

Meine Mutter sagt nichts, deswegen sehe ich sie wieder an. Schockiert sitzt sie dort und starrt mich an.

„Ich habe eine Frage“, sage ich noch ruhig, doch versuche, nicht angreifend zu klingen.

„Natürlich.“

„Wisst ihr, was Esther und Joel vor zehn Jahren mit Nathan gemacht haben?“

Mama erstarrt kurz, doch dann bildet sich ein Lächeln auf ihren Lippen. Es wirkt gezwungen. „Wieso fragst du das, Liebling? Das ist doch schon eine Ewigkeit her.“

Ich zucke mit den Schultern. „Ich weiß nicht“, lüge ich. „Früher hatte er immer blaue Flecken und so … Ich habe mich das bloß gefragt. Er hat nie darüber gesprochen.“

Mama schluckt. Sie schluckt tatsächlich. Auch Papas Augen werden größer. Sie wissen alles und deswegen werden sie mich in den nächsten zehn Sekunden anlügen, da bin ich mir sicher.

„Nein“, sagt sie und wieder versucht sie, beschwichtigend zu lächeln. „Wir wissen leider nicht, was früher passiert ist. Esther hat nie etwas Derartiges erzählt."

Lüge. Sie sind wirklich bereit, mich anzulügen. Wahrscheinlich denken sie, ich würde zu Nathan gehen, wenn ich weiß, dass sie zugelassen haben, wie mit ihm damals umgegangen wurde. Dass sie mich trotzdem von ihm fernhalten wollen, obwohl er einfach nur eine gebrochene Seele ist.

Es verletzt mich ungemein. Mir fließt wieder eine Träne über die Wange. Es ist zu viel, es ist einfach zu viel, was mein Herz irgendwann nicht mehr ertragen kann. Sogar meine eigenen Eltern belügen mich. Ich frage mich, was sie mir noch alles so vorenthalten.

„Weine doch nicht", sagt mein Vater zum ersten Mal und setzt sich neben mich. Er legt den Arm tröstend um mich. „Sollen wir dir die nächste Woche schulfrei geben? Das war ein harter Tag heute für dich."

Lügner. Lügner und Betrüger.

„Sarah, komm schon", spricht er weiter auf mich ein und streichelt mir liebevoll über den Kopf. „Alles wird gut. Wir versprechen es dir. Es wird alles so werden wie vorher. Wir vergessen das alles einfach, wenn Esther und Joel weg sind."

Ich schließe verkrampft die Augen und versuche nicht zu schluchzen. Es vergessen … Es einfach vergessen? Ich soll Nathan vergessen? Ich soll vergessen, was Esther getan hat? Und dass sie mich belügen? Wahrscheinlich noch mehr Geheimnisse vor mir haben?

„Ich heiße Honor, Papa", sage ich leise mit weinerlicher Stimme. „Honor …"

„Das tut mir leid, Schatz“, sagt er und Reue klingt in seiner Stimme. „Du weißt ja …“

Ich nicke nur, wische mir die Tränen weg und stehe auf. „Ich werde schlafen gehen“, gebe ich verletzt Bescheid. Ich sehe sie nicht noch mal an. Ich bin mir nicht mal mehr sicher, wer sie eigentlich sind.

„Mach das“, sagt meine Mutter und ich spüre ihre Blicke in meinem Rücken, während ich traurig zur Treppe gehe. „Gute Nacht, Liebling.“

Ich greife nach dem Treppengeländer und bleibe stehen.

„Wir lieben dich, Honor.“

„Gute Nacht …“

Es ist zwei Uhr morgens. Morgen habe ich Schule, doch das ist mir egal. Ich werde noch heute Nacht zu Nathans Wohnung gehen, komme, was wolle. Ich muss ihn sehen, einfach mit ihm reden, ihn wieder halten. Meine Eltern würden niemals auf die Idee kommen, dass ich wirklich nachts verschwinde, da bin ich mir sicher. Das trauen sie mir nicht zu.

Ich habe nicht mitbekommen, wie Esther und Joel verschwunden sind, doch ihr Auto steht schon lange nicht mehr vor unserem Haus, was mich sehr beruhigt. Auch wenn ich jetzt nicht mehr weiß, wo sie sich aufhalten und sie theoretisch jederzeit Nathan finden können.

Das erste Mal in meinem Leben ganz schwarz gekleidet, schiebe ich das Fenster in meinem Zimmer nach oben und steige hinaus. Ich schließe es so leise wie möglich wieder und ziehe mir dann die Kapuze meines Hoodies über den Kopf. So wie Nathan es immer macht. Ich bin mir noch nicht sicher, wie er reagieren wird, wenn ich wieder einfach vor seiner Tür stehe, doch diesmal wird es anders sein. Es hat sich so einiges geändert zwischen ihm und mir in letzter Zeit.

Ich habe Gefühle für ihn und er hat Gefühle für mich. Das weiß ich. Es muss einfach so sein.

Ich laufe durch die Dunkelheit, durch die Blöcke und komme schließlich in seiner Straße an. Es ist verdammt gruselig hier nachts alleine und das erste Mal bin ich wirklich ganz alleine, das macht mir Angst. Allerdings muss ich das jetzt durchziehen. Zielstrebig laufe ich zu seinem Wohnhaus.

Doch sein Motorrad steht nicht dort.

Nur Will sitzt vor seiner Haustür. Er wirkt nervös und das erkenne ich schon von Weitem.

Mit gerunzelter Stirn gehe ich auf ihn zu. „Will?"

Erst jetzt entdeckt er mich. Er erschrickt leicht. „Honor", sagt er und steht ruckartig auf. „Spinnst du? Es ist mitten in der Nacht."

Und außerdem schweinekalt. „Ja, ich weiß … Aber ich muss zu Nathan. Wieso steht sein Motorrad nicht hier?"

Will seufzt und lässt sich wieder auf die Treppe vor der Haustür fallen. Er stemmt den Kopf in seine Hände. „Ich habe keinen Plan, wo er ist, Honor … Er ist schon seit gestern Abend einfach verschwunden."

Ich schnappe erschrocken nach Luft. „Wie meinst du das, er ist seit gestern Abend verschwunden?"

„Ich meine damit, Honor", sagt Will und sieht mich

an. „Dass Nathan seit gestern Abend verschwunden ist. Einfach weg. Verschollen, wie Tom Hanks in Cast Away. Normalerweise verschwindet er nicht einfach so, auch wenn man das vielleicht denken mag.“

Mein Herz pocht heftig. Sofort spielen sich unendlich viele Szenarien in meinen Kopf ab, die mit Nathan passiert sein könnten. Esther und Joel sind letzten Abend auch gegangen, vielleicht haben sie Nathan irgendwie … und er könnte …

Sofort greife ich nach meinem Handy in meiner Jackentasche. „Ich werde Dale anrufen.“

„Dale?“

„Sein Bruder“, sage ich und halte mir das Handy ans Ohr, kaue mir nervös an den Fingernägeln.

Will haut sich an die Stirn. „Oh, stimmt ja. Mein altes Säuferhirn.“

Dale geht ran. „Ja, Honor, ich weiß, wo Nathan ist“, meldet er sich.

Ich blinzle verwirrt. „Wa…“

„Bist du bei ihm zu Hause?“

„Ja.“

„Ich bin sofort da.“

Und er ist definitiv sofort da. Keine zehn Minuten später kommt er mit seinem Truck um die Ecke gefahren. Will und ich steigen ein.

„Dale“, kreische ich leise, als er mit zu hoher Geschwindigkeit um die Kurve fährt. Ich kralle mich in den Sitz des Beifahrers. „Wieso fährst du so schnell?“

„Ich muss gleich kotzen“, höre ich Will im Hintergrund.

„Weil Nathan bei Eduard ist“, erklärt Dale schnell und kommt gar nicht erst auf die Idee, auch nur ein Stundenkilometer langsamer zu fahren.

„Ach“, sagt Will. „Da hätte ich auch selbst drauf kommen können.“

Ich runzle die Stirn. „Wieso klingt das wie etwas sehr Gefährliches?“

Dales Blick ist immer noch konzentriert auf die Straße. „Eduard weiß, dass du und Nathan irgendwie … Er weiß es nun mal. Und das will er nicht. Deswegen steckt Nathan in Schwierigkeiten.“

„Wieso?“ Ich bin total durcheinander. „Ich meine, was hat Eduard denn vor?“

„Er hat Nathan heute Nacht für einen Auftrag gebraucht und danach wird er ihn sich zur Brust nehmen. Ich bin mir fast sicher, dass Nathan sich gegen ihn wehren wird und das lässt er sich nicht gefallen. Wenn wir nicht wollen, dass Nathan irgendwelche Knochenbrüche erleidet, dann sollten wir dort dringend hin.“

Ich reiße die Augen auf. Mir bleibt die Luft weg. „Was?“

Nathan sollen Schmerzen zugefügt werden? Mal wieder wegen mir? Ich verstehe diese ganze Konstellation nicht. Was haben alle diese Leute dagegen, dass er und ich zueinanderfinden? Das ist für mich ein riesiges Rätsel.

Dale hält in der Stadt vor einem Pub. „Hier ist es“, sagt er und wir steigen alle aus.

Mein Adrenalinpegel steigt wieder bis ins Unermessliche und ich habe keine Ahnung, was gleich passieren wird oder was mich erwartet. Ich hoffe, dass wir

Nathan einfach fluchend vorfinden und es ihm gut geht.

Wir laufen durch den Pub, Dale und Will kennen anscheinend den Barkeeper, der uns zu einer Tür führt und sie aufschließt. Vorher sieht er sich noch um, ob irgendwelche Leute uns beobachten. Er öffnet die Tür und wir müssen eine Treppe in das Dunkel hinabsteigen.

Ich muss mich anstrengen, um mir nicht anmerken zu lassen, wie aufgeregt ich bin. Jetzt werde ich erfahren, was es mit dieser ganzen Sache wirklich auf sich hat. Ich laufe hinter Dale und vor Will, somit fühle ich mich ein wenig sicherer.

Wir laufen durch einen dunklen Gang, bis ein Licht am anderen Ende erscheint.

Plötzlich lautes Gebrüll. Ich höre jemanden schreien, doch erkenne die Stimme nicht.

Sofort geht mein Atem schneller und ich kralle mich in Dales Pullover.

„Ganz ruhig", spricht er mir zu und wir kommen zu der Tür, hinter der Schreie ertönen. „Ich weiß nicht, was uns jetzt erwartet, vielleicht solltest du mit Will draußen warten."

Sofort schüttele ich den Kopf. „Nein, ich will mit rein."

Dale sieht mich kurz skeptisch an, doch dann nickt er schließlich.

Wieder Gebrüll. Gefluche. Gepolter.

Mit einem heftigen Tritt haut Dale die Tür auf, wodurch sie an der Wand mit einem lauten Knall abprallt. Die Sicht auf den Raum vor uns ist frei.

Mir bleibt das Herz stehen und jegliche Luft entweicht aus meinen Lungen.

Nathan kniet keuchend und Blut spuckend auf dem kalten Steinboden. Er erkennt uns nur mit Mühe, da er anscheinend nicht mehr viel mitbekommt. Er sieht grausam aus. Er hält sich die Hand an den Bauch und krümmt sich vor Schmerzen. Er ist schwach, er kann gerade so die Augen aufhalten.

„Nathan“, sage ich mit heiserer Stimme, gehe an Dale vorbei und knie mich neben ihn.

Sein Atem geht langsam, kraftlos und ausgelaugt sieht er mich an. Er blutet leicht aus der Nase und auf seinen Lippen klebt auch Blut.

Ich muss mich zusammenreißen, nicht zu weinen, weil mir dieser Anblick so wehtut. Ich nehme vorsichtig seinen Kopf zwischen meine Hände, streiche ihm verirrte Haare aus der Stirn, um ihn besser betrachten zu können. Es fällt ihm schwer, seine Augen offen zu halten.

„Sieh mal einer an.“ Es ist Eduard. Er steht von einem Stuhl auf und stellt sich zu zwei großen Männern. Einer von ihnen hat einen Baseballschläger in der Hand, dem anderen klebt Blut an der Faust. „Die Retter in der Not, huh?“, höhnt Eduard.

„Eduard“, knurrt Dale und baut sich vor Nathan und mir auf. „Du sagtest, du würdest ihm nichts antun, verdammt.“

Er lacht gekünstelt auf. „Das war, bevor ich die Sache mit der Kleinen rausgefunden habe. Die Situation scheint sich gerade nicht wirklich zu verbessern.“

„Wir wussten alle, dass es so kommen wird!“ Dale wird lauter. Aggressiver. „Er macht doch noch deine Scheiße, was hast du nur für ein beschissenes Problem?"

Eduards Augen verengen sich. „Das Problem, lieber Neffe, ist, dass er abhauen wird."

„Was redest du denn da für eine Scheiße?"

„Was glaubst du wohl, du Nichtsnutz? Kaum ist die Kleine da, verpisst er sich. Er will aufhören."

Plötzlich hustet Nathan leise neben mir. „Das habe ich, scheiße noch mal, nie gesagt", quält er sich leise hervor, doch niemand kann es hören, außer mir.

„Das kann nicht sein", sagt Will und scheint Nathans Gedanken lesen zu können. „Er meint, er wird nicht aufhören."

„Ist ja auch total egal", winkt Eduard ab und setzt sich in seinen Sessel. „Er weiß, was er darf und was er nicht darf. Dann war das eben eine Warnung."

„Eine Warnung?", keift Dale. „Was hättest du gemacht, wenn wir nicht gekommen wären? Ihn umgebracht?"

Eduard greift nach einer Glasschüssel voller Nüsse und nimmt sich desinteressiert welche heraus. Er zuckt mit einer Schulter. „Vielleicht. Er war sowieso unkonzentriert in letzter Zeit."

„Scheiße, du verdammter Wichser", flucht Dale leise und dreht sich zu uns um. Er sieht zu mir. „Honor, kannst du ihn mit Will zu meinem Auto bringen? Ich werde diesen Dreck hier noch beenden."

„Geht nur", sagt Eduard wieder. „Aber beeilt euch. Wer weiß, welche Rippe ihm gerade die Organe durchbohrt."

Sofort nicke ich schnell, während Nathan erschöpft seinen Kopf auf meine Schulter sinken lässt.

Ihm fallen ständig die Augen zu.

Will kommt mir zur Hilfe und zieht ihn hoch auf die Beine. „Komm schon, Großer“, sagt er stöhnend, während er Nathans Arm um seinen Nacken legt. „Nicht schlappmachen.“

Ich muss tief durchatmen, als ich Will helfe, Nathan die Treppe nach oben und nach draußen in Dales Auto zu bringen. Ich habe Nathan noch nie so schwach erlebt. Er hält sonst alles aus, doch jetzt ist er verletzt und ist beinahe bewusstlos. Mir steckt ein riesiger Kloß im Hals. Es tut so unheimlich weh, ihn so zu sehen. So hilflos.

Will öffnet die Tür von Dales Auto und ich springe auf den Rücksitz. Vorsichtig legt er Nathan zu mir.

Mir kommen beinahe die Tränen, als Nathan seinen Kopf in meinen Schoß legt und vor Schmerz leise aufstöhnt.

„Gut so?“, fragt Will mich, während ich Nathans Gesicht betrachte, das in meinem Schoß liegt.

Mit zusammengepressten Lippen nicke ich nur und dann schließt er schon die Tür.

Nathans Augen sind geschlossen und sein Atem ist unregelmäßig. Ich will ihn berühren. Ihn streicheln und ihm zuflüstern, dass alles gut wird. Ich weiß nicht, was Eduard ihm angetan hat, doch es muss scheußlich gewesen sein. Er muss große Schmerzen in der Magengegend haben, weil er sich ständig die Arme vor den Bauch hält. Seine Stirn ist durchgehend vor Schmerzen angespannt, als müsste er sich anstrengen, nicht aufzuschreien.

Will bleibt draußen vor dem Auto stehen und raucht gestresst eine Zigarette. Ihn nimmt das anscheinend ganz schön mit. Wahrscheinlich ist es nicht normal, dass Eduard Nathan so zurichtet. Ich will wissen, wieso er nicht will, dass Nathan und ich etwas miteinander zu tun haben.

„Dein Handy“, stöhnt Nathan leise und windet sich etwas in meinem Schoß.

Erst verstehe ich nicht, doch dann wird es mir klar. Mein Handy in der Hosentasche drückt ihm unangenehm an den Kopf, deswegen ziehe ich es sofort vorsichtig aus meiner Tasche und lasse es einfach vor den Sitz fallen, damit er bequemer liegen kann.

Ich muss schwer schlucken, als er wieder gequält sein Gesicht verzieht. „Was machst du nur?“, flüstere ich leise durch die Dunkelheit und lege meine Hand sachte auf seinen Kopf, streiche ihm seine Haare aus der Stirn.

Er lässt es zu, seine Augen noch immer geschlossen. Er wirkt, als würde er jeden Moment einschlafen, ansonsten würde er diese Zuneigung wohl nie zulassen.

Sanft streichel ich ihm über den Kopf, betrachte genau sein Gesicht. „Es tut mir so unendlich leid“, sage ich wieder leise und kann die erste Träne nicht aufhalten. „So, so leid.“

Sein Atem beruhigt sich ein wenig, während ich ihn streichele. Ich hoffe, er schläft einfach ein, damit er die Schmerzen nicht mehr spürt. Wenigstens während der Autofahrt.

Ein Tropfen Blut fließt ihm plötzlich über die Schläfe.

Ich ziehe ein Taschentuch aus meiner Jackentasche und wische es vorsichtig weg. Ich schniefe leise, versuche, nicht zu laut zu sein. „Es tut mir so leid …“

Ich halte den Atem an, als ich noch das Blut seiner Nase sanft entferne. Als ich es an dem Taschentuch sehe, denke ich für einen kurzen Moment, dass ich einen riesigen Fehler gemacht habe.

Das alles wäre nie passiert, wenn ich Nathan nie kennengelernt hätte. Wenn ich ihn nicht ständig nach all diesen Dingen gefragt hätte, wenn ich … Wenn ich ihn einfach nicht so verdammt mögen würde. Ich fühle mich schrecklich, die Tränen fließen stumm über meine Wangen, während ich gedankenverloren über seinen Kopf streichele.

Ist es das wert?

Ist es das wirklich wert, Nathan solche Dinge widerfahren zu lassen, nur weil ich ihn nicht loslassen kann? Ich will ihn bei mir haben, ihn in meinem Leben haben, das ist das Problem. Ich bin egoistisch, so egoistisch. Nathan hat ständig versucht, mir zu sagen, dass es nicht funktioniert, dass er und ich einfach nicht zusammen sein können, doch trotzdem bin ich bei ihm. Weil ich ohne ihn einsam bin. So fühlt es sich jedenfalls an, wenn er nicht da ist.

Doch jetzt sehe ich das Resultat dafür, dass meine Neugier größer ist als meine Vernunft.

Er liegt mit geschlossenen Augen in meinem Schoß, blutend, gequält.

Warum muss so etwas passieren? Warum muss das so sein? Warum stellt sich die Welt nur ständig gegen uns?

Wieso schenkt Gott Nathan und mir eine so starke Verbindung, wenn doch jede Menschenseele uns das

Gefühl gibt, sie darf nicht sein?

Ich erwache unsanft aus meiner Starre, in der ich Nathan liebevoll über die Wange gestreichelt habe. Dale und Will setzen sich ins Auto, doch Nathan ist immer noch ruhig. Er scheint tatsächlich zu schlafen.

Dale dreht sich zu uns nach hinten, doch ich sehe nicht auf. Meine Augen sind weiterhin auf Nathan gerichtet, im Moment gibt es nichts Wichtigeres als ihn.

„Honor“, sagt Dale mitfühlend. „Ist alles okay bei dir?“

Niedergeschlagen nicke ich, fahre mit meinen Fingern über Nathans Kieferknochen. Schon so lange wollte ich ihn so berühren. Doch nicht unter solchen Umständen. Das ist nicht schön, es ist einfach nur traurig. Es ist traurig und grauenvoll.

Dale seufzt leise und dreht sich nach vorne, startet den Motor. „Ich werde dich nach Hause fahren, bevor wir Nathan …“

„Nein“, sage ich mit heiserer Stimme. Ich sehe ihn mit verweinten Augen durch den Rückspiegel an. „Ich will mit zu ihm.“

„Honor … Es ist fast drei Uhr morgens. Deine Eltern …“

„Bitte …“, flehe ich traurig. Ich muss unbedingt bei Nathan bleiben. Ich kann kein Auge zumachen, wenn ich weiß, dass er schwer verletzt zu Hause ist und ich ihm nicht helfen kann.

„Komm schon“, sagt jetzt Will leise zu Dale. „Lass sie einfach bei ihm. Ich bin mir sicher, Nathan würde nichts anderes wollen.“

Kurz überlegt Dale und dann sagt er widerwillig: „Na gut … Aber ich werde dich früh genug nach Hause bringen. Wir brauchen nicht noch mehr Stress."

Ich versuche, zu lächeln, doch es funktioniert nur halb. Zu deprimierend ist die Situation. Zu schmerzvoll ist der Anblick, wie Nathan leidet.

Dale hält vor Nathans Haus und er und Will steigen aus, öffnen die hintere Tür des Autos.

„So", sagt Dale und wischt sich müde durchs Gesicht, als er neben dem Auto steht. „Wenn er pennt, bekommen wir ihn nie hoch."

„Ich bin wach", murrt Nathan leise in meinem Schoß, was mich etwas aufschrecken lässt.

Er war die ganze Zeit wach?

Er richtet sich langsam auf, jedoch nicht, ohne qualvoll das Gesicht zu verziehen. Man sieht ihm an, wie er versucht, den Schmerz zu unterdrücken.

Dale und Will stützen ihn, als sie ihm aus dem Auto helfen. Er hasst es, Hilfe zu bekommen, weswegen er sich sträubt, doch diesmal ist er einfach zu schwach. Das merkt er selbst.

Schnell steige ich ebenfalls aus dem Auto und muss sehen, wie Nathan sich aus Dales Griff windet. Zumindest versucht er es.

„Lass die Scheiße", knurrt er leise und man hört ihm sofort wieder an, wie groß seine Schmerzen sein müssen, bei jedem Schritt, den er alleine geht. „Ich laufe selbst."

Mit geschürzten Lippen beobachte ich ihn, wie er sich mit dem Arm vor dem Bauch zur Tür schleppt. Er ist so unglaublich stur, sogar jetzt.

„Alter“, sagt Will und geht zu Nathan, der versucht, den Schlüssel aus der Jackentasche zu ziehen. Er nimmt den Schlüssel heraus, worauf Nathan sich tief einatmend mit der Stirn gegen den Türrahmen lehnt. „Hör auf mit dem Mist und lass dir einfach helfen. Allein schaffst du es nie hoch, also stell dich nicht so an.“

Will öffnet die Tür und ohne Nathans Antwort abzuwarten, wirft er sich dessen Arm um den Nacken und bringt ihn ins Haus. Nathan wehrt sich wieder nicht. Er scheint gerade einfach zu erschöpft zu sein.

Als Will mit Nathan die Treppe hochgeht, kommt Dale zu mir. Sein Blick spiegelt Müdigkeit und auch ihm sieht man an, wie sehr ihn die ganze Situation mitnimmt. Nathan ist immer noch sein Bruder, es muss mindestens genauso schlimm für ihn sein, ihn so zugerichtet zu sehen wie für mich. „Ich werde nicht hier bleiben“, sagt er. „Du kannst mich anrufen, wenn ich dich nach Hause fahren soll, aber ich muss gerade einfach … klarkommen. Denke ich.“

Ich nicke verständnisvoll. „Das ist in Ordnung, Dale … Ich bin für Nathan da.“

Ein leichtes Lächeln ziert seine Lippen und er sieht mich mit seinen müden Augen an. „Ich weiß. Das ist gut so.“

Wir verabschieden uns mit einer langen, liebevollen Umarmung und dann fährt er auch schon davon. Auch ich bin mehr als müde, doch das ist gerade nebensächlich. Ich muss jetzt dafür sorgen, dass Nathan sich ausruhen kann.

Ich laufe die Treppe nach oben in seine Wohnung

und ein Schauer überkommt mich, als mir klar wird, wie gefährlich meine Situation gerade ist. Meine Eltern könnten jede Sekunde merken, dass ich nicht zu Hause bin und ich bin mir sicher, dass sie sich sofort denken können, wo ich bin. Es macht mir Angst, doch gleichzeitig ist es mir gerade egal. Nathan steht jetzt im Mittelpunkt, niemand sonst.

Als ich Nathans Wohnung betrete, höre ich ihn auch schon aus dem Wohnzimmer fluchen.

Ich seufze und schließe die Tür hinter mir. Will kommt mir im Flur entgegen. Auch er sieht müde aus. Er wirkt längst nicht so fröhlich und gelassen wie sonst immer. „Er ist ein Bastard", beschwert er sich und geht zur Tür. „Aber du bekommst das schon hin." Und noch ohne ein weiteres Wort verschwindet er.

Ich gehe durch den Flur ins Wohnzimmer, in dem Nathan auf der Couch sitzend versucht, sich die Jacke von den Schultern zu ziehen. Allerdings tut er sich schwer, der Schmerz muss groß sein, nach seinem Gesichtsausdruck zu urteilen.

Sofort gehe ich zu ihm. „Warte", sage ich leise und setze mich neben ihn.

Als ich nach seiner Jacke greifen will, um ihm zu helfen, geht er auf Abstand. „Ich kann das", sagt er, wirkt jedoch total ausgelaugt, als würde er jeden Moment einschlafen.

„Nein", rede ich sanft auf ihn ein und lasse seine Gegenwehr gar nicht erst zu. Er braucht mich jetzt, ich weiß es. Ich greife nach dem Kragen seiner Jacke und er hört auf, sich zu bewegen. Sachte streife ich ihm das schwarze Kleidungsstück von den Schultern und versuche, ihn so wenig wie möglich zu berühren, damit ich ihn nicht verletze.

Als ich ihm die Jacke über die Arme ziehe, zieht er kurz die Luft ein, weil er seinen Arm zu weit bewegt hat.

Ich schlucke. „Tut mir leid …“ Ich habe das Gefühl, jedes Mal, wenn er sich wehtut, verletzt er auch mich. Ich leide sehr mit ihm. Ich lege die Jacke weg und drehe mich dann wieder zu ihm.

Er versucht, aufzustehen.

„Ich helfe dir“, sage ich sofort und stütze ihn, so gut ich kann, ohne seine Bauchgegend zu berühren.

Komischerweise lässt er es zu, dass ich ihm helfe. „Ich will nur rüber“, sagt er. „Ins Bett.“

Sofort nicke ich. „Natürlich.“

Ich spüre, wie er versucht, sich nicht zu stark auf mich zu stützen, doch dagegen kann ich wohl nichts tun. Hauptsache ist, dass ich ihm überhaupt helfen kann. Ich öffne die Tür seines Schlafzimmers und wir betreten das nur vom Mond beschienene Zimmer. Es steht nicht viel darin, nur seine Matratze und ein Regal.

Ich führe ihn zu seinen zwei Matratzen, die übereinander liegen. „Vorsichtig“, flüstere ich, als er sich langsam darauf setzt. Für mich ist er gerade wie eine Porzellanpuppe, ich muss sachte mit ihm umgehen, damit er nicht zerbricht.

Wieder zischt er auf, als er sich hinsetzt.

Gott … Er soll keine Schmerzen haben.

„Du musst nicht bleiben“, sagt er zu mir, als er meine Hilflosigkeit sieht. „Ich komme allein klar.“

Augenblicklich schüttele ich mit dem Kopf. „Nein,

kommt nicht infrage. Ich helfe dir. Das bin ich dir schuldig. Wo hast du deine Klamotten?"

„Ich meine es Ernst, Honor. Du kannst gehen."

Ich ignoriere seine indirekte Aufforderung zu gehen und gehe zu dem Regal. Ich öffne die Schublade und mir kommt ein Haufen dunkler Wäsche entgegen. Ich ziehe einen schwarzen Pullover heraus, weil es hier drinnen wirklich sehr kalt ist und er nur ein T-Shirt trägt, das außerdem mit Blut verschmiert ist.

Ich gehe wieder zu ihm, ignoriere seinen skeptischen Blick. „Ich helfe dir aus deinem Shirt", sage ich und greife nach dem Saum seines T-Shirts, als ich vor ihm stehe.

Er fasst nach meinen Händen und sieht mich mit gerunzelter Stirn an. „Nein. Ich bin kein beschissenes Kleinkind, um das du dich kümmern musst."

„Du wirst Schmerzen haben, wenn du es selbst tust."

„Das ist mir scheißegal." Er greift in seinen Nacken nach dem T-Shirt, doch sofort muss er sich wieder anstrengen, mir nicht zu zeigen, wie sehr ihn diese Bewegung schmerzt. Er versucht, das T-Shirt hochzuziehen, doch es gelingt ihm nicht.

„Nathan", sage ich wieder sanft und nehme seinen Arm zurück. Ich kann mir so etwas nicht ansehen. Es tut so weh. „Lass mich dir bitte helfen …"

Er sieht weg. Nach kurzer Stille meint er: „Ich hasse es ..."

„Was?"

„Wenn ich so … Scheiße, ich habe nie Hilfe gebraucht. Ich komme allein mit so einem Dreck klar."

Erneut greife ich vorsichtig nach dem Saum seines

T-Shirts. „Was sagte ich letztens?“, frage ich ihn ruhig, versuche etwas zu lächeln. Ich hebe sein T-Shirt an, er hebt widerwillig leidvoll die Arme, wodurch ich es ihm über den Kopf ziehen kann. „Du bist nicht mehr allein.“

Mein Herz rutscht mir bis zu den Fußsohlen, als ich seinen Oberkörper betrachte. Seine Haut wirkt blass durch den Mond, wodurch seine Wunden noch mehr zur Geltung kommen. Er hat einen riesigen rot-blauen Fleck an seiner Hüfte. Es sieht grausam aus.

„Oh Gott“, keuche ich und knie mich vor ihn, betrachte den riesigen Bluterguss. Er hat auch noch so manchen anderen blauen Fleck, doch dieser ist enorm. Es müssen höllische Qualen für ihn sein. Diese Wunden zerstören seinen wunderschönen Körper und seine makellose Haut.

„Nathan … Du musst damit ins Krankenhaus. Du könntest … Du könntest gebrochene Rippen haben oder Organschäden oder …“

„Hör auf.“

Verzweifelt sehe ich von dem tiefroten Bluterguss zu ihm hoch. Sein Blick ist undefinierbar. So resigniert, doch gleichzeitig so durchdringend.

„Es sieht schlimmer aus, als es ist“, sagt er, als könnte er mich tatsächlich damit beruhigen.

Ich sehe wieder auf seinen Körper, betrachte die vielen Wunden. „Das kann ich mir nicht vorstellen … Das … Ich … Nathan, das müssen unglaubliche Schmerzen sein.“ Aufgebracht stehe ich auf. Ich komme damit einfach nicht klar. Er leidet schon wieder und ich sehe es. Ich hasse es, dass ich so verdammt empfindlich und verweichlicht bin.

Nathan sieht zu mir auf, während ich versuche, nicht zu weinen. Es gelingt mir nicht. Er sieht zu verletzt aus.

„Nein“, sagt Nathan jetzt mit fester Stimme. Sein Ausdruck ist ernst. „Du wirst jetzt nicht weinen.“

Ich drehe mich etwas von ihm weg, damit er mir nicht ins Gesicht sehen kann. „E-Es tut mir leid, aber … Ich kann nichts dafür.“

„Trotzdem wirst du nicht weinen. Lern endlich stark zu bleiben und nicht immer schwach zu werden.“

Ich schniefe. „Du sagst das so einfach … Ich bin nicht so wie du.“

„Honor.“

Mein Gesicht ist weiterhin zur Wand gedreht. Ich kann ihn einfach nicht ansehen. Jetzt fühle ich mich noch schwächer und mickriger, wenn er mir sagt, dass Weinen Schwäche bedeutet. Ich kann nicht einfach aufhören.

„Honor, sieh mich an.“

Widerwillig drehe ich meinen Kopf zu ihm. Schnell wische ich mir vorher noch eine Träne aus dem Augenwinkel.

Er stöhnt auf, als er sich hochstemmt. Ich komme nicht mal dazu, ihm zu helfen, da steht er schon in seiner vollen Erscheinung vor mir, ungefähr ein Meter von mir entfernt. Jetzt sehe ich seine Wunden noch besser.

Nun kommen mir erst recht die Tränen.

„Hör gefälligst auf zu weinen“, spricht er wieder und versucht, den Schmerz zu unterdrücken, während er steht. „Du wirst jetzt, wo du mich so siehst, keine weitere Träne vergießen. Du musst damit aufhören, wirklich.“

Ich sehe zu Boden, weil ich seinen Anblick nicht ertrage. „Du verstehst das nicht.“

„Sieh nicht zu Boden“, spricht er wieder, worauf ich ergeben aufsehe. „Hast du es nicht langsam satt, ständig einzuknicken? Es war früher so und es wird immer so sein, wenn du nicht auf mich hörst und endlich anfängst Stärke zu zeigen.“

Kurz schweigt er.

„Du bist stärker als das, was du denkst zu sein. Und deswegen wirst du jetzt, scheiße noch mal aufhören, wegen so einem Bullshit zu weinen. Du wirst nicht weinen wegen deinen Eltern oder meinen Eltern oder Dale oder sonst irgendwem. Auch nicht wegen mir. Das ist jetzt vorbei.“ Sein Blick scheint mir direkt in die Seele sehen zu können. „Verstanden?“

Ich schlucke den Kloß in meinem Hals herunter. Ich nicke schnell, weil ich das Gefühl habe, ich müsste einfach gehorchen.

„Gut.“ Er atmet tief durch. „Und jetzt atme ein und aus.“

Ich tue, was er sagt. Ich atme ein. Und wieder aus. Dann noch einmal. Ich sehe ihn die ganze Zeit dabei an.

Irgendwann sagt er: „Siehst du? Du hast nicht geweint.“

Ich blinzele mehrmals. Er hat recht. Ich habe tatsächlich nicht geweint. Zwar war ich kurz davor, doch ich habe es nicht getan. Kaum zu glauben, was seine Worte bewirken können. Noch nie konnte mich jemand so beruhigen, denn ich habe einfach geweint, wenn mir danach war. Aber er hat es geschafft. Mit so einfachen, aber ehrlichen Worten.

Nathan will sich zum Bett drehen, doch plötzlich schreit er leise auf und hält sich sofort wieder die Seite. Er stützt sich über dem Bett ab. „Scheiße“, presst er zwischen zusammengebissenen Zähnen aus.

Ich reagiere augenblicklich und helfe ihm, sich vorsichtig hinzulegen. „Schon vergessen, dass du Schmerzen hast?“, frage ich ihn, als er sich mit verzogenem Gesicht auf den Rücken legt.

„Fuck“, keucht er und legt den Kopf zurück. Seine Brust bewegt sich auf und ab. Er sieht wunderschön aus, wie er da so liegt, doch trotzdem auch so zerbrochen.

„Ich sollte einen Krankenwagen holen“, sage ich und sehe ihm hilflos zu, wie er sich etwas aufrichtet, um sich an die Wand zu lehnen.

Er atmet tief durch mit geschlossenen Augen, als er sitzt. „Geh einfach.“ Er sagt es gereizt. Kühl, distanziert, genervt. Wie früher.

Verwirrt sehe ich ihn an. Was ist denn jetzt mit ihm los?

Er öffnet die Augen und sieht mich unmittelbar an. „Ernsthaft. Du gehst mir auf den Sack mit dieser Scheiße, also geh. Es war sowieso ein Fehler von Dale, dich mitzunehmen.“

Ich falle aus allen Wolken und meine Schultern sinken. Was redet er denn da? Eben gerade hat er mir noch gesagt, ich sei stärker, als ich denke, und jetzt beleidigt er mich wieder? Was ist in den letzten dreißig Sekunden passiert, dass er eine Hundertachtzig-Grad-Drehung macht?

„Was?“, frage ich durcheinander.

„Du hast mich verstanden.“

Ich presse die Lippen aufeinander. Nicht jedoch vor Trauer, sondern vor Wut. „Was ist nun wieder mit dir los?“, frage ich ihn genauso gereizt, wie er es ist.

Wieder schließt er die Augen und lehnt seinen Kopf resigniert gegen die Wand. „Honor. Verschwinde.“

Ungläubig schüttele ich den Kopf. „Du bist echt …“ Mir fehlen die Worte. „Du willst, dass ich gehe? Du meinst, so wie du gegangen bist, als ich dich mal gebraucht hätte?“ Enttäuscht und gleichzeitig aufgebracht, drehe ich mich um.

Nur aus dem Augenwinkel sehe ich, wie er seinen Kopf wieder zu mir hebt.

„Gut“, keife ich. „Dann gehe ich.“ Ich stampfe zur Wohnungstür.

Ich kann es eigentlich nicht fassen. Ich habe ihm geholfen, stand ihm bei, mache mir Gedanken um ihn, weine um ihn und er … Er will, dass ich gehe. Mal wieder. Gott, was ist nur mit ihm los? Wieso muss er immer wieder versuchen, seine Mitmenschen zu verscheuchen?

Ich greife nach dem Türgriff und reiße die Tür auf.

„Ich bin nicht gegangen, weil ich es wollte!“

Ich halte inne, starre in den kahlen Treppenhausflur. Ich warte darauf, dass er noch etwas sagt.

„Du hältst mir vor, gegangen zu sein?“, fragt Nathan wieder in meine Richtung. Ich höre, wie das

Bett knarrt und er sich hochwuchtet. „Hast du überhaupt … Scheiße … Hast du überhaupt irgendeine Ahnung, was passiert wäre, wenn ich geblieben wäre?“

Wieder schweige ich. Ich habe keine Antwort, denn das weiß ich nicht.

„Ich gehe nie, weil ich es will, verdammt!“ Er knurrt leise schmerzvoll auf, weil er sich in den Türrahmen des Schlafzimmers stellt und sich dagegen stützt. „Gott, Honor, du verstehst es einfach nicht.“

Aufgekratzt drehe ich mich zu ihm um. „Was soll ich denn auch verstehen? Du bist gemein und dann wieder nicht! Kannst du mir nicht einfach sagen, was du willst, wenn du nicht gehen willst?“

Er hält sich die Magengegend und sieht zu mir auf. „Bleib ruhig, du hast keinen Grund so auszurasten, klar?“

„Ich habe keinen Grund auszurasten? Ich habe sogar tausend Gründe auszurasten! Mal ganz davon abgesehen, dass irgendein Mist hinter meinem Rücken abläuft, meine Eltern mich belügen, du mich mit deiner kranken Mutter alleine lässt und dann auch noch mit mir umgehst, als wäre dir alles total egal, riskiere ich auch noch mehr Ärger mit meinen Eltern, weil ich unbedingt zu dir wollte! Und das, obwohl du gegangen bist!“

Er sagt nichts darauf, sieht mich einfach nur angespannt an.

Ich werfe die Hände hoffnungslos in die Luft, als er weiterhin nichts dazu sagt. „Okay, dir scheint das ja alles egal zu sein, dann sollte ich am besten wirklich gehen!“ Wieder reiße ich die Tür auf. „Du bist einfach …"

„Verdammt, Honor, bleib einfach hier!", ruft er, als ich gerade gehen will. „Die Scheiße ist mir nicht egal! Du bist mir nicht egal!"

Ich schüttele nur den Kopf, sehe ihn nicht einmal an. „Du kannst mir nicht sagen, dass ich dir nicht egal bin, und mich dann im nächsten Moment verlassen."

Es wird ruhiger.

„Ich wollte nicht … Bleib einfach hier."

„Du sagtest, ich soll gehen."

„Das war eine Lüge."

„Was, wenn du mich wieder beleidigst und gemein wirst?"

Er atmet leise durch. „Das wird nicht passieren."

Ich sehe zu ihm. Wahrscheinlich hätte ich jetzt geweint, doch ich tue es nicht. „Ich kann mir da nicht sicher sein."

Nathan sieht mir in die Augen. Er wirkt erschöpft. „Ich mir auch nicht."

„Doch trotzdem willst du, dass ich bleibe?"

Er sagt nichts darauf, sondern stützt sich von dem Türrahmen ab, versucht erneut, den Schmerz zu unterdrücken. Einen Schritt kommt er mir näher und mit schmerzverzerrter Miene schließt er die Tür vor meiner Nase. „Wenn wir noch weiter hier stehen, kippe ich gleich um."

Kapitel 21

Wieder einmal befinden wir uns in der gleichen Situation, wie sonst immer. Wieder einmal war Nathan gemein und wieder einmal wollte er, dass ich gehe, und wieder einmal hat er mich aufgehalten, wirklich zu gehen. Es erscheint mir wie ein ständiger Kreislauf der Gefühle, den ich nicht stoppen kann. Wir beginnen mit Zuneigung, gehen dann zu Wut über und enden schließlich bei der Reue, die uns wieder vereint.

Ich weiß nicht, wie lange das noch so weitergehen soll. Ich habe Angst, dass es immer so sein wird. Ich wünsche mir, dass Nathan endlich seine Gefühle zulässt. Ich kann ihn nicht verlassen, egal, was er macht, und deswegen wird er mich immer wieder verletzen.

Seufzend stößt sich Nathan von der Tür ab und schwankt ein wenig. Er ist müde und schwach, ich hätte ihn nicht so angiften sollen. „Du kannst …“, sagt er, sieht mich jedoch nicht an, „bis Dale wiederkommt, kannst du ins Wohnzimmer gehen. Oder eben … zu mir.“

Ich sehe ihn überrascht an. „Du, ähm … Zu dir in dein …?“

Er dreht sich von mir weg und geht schwer leidend zu seinem Bett … wenn man es so nennen mag. Er ist zu erschöpft. „Ja“, presst er hervor, während er sich langsam hineinlegt.

Sofort klopft mein Herz schneller. Gott, wie sehr ich mit ihm in diesem Bett liegen möchte. Deswegen gehe ich vorsichtig darauf zu, während er mir sogar Platz macht. Ich stehe vor dem davor, sehe auf den freien Platz und dann zu ihm, wie er dort mit gequält geschlossenen Augen liegt. Ohne Hemd, was es noch intimer macht.

„Ich möchte nicht, dass du unbequem liegst“, fiepe ich nervös. Ich kann meinen Herzschlag bereits spüren, so aufgeregt bin ich.

Er hält seine Augen geschlossen und versucht, ruhig zu atmen, damit der Schmerz weniger wird. „Leg dich einfach hin“, brummt er und hält sich weiterhin die Seite mit dem riesigen Bluterguss.

Ich nicke schnell, obwohl er es nicht sieht, und erlaube mir tatsächlich, mich auf die Matratze neben ihn zu legen. Ich lege mich mit kochendem Blut auf den Rücken und sehe an die Decke. Gerade bin ich mindestens genauso nervös wie damals, als wir an Silvester auf seinem Auto lagen. Es ist zwar anstrengend, doch ich liebe es, wie mein Körper auf ihn reagiert. Mir wird sofort wärmer, egal, wie kalt es ist.

Zwischen uns sind gerade mal zwanzig Zentimeter Platz, mehr kann es nicht sein, denn ich spüre seine Körperwärme. Der Raum ist still, ich höre seinen tiefen Atem.

Ich spiele mit meinen Fingern. Gott, am liebsten würde ich ihn einfach berühren, doch das würde er nicht wollen.

„Irgendwo hier müsste eine Decke liegen“, unterbricht er die Stille.

Ich richte mich sofort auf und sehe danach. Sie liegt am Fußende. Ich greife nach ihr und ohne zu zögern, breite ich sie vorsichtig über ihm aus. Wahrscheinlich friert er sehr. Mein Herz schmerzt, während ich die Decke auf seinen verwundeten Körper lege, doch ich muss jetzt stark sein, wie Nathan es vorhin sagte. Ich werde nicht weinen.

Ich erlaube mir, auch unter die Decke zu kriechen und mich auf die Seite zu legen, in seine Richtung. Er liegt dort einfach mit dem Kopf in einem Kissen, sein Haar durcheinander, seine Miene angestrengt durch den Schmerz. Die Decke bedeckt seinen Körper nur bis zum Bauchnabel. Er hat sie wieder heruntergeschoben, als ich sie ihm bis zu den Schultern gelegt habe.

Ich sehe wieder traurig auf den riesigen Fleck an seiner Seite. „Bist du dir sicher, dass du keinen Rippenbruch hast?", traue ich mich zu fragen.

„Ja", sagt er, seine Augen noch immer geschlossen.

„Hattest du schon mal gebrochene Rippen?"

„Ja."

Ich schürze die Lippen. Deswegen ist er sich auch so sicher, dass er diesmal keine gebrochene Rippe hat. Es tut mir weh, ihn so zu sehen. Ich will ihm so gerne mehr Komfort schenken. So, wie er es nie bekommen hat, wenn er Wunden hatte.

„Weißt du", sage ich und sehe wieder auf seinen Bluterguss, „früher … Da hat meine Grandma immer gesagt, dass Wunden schneller verheilen, wenn man sie mit Liebe beschenkt."

„Was ein Schwachsinn."

Ich verziehe nachdenklich den Mund. „Ja, wahrscheinlich …“

Wieder herrscht Gesprächspause, in der ich überlege. Eigentlich hat es mir früher immer geholfen, wenn meine Mutter Hand aufgelegt hat, als ich Verletzungen hatte. Einfach weil ich mich beschützt und geborgen dadurch gefühlt habe. Zwar war ich danach nicht geheilt, doch für einen kurzen Moment vergingen die Schmerzen.

„Darf ich dich berühren?“, frage ich Nathan mutig, leise, ängstlich.

Die Falte zwischen seinen Brauen wird tiefer. „Weshalb?“

Ich sehe zu ihm auf. „Ich würde es gerne tun.“

Ich sehe, wie sich sein Kiefer anspannt, doch dann sagt er nach kurzer Ruhe: „Ja.“

Wahrscheinlich würde ich jetzt lächeln, wenn die Situation nicht so verdammt traurig wäre, doch ich versuche, nicht zu zittrig zu atmen, während ich langsam meine Hand zu ihm ausstrecke. Weil seine Hand noch über seiner Wunde liegt, nehme ich sie, um sie zu entfernen. Er zuckt überrascht mit seinen Fingern weg, als ich sie berühre, doch lässt zu, dass ich seine Wunde freilege. Seine Hand ist eiskalt, im Gegensatz zu der Haut seines Oberkörpers.

Mit steigendem Puls und flachem Atem lege ich ganz sachte und behutsam, meine Hand auf seinen Bluterguss, der sich von seiner Seite bis zu seinen Rippen zieht.

Er zieht die Luft ein, als ich sie ablege. Sein Körper verkrampft sich ein wenig und ich sehe, wie anstrengend dieser Moment für ihn sein muss, doch er sagt nichts.

Die Haut über seinem Bluterguss ist warm. Zu warm. Deswegen ist es gut, dass meine Hände kalt sind.

„Tut es weh?“, frage ich ihn leise und sehe unsicher zu seinem Gesicht.

Seine Miene ist immer noch angespannt, doch seine Augen weiterhin geschlossen. „Nein“, sagt er und ich spüre, wie er versucht, sich zu beruhigen.

„Okay“, hauche ich und fahre vorsichtig mit meinen Fingerspitzen über seinen Bauch, worauf er sich noch mehr anspannt. Doch weil er sich nicht wehrt, mache ich weiter. Ich fahre konzentriert über seinen Oberkörper, über seine harte Brust, bis hin zu seinem Schlüsselbein und dann über seine Arme.

Mit jeder Sekunde entspannt er sich mehr, ich spüre es.

„So hat es meine Grandma immer gemacht“, erzähle ich leise und fahre wieder über seine Brust, bis zu seinem Bauch. Bei seinen Wunden bin ich vorsichtiger. „Es hat mich so sehr beruhigt, dass ich den Schmerz kurz vergessen konnte.“

Nathan sagt nichts.

„Aber sie sagte auch, dass es nur funktioniert, wenn man …“ Ich verstumme. Nein, so etwas sollte ich Nathan besser nicht sagen. Im Moment kann ich einfach nicht einschätzen, wie er im Allgemeinen auf irgendetwas reagieren würde, denn vorhin dachte ich auch nicht, dass er wieder versucht, mich rauszuschmeißen.

„Wenn man, was?“, fragt er mit rauer Stimme.

„Schon okay, es ist unwichtig.“

„Nein, ich will es wissen.“

Ich sehe auf meinen Finger, der über seine weiche, warme Haut fährt. Unsicher sage ich: „Wenn man … Also … Wenn sich diese zwei Menschen wirklich … mögen.“

Ich schaue zu Nathan, um seine Reaktion abzuwarten, um vielleicht eine Emotion in seinem Ausdruck zu erkennen, doch er liegt immer noch einfach ruhig da. Er antwortet nicht darauf, lässt den Satz einfach im Raum stehen.

Deswegen sehe ich wieder auf seinen Körper. „Darf ich dir näher kommen?“

Wieder ist es für einen Augenblick still, in dem ich denke, dass er mich rausschmeißen wird, doch er tut es nicht. „Ja“, antwortet er. „Darfst du.“

Mein Herz schlägt immer wilder. Ich nehme kurz meine Hand von seinem Körper und rutsche näher zu ihm. Seine Seite berührt nun meine Brust, was alles sofort wärmer macht. Ich lege meinen Kopf behutsam an seine Schulter und danach wieder meine Hand ganz vorsichtig auf seine Wunde.

Für einen kurzen Moment spüre ich noch, dass er sich erneut anspannt, doch er atmet leise durch und dann lässt er los und erlaubt sich, diese Nähe mit mir aufzubauen.

„Nathan?“, flüstere ich leise, während meine Finger über seine Haut fahren.

„Hm?“

„Glaubst du … Glaubst du, dass es irgendwann vorbei sein wird?“

„Was?“

„Das alles … Die Sache mit deinen Eltern, meinen Eltern, all die Dinge, die sich negativ auf dein Leben auswirken. Glaubst, dass es irgendein ein Ende nimmt?"

Kurz ist er still. „Nein", antwortet er, was mir inen Schmerz in der Brust bereitet. „Aber jetzt … Gerade in diesem Moment, denke ich, dass das irrelevant ist."

Ich sehe von seinem schönen Körper zu ihm. Ich bin seiner Haut am Hals so nah, dass ich sie am liebsten küssen würde, doch ich erlaube es mir nicht. „Ich denke auch so", wispere ich. „Jetzt in diesem Moment, denke ich auch so."

Das Geräusch der Tür holt mich aus einem sanften Schlaf. Langsam öffne ich die Augen und stelle fest, dass es wärmer ist, als gedacht. Ich spüre Nathans warme Haut seiner Schulter an meiner Wange und ich sehe unmittelbar auf seinen Hals und sein kantiges Kinn. Sein Atem ist gleichmäßig und ruhig, weswegen ich denke, dass er schläft.

Wieder geht leise die Tür und dann kommen tapsige Schritte ins Zimmer.

Noch total verschlafen drehe ich mich um und sehe Diabo, der auf das Bett zugelaufen kommt. Dale kommt ihm hinterher.

„Hallo", grüße ich ihn mit kratziger Stimme und richte mich ein wenig auf, jedoch nicht, ohne aufzupassen, dass ich Nathan nicht wehtue. Er schläft noch ruhig und entspannt.

„Hallo. Diabo war noch bei Eduard", sagt Dale leise und setzt sich auf die Bettkante. Er sieht nicht weniger müde aus als ich. Doch das ist verständlich. „Es ist gleich fünf", lässt er mich wissen, während Diabo ins Bett springt und sich zu Nathan an die Wand legt.

„Ich sollte dich jetzt besser nach Hause fahren."

Ich nicke übermüdet und sehe noch mal seufzend zu Nathan. Eigentlich will ich nicht gehen. Ich will noch die ganze Nacht hier verbringen, mit ihm so eng nebeneinander schlafen und am nächsten Morgen neben ihm aufwachen.

„Du kannst ihn gleich morgen wieder sehen“, spricht Dale. „Aber es ist wirklich besser, wenn du gehst.“

„Ich weiß", hauche ich unglücklich und werfe mir die Decke von den Beinen. Ich stehe mit Dale auf. Feststeht, dass ich morgen nicht in die Schule gehen werde. Aber ich werde auch nicht zu Hause bleiben, sondern zu Nathan gehen. Zwar habe ich noch nie die Schule geschwänzt, doch ich habe auch noch nie so eine starke Anziehungskraft zu jemanden gespürt wie zu Nathan.

Dale fährt mich nach Hause und er schweigt die ganze Fahrt über. Er wirkt nachdenklich und gleichzeitig erschöpft. Wir müssen uns endlich etwas einfallen lassen, wie wir all diese Probleme lösen. Seine Eltern laufen noch immer irgendwo rum und wollen Nathan umbringen, irgendetwas muss passieren, womit wir sie aufhalten können. Möglichst, ohne ihnen etwas anzutun.

„Schatz, du siehst ja ganz übermüdet aus", sagt mein Vater am gleichen Morgen zu mir, während er das Marmeladenglas in den Ofen stellt. Ständig verwechselt er diese Dinge.

„Ja", gebe ich zurück und schnappe mir eine Wasserflasche, als ich mir die Schultasche über die Schulter werfe. Ich bin hundemüde. Genau zwei

Stunden konnte ich schlafen, dann war die Nacht auch schon vorbei, doch das ist nicht schlimm. Ich werde in die Stadt fahren, Nathan etwas zu essen kaufen und dann sofort zu ihm gehen.

Mein Vater drückt mich zur Verabschiedung. Er küsst mich auf den Kopf. „Bitte mach dir nicht so viele Gedanken, ja? Wir wollen nur dein Bestes."

Mein Bestes, schon klar. Im Moment will ich mit meinen Eltern nicht reden, sie haben mich zu sehr enttäuscht. Ich gehe ohne ein weiteres Wort. Nathan steht, wie immer, im Vordergrund.

Ich kaufe ihm in der Stadt Frühstück und dann mache ich mich auch schon zu Fuß auf den Weg zu ihm nach Hause. Die Tür steht unten mal wieder offen, weshalb ich das Haus betreten kann. Und weil Nathan das Schloss nicht an die Wohnungstür gemacht hat, kann ich auch diese einfach aufdrücken.

Es ist still, als ich die Tür hinter mir schließe. Ich höre nur Diabo aus dem Schlafzimmer knurren.

„Diabo", höre ich Nathan brummen, weil Diabo losbellt. Anscheinend denkt er, ich wäre ein Einbrecher.

Ich betrete das Schlafzimmer und ich sehe Nathan, noch genauso wie gestern, auf dem Rücken liegend in seinem Bett. Nur sitzt jetzt Diabo vor ihm, als würde er ihn beschützen wollen.

„Ich bin's nur", gebe ich mich zu erkennen.

Nathan öffnet die Augen und sieht mich noch total verschlafen an.

Gott, er ist so verdammt attraktiv, wie er da so mit freiem Oberkörper im Bett liegt, auch mit seinen Wunden. Ich muss mich beherrschen, nicht jeden

Moment weiche Knie zu bekommen.

„Jetzt kommst du schon so früh am Morgen?", fragt er mich, doch kann ein kleines Lächeln nicht verbergen. Selbst mit verwuscheltem Haar sieht er unverschämt gut aus.

Entschuldigend hebe ich die Tüte mit dem Essen und grinse. „Ich habe hier eine kleine Entschädigung."

Jetzt springt Diabo auf und kommt zu mir. Er schnüffelt neugierig an der Tüte.

Ich kichere, als er versucht, nach der Tüte zu schnappen. „Hey, das ist für dein Herrchen." Dann gehe ich zu Nathan und setze mich an die Bettkante.

Er versucht, sich gequält aufzurichten, und ich will ihm sofort helfen, indem ich die Tüte weglege. „Passt schon", quetscht er hervor und lehnt sich dann an die Wand.

Heute sieht sein Bluterguss noch schlimmer aus als letzte Nacht. Mit geschürzten Lippen sehe ich bedrückt darauf. Ich wünschte, er hätte diese Schmerzen nicht.

„Gibst du mir mal den Pullover?", holt Nathan mich aus meinen traurigen Gedanken und zeigt auf den schwarzen Hoodie neben dem Bett.

Ich nicke sofort und reiche ihm das Kleidungsstück. „Soll ich dir helfen? Du …"

„Ich sagte passt schon", unterbricht er mich. Doch diesmal nicht herrisch, wie sonst, sondern belustigt. Er nimmt den Pullover und er zieht ihn sich wehleidig über den Kopf. Jetzt verschwindet der Bluterguss.

Ich seufze. Eigentlich wollte ich ihm nie so offensichtlich mein Mitleid zeigen, weil ich weiß, dass er es nicht mag, aber jetzt kann ich nicht anders. Es ist zu deprimierend.

„Hör auf, so zu gucken", meint er. „Davon wird es nicht besser."

Diabo setzt sich zu uns ins Bett und beschnüffelt wieder meine Tüte.

„Ja, ich weiß", sage ich und reiche ihm die Tüte. „Hier. Sind drei Bagel. Falls du das isst."

Mit erhobener Braue nimmt er sie mir ab. „Drei?"

Ich zucke mit den Schultern. „Ich weiß nicht, wie viel du isst, und ich wollte auf Nummer sicher gehen."

„Dann lagst du scheiße richtig." Er nimmt sich einen Bagel heraus und packt ihn aus. Diabo gafft ihn hungrig an, worauf Nathan sagt: „Guck nicht so, Kumpel. Du musst warten."

Und als hätte der Hund verstanden, was Nathan gesagt hat, jault er kläglich auf.

Feixend reißt Nathan was von dem Bagel ab und wirft es zu Diabo, der es schnell mit dem Maul auffängt.

Ich schmunzle. Anscheinend hat Diabo in Nathan einen wirklichen Freund gefunden und andersrum genauso. Ich bin mir sicher, dass Nathan nicht mit jedem einfach so teilt. Es ist schön zu sehen, dass Nathan sich so um ihn kümmert.

„Hast du nicht Schule?", fragt Nathan jetzt, als er von dem Bagel abbeißt.

„Na ja", sage ich und schäme mich gleichzeitig. Ich fühle mich schon den ganzen Morgen schlecht dafür, dass ich schwänze, da mir das wirklich nicht ähnlich

sieht. „Irgendwie ... nicht."
Er sieht mich wissend an. „Du schwänzt."
Ich sehe weg. „Ja, also nein, also nur einmal."
„Scheiß drauf. Ich sollte heute eigentlich auch arbeiten."
„Du gehst einfach nicht?"
„Die Nacht ist anders gelaufen als geplant, deswegen muss Ealswirth heute mal ohne mich auskommen."
„Dann solltest du wenigstens anrufen. Du musst dich abmelden."
Nathan verdreht die Augen.
„Tut mir leid", sage ich sofort. Ich bin immer viel zu mütterlich, ich muss das abstellen. „Ich bin immer zu übervorsichtig, ich weiß."
„Ja, bist du." Er gibt Diabo wieder ein Stück. „Aber mittlerweile komme ich mit dieser Scheiße klar."
„Das sagst du jetzt nur so."
„Ich denke, wenn es nicht so wäre, würde ich es dir sagen."
„Stimmt." Ich streiche mir eine Strähne hinters Ohr und kichere ungewollt. Oh Gott, ich klinge wie ein Trottel. Wie ein verliebter Trottel.
Zum Glück geht Nathan nicht darauf ein, sondern isst einfach weiter.
„Sag mal", sage ich jetzt und tippe nervös mit meinem Finger auf meinem Bein. „Was sind das eigentlich für Sachen, die du, ähm, also bei Eduard machst?"
Nathan nimmt sich den nächsten Bagel. „Eduard ist ein Gauner", erklärt er und packt das Gebäck

aus. „Und was tun Gauner?"
Ich blinzle. „Äh, stehlen?"
„Richtig."
Verwirrt neige ich den Kopf ein wenig. „Was soll das heißen? Bedeutet das, er bringt dich dazu, zu stehlen?"
„Ja."
„Oh", mache ich. Ich bin überrascht von seiner Ehrlichkeit. Ich dachte, ich müsste das aus ihm herauskitzeln. „Und das tust du nachts?"
Er nickt und isst, als hätte er tagelang nichts gegessen.
„Was stiehlst du denn so?" Was für eine doofe Frage, doch sie ist berechtigt.
„Ich bin nicht allein. Neben Will gibt es noch weitere, die mit mir nachts unterwegs sind. Und meistens, scheiße, wieso erzähle ich dir das überhaupt?"
Jetzt setze ich mich aufs Bett in den Schneidersitz. „Nein, bitte, erzähl es mir. Ich werde es niemandem sagen."
Mit leicht spöttischem Ausdruck sieht er mich an. „Das ist nicht irgendein scheiß Geheimnis."
„Aber ich würde es trotzdem unheimlich gerne wissen. Bitte."
Er seufzt. „Eduard sucht uns Häuser oder Fabriken raus und wir steigen dort ein. Das war's."
„Häuser von ganz normalen Menschen?"
„Ja."
„Also auch ärmere Menschen?"
Er zögert kurz, doch dann sagt er: „Ja."
Okay, Nathan raubt Menschen aus. Das ist das Geheimnis. Oder seine Nebentätigkeit. Oder was auch

immer. Um ehrlich zu sein, beruhigt es mich. Ich habe an schlimmere Dinge gedacht, wie irgendwelche Drogendelikte oder Menschen, die er mit anderen Leuten verprügelt. Natürlich ist es nicht gut, was er macht, doch trotzdem nur halb so schlimm wie die Szenarien, die ich in meinem Kopf hatte.

„Dein Motorrad", fällt mir eine Frage ein, die ich mir schon ziemlich lange stelle. „Ist es auch geklaut?"

„Wieso denkst du das?"

Ich sehe in meinen Schoß. „Ich weiß nicht … Ich finde keine Erklärung dafür, wie du es dir leisten könntest …"

Er beißt in seinen Bagel und geht meinem Blick aus dem Weg. „Ja."

„Ja?"

„Ja, es ist geklaut."

„Okay", sage ich nur und sehe auf Diabo, der immer noch hungrig auf Nathans Bagel starrt.

„Okay?" Skeptisch betrachtet er mich. „Das war's?"

„Ja, also ... Keine Ahnung. Willst du von mir hören, dass ich es schlecht finde?"

„Nein", sagt er zu schnell. „Also doch." Er schüttelt, als wäre er verwirrt, den Kopf. „Scheiße, anderes Thema. Es ist zu früh für so einen Dreck."

Noch bevor ich etwas sagen kann, öffnet sich die Tür wieder und augenblicklich springt Diabo auf. Dale kommt in die Wohnung. Er sieht noch genauso müde aus, wie er wahrscheinlich auch ist.

„Klasse", höre ich Nathan leise murren, als er ins Zimmer kommt.

„Du bist ja schon hier", sagt er, als er mich sieht. „Hast du keine Schule?"

„Nein, hat sie nicht", antwortet Nathan gereizt für mich. „Sonst wäre sie nicht hier, oder?"

Konfus sehe ich zu ihm. Was ist denn jetzt los?

„Man, mach mich nicht so dumm an", giftet Dale. „Ich habe dich gestern da rausgeholt, du solltest mir lieber danken, Arschloch."

„Ich wäre auch ohne beschissene Hilfe da rausgekommen, also was willst du hier?"

Dales Blick würde Nathan wahrscheinlich töten, wenn er könnte. Doch ich kann es verstehen. Letzte Nacht war für uns alle hart und wenn Nathan dann auch noch so mit mir umgehen würde, wäre ich mindestens genauso wütend wie Dale. „Ich bin hier, um mit deinem scheiß Hund, eine scheiß Runde, um diesen scheiß Block zu drehen, weil du scheiß Bastard nicht laufen kannst, also halt deine scheiß Fresse."

„Och man!", sage ich und halte mir die Ohren zu. Ich will das nicht hören. Nicht so früh am Morgen. „Hört doch einfach auf! Es gibt wirklich Wichtigeres als eure Machtkämpfe!"

Sie schweigen beide. Doch ich schwöre, ihre Blicke sind wie pures Gift. Können sie sich nicht einfach verhalten wie zwei normale Brüder? Sie können sich ja necken, doch nicht so. Nathan muss lernen, dass Dale jetzt hier ist, um ihm zu helfen, und das sollte er akzeptieren. Und Dale sollte akzeptieren, dass Nathan jedes Recht hat, wütend zu sein.

„Wie auch immer", sagt Dale als Erster, weil er wahrscheinlich der Vernünftigere ist. „Ich habe Kontakt mit unseren Großeltern aufgenommen. Das solltest du vielleicht wissen."

„Warum?", frage ich anstatt Nathan, weil er immer noch stur ist.

„Weil sie wissen, wie wir den ganzen Spuk mit unseren Eltern beenden können. Zumindest haben sie das gesagt. Sie sind die Eltern unserer Mutter, aber denken menschlich, also sollte das kein Ding sein. Sie waren eine der wenigen, die wussten, dass ich noch lebe."

Ich nicke verstehend. „Verstehe ... Dann solltet ihr dort hinfahren."

„Ich dachte mir, dass du mitkommen solltest."

„Ich?", frage ich perplex.

„Ja. Wir werden morgen fahren und sie wissen auch schon Bescheid. Macht es dir was aus, morgen noch mal zu schwänzen?"

„Ich schwänze nicht", feuere ich mit viel zu hoher Stimme zurück, was mich sofort als Lügner entlarvt.

Dale lacht wissend und geht dann mit Diabo zur Tür. „Natürlich. Also ... Ich bin kurz weg, wir reden gleich weiter. Wenn dieser Wichser sich da hinten beruhigt."

„Verpiss dich endlich", mault Nathan und holt den dritten Bagel heraus.

Mit rollenden Augen verschwindet Dale mit Diabo aus der Tür und seufzend drehe ich mich zu Nathan. „Irgendwann wirst du ihn akzeptieren müssen."

„Nach der ganzen Scheiße wird er wieder nach London abhauen und dann ist sowieso erneut alles vergessen. Also hat er es auch nicht verdient, von mir akzeptiert zu werden."

Bedrückt beobachte ich, wie er weiter isst. „Es wäre aber dann einfacher."

„Er verdient es nicht."

„Das mag sein ... Aber er ist immer noch dein Bruder und bereut es sehr."

Nathan schweigt und isst weiter gestresst. Wieder versuche ich, auf ihn einzureden, obwohl es nichts bringt. Ein Wunder, dass er mich nicht schon längst rausgeworfen hat nach so vielen Beschwerden.

Er knüllt das Papier zusammen, dann versucht er, aufzustehen.

„Sag doch einfach was", sage ich fürsorglich und helfe ihm auf, damit er weniger Schmerzen hat.

„Scheiße", zischt er leise auf, als er steht. Er hat seinen Arm um meine Schultern, damit er sich besser halten kann. „So komme ich nie dazu, eine zu rauchen."

Ich sehe ihn ungläubig an. „Du stehst extra auf, um eine zu rauchen?"

Schelmisch grinst er mich an, jedoch geht sein Atem wieder schwerer durch den Schmerz. „Ich habe schon letzte Nacht keine geraucht."

Erinnerungen von letzter Nacht schießen in meinen Kopf und augenblicklich sehe ich von ihm weg und beiße mir auf die Lippe, um nicht zu grinsen. Gott, das werde ich wahrscheinlich nie vergessen.

„Dann los", sage ich seufzend und gehe mit ihm durch den Flur zur Terrasse.

Vorsichtig setzt er sich auf einen weißen Plastikstuhl an der frischen Luft und greift nach der Zigarettenschachtel auf dem Fensterbrett.

Ich lehne mich mit verschränkten Armen an das

Geländer und sehe ihm zu, wie er sich die Zigarette anzündet. „Kaum zu glauben, dass ich dir auch noch helfe, deinen Körper so verpesten zu können."

Er bläst den Rauch aus und atmet durch, als würde ihn das mehr entspannen. „So was macht man eben, wenn man verknallt ist."

Schlagartig verschlucke ich mich an meiner Spucke, weil ich zu schnell nach Luft geschnappt habe. Nathan bleibt locker, während ich mir hustend auf die Brust klopfe und ihn entsetzt ansehe. „Wie bitte?", krächze ich.

Er zieht wieder an seiner Zigarette, als wäre es total normal, so etwas einfach zu sagen. „Was? Du willst doch nicht etwa das Gegenteil behaupten?"

Ich bin schockiert. Wir haben noch nie darüber gesprochen und um ehrlich zu sein, hatte ich auch gehofft, dass wir nicht wegen so einem Spruch darüber reden. „Ich, äh." Ich sehe von ihm weg, weil ich seinem Blick nicht standhalten kann. „Du redest Blödsinn", sage ich mit viel zu hoher Stimme. Gott. Ich bin eine grausame Lügnerin.

Nathan lacht rau, dann zieht er vor Schmerz die Luft ein. „Ah, bring mich nicht zum Lachen."

Ich muss grinsen, doch halte mir schließlich die Hände beschämt vors Gesicht. „Tut mir leid, du hast angefangen."

Kapitel 22

Der nächste Morgen verläuft nicht sonderlich anders. Ich schwänze erneut die Schule und stehe schon um neun Uhr vor Nathans Haustür mit Frühstück in der Hand. Allerdings ist das gestrige Thema nicht noch mal aufgekommen, was mich ziemlich beruhigt. Ich selbst weiß zwar, dass ich wirklich total auf Nathan stehe, doch ich bin mir noch nicht sicher, ob er das auch so aussprechen darf, selbst wenn er es merkt. Das ist mir einfach noch zu unangenehm.

Dale kommt auch schon um zehn Uhr zu Nathan, Will ist auch dabei. Wir fahren zu ihren Großeltern, um Näheres zu erfahren.

„Pass doch auf", beschwert sich Nathan bei Will, der ihm aus Versehen die Autotür an den Kopf gestoßen hat, während er und Dale ihn ins Auto helfen, weil er noch starke Schmerzen hat.

„Pass du doch auf", meckert Will zurück, während er Nathan unsanft einfach auf den Rücksitz fallen lässt, was Nathan schmervoll aufstöhnen lässt.

„Ich bring dich um", flucht Nathan und hält sich wieder qualvoll die Seite.

Will schmeißt nur die Tür zu und setzt sich auf den Beifahrersitz. „Wirf doch nicht immer mit Morddrohungen um dich, irgendwann tut es dir noch leid."

„Ganz bestimmt", murrt Nathan leise und legt seinen Kopf zurück.

„Okay", sagt Dale, der sich jetzt vorne reinsetzt.

„Muss noch jemand eine rauchen? Weil hier drin wird zu hundert Prozent nicht geraucht."

„Nö", sagt Will und Nathan antwortet erst gar nicht.

„Ich könnte erst noch eine rauchen", sage ich jetzt ganz locker.

Schlagartig sehen mich drei entsetzte Augenpaare an. Sogar Nathan hat den Kopf gehoben.

„Was?", frage ich. „Ihr raucht doch auch alle."

„Na und?", fragt Will. „Wir sind harte Kerle und du bist ein Mädchen."

„Mädchen dürfen auch rauchen. Nikotin ist nicht nur für Männer. Wenn ich rauchen will, dann rauche ich."

Nathans Stirn runzelt sich. „Scheiße, nein, du rauchst nicht." Er sieht zu Dale. „Wir können fahren."

Ich verschränke die Arme, als Dale losfährt. „Das war sowieso nur ein Spaß. Aber trotzdem bin ich achtzehn, ich könnte es tun, wenn ich wollte."

„Es sterben jedes Jahr in England 110.000 Menschen am Tabakkonsum, willst du einer von ihnen werden?", erwidert Will. „Du willst doch nicht so eine tiefe Stimme bekommen wie Nathan, oder? Das wäre gruselig."

„Warum weißt du so eine Scheiße?", lacht Dale.

„Mein Dad ist bei den anonymen Alkis und da schnei ich manchmal vorbei. Hab das da aufgeschnappt."

Seufzend sehe ich aus dem Fenster. „Ist ja gut. Ich würde sowieso nicht rauchen."

Die halbstündige Fahrt in ein abgelegenes Dorf

verläuft beinahe stumm. Dale lässt irgendeine Rockmusik laufen, Will legt schlafend die Füße auf die Ablage und Diabo, der zwischen Nathan und mir sitzt, starrt die ganze Zeit geradeaus, weil er den Blick durch die Frontscheibe so interessant findet. Er ist ein seltsamer Hund. Wenn Nathan anwesend ist, dann ist er einfach ein ganz normaler Hund, doch trifft man ihn allein an, knurrt und bellt er wild umher. Ab und zu versucht er, an Nathan vorbei an der Seite rauszusehen, doch Nathan stößt ihn wieder fluchend zurück.

Dale hält vor einem Bauernhof. Ein altes weißes Haus wird uns präsentiert und eine große Weide mit Kühen ist gleich nebenan. Kaum zu glauben, dass Nathan Verwandte hat, die auf einem Bauernhof leben.

Dale und Will steigen schon aus, während ich mich abschnalle. Ich blicke zu Nathan, weil er tief durchatmet, als er auf das Haus sieht. „Alles okay?", frage ich ihn.

Schnell sieht er von dem Haus weg und nickt. „Ja, passt schon."

Ich neige den Kopf ein wenig, weil man ihm ansieht, dass etwas nicht stimmt. Das erste Mal habe ich das Gefühl, ich könnte ihn wirklich danach fragen. „Nathan ..."

Er seufzt und sieht wieder zu dem Haus. „Sie haben mich das letzte Mal vor zehn Jahren gesehen."

Ich schürze die Lippen. Er hat Angst, dass sie ihn nicht mögen werden, weil er ihnen vielleicht nicht gut genug ist. Mal wieder wird mir klar, wie wenig Selbstwertgefühl er eigentlich hat. „Verstehe ... Aber ich bin mir sicher, sie werden dich nett empfangen. Dale meinte, dass sie nicht so sind wie deine Eltern."

„Ja, wie auch immer", blockt er sofort wieder ab und öffnet die Tür. Diabo springt über ihn nach draußen und er quält sich ebenfalls raus, dann schmeißt er die Tür hinter sich zu und lässt mich traurig zurück.

Oh, Nathan. Ich warte auf den Tag, an dem er wirklich zulässt, über seine Gefühle zu sprechen. Unheimlich gerne würde ich ihm damit eine Last von den Schultern nehmen, denn all das in sich hineinzufressen macht es nur schlimmer. Ich hoffe, das merkt er bald.

Ich steige ebenfalls aus und schon sehe ich eine absolut sympathisch lächelnde, alte Frau auf der Veranda stehen, auf die Dale zugeht, während Will Nathan stützt. Sie trägt eine mit Blumen gemusterte Schürze, ihre weißen Haare sind zu einem kleinen Zopf gebunden und eine Brille hängt ihr um den Hals. Ihr Lächeln wirkt echt und rein. Sie sieht aus wie eine absolut liebe und süße Oma.

„Da seid ihr ja endlich!", grüßt sie uns und hält die Arme offen, als Dale die Treppe nach oben zu ihr läuft. Sie drückt ihn fest. „Opa und ich warten schon seit Ewigkeiten auf euch!"

Ich muss lächeln, als ich sehe, wie Dale sich versucht, aus ihren Armen zu winden, doch sie einfach nicht loslassen will. Wie meine Oma damals. Jetzt gerade vermisse ich sie sehr. Im Gegensatz zu meiner jetzt noch lebenden Oma war die Mutter meines Vaters meine beste Freundin. Nathans und Dales

Grandma erinnert mich an sie.

Als ich lächelnd zu dem Haus laufe, lässt sie Dale los und erblickt mich. Ihr Grinsen wird breiter. „Du musst Honor-Marie sein", grüßt sie mich warm und ich fühle mich sofort wohl bei ihr.

„Bitte nur Honor", korrigiere ich sie lachend. Esther nennt mich ständig so und das hasse ich.

„Natürlich, mein Engel", sagt Nathans Grandma und drückt auch mich. Ein Duft von Rosen und Orangen kommt mir entgegen.

Ich winde mich wieder aus ihren Armen und ihr Blick ist plötzlich starr auf etwas hinter mir gerichtet. Auch ihr Lächeln schwindet ein wenig. Ich sehe hinter mich und da steht Nathan mit Will, der ihn stützt.

Nathan hält sich, wie immer, den Arm vor den Bauch und sieht jetzt auf. Er ist unsicher, man merkt es ihm sofort an. Ich habe ihn selten so gesehen.

„Nathan", sagt sie und sofort lächelt sie wieder warm. Ihr Kopf neigt sich ein wenig, als sie ihn betrachtet. „Bitte kommt doch rein." Einen Schritt geht sie zur Seite, damit Will Nathan die Treppe nach oben helfen kann.

Nathan traut sich nicht, sie anzusehen. Er schämt sich und das tut mir weh. Ich bin mir sicher, dass diese alte Frau ihm niemals Vorwürfe machen würde, doch für solche Menschen hat er kein Gefühl. Doch gleich wird er merken, dass sie ihn nur als den kleinen Enkel sieht, wie es meine Grandma früher immer gemacht hat.

Nathan verschwindet mit Will im Haus und sie sieht ihm verstohlen hinterher. Dann seufzt sie und sieht zu mir. „Lass uns reingehen. Das Essen wird sonst kalt, ja?"

Ich nicke schmunzelnd und folge ihr in die warme Stube.

„Ich heiße übrigens Maria", lässt sie mich noch wissen, als sie die Tür schließt. Ich liebe ihr Lächeln. „Aber bitte nenn mich Mary."

Ich nicke. „Okay, Mary."

Es riecht wunderbar nach frisch gebackenem Kuchen und nach Weihnachten. Das ganze Haus ist noch sehr festlich geschmückt, was es sofort gemütlicher macht. Wir betreten ein großes Wohnzimmer, das sehr altmodisch eingerichtet ist. Es sieht einfach alles aus wie ein Haus eines alten Ehepaares.

„Ihr könnt euch setzen", sagt Mary zu uns drei, als wir alle noch hilflos im Wohnzimmer stehen. Auch Diabo scheint sich nicht zu trauen, die Couch zu berühren. „Granno holt gerade Holz für den Kamin, er ist gleich da. Ich hole solange den Kuchen aus dem Ofen." Sie sieht lächelnd durch die Runde und bleibt dann bei Nathan stehen, der sich von Will helfen lässt, damit er sich setzen kann. Man sieht die Liebe in ihren Augen. Es erwärmt mir das Herz, einen Menschen zu sehen, der Nathan wirklich zu lieben scheint, egal, was passiert ist. Ich wünschte nur, Nathan würde das sehen.

Als sie schließlich in der Küche verschwindet, setze ich mich auf die große Couch neben Nathan. Er lehnt sich angestrengt zurück. Es ist so schwer, ihn zu sehen, während er so viele Schmerzen hat. Wenn er doch wenigstens zu einem Arzt gehen würde oder es einfach irgendwas geben würde, womit man ihm helfen kann. Warum muss er auch so dickköpfig sein?

„Geht's?", frage ich ihn leise, während Dale und Will sich an den Keksen auf dem Tisch vor uns bedienen.

Er atmet aus. „Ja."

Ich verziehe nachdenklich den Mund. Von wegen. „Ich bin mir sicher, deine Oma kann dir irgendwas geben, damit die Schmerzen weniger werden. Soll ich sie fragen?"

Nathan setzt sich etwas mehr auf, nicht jedoch, ohne sein Gesicht zu verziehen. „Nein, ich sagte, es geht." Wieder so kalt.

Traurig sehe ich von ihm weg zu dem Teller voller Kekse. Diese Art, jegliche Hilfe abzublocken, wird er wohl nie ablegen können, egal, wie gut wir uns verstehen.

„Vielleicht kann ich sie ja fragen", sagt er, als er meinen Ausdruck erkennt und ich sehe ihn an. „Aber jetzt nicht."

Ich nicke und lächle. „Ja. Omas können immer helfen."

„Und wunderbar Kekse backen", sagt Will mit vollem Mund und schiebt sich einen nächsten rein. Genießerisch verdreht er die Augen und lehnt sich in dem Sessel zurück. „Gott, wann habe ich das letzte Mal so was gegessen? Ich wünschte, ich könnte so was backen."

„Dafür bräuchtest du erst mal eine Küche", feixt Dale und zieht sich die Jacke aus. Er schmeißt Diabo einen Keks hin, der ihn augenblicklich frisst.

Wir alle lachen ein wenig und dann öffnet sich die Haustür. Ein kalter Windzug wird hineingeweht und wir sehen alle zum Eingang. Ein alter Mann mit Mütze und Holz im Arm kommt hinein und schließt schnell wieder die Tür, als etwas Schnee hineingefegt wird.

„Man, ist das kalt draußen!", ruft er in die Küche zu Mary. Er scheint uns noch gar nicht gesehen zu haben.

„Hey Granno", ruft Dale ihm jetzt zu, worauf sich der Mann zu uns dreht.

Er sieht erst Dale an, dann schweift sein Blick sofort zu Nathan, der stumm neben mir sitzt. Es sieht aus, als könnte er seinen Augen nicht trauen. Doch kein Wunder. Sie haben ihn Ewigkeiten nicht gesehen. „Hallo", sagt er mit leiser, alter Stimme und scheint wie erstarrt.

Dale steht auf und nimmt ihm das Holz ab. Er scheint gemerkt zu haben, wie fassungslos sein Opa ist.

Granno, so hat ihn Dale genannt, zieht sich langsam die Mütze vom Kopf, während er immer noch Nathan ansieht. Die Überraschung steht ihm im Gesicht. Doch bei ihm kann ich noch nicht ganz einschätzen, wie er wirklich auf Nathan reagiert. Er lächelt nicht, gar nichts. Er sieht einfach fassungslos aus.

Weswegen Nathan sich auch nicht richtig traut, ihn anzusehen, während er mit schleifenden Füßen auf uns zugelaufen kommt. Die Mütze hält er fest vor seine Brust, als müsste er vorsichtig sein.

Dale legt das Holz zum Kamin und beobachtet die Situation genauso interessiert wie Will und ich.

Granno steht jetzt genau vor uns und sieht zu

Nathan hinab.

Nathan sieht nun das erste Mal zu ihm auf.

Sofort regt sich etwas in Grannos Gesicht. Er wirkt nicht böse. „Nathan", haucht er, als könnte er es nicht glauben.

Und zu meiner Überraschung traut Nathan sich, aufzustehen, wobei ich ihm helfe. Niemand weiß, wie Granno wirklich auf ihn reagieren wird. Nathans Ausdruck nach, denkt er, er würde gleich wieder scheußliche Vorwürfe und Beleidigungen hören.

Doch es kommt anders. Als Nathan genau vor seinem Großvater steht, breitet dieser seine Arme langsam aus und legt sie vorsichtig und liebevoll um ihn herum.

Mir steigen beinahe die Tränen in die Augen, als ich sehe, mit wie viel Sehnsucht und Herz Granno Nathan umarmt, der noch gar zu verstehen scheint, was gerade passiert. Wahrscheinlich hat ihn seit Jahren niemand mehr so umarmt, weil er ihn liebt. Seine Mutter, sein Vater, niemand würde das tun. Doch heute tut es jemand.

„Du bist endlich wieder da", schnieft Granno in Nathans Halsbeuge.

Okay, jetzt kommen mir die Tränen. Es ist herzzerreißend.

Und als hätte Nathan jetzt erst verstanden, dass ihn wirklich jemand drücken will, weil er ihn vermisst hat, hebt er seinen rechten Arm und legt ihn langsam um Grannos Rücken. Noch wirkt er überfordert, doch das ist verständlich. Es ist neu für ihn. Allerdings gönne ich es ihm von ganzem Herzen. Es ist so schön.

Für ein paar Sekunden liegen sie sich noch im Arm, dann lässt Granno ihn langsam wieder los und betrachtet ihn glücklich von oben nach unten. Seine Augen sind feucht, was zeigt, wie sehr er – genauso wie Mary – ihn liebt. „Ein starker Mann bist du geworden", sagt er und klopft ihm stolz auf die Schulter.

Nathan zuckt sofort wegen seinen Verletzungen zurück und zieht scharf die Luft ein, worauf Granno verwirrt guckt.

„Er ist verletzt", erkläre ich deswegen. Ich hoffe, man sieht mir nicht an, dass ich kurz davor war, zu weinen.

„Oh", macht Granno und sieht zu Nathan, der sich wieder hinsetzt. „Dann, ähm ... Granny hat bestimmt ein Wundermittel dagegen, sie macht dir mit Sicherheit etwas davon. Soll ich dir etwas bringen?"

Schon wieder blüht mein Herz auf. Das ist genau das, was Nathan braucht. Fürsorge von Menschen, die ihn lieben. Auch wenn Mary und Granno uns vielleicht nicht ganz mit dem Problem Esther und Joel helfen können, bin ich doch froh, dass wir hierhergefahren sind.

„Ja", antwortet Nathan zu meiner Überraschung. Man sieht ihm an, wie wenig er weiß, mit dieser Situation umzugehen. „Bitte", fügt er noch leise hinzu.

Granno lächelt. Und ich lächle. Und Dale lächelt. Am liebsten würde ich ihn einfach küssen, dafür, dass er die Situation einfach so nimmt, wie sie nun mal ist.

„Kommt sofort", sagt Granno, sieht ein letztes Mal mit funkelnden Augen zu Nathan und verschwindet dann – sich die Handschuhe zufrieden von den Händen ziehend – bei Mary in der Küche.

Ich sehe zu Nathan, der zu verstehen versucht, was hier gerade passiert ist. „Ich sagte doch, sie werden dir helfen."

„Aber Grannys Wundermittel sind abscheulich", lacht Dale. „Mehr als das, aber sie helfen."

Nathan nickt nur nachdenklich, sieht auf den Tisch. Diabo setzt sich vor ihn und sieht ihn mit seinen Hundeaugen an, als wüsste er, dass Nathan etwas auf dem Herzen liegt.

„Was ist das eigentlich für ein gruseliger Hirsch da oben?", fragt jetzt Will und unterbricht die gedrückte Stille. Er sieht auf den Hirschkopf über dem Kamin.

Ich verziehe das Gesicht. „Der sieht wirklich gruselig aus."

„Fast wie ein Zombiehirsch. Das ist auf jeden Fall kein normaler Hirsch."

„Wahrscheinlich hast du recht."

„Oder einfach nur noch zu viel Restalkohol im Blut", sagt Dale.

„Nein", sagt Will und starrt weiter in die Augen des Hirschs. „Definitiv ein Zombiehirsch."

Wieder lachen wir alle ein wenig und ich sehe zu Nathan. Gott, sogar er lacht leise. Ich hatte selten ein so starkes Bedürfnis, ihn zu küssen oder ihm einfach nur Liebe zu schenken, wie gerade. Ich will, dass er endlich glücklich ist.

„Hier, mein Wundermittel", sagt Mary zu Nathan

und reicht ihm eine alte Porzellantasse, während er und ich am Esstisch sitzen. „Aber trink es besser langsam."

Er nimmt die Tasse und anscheinend wundert sich Mary nicht mal darüber, dass er sich nicht bedankt. Vielleicht hat er das früher als Kind auch schon nicht getan. Er sieht mit gerunzelter Stirn in die Tasse. „Was zum ...?"

Neugierig werfe ich ebenfalls einen Blick hinein und eine dunkelbraune Flüssigkeit mit grünen Stückchen wird mir präsentiert. Ich verziehe das Gesicht. „Man sagt ja, je unappetitlicher es aussieht, umso besser wirkt es."

„Scheiße, das sieht aus wie Erbrochenes."

Ich sehe mich schnell um, ob das jetzt irgendjemand gehört hat, der sich vielleicht dadurch verletzt fühlen könnte. Granno ist mit Dale und Will draußen eine rauchen und Mary wieder in der Küche. Schnell flüstere ich zu Nathan: „Sag das doch nicht so laut. Du musst jetzt aufpassen, was du sagst."

„Komm schon", sagt er und lässt die Flüssigkeit in der Tasse ein wenig schwimmen. „Nicht mal Diabo würde sich das geben."

„Trink es einfach. Ich bin mir sicher, es wird dir helfen."

Er atmet tief ein und aus, als müsste er sich darauf vorbereiten, gleich ein Glas Würmer zu essen, dabei ist es einfach nur pflanzliche Medizin.

„So schlimm wird es schon nicht sein", sporne ich ihn an.

Schließlich rafft er sich auf und nimmt widerwillig einen großen Schluck.

Erwartungsvoll sehe ich ihn an, während er trinkt.

Und keine zwei Sekunden später landet die ganze Flüssigkeit auf dem Holztisch vor uns.

Er spuckt alles wieder aus und wischt sich schnell über den Mund. „Ach du Scheiße", flucht er leise. „Das ist ja … Scheiße, nein."

Ich muss mir die Hand vor den Mund halten, um nicht laut aufzulachen. „Nathan", kichere ich in meinen Ärmel und sehe auf den Tisch, der jetzt mit brauner Flüssigkeit getränkt ist. Schnell rette ich einen Nussknacker. „Wenn das deine Granny sieht."

Auch seine Lippen ziert ein amüsiertes Lächeln, während er die Tasse wegstellt. „Lieber ertrage ich diese scheiß Schmerzen, als das noch mal zu trinken. Das ist wirklich das absolut ekligste …"

„Was ist denn hier passiert?", ertönt plötzlich Marys Stimme, die aus der Küche kommt. Ihr Blick ist beinahe entsetzt. „Ist die Tasse etwa umgefallen?"

Schnell nicke ich. „Ja! Das war wirklich nicht unsere Absicht." Ich hasse es zu lügen, aber ich kann schlecht sagen, dass Nathan alles wieder ausgespuckt hat, weil es ihm zu eklig war.

„Ach, Mist", sagt sie und wischt mit einem Tuch, das sie in ihrer Schürze hatte, über den Tisch. „Zum Glück habe ich gleich eine ganze Kanne gemacht."

„Ja, zum Glück", sagt jetzt Nathan und ich sehe ihn belustigt an. So ein alberner Moment, doch trotzdem kommt mir für einen kurzen Augenblick einfach nur alles normal vor. Als hätten wir sonst keine Probleme, als wären wir normale Menschen.

Seufzend verschwindet Mary wieder, als sie den Tisch sauber gemacht hat, und ich greife nach der

Tasse. „So eklig kann das nicht sein", sage ich und sehe auf den Rest des Inhalts, der noch drin ist.

„Glaubst du?" Er hebt die Brauen. „Probier's doch."

Skeptisch betrachte ich die Flüssigkeit, doch ich tue es Mary zuliebe. Man kann das Zeug nicht einfach wegschütten oder wie Nathan ausspucken. Mutig nehme ich einen kleinen Schluck.

Es ist warm ... Und bitter ... Ein wenig sauer ... Ich beiße mal auf so einen Brocken ... Und ...

Ich spucke es direkt auf Nathans Hose.

Fassungslos halte ich mir die Hand vor den Mund und betrachte den dunklen Fleck auf seiner Jeans. „Oh mein Gott", flüstere ich und sehe zu ihm. „Das tut mir unheimlich leid." Schnell stelle ich die Tasse weg. „Oh man, ich werde Mary holen. Das …"

„H-Honor", unterbricht er mich und muss schwer atmen, während er sich die Seite hält. „Hör auf mit der Scheiße, ich sagte doch, du sollst mich nicht zum Lachen bringen."

Schnell beruhige ich mich wieder. Kaum zu glauben, dass er so was auch noch lustig findet. Ich bin mir sicher, vor einem Monat noch wäre er wegen so etwas ausgerastet. „Ich glaube, deine Granny wird uns hier nach nicht mehr mögen", kichere ich und sehe zu, wie Diabo den nassen Fleck vom Boden unter uns aufleckt.

Er röchelt auf, als er die Zunge wieder einzieht und macht sich dann schnell vom Acker. Verständlich. Das war wirklich widerlich.

„So", sagt Dale, der mit Will und Granno ins Wohnzimmer kommt. Er schüttelt sich ein wenig

Schnee aus den Haaren und auch Mary kommt wieder ins Wohnzimmer. „Wollen wir dann zum Wesentlichen kommen?"

Sofort senken sich meine Mundwinkel wieder. Das Wesentliche sind also Nathans Eltern und die ganzen anderen Probleme, die wir haben. So schnell kommt man von einer süßen, verspielten Szene zu einer deprimierenden.

„Aber zuerst", sagt Mary zu meinem Glück und hebt einen Finger. „Zuerst essen wir. Ich stand jetzt so lange in der Küche. Kommt, hopp, hopp." Sie scheucht die Jungs zum Tisch und sie setzen sich alle mit geteilten Mienen. Dale wirkt gestresst, Will freut sich ungemein auf das Essen und Granno betrachtet Nathan und mich schmunzelnd.

„Was ist das?", fragt Will und nimmt sich die Tasse, die vor mir steht. Einfach so hebt er sie zu seinem Mund.

„Will, nicht", sage ich noch, doch er nimmt schon den ersten Schluck.

Seine Augen werden riesig. Und sofort landet alles wieder auf dem Tisch. „Bäh!", macht er und sieht erschüttert auf die Tasse in seinen Händen. „Was zum Fick ist das? Kotze?"

Wieder kichere ich. Oh man.

„Nein, zufällig ist das kein Erbrochenes", sagt Mary beleidigt und nimmt Will die Tasse aus der Hand. Leicht haut sie ihm mit dem Handtuch eins über den Hinterkopf und dann wischt sie zum zweiten Mal die Flüssigkeit vom Tisch. „Das ist pflanzliches Schmerzmittel für Nathan. Und eigentlich auch

für Nathan, nicht für dich." Sie geht um den Tisch

herum und stellt die Tasse wieder vor Nathan. „Hier, bitte schön, Liebling."

Ich muss mir einen zufriedenen Seufzer unterdrücken. Es ist einfach zu schön, wie sie ihn umsorgt. Das hat er so dringend benötigt und wenn er es bei mir schon nicht ständig zulässt, dann wenigstens bei ihr.

„Guten Durst", flüstere ich ihm leise zu, als der Tisch gedeckt wird.

Er sieht spottend von mir zu dem ganzen Essen, das jetzt auf dem Tisch steht. „Am Arsch."

Nachdem der Tisch gedeckt ist und wir alle gemeinsam sitzen, beginnt Mary zufrieden seufzend das Gespräch, während sie Granno etwas auf den Teller legt. „Ich finde es wirklich toll, dass ihr zwei endlich zueinandergefunden habt." Sie sieht mich und Nathan lächelnd an.

Mein Lächeln erstarrt. Was?

„Ähm", sagt Dale, weil er meinen geschockten Ausdruck zu sehen scheint. „Granny, die beiden sind nicht … Also … Verstehst du?"

Ihre Lippen bilden sich zu einem O und sie scheint sofort zu verstehen. „Ich verstehe, das tut mir leid. Ich wollte nicht für Unannehmlichkeiten sorgen."

Ich nicke nur und versuche, nicht allzu verdutzt über diese Aussage rüberzukommen. „Schon okay." Ich sehe unauffällig zu Nathan.

Er kaut auf seiner Innenwange rum, schweigt aber.

„Ihr könnt euch nehmen", sagt Granno jetzt. „Granny macht immer viel zu viel, wenn Besuch da ist, also haut rein."

„Verstanden", sagt Will und beugt sich über den

Tisch zu den Kartoffeln.

Nathan will sich ebenfalls nach etwas strecken, doch er tut sich schwer durch seine Verletzungen.

Ich ziehe ihn vorsichtig zurück. „Nein, lass nur", sage ich warm. „Ich mach das."

Er setzt sich wieder richtig hin und ich sehe, wie sehr es gegen seine Prinzipien ist, sich jetzt von mir Essen auf den Teller legen zu lassen, doch ich tue es, einfach weil ich nicht will, dass er leidet.

Ich lege ihm Essen auf seinen Teller und er sagt nichts. Er bedankt sich auch nicht, doch das ist gut so. Es wäre merkwürdig, würde er es tun.

Ich lege mir selbst was auf den Teller, während ich Marys Blick auf uns spüre. Für Dale und Will scheinen solche Szenarien schon normal zu sein.

„Honor, du bist jetzt achtzehn, nicht wahr?", fragt Mary mich freundlich.

Ich nicke. „Ja, genau."

„Wie schön, schon so alt. Ich habe dich das letzte Mal gesehen, da warst du noch ein kleines Baby."

„Aber schon damals hattest du diese schönen blonden Haare", fügt Granno hinzu.

Ich blinzle verwirrt. „Ihr kanntet mich früher?"

„Natürlich. Wir waren dabei, als …“

„Sie weiß es nicht", unterbricht Dale ihn und sieht ihn scharf an. „Deswegen würde ich sagen, wechseln wir das Thema."

Ich bin noch verwirrter. Was wird mir denn jetzt schon wieder verschwiegen? Können die Menschen um mich herum nicht einfach mal Klartext reden? Ich bin wirklich ein geduldiger Mensch, doch so langsam fängt es an, mir an die Nerven zu gehen. Das alles scheint nur auf Geheimnissen zu basieren.

„Reden wir über Esther und Joel", sagt jetzt Dale ernst. „Deswegen sind wir hier."

Mary seufzt traurig und sieht auf das viele Essen auf dem Tisch. „Ich finde, wir sollten erst essen. Sieh doch, wie viel ich gekocht habe. Es wäre schade, wenn …“

„Nein", unterbricht Dale sie, worauf ich ihn mit gerunzelter Stirn ansehe. Muss er sie so unter Druck setzen? „Jetzt."

„Ich hole das Album", sagt jetzt Granno und steht widerwillig vom Tisch auf.

Mary nickt und sieht in die Runde. „Bevor wir euch jetzt unseren Vorschlag, der wirklich von Herzen kommt, vorstellen, solltet ihr wissen, dass wir euch nichts Böses wollen. Auch dir nicht, Nathan." Unglücklich sieht sie ihn an. Er jedoch sieht weg. Wahrscheinlich weil sie wieder zu viel Mitleid ausstrahlt. „Es tut uns schrecklich leid, was damals passiert ist, und du hast, niemand hat das verdient. Aber wir werden euch heute helfen, auch wenn unsere Tochter dadurch zu Schaden kommt. Sie hat schreckliche Dinge getan, das wissen wir beide sehr gut. Doch was sie dir angetan haben, Nathan ... Es tut uns wirklich weh, wenn wir an die Vergangenheit zurückzudenken und …“

„Ja, sie haben schreckliche Dinge getan", unterbricht Nathan ihre lieben Worte unfreundlich. Sofort ist er wieder gereizt. „Es tut euch leid und ihr wünschtet, ihr hättet es ändern können und die ganze Scheiße. Aber das könnt ihr nicht, also sagt uns einfach, was wir wissen müssen."

Augenblicklich sehe ich ihn scharf an. Was ist denn auf einmal los mit den beiden? Vor drei Minuten war doch noch alles ruhig, weshalb müssen sie jetzt so einen Aufstand machen? Mary und Granno versuchen ihnen doch nur, zu helfen.

„Wir verstehen dich, Nathan", sagt Granno, der mit einem Buch unter dem Arm wieder an den Tisch kommt und es dort ablegt. „Das tun wir wirklich. Weswegen es uns umso schwerer fällt, euch jetzt gleich unseren Vorschlag zu präsentieren."

„Tut es einfach", murrt Dale.

Mary atmet tief durch und nimmt sich das Buch, was sich als Fotoalbum herausstellt. „Wir dachten, dass ihr uns vielleicht nicht glauben würdet, wenn wir euch einfach davon erzählen, deswegen haben wir alte Bilder herausgekramt." Sie blättert in den Seiten rum.

„Es sind zwar nur kleine Dinge, doch wir versuchen wirklich, euch von dieser Tatsache zu überzeugen", spricht Granno für sie weiter. „Denn wir dachten schon immer so und sind uns sicher, dass es auch so ist."

Mary legt das Fotoalbum mittig auf den Tisch und alle beugen sich ein wenig nach vorne, um darauf sehen zu können. „Hier", sagt sie leise und zeigt auf ein Familienfoto.

Ich schlucke schwer. Das Bild muss sehr alt sein. Es zeigt Nathan, Dale, Esther und Joel als Familie. Sie stehen alle beieinander und blicken in die Kamera. Als ich Nathan betrachte, wie er als kleiner Junge dort steht, sticht etwas in meiner Brust. Selbst auf diesem Foto erkennt man eine Wunde an seiner Stirn.

Er sieht grimmig aus, keinesfalls glücklich. Dale steht als großer Bruder neben ihm und sieht mindestens genauso böse aus. Das Foto muss geschossen worden sein, kurz bevor Dale gegangen ist. Esther steht mit Joel hinter den beiden und lächelt warm. Man würde ihr niemals den Psycho ansehen, der sie eigentlich ist.

Unauffällig sehe ich zu Nathan, während er auf das Bild sieht. Sein Blick ist neutral und gleichgültig. Doch solch eine Reaktion hatte ich erwartet. Es wäre untypisch für ihn, auch nur einen Funken Emotion zu zeigen, während es um solche Dinge geht.

„Granno und ich wissen, dass Joel ... euer Vater", redet Mary weiter, „nie ein guter Vater war. Er hat Fehler gemacht, indem er zugelassen hat, was Esther euch angetan hat, das steht fest. Aber seht ihr das?" Ihr dünner Zeigefinger fährt zu Joel, der hinter Dale und Nathan steht. „Seine Hände ... Sie liegen auf euren Schultern."

„Na und?", fragt Will verwirrt.

„Na ja", sagt Granno und blättert auf die nächste Seite. Er zeigt auf ein weiteres Familienbild. „Auch hier liegen seine Hände auf euren Schultern. Es gibt kein Familienbild, wo er euch nicht ... Wie soll man das sagen? Er war für euch da."

„Was redet ihr da für eine Scheiße?", fragt Dale unfreundlich und am liebsten würde ich ihm dafür eine knallen. Ich verstehe sein Verhalten einfach nicht.

Mary seufzt. „Esther hat uns, nachdem du gegangen bist, Dale, verboten, weiterhin Kontakt mit

Nathan zu haben, doch mit Joel haben wir regelmäßig gesprochen."

„Er war ein grausamer Vater, ja, das war er wirklich", spricht Granno weiter. „Aber er liebt euch von ganzem Herzen. Doch er war geblendet. Von Esther. Sie hat ihn einfach geblendet."

„Er sagte uns so oft, dass er nicht mit euch so umgehen will und bei dir, Nathan ..." Mary blickt traurig zu Nathan. „Er war nie stark genug, um sich gegen Esther zu beweisen. Viele Nächte war er bei uns und war traurig, weil er es nicht ausgehalten hat, was für grausame Dinge mit dir passieren."

„Worauf wollt ihr hinaus?", frage ich jetzt, weil ich merke, wie sehr sich die Spannung wieder in Nathan aufbaut.

Kurz schweigen sie beide, doch dann sehen sie sich an und sehen wieder zu uns. „Wir denken, dass es das Richtige wäre, wenn ihr Kontakt zu Joel aufbaut, damit er euch helfen kann."

Schlagartig ist es totenstill am Tisch. Zu still, um bestimmen zu können, was in den nächsten zehn Sekunden passieren wird. Doch eins steht fest: Diese Idee gefällt niemandem hier. Und das werden Granno und Mary gleich merken.

Ich selbst würde am liebsten einfach sagen, dass wir gehen, damit nicht gleich alles eskaliert, doch das kann ich nicht tun. Sogar Will scheint zu wissen, dass Dale und Nathan diese Idee absolut nicht cool finden werden.

Und dann beugt sich Dale etwas über den Tisch und kneift die Augen zusammen. Zischend fragt er: „Ihr wollt, dass wir … was?"

Sofort sind Mary und Granno unsicher. Anscheinend haben sie wirklich Angst. Sie sollten keine Angst vor ihren Enkelkindern haben.

„Dale", sagt Granno stotternd. „Er kann euch helfen, wirklich. Wir sind uns da sicher."

„Er wollte nie, dass so etwas passiert", fügt noch Mary hektisch hinzu. „Wir denken, dass, wenn ihr ihn heute antrefft und wenn du, Dale, dich zu erkennen gibst, er euch einfach helfen wird. Unsere Tochter gehört in eine Anstalt, das weiß er, das wusste er schon immer."

„Und mit seiner Hilfe", sagt wieder Granno, „könnte Nathan dadurch in Cardiff bleiben und muss nicht schon wieder verschwinden. Gerade wegen Honor."

Wieder herrscht Stille am Tisch. Hilfe suchend sehe ich zu Will. Auch er blickt überfordert drein. Das alles kann nur in einem Desaster enden.

„Seid ihr vollkommen verrückt?", ruft jetzt Dale außer sich, was die beiden zusammenzucken lässt. „Habt ihr überhaupt eine Ahnung, was Joel damals alles getan hat? Scheiße, er hat Nathans Kindheit versaut, auch wenn er ihn – wie ihr ja sagtet – geliebt hat! Oder uns! Oder was auch immer! Er ist genauso ein verkackter Psycho wie Esther!"

Ich halte mir verzweifelt die Hände an den Kopf, während er Granno und Mary anbrüllt, als wären sie irgendwelche unwichtigen Personen. Das kann doch alles nicht wahr sein. Wieso müssen sie immer so aggressiv auf alles reagieren?

„Und dann zeigt ihr uns noch diese abgefuckten Bilder!", wütet Dale weiter und zeigt auf das Buch.

„Was glaubt ihr, was das bringen soll? Es …“

„Halt endlich deine scheiß Fresse", knurrt Nathan neben mir durch seine zusammengepressten Zähne.

Überrascht sehe ich ihn an. Auch Dale verstummt schlagartig. Er wirkt, wie vor den Kopf gestoßen.

Nathan sieht mit dunklen Augen zu ihm. „Was glaubst du, was du da von dir gibst?"

Dale sagt nichts, wirft ihm nur genau den gleichen bösen Blick zu wie Nathan ihm.

„Du hast kein Recht dazu, hier auch nur ein einziges beschissenes Wort zu sagen, klar? Ich werde das entscheiden." Nathans Blick wird schärfer. „Nicht du."

„Du willst doch nicht etwa Kontakt zu diesem beschissenen Dreckskerl aufbauen?", spottet Dale. „Was glaubst du, was passieren wird? Dass er dich genauso wie Granno in den Arm nimmt und dir sagt, dass er dich liebt?" Er lacht bitter auf. „Träum weiter, kleiner Mann, denn die Scheiße kannst du vergessen. Er würde dich am liebsten genauso tot sehen wie unsere Mutter."

Mir entweicht jegliche Luft aus den Lungen und ich sehe Dale entsetzt an. Jetzt hätte er definitiv mehr als nur eine Ohrfeige verdient. Wie kann er Nathan so was sagen?

Nathans Blick wird immer intensiver, immer angespannter. Seine Nasenflügel beginnen schon leicht zu beben, während er Dale anstarrt, als würde er ihn jeden Moment töten wollen. Doch dann sieht er von Dale weg zu Granno und Mary, die total verunsichert die Situation beobachten. „Eure Idee war Bullshit", sagt er ruhig. „Wir werden die Scheiße anders klären, das sollte jeder hier verstehen können. Und jetzt …“

Er schiebt seinen Stuhl zurück und versucht, aufzustehen.

Ich springe sofort auf und helfe ihm vorsichtig hoch.

„Jetzt werde ich eine rauchen, bevor ich ausraste", spricht Nathan schwer atmend weiter, als er steht, und steuert die Haustür an, zu der ich ihm nicht folge.

Wir sehen ihm alle verdutzt hinterher, wie er zur Holztür geht, sie aufzieht und dann auf der Veranda verschwindet. Mit einem lauten Knall schmeißt er sie zu, was mich aufschrecken lässt.

Dann herrscht wieder peinigende Stille. Niemand will etwas sagen, nicht mal Dale. Sogar Will scheint total perplex zu sein. Gott, was passiert hier gerade?

Doch schließlich sagt Mary: „Das tut uns leid ... Wir wollten nicht für Ärger sorgen."

„Nein", sage ich schnell, weil ich ihre traurigen Gesichter nicht mehr ertrage. „Ihr wollt nur helfen, das verstehen wir. Es ist besser als nichts."

„Wir werden fahren", sagt Dale entschlossen und steht auf. „Sofort."

Doch ich sehe ihn erzürnt an, was mich selbst überrascht, doch in diesem Moment bin ich wirklich sauer auf ihn. Er ist zu weit gegangen, viel zu weit. Ich war selten so wütend auf ihn wie gerade. Er kann Nathan viele Dinge sagen und ihn beleidigen, doch nicht so. So etwas kann ich einfach nicht zulassen und akzeptieren schon mal gar nicht.

„Nein", meckere ich und versuche, so böse zu gucken, wie ich kann. „Wir werden noch bleiben. Du hast heute schon genug falsche Entscheidungen getroffen."

„Falsche Entscheidungen?" Selbst mich sieht er so giftig an. „Was für scheiß falsche Entscheidungen? Du glaubst doch nicht wirklich, dass …"

„Du bist damals gegangen und hast Nathan allein gelassen", unterbreche ich ihn. „Und dann erlaubt du dir noch, ihm vorzuhalten, wie wenige Menschen ihn lieben." Wütend stehe ich auf, worauf der Stuhl unangenehm laut auf dem Boden knarrt. „Das war eine von vielen falschen Entscheidungen, Dale. Vielleicht solltest du langsam mal der große Bruder sein, den Nathan all die Jahre gebraucht hat, nachdem du gegangen bist." Ich schiebe den Stuhl an den Tisch heran. „Ich werde zu ihm nach draußen gehen. Entschuldigt mich bitte."

Ich betrete die Veranda und blicke sofort auf Nathan, der rauchend auf einer Bank sitzt. Sein Blick ist auf die riesige Weide vor uns gerichtet. Es wundert mich, dass er nicht wütend oder aggressiv wirkt. Er sieht einfach neutral aus, völlig gleichgültig, als wäre nichts passiert.

Mit gesenktem Kopf komme ich zu ihm. „Hey, alles okay?"

Er sieht nicht mal zu mir, als ich mich neben ihn auf die weiche Bank setze. „Ja."

Ich verziehe nachdenklich den Mund, lehne mich zurück und sehe ebenfalls geradeaus. „Ich kann verstehen, dass du wütend bist."

„Ich bin nicht wütend", gibt er zurück und zieht wieder an seiner Zigarette.

„Was dann?"

Er sagt nichts, sieht einfach weiter geradeaus. In

seinem Kopf scheint sich viel abzuspielen, denn er wirkt nachdenklich. Mich überkommt das Gefühl, wieder nach seiner Nähe zu suchen und mich an ihn heranzukuscheln, doch ich kämpfe dagegen an. Ich kann ihn gerade nicht einschätzen.

„Die Scheiße mit diesem Wichser da drin ist mir egal", sagt er jetzt wieder. „Es fuckt mich einfach nur ab, dass ... Ich hasse es, dass so viel passiert."

Ich sehe ihn an. „Wie meinst du das? Wieso denkst du nicht über die Idee mit Joel nach?"

Den Rauch ausatmend, schüttelt er den Kopf. „Sie kennen ihn nicht, wie ich ihn kenne. Ja, er war kaum etwas im Vergleich zu … ihr, aber er war etwas und das sehen sie nicht." Als müsste er sich mehr entspannen, atmet er durch. „Aber eigentlich meinte ich diese ganze Scheiße mit unseren Großeltern und deinen Eltern und dass wir wirklich versuchen, meine beschissene Mutter loszuwerden. Ich hab keinen Bock auf diesen Dreck. Ich sollte einfach abhauen und normal weitermachen."

„Wieso ... tust du es dann nicht?"

Wieder ist er kurz still, dann sagt er, sich die Zigarette schon vor die Lippen haltend: „Wie dumm du dich manchmal anstellst, ist beinahe unwirklich."

Wie vor den Kopf geschlagen, zucke ich zurück. „Wie bitte? Ich habe dir eine ganz normale Frage gestellt, was ist daran dumm?"

Jetzt sieht er mich mit erhobener Braue an. „Glaubst du, ich würde jeden in meinem Bett schlafen lassen?"

Wow. Wow, wow, wow. Ist das ein Kompliment? Ist das eine Offenbarung? Sagt er mir damit, dass er etwas für mich empfindet? Oder dass er wegen mir bleibt? Sagt er mir damit, dass ich nicht die einzige Idiotin bin, die sich Hals über Kopf in ihn verliebt hat? Mir fehlen die Worte.

Erneut sieht er nach vorne. „Ich wäre schon längst abgehauen, wenn du nicht hier wärst."

Mein Herz wächst und wächst. Es würde mich nicht wundern, wenn man mir die Herzen in den Augen ansieht. Sogar meine Körpertemperatur steigt und meine Finger jucken, weil ich ihn jetzt noch mehr küssen will. Gott, was stellt er nur an? Mein Körper spielt verrückt.

Ich räuspere mich kurz, weil mein Mund total austrocknet. „Das, ähm", stammle ich. „Das ist sehr nett."

Am liebsten würde ich mir selbst eine verpassen. Das ist sehr nett? Ich bin eine Idiotin. Eine reine Idiotin. Kann ich mich noch bescheuerter ausdrücken?

Nathan lacht bitter auf. „Nett? Das ist abgefuckt."

Ich seufze und sehe auf meine Finger, die nervös in meinem Schoß spielen. War ja klar, dass er es wieder versauen muss. Nie kann er etwas Schönes sagen, ohne es im nächsten Moment wieder kaputt zu machen. „Natürlich musst du es wieder kaputt machen", sage ich bedrückt.

„Was?"

„Na ... So was. Du sagst etwas, das mich glücklich macht, und dann machst du es wieder kaputt. Ich wünschte, du würdest nur einmal etwas Schönes sagen und es ernst meinen."

„Ich meine das ernst."

„Aber im Nachhinein versaust du es trotzdem immer wieder."

„Ich sage die Wahrheit. Möchtest du, dass ich dich anlüge?"

Ich schürze traurig die Lippen. Ich kann ihn nicht ansehen. Er spricht wieder mit mir, als wäre ich nichts. Als wäre ich unwichtig und er bräuchte mich nicht. Aber dabei weiß ich doch, dass er mich braucht ... Oder? „Du sagtest doch", flüstere ich traurig. „Du sagtest doch ... dass ich bleiben soll."

Nathan ist still. Er sieht mich an, doch ich blicke nicht auf. Ich habe Angst, ich könnte zu viel Wahrheit in seinen Augen erkennen. Vielleicht irgendetwas, das mir sagt, er braucht mich nicht und er mich einfach hier allein lassen kann mit all diesen Problemen. Als wäre ihm alles egal. Als hätten die letzten Wochen nicht existiert.

Ich weiß nicht, wie wir in diese trostlose Lage gekommen sind, doch gerade wünsche ich mir, dass er mir einfach sagt, dass er mich genauso will, wie ich ihn. Ich kämpfe für ihn, doch kämpft er auch für mich?

Schließlich sage ich deshalb leise: „Dann bitte belüg mich ... Erzähl mir eine Lüge, mit der du mich nicht verletzt. Nur einmal ..."

Er sieht wieder nach vorne, seine Zigarette schmeißt er weg, ein letztes Mal bläst er den Rauch aus seinen Lungen.

Es herrscht quälende Stille, man hört den leichten Wind und die Grillen zirpen. Und ich friere. Ich friere sehr. Eben war mir noch heiß wegen ihm und jetzt ist mir eiskalt.

Wegen ihm.

Ein paar Sekunden vergehen, dann ertönt seine Stimme. „Ich verspreche dir, dass, wenn du mich dich lieben lässt, du es niemals bereuen wirst."

Kapitel 23

Kurz herrscht völlige Leere in meinem Kopf, während ich seine Worte höre. Ich sehe ihn an und runzle die Stirn. Was hat er gesagt?

„Nathan, Honor", kommt uns plötzlich Wills Stimme entgegen, der seinen Kopf aus der Tür streckt.

Ich sehe ihn erschrocken an und erwache wie aus einer Starre, in der ich ständig Nathans Worte in meinem Kopf abspiele.

„Wir müssen gehen", spricht Will weiter. „Ich muss heute Abend noch zu Eduard und wenn Mary mich weiter mit Essen vollstopft, kommen wir hier nie weg."

Nathan steht tief durchatmend auf, als hätten wir gerade nicht eine sehr emotionale Konversation geführt. Er sieht nicht einmal zu mir. „Ja, wir werden fahren", sagt er zu Will. „Wir sind hier fertig." Dann geht er einfach – sich wieder die Seite haltend – ins Haus und lässt mich zurück. Mal wieder.

Verdutzt sitze ich auf der Bank. Er verspricht mir, dass, wenn ich ihn mich lieben lasse, ich es niemals bereuen werde. Gott, was ist nur los mit ihm? Kann er nicht einfach Klartext reden? Kann er nicht einmal richtig aussprechen, was er denkt und fühlt? Er verwirrt mich. Ständig. Durchgehend, einfach immer.

Ich merke, wie sich eine ungewöhnliche Wut in

mir aufbaut, die mich dazu bringt, meine Faust auf die Bank zu hauen. „Au!", fluche ich leise und reibe mir die Hand. Okay, anscheinend bin ich nicht dazu geboren, um wütend zu sein. Zu so was bringt er mich also.

Man, kann er mich nicht einfach küssen und mir ins Ohr flüstern, dass er mich liebt? Ich will, dass er anders ist, aber gleichzeitig will ich auch, dass er so ist, wie er nun mal ist. Kompliziert und unausstehlich.

Wir verabschieden uns von Mary und Granno. Die Stimmung ist angespannt, nicht nur zwischen Nathan und mir, sondern zwischen allen. Dale ist wütend auf Nathan, ich ebenfalls, Mary und Granno sind eingeschüchtert von Dale und Nathan und Will ... Der ist einfach anwesend. Wir sind doch mit der Absicht hierhergekommen, eine Lösung zu finden, und nicht, um alles schlimmer zu machen.

Sogar die Fahrt nach Cardiff verläuft schweigend. Kein Ton wird gesprochen. Will wird zu Eduard gefahren und dann lässt mich Dale in meiner Straße raus. Nicht mal zum Abschied sagt Nathan irgendetwas. Sogar Dale scheint mich zu ignorieren.

Als ich merke, wie bescheuert die beiden sich aufführen, knalle ich die Autotür fester zu, als ich dachte. Ich habe das Gefühl, dass der Umgang mit solchen Leuten leichter wütend macht. So wie gerade kenne ich mich kaum.

Sauer schließe ich meine Haustür auf und blicke direkt zu Mama und Papa, die fernsehen, auf der Couch liegen. Aggressiv schließe ich die Tür und schmeiße meine Schultasche einfach in die Ecke des Flurs.

„Schatz, was ist denn mit dir los?", fragt mich Mama verwundert.

„Nichts", blocke ich nur ab und hänge meinen Mantel auf. Nathan ist los. Er ist kompliziert und das nervt. Ich fühle mich beinahe abstoßend, wenn er mich immer wieder so abblockt. Als hätte ich Liebeskummer.

„Okay?", fragt Mama wieder, als sie beobachtet, wie ich wütend zu der Treppe stampfe. „Es ist Essen in der Küche, falls du etwas möchtest."

„Nein, danke", murre ich und stapfe die Treppe nach oben. Ich verschwinde in meinem Zimmer.

Ich werfe mich auf mein Bett und verschränke gestresst die Arme. Wieso muss er auch so verdammt anstrengend sein? Was ist denn so schwer daran, einfach zuzulassen, dass wir wie normale Menschen reden können? Wenn sich zwei Leute mögen, dann zeigen sie sich das und blocken es nicht einfach ab. Ich habe noch nie jemanden wie Nathan getroffen, noch nie. Noch deprimierender ist es, dass ich ohne diesen Idioten einfach nicht mehr klar denken kann.

Sogar jetzt blicke ich zu meinem Fenster, weil er hier nachts eingestiegen ist, um mich zu sehen. Eigentlich eine ganz süße Sache, aber ... Er hat dabei mein Zimmer verwüstet und mich beleidigt.

Sofort blicke ich wieder an die Decke.

Muss ich so etwas akzeptieren? Ich hoffe nicht.

Mal ganz davon abgesehen, dass ich in den nächsten drei Tagen nur noch mit hängenden Mundwinkeln, zerzausten Haaren und blasser Haut umherlaufe, muss ich auch noch bei Regen zu Grandpas Hotel laufen, weil meine Mutter krank ist und er unbedingt einen Brief von ihr braucht. Meine Laune ist im Keller. Und das, seit ich Nathan nicht mehr gesehen habe. Es macht mich irre, wenn er nicht bei mir ist, ich nicht weiß, wie es ihm geht oder was er macht.

Wie kann er es sich auch erlauben, einfach drei Tage nicht aufzukreuzen?

Nicht mal Dale meldet sich. Verstehen sie nicht, dass momentan alles passieren könnte? Sind sie wirklich so stur? Ich kann mir sogar vorstellen, dass Dale die Stadt verlassen hat, so wütend wie er auf Nathan und Nathan auf ihn war. Gott, verdammt.

„Paul", murre ich untypisch zu der Rezeptionistin im Hotel und versuche nicht mal, meine schlechte Laune zu verstecken. Es geht mir schlecht, mir doch egal, ob sie das spürt. „Ich will zu ihm."

Sie runzelt die Stirn. „Honor, ist alles okay? Du siehst echt ... krank aus."

Ich funkle sie böse an. „Ich bin nicht krank. Das ist mein Gesicht."

Man, seit wann bin ich so gereizt? Noch nie bin ich auf die Idee gekommen, eine andere Person anzumeckern, nur weil mir momentan etwas nicht passt. Früher hätte ich einfach so getan, als wäre nichts. Aber die Sache mit Nathan belastet mich einfach zu sehr.

Vor meinen Worten schreckt die junge Frau beinahe entsetzt zurück. Ja, auch sie kennt mich nicht so. Niemand kennt mich so. „Paul ist im Personalraum", sagt sie jetzt. „Zumindest sollte er da sein."

„Danke", gebe ich nur zurück und laufe dann noch schlechter gelaunt als vorher zum Personalraum. Jetzt wurde mir auch noch bestätigt, dass ich grauenvoll aussehe, na super. Erst dieser doofe Regen, der meine Haare kraus macht, und dann noch das.

Gestresst gehe ich zum Personalraum und öffne, ohne anzuklopfen, die Tür. Sofort blickt Grandpa zu mir auf, der mit Bill am Tisch sitzt.

„Grandpa", sage ich und lege ihm den etwas durchnässten Brief vor die Nase. „Von Mama – für dich."

Perplex sieht er mich an und neigt den Kopf ein wenig. „Alles in Ordnung? Du siehst echt …"

„Ich sehe echt krank aus, ich weiß schon", unterbreche ich ihn genervt. „Aber keine Angst, das ist nur mein verdammtes Gesicht."

Jetzt hebt er die Brauen, genauso wie Bill. „Wow, was ist dir denn über die Leber gelaufen? Hast du schlecht geschlafen?"

Die exakte Antwort wäre gewesen, dass ich schon seit drei Tagen schlecht schlafe, aber ich sage nur, während ich mir eine Flasche Wasser aus dem kleinen Kühlschrank nehme: „Das Wetter nervt mich."

„Das Wetter nervt dich?"

Sagte ich doch. „Ja."

Grandpa seufzt und als er gerade etwas sagen will, ertönt sein Hotelhandy. Er geht ran und dann verabschiedet er sich auch schon, als er sich den Brief ins Jackett schiebt. „Kopf hoch, ich bin mir sicher, du bist nicht das einzige Mädchen, das sich momentan so fühlt", sagt er noch, bevor er aus der Tür verschwindet.

Blinzelnd sehe ich ihm hinterher. „Was hat er gerade gesagt?"

Bill lacht im Hintergrund. „Ich glaube, wir wissen beide, was er gemeint hat. Übrigens kannst du dich zu mir setzen. Ich bin unglaublich gut im Gute-Laune-Verbreiten."

Das dachte ich mir schon. Ich mag Bill, er und ich sind während meiner Zeit im Hotel gut miteinander ausgekommen. Deswegen setze ich mich auch zu ihm an den Tisch und lege den Kopf in die Hände. Ich fühle mich noch immer grausam. Ich bin hässlich, mein Grandpa hält mir vor, ich hätte meine Regel und draußen stürmt. Und natürlich ist da noch Nathan, nicht zu vergessen. Kann es eigentlich noch schlimmer kommen?

„Bin letztens in Fruchtwasser ausgerutscht", holt mich Bill aus meinen Gedanken an Nathan und ich blicke auf. Weil ich ihn verwirrt ansehe, führt er fort: „Eine Frau hat ein Kind bekommen und ich bin drin ausgerutscht. Also nicht in dem Kind, aber halt in dem Fruchtwasser. Ich denke, das war der ekligste Moment meines Lebens. Oder warte ..." - Er denkt kurz nach, dann nickt er - „Jap, definitiv der ekligste Moment meines Lebens. Hab mich gefühlt wie ein frisch geborenes Kalb."

Ich verziehe das Gesicht. „Das ist wirklich widerlich."

Er lacht etwas und lehnt sich zurück. „Das war wirklich widerlich. Stell dir vor, dir wäre das passiert."

Ich muss ebenfalls lachen. „Was redest du da nur?"

„Mal im Ernst, was kann so schlimm sein, wie in Fruchtwasser auszurutschen? Denkst du, irgendetwas toppt das?"

„Bestimmt nicht."

„Also solltest du glücklich sein, dass dir das nicht passiert ist."

Jetzt lache ich wieder. „Okay, ich bin glücklich, dass mir das nicht passiert ist."

„Dachte ich es mir doch. Mit einem Lächeln siehst du sogar weniger krank aus, obwohl das dein Gesicht ist."

„Wie nett", sage ich feixend und trinke etwas von dem Wasser. „Außerdem hast du ..."

Ich werde von dem Knall der Tür unterbrochen. Ich drehe mich um und sehe Nathan, der gerade den Raum betritt.

Sofort steigt mein Puls und die typische Reaktion wird von meinem Körper ausgestoßen. Allerdings verspüre ich nicht nur Freude, weil ich ihn endlich wiedersehe, sondern noch verbleibende Wut. Es frustriert mich, wenn er sich nicht auf irgendeine Art und Weise meldet, egal wie.

Als er zu uns sieht, treffen seine wunderschönen Augen direkt in meine und sein Gesicht bekommt einen verwirrten Ausdruck. Er schließt die Tür hinter sich und runzelt die Stirn. „Was machst du hier?", fragt er mich.

Ich sehe wieder von ihm weg. Jetzt nervt es mich sogar, dass er nicht Hallo sagt, obwohl er das nie sagt. „Ich mache Stepptanz auf dem Tisch, siehst du doch."

Bill lacht in sich hinein, während ich Nathans Schritte zu dem Tisch hinter mir höre. Er stellt sich daneben und sieht mich an. „Was ist?", fragt er mich mit einer Mischung aus Ärger und Ernsthaftigkeit. „Anscheinend bist du heute gut drauf."

Ich sehe nicht mal zu ihm auf. „Und dir geht es anscheinend besser, wie ich sehe."

„Ja."

„Schön."

Es herrscht Stille, weil Nathan wohl abzuschätzen scheint, wie ich drauf bin. Und ich bin mir sicher, dass er merkt, wie ich drauf bin. Es ist unverkennbar.

Jetzt sagt Bill wieder etwas, während er argwöhnisch an sein Glas tippt. „Honor, arbeitest du eigentlich mal wieder bald hier?"

Als ich gerade antworten will, schaltet sich Nathan ein. „Sag schon, was dich abfuckt. Sind es die Gewitter in den letzten Nächten?"

„Du denkst, Gewitter verursachen schlechte Laune?", fragt Bill ihn spottend.

Doch Nathan ignoriert ihn wieder und lehnt sich mit den Händen weiter über den Tisch zu mir. „Jetzt fahr nicht so eine beschissene Zickentour, sondern rede einfach."

Bill hebt eine Braue. „So bringt man Mädchen definitiv zum Reden. Anscheinend haben wir hier einen wahren Frauenversteher.“

Jetzt schließt Nathan genervt die Augen und atmet durch. Er sieht zu Bill und funkelt ihn an. „Halt endlich deine Fresse oder hast du nichts zu tun?"

„Ich habe gerade Pause."

Nathan sieht auf die Uhr an der Wand. „Sie ist vorbei. Und jetzt verschwinde."

Ergeben steht Bill auf und sieht mich ein letztes Mal mitleidig an. „Du hast ja meine Nummer. Ruf mich, wenn etwas Schlimmes passiert."

Ich verschränke die Arme, während Nathan nur darauf wartet, dass er verschwindet. „Mach ich, wir sehen uns", verabschiede ich Bill.

Und eine Sekunde nachdem er weg ist, setzt sich Nathan auf seinen Stuhl. Seine Miene ist genervt, genauso wie meine. Es nervt mich, dass er sich erlaubt, genervt zu sein, während ich diejenige bin, die genervt sein darf.

„Also?", sagt er und verschränkt ebenfalls die Arme. „Wirst du reden?"

„Was willst du denn hören?", frage ich ihn und versuche nicht mal, freundlich zu klingen.

„Weshalb du dich so aufführst und", er betrachtet mich abschätzend von oben nach unten, „weshalb du so aussiehst."

Ich hebe ungläubig eine Braue. „Wie sehe ich denn aus? Krank?"

„Nein", gibt er zurück. „Du siehst fertig aus. Weshalb? Ist es wegen dieser scheiß Gewitter? Ich frage nicht noch mal."

Jetzt verdrehe ich die Augen. Eigentlich ist es süß, dass er an so etwas denkt, aber natürlich lässt er selbst so eine nette Geste gestresst wirken. „Nein, es ist nicht wegen der Gewitter", antworte ich.

„Was ist es dann? Scheiße, Honor, mach endlich den Mund auf. Ich hab keinen Bock auf so ein Dreck. Sag einfach, was dich abfuckt."

Dass er nicht mal eine Sekunde daran denkt, ich könnte mir Sorgen um ihn machen, da unsere Situation, in der wir momentan leben, als gefährlich einzustufen ist, macht mich noch wütender. „Du fuckst mich ab!", sage ich deswegen zornig.

Schlagartig wird die Falte zwischen seinen Brauen

tiefer und er scheint gar nicht zu verstehen, was ich da von mir gebe.

„Du kannst dich doch nicht einfach mehrere Tage irgendwo verkriechen, ohne auch nur einen Ton von dir zu geben!", rede ich aufgebracht weiter. „Du und Dale, niemand sagt irgendetwas! Schon mal darüber nachgedacht, dass ich eventuell denken könnte, du liegst schon längst irgendwo verwest in einem Bach oder so?"

Ungläubig sieht er mich an. „Ist das dein scheiß Ernst? Deswegen führst du dich so auf?"

„Es ist die Gesamtsituation, die mich dazu bringt, mich so aufzuführen!", versuche ich, mich weiter zu erklären. „Denkst du denn nur an dich? Ist es zu viel verlangt, einfach mal kurz Bescheid zu geben, dass du noch lebst und es dir wieder besser geht? Mal davon abgesehen, könnte bei mir in den letzten Tagen doch auch viel passiert sein! Vielleicht sind ja Esther und Joel wieder bei uns zu Hause!"

Er hebt unbeeindruckt eine Braue. „Sind sie denn wieder bei dir zu Hause?"

Ich balle die Fäuste und suche nach Worten. Natürlich sind sie nicht bei uns zu Hause, das weiß er. Er versucht, mich nur doof dastehen zu lassen, wie er es immer macht. „Du bist echt ein Arsch!", meckere ich deshalb und stehe auf, worauf der Stuhl unangenehm laut knarrt. „Ich mache mir Sorgen um dich und dich interessiert es einfach nicht!"

Ein ernster Ausdruck schleicht sich wieder in sein Gesicht, als er zu mir aufsieht. „Seit wann muss ich jeden Tag bei dir aufkreuzen?"

Ich presse wütend die Lippen aufeinander. Er versteht es einfach nicht, er versucht es nicht mal. Es regt mich sogar so sehr auf, dass ich schon merke, wie sich verzweifelte Tränen in meinen Augen anstauen. Ich habe so lange nicht geweint, ich will nicht schon wieder schwach werden, aber mal wieder bringt mich Nathan dazu.

„Ich will mir doch einfach nur einmal sicher sein können, dass ich nicht die Einzige bin, die ausflippt, wenn du nicht da bist!", schreie ich nahezu. Schnell wische ich mir eine Träne aus dem Augenwinkel und gehe zum Ausgang.

Nathan steht auf, als ich die Tür öffne. „Wo willst du hin? Hör auf, immer abzuhauen!"

Ich schüttle nur den Kopf und knalle die Tür hinter mir zu. Eine spanische Putzfrau kommt mir gerade entgegen und sieht mich überrascht an, als sie sieht, wie aufgebracht und verweint ich aus diesem Raum komme. Ich bin froh, dass wir im Keller sind, ansonsten hätte das wahrscheinlich noch ein Gast zu hören bekommen.

Ich hasse es, mit Nathan zu streiten, ich hasse es wirklich, aber ich fühle mich manchmal einfach zu minderwertig durch ihn. Er soll mir endlich zeigen, dass er mich mag, und das nicht nur manchmal. Wie kann er einfach denken, dass es in Ordnung ist, ein paar Tage wegzubleiben, während seine Mutter ihn jeden Moment umbringen könnte?

„Honor!", ruft Nathan mir hinterher, als ich gerade das Hotel durch den Hintereingang verlasse.

Ich drehe mich nicht mal um, sondern stampfe einfach weiter. Er kann noch ein paar Schritte laufen, wenn er wirklich will, dass ich stehen bleibe.

„Verdammt, hör auf, so scheiße stur zu sein!", ruft er wieder und dann hält er mich auch schon am Arm fest. Erbost sieht er mich an. „Was ist nur los mit dir?"

Mit einem riesigen Kloß im Hals sehe ich zu ihm auf. „Was ist nur los mit dir? Du bist doch derjenige, der sich benimmt wie ein Idiot!"

„Man, was redest du denn da?" Als wäre er verzweifelt, fährt er sich durch die Haare. „Was willst du von mir hören? Es geht mir scheiße noch mal besser und ich arbeite wieder! Siehst du doch! Hat sich die Scheiße damit wieder geklärt?"

Ich schweige und presse die Lippen aufeinander. Das sagt er jetzt. Er hätte es mir einfach an den Tagen sagen können, an denen ich ständig hoffnungslos in meinem Bett lag und mir die schlimmsten Szenarien ausgemalt habe.

„Scheiße, Honor", flucht er und dreht sich etwas weg. „Wenn du bei mir sein willst, dann musst du zu mir kommen. Ich kann nicht wissen, dass du am Ende ...", er zeigt auf mich von oben nach unten, „so aussiehst."

Ich schnaube. „Na danke. Sag mir doch noch mal, dass ich scheiße aussehe."

„Ich sagte nicht, dass du scheiße aussiehst", knurrt er. „Deine verdammte …“

„Marie?", ertönt plötzlich eine schrille Stimme neben uns.

Ich reiße entsetzt die Augen auf. Mein Herzschlag setzt einmal aus. Nein, bitte lass das jetzt nicht geschehen.

Nathans Kopf schwingt nach rechts, von wo die

Stimme kam. Nach seinem Blick zu beurteilen, kann er diese Frau, die dort steht, nirgends einordnen, doch ich kann es, deswegen traue ich mich nicht mal, in ihre Richtung zu sehen.

„Marie, was tust du hier?", fragt sie und jetzt sehe ich sie das erste Mal an. Ihr Blick strahlt pures Entsetzen aus, während sie Nathan anstarrt.

Ich weiß, was passieren wird. Deswegen atme ich unglücklich durch. „Grandma", sage ich und drehe mich zu ihr. „Bitte ... Bitte erzähl Mama nichts davon."

Grandma war damals schon dabei, mich von Nathan wegzuzerren, als ich mit ihm in unserem Hof stand und ich kurz danach in den See gesprungen bin. Ich bin mir sicher, dass sie es wieder tun wird.

Ihre geschminkten, faltigen Augen werden größer. „Wie bitte? Marie, ich kann es nicht fassen!"

Ich schließe die Augen, weil ich meine Tränen mal wieder nicht kontrollieren kann. Nathan darf mir nicht schon wieder weggenommen werden. „Bitte", flehe ich leise. „Meine Eltern werden mir wieder den Kontakt zu ihm verbieten ..."

„Nein, Marie!", ruft sie empört aus und ich höre ihre Schuhe auf dem Boden klackern, während sie auf mich zukommt. „Deine Eltern und ich dulden es nicht, dass du mit diesem Jungen verkehrst und daran hast du dich zu halten!"

Sie will gerade nach meinem Arm greifen, als Nathan ihr Handgelenk packt. Entsetzt sieht sie zu ihm auf, während er sie mit seinen Augen zu töten versucht.

„Nein", sagt er mit dunkler Stimme und schubst ihre Hand weg. „Sie werden sie nicht berühren."

Perplex starrt sie ihn an, doch dann wird ihr Blick wieder böse. „Sie ist meine Enkelin und ich kann sie berühren, wann ich möchte, das hast du nicht zu entscheiden."

„Heute nicht." Er kommt ihr einen Schritt näher, indem er sich etwas vor mich stellt.

Funkelnd sieht sie zu ihm auf. „Was glaubst du, wer du bist, das zu bestimmen? Schon bald wirst du sie gar nicht mehr wiedersehen, glaube mir, du ... du ..."

Er hebt eine Braue. „Ich was?"

Sie presst die Lippen aufeinander und scheint nach Worten oder Beschimpfungen zu suchen. Allerdings hält sie nichts vom Fluchen, weswegen ich weiß, dass sie nichts sagen wird.

„Grandma", sage ich wieder leise. „Du verstehst das alles nicht ... Wenn Mama und Papa das hier rausfinden, dann ... Ich werde am Boden zerstört sein. Verstehst du das denn nicht?"

Jetzt sieht sie zu mir. „Das hast du dann wohl verdient, Marie. Und jetzt komm mit mir, wir werden sofort zu deinen Eltern fahren." Sie versucht, an Nathan vorbei zu mir zu packen, doch er greift wieder ein.

„Verdammt, nein!", sagt er aggressiver und drückt mich weiter hinter sich von ihr weg. „Diese Scheiße ist ab sofort vorbei! Sie wird hierbleiben!"

„Geh zur Seite!", sagt jetzt auch Grandma lauter. „Du weißt genauso wie jeder andere, dass du schlecht für sie bist! Du hast sie nicht verdient!"

„Und ich weiß genauso wie jeder andere", erwidert

Nathan raunend, „für wen sie sich entscheiden wird, wenn du es darauf anlegst."

Grandma schweigt. Ihre Augen verengen sich und sie starrt ihn an. „Deine Eltern haben dir anscheinend nicht genug Schmerzen zugefügt."

Mir stockt entsetzt der Atem. Was hat sie gerade gesagt? Das wagt sie nicht. Sie wagt es nicht!

„Was?", stoße ich außer mir hervor. „Was zur Hölle gibst du da von dir?" Ich will an Nathan vorbei, aber er hält mir den Arm vor die Brust. „Du weißt, was diese kranken Menschen getan haben und sagst so etwas Grausames?", schreie ich sie erzürnt an.

Ihr böser Blick schweift zu mir. „Hör auf zu fluchen, du Gör!"

Wieder muss mich Nathan zurückhalten, damit ich ihr nicht die Augen auskratze. Ich verzweifle so sehr, dass Tränen der Wut aufsteigen. Gott, was ist nur heute mit mir los? Meine Gefühle spielen verrückt. „Verschwinde!", brülle ich sie weinend an. „Tu, was du tun musst, und erzähle es ihnen, du willst doch, dass ich tausend Tode sterbe, nicht wahr?"

„Hey!", ruft jetzt Grandpa, der gerade aus dem Hintereingang kommt. Verwirrt läuft er schnell zu uns. „Was ist denn hier los?"

„Sie!", schreie ich und zeige auf Grandma, die starr auf einem Fleck steht.

Sie blickt zornig zu Grandpa. „Du weißt, dass sie und dieser Junge miteinander zu tun haben, und lässt es zu?", fragt sie Grandpa laut mit ihrer schrillen Stimme. „Was hast du dir nur dabei gedacht?"

Grandpa scheint total überfordert mit der Situation. „Was?"

„Du weißt, dass es nicht sein darf!", redet Grandma weiter und zeigt auf Nathan und mich. „Du weißt es!"

„Grandpa, bitte", flehe ich immer noch weinend und kralle mich an Nathans Arm, der die Situation konzentriert zwischen den beiden beobachtet. „Du kannst nicht zulassen, dass wir auseinandergerissen werden, weil sie alles Mama erzählt."

„Du bist verrückt!", kräht Grandma wieder zu mir. „Wir werden es deinen Eltern sagen, ob du willst oder nicht! Wir werden nur das Richtige tun!"

„Genau", sagt Grandpa ruhiger und sieht von mir zu Grandma. „Und deswegen werde ich dafür sorgen, dass ihr nicht getrennt werdet."

Grandmas Miene fällt und ich sehe ihn verdutzt an. Doch gleichzeitig springt mein Herz. Ich vergrabe meine Finger weiter in Nathans Pullover. „Was?", frage ich leise und hoffnungsvoll.

„Was?", ruft Grandma wütend.

„Carla", sagt er ruhig. „Wir alle wissen, dass es irgendwann so kommen wird, und wir können nichts daran ändern. Sieh sie dir doch an ..." Er deutet auf Nathan und mich.

Nathan, der angespannt wie ein Beschützer vor mir steht, und ich, wie ich mich verzweifelt an seinen Arm kralle, weil ich Angst habe, er wird ganz aus meinem Leben gestrichen.

„Ich verstehe nicht, wie du noch so denken kannst", redet Grandpa weiter. „Es ist offensichtlich, dass es so sein soll, deswegen lasse ich zu, dass sie Kontakt haben. Ich glaube schon lange nicht mehr an die

Worte seiner Mutter."

Er weiß also auch, was Esther mit Nathan damals angestellt hat?

„Du bist doch total geblendet", raunzt Grandma immer noch wütend. „Du kannst das nicht zulassen!"

„Doch kann ich", erwidert er. „Und das werde ich weiterhin."

Als könnte sie es nicht glauben, schüttelt sie mit dem Kopf und geht einen Schritt nach hinten. „Das ist absurd. Du wirst sehen, was passiert, wenn du weiterhin zulässt, dass sie sich sehen. Ich merke ja jetzt schon, wie abhängig sie von diesem Kerl ist."

Und Grandpa lacht auf. „Siehst du? Das ist doch nichts Schlechtes. Wenn all das stimmen würde, was Esther immer gepredigt hat, dann hätte er uns schon längst getötet, verstehst du das denn nicht?"

„Du redest wirr vor dich her. Sie flucht und schreit mich an, das hätte sie früher nie getan. Du siehst nicht, wie er sie versaut."

„Er gibt ihr Mut, Liebling."

Ich kralle mich noch mehr in Nathans Arm und lehne mich an ihn. Ja, er gibt mir wirklich Mut. Er gibt mir das, was mir all die Jahre vor ihm gefehlt hat.

Wieder schüttelt Grandma den Kopf. „Das ist alles Verleugnung der Wahrheit! Ihr werdet noch sehen, was ihr davon habt!" Sie stampft zu ihrem Auto und verschwindet.

Wir sehen ihr hinterher und Grandpa seufzt.

Ich bin mir nicht sicher, wie ich mich fühlen soll. Wieder überkommt mich eine eiserne Angst. Sie wird zu meinen Eltern gehen und mich verraten, ich weiß es. Und dann wird es schrecklich werden. Die letzten drei Tage ohne Nathan waren schon eine Qual, wie werden meine Eltern nur handeln, wenn sie wissen, dass Nathan wieder in dem Hotel arbeitet? Sie werden Esther und Joel Bescheid geben, damit sie wissen, wo er ist und dann werden sie ...

„Oh Gott", krächze ich leise vor mich hin, worauf Nathan und Grandpa mich ansehen. „Sie wird alles zerstören."

„Nein, wird sie nicht", sagt Nathan und zu meiner Überraschung nickt Grandpa bestätigend.

„Er hat recht. Ich kenne meine Frau. Sie mag zwar manchmal gemein sein, aber sie wird nichts zerstören. Auch sie hat ein Herz. Und wenn man euch so sieht, dann kann man nur einknicken."

Ich werde rot und lasse Nathan los. Oh man, es ist so merkwürdig, dass man Nathan und mir mittlerweile sogar schon ansieht, wie verrückt ich nach ihm bin. Und so, wie Nathan vorhin gesprochen hat, geht es ihm nicht anders. Aber das wusste ich schon die ganze Zeit. Auch er kann es nicht immer verbergen.

„Aber kommt erst mal rein", sagt Grandpa und geht zur Tür. „Es ist wirklich schweinekalt."

Ich seufze und folge ihm. Nathan folgt mir und er wirkt still, nachdenklich. Wie so oft.

Ich drehe mich zu ihm um, während wir Grandpa in den Personalraum folgen. „Kanntest du meine Grandma früher schon?"

Er nickt. „Ja. Aber nur flüchtig."

„Oh ... Ich wusste nicht, dass so viele Bescheid wissen. Also ... von dir."

„Ich sagte doch, dass es deine Familie weiß." Ein gehässiges Grinsen legt sich auf seine Lippen. „Schon damals hat sie diese beschissenen Röcke getragen."

Ich lache. „Sie sind grauenvoll, nicht wahr?"

„Zum Kotzen."

„Gott, Marie, du siehst echt nicht gut aus", sagt Grandpa, als ich mich erneut an den Tisch im Personalraum setze. Er setzt sich neben mich und sieht zu Nathan, der die Tür schließt. „Nathan, mach ihr 'nen Tee. Kamille. Er steht oben im Regal."

„Nein, schon okay", sage ich schnell, weil ich, um ehrlich zu sein, nicht denke, dass man Nathan einfach so Befehle geben kann, ohne dass er im nächsten Augenblick wieder böse wird. „Das muss nicht sein, wirklich nicht."

„Doch, du frierst doch", sagt Grandpa wieder. „Also, Nathan, los."

Unsicher sehe ich zu Nathan. Und mir fallen beinahe die Augen aus dem Kopf, als ich sehe, wie er einfach so zum Regal geht und den Tee herausholt. Wow. Es ist zwar nur eine kleine Geste, doch bei Nathan ist so etwas, als hätte er ein Haus für Waisenkinder gebaut. Beinahe unglaublich. Ich beobachte, wie er Wasser in den Wasserkocher füllt und eine Tasse aus dem Regal zieht. Gott, er weiß wirklich, in welchen Situationen er das Richtige tun sollte.

„Deine Grandma wird dich nicht verraten", sagt Opa mir mit sanfter Stimme und streicht mir tröstend über den Rücken. „Ich werde sie gleich anrufen und das noch mal mit ihr klären. Du magst es vielleicht nicht glauben, aber auch sie hat ein Gewissen. Und wahrscheinlich wird sie jetzt auch verstanden haben, dass ihr zwei nicht mehr loslasst." Er sieht zu Nathan. „Nicht wahr, Nathan?"

Nathan füllt das kochende Wasser in die Tasse und brummt nur – uns den Rücken zudrehend – auf. Natürlich ist er genervt, immerhin muss er Tee kochen. Doch er macht es und bringt mal keine sarkastischen Sprüche, die eventuell verletzend sein können, und das berührt mich gerade am meisten.

„Ich weiß es nicht", sage ich noch immer trostlos. „Im Moment weiß ich sowieso nicht, was ich glauben soll und was nicht ... Alles scheint aus dem Ruder zu laufen. Meine Eltern belügen mich und irgendwie ... Keine Ahnung. Mein Kopf ist einfach randvoll mit dem ganzen Zeug und anscheinend wird mir keine Pause gegönnt."

Grandpa verzieht nachdenklich den Mund und scheint zu überlegen. Dann nickt er etwas und sieht wieder zu Nathan, der sich gerade mit der Tasse in der Hand zu uns dreht. „Kannst den Tee wieder wegschütten, Honor gönnt sich erst mal eine Runde in unserem Pool."

Ich sehe ihn verdutzt an. „Was?"

„Ich wollte schon die ganze Zeit, dass du mal unsere neue Anlage testest", erklärt er und steht auf. „Und wenn du dich da drin nicht entspannen kannst, dann kannst du es, glaube ich, nirgends. Das wird dir guttun." Er schiebt den Stuhl ran. „Du weißt ja, wo die Badesachen sind, und Nathan wird dir helfen. Im Moment ist die Anlage noch geschlossen, deswegen hast du deine Ruhe."

„Zum Glück habe ich diese Scheiße nicht umsonst gemacht", flucht Nathan und schmeißt die Tasse einfach ins Waschbecken.

Grandpa verdreht die Augen. „Und zum Glück war das keine teure Tasse. Nathan, du hast die ganzen Schlüssel. Ruf mich, wenn es noch Probleme gibt. Und pass bloß auf, dass es keine Probleme geben wird, verstanden?"

„Und wer kümmert sich um den scheiß Mixer von Roswita?", fragt er im üblichen Ton.

„Das kann Bill machen", antwortet Opa und öffnet die Tür. „Ich gebe ihm Bescheid. Viel Spaß, ihr zwei."

Er verschwindet und Nathan schmeißt die letzten Scherben in den Mülleimer.

Besorgt blicke ich zu ihm. „Du musst das nicht tun, wenn du nicht willst. Es …"

„Ich werde schon mal vorgehen", unterbricht er mich und geht zur Tür. „Und du holst das, was auch immer du brauchst."

Überrascht sehe ich auf die jetzt geschlossene Tür. Ich denke nicht, dass es so viele Momente gab, in denen Nathan etwas getan hat, um mir etwas Gutes zu tun. Ich erinnere mich an den Tag, an dem er mich klitschnass mit in seine Wohnung genommen hat. Das war ein Tag, der vergleichbar mit dem heute sein könnte. Er hat Grandma von mir weggehalten, mir Tee gekocht und jetzt hilft er mir noch an der Poolanlage. Okay, das sind Sachen, die Grandpa ihm befohlen hat, aber er macht es, ohne sich zu beschweren. Ich rede mir ein, dass er es zu meinem

Wohl macht.

Ich hole mir an der Rezeption einen Hotelbikini und zwei Handtücher. Zwar ist dieser Bikini total hässlich und ich werde mich auf der Stelle schämen, wenn ich so vor Nathan stehe. Im Allgemeinen werde ich jetzt schon rot, wenn ich mir vorstelle, dass er mich so sieht. Es war mir schon damals unangenehm, nur in einem Handtuch vor ihm zu stehen, aber das hier ist noch ein Tick intimer.

Ich bin mir nicht mal sicher, ob ich mir wünsche, dass er mich ansieht oder wegsieht.

Ich ziehe mir in der Umkleide diesen scheußlichen hellblauen Bikini mit weißen Streifen an und betrachte mich mit dem Handtuch in der Hand seufzend im Spiegel. Ich wünschte, gerade in so einer Situation nicht ganz so scheußlich auszusehen wie heute. Ich bin extrem blass und die Schatten unter meinen Augen tragen auch nicht dazu bei, Nathan besser zu gefallen. Vergeblich wuschle ich mir durch die blonden Haare, um mich etwas aufzupeppen, doch nichts da. Sie sind immer noch platt und kraftlos.

Schließlich gehe ich hoffnungslos durch einen kleinen Flur zur Poolanlage. Durch das Fenster der Tür kann ich schon Nathan sehen, wie er einen Schlüssel in die Wand steckt und ihn dreht, worauf die Lichter dunkler werden und der Pool beleuchtet wird.

Gott, das kann ja nur kitschig werden. Ich würde mich nicht wundern, wenn er sofort verschwindet, weil es ihm zu romantisch wird.

Doch ich komme nicht drumherum. Ich öffne die Tür und betrete, den Blick auf den Boden geheftet, die kleine Halle. Ich tapse mit meinen nackten Füßen zum Poolrand, an dem Nathan gerade kniet und seine Finger ins Wasser hält. Anscheinend hat er mich noch nicht bemerkt, deswegen sage ich halb scherzend: „Willst du es etwa noch wärmer machen?"

Oder er hat mich doch bemerkt, denn er antwortet, ohne erschrocken zu sein, während er aufsteht: „Ich kann mir nicht vorstellen, dass du Bock hast, in fünfzehn Grad kaltem Wasser zu stehen."

Ich seufze und sehe auf das Wasser. „Nein, habe ich wirklich nicht."

Er geht wieder zu dem Schlüssel an der Wand und bis jetzt hat er mich noch kein Mal angesehen, das hätte ich gespürt. Und es frustriert mich ein wenig. Jetzt bin ich mir sicher, welche Variante mir besser gefällt. Die, in der er mich ansieht. Doch natürlich macht er es nicht.

„Kann ich schon reingehen?", frage ich ihn und strecke meinen Zeh hinein. Also warm ist es definitiv.

„Ja." Er zieht den Schlüssel aus der Wand und es wird noch ein wenig dunkler.

Ich nicke und lege das Handtuch zur Seite. Ich gehe zu der Treppe, um hineinzusteigen. Mein Blick fällt währenddessen auf Nathan, der sich auf einen Stuhl setzt. „Wirst du hierbleiben?", frage ich ihn verwundert, als ich schon bis zu den Knien im Wasser bin.

Und jetzt sieht er das erste Mal zu mir. Er ist zu weit weg, um irgendeine Emotion in seinem Blick erkennen zu können, doch allein die Tatsache, dass er mich sieht, während ich im Bikini ins Wasser steige, jagt mir einen Schauer über den Rücken.

„Ich bin Bademeister", antwortet er mit frechem Unterton. „Es wäre unverantwortlich, dich ertrinken zu lassen, weil du nicht schwimmen kannst."

„Aber ich kann schwimmen."

Er lehnt sich zurück und verschränkt die Arme. „Ich sollte es nicht darauf anlegen. Ich erinnere mich noch gut daran, dass du damals im See auch fast ertrunken bist."

Ich verdrehe die Augen und verschwinde völlig im Wasser. Es ist eine Wohltat, dass es so warm ist. Meine Glieder entspannen sich schlagartig und ich habe jetzt schon das Verlangen, nie wieder hier rauszukommen. Es war auf jeden Fall eine gute Idee von Grandpa, mich hierherzulassen. Das ist, was ich gebraucht habe, nach all diesen Dingen, die im Moment in meinem Leben passieren.

„Oh man", sage ich zufrieden durchatmend und schwimme entspannt auf dem Rücken. „Das ist ja noch besser, als ich dachte." Ich tauche unter Wasser und wische mir dann die Haare nach hinten. Das Wasser ist nicht sonderlich tief, sodass ich nur bis zum Nabel darin bin, wenn ich mich hinstelle.

Und jetzt spüre ich Nathans Blick so intensiv auf mir, dass er sich beinahe in meine Haut brennt. Ich sehe zu ihm, während er mit verschränkten Armen zu mir sieht. Auf irgendeine kranke Art und Weise stellt es mich zufrieden, dass er so guckt. Ich dachte schon, ich müsste mich mehr für mein Äußeres schämen, als ich dachte.

Ich grinse zu ihm. „Beobachtest du alle deine Badegäste so offensichtlich?"

Sein rechter Mundwinkel hebt sich ein wenig und durch das sanfte Licht, das auf ihn fällt, wirkt er so schön und stark. „Nein", antwortet er, als wäre es eine ganz simple Aussage.

Ich lasse mich wieder ins Wasser sinken und schwimme zum Beckenrand. Ich lege meine Arme darauf und sehe zu ihm. „Würdest du Nein sagen, wenn ich dich frage, ob du ins Wasser kommst?"

„Ja."

„Wieso?"

„Weil ich arbeite."

„Also gerade arbeitest du nicht. Du sitzt nur hier und starrst mich an."

„Das ist, was Bademeister tun."

„Bademeister starren Mädchen an?"

Er lacht rau auf. „Ich starre dich nicht an. Ich gebe auf dich Acht."

Ich muss schmunzeln. Wieder mal so einfache Worte und trotzdem entfachen sie ein wohliges Gefühl in mir. Er gibt auf mich Acht. „Dann solltest du hier drin auf mich Acht geben."

„Ich bin sowieso schon kurz davor, diesen scheiß Job zu verlieren. Wahrscheinlich würde das nichts zum Besseren wenden."

„Wieso solltest du deinen Job verlieren?"

„Weil ich einfach zwei Tage nicht zur Arbeit gekommen bin."

„Aber ich habe doch für dich angerufen."

Er hebt eine Braue. „Du hast für mich angerufen."

Augenblicklich werde ich rot. Ich dachte, das wüsste er. Jetzt komme ich mir noch mehr vor wie eine überfürsorgliche Mutter. „Ja", sage ich kleinlaut. „Also, ähm ... Ich dachte mir schon, dass du es nicht tun würdest, und deswegen habe ich es getan."

Es herrscht Stille, weil er nichts darauf sagt. Man hört nur das Fließen des Wassers und das Echo in der kleinen Halle.

„Das würde nicht gut ausgehen, wenn man mich dabei erwischt, einfach mal während der Arbeit in den Pool zu steigen."

Ich sehe ihn wieder an. „Seit wann interessiert dich so etwas? Bist du nicht derjenige, der keinen Fick auf alles gibt?"

„Scheiße, Honor, hör auf so zu reden. Ich hasse das."

„Wenn du reinkommst, natürlich", spiele ich frech mit ihm. „Ansonsten kann ich so scheiße oft fluchen, wie ich das, verdammt noch mal, will. Das ist mein scheiß Mund und du hast darüber, scheiße noch mal, nicht zu bestimmen, du scheiß Bademeister."

Ich sehe, wie er gestresst tief durchatmet und sich durchs Gesicht wischt. „Honor."

„Komm schon. Bitte."

Er seufzt, dann steht er auf. Ohne zu zögern, zieht er sich sein T-Shirt über den Kopf.

Mal ganz davon abgesehen, dass ich niemals gedacht hätte, dass er wirklich zu mir in den Pool kommt, fallen mir sofort seine vielen Wunden ins Auge. Sein riesiger Bluterguss sieht nicht weniger schmerzhaft aus und man erkennt noch viele weitere blaue Flecken auf seiner Haut. Wie kann er so arbeiten gehen?

Mich entsetzt sein Anblick so sehr, dass ich nicht mal eine gewitzte Bemerkung darauf machen kann, weil er sich von mir zu etwas hat überreden lassen.

Ich muss schwer schlucken, als er zu der Treppe läuft und mich jetzt seine schwarzen Flügel ansehen. Jeder Fleck an ihm ist irgendwie verflucht und zeichnet ihn. Es schmerzt mir in der Brust, so etwas zu sehen, denn es wäre mir lieber, wenn er einfach eine schöne, nicht mit Wunden befleckte Haut hätte.

Da er schon eine kurze Hose trägt, steigt er einfach in das Wasser. Ich sehe ihm aufgeregt zu, wie er untertaucht und dann zu mir an den Beckenrand geschwommen kommt.

Mir bleibt beinahe der Atem weg, als er sich neben mich stellt und seine Arme genauso wie ich auf den Beckenrand legt.

Himmel, wie kann ein Mensch nur so attraktiv sein? Ich fühle mich fast schon schlecht, weil ich ihn so anstarre, doch es ist unmöglich, es nicht zu tun. Die Wassertropfen, die an seiner Nase hinabtropfen und sein Haar, das er nach hinten gewischt hat, lassen ihn noch anziehender wirken. Sogar seine Arme bringen mein Herz dazu, schneller zu schlagen. Im Allgemeinen ist sein Körper eine Kunstwerk, vor allem, wenn er mir ohne Oberteil so nahe ist.

„Fertig?"

Ich blinzle und sehe von seinem trainierten Oberkörper in seine Augen.

Sein Kopf dreht sich zu mir und ein gehässiger Ausdruck schleicht sich in sein Gesicht. „Mit dem Starren."

„Was?", fiepe ich entsetzt und laufe sofort rot an. Zum Glück ist es hier so dunkel.

„Und ich dachte schon, ich würde offensichtlich starren."

Ich halte mir die Hand vor das Gesicht, weil ich das Gefühl habe, man könnte mir die Scham direkt aus den Augen ablesen. „Gott, Nathan ..."

Er dreht sich um und legt entspannt den Kopf an den Rand. „Wenigstens fluchst du nicht mehr so ätzend."

„Was findest du eigentlich so schlimm daran?", frage ich ihn, während er die Augen schließt, was ich sofort als Chance nutze, ihn noch mehr zu bewundern, indem ich mich zu ihm drehe.

Wie wunderbar sich das Wasser an seine Muskeln schmiegt, auf und ab fließt ... Und wie wunderbar seine Haut glänzt durch das schwache Licht.

„Das ist einfach eine Sache, die mich stört", antwortet er. „Genauso, als wenn du Alkohol trinken und rauchen würdest. Das stresst mich einfach."

„Aber du tust es doch auch."

„Das ist etwas anderes."

Ich hebe eine Braue. „Ist es nicht."

„Doch. Ich darf es und du nicht."

„Ach ja? Wer will es mir denn verbieten?"

Seine Augen sind noch immer geschlossen, jedoch bildet sich ein leichtes Grinsen auf seinen Lippen. „Ich."

„Ich denke nicht, dass …“

„Honor", sagt er belustigt und richtet sich neben mir wieder auf, wodurch er mir etwas näher kommt. „Du bist so scheiße widerspenstig geworden. Was ist nur mit dir passiert?"

Ich grinse. „Du bist mir passiert."

Für einen Moment hält er inne, als wüsste er nicht, wie er mit der momentanen Situation umgehen soll. Doch dann lächelt er ganz, ganz sanft, beinahe unscheinbar. Doch ich sehe es und das lässt mein Herz schneller schlagen.

„Ich bin mir noch nicht sicher, ob das etwas Gutes ist", meint er.

„Weshalb?"

„Na ja. Du fluchst und widersetzt dich. Wahrscheinlich sollte ich mich noch mal drei Tage vor dir verstecken, damit sich das wieder legt."

Meine Mundwinkel fallen schlagartig. Allein bei der Vorstellung, ihn zum wiederholten Mal so eine lange Zeit nicht zu sehen, bekomme ich schlechte Laune. „Was? Wieso?"

Er legt den Kopf schief. „Was ist? Ich bin mir sicher, du hast noch andere Scheiße zu tun. Was ist denn aus deiner Musikhochschule geworden?"

Und jetzt habe ich wirklich schlechte Laune. Ich war seit bestimmt zwei Wochen nicht mehr bei den Proben und ich bin mir mehr als sicher, dass Misses Baskin ausrasten wird, wenn ich noch mal eine Woche schwänze. Seit Nathan in meinem Leben ist, interessiert mich nichts anderes mehr außer ihm. Es macht mir Angst, um ehrlich zu sein.

„Ich weiß es nicht", antworte ich traurig darauf und zucke mit einer Schulter. Mein Blick liegt auf dem Wasser zwischen uns. „Irgendwie ... Habe ich in letzter Zeit nicht daran gedacht."

Für ein paar Sekunden herrscht Gesprächspause und erneut hört man nur das Plätschern des Wassers, gemischt mit Nathans Atem neben mir. Niedergeschlagen kaue ich mir auf der Lippe rum. Diese ganze Sache mit der Musikhochschule belastet mich schon die ganze Zeit. Sogar die Schule habe ich zweimal geschwänzt. Das alles kann doch nicht gut für mich sein.

„Hey", holt mich seine Stimme aus meinen nervigen Vorwürfen in meinem Kopf. Etwas kommt er mir näher und dann hebt er seine Hand zu meinem Gesicht.

Total perplex lasse ich zu, wie er seine Hand auf meine Wange legt und mit seinem Daumen meine Lippe zwischen meinen Zähnen entfernt. Mein Atem geht flach und ich kämpfe damit, mir nicht anmerken zu lassen, welches Kribbeln er in mir verursacht, indem er mich so berührt.

Er sieht von meinen Lippen zu meinen Augen.

Ein nerviger Druck bildet sich in meinem Hals. Kann er noch schöner sein? Ich dürste ja quasi nach ihm.

„Mach dir jetzt keine Gedanken um so eine Scheiße", spricht er ruhig. „Du solltest dir um andere Dinge Gedanken machen."

„Zum Beispiel?", hauche ich und komme noch immer nicht klar, wie wohltuend seine Hand sich auf meiner Wange anfühlt.

Er grinst schief, dann fährt er von meiner Wange über meinen Hals, was mich jeden Moment hyperventilieren lässt. Er beobachtet seine Hand, die weiter herunter über meine nackte Seite zu meinem Rücken fährt.

Um Himmels willen. Ich erleide jeden Moment einen Herzstillstand. Solch kleine Berührungen und trotzdem macht er ein wehrloses Wrack aus mir.

Er platziert seine große Hand auf meinem Steißbein. „Du hast beim letzten Mal gefragt und jetzt frage ich." Seine Augen treffen meine. „Darf ich dir näher kommen?"

Wie auf Knopfdruck nicke ich. Ob er mir näher kommen darf? Verdammt, ja, natürlich darf er mir näher kommen. Ich bitte inständig darum.

Leicht schmunzelt er, dann zieht er mich gelassen zu sich. Seine andere Hand legt er auf meinen nackten Schenkel, knapp unter meinem Hinterteil und zieht mich auf seine Hüfte.

Okay, ist jetzt der Moment gekommen, in dem ich in Ohnmacht falle? Wenn ja, dann muss ich wirklich stark sein, dass ich solch einen intimen Moment mit ihm überlebe. Wie hypnotisiert von seiner Nähe und diesem unglaublichen Gefühl, das er mir vermittelt, während er mich an sich drückt, lege ich meine Arme um seinen Hals und versuche meinen Atem zu kontrollieren oder überhaupt wieder Luft zu bekommen.

„Vielleicht solltest du atmen", holt mich seine tiefe Stimme wieder in die Wirklichkeit. Er drückt mich etwas von sich weg, doch hält mich immer noch mit einer Hand auf seinen Hüften. „Alles okay?"

Ich sehe in seine wundervollen grünen Augen und versuche, den Moment zu verstehen. „Ja", sage ich mit heiserer Stimme. „Es ist nur ..."

„Was?", fragt er nach.

Ich atme das erste Mal wieder richtig durch, was meinem Hirn einen kleinen Schwung gibt. „Es ist nur ... Das alles. Ich weiß noch nicht, wie ich damit umgehen soll, wenn du mir ... wenn du mir so nahe bist."

Seine Miene sagt nichts aus. Er sieht mich einfach nur an. Daraufhin drückt er mich wieder an sich. „Ich weiß es auch noch nicht", gibt er zu. „Aber das ist mir egal."

„Mir auch", flüstere ich, schließe die Augen und lege meinen Kopf genießerisch auf seiner Schulter ab. Er fühlt sich so unheimlich gut an. Als würden wir perfekt zueinander passen.

Ich genieße den Moment bis ins letzte Detail und präge mir alles ein. Das Gefühl seiner weichen Haut, sein Geruch, das Geräusch seines Atems, das Kribbeln meiner Haut, auf der er seine Hände liegen hat, und das Gefühl in meiner Magengegend. Ich bin mir nicht sicher, ob wir so etwas noch mal erleben werden, deswegen genieße ich es noch mehr.

Ruhig lege ich meine Hände auf seinem Rücken ab. „Weißt du, was meine Grandma früher auch immer mit mir gemacht hat?"

„Bitte tu es."

Ich muss mir ein breites Grinsen verkneifen und dann fahre ich auch schon mit meinen Fingern mit leichtem Druck über die Haut seines Rückens. Es vergehen keine drei Sekunden und ich spüre, wie er Gänsehaut bekommt, was mich noch zufriedener macht, denn dann weiß ich, dass ich nicht allein mit diesem überwältigenden Kribbeln in mir bin.

„Vielleicht solltest du atmen", necke ich ihn, wie er mich vorhin geneckt hat, als ich bemerke, wie er die Luft anhält.

„Sei still", erwidert er ausatmend und erhöht den

Druck an meinem Rücken, was mich noch enger an seinen Körper presst.

Völlig vergessend, was alles um uns herum passiert und wie viele grausame Dinge noch in der Zukunft geschehen können, fahre ich weiter über seinen Rücken, schließe die Augen. Kaum zu glauben, wo wir gerade sind. Kaum zu glauben, dass ich mit dem kleinen Jungen aus der Grundschule, von dem ich dachte, er hasst mich, in einem Pool sitze und mich von ihm so anfassen lasse, weil ich es ohne seine Präsenz nicht mehr aushalte.

Doch dann spüre ich etwas Seltsames. Verwirrt öffne ich die Augen und fahre noch mal über die eine Stelle auf seinem Rücken. Und dann noch einmal. Es fühlt sich seltsam an. Ich fahre etwas weiter auf der Haut in diesem Umkreis und fühle noch mehr von diesen Dingern.

Was ist das?

Ich hebe den Kopf, als es mich wie ein Blitzschlag trifft.

Das sind Narben. Definitiv Narben.

Kapitel 24

„Nathan", sage ich entsetzt und fahre erneut über diese Stellen. Sie sind länglich und ... tief.

„Ja", sagt er mit ruhigem Ton. „Narben."

Fassungslos sehe ich ihn an. Er sagt es mit solch einer Ruhe, dass es mich beinahe ängstigt. „Wovon?", frage ich ihn leise.

„Von meinen Eltern."

„Ja", gebe ich niedergeschlagen zurück und wünschte, ich würde mich trauen, über seine Wange zu streichen. „Aber ... Wovon genau?" Eigentlich weiß ich die Antwort schon, doch ich muss es ihn fragen.

Schlagartig wirkt sein Ausdruck leer. Doch diesmal habe ich keine Angst, dass er mich auf irgendeine Art und Weise abweisen wird, weil ich ihm mit meinen Fragen zu nahe trete, denn gerade sind wir uns näher als je zuvor. Das scheint auch er zu wissen.

„Das waren die schlechte Tage", erzählt er beherrscht und emotionslos. Er sieht mir währenddessen nicht in die Augen.

Ich schürze traurig die Lippen. Ich erinnere mich genau, wie Nathan die „schlechten Tage" erläutert hat. Ihn so zu sehen, bedrückt mich unheimlich. Zwar ist all das Vergangenheit, doch es wird ihn nie loslassen können und ihn bis an sein Lebensende verfolgen. Und das ist das Schlimmste. Er muss immer damit leben, mit diesen Narben und diesen schwarzen Flügeln, die ihn als gefallenen Engel zeichnen.

„Denkst du manchmal noch daran?", frage ich ihn jetzt mutig. „An früher? ... An das, was alles passiert ist?"

Für einen kurzen Moment sieht er noch nachdenklich an mir vorbei, dann sagt er: „Nein. Ganz ehrlich, nein. Wenn ich ständig an diese ganze Scheiße denken würde, hätte ich mir schon längst die Kugel gegeben."

Mir stockt der Atem. Er redet vom Selbstmord? Davon, dass er sich selbst die Kugel geben würde? Oh Gott. Oh Gott ... Ich fühle mich danach, zu weinen, doch ich tue es nicht. Nathan meinte, ich solle nicht wegen Dingen weinen, die schon passiert sind, und daran halte ich mich.

Als ich merke, wie sein Ausdruck immer bedrückter wird, lege ich meine Hände wieder auf seinen Rücken und drücke mich an seinen warmen Körper. „Es tut mir leid", sage ich leise und lege meinen Kopf auf seiner Schulter ab. „Aber ... Es ist vorbei. Jetzt bin ich hier bei dir. Und alles wird besser werden, das verspreche ich dir."

Ich spüre, wie er seine Hand höher auf meinen Rücken legt und mich fest an sich drückt. Er atmet durch, als bräuchte er diese Nähe. Anscheinend bin ich nicht die Einzige, die nicht genug von ihm bekommen kann, egal wie nah wir uns sind.

Ohne es wirklich zu wollen, kichere ich. Er drückt mich so fest, mir bleibt fast die Luft weg. „Nathan", sage ich amüsiert. „Du sagtest doch, ich solle atmen."

Er lässt mich etwas los, doch hält mich noch fest

genug, damit meine Brust seine berührt. „Tut mir leid."

Spielerisch runzle ich die Stirn und sehe ihn an. „Seit wann entschuldigst du dich so oft? Was ist nur mit dir passiert?", wiederhole ich seine Frage von vorhin, als er mein Fluchen angesprochen hat.

Er lächelt schief und es erwärmt mir schlagartig das Herz. Ich liebe sein Lächeln, ich liebe es so sehr, weil es so einzigartig und selten ist.

„Du bist mir passiert."

„Honor!", ruft meine Mutter aufgeregt, während ich die Haustür hinter mir schließe. Sie kommt freudestrahlend mit einem Zettel in der Hand auf mich zu und überrumpelt mich mit einer festen Umarmung.

„Mama!", keuche ich und lege überrascht meine Hände auf ihren Rücken. „Was ist denn mit dir los? Hab ich meinen Geburtstag verpasst?"

Sie grinst mich an und lässt mich los. „Besser", sagt sie und hält den Zettel in die Höhe, als wäre sie ein glückliches Kind. „Rate, was das ist!"

Verwundert betrachte ich das Papier. Ich sehe auf das Logo oben rechts und ... Die Musikhochschule in Birmingham hat geschrieben. Sofort schlägt mein Herz schneller und ich reiße Mama den Zettel aus der Hand, um ihn näher zu betrachten. „Was ist das?", frage ich hektisch. „Haben sie mir abgesagt?"

„Nicht doch", sagt Mama und zieht mich in die Küche, wo ein Kuchen auf dem Tisch steht. „Sie haben dir schon fest zugesagt!" Glücklich klatscht sie in die Hände. „Honor, sie waren so überzeugt von deinem

Zeugnis und deiner Bewerbung, dass du den Platz im Birmingham schon hast! Nächste Woche musst du nur noch dein Können unter Beweis stellen und dann kannst du endlich groß rauskommen!"

Mir klappt die Kinnlade herunter. Dass Birmingham mir schon sicher zugesagt hat, ist eine Sache, aber ... Nächste Woche soll schon das Vorspiel sein?

„Was?", frage ich entsetzt. „Nächste Woche schon?"

„Ja, das sollte doch kein Problem sein oder? Ich meine, du hast all die Wochen echt hart geprobt, ich weiß ja, wie oft du bei Misses Baskin warst, nicht wahr?" Ihr Grinsen ist so echt und glücklich, dass ich mich sofort schlecht fühle, weil ich in den letzten zwei Wochen kein einziges Mal bei den Proben war.

Und die Sonaten sitzen absolut nicht. Absolut. Nicht.

Das ist ein Desaster.

Doch ich zwinge mir ein Lächeln auf. „Das ist ja toll", presse ich hervor und versuche, mir meine tierische Angst nicht ansehen zu lassen. „Ich kann es ... kaum erwarten."

„Ich auch nicht!"

Jetzt kommt auch noch Papa glücklich in die Küche und hat sogar ein Geschenk bei sich, das er mir in die Hand drückt. „Für die kleine Siegerin", sagt er zufrieden und küsst mich auf den Kopf. „Hat deine Mutter ausgesucht, also beschwer dich nicht bei mir, falls es dir nicht gefällt."

Schluckend und mit einem riesigen schlechten Gewissen öffne ich die Schachtel und ein weißer Stoff strahlt mir entgegen. Ich ziehe es heraus und mein schlechtes Gewissen wird immer intensiver. Gott, das Kleid ist wunderschön. Und ich habe es absolut nicht verdient. Ich habe absolut nichts für mein Vorspiel getan, schwänze sogar die Schule und hintergehe Mama und Papa. Ich habe nicht mal die Zusage von Birmingham verdient.

„Gefällt es dir nicht?", fragt jetzt Mama und nimmt den Stoff des weißen Kleides in die Hand. „Ich war mir so sicher, du würdest es lieben."

Doch ich schüttle nur schnell den Kopf. „Doch, es gefällt mir wirklich!" Schuldbewusst lege ich das Kleid wieder in die Schachtel. „Es ist momentan einfach nur etwas zu viel ... wunderbares Zeug, das mir passiert."

Stolz stellen sich Mama und Papa neben mich. Er legt seine Hand auf meine Schulter. „Du hast es verdient, Sarah, ich gönne es dir."

Auch Mama lächelt. „Kaum zu glauben, nicht wahr?"

Ich nicke nur schwermütig. „Ja ... Kaum zu glauben."

Um halb elf abends stehe ich in dem weißen Kleid vor meinem Spiegel in meinem Zimmer und betrachte mich skeptisch. Es schmiegt sich perfekt an meine Haut, ist nicht zu lang, nicht zu kurz, es ist einfach perfekt. Zu perfekt. Ich sollte ein schwarzes Dämonenkleid tragen, denn so fühle ich mich gerade. Ich hintergehe jeden und trotzdem passieren mir solche tollen Dinge.

Doch trotzdem fällt mir ein Stein vom Herzen, dass

Grandma anscheinend wirklich nichts zu meinen Eltern bezüglich Nathan gesagt hat. Was das Ganze noch schlimmer macht. Es beruhigt mich, dass sie es nicht wissen, weil ich weiß, dass ich dieses Spielchen mit den Lügen weiterspielen werde. Anders geht es einfach nicht.

Doch ich habe Angst vor der Zukunft. Wie ich soll ich zu diesem Vorspiel gehen, wenn ich doch meine Sonate nicht spielen kann? Es ist aussichtslos. Ich werde jämmerlich versagen, das wird mir auch Misses Baskin sagen, wenn ich gleich morgen wieder zu den Proben gehe.

Ich seufze und betrachte weiter meine Figur in dem Spiegel. Dann lege ich meine Hände auf meine Brüste. Ein klein wenig fühle ich mich schmutzig und das schon den ganzen Tag. Wenn ich mich daran erinnere, wie ich heute nur im Bikini um Nathans Hüfte saß, dann wird mir direkt wieder ganz warm. Ich bin noch nie einem Jungen so nahe gekommen wie ihm und um ehrlich zu sein, dachte ich auch, wenn ich überhaupt mal jemanden so nahe komme, dann nur einem geschniegelten, blonden, jungen Mann.

Doch um ehrlich zu sein? Nathan ist besser.

Ein Grinsen schleicht sich auf meine Lippen, während ich noch immer gedankenverloren meine Brüste anfasse und meinen Kopf neige. Ich habe oft genug seine Blicke heute gespürt, was mir einen unglaublichen Schwung in Richtung stärkerem Selbstbewusstsein gegeben hat. Vielleicht sind meine Brüste ja doch nicht so klein, wie ich dachte, sondern …

Ein quietschendes Geräusch holt mich aus meinen unnormalen Gedanken. Einen Schrei unterdrückend, drehe ich mich zu meinem Fenster, wo Nathan sich gerade durchquetscht.

Entsetzt sehe ich ihn an, als er ein Bein nach dem anderen in mein Zimmer setzt und sich schließlich einmal mit den Nacken knackend aufstellt. Er dreht sich zu mir, die immer noch steif auf einem Fleck steht.

Er hebt eine Braue, als er auf meine Hände sieht, die noch immer erstarrt auf meinen Brüsten liegen. „Inspektion?"

Ruckartig nehme ich meine Hände von meinem Busen und verschränke sie hinter meinem Rücken. Ich laufe rot an. Na super. Gerade in solch einem Moment muss er mich besuchen. Hätte er nicht noch zehn Minuten warten können? Ich wette, dann wäre ich fertig gewesen.

„Nathan", piepse ich und kralle meine Zehen nervös in den Teppich unter mir. „Du … äh … Du bist hier. Ich habe dich nicht erwartet."

Er lacht rau auf und setzt sich auf mein Bett. „Das war nicht zu übersehen." Mit gerunzelter Stirn nickt er zu meinem Körper. „Was ist das?"

Ich sehe an mir herab. „Was?"

„Was du da trägst. Es ist elf Uhr, solltest du da nicht diese beschissene Schlafhose tragen?"

„Schon wieder betitelst du sie als beschissen. Eigentlich ist sie echt süß."

„Wie auch immer." Er legt sich in meinem Bett zurück und verschränkt die Arme hinter seinem Kopf, als wäre es total normal, dass er sich einfach in mein

Bett liegt. „Also was ist jetzt mit diesem Nachthemd, das du trägst? Gibt's was zu feiern?"

Ich seufze deprimiert und lasse mich einfach an der Wand auf den Boden sinken. Meine nackten Beine strecke ich aus und betrachte meine manikürten Zehen. „Sozusagen", murmle ich.

„Was heißt das?" Er richtet sich wieder auf und sieht mich an, wie ich total frustriert auf dem Boden sitze und es mich null interessiert, dass mein schönes weißes Kleid eventuell Falten bekommen könnte.

„Die Musikhochschule hat mich angenommen", erkläre ich missmutig. „Sie wollen, dass ich nächste Woche vorspiele und dann bin ich nächstes Schuljahr dabei."

„Ist das nicht irgendwie das, was du wolltest?"

„Ja, eigentlich schon ..."

„Aber?"

Ich zucke nur mit einer Schulter. „Sie werden mich nicht nehmen, wenn sie sehen, wie scheußlich ich spiele."

„Ich kann mir nicht vorstellen, dass du Streber scheußlich spielst."

„Aber ich tue es. Ich war zwei Wochen nicht bei der Probe und schon vorher hat Misses Baskin meine Violine beinahe aus dem Fenster geschmissen, weil nichts sitzt." Wiederholt seufze ich und lasse den Kopf hängen. „Es ist hoffnungslos."

„Ich kann dir helfen."

Jetzt sehe ich auf. „Wie bitte?"

Er sieht aus, als würde er unheimlich mit sich kämpfen, noch mehr Worte auszusprechen, die ihm nicht ähnlich sehen. Seine Hände sind ineinander verkrampft. „Ich spreche es nicht noch mal aus."

„Inwiefern willst du mir helfen?", frage ich ihn, weil er sich anscheinend wirklich unwohl fühlt. „Du weißt hoffentlich, dass es sich hier um klassische Musik handelt?"

„Ja", gibt er zurück und man merkt, wie er jede Sekunde ungemütlicher wird. „Es ... Scheiße." Er sieht mich an. „Ich kann dir auf jeden Fall helfen. Noch mal sage ich es nicht."

Ich muss mir ein Grinsen verkneifen. „Das setzt dir jetzt ganz schön zu, nicht wahr?"

Nathan steht gestresst auf und geht zur Tür. „Ich gebe dir noch genau drei Sekunden."

„Aber …"

„3."

Hastig stehe ich auf, weil ich mir diese Chance auf keinen Fall entgehen lassen kann. Nathan will mir bei meinen Sonaten helfen. Na klar. Wie auch immer er das tun will, ist fraglich, doch ich bin dabei, solange ich Zeit mit ihm verbringen kann. Und meine Eltern übernachten sowieso heute Abend bei Onkel Charly, weil er Geburtstag feiert. Irgendwie hatte ich es im Gefühl, dass Nathan heute Nacht zu mir kommen wird, deswegen habe ich mich gedrückt. Und die nächtlichen Ausflüge sollen die schönsten sein.

„2", sagt er, während ich mir schnell mein Kleid glatt streiche, weil sich tatsächlich ein paar hässliche Falten gebildet haben.

„Gott, Nathan, darf ich mich wenigstens umziehen? Ich trage ein Kleid!"

Er sieht mich nur frech an und zuckt mit einer

Schulter. „1."

Und schließlich verdrehe ich die Augen. „Ist ja schon gut, ich komme", sage ich und schnappe mir noch schnell ein paar braune Stiefel, damit meine Beine wenigstens etwas bedeckt sind. Wer weiß, wo er mit mir hinwill.

„Sag mal", sage ich zu ihm, während er die Treppe nach unten ins Wohnzimmer läuft. „Es hätten jetzt auch meine Eltern hier sitzen können, ist dir das bewusst?"

„Wenn sie zu Hause wären, wäre ich nicht hier", antwortet er nur und öffnet die Haustür.

Schnell schnappe ich mir noch meinen Mantel und ziehe ihn mir über, während ich die Haustür hinter mir schließe, derweil er schon schnellen Schrittes über den Hof durch das geöffnete Tor läuft, hinter dem sein Motorrad steht.

Wieso steht unser Tor offen? Kaum zu glauben, dass meine Eltern es wirklich einfach haben offen stehen lassen. Sonst sind sie doch immer total übervorsichtig, damit bei uns bloß niemand einbricht.

Hastig jogge ich Nathan hinterher und spüre sofort die Kälte an meinen Beinen und die darauffolgende Gänsehaut. „Hey", sage ich jetzt schon bibbernd und schließe den Mantel vor meiner Brust, als wir vor seinem Motorrad stehen. „Ich trage keine Hose. Zeige ein wenig Gnade."

Er greift nach seinem Helm an seinem Lenkrad und setzt ihn mir auf den Kopf. „Tue ich doch", sagt er halb grinsend und schließt dann den Helm an meinem Kinn. „Ich helfe dir, auf diese scheiß Musikhochschule zu kommen, das sollte ausreichen."

„Und außerdem gibst du mir deinen Helm", füge ich noch mit den Zähnen klappernd hinzu, doch muss trotzdem grinsen, weil er so toll ist.

Aufstöhnend steigt er auf das Motorrad. Er mag es noch immer nicht, wenn ich solche Dinge zu ihm sage, denn ich weiß, wie ungern er darauf angesprochen wird, wenn er nette Sachen macht. „Komm schon her", sagt er genervt und startet den Motor.

Jetzt muss ich noch breiter grinsen. Diese Art, immer solche Dinge abzuwehren und nicht einzusehen, wie absolut süß er manchmal ist, kaufe ich ihm schon lange nicht mehr ab. Zumindest seit heute Mittag. Deswegen setze ich mich hinter ihn und schlinge meine Arme glücklich um seinen Oberkörper. Meinen Kopf lege ich auf seinen großen Rücken und ich atme seinen Duft ein, der gemischt ist mit dem Geruch des Benzins um uns herum.

Er sieht über seine Schulter kurz zu mir nach hinten, dann wieder nach vorne, als würde er sichergehen wollen, dass ich auch fest sitze. Auf jeden Fall rede ich es mir so ein. Und dann fährt er los.

Wir fahren nicht lang. Vielleicht fünf Minuten. Zu meinem Glück, denn ich bin jetzt schon durchgefroren. Meine Knie zittern und meine Zähne klappern noch heftiger aufeinander.

Doch allerdings überkommt mich ein mulmiges Gefühl, als Nathan den Motor stoppt und ich geradeaus gucke. Er ist zu Grandpas Hotel gefahren. Ich kann mir schon denken, was er hier will. Zu Hause haben wir keinen Flügel, nur ein normales Piano, aber hier ... Nun ja. Im Hotel haben wir einen und das weiß

Nathan.

Argwöhnisch steige ich von seinem Motorrad und ziehe mir den Helm ab, während er es abschließt. „Du willst doch nicht etwa ... Hier ... Also das ist wirklich gefährlich, Nathan."

„Stimmt", erwidert er nur und hängt den Helm über das Lenkrad. Er sieht zu mir. „Aber dafür hast du ja mich. Noch gefährlicher kann es kaum werden."

„Wir sollten das wirklich nicht tun", versuche ich, kleinlaut zu sagen, und sehe auf das große Gebäude auf dem Ealswirth-Hotel steht. Ealswirth-Hotel, in das ich mit Nathan einsteigen werde.

„Wir werden nicht erwischt", redet Nathan mir zu. „Wirklich nicht. Ich werde nie erwischt."

Ich sehe ihn verwirrt an. „Was soll das heißen, du wirst nie erwischt?"

Sein rechter Mundwinkel hebt sich ein wenig und er steuert schon auf das Hotel zu. „Dass ich nie erwischt werde", sagt er noch in meine Richtung und dann dreht er mir den Rücken zu. „Also los!"

„Nathan!", rufe ich ihm hektisch flüsternd hinterher. „Du kannst da nicht einfach reingehen, wirklich nicht! Die Polizei …“

„Die Akustik ist hier scheiße!", ruft er mir zu, als er sich immer weiter von mir entfernt. „Du solltest besser mitkommen, denn in einem Kleid kann es schnell kalt werden!"

Aufgebracht rümpfe ich die Nase. Deswegen hat er mir also nicht erlaubt, mich umzuziehen. Er ist ja doch irgendwie gerissen. Nervig gerissen. Doch was bleibt mir anderes übrig?

Ich gehe dahin, wo Nathan hingeht. Und außerdem will ich nicht erfrieren.

Deswegen jogge ich ihm leise hinterher und bete gleichzeitig zu Gott, dass nichts Schreckliches heute Nacht passiert.

Als ich sehe, wie er einfach ganz gelassen zur Eingangstür läuft, ohne auch nur mit der Wimper zu zucken, halte ich ihn schnell zurück. „Bist du verrückt?", flüstere ich aufgebracht. „Du willst einfach durch den Haupteingang reingehen?"

„Was denn sonst?" Er lacht. „Ich kann hierherkommen, wann ich möchte."

„Bei irgendwelchen Problemen zum Beispiel einem Rohrbruch, aber doch nicht einfach mal so!"

„Honor, beruhig dich", sagt er genervter. „Wir werden einfach ganz normal das Hotel betreten und du wirst dich nicht anstellen, als tun wir hier irgendeine Scheiße."

Nervös sehe ich von ihm zu dem Eingang. „Normalerweise tue ich so etwas eben nicht. Ich will echt keinen Ärger bekommen."

Mit rollenden Augen entzieht er sich mir und geht einfach zum Eingang.

Zögernd folge ich ihm. Das kann nur eine schlechte Idee sein. Ich komme mir vor wie ein Rebell, obwohl ich das doch gar nicht sein will. Nathan ist ein Rebell, ich bin nur ein kleiner Anhänger, der all das in Kauf nimmt, um in seiner Nähe sein zu dürfen.

Doch tatsächlich betreten wir einfach ganz normal das Hotel, gehen an der Rezeption vorbei und laufen dann durch die Flure, die totenstill sind. Ich folge Nathan in einem Abstand von zwei Meter und beobachte seine Füße, die vor mir herlaufen.

Ich kann nicht vermeiden, dass mein Herz unglaublich pocht und ich mich jedes Mal umsehe, wenn ich von irgendwo ein Geräusch höre, denn uns könnten auch sofort die Nachtwächter erwischen. Und ob sie zulassen, dass wir hier einfach mal umherlaufen, ist eine andere Sache.

„Du willst das wirklich tun?", flüstere ich Nathan zu, als wir vor der Eingangstür der Veranstaltungshalle stehen und er einen Schlüssel aus seiner Hosentasche kramt.

Er zieht ihn heraus und steckt ihn in die Tür. „Du kneifst?"

„Ich weiß nicht", gebe ich zu und kaue mir nervös auf der Lippe. „Ich habe einfach Angst ..."

Mit einem beinahe sanften Gesichtsausdruck sieht er zu mir herab und schließt die Tür auf. „Keine Angst. Es wird dir nichts passieren."

Ich atme tief durch und vertraue seinen Worten. Eigentlich wäre es mir lieber, wenn er sagt, dass uns nichts passiert, aber trotzdem beruhigen mich seine Worte doch enorm. Früher wäre es ihm egal gewesen, wenn ich mir Gedanken um so etwas gemacht hätte und wahrscheinlich hätte er dann noch einen Spruch abgelassen, der mir noch mehr Angst gemacht hätte, doch heute ist es anders. Heute vertraue ich ihm.

Wir betreten die dunkle Halle und Nathan schließt die Tür wieder hinter uns zu. Er steckt danach den Schlüssel in den Stromkasten an der Wand und danach knipst er zwei Schalter um, wodurch nur die große Bühne vor uns beleuchtet wird.

Der weiße Flügel steht dort oben für die Unterhaltung der üblichen Gäste. Doch heute wird es wohl unsere alleinige Unterhaltung sein. Es ist kühl hier in der Halle, doch wärmer als draußen, weswegen es die Tatsache, dass ich ein Kleid trage, angenehmer macht.

„Komm", sagt Nathan und nickt zur Bühne, während er schon darauf zugeht.

Ein letztes Mal atme ich tief durch. Es ist unfassbar, was hier gerade passiert. Nathan will mir bei meinen Klaviersonaten helfen. Gott, wer hätte das gedacht? Zwar weiß ich noch immer nicht, wie er mir dabei helfen will, doch ich bin mir sicher, dass er es kann. Er könnte bei allem helfen, solange er einfach anwesend ist.

Nervös folge ich ihm auf die Bühne und ich betrachte den weißen Flügel genauer. Ich habe noch nie darauf gespielt, obwohl es mich oft an meinen Arbeitstagen in den Fingern gejuckt hat, es mal auszuprobieren. Der Flügel ist ein absolutes Prachtstück und sollte eigentlich nur von Engeln gespielt werden, weil er so weiß und schön ist.

Nathan geht auf den Flügel zu und schiebt langsam den Schutz von den Tasten. „Ich wette, du hast schon etliche Male hier gespielt", sagt er.

Ich schüttle den Kopf, obwohl ich hinter ihm stehe und er mich nicht sieht. Er wirkt so wunderbar schön, wenn er dort an dem Klavier steht. Es widerspricht sich dermaßen, dass es gleichzeitig wie ein Kunstwerk wirkt.

Er, der gefallene Engel mit den schwarzen Flügeln, mit den Fingern auf einem weißen Flügel.

Doch trotzdem passt es perfekt.

„Nein", antworte ich und stelle mich neben ihn, betrachte das Klavier. „Noch nie, um ehrlich zu sein."

Er sieht mit gerunzelter Stirn zu mir. „Noch nie? Du spielst Klavier, hier steht ein Flügel und du hast es nie ausprobiert?"

Ich zucke mit einer Schulter und lasse mich auf den Sitz vor dem Piano sinken. „Ich dachte immer, es wäre verboten, deswegen habe ich mich nie getraut."

„Jetzt wirst du es dich trauen", sagt er und setzt sich neben mich. Sein Blick liegt auf den Tasten. „Das hier bleibt unser Geheimnis, klar?"

Verwirrt sehe ich ihn an. „Was meinst du?"

Kurz sieht er einfach noch nur auf die schwarzen und weißen Tasten. Und dann atmet er durch. „Ich kann dir echt nicht viel über so eine Musikscheiße erzählen", fängt er ruhig an. „Aber du sagtest, dass du dich nicht konzentrieren kannst, weil so viel Bullshit momentan passiert."

Jetzt legt er seine Finger auf die Tasten.

Wie hypnotisiert sehe ich auf seine Hände. Er will doch nicht etwa ...?

Er spielt eine Note mit seiner linken Hand, die sanft abklingt. „Du darfst nicht hier sein", spricht er weiter und spielt dann mit seiner anderen Hand zwei weitere Noten.

Ich versuche, mir nicht anmerken zu lassen, wie überwältigt ich bin. Es sieht so aus, als wüsste er, was er da spielt, auch wenn es nur ein paar Töne sind.

„Sei überall, wenn du spielst, aber nie hier an diesem Flügel", erzählt er weiter und wieder schweben seine langen Finger über die Tasten, hinterlassen schöne, gleichmäßige Töne. „Meine Tante hat mir das Klavierspielen beigebracht, nachdem sie mich von meinen Eltern weggeholt haben. Sie meinte, es würde mich ablenken, und das tat es auch. Aber das tat es nur, wenn ich mir kurz vorstellte, ich sei woanders, mit jemand anders, irgendwo, aber nicht hier."

Ich sehe in sein Gesicht. Seine Augen sehen konzentriert, doch gleichzeitig ausdruckslos auf die Tasten, während immer mehr schöne Töne erklingen. Er hat früher tatsächlich Klavier gespielt. Dieser kleine Nathan saß wirklich damals schon an einem Klavier und hat gespielt, weil er sich ablenken musste.

Jetzt gerade wirkt er nicht wie ein gefallener Engel. Jetzt gerade ist er einfach nur schön. So rein und echt.

„Ich habe mir oft vorgestellt, unter Wasser zu spielen", redet er weiter. Dann lacht er bitter auf. „Scheiße, keine Ahnung wieso, aber ich habe es ständig getan. Dort war ich allein und niemand konnte mich hören. Es gab keine beschissene Welt um mich herum, es gab nur mich und ... das hier."

Er hört auf zu spielen, doch seine Finger liegen noch immer auf den Tasten. Und immer noch sieht er mich nicht an. Anscheinend ist er jetzt gerade auch nicht hier. „Meinte Tante meinte, ich solle immer für jemanden spielen. Aber, um ehrlich zu sein ..." Jetzt steht er auf und ich sehe ihm zu, wie er um den Flügel herumgeht. „Ich konnte es nie, denn da war niemand."

Ich schlucke schwer, als er neben dem Flügel steht und sich etwas daran lehnt.

„Aber du kannst es", sagt er mit seiner wunderbar tiefen Stimme und sieht mich an.

Es ist wie in meiner Vorstellung. Es ist wie der Moment, als ich bei der Probe saß und mir vorstellte, dass er neben dem Flügel steht und mir zusieht, während ich spiele, damit ich nicht allein bin. Damit er mir beisteht. Mich überkommt genau dieses wohlige Gefühl wie damals, doch trotzdem bleibt die Unsicherheit. Mir ihn vorzustellen, wie er dort steht, ist etwas anderes, als wenn er wirklich hier steht und mir zuhört.

Ich schüttle traurig den Kopf und sehe mit geschürzten Lippen auf die Tasten. „Ich kann es nicht ... Das alles ist so einfach gesagt, doch ich kann es wirklich nicht."

„Was kannst du nicht?"

„Das alles." Ich seufze niedergeschlagen. „Ich kann mir nicht vorstellen, an einem anderen Ort zu sein, und ich kann mir nicht vorstellen, irgendwie ... Keine Ahnung. Du kannst das, aber ich nicht. Mein Kopf würde nie abschalten, wenn ich es will."

Für ein paar Sekunden herrscht Stille, in denen ich seinen Blick auf mir spüre.

Ich sehe nur mit gesenktem Kopf auf die Tasten und überlege, ob es nicht doch unnötig war, hierherzukommen. Wir haben uns in Gefahr gebracht, nur weil ich all diesen Mist nicht kann. Deswegen habe ich Birmingham nicht verdient. Ich kann all das nicht.

„Weißt du, dass du jetzt gerade ...", holt mich

Nathans Stimme aus meinen Hasstiraden und ich sehe auf. Er sieht mich an. „Weißt du, dass du jetzt gerade so verdammt schön bist?"

Schlagartig rutscht mein Herz bis zu meinen Fußsohlen. Was hat er gesagt?

„Ich will, dass du das weißt", spricht er weiter und sein Blick ist so ehrlich und gleichzeitig so ernst, als würde er tatsächlich die Wahrheit sagen, weswegen ich ihm sofort glaube.

Und für einen kurzen Augenblick fühlt es sich an, als würde die Sonne direkt auf unsere Köpfe scheinen, denn es ist warm. Mir wird warm und meine Kopfhaut prickelt, während ich ihn da so stehen sehe und er mir sagt, dass ich schön bin. Die Sonne scheint an seiner Silhouette vorbei und wirft einen leichten Schatten auf den Flügel.

„Du kannst das", redet er weiter auf mich ein, während ich in meinem Kopf schon die ganzen wunderschönen Blumen sehe, die um uns herum sind.

Ich sehe das, was ich am meisten liebe.

Ihn. Die Sonne. Blumen. Der Duft der Blumen, die Wärme der Sonne.

Und dann wird es mir klar. Es war alles für ihn von Anfang an und es ist immer noch für ihn. Die Lieder, die ich spiele, die Blumen, die ich pflücke. Ich tue es für ihn, das weiß ich. Alles tue ich für ihn. Denn das ist, was es ist.

Gottverdammte Liebe. Gottverdammte Liebe.

Und weil ich ihn liebe und weil ich gerade nur die Sonne, die Blumen und diesen wunderbaren Duft rieche, lege ich meine Finger auf die Tasten und atme tief durch. Bitte lass es sich einfach richtig anfühlen.

Bitte lass mich keine Fehler machen, lieber Gott.

Ein letztes Mal sehe ich zu Nathan auf.

Und wie in meiner Vorstellung nickt er mir aufmunternd zu, während die Sonne seine Haut strahlen lässt.

Ich spiele. Ich weiß nicht, wie, doch es passiert einfach. Ich habe nicht das Gefühl, ich müsste es tun, ich habe nicht das Gefühl, dass irgendetwas mich aufhalten könnte, und ich habe nicht das Gefühl, ich tue etwas Falsches. Denn Nathan ist hier. Und ich spiele für ihn. Es ist richtig, ich kann es spüren.

Die Sekunden vergehen. Die Töne erklingen. Und Nathan steht noch immer still dort und sieht mir zu. Die Halle gibt die hohen und tiefen Töne von sich, zeigt uns, dass wir ganz allein sind und niemand uns stört.

Gott. Ich fühle mich so verdammt sicher. Hier. Mit ihm. In der Sonne und umgeben von all diesen Blumen.

Ich bekomme erst mit, dass er sich wieder neben mich auf die Bank setzt, als sich der Stoff etwas senkt. Ich lasse mich jedoch nicht aus der Ruhe bringen. Für die Liebe zu spielen, war selten solch eine Genugtuung wie gerade.

Und dann spiele ich die letzten Töne und das Lied wird langsamer. Sachte und konzentriert, fliege ich mit meinen Fingern über die Tasten und ich glaube, ich habe noch nie so rein und ehrlich gespielt.

Dann der letzte hohe Ton.

Erst als ich meine Finger wieder langsam und total überwältigt von den Tasten nehme, fällt mir auf, wie heftig mein Herzschlag ist. Mir ist unglaublich warm und ich fühle mich gut. So befreit.

Ich sehe zu Nathan, der neben mir sitzt, um irgendeine Emotion aus seinen Augen lesen zu können. Ich bete, dass es ihm gefallen hat.

Sein Gesicht ist schon zu mir gedreht, als ich zu ihm sehe.

Wir sehen uns tief, sinnlich und mit so viel Gefühl in die Augen.

Und das Nächste, das ich spüre, ist seine Hand, die sich sanft um meine Wange und meinen Nacken legt.

Mein Atem geht flach, als er mir näher kommt. Ich habe das Gefühl, jeden Moment umzukippen, doch gleichzeitig dürste ich nach ihm und seiner Nähe.

Sein Atem. Ich spüre ihn auf meiner Haut, meinen Lippen. Mein Herz pocht heftig gegen meine Brust, als ich mir sehnlichst wünsche, dass er mich endlich küsst.

„Wo warst du?", haucht er gegen meine Lippen, doch berührt sie nicht.

Ich schlucke ein letztes Mal schwer und verfalle ganz seiner Nähe, seinem Duft, seiner Präsenz, diesem Gefühl, das er mir vermittelt. „Bei dir", flüstere ich schwach und versuche ständig, der Versuchung aus dem Weg zu gehen, meine Lippen auf seine zu legen.

Es stimmt. Ich war bei ihm. In keiner Sekunde, in der ich gespielt habe, war ich allein, meine Gedanken waren ständig bei ihm und seiner Seele, die mich beschattet und bewacht. Ich habe einzig und allein für ihn gespielt. Nicht für mich, meine Eltern oder irgendwen. Nur für ihn.

Es vergehen genau zwei Sekunden, in denen er mir

noch abwechselnd in die Augen sieht.

Mein Herz setzt für einen Schlag aus.

Und dann legt er sanft seine weichen, wundervollen Lippen auf meine, was das größte, mächtigste und unglaublichste Feuer in mir entfacht, das je hätte entstehen können.

Kapitel 25

Es gab viele Momente in meinem Leben, die ich nie wieder vergessen werde. Momente, die sich in meinen Erinnerungen auf ewig festbrennen. Momente, die ich mochte, und Momente, von denen ich behauptete, sie zu lieben. Momente wie die, in denen ich mit meinem Vater das erste Mal seine alten Platten gehört oder mit ihm unsere erste Eisenbahn aufgebaut habe. Oder Momente, wie die, in denen mir Grandma das erste Mal in meinem Leben eine Tulpe zeigte und ich mich sofort in die Schönheit der Blumen verliebte.

Aber nichts, nichts von all diesen Momenten ist das, was ich gerade erlebe.

Dieser Moment. Hier, mit Nathan, vor diesem weißen Piano. Das ist der wunderbarste Moment in meinem Leben.

Die kurzen Sekunden, die er seine Lippen auf meine legt, mein Magen sich zehn Mal um sich selbst dreht, mein Herz mir aus der Brust zu springen scheint und ich vor Glückseligkeit anfangen könnte zu weinen, werde ich niemals vergessen.

Ich spüre jetzt schon, wie sich seine Berührung, sein Atem und sein Duft auf meinen Körper brennen.

Und ich kann sofort bestimmen, was gerade passiert. In einem Herzschlag kann ich bestimmen, dass ich ihn liebe. Ich liebe ihn so sehr, dass ich denke, ich könnte nie wieder ohne seine Lippen auf meinen leben. Kein Atemzug ist es wert, gemacht zu werden, wenn er nicht in meiner Nähe ist.

Doch im nächsten Moment entfernt er seine Lippen

wieder langsam von meinen.

Meine Augen sind zu. Mein Herz ist offen. Mein Atem ist flach. Noch immer spüre ich seinen warmen Atem auf meinen Lippen, da er mir so nahe ist.

Momente. Wieder passiert einer dieser Momente, die ich niemals vergessen werde. Die Sekunden, in denen er seine große Hand noch immer auf meiner erhitzten Haut liegen hat. Sein Daumen, der auf meiner Wange liegt, und seine langen Finger, die um meinen Nacken liegen.

Er soll nie aufhören, mich so zu berühren. Dieser Moment soll nie vergehen.

Nathan darf mich nie verlassen.

In dem Moment, in dem ich meine Augen langsam und benebelt öffne, direkt in seine grünen, schönen Augen sehe, will ich ihm sagen, dass ich ihn liebe. Dass ich ihn begehre und seine Nähe mich verrückt macht. Ich will ihm sagen, wie wunderbar weich seine Lippen sind und wie perfekt sie auf meine passen, damit er nie damit aufhört, mich zu küssen. Ich will ihm all das sagen, ihm ein Gedicht über seine innerliche sowie äußerliche Schönheit vortragen.

Doch alles, was ich schwach rausbekomme, ist: „Tu's noch mal."

Seine Augen wechseln zwischen meinen hin und her und ich wünsche mir, dass er gerade genauso denkt wie ich. Ich wünsche mir, dass er sich ebenso bewusst geworden ist, wie sehr er mich liebt und wie perfekt wir zusammenpassen. Er muss es gespürt haben. Auch sein Atem ist flach.

Ich flehe ihn so sehr mit meinen Augen an, dass

sein rechter Mundwinkel sich ein wenig hebt. Er sieht mich so eindringlich und genau an, streicht mir währenddessen mit seinem warmen Daumen über die Wange, hinterlässt dort ein himmlisches Kribbeln.

Gott, bitte küss mich noch einmal.

„Bitte", hauche ich erneut und zügele mein Verlangen nach ihm nicht. Ich bin so schwach und hypnotisiert von seinen Berührungen, seinen Augen, alles, was um uns herum geschieht, nehme ich nicht wahr. Da gibt es nur noch ihn.

„Ich sagte doch, ich könnte dann nicht mehr aufhören", gibt er zurück und sein Blick ist so sanft und liebevoll, dass ich völlig vergesse, wo und wer wir gerade sind.

Er ist doch der gefallene Engel und ich bin doch der Engel, den er nicht begehren darf.

Es soll falsch sein, doch das ist es nicht. Es war nie so richtig, wie die Tatsache, dass ich ihn liebe. Und, oh, Gott, wie sehr ich ihn liebe.

„Hör nicht auf", bettle ich vergeblich, doch bin mir im nächsten Moment sofort sicher, dass er es nicht tun wird.

Er nimmt langsam seine Hand von meiner Wange und jetzt spüre ich seinen Atem nicht mehr. Jetzt spüre ich nicht mehr seine Wärme und eine eiserne Kälte überkommt mich.

Verzweifelt sehe ich ihn an, als er sich von mir dreht und zu dem Flügel vor uns sieht. Er ist nachdenklich. Mehr als sonst. Beinahe verwirrt und überfordert.

Ich presse die Lippen aufeinander und versuche, den Moment sacken zu lassen.

Nathan hat mich geküsst. Er hat mich endlich geküsst. Und niemals hätte ich gedacht, dass es sich so anfühlt. Das war kein normaler Kuss, das habe ich sofort gespürt.

Es fühlte sie an wie ... wie eine Bestätigung. Ich wusste zwar schon, dass ich ihn mehr als mag, doch jetzt weiß ich, dass Nathan und mich mehr verbindet als dieses einfache Wort Liebe. Das hier ist keine Liebe. Das hier ist eine Sucht. Nenn es Seelenverwandtschaft. Eine geistige Verbindung, die ewig hält.

Wir wurden geboren, um zusammen zu sein, um genau das zu fühlen. Ich weiß es. Ich wusste es immer.

Doch plötzlich bildet sich wieder diese Falte zwischen seinen Brauen und schlagartig will ich sie wegwischen. Er soll nicht so gucken. Nein, bitte, guck nicht so. Meist folgt daraufhin nichts Gutes.

„Bitte ... geh nicht", sage ich jetzt, weil mich eine schmerzliche Angst überkommt, er würde wieder seine Mauern aufbauen und mich verlassen, wie er es so oft getan hat.

Ich greife vorsichtig nach seiner Hand, worauf er mich ansieht. Zögerlich beobachte ich genau seinen Ausdruck, als ich seine Hand liebevoll zu meinem Gesicht ziehe und sie mit meinen beiden Händen auf meine Wange lege.

Still sieht er mich an, doch lässt es zu.

„Bitte sage nicht, dass es ein Fehler war", sage ich leise und schmiege meine Wange mehr in seine große Hand, worauf er mich wieder leicht streichelt, wenn auch nur zaghaft.

Ich brauche seine Berührungen, seine Wärme einfach.

Für kurze Momente sieht er mich einfach nur an, während ich meine Augen schließe und mir weiter wünsche, er würde mir erneut wie vorhin über die Haut streichen und mich küssen.

Doch dann sagt er: „Ich werde bleiben."

Ich öffne wieder die Augen. „Wie lange wirst du bleiben?", frage ich ängstlich.

Seine Hand umgreift meinen Kopf etwas fester und er beugt sich wieder zu mir. Doch er küsst mich nicht.

Sofort pumpt mein Herz schneller, als er sich zu meinem Hals beugt und etwas weiter in meinem Nacken einen leichten Kuss hinsetzt.

Wieder ein Moment, eine Berührung, die ich nie vergessen werde.

„Für immer", meint er leise und küsst mich erneut, doch diesmal auf einer anderen Stelle.

Ich genieße es, als wäre er ein Engel, der mich mit diesen wunderbaren Küssen beschenkt, während ich meine Augen schließe.

„Für immer ist ziemlich lang", erwidere ich und neige meinen Kopf ein wenig, genieße seine sanften Liebkosungen auf meiner Haut noch mehr.

Ich spüre, dass er lächelt, und dann küsst er eine Stelle unter meinem Ohr. „Unser ‚Für immer' ist noch viel länger."

Ich verliere beinahe die Fassung, als er mich immer weiter mit seinen quälenden Küssen bedeckt. Gott, er ist so verführerisch, was ist nur los mit meinem Körper?

„Aber jetzt", murmelt er wieder gegen meine Haut

und küsst erneut die Stelle in meinem Nacken, „sollten wir gehen."

„Hmm", mache ich nur, weil ich keinen Ton herausbekomme, wenn er mich so wundervoll mit seinen Lippen liebkost. Meine Augen sind noch immer geschlossen und mein Kopf ein wenig geneigt. Mir ist es egal, wo wir sind, solange er bei mir ist.

Er richtet sich wieder ein wenig auf und ein letztes Mal küsst er die Stelle unter meinem Ohr. „Okay", sagt er leise und sieht mich an. In seinen Augen spiegelt sich mindestens genauso viel Gefühl wie in meinen. „Jetzt sollten wir wirklich gehen, sonst verliere ich die Beherrschung."

Ich grinse. Zwar würde es mich nicht im Geringsten stören, wenn er die Beherrschung verlieren würde, doch gerade kann ich sowieso nicht richtig denken. Meine Hormone spielen verrückt.

„Komm." Er steht auf und zu meiner Überraschung hält er mir die Hand hin.

Ich ergreife sie überglücklich und sofort verhaken sich unsere Finger ineinander. Und auch diesen Moment werde ich nie vergessen. Wir halten das erste Mal unsere Hände. Sie passen mindestens genauso gut zueinander wie unsere Lippen.

Ich stehe auf und kann meinen Blick gar nicht von ihm nehmen. Er wirkt so zufrieden.

Wir sehen uns noch kurz an, dann macht er den ersten Schritt nach rechts.

Doch er bleibt ruckartig stehen, als die Lichter in der Halle ausgehen und alles stockdunkel wird.

Sofort überkommt mich ein großes Angstgefühl und ich drücke Nathans Hand fester, als ich mich näher an ihn schmiege. „Stromausfall?", fiepe ich leise und wünsche mir, dass in der nächsten Sekunde einfach wieder das Licht angeht, denn ich hasse die Dunkelheit mindestens genauso wie Gewitter.

„Ich weiß es nicht", sagt er leise, konzentriert, als würde er etwas wittern, was nichts Positives hinter sich herzieht.

„Lass uns einfach bitte gehen", flüstere ich hilflos.

Kurz steht er noch aufmerksam auf der Stelle, dann macht er den ersten Schritt geradeaus. Meine Hand hält er noch immer fest, was mir ein wenig mehr Sicherheit schenkt.

Doch er bleibt wieder schlagartig stehen, als plötzlich ein lautes Knallen ertönt.

Er wird wütend. „Welcher beschissene Feigling muss das Licht ausschalten, um jemanden anzugreifen?", schreit er plötzlich durch die Halle, was mich zusammenzucken lässt.

Er denkt, es ist tatsächlich jemand hier?

Ich greife nach seinem Ärmel und versuche, ihn aus seiner angespannten Starre zu ziehen. „Nathan, bitte", flüstere ich. „Es ist mit Sicherheit nur ein Stromausfall ... Bitte."

Doch er bleibt auf der Stelle stehen. „Nein", raunt er leise. „Hier ist jemand."

Ich schnappe nach Luft. Er ist sich so sicher. Ich bekomme direkt noch mehr Panik. Gott, saßen wir nicht eben gerade noch an diesem Flügel und haben uns geküsst? Wieso muss ich jetzt schon wieder Angst haben?

Still bleibe ich auf der Stelle stehen und Nathan kommt wieder näher. Ich lausche den Geräuschen um uns herum, kann jedoch nichts Merkwürdiges hören. Aber wenn Nathan sagt, dass wir hier nicht allein sind, dann muss er recht haben.

Und dann entzieht sich Nathan mir plötzlich und das nächste, was ich höre, ist ein tiefes Röcheln, als würde jemand keine Luft bekommen.

Doch es ist nicht Nathan.

Ich drehe mich in seine Richtung und durch den leichten Mondschein kann ich erkennen, wie Nathan einen anderen Kerl gerade an der Kehle auf den Flügel presst.

Das Herz pocht mir bis zum Hals.

Wo kommt er her? Und was zur Hölle passiert hier?

Doch noch bevor ich nach Nathan rufen kann, wird mir der Mund zugehalten.

Ich kreische gegen die Hand, die auf meinen Mund gepresst wird und widerlich nach Zigaretten stinkt.

Ruckartig werde ich gegen einen großen Körper gedrückt und ich versuche, mich zu wehren. Meine Hilfeschreie sind gedämpft und meine Hände werden hinter meinem Rücken festgehalten, was mich noch wehrloser macht.

Nathans Kopf dreht sich augenblicklich zu mir und dann wird auch schon wieder das Licht angeschaltet.

Ich wimmere vor Furcht auf und versuche, mich immer mehr zu wehren, doch es ist zwecklos. Der Griff der Person, die mich gegen seine Brust presst, ist zu stark.

Weil sich der Kerl, den Nathan auf den Flügel presst, nicht mehr wehrt, schubst Nathan ihn aggressiv zur Seite und kommt zielstrebig zu mir. Er ist so wütend, ich könnte schwören, seine Augen laufen beinahe schwarz an. „Scheiße, fass sie nicht an!", brüllt er, als er auf uns zukommt.

„Stop!", ruft der Kerl hinter mir und hält Nathan plötzlich eine Waffe entgegen, was mir beinahe die Tränen in die Augen treibt.

Angespannt bleibt Nathan stehen und starrt den Mann hinter mir an, der ihm die Waffe entgegen hält.

Hilflos sehe ich zu ihm und beginne zu beten. Bitte lass ihn am Leben. Bitte lass ihn einfach am Leben.

„Wir wollen doch nicht, dass diesem blonden Engel hier etwas passiert oder etwas nicht?", säuselt der Kerl hinter mir und hält jetzt mir die Waffe an die Schläfe.

Ich kneife die Augen vor Furcht zusammen und versuche erneut, meine Hände aus seinem Griff zu befreien, doch es passiert nichts. Ich bin hilflos. Und Nathan auch.

Nathan ballt zornig die Fäuste. „Ich bring dich um", presst er zwischen seinen Zähnen hervor.

„Ach ja", ertönt plötzlich eine hallende Stimme, die uns näher kommt. „Noch vor ein paar Monaten hättest du so etwas nicht wegen irgendeines belanglosen Mädchens gesagt."

Nathans Blick schweift hinter mich und den Kerl. Mit einem Mal sieht er noch böser aus. „Was zur Hölle soll die Scheiße?", schreit er, während die Person an mir vorbeiläuft.

Es ist Eduard.

„Denkst du, wenn du schreist, machst du irgendetwas besser?", fragt Eduard Nathan ruhig und kommt auf mich zu.

Sein Blick widert mich an. Genauso wie beim letzten Mal, als er genau vor mir stand und mich begutachtet hat. Nur bin ich diesmal noch wehrloser und kann nicht dagegen amkämpfen, dass er mir ins Gesicht fasst.

„Nimm doch die Waffe weg", spricht er zu dem Mann hinter mir und wie auf Befehl nimmt er sie weg. Eduard sieht mir tief in die Augen, die schon gefüllt mit Tränen der Angst sind. Sein Blick ist so leer, ich könnte nichts hineininterpretieren. „Du armes, kleines Ding", sagt er ruhig und dann wischt er mir sanft mit seinem Finger eine Träne weg, die über meine Wange fließt.

Erneut versuche ich, mich zu wehren, doch es gelingt mir nicht. Nicht mal meinen Kopf kann ich von ihm wegdrehen, da mir noch immer der Mund zugehalten wird.

Ich will einfach verschwinden. Das hier muss ein fürchterlicher Albtraum sein.

Eduard seufzt, als er seine Hand zurücknimmt. „Sie weint, Nathan", spricht er zu Nathan, doch sieht mich weiterhin an. „Sie hat Angst."

„Was willst du hier?", knurrt Nathan dunkel.

Jetzt dreht Eduard sich mit den Händen hinter dem Rücken verschränkt um und läuft gelassen zu dem Flügel, an dem der Kerl steht, der Nathan vorhin angreifen wollte. Er reibt sich etwas hustend über den Hals.

„Ich bin hier, weil du mein Neffe bist", erklärt Eduard und klappt den Flügel zu. „Du weißt doch, dass ich mir Sorgen um dich mache."

Nathan sieht ihn nur vernichtend an.

„Und außerdem hat dich jemand ganz schön in die Scheiße geritten", erzählt Eduard weiter. „Deswegen wird es Zeit für dich, Cardiff wieder zu verlassen."

„Wovon zur Hölle redest du?", flucht Nathan.

Eduards Blick ist so ruhig und gelassen, beinahe gehässig. Er zeigt auf die Treppe der Bühne, wo gerade jemand mit gesenktem Kopf hochgelaufen kommt.

Ich kann meinen Augen nicht trauen.

Dale?

„Er, mein lieber Neffe", sagt Eduard, während Dale sich reumütig zu ihm stellt, „hat dich verraten. Dein toller, großer Bruder hat dich verraten. Deine Eltern wissen jetzt alles über dich und deine Standorte."

Was?

„Was?", zischt Nathan und ich sehe, wie er sich beherrschen muss, nicht vollkommen die Fassung zu verlieren.

„Erzähl es ihnen", sagt Eduard zu Dale, der noch immer den Blick auf den Boden geheftet hat. „Erzähl ihnen, wie sehr dir wirklich dein kleiner Bruder am Herzen liegt."

Dales Miene wird angespannter und er presst die Lippen aufeinander. Er hat nicht vor, zu reden.

Wieso sollte Dale Nathan verraten? Wieso sollte er so etwas Grausames tun, während er doch ständig auf unserer Seite stand und alles getan hätte, um das Leben seines Bruders zu schützen?

Das ergibt alles keinen Sinn.

Joel und Esther wissen nicht, dass Dale noch lebt. Und er wollte sich auch nicht zu erkennen geben. Was geschieht hier gerade?

„Los", sagt Eduard wieder genervter und stupst Dale an, der seinen Blick etwas hebt, uns jedoch nicht ansieht. „Ich habe keine Lust, hier die ganze Nacht zu stehen, nur weil du so ein jämmerlicher Feigling bist."

Nathan sieht ihn erwartungsvoll an und auch ich hoffe, dass Dale einfach sagt, dass das alles eine große Lüge ist. Das kann nicht die Wahrheit sein. Dale kann uns nicht einfach verraten haben. Das würde er nie tun.

Doch Dale atmet tief durch und schließt die Augen. Sein Gesicht ist zum Boden gerichtet, seine Stimme monoton. „Es stimmt", sagt er, worauf die erste Ecke meines Herzens abbricht. „Ihr wisst, dass sie nicht wissen, dass ich noch lebe, deswegen habe ich sie gesucht und ihnen einen anonymen Brief geschrieben. Unsere Großeltern wissen auch Bescheid."

Jetzt bin ich diejenige, die wieder niedergeschlagen die Augen schließt. Ich wünschte, ich müsste diese Worte nicht hören. Und ich wünschte, Nathan müsste das nicht hören.

Sogar Mary und Granno haben uns belogen. Haben ihn belogen. Nichts von alledem war echt.

„Sie dachten, es wäre besser, wenn wir Nathan direkt ins Messer laufen lassen, indem wir Joel aufsuchen, doch ich dachte, dass das falsch ist. Sie dürfen ihn noch immer nicht sehen, doch wir brauchten einen Grund, für den Nathan gewillt ist, die Stadt zu verlassen."

Wieder atmet er durch und öffnet die Augen.

„Wir wollen nicht, dass Nathan stirbt, aber er darf

nicht länger in Cardiff bleiben."

Der Kerl, der mir den Mund zuhält, nimmt endlich seine widerliche Hand von meinen Lippen, worauf ich tief Luft hole und Dale entsetzt ansehe. Dann sehe ich zu Nathan.

Und mir bricht das Herz.

Er ist nicht mehr wütend, er ist nicht mehr zornig. Er steht einfach nur dort und sieht ihn mit emotionslosem Ausdruck an. Das ist fast noch schlimmer, als wenn er völlig ausflippen würde, den dann weiß ich, dass ihn die ganze Situation so sehr zerbricht, dass er denkt, er dürfte kein Gefühl mehr zulassen. Er macht dicht. Wie früher.

Ich hatte ihm versprochen, es würde alles besser werden, denn ich war mir so sicher. So verdammt sicher. Ich dachte, seine Großeltern würden ihn lieben, genauso wie Dale ihn liebte. Und ich wusste, er glaubte mir. Doch jetzt ... Jetzt ist es ruiniert. Nathan ist ruiniert, denn er wurde hintergangen.

Dabei hatte ich mir so sehr für ihn gewünscht, dass er endlich eine Familie bekommt, die ihn liebt.

Nathan hat dieses Leben nicht verdient. Er hat es einfach nicht verdient.

„Siehst du", sagt Eduard und ein Lächeln ziert seine widerlichen Lippen. „Du hast doch nicht wirklich gedacht, dass sich irgendwer um dich schert, oder? Ich bin der Einzige, der für dich da ist, damit du nicht verreckst."

Er geht langsam ein paar Schritte näher auf Nathan zu, der ihn noch immer total resigniert ansieht.

„Und dass du nicht bei diesem Mädchen bleiben kannst, war doch auch klar, nicht wahr?", redet Eduard weiter. „Mir ist egal, wer ihr seid, für mich bist du nur ein nichtsnutziger Bastard, der meine Drecksarbeit verrichtet. Und dabei wird es bleiben. Und weißt du noch etwas?" Etwas neigt er seinen Kopf. „Du kannst nichts dagegen tun. Du kannst es dir nicht mal erlauben zu sterben, denn ansonsten ...", er zeigt auf mich, „stirbt sie."

Eduard lacht rau. „Eigentlich ist es zum Totlachen, dass du wirklich dachtest, alles wendet sich zum Besseren. Habe ich dich nicht so erzogen, daran zu glauben, dass du nichts hiervon verdient hast?"

Er kommt Nathan einen Schritt näher und mit jedem Wort, das er sagt, bricht etwas in mir. Er soll aufhören, all diese Dinge zu sagen. Nathan soll das nicht hören. Er soll hören, wie wunderbar er ist, und dass er ein besseres Leben verdient hat. Er muss es unbedingt hören.

„Nicht mal dein eigener Bruder liebt dich", redet Eduard weiter auf ihn ein. Leiser. Direkter. „Niemand, Nathan. Deine Eltern nicht, deine Großeltern nicht. Niemand. Wann verstehst du das endlich, du dummes Kind?"

„Nein", traue ich mich jetzt, weinerlich zu sagen, weil ich es nicht aushalte, was Eduard ihm sagt. Ich bin zu schwach, mich gegen den Mann hinter mir zu wehren, doch ich muss die Sekunden nutzen, in denen ich reden kann. „Das stimmt nicht", rede ich weiter, doch Nathan sieht mich nicht an. Sein Blick ist noch immer so leer.

Mir kommen die Tränen, als ich sage: „Nathan, ich liebe dich! Ich liebe dich mehr als alles andere. Es …"

Mir wird erneut der Mund zugehalten, worauf ich aufschreie und heftig versuche, mich zu wehren, obwohl ich weiß, dass ich keine Chance habe. Ich rüttle so fest ich kann an der Hand des Mannes und versuche zu kreischen, doch es gelingt mir nicht. Es ist so hoffnungslos. Verzweifelte Tränen rollen mir über die Wangen.

Nathans Blick ist noch immer nach unten gerichtet, als Eduard mich ansieht. „Sie hat recht", sagt Eduard mit sanfter Stimme. „Sie liebt dich so sehr, Nathan. So, so sehr. Wahrscheinlich wird sie die Einzige sein, die dich je so lieben wird."

Er sieht Nathan an.

„Sie liebt dich so sehr, dass sie ihr Leben für dich geben würde."

Nathan antwortet nicht. Er steht einfach dort und hört ihm zu.

„Denkst du wirklich, du hast ihre Liebe verdient? Hat dir deine Mutter denn gar nichts beigebracht?"

Ich zapple weiter in den Armen des Mannes, der mich immer fester hält, sodass es schon wehtut. Ich will Nathan zurufen, dass er jegliche Liebe der Welt verdient habe, denn es stimmt. Doch es gelingt mir nicht. Es gelingt mir einfach nicht.

Nach kurzen Sekunden sieht Nathan zu Eduard auf. Sein Blick wird plötzlich wieder schärfer. „Verreck in der Hölle", spuckt er Eduard leise entgegen.

Doch ohne auch nur mit der Wimper zu zucken, rammt Eduard Nathan seinen Ellbogen in die Rippen. Genau auf die Stelle, wo Nathans mächtiger Bluterguss ist.

Ich kreische heftig, als Nathan vor Schmerz auf die

Knie sinkt und sein Gesicht verzieht.

Nein!, will ich schreien. Nein, bitte tu ihm nicht weh! Ich liebe ihn so sehr, bitte tu ihm nicht weh!

Meine Tränen laufen wie Bäche, während Nathan sich die Hand an seine Seite hält und nach vorne auf seine Hand fällt, weil er solche Schmerzen hat. Sein Atem geht schnell.

Ohne Reue sieht Eduard auf Nathan herab, der vor Schmerz keucht. Er kniet sich zu ihm. „Sieh sie dir an", befiehlt er ihm ruhig und sieht zu mir. „Hättest du dir jemals vorstellen können, dass sie so weinen und schreien würde, bevor du sie in dein Leben gezogen hast, Nathan?"

Eduard steht auf und kommt mit grazilen Schritten auf mich zu, lässt Nathan einfach dort auf dem Boden knien. Sein Blick ist die ganze Zeit auf meine Augen geheftet. Er wischt mir wieder die Tränen von der Wange, worauf ich wegzucke, doch nicht aufhören kann, zu weinen.

„Sie war vorher immer so glücklich. Sie hatte ihre Eltern, die sie liebten, und ihre Großeltern. Sie liebt die Blumen, die sie sammelte, und sie wollte unbedingt Musik studieren. Kannst du dich daran noch erinnern? Honor war so ein glückliches Mädchen."

Wieder dreht er sich zu Nathan, der versucht, seinen Atem zu kontrollieren.

Ich sehe zu Dale. Er steht einfach dort und sieht zu, wie sein kleiner Bruder von ihrem gemeinsamen Onkel fertiggemacht wird. Wie kann er das einfach zulassen? Er sagte doch, dass er ihn liebt!

„Wann hast du sie das letzte Mal Blumen sammeln gesehen?", fragt Eduard Nathan, als er sich genau vor ihn stellt und auf ihn hinabsieht. „Oder wann hast du das letzte Mal gesehen, dass sie mit Freude ihre Violine gespielt hat? Hat sie dir in letzter Zeit erzählt, wie glücklich sie mit ihrer Familie ist?"

Nathan ist still.

„Du musst verstehen, Nathan ..." Eduard kniet sich wieder zu Nathan. „Willst du sie wirklich so verkommen lassen? Du kannst sie nicht lieben, wie sie dich liebt. Du bist ein Monster, schon vergessen?"

Nathans Atem wird ruhiger, doch er sieht weiterhin über den Boden gestützt nach unten.

Bitte hör ihm nicht zu, Nathan. Du kannst lieben. Du bist kein Monster. Gott, bitte, du bist kein Monster.

„Sie ist so verzweifelt", redet Eduard weiter auf Nathan ein. „Sie will ständig bei dir sein. Doch du weißt, dass du sie nicht glücklich machen kannst. Sieh doch, was du mit ihr angestellt hast."

Wieder sieht Nathan nicht auf. Er schließt stattdessen die Augen.

Jetzt wird Eduard grimmiger. „Sieh sie dir an.“

Und Nathan macht, wie ihm befohlen wird. Er öffnet die Augen und ganz langsam dreht er seinen Kopf zu mir.

Ich wünschte, er müsste mich so nicht sehen. Ich wünschte, dass er einfach auf die Worte, die ich ihm eben gesagt habe, hören würde und nicht das in mir sieht, was Eduard versucht, ihn verstehen zu lassen.

Seine Augen sind so gebrochen. So, so gebrochen. Ich bin mir sicher, dass er jetzt das in mir sieht, was Eduard aus mir gemacht hat. Das traurige, unglückliche Mädchen, das abhängig von der Dunkelheit ist.

Doch ich bin nicht abhängig von der Dunkelheit. Ich bin abhängig von Nathan.

Das versuche ich ihm mit meinen Augen zu sagen, während er mich ansieht.

„Siehst du, wie sie weint?", spricht Eduard wieder und sieht mich ebenfalls an. „Das ist deine Schuld. Es war schon immer deine Schuld. Sie war glücklicher, als du noch nicht da warst."

Nathan sieht mich immer weiter an, während ich den Kopf schüttle. Es ist nicht so. Ich war nie glücklicher.

„Und jetzt ..." Eduard steht auf. Seine Stimme ist fester. „Jetzt steh auf und tu, was du für richtig hältst. Es ist deine Entscheidung. Bleib bei ihr oder komm mit uns." Er stellt sich neben Dale, der wieder den Blick senkt.

Ich habe Angst. Ich habe solche Angst. Verzweifelt sehe ich zu Nathan, der sich wieder unter Schmerzen aufrappelt.

Bitte tu das Richtige, Nathan. Bitte verlass mich nicht. Du kannst mich nicht verlassen. Du liebst mich.

„Schneller", drängt Eduard. „Unser Auto, um abzuhauen, wartet schon draußen."

Es herrscht für einen Moment Stille.

Stille, in der ich bete, dass Nathan zu mir kommen wird, mein Gesicht zwischen seine Hände nimmt, mir einen Kuss auf die Lippen haucht und mir sagt, dass er mich liebt. Stille, in der ich mir wünsche, er sagt mir, dass er mich nie wieder verlassen wird, wie er es vorhin gesagt hat.

Er werde für immer bleiben, sagte er.

Er sagte es doch.

Nathan sieht Eduard, dann Dale und dann mich an. Wieder ist sein Blick leer. Er soll mich nicht so ansehen. Er soll mich lieben.

Erneut fließen stumme Tränen über meine Wangen, als der Mann hinter mir die Hand von meinem Mund wegnimmt. Der Kloß in meinem Hals ist zu mächtig, um auch nur ein Wort sagen zu können. Es bleibt bei Nathan. Er muss sich entscheiden.

Doch plötzlich zerbricht jegliche Hoffnung in mir, als Nathan sich von mir wegdreht. Er unterbricht den Blickkontakt und geht zu Dale und Eduard.

Ich sehe ich ihm hinterher. „Nathan", flehe ich leise. „Bitte ... Das ist nicht das Richtige ... Ich weiß, dass du lieben kannst."

Er bleibt stehen, kurz bevor er sich auf die Seite von Eduard und Dale schlagen kann, wo Eduard schon dreckig grinst.

„Ich weiß es", rede ich weiter auf ihn ein. Hoffnungslos. Verzweifelt. Einsam. Verlassen. Ängstlich. „Du liebst mich ... Du sagtest doch, dass du ... bleibst." Wieder bricht meine Stimme ab, während ich ihn anflehe. „Ich will kein Leben ohne dich leben ... Bitte."

Weitere Sekunden, die mir vorkommen wie qualvolle Stunden, vergehen, in denen ich mir vorstelle, wie ich einsam in meinem Bett liege. Wie ich einsam mein Leben ohne ihn lebe, weil er nicht mehr da ist. Während er doch sagte, dass er bleibt. Ich werde nie wieder jemanden lieben können wie ihn, wenn er mich jetzt verlässt. Ich könnte nie wieder glücklich werden.

Etwas dreht er seinen Kopf zu mir, über seine

Schulter, doch er dreht mir weiterhin den Rücken zu. Er sieht mich nicht an.

Doch er sagt: „Ich liebe dich nicht."

Meine Schultern fallen. Alles fällt. Mein Herz fällt. Auf den Grund unter uns. Und es zerbricht.

„Das tat ich nie", spricht er weiter und trampelt damit immer wieder auf meiner Seele rum. „Ich habe dich nie geliebt, ich war einfach nur krank. Ich musste irgendetwas fühlen. Aber ich liebe dich nicht."

Und dann sieht er mich an. Mit seinen trockenen Augen, während meine gefüllt sind mit dieser schwachen Flüssigkeit und ich genau vor seinem Gesicht zerbreche.

„Du lügst", sage ich mit heiserer Stimme. „Du lügst!"

Wieder sieht er weg. Sein Ausdruck ist so resigniert und leer wie noch nie.

„Okay", sagt jetzt Eduard und klatscht in die Hände. „Den ganzen Mist müssen wir nicht noch weiter ausbauen. Lasst uns gehen." Zufrieden klopft er Nathan auf die Schulter. „Ich bin stolz auf dich. Dale auch."

Der Mann hinter mir lässt mich los, worauf ich sofort auf den Boden falle. Er kann das nicht tun. Er kann mich nicht einfach so verlassen. Er kann nicht einfach zulassen, dass ich kaputt gehe und ihn für immer hoffnungslos lieben werde, während er nicht da ist.

Doch sie gehen. Nathan sieht nicht noch mal zu mir, während sie die Halle verlassen.

Mit angehaltenem Atem sehe ich ihnen hinterher.

Es ist hart, zu beschreiben, wie ich mich fühle. Es ist Folter. Es ist pure Folter.

Ich fühle mich, als hätten mich eben gerade meine Seele, mein Herz und meine Zuflucht verlassen. Mein Leben geht gerade durch diese Tür und sieht nicht noch einmal zu mir, während ich mir wünsche, es bliebe für immer.

Doch er geht. Und ich sehe zu.

Als Letzter geht Dale aus der Tür, während alle anderen schon verschwunden sind. Er bleibt dort stehen und sieht zu mir, wie ich verlassen in der Dunkelheit in meinem weißen Kleid neben dem weißen Flügel sitze und hoffe, dass all das ein schrecklicher Albtraum ist.

Seine Augen zeigen Mitleid. Ehrliches Bedauern. „Es tut mir leid", ruft er durch die Halle.

Ich antworte nicht.

Ich fange nur bitterlich und laut an zu weinen.

Denn jetzt ... Jetzt ist mein Leben nichts mehr.

Ich liebe ihn und er geht.

Das Letzte, was ich höre, ist der Knall der Tür und ich bin allein.

Kapitel 25

Momente.

Momente, in denen ich glücklich war.

Der Tag meiner Einschulung. Der Tag, an dem ich das erste Mal mit meinen Eltern ein anderes Land bereiste. Der Moment, als ich das erste Mal Violine spielte.

Momente, in denen ich unglücklich war.

Der Tag, an dem ich von der Schaukel fiel und für immer eine Narbe tragen würde. Der Tag, an dem ich meine erste schlechte Note schrieb. Der Tag, an dem Papa das erste Mal meinen Namen vergaß. Der Tag, an dem Grandma starb.

Momente, in denen ich brach.

Der Tag, an dem Nathan nicht bei mir blieb.

Es ist fast amüsant. Eigentlich wusste ich schon, dass er gehen würde. Er hätte es nicht mal sagen müssen.

Er sagte es damals selbst. Als er das erste Mal durch mein Fenster kam, sagte er, ich würde brechen, wenn ich ihn in mein Leben lasse.

Und das tue ich.

Ich sterbe zerbreche wegen ihm. Ich zerbreche, als ich versuche, mich in der Halle allein aufzurappeln. Ich zerbreche, als ich das Hotel verlasse, in dem wir gemeinsam waren. Ich zerbreche, als ich in der Kälte allein nach Hause laufe. Ich zerbreche noch einmal, als ich das Haus meiner Eltern sehe.

Sie habe ich ständig wegen ihm belogen.

Ich zerbreche als ich das Haus betrete, mich eigentlich eine wohlige Wärme umgeben sollte, doch das tut es nicht. Ich zerbreche nur ein weiteres Mal. Denn Wärme ist nichts, wenn Nathan nicht bei mir ist.

Doch am schlimmsten und schmerzvollsten breche ich, als ich mich ins Bett lege, die Decke ansehe und realisiere, dass ich gerade unendliche Mal zerbrochen bin, weil Nathan mich verlassen hat. Die einzige Sache, die schlimmer ist, als die Tatsache, dass ich ihn verloren habe, ist die Realisation, dass ich ihn nie wirklich hatte.

Er hat mir nie gesagt, dass er mich liebt. Er hat mich zu selten gehalten und zu oft war er jemand, der er eigentlich nicht war.

Eigentlich wusste ich, dass er mir das Herz brechen würde. Ich wusste es, doch ein kleiner Teil von mir hoffte, er würde es nicht tun.

Aber zu sagen, mein Herz wäre gebrochen, ist zu einfach. Das hier ist keine einfache Liebe, die ich überwinden muss. Das hier ist kein Liebeskummer. Das hier ist mehr. Das hier ist die Sehnsucht nach meinem Leben. Nathan ist mein Leben. Er ist meine andere Hälfte.

Gott ... Wie soll ich je weiter atmen können? Ich kann nicht aufhören, ihn zu lieben, das weiß ich. Ich kann nicht einfach damit aufhören, ihn zu lieben, nur weil er mich nicht liebt.

Es ist so absurd.

So absurd und so ... einsam.

Und weil ich nichts mehr zu verlieren habe, denn ich habe schon längst alles verloren, was ich verlieren konnte, laufe ich am nächsten Morgen in schwarzen Klamotten die Treppe zum Esszimmer herunter, in dem meine Familie sitzt und schon auf mich wartet.

Ich trauere. Ich trage Schwarz, weil ich einen erneut zerbreche, während ich meine Eltern und meine Großeltern glücklich am Tisch sitzen sehe.

Ich habe schon heute Nacht um vier die Kraft zum Weinen verloren. Auch dann zerbrach ich.

„Honor", keucht meine Mutter entsetzt, als sie mich in den schwarzen Klamotten, mit tiefen Augenringen und verwuschelten Haaren im Türrahmen stehen sieht. Sie kommt auf mich zu und begutachtet mein Gesicht. „Was ist denn los, Liebling? Hast du geweint?"

Ich sehe sie mit leerem Ausdruck an. Gott, ist es möglich, noch einmal zu zerbrechen?

Nein, stop.

Ich höre auf, ständig mit Gott zu reden. Würde er existieren, wäre ich noch am Leben. Gott hat mich allein gelassen. Er lässt mich einsam sterben.

„Du hast geweint, oder?", fragt Mama mich erneut und nimmt mein Gesicht zwischen ihre Hände.

„Ja", antworte ich monoton. Ist weinen überhaupt ein Ausdruck? Schreien würde es besser definieren.

„Was hast du denn da an?", schimpft meine Grandma und scannt meine schwarzen Klamotten.

Sie muss diese Kleidung sofort erkennen. Sie sind noch die, die Nathan mir damals gegeben hat.

„Mutter", nörgelt Mama und zieht mich zum Tisch. „Siehst du nicht, dass sie traurig ist? Spar dir deine Kommentare."

Ich setze mich auf den üblichen Platz und sehe in

die Runde.

Papa sieht mich verwirrt an. Grandpa zeigt mir sein Mitleid. Grandma verdreht eingeschnappt die Augen und Mama greift nach meiner Hand, damit ich sie ansehe.

„Was ist denn los?", fragt sie einfühlsam. „Ist letzte Nacht irgendetwas passiert?"

Für einen kurzen Moment sehe ich auf den Teller, der vor mir steht. Dann erinnere ich mich an Nathans grüne Augen und seinen Geruch.

Es hat keinen Sinn mehr. Einen weiteres Mal kann ich noch zerbrechen.

„Ich habe euch belogen", spreche ich die Worte aus, die mir schon seit Langem auf dem Herzen lagen, doch mir egal waren, denn ich sah nur Nathan.

Mama runzelt die Stirn. „Was meinst du?"

Ich sehe zu Mama und Papa. „Ich habe euch belogen. Die ganze Zeit. Ich war ständig bei ihm. Bei ihm und seinem Bruder. Dale lebt noch, wusstet ihr das? Er hat ihn nie umgebracht."

Mama und Papa steht die Fassungslosigkeit ins Gesicht geschrieben, doch das ist mir egal. Sie können mich einsperren, mich verprügeln, mir jegliche Dinge antun, die mir schaden. Ich bin doch schon am Ende.

„Ich habe ihn geküsst", rede ich weiter. „Es war toll. Wir haben zusammen in einem Bett geschlafen und zweimal ist er nachts durch mein Fenster gekommen. Ich bin sehr oft nachts abgehauen, weil ich bei ihm sein wollte." Wieder sehe ich auf den leeren Teller vor mir. „Und ich liebe ihn."

Es herrscht völlige Stille. Stille, in der ich mir wünsche, ich könnte ihn noch einmal küssen. Stille, in der ich mir wünsche, mein Leben wäre anders. In der ich mir wünsche, er hätte mich nicht verlassen. Stille, in der ich mir wünsche, ich hätte mit ihm geschlafen.

„Honor, das ...", sagt meine Mutter wortkarg und schüttelt sich verwirrt. „Ich weiß nicht, was ich sagen soll."

„Was ist passiert?", fragt jetzt Grandpa ruhig. Er weiß, dass ich nicht einfach so tausend Tode sterben würde. Er muss es mir ansehen.

Ich sehe zu ihm. „Er ist nicht geblieben, Grandpa. Er hat mich letzte Nacht verlassen."

Grandpa schluckt.

„Und er sagte, er liebt mich nicht. Das tat er nie ... Er wird nicht wieder zurückkommen."

Wieder ist es still am Tisch. Ich kann sogar Grandmas Mitleid fühlen, doch das bedeutet mir nichts. Sie bedeutet mir nichts. Niemand bedeutet mir irgendetwas.

„Ihr hattet recht", rede ich monoton weiter. „Er könnte mich nie lieben. Er ist ein Monster. Und er hat mir wehgetan ... Er hat mir schrecklich wehgetan." Ich sehe zu Mama. „Aber das ist jetzt vorbei. Er ist jetzt weg. Und es tut mir leid, dass ich euch belogen habe."

Ich kann diese Sekunden zwischen den Worten nicht ertragen. Kann nicht alles einfach ganz schnell vorbei sein? Müssen mich diese einsamen Momente so peinigen?

Doch jetzt seufzt Mama und nimmt wieder meine Hand. „Schatz ... Es ist okay." Sie reibt mir liebevoll mit ihrem Daumen über den Handrücken. „Wir lieben dich, egal, was passiert ist. Und jetzt ist er weg und du hast daraus gelernt. Wir, ähm ...", hilflos sieht sie zu Papa, „wir machen einfach so weiter wie vorher ... oder?"

Papa denkt kurz nach, dann nickt er. „Ja, genau. Du hast aus diesem Fehler gelernt und jetzt kann es nur besser werden. Er hat nur Probleme gemacht. Du wirst jetzt wieder dein altes Leben leben, Sarah, damit du wieder glücklich wirst."

Das ist der Moment, in dem ich darüber nachdenke, mich umzubringen.

Ich will kein Leben ohne ihn leben. Ich will nicht mein altes Leben leben. Ich will kein Leben leben, wo ich Violine spiele, Blumen pflücke und so tue, als wäre ich am Leben, während ich es nicht bin.

Vielleicht werde ich es irgendwann tun. Vielleicht werde ich irgendwann den Mut haben, mich umzubringen, damit ich nicht mehr diese grausame Leere in mir fühle, jetzt, wo er weg ist.

Doch jetzt gerade ... Jetzt gerade zerbricht alles.

Denn ich lebe mein altes Leben.

Es passieren so viele Dinge und doch passiert nichts. Es vergehen Tage, Wochen, in denen ich das bin, was ich war, bevor Nathan in mein Leben trat. Ich gehe regelmäßig zu meinen Violin- und Pianoproben, ich lerne für die Schule, pflücke Blumen und sammle sie. Ich lebe mein altes Leben.

Doch ob ich glücklich bin?

Wenn ich Blumen pflücke, denke ich an Nathan. Wenn ich sie gepresst in meiner Hand halte, denke ich an Nathan. Ich bin nicht glücklich. Ich lache nicht, ich lächle nicht. Ich tue einfach das, was ich vorher getan habe.

Wenn ich gemeinsam mit meiner Familie esse, sitze ich einfach dort, starre auf den Tisch und wünsche mir, es wäre anders. Ich wünsche mir, ich könnte bei ihm sein, weil ich nicht existieren kann, wenn er nicht da ist.

Er fehlt mir so unglaublich, ich spüre jeden Tag die Sehnsucht in meinem Herzen, bis ich anfange, mich zu übergeben, weil es zu viel Schmerz ist.

Das Vorspiel in Birmingham bringe ich hinter mich und spiele perfekt. Sie haben mich angenommen, doch auch das bedeutet mir nichts mehr. Es gibt keine Werte mehr in meinem Leben.

Mama und Papa versuchen mich oft aufzumuntern und mir wieder den Sinn von alledem zu zeigen, aber ganz ehrlich? Wo soll der Sinn sein, wenn ich doch nur mit ihm einen Sinn sehe?

Er ist alles, was ich sehe, wenn ich durch die Menschenmengen laufe. Ich sehe ihn, wenn ich Grandpa im Hotel besuche, und er ist alles, was ich sehe, wenn ich am Flügel sitze und spiele.

Ich habe ihn so sehr geliebt, als ich das letzte Mal für ihn gespielt habe.

Ich liebte ihn.

Ich liebte ihn.

Ich liebte ihn.

Und ich liebe ihn immer noch. Ich liebe ihn.

Manchmal denke ich, er ist tot. Manchmal denke ich wirklich, seine Eltern haben ihn gefunden und ihn getötet. Und dann ... Dann denke ich erneut darüber nach, mir das Leben zu nehmen. Ich denke zu oft an den Tod. Es macht mir Angst.

Doch trotzdem lebe ich weiter. Ich gehe in die Schule, ich rede mit Olivia und Zachary und all meinen anderen Freunden, wenn auch nur wenig. Ich bete noch immer in der Kirche, auch wenn ich jetzt nicht mehr für mich bete, sondern für ihn. Ich will, dass er lebt, doch gleichzeitig will ich, dass ich mit ihm im Himmel lebe, wo die Möglichkeit besteht, er könnte mich lieben.

Allerdings vergehen solche Gedanken immer wieder schnell, denn die Tatsache ist, dass er sagte, er liebt mich nicht. Er musste nur irgendetwas fühlen, aber er könnte mich nie lieben.

Das sind die schlimmsten Momente. Die Momente, in denen ich mich daran erinnere, wie er aussah, als er das sagte. Und wie ich zerbrach, während er nichts fühlte. Er ging einfach, ohne Lebewohl zu sagen. Er konnte mich einfach verlassen und so tun, als hätten wir nie etwas gehabt, als hätte all das keine Bedeutung. Als hätte ich keine Bedeutung.

Mir wird oft zugeredet, ich solle aufhören, so zu denken, ich solle geradeaus sehen und endlich die Zeit mit ihm hinter mir lassen, denn es gibt bessere Menschen auf der Welt, die mich glücklich machen.

Aber das Schlimme ist ...

Es stimmt nicht.

Und das weiß ich. Nur ich allein weiß das.

Grandpa erlaubt mir oft, dass ich in seinem Pool schwimmen kann, damit ich allein bin. Ich bin zu selten allein. Auch wenn mich hier noch mehr Erinnerungen an ihn plagen, weil er hier mit mir war, ist das der Ort, an dem ich am liebsten bin, seitdem er weg ist.

Ich lasse mich einfach im Wasser treiben und kann weinen, ohne dass es jemand mitbekommt.

Wie jetzt gerade. Jetzt gerade lasse ich mich auch in dem dunklen Bad treiben und sehe mit müden Augen an die Decke über mir, wo ich mich selbst in den riesigen Spiegel sehe. Und dann frage ich mich, ob er auch so oft an mich denkt. Ob er auch unglücklich ist und ob er auch manchmal darüber nachdenkt, alles zu beenden, weil er kein Leben ohne mich leben kann.

Ich wünsche es mir.

Ich wünsche mir, dass er unglücklich ist wie ich. Und dass er sich vorstellt, wie ich bei ihm bin und wir uns küssen. Ich will, dass ich ihm fehle, wie er mir fehlt.

Macht mich das zu einem schlechten Menschen? Dass ich will, dass er genauso unglücklich ist wie ich?

Ich schwimme an den Beckenrand und lege meine Arme darauf. Ich atme tief durch und schließe die Augen, während ich nur das Plätschern des Wassers um mich herum höre.

Ich stelle ihn mir vor, damit ich für einen kurzen Moment nicht einsam bin.

Und dann spüre ich ihn.

Ich öffne die Augen und sehe weiterhin leer auf den Beckenrand, während ich seine Präsenz hinter mir im Wasser fühle.

Langsam streicht er mir mit seinen Fingern über die Haut meiner Arme und kommt mir ganz nahe. Sein Körper ist so warm. Das erste Mal fühle ich wieder eine gewisse Wärme in mir, weil er mir so nahe ist. Sein Oberkörper presst er an meinen Rücken, während er mit seinen weichen Lippen sanfte Küsse auf meinen Nacken setzt.

Mein Kopf dröhnt und ich habe das Gefühl, ich verliere den Verstand, als er beginnt, mit mir zu reden. „Wieso bist du hier?", fragt er mich leise und küsst weiter sanft meine Haut.

Benommen blinzle ich und fühle mich unglaublich schwach. „Weil ich allein sein will", sage ich mit leiser Stimme.

Sein starker Arm schlingt sich um meinen Bauch und mit dem anderen fährt er mit seinen Fingerspitzen über meine kalte Haut meiner Arme. „Du solltest nicht allein sein", flüstert er mir mit seiner schönen Stimme zu und fährt mit seinen Lippen über meinen Hals.

Ich versuche, seine Berührungen an mich heranzulassen, doch kann zu wenig Gefühl aufbringen. Er ist nicht wirklich hier. Alles, was er jetzt sagt, sagt er nicht wirklich. „Wieso hast du mich dann verlassen?", frage ich ihn und sehe immer noch leer auf einen Fleck. „Wie konntest du mich allein lassen?"

„Ich sagte dir doch, dass ich niemals lieben könnte", haucht er und sagt es so ruhig, als wäre es normal, so etwas zu sagen.

Jetzt schließe ich die Augen. Selbst in meiner Vorstellung kann ich ihn nicht dazu zwingen, mir zu sagen, dass er mich liebt.

Eine erste Träne fließt mir über die Wange, während er mich weiter küsst. „Aber ich liebe dich", flüstere ich. „Und ich will, dass du hier bist ... Ich will es so sehr."

„Ich bin hier, Honor." Er schmiegt seinen Kopf in meine Halsbeuge.

Eine nächste Träne fließt, als ich realisiere, dass er nicht wirklich hier ist. Das alles passiert nicht. Er ist nicht hier. Nathan ist nicht hier. Ich bin immer noch allein und verlassen.

„Sag mir, dass du mich liebst", sage ich jetzt und der Kloß in meinem Hals wird immer größer. „Ich halte das nicht mehr aus ... Bitte, sag es mir."

Er seufzt. „Ich liebe dich nicht ... Du weißt es."

Wieder öffne ich die Augen und sehe auf das Wasser, das gegen den Beckenrand schwappt. Ja, es stimmt. Er liebt mich nicht. Auch nicht in meiner Fantasie.

Es hat keinen Sinn. Ich bin so verkorkst, so einsam und leer.

„Aber du bist so schön", sagt Nathan jetzt wieder und fährt mit seiner Hand über meine nackte Seite. „Du solltest nicht weinen."

„Ich will sterben, Nathan", spreche ich es das erste Mal aus. „Ich kann nicht ohne dich leben."

Und wieder beginnt er ruhig, die Stelle unter meinem Ohr zu küssen, was mich dazu bringt, die Augen zu schließen. „Nein", sagt er leise. „Du willst nicht sterben. Du wirst bald wieder glücklich werden."

„Du lügst."

„Ich lüge nie."

„Doch", sage ich leise. „Du sagtest, du bleibst. Und du hast gelogen."

„Honor", wispert er mir zu. „Du weißt, ich hatte

keine andere Wahl."

Wieder verziehe ich schmerzvoll das Gesicht, weil es zu viel wird. Die Sehnsucht nach ihm frisst mich auf und es scheint kein Ende zu nehmen. „Ich vermisse dich so sehr, Nathan", wimmere ich. „Ich bin nicht mehr ich selbst, seit du nicht mehr da bist."

„Es tut mir leid", flüstert er und ein letztes Mal küsst er meine Schulter. „Es tut mir so unendlich leid."

Und dann verschwindet er. Er verschwindet einfach in der Luft und zum tausendsten Mal bin ich allein in diesem Becken.

Ich schluchze laut auf und habe das Gefühl, ich kann diesem Schmerz nicht mehr standhalten.

Wie kann er mir nur so wehtun? Wie kann er mir einfach die Seele stehlen und dann gehen, mich allein zurücklassen? Sieht er nicht, was er aus mir macht? Ich bin das pure Elend.

Doch das Schlimmste ist, dass ich trotzdem weitermache. Ich verschwinde trotzdem wieder aus dem Wasser, gehe wieder nach Hause, lege mich ins Bett und schlafe ein, damit ich am nächsten Morgen wieder aufwache.

Das ist also jetzt mein Leben ohne ihn. Auch wenn er gerade mal dreiunddreißig Tage fort ist, heilt die Zeit keine Wunden. Es wird nur schlimmer von Tag zu Tag.

Aber eines Nachts stelle ich mir die Frage, wie lange ich in dieser Einsamkeit noch leben kann. Gibt es überhaupt einen Weg hinaus? Auf was hoffe ich eigentlich? Glaube ich wirklich, dass ich ihn je wiedersehen werde?

Ein großer Teil in mir sagt Nein, doch der andere Teil will ihn weiter spüren können. Und ich weiß nicht, warum, doch ich stehe auf und ziehe mich an. Ich muss ihm näher sein. Zwar weiß ich, dass ich ihn heute Nacht nicht sehen kann, doch einen Teil von ihm. Ich will zumindest seinen Duft in seiner Wohnung riechen können und mich an die Nächte erinnern, die ich bei ihm war.

Die Nächte, in denen er gemein war. Und die Nächte, in denen er wollte, dass ich gehe.

Es ist Wahnsinn, wenn man bedenkt, wie oft er mich niedergemacht hat, ich aber trotzdem bei ihm geblieben bin.

In was habe ich mich eigentlich verliebt? In die Worte, die er nie gesagt hat? In sein Ich liebe dich, das er nie aussprach? Ich muss verrückt sein.

Aber trotzdem ziehe ich mir mein weißes Kleid an, in dem er mich das letzte Mal gesehen hat. Ich trug es nicht noch einmal, nachdem er ging, aber ich denke, dass jetzt der richtige Zeitpunkt ist. Wenigstens für eine Nacht kann ich ihm so verbunden sein, auch wenn ich meine Eltern wieder hintergehe.

Um zwei Uhr morgens klettere ich aus meinem Fenster, wie ich es früher getan habe, und friere nicht mal. Ich gehe einfach. Ich denke nicht an meine Eltern, ich denke an niemanden, nur an das Gefühl, das ich gleich haben werde, wenn ich die Räume betrete, die mich so an ihn erinnern.

Ich laufe durch die dunkle Stadt und habe keine Angst. Ich fühle mich, als würde mich ein Band dort hinziehen, zu ihm.

Wahrscheinlich würde ich frieren, wäre ich bei Besinnung, doch ich bin es nicht. Ich bin müde, kaum eine Nacht schlafe ich mehr als drei Stunden, weil das Bild von ihm hinter meinen Lidern brennt, wenn ich meine Augen schließe. Aber vielleicht finde ich bei ihm Schlaf. In seinem Bett, in dem wir lagen. Zumindest nur ein paar Stunden ... Ich will endlich wieder Ruhe in mir spüren.

Als ich bei seinem Haus ankomme, sehe ich auf den Platz, wo sonst immer sein Motorrad stand. Das Teil, auf dem er aussah wie ein Höllenreiter. Würde mich diese Erinnerung nicht so quälen, würde ich jetzt wahrscheinlich lächeln.

Aber sie quält mich.

Das Haus steht mal wieder offen, weswegen ich es betreten und die kahle Treppe nach oben laufen kann. Ich starre nur auf meine Füße, damit ich ihn nicht sehe, wie er die Stufen nach unten stürzt und ich ihm schnell folge wie damals. Ständig würde ich diese Szenen sehen, dabei will ich das nicht.

Als ich genau vor seiner Wohnungstür stehe und ich sehe, wie sie offen lasse, lasse ich all die Erinnerungen zu. Sie plagen jetzt wieder meinen Kopf wie Insekten, die mich innerlich zerfressen. Doch das ist irrelevant. Ich muss ihm endlich wieder nahe sein.

Ich öffne langsam die Tür, die mit einem leisen Quietschen aufgeht, und stehe in seinem Flur. Noch immer liegen Scherben auf dem Boden, noch immer sind die Regale zerstört. Alles sieht so aus wie das letzte Mal, als ich hier war. Es riecht noch nach ihm.

Ich laufe durch den kleinen Flur hinein ins Wohnzimmer, sehe mich um, trauere, atme, erinnere mich.

Ich berühre den Sessel, auf dem er immer saß.

Dann öffne ich die Balkontür und steige hinaus in die Kälte. Ich sehe auf den Aschenbecher, der auf dem Fensterbrett steht. Seine Zigaretten. Sie liegen dort noch, als wäre er noch immer hier. Doch das ist er nicht.

Ich wünschte, ich würde rauchen. Am liebsten würde ich jetzt gerade eine Zigarette rauchen, um ihm noch näher sein zu können. Ich würde das gleiche Kratzen in meinem Hals spüren, das er immer spürte, wenn er den giftigen Rauch einatmete.

Morgen werde ich mir Zigaretten kaufen und sie alle rauchen. Ich würde alles tun, um so zu sein wie er.

Ich erinnere mich an den Moment, in dem wir hier gemeinsam standen und ich ihm beim Rauchen zusah. Es ist eine warme Erinnerung, sie sollte mir eigentlich das Herz erwärmen. Doch ich schaudere, weil mir nur kälter wird. Es ist merkwürdig, sich an eine schöne, warme Erinnerung zu erinnern und trotzdem zu frieren.

Und dann laufe ich in sein Schlafzimmer. Ich denke nicht viel nach. Ich schließe die Tür hinter mir und sehe durch die Dunkelheit auf das Bett, in dem ich wünschte, er würde jetzt mit mir dort liegen.

Ich gehe darauf zu. Ich schlage die dünne Decke nach hinten und lege mich hinein.

Sofort fühle ich mich wohler, obwohl es nur schlimmer wird. Ich rieche ihn überall. Ich kann sogar seine Präsenz spüren, so verrückt bin ich schon.

Ich decke mich nicht zu. Ich friere so oder so. Nichts könnte mich besser fühlen lassen, außer seinen Körper genau neben meinen und seine Stimme, die mir leise zuflüstert, dass er eine Millionen Jahre mit mir leben wolle, mich im Himmel und auf Erden lieben werde und es ihm schrecklich leidtue, dass er mich so habe leiden lassen.

Ich schließe die Augen. Ich atme. Ich atme. Ich atme. Ich spüre, wie ich immer müder werde. Mein Körper wird schwächer. Meine Erinnerungen verwelken. Alles schwindet und seit Langem erlaube ich mir wieder, mich endlich völlig gehen zu lassen, denn jetzt gerade bin ich ihm nahe. Das hier ist keine Vorstellung. Ich liege wirklich in seinem Bett.

Doch wünsche ich mir trotzdem, er wäre hier. Ich wünsche es mir so sehr, bin gleichzeitig doch so verzweifelt, dass ich mir sicher bin, ich werde gleich wieder von ihm träumen.

Ich drehe mich zur Wand und versuche weiter, die Augen geschlossen zu halten. Ich darf nicht wieder zulassen, dass er meinen Körper übernimmt. Jetzt gerade muss ich einmal in Ruhe schlafen. Nur einmal.

Doch mein Kopf scheint mich nicht in Ruhe lassen zu wollen.

Ich bilde mir ein, wie ein Geräusch ertönt, ich kann es nicht zuordnen. Ich bilde mir Schritte ein. Ich bilde mir ein, wie sich die Matratze hinter mir senkt, und ich bilde mir ein, wie sich ein Körper hinter mich legt.

Ich bilde mir ein, seinen Duft zu riechen.

Ich bilde mir ein, wie er seinen starken Arm um mich legt und mich an seine Brust drückt.

Und dann bilde ich mir ein, wie er seinen Kopf in meinem Haar vergräbt, tief durchatmet und die

Wärme seines Atems auf meiner Haut verteilt.

Und weil ich weiß, dass all das nur in meiner Vorstellung geschieht, spreche ich zu ihm. „Wieso bist du hier?"

Er drückt mich enger an sich. „Ich wusste, du würdest hier sein", gibt er leise zurück und es klingt so real.

Seine Stimme verpasst mir eine Gänsehaut am ganzen Körper, wie sie es früher tat.

„Und ich wusste, ich würde keinen weiteren Tag überleben, ohne dich bei mir zu haben."

Und dann ... Und dann öffne ich die Augen.

Er ist hier.

Es ist zu real. Ich kann ihn wirklich spüren. Ich kann wirklich die Wärme seines Atems spüren und seinen Geruch riechen. Das hier kann keine Vorstellung sein.

Um sicherzugehen, dass er wirklich hier ist und mich mit seiner Wärme umschließt, traue ich mich, nach seiner Hand zu greifen, die fest um meinen Oberkörper geschlungen ist.

Ich kann sie fühlen. Sie ist warm und echt.

Ein riesiger Kloß wächst in meinem Hals, weil mich zu viele Gefühle auf einmal überfluten. Ich kann sie nicht kontrollieren, doch das muss ich gerade auch nicht.

Sachte führe ich seine Hand zu meinem Gesicht und lege meinen Kopf hinein. Es fühlt sich so wunderbar an. Es fühlt sich so wunderbar echt und geborgen an.

Ich schließe die Augen. Genieße seine Nähe. Genieße die Tatsache, dass er zurückgekommen ist.

„Bitte", hauche ich leise. „Bitte geh nicht noch einmal."

Er rutscht noch näher an mich heran, hat mich fest in seinem Griff. Seine Hand habe ich weiterhin jedoch in meiner Hand. Ich werde sie die ganze Nacht halten, denn das konnte ich nie.

„Ich werde nicht gehen", spricht er mit seiner leisen, rauen Stimme. „Ich werde da sein, wenn du aufwachst."

Ich atme. Er wird da sein, wenn ich aufwache.

„Versprichst du es mir?", frage ich ihn mit müder, ausgelaugter Stimme.

„Ich verspreche es dir."

Ich schlafe sofort ein. Denn ich kann es jetzt. Ich weiß, er ist hier, ich weiß, er beschützt mich, ich weiß, er wird nicht mehr gehen und ich weiß, dass ich nicht allein bin. Jetzt kann ich ruhen. Jetzt kann ich endlich ruhen.

Kapitel 26

Ich wache auf. Für einen kurzen Moment weiß ich nicht, wo ich bin. Doch dann öffne ich die Augen und eine ungewohnte Wärme umgibt mich.

Und dann erinnere ich mich.

Nathan.

Mir kommen sofort die Tränen, als ich sehe, wie ich tatsächlich seine Hand in meiner halte und wie ich tatsächlich seinen Atem in meinem Nacken spüre und wie mir tatsächlich seine Präsenz den Atem nimmt.

„Du bist wach", ertönt seine Stimme, die mein Herz sofort noch schneller schlagen lässt.

Mein Atem zittert und ich weiß nicht, was ich tun soll. Er ist wirklich hier bei mir. Sogar die Sonne scheint durch das Fenster über uns. Es ist mir egal, dass meine Eltern mich nicht in meinem Bett vorfinden werden, es war mir nie weniger egal.

„Ja", sage ich mit heiserer Stimme und versuche, meinen Körper zu kontrollieren. „Und du bist noch hier."

Wieder drückt er mich näher an sich heran, was mir kurz den Atem nimmt, doch das ist nicht schlimm. „Ich hatte es dir versprochen." Er atmet tief ein und aus. „Und dabei hasse ich Versprechen."

Ich schlucke schwer, um den Kloß in meinem Hals zu entfernen. Ich kann die Situation noch nicht ganz verstehen, ich kann das Glücksgefühl noch nicht ganz an mich heranlassen. „Du hast mich in einem Albtraum leben lassen", flüstere ich, lasse seine Hand jedoch nicht los, denn sonst würde ich denken, ich träume wieder.

„Ich weiß", sagt er mit kratziger Stimme.

„Ich habe jeden Tag gelitten, als du nicht da warst", erzähle ich weiter.

Er schweigt.

„Ich dachte, ich würde sterben."

Wieder sagt er nichts. Er nimmt meine Worte einfach so hin, weil er weiß, er hat es verdient, sie zu hören.

„Ich habe ständig gefroren", rede ich weiter. „Und ich habe dich jede Sekunde vermisst. Ich wollte dich ständig sehen, doch konnte es nicht." Mir kommen die Tränen, weil ich Angst habe, er blockt meine Gedanken ab, wie er es früher getan hat. „Ist das normal?", frage ich ihn weinerlich. „Ich bin verrückt geworden, Nathan. Ich bin verrückt geworden, seitdem du gegangen bist."

Wieder Stille. Sie peinigt mich. Er wird mir wieder sagen, dass es ihm nicht so geht. Er wird mir wieder sagen, dass er das alles nicht kann.

Doch dann sagt er: „Ich dachte, ich könnte ohne dich leben, aber ich konnte es nicht."

Ich schließe schmerzvoll die Augen. Er soll mich nicht schon wieder anlügen. Ich ertrage es nicht.

„Komm mit mir, Honor", sagt er und dreht mich zu sich.

Das Gefühl, als ich ihm in seine wunderschönen grünen Augen sehe, ist zu überwältigend, um es beschreiben zu können.

Aber er sieht ehrlich aus.

Er legt seine warme, große Hand auf meine Wange und wischt mir eine Träne mit seinem Daumen weg. Seine Augen sind traurig, doch gleichzeitig so voller Mitgefühl. „Es tut mir so scheiße leid, was passiert ist. Ich weiß, keine Entschuldigung der Welt könnte das wiedergutmachen, aber du musst mit mir kommen. Ich brauche dich. Scheiße, ich brauche dich so sehr, du kannst dir nicht vorstellen, wie sehr ich dich brauche."

Seine Worte sprudeln quasi aus ihm hinaus, doch ich genieße jedes einzelne von ihnen. Ich hänge nur so an seinen Lippen, während er mir mit seinen Händen die Haare aus der Stirn streicht.

„Deswegen bitte ich dich", fleht er. „Bitte komm mit mir. Ich kann nicht noch einen Tag ohne dich leben. Es ist unmöglich."

Sein Gesicht verzieht sich angestrengt und kurz sieht er von meinen Augen weg. Er atmet durch, als würden ihn die nächsten Worte anstrengen.

Doch dann sieht er mich wieder an. „Ich liebe dich. Du wirst es vielleicht nicht glauben, aber das tue ich wirklich. Schon von Anfang an. Schon von Anfang an ..." Er schürzt die Lippen. „Aber bitte, Honor ... Bitte komm mit mir. Verlass mit mir Cardiff und fange ein neues Leben an. Mit mir. Ich kann nicht atmen, wenn wir getrennt sind."

Meine Lunge fühlt sich an, als würde jemand auf meiner Brust stehen, und mein Herz pocht wie wild gegen meine Rippen. Ich öffne die Lippen, um etwas zu sagen, doch es kommt kein Ton heraus. Ich bin zu entsetzt von seinem Auftreten, von seinem Gesicht, seiner Nähe und seinen Worten.

„Bitte", fleht er mich erneut an und es ist pure Verzweiflung in seinem Blick zu lesen, was ich nie zuvor gesehen habe.

Er sagt die Wahrheit. Ich spüre es.

Deswegen hauche ich: „Sag es noch mal."

Ein verwirrter Ausdruck ziert ihn. „Was?"

„Sag noch mal, dass du mich liebst ... Ich will es noch einmal hören."

Seine Augen wechseln zwischen meinen hin und her und er wirkt nervös, doch trotzdem wird seine Miene wärmer. „Ich liebe dich", sagt er. „Ich liebe dich. Ich liebe dich. Ich liebe dich."

Mein Herz setzt für einen Schlag aus und ich will ihn nur noch küssen. Ich will ihn einfach nur noch küssen.

Und dann tue ich etwas, was unserer ganzen Situation widerspricht und was ich seit Tagen nicht mehr getan habe, aber ich habe das Gefühl, dass jetzt gerade der richtige Zeitpunkt dafür ist.

Ich lächle. Zwar nur leicht, aber ich tue es. Ich lasse das Glücksgefühl meinen Körper übernehmen und das allbekannte Kribbeln, das ich früher immer verspürt habe, wenn er bei mir war, tritt in meine Magengegend.

„Noch mal", bitte ich ihn glücklich.

Jetzt lächelt auch er und mein Herz geht auf.

Und dann küsst er mich. Er küsst mich so liebevoll und sanft, dass ich mich beherrschen muss, nicht sofort nach mehr zu verlangen, als er damit aufhört und mich stattdessen wieder ansieht.

Gott ... Können Lippen wirklich so schön sein?

„Ich liebe dich", sagt er und küsst mich erneut.

Und jetzt zügle ich mein Verlangen definitiv nicht mehr. Ich schlinge meine Arme um seinen Nacken und küsse ihn so leidenschaftlich und mit all der Liebe, die ich in mir verspüre, bis ich keine Luft mehr bekomme. Selbst dann küsse ich ihn noch.

Wenn ich gewusst hätte, dass es solch ein Gefühl in mir gibt, hätte ich ihn schon viel früher geküsst. Vor allem weil mir jetzt schon richtig heiß wird.

„Honor", quetscht er zwischen unseren Küssen hervor, während ich gar nicht von ihm ablassen will. „Honor, warte."

Doch ich küsse ihn weiter. Überall. An seinem Kiefer, auf seinem Hals, auf seiner Wange. Überall da, wo ich ihn nie küssen konnte, doch wollte.

Sein Atem geht schneller. „Honor", keucht er wiederholt. „Wir müssen runter."

Jetzt sehe ich ihn verwirrt an. „Wie, runter?"

Er atmet auf und ein Grinsen schleicht sich auf seine Lippen. „Scheiße, was ist mit dir passiert?"

Ich blinzle. „Wieso?"

Sein Grinsen wird zu einem Lächeln und das erste Mal habe ich das Gefühl, er will mir mit seinen Augen sagen, dass ich die Einzige bin, die total verrückt nach ihm ist. „Will wartet schon die ganze Nacht unten", sagt er jetzt.

„Die ganze Nacht?"

„Ja. Er sitzt im Auto und wartet, bis ich runterkomme."

„Wieso hast du ihm nicht Bescheid gegeben und auf der Couch schlafen lassen? Es muss unglaublich kalt sein."

„Ich hatte dir versprochen, nicht zu gehen."

Ich seufze glücklich. Oh man, ich hätte nie gedacht, dass Nathan so etwas irgendwann mal freiwillig aussprechen wird. Doch er macht es. Und das macht mich so unglaublich glücklich. Zumindest jetzt in diesem Moment.

Er richtet sich auf und stellt sich neben das Bett. Dann hält er mir die Hand hin. „Lass uns gehen. Hier ist es scheiße kalt und ich hasse es hier."

Ich ergreife nickend seine Hand und versuche mich hinzustellen. Allerdings falle ich im nächsten Moment sofort wieder auf die Bettkante. „Huch", sage ich leise und sehe auf meine Beine.

Ich trage nur mein Kleid und jetzt spüre ich erst die Kälte richtig. Das Gefühl habe ich beinahe völlig aus meinen Beinen verloren und die Frostbeulen spüre ich auch mehr als deutlich. Es tut unheimlich weh. Es war doch keine gute Idee, das Kleid anzuziehen.

„Was ist?", fragt Nathan und sieht mit gerunzelter Stirn zu mir herab.

Entschuldigend deute ich auf meine Beine, die total blass sind. „Irgendwie ... Keine Ahnung. Ich bin erfroren."

„Du bist erfroren", wiederholt er skeptisch.

Ich zucke mit einer Schulter. Jetzt komme ich mir sofort wieder dumm vor. „Ja ... Es tut weh beim Laufen und …“

Ich stoppe, als Nathan mich plötzlich hochhebt und auf seinen Armen trägt. Verdutzt sehe ich ihn an, während er aus dem Zimmer geht. Nathan trägt mich.

Er trägt mich. Und das mit Leichtigkeit.

Wieder lächle ich zufrieden und kann immer noch nicht ganz verstehen, dass er wirklich wieder bei mir ist. Ich kuschle mich an seine starke Brust, während er die vielen Treppen nach unten geht.

„Danke", wispere ich gegen den Stoff seines Pullovers.

Er küsst mich sanft auf den Kopf, als wäre es eine total normale Geste. Doch das ist wohl seine Antwort. Schon früher wusste er nicht, wie er auf Danksagungen reagieren soll, weswegen er mich immer mit Gemeinheiten abgeblockt hat, doch heute küsst er mich.

Und das nimmt mir für diesen Moment alle Last von den Schultern.

Als Nathan aus dem kalten Haus läuft, kann ich ein Auto auf der anderen Straßenseite sehen, in dem Will sitzt, mit dem Kopf auf dem Lenkrad, und schläft.

„Hoffentlich ist er nicht erfroren", sage ich zu Nathan, während er zu dem Auto läuft.

„Der hat schon Schlimmeres überlebt", gibt Nathan nur zurück und dann tritt er einmal heftig gegen die Fahrertür, was einen lauten Knall erzeugt.

Schlagartig wacht Will auf, knallt mit seinem Kopf gegen die Hupe und nimmt Kampfposition ein.

„Hey!", ruft Nathan nach drinnen zu ihm, worauf er uns erschrocken ansieht.

Wills Miene wird böse und er ruft durch die Tür: „Du lässt mich die ganze Nacht hier in der scheiß Kälte und dann trittst du noch gegen mein Auto? Soll ich dich überfahren?"

Nathan verdreht die Augen. „Mach die scheiß Tür auf! Sie friert!"

Ich muss mir ein Grinsen unterdrücken, auch wenn ich wirklich friere.

„Sie friert", ahmt Will Nathan genervt nach und verzieht sein Gesicht, während er einen Knopf drückt und alle Türen aufgeschlossen werden. „Verdammter Bastard."

Nathan öffnet die Tür der Rückbank und setzt mich so vorsichtig hinein, dass man meinen könnte, er hätte Angst, ich zerbreche jeden Moment. Doch es erwärmt mir das Herz und lässt mich fast meine erfrorenen Beine vergessen. Er ist so fürsorglich und ich liebe es. Das hätte er nicht getan, bevor er gegangen ist.

Doch auch im Auto umgibt mich eine eiserne Kälte. Es wundert mich, dass Will nicht schon blau gefroren ist, wenn er wirklich die Nacht hierdrin verbracht hat. Es ist unfassbar kalt, und ich fange an, mit den Händen über die Arme zu reiben, als Nathan gerade die Tür schließen will, doch er stoppt in seiner Bewegung.

Und kurzerhand zieht er sich den Pullover über den Kopf und steht nur noch im T-Shirt vor dem Auto. „Hier", sagt er und hält mir das schwarze Stück Stoff entgegen. Diesmal sieht er nicht mal so aus, als müsste er mit sich kämpfen, um so eine nette Geste zu tun. Er macht es einfach.

„Du willst mir wirklich deinen Pullover geben?", frage ich ihn und versuche, die Herzen in meinen Augen zu verstecken.

Jetzt kann auch er sich kein Grinsen verkneifen und

er legt mir den Pullover auf den Schoß. „Bitte mach keine große Sache daraus."

Glücklich nehme ich mir den Pullover, der vollgesogen mit seiner Wärme ist, und falte ihn so auseinander, dass ich hineinschlüpfen kann. „Du hast Bitte gesagt", lasse ich ihn wissen, als ich meinen Kopf durch das Loch stecke und ich seinen Duft sofort riechen kann.

Als Nathan gerade etwas darauf sagen will, unterbricht ihn jedoch der ungeduldige Will. „Ich bin mir echt nicht sicher, ob ich mit dieser Liebesscheiße klarkomme, also, Nathan, setz dich sofort nach vorne, damit ich die beschissene Heizung anmachen kann."

Und ich laufe sofort rot an, während Nathan ihn strafend ansieht, doch dann die Tür zuschmeißt. Wer hätte gedacht, dass Nathan und mich irgendwann mal jemand trennen muss, weil wir zu kitschig sind? Ich definitiv nicht. Das fühlt sich gerade wie ein wahrgewordener Traum an, es ist beinahe noch besser.

Doch er zerplatzt wieder, als Nathan sich auf den Beifahrersitz setzt und Will sagt, als er den Motor startet: „Also wo wohnt Honor jetzt noch mal?"

Auf der Stelle senken sich meine Mundwinkel und ich spüre ein Stechen in meiner Brust. „Ihr wollt mich nach Hause fahren?", frage ich sie mit heiserer Stimme.

Ich will nicht nach Hause. Zu Hause ist meine Familie, die wahrscheinlich schon die Polizei auf mich gehetzt hat, weil ich nicht in meinem Bett liege. Und dann ist auch noch Sonntag und Grandma und Grandpa sind bei uns. Wenn ich jetzt so nach Hause komme, wird mein schöner Traum nicht weiter existieren und wieder werden sie mir Nathan verbieten.

„Du musst nach Hause, Honor", sagt jetzt Nathan und auch bei ihm hört man heraus, wie sehr es ihm gegen den Strich geht. „Deine Eltern sind wahrscheinlich jetzt schon am Ausflippen und ... Wahrscheinlich wirst du mit ihnen reden wollen. Ich kann mitkommen, wenn du das willst."

„Nein", erwidere ich sofort, weil ich ganz genau weiß, dass alles eskalieren würde, wenn sie Nathan sehen. „Ich denke, das würde alles noch viel schlimmer machen ... Ich ... Ich muss da allein durch."

Nervös kaue ich mir auf der Lippe rum und ich wünsche mir, dass ich die nächste Stunde nicht erleben werde. Ich weiß, dass etwas Schlimmes passieren wird, ich weiß es einfach. Wieder mal spüre ich es. Meine Eltern werden ausflippen und diesmal noch mehr als das, denn dieses Mal können sie mir nicht mehr verbieten, mit Nathan zusammen zu sein.

Weil die Stille im Auto so unangenehm ist, beschließe ich, sie zu brechen. „Wo ist, äh", frage ich mutig, „wo ist eigentlich Dale?"

„Huh", sagt jetzt Will zischend, während ich schon von hinten erkennen kann, wie sich Nathans Stirn in Falten legt. „Ganz schlechtes Thema. Am besten du sagst seinen Namen gar nicht me…"

„Er ist noch bei Eduard", unterbricht Nathan ihn jedoch mit knurrender und tiefer Stimme. „Und da wird er auch bleiben. Er und Eduard wissen nicht, dass ich hier bin."

Ich blinzle. „Sie wissen es nicht? Aber wie kommst du dann hierher?"

„Durch mich", sagt Will stolz. „Ich bin der heilige Samariter, ich kämpfe für die Liebe und den ganzen Scheiß. Zwar bin ich mir sicher, dass ich hier nicht ohne ein blaues Auge rauskomme, aber das ist es mir wert." Er boxt Nathan spielerisch auf die Schulter. „Mein kleiner Satan war noch nie verliebt und das darf ich nicht versauen."

„Scheiße, Will, halt dein Maul", flucht Nathan gestresst. „Du sollst einfach nur dieses beschissene Auto fahren, also tu das auch."

Wieder lächle ich, obwohl es meiner Situation widerspricht. In weniger als zehn Minuten werde ich in mein Elternhaus gehen und einen Kampf ausfechten. Natürlich verbal. Doch ich werde allein sein und das macht mir Angst. Nathan hat mit zwar angeboten, mitzukommen, aber das würde nichts besser machen. Es heißt diesmal ich gegen meine Familie. Und das ist das Schlimmste.

Will hält genau vor dem Tor des Hauses meiner Eltern und ich atme tief durch, als ich über den Hof sehe. Ich habe unheimliche Angst.

Noch kann ich mir nicht vorstellen, was gleich passieren wird.

Nathan steigt aus und läuft zu mir nach hinten, um die Tür zu öffnen, als ich gerade nach dem Türgriff greifen wollte. So lieb wie noch nie hilft er mir aus dem Auto und auch ihm merkt man die Anspannung an. Auch er weiß nicht, was gleich passieren wird.

Doch da wir beide wissen, dass rauskommen wird,

dass Nathan wieder bei mir ist, kann Will auch direkt vor unserem Tor stehen und Nathan aus dem Auto kommen, ohne sich verstecken zu müssen.

„Danke", sage ich traurig, als ich genau vor ihm stehe, friere und am liebsten einfach bei ihm bleiben würde.

„Noch eine Sache." Er greift in seine Jeanshose und zieht ein Handy hervor. „Damit kannst du uns anrufen, wenn wir dich holen sollen. Wenn die ganze Scheiße vorbei ist."

Ohne viel darüber nachzudenken, greife ich nach dem Handy und nicke verstehend. Am liebsten würde ich vor Panik weinen, doch ich muss stark bleiben.

„Ich kann mit dir kommen", sagt Nathan wieder, als er meine Furcht zu spüren scheint. Sanft hebt er mein Kinn an. „Du musst da nicht allein rein, wirklich nicht. Du bist nicht mehr allein, schon vergessen?", zitiert er die Worte, die ich ihm damals immer gesagt habe.

Ich will lächeln, doch jetzt kann ich es nicht. Ich schürze deprimiert die Lippen und sehe in seine schönen grünen Augen, die mir einen Funken Hoffnung vermitteln. Doch ich schüttle den Kopf. „Sei einfach nur da, wenn ich zu dir will. Ich werde das schon hinbekommen."

Er presst die Lippen aufeinander und sieht mich skeptisch an.

Und dann donnert es wie aus dem Nichts, was mich aufzucken lässt.

Sofort verziehe ich weinerlich mein Gesicht. Jetzt will ich definitiv weinen. Ist das ein Zeichen Gottes? Er schickt uns ein Gewitter, damit die Situation noch schlimmer wird? Er muss doch wissen, wie sehr Papa und ich Gewitter hassen.

„Ich komme sofort, wenn du rufst", flüstert Nathan und legt seine Hände beschützend um meinen kalten Kopf.

Er haucht mir einen sanften Kuss auf die Lippen, was mir neue Kraft gibt, diesen Kampf jetzt zu gewinnen.

Ich genieße den Kuss so sehr, dass es mir schwerfällt, zuzulassen, dass er seine Lippen wieder von meinen entfernt.

„Okay?", haucht Nathan gegen meine Lippen, die weiter nach ihm bitten.

Ich nicke leicht. Ängstlich.

„Gut." Ein letztes Mal küsst er mich, erwärmt damit mein Herz so sehr, wie es geht, und ich schließlich den Weg zu meinen Eltern gehen kann.

Nathan und Will fahren fort und ich stehe mit pochendem Herzen vor der Haustür. Ein letztes Mal atme ich tief durch, bevor es losgeht. Ich habe schon gesehen, wie meine Mutter durch das Fenster gelugt hat, als sie mich mit Nathan gesehen hat, deswegen stelle ich mich sofort auf das Schlimmste ein.

Doch das ist mir egal. Noch mal werde ich so eine Zeit wie in den letzten 33 Tagen nicht durchmachen. Jetzt, wo Nathan wieder bei mir ist und er mir sagt, dass er mich liebt, wie ich ihn liebe, kann mich nichts mehr zurückhalten. Auch nicht meine Eltern.

Es donnert erneut.

Gott, bitte lasse es schnell vorbei sein, damit ich wieder zu Nathan verschwinden kann.

Ich öffne die Tür und betrete das warme Haus. Unmittelbar ertönen mehrere Stimmen.

„Nein!", ruft meine Mutter aufgebracht, sodass es durch den ganzen Flur hallt. „Sie hört nicht, also müssen wir etwas ändern!"

„Diana, du hast nicht das Recht dazu!", ertönt zu meiner Überraschung die Stimme meines Grandpas. „Sie ist ein achtzehnjähriges Mädchen, lass sie endlich zusammen sein, mit wem sie möchte!"

Ich schlucke. Sie streiten schon jetzt wegen mir.

Ängstlich betrete ich das Wohnzimmer und augenblicklich sehen mich vier Augenpaare an. Grandma, Grandpa, Papa und Mama. Und alle zeigen die gleiche Emotion. Wut. Ein schlechter Anfang, wenn man bedenkt, dass ich allein hier stehe.

„Endlich bist du zu Hause!", bellt meine Mutter sofort und sie wird rot vor Wut. „Was bildest du dir eigentlich ein, die ganze Nacht wegzubleiben, ohne uns Bescheid zu geben, und dann auch noch mit dieser Gestalt vor unserem Hof zu stehen!"

Noch bekomme ich kein Wort raus.

„Sagtest du nicht, er sei verschwunden?", schreit jetzt auch mein Vater in meine Richtung. „Wieso ist er hier?"

Man sieht sofort, wer auf meiner Seite ist. Grandpa steht näher bei mir, während Grandma, Mama und Papa eine Wand gegen uns beide bilden, derweil ich all ihr Geschrei hinnehme.

„Er ist schlecht, Honor!", wütet meine Mutter weiter. „Er ist ein grausamer Mensch, wann siehst du das endlich? Was hat er dir erzählt? Dass er dich liebt und deswegen zurückgekommen ist?"

Ich sehe zu Boden. Ja, das hat er gesagt. Doch ich bekomme keinen Ton heraus. Der Druck in meinem Hals ist zu groß und ich kämpfe damit, nicht sofort in Tränen auszubrechen, weil ich solche Angst vor der Zukunft habe. Würden sie mir je verzeihen, wenn ich sie wegen Nathan verlasse?

„Du bist so naiv und abhängig von ihm!", schreit Mama weiter. „Und was trägst du da? Seinen Pullover?"

Ich nicke nur schwach.

„Honor, das alles hat jetzt ein Ende! Er belügt dich! Er liebt dich nicht, das kann er nicht und er ist ein Monster! Er ist wie der Teufel höchstpersönlich!"

Und bei ihrem letzten Satz dreht sich bei mir ein Schalter um. Sofort vergeht die Angst in mir und mein Herz pocht schneller. Nicht jedoch vor Trauer, sondern vor Wut. Ich sehe sie scharf an.

Nathan ist nicht der Teufel.

„Ihr wagt es, ihn als Lügner zu bezeichnen?", frage ich sie giftig und balle die Fäuste.

Mamas Miene wird wütender. „Er ist ein Lügner!"

Ich schüttle ungläubig den Kopf. „Die Lügner höchstpersönlich betiteln jemanden als Lügner."

„Was?" Sauer stampft Mama auf. „Du bezeichnest uns als Lügner? Wir sind deine Eltern, zeig gefälligst Respekt!"

Ein weiterer Donner ertönt.

„Was bildest du dir ein?", ruft Papa.

„Was ich mir einbilde?", zische ich und schließe für einen Moment schmerzvoll die Augen. Wieder sehe ich sie an. „Ich bilde mir ein, dass ihr beide wohl die Lügner von uns seid. Könnt ihr euch noch daran erinnern, was Esther und Joel mit Nathan getan haben? Wie sie ihn geschändet haben?"

Und eine leichte Genugtuung spiegelt sich in meinem Gesicht, als ich sehe, wie die Mienen Entsetzen spiegeln. Sie dachten wohl nicht, dass ich es wüsste.

„Ihr habt mich belogen", rede ich weiter. Direkter. „Ihr habt mich ständig, jahrelang belogen. Und noch dazu habt ihr zugelassen, wie dieser kleine Junge Qualen erleidet, wofür man euch einsperren sollte."

Als sie immer noch schweigsam dort stehen, fahre ich fort. „Was ist los? Denkt ihr etwa auch, dass Nathan der Teufel ist, so wie Esther und Joel es tun? Ihr wusstet immer, durch welche Hölle er ging, doch habt weggesehen. Oder doch geholfen? Und heute ... Heute wollt ihr mich von ihm fernhalten, weil ihr denkt, er wäre ein schlechter Mensch. Ihr seid die schlechten Menschen."

„Sei still!", ruft jetzt Grandma aufgebracht. „Du weißt doch nicht, was du da redest, also sei gefälligst still! Er ist …“

„Er ist ein schlechter Mensch, schon kapiert", vollende ich gelassen ihren Satz. „Nur hat dich das auch nicht interessiert, als du meinen Eltern verschwiegen hast, dass ich weiter mit ihm zu tun habe."

Nun starrt Mama sie entsetzt an. „Wie bitte? Du hast es uns verschwiegen?"

„Ja, hat sie", antworte ich für Grandma. „Aber das ist doch total irrelevant. Es geht um das hier. Ihr werdet Nathan und mich nicht mehr trennen können. Dafür habt ihr zu lang gelogen."

„Oh doch, das können wir!", brüllt Papa und

schließt die Haustür ab. „Und das werden wir!"

Grandpa hält sich währenddessen fassungslos die Hand an die Stirn und sieht uns zu.

„Du hast doch keine Ahnung, was du da von dir gibst!", schreit Mama. „Wir wussten nie, was sie mit ihm gemacht haben, noch hatten wir irgendeine Chance etwas zu ändern! Wir sind deine Eltern, also rede nicht so mit uns!"

„Gott, verdammt!", schreit jetzt plötzlich Grandpa laut, worauf alle schweigen. „Es ist jetzt Schluss damit!" Böse sieht er zu Mama. „Diana, wir alle wussten, was mit Nathan passiert, und wir alle wussten, dass Esther und Joel krank sind! Und er!" Er zeigt auf Papa. „Ist auch nicht ihr Vater!"

Kapitel 27

Für einen kurzen Moment denke ich, dass ich mich verhört habe. Doch ich schüttle mich und sehe Grandpa entsetzt an, als mir klar wird, dass er das gerade wirklich gesagt hat.

Was zur Hölle ist hier los?

„Und dass ihr sie nicht von Nathan fernhalten könnt, wusstet ihr schon, seit ihr zugelassen habt, dass dieses verdammte L in ihre Brust geritzt wird!", wütet Grandpa weiter. „Sie ist erwachsen und deswegen sollte sie die Wahrheit erfahren!"

Fassungslos sehe ich von ihm zu Papa, der erstarrt an der Tür steht. Grandpa meinte, er sei nicht ... Und was sagte er noch? Was wurde mir in die Brust geritzt?

„Ich stehe schon immer auf der Seite meiner Enkelin und auch wenn du meine Tochter bist, habe ich nie befürwortet, was ihr beide damals getan habt!" Grandpa scheint außer sich zu sein. „Ihr habt sie dem letzten Monat einfach unglücklich werden lassen, während ihr meintet, ihre Glückseligkeit zu stehlen, nur weil ihr so verdammt verstört seid!"

„Das hat alles nichts miteinander zu tun!", wagt es meine Mutter tatsächlich zurückzukeifen, was mein Entsetzen nur steigert.

Das Einzige, woran ich denken kann, ist die Tatsache, dass mein Vater nicht mein Vater sein soll.

„Doch hat es!", gibt Grandpa zurück. „Los, Gus!"

Er deutet auf meinen ... Vater. „Denkt ihr nicht, dass sie es irgendwann nicht selbst rausfinden würde?"

„Wir hätten es ihr irgendwann gesagt!", schreit Mama, doch man sieht ihr die Verzweiflung immer mehr an. Ihr kommen so langsam die Tränen, da sie zu wissen scheint, dass sie sich nicht mehr herausreden kann.

„Wann?", brüllt Grandpa. „Ihr hättet es ihr nie gesagt! Sagt ihr endlich, weshalb sie diesem Jungen ständig hinterherrennt, los!"

Ein tiefer Kopfschmerz bildet sich in mir. Was reden sie da nur alle? Ich bin am Ende meiner Kraft, weil ich nicht weiß, wie ich diese Situation händeln soll.

„Nein!", schreit Mama zurück. Jetzt weint sie. Sie schließt die Augen und schluchzt leise. „Das können wir nicht ... Sie würde ..."

„Sie würde euch verlassen", vollendet Grandpa ihren Satz und wird ruhiger. „Aber glaubt ihr, ihr könnt sie ewig von der Wahrheit fernhalten? Das hat sie nicht verdient. Sie hatte eure ganzen Lügen nie verdient."

Es herrscht völlige Stille im Raum. Mein Kopf ist voller Gedanken, die ich nicht kontrollieren kann.

Ich habe das Gefühl, jeden Moment in Ohnmacht zu fallen, wenn ich nicht sofort Antworten bekomme. Ich fühle mich nicht mehr wohl oder gar zu Hause. Was passiert hier gerade nur?

„Was soll das heißen?", unterbreche ich die Stille mit heiserer Stimme, während alle ruhig dastehen. Ich sehe unglücklich zu Papa. „Wieso sagt Grandpa, du seist nicht mein Vater?"

Papa senkt seinen Kopf und schweigt. Sein Kopf wird rot und dann fließt ihm eine Träne über die Wange.

Es stimmt. Es stimmt wirklich. „Was?", krächze ich erschüttert und sehe ihn leidend an. „Bitte sag mir, dass das nicht wahr ist."

Doch Papa geht. Er geht einfach mit gesenktem Kopf die Treppe nach oben und verschwindet, was Antwort genug ist. Er musste es nicht aussprechen, er zerstört mich schon so mit dieser Lüge.

Nun sehe ich zu Mama, die verweint und erstarrt im Wohnzimmer steht.

„Wie konntet ihr nur?", schreie ich sie mit schriller Stimme an und raufe mir die Haare. „Wie konntet ihr mir so etwas verschweigen und mich all die Jahre belügen, als wäre es nichts? Wer seid ihr überhaupt?"

Sie verzieht weinend ihr Gesicht und sieht auf den Boden. „Honor, bitte ... Wir wollten immer nur dein Bestes."

„Mein Bestes?", kreische ich außer mir vor Wut. Ich kann das alles nicht glauben. In welchem Haus stehe ich hier gerade? Ist sie überhaupt meine Mutter? Sind diese Leute wirklich die, für die ich sie gehalten habe?

Es ist ein Albtraum. Ein purer Albtraum. Und noch viel schlimmer, als ich dachte.

„Und ihr habt mir diese Narbe auf meiner Brust verpasst?", schreie ich weiter und beginne zu weinen. „Ihr sagtet, ich hätte es von Geburt an!"

Mama schnieft und sieht mich nicht an. „Wir waren das nicht ... Schatz, bitte. Ich liebe dich. Wir beide lieben dich ..."

Doch ich schüttle nur den Kopf und gehe mehrere Schritte rückwärts. „Nein", keuche ich. „Ihr liebt mich nicht. Ihr seid Lügner."

Weiter foltert mich die Tatsache, dass mein Vater nicht mein Vater ist.

„Ich weiß nicht, was ich noch glauben soll", rede ich weiter und gehe zur Haustür. „Ihr seid ... ich bin ..."

„Marie", sagt Grandpa und kommt mir näher. „Bitte bleib ruhig. Wir …“

„Nein, wir können das nicht in Ruhe klären!", brülle ich ihn an, was ich nie zuvor getan habe. Ich weiß, dass er auf meiner Seite steht, doch auch er hat mich all die Jahre hintergangen. Auch er wusste, was mit Nathan geschehen ist und hat nichts dagegen unternommen. „Ihr seid alle grausam!" Ich reiße die Haustür auf. „Und wisst ihr was?", weine ich noch, bevor ich gehe. „Ja, ich werde euch verlassen wegen ihm! Denn er liebt mich!"

Ich gehe und sie sehen zu.

„Ich halte das nicht mehr aus!", rufe ich aufgebracht aus, als ich in Wills Auto sitze, nachdem er mich sofort bei meinen Eltern geholt hat.

Nathan ist nicht dabei.

„Ich weiß einfach nicht mehr, was noch alles passieren soll, bis ich völlig durchdrehe!", wüte ich weiter. „Sie verschweigen mir, dass mein Vater eigentlich nicht mein Vater ist! Was soll als Nächstes kommen? Soll Nathan auch noch mein verschollener Bruder sein?"

Will lacht auf. „Nein, er ist ganz bestimmt nicht

dein Bruder."

Ich vergrabe mein Gesicht in meinen Händen. Ich bin so überfordert mit all diesen Informationen und Geheimnissen, dass ich gar nicht weiß, ob das alles wirklich die Realität ist. Das alles kann nur ein Albtraum sein. Es muss ein Albtraum sein. Was habe ich Grausames in meinem Leben getan, dass ich all das verdient habe?

„Honor, bitte nicht weinen", sagt Will hektisch. „Ich weiß nicht, wie ich mit so was umgehen soll. Weinende Mädchen waren schon immer meine Schwäche."

„Ich weine nicht." Ich atme tief ein und aus und versuche, mich zu beruhigen. Eigentlich war ich kurz davor zu weinen, wenn auch nur vor Wut, aber ich unterlasse es. Es macht sowieso keinen Sinn und so langsam gewöhnt sich mein Körper an dieses Auf und Ab, das ich ständig erlebe. Auch wenn ich mir wünsche, es wäre nicht so.

„Gut", seufzt Will. „Versuch, dich zu beruhigen. Nathan ist gerade selbst eine tickende Zeitbombe in meiner Wohnung."

„Wieso?"

„Dale ist bei uns."

Erschöpft schließe ich die Augen. Meine Güte, auch noch das. Dale ist bei Nathan und ich bin mir sicher, dass – nachdem Dale ihn verraten hat – Nathan ihn noch mehr hasst. Und das heißt, es wird ein Problem nach dem anderen geben, wenn sie zusammen sind.

Ich stelle mich mental schon mal auf den nächsten Disput ein, wenn wir bei Will in der Wohnung sind.

Die Ruhe und das Glück werden mir einfach nicht

gegönnt.

Ich habe mir nichts sehnlichster gewünscht, als dass Nathan mir sagt, dass er mich liebt und zu mir zurückkommt, aber jetzt ... Jetzt bin ich mir nicht mal sicher, was noch alles passieren muss, damit ich einen Herzinfarkt bekomme. So langsam ertrage ich es nicht mehr.

Will und ich betreten sein Wohnhaus und es wundert mich, dass man noch keine Schreie durch das Treppenhaus hallen hören kann, wenn man bedenkt, dass Nathan und Dale allein in seinem Apartment sind. Wenn ich mir vorstelle, wie oft sie sich angeschrien haben, noch bevor Dale ihn hintergangen hat, ist es eine Überraschung, dass es so still ist.

Wir betreten das kleine Wohnzimmer und die Überraschung wird immer größer, als ich sehe, dass Nathan und Dale einfach schweigsam auf der Couch sitzen. Beide haben angespannte Mienen, doch sie beleidigen sich nicht, was mich wenigstens ein bisschen beruhigt.

„Honor", sagt Dale, als er mich sieht. Er sieht ein wenig geknickt aus, obwohl er versucht zu lächeln. Man sieht ihm die Reue an. „Schön, dich wiederzusehen."

„Spar's dir", knurrt Nathan ihn scharf an, was mich zum Durchatmen bringt.

Ich kann die angestaute Spannung schon jetzt riechen. Und diesmal bin ich mir nicht sicher, ob ich einfach ein erneutes Mal zusehen kann, wie sich die Gemüter erhitzen. Denn auch in mir staut sich die Spannung immer mehr an.

„Ich habe sie nur gegrüßt", zischt Dale und sieht Nathan mit verengten Augen an.

Nathan lehnt sich daraufhin nach vorne auf seine Knie. „Ist mir scheißegal. Du solltest gar nicht hier sein, also redest du auch nicht mit ihr."

„Du solltest auch nicht hier sein, also halt bloß deine vorlaute Fresse." Auch Dale lehnt sich weiter vor und baut sich auf.

„Leute", sagt jetzt Will und versucht, die Situation zu beruhigen. Unbeholfen steht er im Raum. „Es lief doch bis eben noch alles gut, weshalb zickt ihr euch denn jetzt wieder an?"

„Dann schmeiß ihn raus", sagt Nathan zu Will. „Ich kann mir seine Scheiße nicht mehr geben."

„Was für eine Scheiße?", keift Dale zurück. „Glaubst du, ich wäre hier, wenn ich dir etwas Schlechtes wollte?"

Wieder funkelt Nathan ihn wütend an. „Glaubst du, wir wären überhaupt hier, wenn du nicht so eine Dreck abgezogen hättest?" Er wird lauter.

„Man, es tut mir leid!", bellt Dale und wirft die Hände in die Luft. „Ich habe dir schon tausend Mal gesagt, dass ich es nicht getan habe, um dir oder irgendwem zu schaden! Ich …“

„Sag, wieso du es getan hast", unterbreche ich ihn und versuche meine Wut zu unterdrücken.

Ich halte dieses Hin und Her nicht mehr aus. Ich halte diese Geheimnisse nicht mehr aus. Ich will endlich alles wissen, alles. Es ist Schluss mit diesen Lügen.

Verdutzt sieht Dale mich an und auch Nathans Blick spüre ich auf mir.

„Los", dränge ich ihn ungeduldig. „Ich will es wissen."

Er wirkt ein wenig verwirrt, doch er sagt: „Ich wusste, dass Nathan zu dir zurückkommen wird, wenn wir Cardiff mit Eduard verlassen. Es war nie meine Absicht, euch zu trennen, allerdings musste ich unsere Eltern aus Cardiff rauslocken und es hat auch geklappt. Ich wollte und will immer noch nur das Beste für Nathan, wirklich."

„Weiß Eduard davon?", frage ich ihn direkt und gehe gar nicht erst auf seine Erklärung ein. Ich habe keine Zeit für große Gespräche. Es muss endlich die Wahrheit gesprochen werden.

„Nein", sagt Dale ehrlich. „Er war nur Mittel zum Zweck, um Nathan von der Idee zu überzeugen, Cardiff zu verlassen. Unsere Großeltern haben auch nichts mit der ganzen Sache zu tun. Sie wollten nie, dass Nathan die Stadt verlässt, viel lieber hätten sie ihn bei sich aufgenommen."

Ich atme tief ein und aus, lasse seine Worte sacken. Ich glaube Dale auf Anhieb, was anderes bleibt mir nicht übrig. Er klingt ehrlich und aufrichtig. Ich weiß nicht, wem ich vertrauen kann und wem nicht, aber Fakt ist, dass ich wenigstens versuchen muss, mir meine eigene Geschichte zusammenzureimen.

Und Dale ist in meiner Geschichte kein Bösewicht, keinesfalls. Er hat Fehler gemacht, aber er ist nicht böse.

„Okay", sage ich erschöpft von all diesen Diskussionen und lasse die Schultern hängen. Eine qualvolle Müdigkeit überkommt mich. Ich bin ausgelaugt. Das alles belastet mich sehr und sogar die Kopfschmerzen, die sich gebildet haben, scheinen kein Ende zu nehmen.

Es ist ein Desaster. Es ist alles ein Desaster.

Mein Vater ist nicht der, für den ich ihn hielt, meine Mutter eine Lügnerin und ... Allgemein sind alle Lügner. Mein Leben lang wurde ich betrogen.

„Was ist bei deinen Eltern passiert?", fragt Nathan und betrachtet mich skeptisch. Er sieht mir die Abgeschlagenheit an.

Ich schlucke schwer, als ich mich daran erinnere, dass ich eigentlich gar kein richtiges Zuhause habe, weil alles eine riesige Lüge ist. „Zu viel", antworte ich leise.

„Wenn du willst, kannst du dich rüber ins Gästezimmer legen", bietet Will mir freundlich an und neigt seinen Kopf mit Mitgefühl in den Augen. „Vielleicht tut dir das erst mal gut."

„Ja", antwortet Nathan für mich und steht auf. „Ich werde sie rüberbringen." Er sieht wieder mit ernsterem Blick zu Dale. „Und vielleicht solltest du dich bis dahin verpissen, denn ich glaube dir kein Wort mehr."

Ich kann Nathan nicht mal dafür zurechtweisen, dass er Dale so angiftet, denn, um ehrlich zu sein, will ich mich einfach nur noch hinlegen und ausruhen. Auch wenn gerade mal fünf Uhr nachmittags ist. Der Tag war anstrengend, die Nacht war anstrengend, der letzte Monat war anstrengend. Und es scheint kein Ende zu nehmen, sondern nur schlimmer zu werden.

Als Dales Blick sich wieder verengt und man ihm ansieht, dass seine nächsten Worte nichts Nettes sein werden, springt jedoch Will ein. „Sag einfach nichts darauf." Und dafür danke ich ihm gedanklich, denn noch mehr Streit kann ich gerade nicht gebrauchen.

Nathan geht aus dem Wohnzimmer, ich folge ihm mit gesenktem Kopf und wir betreten ein Zimmer, was nicht wirklich viele Möbel hat. Ein ganz normales Gästezimmer eben. Es ist schon ein wenig dunkler, bald ist die Sonne komplett untergegangen.

Ich hoffe, sie geht am nächsten Morgen wieder auf.

Da es schon relativ dunkel im Zimmer ist, schaltet Nathan ein kleines Licht am Nachtschränkchen an. Man merkt ihm an, wie ungewohnt diese Situation für ihn ist. Er weiß nicht, wie er mit der Tatsache umgehen soll, dass ich jetzt weiß, er liebt mich. Aber es gibt sich Mühe ... Und das hilft mir. Es hilft mir wirklich.

Ich gehe traurig auf das Bett zu und kann mich vor Erschöpfung kaum auf den Beinen halten. Schwach schlage ich die Decke zurück, während Nathan mich argwöhnisch ansieht. Er kaut auf seiner Innenwange, während ich mich langsam unter die Decke lege und bete, dass die Nacht besser wird als all die Nächte davor. Ich war geplagt von Albträumen und Schlaflosigkeit. Bitte lass mich einfach endlich ruhen, lieber Gott.

„Ich weiß nicht, was ich tun soll", sagt Nathan schließlich, als er immer noch unbeholfen neben dem Bett steht und zu mir hinabsieht. Er reibt sich über die Stirn. „Scheiße ... Ich … Honor, ich weiß wirklich nicht, was ich tun soll."

Ich drehe mich müde zu ihm und sehe zu ihm hinauf. Er wirkt so hilflos und überfordert, dass er mir sofort leidtut. Doch ich weiß, was er tun soll. Das, was ich die ganzen letzten Nächte gebraucht habe. Ich rücke ein wenig zur Seite. „Setz dich einfach zu mir ... Mehr musst du nicht tun."

Sofort nickt er und setzt sich, mit dem Rücken an die Wand lehnend, neben mich.

Es herrscht Stille, in der ich leise Stimmen aus dem Wohnzimmer vernehme, und die Augen schließe.

Stille, in der ich es genieße, nicht allein zu sein. Stille, in der ich alles sacken lasse. Stille, in der ich froh bin, dass Nathan hier ist.

„Was haben sie dir erzählt?", fragt Nathan ruhig durch die Stille, in der ich beinahe eingeschlafen bin.

Meine Augen sind weiterhin geschlossen, doch ich antworte: „Ich habe keinen Vater."

Nathan schweigt. Er wirkt nicht geschockt oder Ähnliches, er schweigt einfach, was mir das Gefühl gibt, dass er es die ganze Zeit wusste. Doch trotzdem höre ich ihn leise tief atmen.

„Wusstest du es?", frage ich ihn noch müde und spüre, wie mein Körper schwächer wird.

„Ja", antwortet er und ich weiß, dass es die Wahrheit ist. „Ja, ich wusste es."

Nicht mal irgendein Gefühl kann ich für diese Offenbarung aufbringen, denn schlimmer kann es kaum werden. Alle wussten es, bis auf mich. Ich fühle mich von jedem hintergangen. Ich fühle mich allein gelassen, obwohl ich es jetzt gerade nicht bin.

Doch für einen Moment vergesse ich all das. Jetzt gerade will ich einfach nur schlafen. Ich will einfach nur wissen, dass Nathan bei mir ist und mich beschützt, vor was auch immer. Vielleicht noch mehr

Offenbarungen. Er gibt mir das Gefühl von Sicherheit und das ist in diesem Moment alles, was zählt.

Ein paar Minuten vergehen, in denen ich weiter vor mich hin döse. Irgendwann spüre ich, wie Nathan versucht aufzustehen, weil er denkt, ich wäre eingeschlafen.

„Nein", sage ich schnell und halte ihn an der Hand fest. Ich sehe ihn flehend an. „Bitte bleib hier ... Bitte."

Für einen kurzen Moment sehe ich, wie er überlegt, doch dann nickt er schließlich langsam und setzt sich wieder neben mich.

Ich rutsche näher zu ihm heran und lege meinen Kopf in seinen Schoß, halte mich an seiner Hüfte fest, weil ich es nicht ertragen könnte, wenn er wieder geht. Ich will keine Nacht mehr ohne ihn verbringen. Es wäre eine Qual. Wie im letzten Monat.

„Ich weiß, es ist noch nicht die Zeit zum Schlafen", murmle ich und halte mich fester an ihm. „Aber ich will nicht wieder allein sein ..."

Wieder spüre ich, wie Nathan tief ein- und ausatmet. Und dann legt er seine Hand auf meinen Kopf, streicht mir durch das blonde Haar. „Es ist okay", sagt er leise mit kratziger Stimme. „Wenn du nicht willst, dass ich gehe, dann bleibe ich."

Wahrscheinlich würde ich schmunzeln, weil er wieder seine weiche Seite zeigt, indem er solche Dinge sagt, doch es gelingt mir nicht mal ansatzweise. Ich lasse die Ruhe zu und genieße sein sanftes Streicheln auf meinem Kopf, was mich sachte in den Schlaf wiegt.

„Stop!", kreische ich wild vor mich hin, während

ich von meinen Eltern zurückgehalten werde, weil ich mich von ihnen losreißen will. „Bitte tut ihm nichts! Bitte!"

Verzweifelt blicke ich zu dem Stuhl, auf dem Nathan festgebunden sitzt und mit gesenktem Kopf die Augen schließt. Ihm steht der Schweiß auf der Stirn und er keucht schwer. Ihm wurden schon so viele Schmerzen angetan und niemand greift ein.

Dale, Granno, Mary, Joel und Eduard stehen im Hintergrund hinter seinem Stuhl und blicken aus der Dunkelheit zu ihm. Sehen ausdruckslos zu, wie er um sein Leben ringt.

„Nathan!", kreische ich erneut und versuche, mich von Mama loszureißen, doch ich bin zu schwach. Sie will, dass ich zusehe, wie ihm erneut solche Dinge angetan werden.

Doch Nathan blickt nicht mal zu mir auf. Es scheint, als höre er mich nicht.

Und dann erscheint eine weitere Gestalt hinter seinem Stuhl.

Esther taucht in der Finsternis auf. Sie sieht wieder so krank und verrückt aus mit ihren dürren Gliedern.

Mit langsamen und gezielten Schritten läuft sie auf Nathan zu, der sich nicht regt.

Und ich schreie erneut, als ich sehe, wie sie ein Messer in der Hand hat und es über ihn hält.

„Stop!", schreie ich verzweifelt und beginne zu weinen. „Lasst mich los! Bitte! Sie will ihn umbringen!"

Ich weine so bitterlich, es tut weh.

Doch ich kann nichts tun.

Ich muss zusehen, wie Esther ihren Arm hebt, mit dem sie das Messer hält, als sie genau hinter Nathan steht.

Ich schaffe es nicht mal, ein letztes Mal um Hilfe zu schreien, da passiert es auch schon.

„Honor!", holt mich eine tiefe, gehetzte Stimme aus meiner Trance. „Honor, wach auf!"

Schlagartig und keuchend öffne ich die Augen. Ich sehe direkt in Nathans Grün seiner Iris. Er hat mich an den Schultern geschüttelt, damit ich aufwache.

„Scheiße, was zur Hölle?", flucht er entsetzt und betrachtet mein Gesicht, als müsste er auf Nummer sicher gehen, dass auch alles in Ordnung ist.

Doch ich denke nicht mehr an diesen Traum, ich hatte ihn schon zu oft. Ich sehe nur noch ihn und die Tatsache, dass er hier ist, wenn ich nachts weine, weil ich Angst habe.

Nathan wischt mir mit seinen Fingern die Tränen von den Wangen und auch er scheint außer Atem zu sein. „Du hast gekreischt, als wollte dich jemand umbringen", erzählt er.

Doch ich nehme seine Hände aus meinem Gesicht und setze mich auf, worauf er mich verdutzt anblickt.

„Was ist los?", fragt er.

Es ist mitten in der Nacht, sagt mir die Uhr auf dem Nachttisch.

Ich versuche mich zu sammeln. Es war nur ein Traum. Nathan ist jetzt hier.

Doch das kann so nicht weitergehen. Es muss endlich alles aufgeklärt werden.

„Erzähl es mir", sage ich schließlich zu Nathan und setze mich etwas weiter von ihm weg an die Wand. Ich bin entschlossen und bereit, endlich die

Wahrheit zu erfahren.

Er schweigt und sieht mich nur mit gerunzelter Stirn an, doch ich bin mir sicher, er weiß, wovon ich rede.

„Erzähl mir alles", fordere ich ihn erneut auf. „Ansonsten werde ich gehen. Ich bin diese ganzen Geheimnisse satt und außerdem ..." Durchatmend schließe ich kurz die Augen. „Und diese Träume und all diese schlechten Gedanken in meinem Kopf bin ich auch satt. Ich halte es einfach nicht mehr aus."

„Ich bin mir nicht sicher, ob ich das tun sollte", sagt Nathan nach einer kurzen Pause und setzt sich zurück, lehnt seine Ellenbogen nachdenklich auf seine etwas angezogenen Knie.

„Tu es. Tu es endlich."

Ein paar Sekunden vergehen. Sekunden, in denen ich denke, er wird es mir nicht sagen und zulassen, dass ich gehe, und Sekunden, in denen ich denke, alles geht den Bach runter.

Doch dann seufzt er widerwillig. „Okay."

Kapitel 28

Ich beiße meine Kiefer aufeinander und beginne erneut zu beten. Gott, bitte lass mich lebend aus diesem Geständnis und dieser Offenbarung rauskommen. Ich will, dass meine Geschichte gut endet. Ich will nicht, dass meine Geschichte mit der Tatsache endet, dass ich tausend Tode gestorben bin und am Ende einen weiteren sterbe, weil ich die Wahrheit nicht ertrage.

Ich will, dass meine Geschichte mit Nathan endet. Bitte.

Erwartungsvoll sehe ich Nathan durch das schwache Licht der kleinen Lampe an. Ich sehe nur sein Profil, die eine Hälfte seines schönen Gesichts verschwindet ganz im Schatten. Man sieht ihm an, wie sehr es ihm widerstrebt, mir jetzt die ganze, komplette Wahrheit zu sagen, doch da muss er durch. Ich habe es verdient, die Wahrheit zu erfahren, wie grausam sie auch sein mag.

„Das ist alles komplizierter, als du denkst", fängt er konzentriert und wortkarg an. Er will es mir noch immer nicht erzählen, doch ich lasse nicht zu, dass er dieses Geheimnis für sich behält. „Es gibt so scheiß viele Dinge, die du nicht weißt."

„Versuch, sie mir zu erzählen", sage ich bittend und komme ihm ein wenig näher. Ich sehe ihn einfühlsam an, damit er sich ein wenig sicherer fühlt. „Ich bitte dich. Ich will wissen, wieso ... Wieso all das passiert."

Nathan atmet tief durch und wischt sich ruhelos durchs Gesicht. „Okay." Er richtet sich mehr auf und setzt sich mir genau gegenüber. „Du willst die Wahrheit, also bekommst du sie."

Aufgeregt nicke ich und hoffe im nächsten Moment, dass ich es nicht bereuen werde, ihn dazu gezwungen zu haben, mir alles zu erzählen.

Er sieht mich jetzt an. „Damals ... Also als wir noch kleine Kinder waren, waren unsere Eltern in einer Art – wie soll man diese Scheiße nennen? Christliche Gemeinschaftsgruppe für kranke Bastarde? Keine Ahnung. Es …"

„Stop", unterbreche ich ihn und hebe die Hand, worauf er sofort aufhört. „Sag mir bitte erst, wieso ... Also was mit meinem wirklichen Vater ist. Ich würde es gerne als Erstes wissen."

Nathan seufzt und verzieht den Mund. „Soweit ich weiß, ist er noch vor deiner Geburt gestorben ... Woran weiß ich nicht. Aber er ... Na ja. Er lebt nicht mehr."

Stumm nicke ich. „Okay", sage ich mit heiserer Stimme. Es verletzt mich nicht. Ich kannte ihn nie. Für mich war Gus immer mein richtiger Vater, niemand anders.

Weil Nathan zu merken scheint, dass er weiterreden kann, sagt er: „Okay ... Ich kenn mich mit dieser Scheiße nicht aus, aber meine Mutter hat deiner Mutter damals gesagt, dass es irgendeine komische Taufart gäbe, wo man ein Kind auf ein Elternteil prägen kann. Ich kann es mir nur so erklären: Deine Mutter wollte nicht, dass du ohne Vater bist und deswegen sind sie mit dir als Baby in die scheiß Kirche und wollten diese Taufe mit dir und Gus durchführen. Tja ... Das verlief dann jedoch alles ein wenig anders."

Ich runzle die Stirn. „Wie meinst du das?"

Wieder atmet Nathan tief ein und aus, bevor er weiterredet. „Hast du schon mal von der Legende Hero und Leander gehört?"

Sofort kommen mir mehrere Erinnerungen in den Kopf. Esther hat ständig diese zwei Namen genannt. Doch ich kann mich an den Kontext ihrer Sätze nicht mehr erinnern, deshalb schüttele ich den Kopf. „Nein ... Esther hat nur ab und zu davon gesprochen, aber ich wusste nie, was es bedeutet."

Jetzt sieht er mich an. Seine Augen sind so schön und leuchten wie Feuer durch die kleine Lampe. „Hero und Leander sollen Seelenverwandte der Antike gewesen sein. Sie waren eine Erfindung. Es heißt, dass ... Es heißt, dass Leander Länder durchlief für Hero, während sie für ihn leuchtete. Sie wies ihm den Weg, damit er zu ihr gelangen konnte. Und irgendwann erlosch ihr Licht und Leander starb." Nathan schweigt kurz. „Hero brachte sich sofort danach um, als sie herausfand, dass ihr Seelenverwandter tot ist."

Ich höre ihm aufmerksam zu, kann seine Worte jedoch noch nicht zusammenfügen.

Er redet weiter. „Bei dieser Taufe, die deine Eltern mit dir durchführen wollten, solltest du dich eigentlich für Gus, also deinen Vater entscheiden. Wenn alles richtig gelaufen wäre, wärst du zu ihm in die Arme gelaufen, aber das bist du nicht."

Ich werde stutzig.
Wieder sieht er mich an. „Du bist zu mir gelaufen."
Was?
„Ich kann mich selbst nicht daran erinnern, aber es war so. Ich war damals dabei und glaub mir, dass niemand wollte, dass du zu mir läufst. Der Pfarrer damals in der Kirche meinte sofort, dass wir beide, also du und ich ... Scheiße, das klingt so dumm. Er meinte, wir seien dafür bestimmt, zusammen zu sein."
Ich kann meinen Ohren nicht trauen.
„Und noch dazu ..." Nathan hebt seine Hand leicht und führt sie zu meiner Brust, in der mein Herz schlägt.
Ich zucke ein wenig vor seiner Berührung zurück, weil sie so plötzlich kommt.
„Ich will dir nur etwas zeigen", sagt er ruhig. Sanft schiebt er den Stoff meines Kleides so weit nach unten, bis man mein kleines Mal sehen kann.
Nathan sieht auf die zwei kleinen Striche über meinem Herzen, als hätte er sich lange danach gesehnt, es zu sehen.
„Meine Mutter meinte, ich hätte es von Geburt an", hauche ich und sehe ebenfalls darauf.
Doch er schüttelt den Kopf und sieht weiter darauf. „Sie hat gelogen. Es ist ein L. Sie haben es dir noch am selben Tag in die Haut geritzt."
Er nimmt seine Hand von meinem Kleid und zieht sich den Pullover über den Kopf, woraufhin er mit freiem Oberkörper vor mir sitzt und strahlt wie ein Engel.
Auch er ist wunderschön.

Ich sehe auf seine Brust, auf die gleiche Stelle, wo mein Mal ist.

Mir bleibt das Herz stehen. „Ein H", keuche ich entsetzt und strecke meine Hand danach aus. Ich berühre es und fahre mit meinen Fingern über den kleinen Buchstaben. „Ein H ..."

Nathan sieht von seinem Mal zu mir. „Ein H für Hero."

Für einen kurzen Moment sehe ich noch auf seine Brust, streiche gedankenverloren über die kleine Narbe und dann sehe ich wieder auf. Es fällt mir wie Schuppen von den Augen. „Ein L für Leander ...", flüstere ich.

Er nickt ruhig. „Ja ... Der Pfarrer meinte, er könnte in uns sehen, dass wir die Seelen dieser Geschöpfe seien. Unsere Eltern haben ihm geglaubt. Sie sind sich sicher, dass wir Hero und Leanders Seelen verkörpern. Und deswegen ..."

„Deswegen wollten sie uns ständig trennen", hauche ich deprimiert.

„Sie wussten, dass Leander starb", sagt Nathan.

„Und Hero würde auch sterben", vollende ich seinen Satz und mir wird so vieles klar. „Jetzt verstehe ich ... Sie dachten, wenn wir zueinanderfinden, dass wir sterben ... Oh Gott."

Bitter lacht Nathan auf. „Du hast so recht. Oh Gott."

Wieder sehe ich auf sein Mal und lege meine Finger darauf. Ich kann es nicht glauben. Ich kann es einfach nicht glauben. Das ist eine solch unwirkliche Geschichte. „All das", sage ich leise. „Nur wegen ... Nur wegen eines bescheuerten Aberglaubens." Ist es überhaupt ein Aberglaube?

Es herrscht für ein paar Sekunden Stille, in denen ich das H auf seiner Brust betrachte und all diese Informationen sacken lasse. Nathan und ich sollen Hero und Leander sein? Er sollte wirklich sterben und ich sollte wirklich wegen seines Tods Selbstmord begehen? Ich würde nie ...

Stop.

„Nathan", sage ich jetzt ängstlicher. „Ich wollte wirklich ... Also als du weg warst ... Ich dachte wirklich daran, zu sterben."

„Ich weiß", gibt er zurück, schweigt kurz. Dann: „Ich auch."

Jetzt sehe ich ihn an. Und er sieht mich an.

„Was ist das, was wir haben?", frage ich ihn leise, nehme meine Hand von seiner Brust.

Er sieht von meinen Augen, kurz über meinen Körper zu meiner Brust, wo mein Mal ist, dann wieder in mein Gesicht. „Ich denke, dass keine Bezeichnung für so was existiert."

Ich neige meinen Kopf ein wenig und komme ihm etwas näher. Es ist Wahnsinn, wie viel ihn und mich verbindet, ich kann es gar nicht glauben. Alles basiert auf einem dummen Glauben, doch trotzdem ist das, was Nathan und ich haben mehr als Liebe. Vielleicht sind wir ja Hero und Leander. Vielleicht sind wir ja dazu geboren, um für den Rest unseres Lebens zusammen zu sein, oder vielleicht sind wir auch dazu geboren, um wegen unserer Liebe zueinander zu sterben.

Aber eins weiß ich ... Ich liebe Nathan. Egal, auf welche Art und Weise. Ich liebe ihn.

„Und deine Eltern“, spreche ich vorsichtig zu ihm. „Sie dachten du seist Luzifer … Hat das etwas damit zu tun?“

„Sozusagen.“ Es scheint, als würde er schwer nachdenken. „Dieser ganze Mist mit dem Teufel hat erst ab diesem Tag richtig begonnen. Ja, sie fanden mich vorher schon scheiße und dachten, ich sei verflucht, aber nach dieser Geburt, waren sie sich so scheiße sicher, dass es mehr ist. Ich war Pan zu ähnlich, meinten sie. Pan begehrte die Engel, durfte es aber nicht und deswegen soll ich mich als Leander ausgegeben haben, um dich … den Engel … zu bekommen.“

Ich kann nicht beschreiben, wie abstrakt solche Worte für mich klingen, zugleich aber auch Sinn machen. Natürlich ist Nathan nicht der Teufel, natürlich ist er nicht verflucht. Für mich ist er Leander.

„Meine Eltern waren so verdammt geblendet von all diesem religiösen Zeug, dass sie tatsächlich dachten, Pan beziehungsweise Luzifer sei ihr Sohn. Und wegen dieser Scheiße …“ Er dreht seinen Kopf weg, anscheinend fällt es ihm schwer darüber zu sprechen. „Aber das ist vorbei. Irgendwie.“

Weil ich merke, wie ihm diese Situation und dieses Thema zulegt, würde ich ihn gerne streicheln, doch bin mir noch unsicher. „Deswegen die Flügel“, flüstere ich. „Die schwarzen Flügel auf deinem Rücken, der abgerissene Spiegel in deiner Wohnung. Du hast irgendwann angefangen, es selbst zu glauben.“

Sachte dreht er seinen Kopf wieder zu mir, aber sieht noch nicht auf. „Was bleibt mir anderes übrig? Ich habe gelernt, mich selbst zu hassen, jahrelang.

Aber das ist egal."

Ich schüttle langsam den Kopf und traue mich nun endlich ihn zu berühren, indem ich meine Hand zu seinem Gesicht für und es anhebe. „Es ist nicht egal, sag nicht, dass es egal ist. Du bist nicht egal, Nathan. Ich wünschte nur irgendwie … dass du das nicht müsstest."

„Was?"

Ich verziehe traurig meinen Mund. „ … dich selbst zu hassen. Deine Eltern haben dich zu etwas gemacht, das du nicht bist, glaube mir. Du bist das nicht. Es ist kein Teil mehr von dir. Und ich verspreche dir eins", sage ich leise zu Nathan, setze mich auf meine Knie und lege meine Arme um seinen nackten Nacken, während er mich eindringlich betrachtet. „Mein Licht wird ewig für dich brennen."

Mit liebevollem Ausdruck legt er seine große, warme Hand auf meine Wange und meinen Nacken, streicht mir mit seinem Daumen über die Haut. Seine Augen strahlen so viel Wärme und Zuneigung aus. Und in diesem Licht ist er schöner denn je. Er zieht mich näher zu seinem Gesicht.

„Heute werde ich nicht aufhören", haucht er gegen meine Lippen.

Mein Atem wird augenblicklich flacher und ich habe das Gefühl, den Verstand vor lauter Hitze zu verlieren. „Ich bitte dich darum", sage ich mit schwacher, flehender Stimme.

Und dann presst er seine Lippen auf meine.

Was als Nächstes passiert ist ein Akt der Liebe, auf eine Art, an die ich nie glaubte. Ich dachte immer, Sex würden die Menschen machen, weil es dazu gehört und weil es ihnen ein schönes Gefühl der Zweisamkeit vermittelt. Aber das, was Nathan und ich machen, ist mehr.

Wir gehen in dieser Nacht ein Versprechen ein. Wir versprechen uns, zusammen zu sein, uns ewig zu lieben und versprechen uns, für immer das zu sein, was wir sind.

Seelenverwandte.

Wir sagen uns tausend Mal, dass wir uns lieben und wie trostlos unser Leben wäre, wenn wir uns nicht hätten. Und ich bereue es nicht, denn ich liebe ihn wie keinen anderen.

Ich liebe ihn, wie Hero Leander und Leander Hero liebte. Mit allem, was ich habe. Mit allem, was mein Herz geben kann und noch viel mehr.

Ich wache aus einem Traum von schwarzen Flügeln und grünen Augen auf, die mich beschützend umgeben. Noch mit geschlossenen Augen spüre ich die wohlige Wärme um mich herum und höre einen gleichmäßigen, tiefen Atem neben mir, was gleich ein angenehmes Kribbeln in meiner Magengegend verursacht.

Noch total schlaftrunken blinzle ich und hebe benommen meine Augenlider. Unmittelbar sehe ich auf einen schlafenden Engel, der neben mir liegt und diesmal ohne angestrengten Gesichtsausdruck ruht. Er ist so schön, am liebsten würde ich sein Gesicht berühren, doch ich will ihn nicht wecken. Er wirkt so gelassen und ich gönne ihm den Schlaf mehr als alles andere.

Wie oft habe ich mir gewünscht, so neben ihm

aufzuwachen? Zu oft. Und jetzt geschieht es.

Ein Schmunzeln liegt auf meinen Lippen, als ich ihm unter der Decke näher komme und meine Wange an seine Schulter lege, denn ohne seine Nähe auch nur eine weitere Minute auszukommen, fühlt sich falsch an. Seine nackte Haut fühlt sich so wunderbar an meiner an. Wahrscheinlich kann ich nie wieder genug von ihm bekommen.

Doch er atmet tief ein und aus, als ich meine Hand auf seinen muskulösen Oberkörper lege, was mir das Zeichen gibt, dass er wach geworden ist.

Mein Lächeln wird breiter und ich kann nicht anders, als mehr von seiner Nähe zu wollen, wie ich es sonst nie bekommen hätte. Letzte Nacht hat mehr als tausend Worte gesprochen, also kann ich ihm auch so nahe kommen, wie ich möchte.

Deswegen krabble ich noch näher zu ihm und lege mich geradewegs auf ihn drauf und umschlinge seinen Oberkörper mit meinen nackten Armen und presse meine Wange auf seine Brust. „Guten Morgen", sage ich grinsend.

Nathan lacht, was seinen Körper zum Vibrieren bringt, weil ich ihn umklammere wie ein glückliches Kind. „Morgen", feixt er mit seiner rauen Stimme und legt seine Hand auf meinen blanken Rücken. „So bin ich wirklich noch nie aufgewacht."

Ich atme tief seinen Geruch ein und wünsche mir, jeden Morgen so aufzuwachen, damit ich jeden Morgen glücklich sein kann. „Ich auch nicht", gebe ich zufrieden zurück. „Aber es ist toll."

Er dreht uns jetzt so, dass er auf der Seite neben mir liegt und ich mich an seine warme Brust legen kann.

„Du wirkst ja richtig ausgeglichen", sagt er, doch wirkt er nicht weniger ausgeglichen als ich. „Ich sagte doch, dass du danach nicht mehr wie eine Hausfrau rüberkommmst."

Ich verdrehe die Augen und erinnere mich an den Tag, an dem ich Nathan aus Versehen offenbarte, dass ich noch Jungfrau bin. Oder war. Gott, ich werde sofort rot, wenn ich mir überlege, dass ich jetzt wirklich keine Jungfrau mehr bin. „Und du wirkst nicht mehr wie ein beleidigter Stinkstiefel", ziehe ich ihn gleichermaßen auf.

Doch anstatt beleidigt zu sein, wie er es früher immer war, wenn ich ihn aufzog, grinst er nur und legt seine Hand um meinen Nacken, damit er mich küssen kann.

Hach, egal, wie oft er mich küsst, dieses Feuer wird niemals aufhören zu brodeln, wenn er seine Lippen auf meine legt.

Er lässt von mir ab und lehnt sich etwas zurück, stöhnt auf. „Scheiße, wie spät ist es eigentlich? Ich glaube, so lang hab ich noch nie geschlafen."

Ich betrachte ihn von unten nur wie ein verliebtes Mädchen und danke dem Herrn, dass er mir so einen schönen Mann geschenkt hat, den ich in solchen Momenten betrachten darf. „Ich weiß es nicht", antworte ich und schlinge meine Arme wieder um seinen Bauch, damit ich meine Wange an ihn pressen kann. „Aber ist doch total egal."

„Seit wann ist dir das egal? Musst du nicht in die Schule oder so eine Scheiße?"

Ich zucke gleichgültig mit einer Schulter. „Wahrscheinlich."

„Alles klar." Er lacht und legt seine Arme um mich, fährt mir liebevoll mit seinen Fingern über den Rücken. „Was ist mit deinen Eltern? Wahrscheinlich suchen sie dich."

Und schlagartig verschwindet meine glückliche Miene und ich wünsche mir, dass er dieses Thema nicht angesprochen hätte. „Sie sind nicht meine Eltern", antworte ich ernst. „Und wenn sie mich suchen, dann finden sie mich nicht. Ich will sie nicht mehr sehen."

„Sie sind deine Eltern", erwidert Nathan jedoch. „Auch wenn sie gelogen haben, aber für sie bist du immer noch ihre Tochter."

„Mir egal. Sie haben mich immer behandelt wie ein Kleinkind und wollten uns auseinanderbringen." Ich seufze. „Ich will nicht darüber reden."

„Ich merk's." Nathan streicht mir durch das blonde Haar. „Aber du kannst dieser Scheiße nicht ewig aus dem Weg gehen."

Doch kann ich und das werde ich. Ich brauche keine Eltern, die mir vorenthalten, dass mein leiblicher Vater eigentlich schon längst tot ist und ich jahrelang mit einer Lüge gelebt habe. Und noch vielen weiteren Lügen. Es sind zu viele Dinge passiert, die ich ihnen nicht verzeihen kann. Doch daran möchte ich jetzt einfach nicht denken. Ich bin hier mit Nathan und das ist in diesem Moment, das Einzige, das zählt.

Denn ich hatte zu lange nichts von ihm und hatte schreckliche Tage. Ich habe mir jetzt diese Ruhe und dieses Gefühl verdient.

Ich blicke zu ihm auf, als er die Augen geschlossen hat und weiter vor sich hin döst. „Hör bitte niemals auf zu fluchen", bitte ich ihn leise.

Er runzelt die Stirn, öffnet aber dennoch nicht die Augen. „Was?"

Ich schürze die Lippen und lege meinen Kopf wieder an seine warme, starke Brust. „Als du weg warst ... Da hab ich mir dich immer vorgestellt und in meiner Vorstellung hast du nie geflucht. Und ich habe diese Vorstellungen gehasst. Deswegen ... Bitte hör nie auf damit. Ich liebe es."

Ein leichtes Lächeln umspielt seine Lippen. „Wenn du mir versprichst, nie zu fluchen."

Jetzt lächle ich wieder. „Ich verspreche es."

„Gut." Sanft küsst er meinen Kopf. „Ich liebe dich."

Ich muss mir auf die Lippe beißen, um nicht noch breiter zu grinsen. „Wusstest du, dass du gar nicht so unromantisch bist, wie du immer sagst?"

Er stöhnt auf und lässt mich los. „Nein, fang jetzt bloß nicht mit der Scheiße an."

Nathan setzt sich auf die Bettkante, als ich mich amüsiert aufrichte. „Wieso? Ich habe noch nie jemanden getroffen, der so oft diese drei Worte sagt wie du."

Er steht nur mit Shorts bekleidet auf und geht gestresst zur Tür. Natürlich kann er nicht mit der Tatsache umgehen, dass er endlich wirklich Gefühle zeigt. Irgendwann gewöhnt er sich daran, aber jetzt scheint es ihm noch zu unangenehm zu sein.

„Wo gehst du hin?", frage ich ihn, als er die Tür öffnet.

„Pissen", murrt er nur und verschwindet aus dem Zimmer.

Doch ich weiß, dass ich keine Angst haben muss,

dass er wieder gemein sein wird oder irgendetwas in dieser Richtung, denn ich weiß, er liebt mich und ich liebe ihn. Wir können endlich eine Beziehung führen wie jedes andere Liebespaar. Wenn auch vielleicht ein wenig anders, denn Nathan ist noch immer Nathan, aber wir werden das hinbekommen.

Glücklich seufzend lasse ich mich wieder zurück ins Bett fallen und schließe die Augen.

Und keine Stunde später sitzen wir auch schon mit Will im Wohnzimmer, während er mit den Füßen auf dem Tisch Cornflakes isst und beim Fernsehgucken zufrieden schmatzt.

Wir sitzen wirklich wie ganz normale Leute hier auf der Couch, ich habe meine Beine über Nathans Schoß gelegt und er spielt gedankenverloren mit dem Saum meines Kleides herum.

Ab und zu schweifen meine Gedanken noch zu meinen Eltern, die wahrscheinlich gerade ihren Kopf verlieren, weil sie sich Sorgen um mich machen, doch ich versuche mir einzureden, es wäre mir egal. Natürlich hatte Nathan Recht, als er sagte, sie seien wirklich meine Eltern, denn sie haben mich aufgezogen wie ein normales Kind. Und natürlich liebe ich sie. Genauso wie meine Großeltern. Ich könnte niemanden von ihnen hassen, denn im Endeffekt wollten sie mir nie etwas Schlechtes.

Ich brauche einfach nur meine Zeit, um all das zu verarbeiten.

„Hör endlich auf, so scheiße abartig zu essen", brummt Nathan irgendwann zu Will.

Will sieht ihn mit vollem Mund verdutzt an. „Was?", brabbelt er und es fallen Cornflakes-Flocken aus seinem Mund.

Ich muss lachen. „Du verteilst alles auf deinem T-Shirt."

„Oh", macht Will und schluckt schnell alles herunter. Er sieht auf sein T-Shirt und schnippt die Krümel einfach weg. „Wenn ich dich nicht hätte." Erneut nimmt er eine nächste Fuhre Essen in den Mund und sagt dann, als er wieder auf den Fernseher sieht: „Übrigens hat Eduard dich rausgeschmissen, Nathan."

Ich werde hellhörig. Eduard wurde noch kein einziges Mal in meiner Nähe erwähnt und ich wusste nie, was mit ihm jetzt genau ist.

„Aber er meinte, wenn du zurückkommen willst, bist du immer wieder erwünscht. Dann dieses typische Gelaber von wegen er sei dein Onkel und du sein wunderbarer Neffe und hier irgendwas mit Teufel, dann noch ein bisschen Dämon und keine Liebe und ... Kein Plan. Die übliche Scheiße halt."

„Schon klar", sagt Nathan nur. „Ich werde aber nicht zurückkommen."

„Das dachte Eduard sich auch", sagt Will mit vollem Mund und bückt sich nach einem Briefumschlag, der neben der Couch lag. Er schmeißt ihn uns entgegen und Nathan nimmt ihn. „Deswegen hat er mir das gegeben. Weil er ja dein Onkel ist und du sein Neffe und irgendwas mit Teufel und Dämon und ... Ja, du weißt schon."

Ich beobachte neugierig, wie Nathan den dicken Umschlag öffnet und zu meiner Verwunderung holt er ein ganzes Bündel Geld heraus.

„Wow", sage ich und hebe die Brauen. „Das sind

mindestens fünftausend Pfund."

Nathan sieht zu Will. „Soll das ein Scherz sein?"

„Nö." Will mampft weiter. „Er meinte, du habest ein neues Leben verdient. Zwar ist das mit fünftausend Pfund nicht so einfach, aber mehr hat er nicht rausgegeben. Und dann noch irgendwas mit Teufel und Dämon."

Nathan sieht wieder auf das Geld in seiner Hand. Er wirkt nachdenklich.

Deswegen lächle ich für ihn und sehe ihn mit geneigtem Kopf an. „Das ist ein gutes Zeichen", rede ich ihm liebevoll zu und drehe seinen Kopf zu mir, damit er aufhört, so ernst zu gucken. „Das heißt, dass jetzt alles besser wird."

Er sagt nichts, doch sieht mich nur an.

Deswegen küsse ich ihn einmal auf die Lippen und lege dann meinen Kopf auf seine Schulter. „Jetzt wird wirklich alles besser werden, Nathan. Ich verspreche es dir."

Er zieht meine Beine enger zu sich, nachdem er den Briefumschlag weglegt

„Und ihr hattet letzte Nacht also Sex", unterbricht Will unseren schönen Moment. Mit erhobener Braue betrachtet er uns. „In meinem Gästezimmer."

Nathan hebt seinen Blick sofort. „Sag jetzt besser keinen Ton mehr."

„Ist ja schon gut." Beschwichtigend hebt Will eine Hand. „Ich wollte doch nur sagen, dass ihr danach wenigstens mein Bett beziehen könnt."

Kapitel 29

„Was werden wir als nächstes tun?", frage ich Nathan durch die Dunkelheit des Gästezimmers von Will, während wir gemeinsam im Bett liegen, um den Tag zu beenden.

„Ich weiß es nicht", antwortet er nachdenklich, während er mir über die nackte Haut meines Armes streicht, was mir eine angenehme Gänsehaut verpasst. „Ich weiß es wirklich nicht."

Sein Gesicht leuchtet leicht durch das Licht des Mondes, das durch das Fenster scheint und lässt ihn, wie so oft, die Gestalt eines Engels annehmen.

„Wir könnten abhauen", schlage ich leise vor. „Nach Birmingham."

„Nach Birmingham?"

„Ja. Du weißt doch, ich wurde dort angenommen und ... Keine Ahnung. Dort habe ich mich eigentlich diesen Sommer gesehen."

Er fährt mit seinen Fingerspitzen über meinen Arm, bis zu meinen Schultern und dann leicht über meinen Hals. „Wenn du dort hinmöchtest, dann werde ich dir nicht im Weg stehen. Ich dachte nicht, dass du dieser Musikscheiße noch so hinterherhängst."

„Aber ich tue es. Würdest du denn mit mir kommen?"

Mit wärmerer Miene sieht er mich an. „Natürlich. Ich habe mal für ein paar Monate dort gelebt."

„Wieso?"

Er seufzt nur. „Irgendsoeine Scheiße mit Eduard, ich bin mir nicht mehr genau sicher. Auf jeden Fall weiß ich, dass es eine beschissene Zeit war."

Ich schürze traurig die Lippen. Noch immer weiß ich nicht alles, was Nathan alles durchleben musste, während der Zeit, nach seinen Eltern, aber ich weiß, dass es schwer für ihn war. Nathan und ich werden ewig zusammen sein und ich werde ihm ewig versuchen, beizustehen und dabei helfen, all diese Dinge hinter sich zu lassen, damit er endlich wirklich glücklich sein kann.

„Ich liebe dich", flüstere ich ihm deswegen zu, worauf er mir in die Augen sieht und schweigt. Ich atme tief ein und aus und sage dann: „Ich liebe dich so sehr und ich würde alles dafür geben, dich das jeden Tag fühlen zu lassen. Denn das hast du verdient."

Er sagt nichts, hört mir einfach nur zu. Ich weiß, er braucht solche Worte.

„Und ich wünsche mir, dass du irgendwann anfängst das Leben zu lieben. All das, was früher passiert ist ... Mit deiner Mutter, deinem Bruder, deinem Vater, ... mit dir. Das ist nichtig, denn wir sind jetzt hier. Ich weiß, dass du immer diesen Stein in deinem Herzen tragen wirst, aber ich sagte es dir damals und ich sage es dir nochmal: Ich werde dich jeden Tag so sehr lieben. Denn das ist, wofür ich da bin. Ich liebe dich, wenn du dich nicht selbst lieben kannst."

Seine Augen strahlen so sehr, dass mir sofort ein Kloß im Hals wächst, weil ich es liebe, wie sehr er solche Worte genießt.

„Und ich brauche dich auch", spreche ich mit

schwacher Stimme weiter, versuche nicht in Tränen auszubrechen. „Du bist der Einzige, der mich davon abhält, zusammen zu brechen. Als du nicht da warst, dachte ich, ich sterbe und jetzt, wo du hier bist, mit mir, hier, denke ich, dass ich die nächsten Millionen Jahre bei dir sein will. Und auch ... Und auch, wenn du mich manchmal verletzt hast, als wir zusammen waren ... War nichts so grausam, wie die Zeit, wo wir getrennt waren. Ich liebe dich, Nathan, ich liebe dich so sehr."

Okay, jetzt fließt die erste Träne, doch er hat noch mehr Worte verdient, die er all die Jahre nicht gehört hat.

„Du verdienst die ganze Welt und ein glückliches Leben mit einer glücklichen Familie und eines Tages werde ich herausfinden, wie ich dir all das geben kann. Ich werde alles tun, um dich glücklich zu machen, alles. Ich würde mich selbst ruinieren, um deine Seele zu heilen. Ich würde alles tun."

Weiter hört Nathan mir aufmerksam zu. Seine Augen funkeln und ich verliebe mich immer mehr in seine Schönheit.

„Mit dir bin ich sicher", rede ich weiter. „Mit dir fühle ich mich beschützt, egal wo wir sind. Auch wenn es nur in einem kleinen Gästezimmer ist. Und ich weiß, dass es dir nicht immer leicht fällt, all diese Dinge zuzulassen, weil du denkst, du hättest es nicht verdient, aber ... Du bist nicht der Teufel. Du bist der großartigste Mensch, den ich kenne und deswegen liebe ich dich. Und ..."

Schniefend wische ich mir eine Träne weg und lache beschämt auf, weil ich wieder weine. „Tut mir leid, dass ich wieder weine, aber ich dachte, du musstest es einfach hören."

Nathan sieht mich so warm und zufrieden an, dass mir sofort das Herz aufgeht. Er strahlt so sehr und sieht gleichzeitig so glücklich aus. Ich bin froh, dass ich ihm all das gesagt habe, denn ich würde es bereuen, wenn ich es nicht tun würde. Er ist solch ein gebrochener Mensch und ich werde ihm helfen, glücklich zu sein.

Er zieht mich an sich und sofort kuschle ich mich an seine warme, starke Brust. „Nichts wird mich je glücklicher machen, als du", flüstert er mir zu und küsst meinen Kopf. Sanft streicht er mir über den blanken Rücken. „Es fällt mir noch zu schwer, die Worte zu finden, mit denen ich dir sagen kann, wie viel ... wie viel du mir eigentlich bedeutest. Zu scheiße oft, sage ich einfach gar nichts, aber irgendwann ... Irgendwann wirst du verstehen, dass du das Einzige bist, für das ich noch lebe."

Ich schließe glücklich die Augen und lasse seine Worte einfach passieren. Sie bedeuten mir alles. Er bedeutet mir alles.

Das hier bedeutet mir alles.

„Ich werde für immer bei dir bleiben, Nathan", sage ich leise.

„Und ich werde dich nie wieder loslassen."

Und dann schlafen wir ein, beenden diesen Tag. Ich bete, dass unsere Zukunft glänzt und wir alles hinter uns lassen können, damit wir gemeinsam wahre Glückseligkeit empfinden können.

Doch selbst wenn dieser Moment einer der schönsten meines Leben ist ... Wird es die schrecklichste

Nacht meines Lebens.

Ein merkwürdiges Geräusch holt mich aus dem Schlaf. Ich schrecke auf und richte mich blitzartig auf. Mein Herz pocht schnell und ich sehe mich augenblicklich um. Nichts Merkwürdiges ist zu sehen, weswegen ich tief durchatme. In letzter Zeit sind so viele Dinge passiert, dass ich beginne, paranoid zu werden.

Nathan brummt nur auf, als ich aufstehe, um etwas in der Küche zu trinken. Zwar sind die Nächte mit ihm schöner als alle davor, doch trotzdem fühle ich mich nicht wohl, solange wir noch in Cardiff sind. Ich tapse in die Küche und gieße Wasser in ein Glas. Wahrscheinlich kann ich mich erst richtig entspannen, wenn Nathan und ich alles hinter uns gelassen haben.

Ich freue mich schon jetzt auf …

Wieder ein Geräusch.

Wieder erhöht sich mein Herzschlag, denn dieses Geräusch klingt seltsam. Es klingt nicht natürlich.

Will kann es nicht sein, ihn hätte ich gesehen und das Geräusch kommt definitiv nicht von seinem Schlafzimmer.

Ich stelle ängstlich das Glas mit dem Wasser weg und ziehe leise die Besteckschublade auf. Auch wenn es vielleicht übertrieben klingen mag, aber ich greife nach einem Messer. Was anderes fällt mir gerade einfach nicht ein.

Ich bin ruhig, stelle mich mehr in den Flur, lausche der Stille.

Nichts ist zu hören.

Doch mein Puls ist noch immer erhöht und meine Skepsis noch nicht beseitigt. Ich habe Angst. Seit dem Vorfall in der Halle damals mit Eduard hasse ich solche Situationen.

Das Messer lasse ich in dem Ärmel von Nathans Pullover verschwinden und ich laufe leise und mit nackten Füßen durch den Flur in Richtung des Zimmers, wo Nathan noch schläft.

Stumm spreche ich ein Gebet. Bitte lass es einfach nichts sein. Bitte lass uns in Ruhe weiterschlafen.

Ich halte inne.

Da war wieder ein Geräusch. Es klang wie ... Wie eine Stimme. Und sie kam aus Nathans Zimmer.

Doch es war nicht Nathan.

Ich presse mich an die Wand neben der Tür zum Gästezimmer und schließe zittrig die Augen.

Gott. Bitte. Bitte lass es nur eine Einbildung sein.

Das kann nicht ihre Stimme gewesen sein. Mein müder Kopf spielt mir nur einen Streich.

Mit angehaltenem Atem umgreife ich das Messer in dem Ärmel fester und atme leise durch. Ganz ruhig, Honor.

Aber schließlich stelle ich mich in den Türrahmen und ...

Mir fällt das Messer vor Entsetzen aus der Hand. Wie in Zeitlupe halte ich mir die Hände vor den Mund, als ich so laut aufkreische, wie ich kann.

Esther.

Sie steht mit einem glänzenden Messer in der Hand neben Nathans Bett und hält die Klinge genau über ihn, während er noch zu schlafen scheint.

Sofort wacht Nathan auf.

Und diese psychotische Frau dreht sich zu mir um, doch ist nicht erschrocken. Als hätte sie mich erwartet.

Noch bevor ich überlegen kann, gehe ich schnell auf Esther zu, um ihr das Messer aus der Hand zu nehmen, doch sie hält es mir entgegen, worauf ich sofort stehen bleibe.

Alles passiert so schnell.

„Was zum …“, flucht Nathan, doch kann sich nicht mal richtig aufrichten, da kommt auch schon Joel aus einer dunklen Ecke und reißt ihn gewaltsam aus dem Bett, worauf er zu Boden fällt.

Ich beginne auf der Stelle, vor Panik zu weinen und zu kreischen. „Lass ihn los!", schreie ich außer mir, als Joel sich Nathan packt und seine Arme so schmerzhaft hinter seinem Rücken zusammenhält, dass er keine Chance hat, sich zu wehren, egal, wie sehr er dagegen ankämpft.

Esther sieht ihnen zufrieden zu, während sie mir noch das Messer entgegenhält. „Wie schön", sagt sie mit ihrer weichen Stimme, als sie sieht, wie Joel Nathan zu Boden auf seine Knie drückt, wodurch er sich noch weniger bewegen kann. „So wollte ich Luzifer immer sehen."

„Hör auf!", kreische ich weiter zu Joel, der Nathan sein Knie in den Rücken rammt, damit er stillhält.

Nathan stöhnt auf, versucht ein letztes Mal, seine Arme zu befreien, doch Joel hält ihn einfach zu fest.

„Zu schwach", raunt Joel ihm zu und packt ihn an der Kehle. „Schon immer warst du zu schwach."

„Wie sollte es auch anders sein?" Esther lächelt und dreht sich jetzt zu mir. Ihre Augen strahlen noch mehr diese verrückte Aura aus als sonst. „Honor-Marie, habe doch keine Angst", sagt sie, als sie mein verzweifeltes Gesicht sieht.

„Lasst ihn los!", schreie ich sie jedoch an und will ihr wieder näher kommen.

Wieder streckt sie mir das Messer entgegen, das kurz vor meiner Brust endet. „Na, ganz ruhig, mein Engel", haucht sie mir entgegen und neigt ihren Kopf etwas. „Ich sagte dir doch, dass ich dich vor ihm beschützen werde."

„Nein!", schreie ich weinend. „Ich will das nicht! Er ist nicht der Teufel!"

„Natürlich glaubst du nicht, dass er Satan ist", redet Esther weiter. „Er hat dich manipuliert. Er lässt dich glauben, er sei Leander, aber er ist es nicht."

„Nein, er ist es! Er liebt mich!" Ich sehe zu Nathan, der immer noch kniend auf dem Boden sitzt, während Joel ihn festhält.

Jetzt wird Esthers Miene böser. „Wie kannst du es wagen, so etwas zu sagen?", brüllt sie und hält mir das Messer genau vor die Nase. „Er liebt nicht! Er ist die Ausgeburt der Hölle und deswegen muss er endlich vernichtet werden!"

„Bitte nicht!", heule ich bitterlich und flehe sie an. „Ich liebe ihn!"

„Was?", kreischt sie entsetzt und sieht von meinem Gesicht, als wäre sie verwirrt, zu meiner Mitte. „Du bist verflucht! Er hat dich verflucht!" Ihre Augen werden vor Erschütterung größer.

„Nein, hat er nicht!", schreie ich. „Bitte, Esther! Verschone ihn! Er ist doch dein Sohn!"

„Schweig still!", kreischt sie erneut und mit einer

Handbewegung schneidet sie mir mit dem Messer durch die Haut meines Oberarms.

Vor Schmerz schreie ich auf und halte mir sofort die Hand über die Schnittwunde.

Und im nächsten Moment steht Esther schon hinter mir und hält mir das Messer an den Hals, weswegen ich wimmernd still halte.

„Siehst du das?", schreit sie zu Nathan, der uns wütend ansieht. „Du hast sie verseucht! Sie war solch ein Engel und du hast sie verseucht! Gott wird mich bestrafen dafür, dass ich einen seiner verseuchten Engel töte, doch du, Satan, lässt mir keine andere Wahl!"

Mir stockt der Atem. Was? Sie will mich töten?

„Ich bring dich um!", schreit jetzt Nathan und versucht, sich wieder zu wehren. „Scheiße, ich reiß dir dein beschissenes Herz raus!"

Weil Nathan sich zu heftig zu wehren beginnt, tritt Joel ihm einmal ins Kreuz und presst ihn zu Boden. „Gott wird dich richten, du Missgestalt!"

„Gott wird hier niemanden richten, du Bastard!", ertönt plötzlich eine bekannte Stimme hinter mir und Will kommt mit einer Waffe in der Hand in den Raum.

Joel schreckt sofort auf, als er ihn sieht.

„Ganz genau, alter Mann!", sagt Will laut und kommt ihm mit der Waffe näher. „Du verpisst dich jetzt besser und glaub mir, ich frage nicht erst den Allmächtigen, bevor ich abdrücke und dir dein beschissenes Hirn wegschieße!"

Eine Woge der Erleichterung überkommt mich, als Joel Nathan entsetzt loslässt und dieser sich unter

Schmerzen aufrichtet.

„Da hinten in die Ecke!", brüllt Will und deutet mit seiner Waffe zum Fenster. „Bewegung!"

Nathan kommt sofort zu mir und will mir helfen, doch jetzt hält auch Esther ihm das Messer schwer atmend entgegen und geht mit mir einen Schritt zurück. „Komm mir nicht näher!", kreischt sie ihn an. „Ich werde sie sofort umbringen!"

Doch Nathan denkt nicht mal daran, stehen zu bleiben, und kommt mit schweren Schritten näher. Mit einer gezielten Handbewegung dreht er ihren Arm um, zieht sie von mir weg und schubst sie zu Boden, wo sie schreiend vor Schmerzen landet und das Messer genau neben ihr klirrend zu Boden kommt.

„Honor, los!", sagt er schnell zu mir und drückt mich in den Flur.

„Nathan, du …"

Er lässt mich nicht ausreden, als er die Haustür öffnet. „Du musst sofort verschwinden", sagt er hektisch und will mich nach draußen drücken, doch ich wehre mich, weil ich ihn nicht allein lassen kann. „Honor, wirklich! Hol die Polizei oder irgendeine Scheiße, aber du musst verschwinden!"

„Ich kann dich nicht hier allein lassen!", sage ich verweint und versuche, gegen seine Hände anzukämpfen und wieder in den Flur zu treten. „Sie werden dich umbringen!"

„Nein, werden sie nicht", redet er mir jetzt ruhiger zu. Doch das Adrenalin steht auch ihm im Gesicht. Er nimmt schnell meinen Kopf zwischen seine Hände und küsst mich. „Ich liebe dich und deswegen verschwinde jetzt. Ich werde nachkommen, wo auch immer du dann bist, aber …“

Sein Gesicht erstarrt. Und ein leises Keuchen kommt aus seinem Mund.

Ich atme heftig. „Nathan", sage ich verzweifelt, als er sich plötzlich an meinen Schultern abstützt, als wäre er schwach. „Nathan, was ist los?"

„Endlich", ertönt plötzlich eine hohe Stimme hinter ihm und mein Herz bleibt für einen Moment stehen, als ich Esther hinter ihm sehe, die grinsend zwei Schritte zurück geht und auf seinen Rücken starrt. „Endlich!"

„Honor", keucht Nathan und sieht mich blinzelnd an. Er muss sich an mir stützen. „Du musst ... jetzt gehen."

Doch er sinkt auf seine Knie, weil er zu schwach ist.

Und ich sterbe einen weiteren Tod, als ich das silberne Messer in seinem Rücken sehe.

„Ja!", schreit Esther und sieht glücklich zu Nathan, der so aussieht, als verliere er jeden Moment sein Bewusstsein. „Es ist vollbracht! Es ist endlich vollbracht!"

Und dann sehe ich sie an.

Und dann sehe ich ins Schlafzimmer zu Joel, der immer noch von Will bewacht wird.

Und dann sehe ich zu Nathan.

Und dann verliere ich mich.

Ich renne zum Türrahmen, schnappe mir das Messer, das ich dort habe fallen lassen, und stürme auf Esther zu.

Sie soll sterben. Sie soll sterben. Sie soll sterben. In der Hölle verbrennen. Jämmerlich verbrennen.

„Du Monster!", schreie ich sie an und gehe mit schnellen Schritten auf sie zu.

Sie scheint die Situation noch nicht verstanden zu haben, als ich das Messer hebe und genau ihr Herz fixiere.

Ich sehe sie schon verblutend auf dem Boden liegen, als ich aushole.

Doch ich werde an der Hüfte gepackt und zurückgezogen.

„Nein!", kreische ich wild und zapple mit meinen Beinen und Armen. Ich versuche, mich zu wehren und wieder zu Esther zu rennen, um sie endlich zu töten. Um sie endlich ins Jenseits, in die Hölle zu schicken, doch es gelingt mir nicht.

Sie hat Nathan ein Messer in den Rücken gerammt, das wird sie bereuen. Sie wird dafür büßen, das schwöre ich ihr. Mit dem Tod.

„Honor!", schreit die Person hinter mir und ich werde noch aggressiver, als ich höre, dass es Dale ist. „Hör auf! Sie ist es nicht wert!"

„Doch!" Meine Stimme bricht ab, weil sie ihre Kraft verliert. Ich habe nur noch Mordgedanken und würde am liebsten ihr Blut an meinen Fingern sehen. „Ich bring sie um! Ich bring sie um!"

Dale schubst mich zu Boden und ich spüre einen stechenden Schmerz in meinem Fuß, doch das ist mir egal.

„Will!", ruft Dale zu Will, der sofort aus dem Zimmer gerannt kommt.

Beide packen sich Esther, die wild schreit und zappelt, und schließen sie mit Joel im Schlafzimmer ein.

„Warum macht ihr das?", schreie ich vor Wut. „Sie

hat es verdient!"

„Scheiße!", sagt jetzt Will, als er Nathan sieht, der versucht, sich an der Wand aufzurappeln. „Scheiße, scheiße, scheiße!" Er hilft ihm sofort hoch. „Dale, scheiße, hilf mir! Er muss sofort ins Krankenhaus!"

Dale nickt hektisch und hilft Will sofort, Nathan hinzustellen, dessen Augenlider schon zufallen.

„Scheiße, man", sagt jetzt Will wieder und wischt sich mit dem Ärmel über das Gesicht, weil ihm die Tränen in den Augen stehen. Sie versuchen, Nathan aus der Tür zu bringen. „Du packst das, Kumpel. Du packst das."

Ich habe das Gefühl, ich befinde mich in einer anderen Welt, als ich ihnen nach draußen folge und ständig auf Nathans Rücken sehe, wo er jede Menge Blut verliert.

„Vorsichtig!", ruft Dale, als sie Nathan auf den Rücksitz seines Pick-ups legen.

Will kann mittlerweile seine Tränen nicht mehr verstecken.

Er hat Angst.

Und ich habe Angst.

Solche Angst.

Ich setze mich nach hinten, wo sie wieder Nathans Kopf in meinen Schoß legen. Sein Rücken zeigt nach oben und sein Atem ist schwach.

Ich fange bitterlich an zu weinen und halte seinen Kopf, streichle ihm darüber.

„Bitte", schluchze ich qualvoll und küsse ihn auf den Kopf. „Bitte verlass mich nicht ... Bitte verlass mich nicht."

Dale fährt los.

„Du darfst mich nicht verlassen", flüstere ich ihm wieder leise zu und lege meinen Kopf auf seinen. „Ich liebe dich ... Bitte ... Du wolltest doch für immer bleiben."

Und mit einem Mal holt er plötzlich tief Luft, worauf ich ihn unglücklich ansehe. Seine Augen sind nur leicht geöffnet, was mir sagt, dass er noch da ist.

„Nathan, ich liebe dich", spreche ich ihm deswegen zu, weil ich weiß, er hört mir zu. „Du darfst nicht gehen ... Versprich mir, dass du nicht gehst."

Er sagt nichts, doch seine Augen sind noch immer geöffnet. Seine Lippen einen Spalt offen, wodurch er atmet. Seine Haut ist blass.

„Du wirst Hilfe bekommen", rede ich weiter auf ihn ein und streiche ihm die wirren Haare aus der Stirn. „Sie werden dich retten und wir werden ewig leben. So wie wir es geplant hatten ... So wie wir es immer wollten."

Wieder schluchze ich bitterlich und presse meinen Kopf an seinen.

„Wir sind nicht Hero und Leander", sage ich mit leiser, schwacher Stimme. „Wir müssen nicht wie sie enden. Wir können unsere eigene Liebe erschaffen, aber bitte ... Bitte tu mir das nicht an. Ich sterbe, wenn du gehst ... Ich kann nicht warten, bis wir uns erst im Himmel wieder lieben könnten."

Ich sehe ihn wieder an. Seine Augen sind noch immer geöffnet. Er sieht direkt in meine.

„Versprich es mir", sage ich flehend. „Bitte, versprich es mir ... Du wirst nicht gehen. Du musst bleiben."

Doch er sagt nichts.

Sekunden, die mir vorkommen wie eine qualvolle Ewigkeit, vergehen und alles um uns herum schweigt. Es ist, als würde selbst die Welt auf eine Antwort oder irgendein Zeichen von ihm warten, doch es kommt nichts.

Er schließt einfach nur die Augen.

Epilog

Momente.

Momente, in denen ich glücklich war.

Der Moment, in dem ich Nathan das erste Mal nahegekommen bin, der Moment, in dem Nathan mich das erste Mal küsste, der Moment, in dem wir das erste Mal miteinander schliefen, und der Moment, in dem er mir sagte, er würde mich für immer lieben.

Momente, in denen ich unglücklich war.

Nein, stop.

Ich denke nicht an Momente, in denen ich unglücklich war. Ich denke an Momente, die mich an ihn erinnern.

An sein Haar. Seine Haut. Sein Körper. Seine Stimme. Sein Herz und seine reine Seele.

Er ist der Erste, nach dem ich suche, wenn ich einen Raum voller Menschen betrete, und er ist der Erste, an den ich denke, wenn ich morgens aufwache.

Ich liebe Nathan.

Ich werde ihn immer lieben. Auch im Himmel.

Und jetzt gerade in diesem Moment ... In diesem Moment laufe ich über den Friedhof und erlebe einen Moment, in dem ich nicht weiß, was ich fühlen soll.

Soll ich trauern? Soll ich glücklich sein?

Ich wusste damals schon, es würde so kommen, doch trotzdem fühlt es sich seltsam an.

Alles ist jetzt anders. Mein ganzes Leben geht jetzt in eine andere Richtung, doch das ist in Ordnung. Ich habe gelernt, mit dem Tod zu leben, denn ich starb bereits mehrere in dieser einen Nacht, in der Nathan blutend in meinen Armen lag und die Augen schloss.

Ich trage einen langen, schwarzen Mantel und der herbstliche Wind fegt mir durch die blonden Haare, als ich auf das Grab vor mir sehe.

Es ist immer noch ein beklemmendes Gefühl, doch gleichzeitig kann ich jetzt freier leben.

Nathan und ich können jetzt freier, glücklicher leben.

Auch im Himmel.

Meine Augen schweifen zu dem großen Grabstein, um die Schrift zu lesen, die vor einem Jahr dort eingehämmert wurde.

Ja. Ein Jahr ist es schon her, seit diese Nacht vergangen ist. Und ich lebe noch immer.

Ich dachte seit dieser Nacht nie wieder darüber nach, mir das Leben zu nehmen. Ich dachte nie wieder darüber nach, ehrlich zu trauern oder einen weiteren Tod zu sterben, denn ich bin befreit. Alles geht jetzt in eine Richtung, mit der ich leben kann, so wie ich es immer wollte.

Eine Hand legt sich in meine, als ich die Schrift lese, die ich Tag und Nacht lesen könnte.

Ich sehe rechts neben mich und sehe in das wunderschöne Gesicht des Engels, der mich täglich mit neuer Liebe erfüllt. Auch er lächelt.

Wir lächeln jeden Tag.

Wieder sehe auf den Grabstein vor mir.

Rest in Peace

Esther Josepha Cort (27.September 1961 - 13.

Februar 2015)

Tief atme ich ein und aus.

Ja, ich bin glücklich. Jeden Tag bin ich glücklich. Ich denke nicht mehr an die Momente, die mir mein Glück rauben, denn all das ist jetzt vorbei. Die Angst und die Furcht, die uns monatelang verfolgte, ist jetzt vorbei, denn Esther ist tot.

Noch in der einen Nacht hat sie sich selbst das Leben genommen. Warum, wissen wir alle nicht. Sie erstach sich in Wills Wohnung, als wir verschwunden waren. Joel wurde in eine Nervenheilanstalt gesteckt, nachdem man ihn mit seiner toten Frau im Arm auffand.

Und Nathan ... Nathan überlebte.

Wir alle überlebten.

Denn das haben wir verdient.

Wir haben dieses Leben hier auf dieser Erde verdient, denn wir machten zu grausame Zeiten durch.

Gott bestraft nun mal nicht die Menschen, die wegen Boshaftigkeit misshandelt wurden. Gott weiß, wer gut und wer böse ist. Und er hat Esther gerichtet.

Nathan und ich leben in Birmingham. Ich gehe auf die Musikhochschule und er arbeitet in einer Werkstatt.

Will ist mit uns gekommen, denn er hat eine Freundin in Birmingham gefunden.

Und Dale? Tja. Er ist in London. Wir haben nie wieder was von ihm gehört. Er hat Fehler gemacht und damit kann er nicht leben. Wir sind uns sicher, dass wir ihn nie wiedersehen werden. Es ist traurig, doch gleichzeitig ist es okay. Er hat uns viel Leid und Kummer bereitet. Die Zeit war gekommen, die schlechten Menschen aus unserem Leben zu entfernen.

Granno und Mary kommen uns oft besuchen. Sie lieben Nathan. Das tun sie wirklich.

Und er liebt sie.

Sie wussten nie, dass Joel wirklich so krank war. Sie wollten ihm nie etwas Böses, auch wenn Dale das sagte. Sie lieben Nathan und das ist alles, was zählt. Wenn sie bei uns sind, sind wir eine ganz normale Familie.

Und meine Eltern ... Meine Eltern lieben mich auch. Und ich liebe sie. Auch wenn viele Dinge passiert sind und auch wenn ich sie vielleicht nie wieder so sehen kann, wie früher, liebe ich sie, denn sie waren viele Jahre mein Halt. Sie gehören in mein Leben so wie Nathan. Und Grandpa und Grandma auch.

Sie alle lieben Nathan.

Sie alle lieben Nathan.

Sie lieben Nathan.

Er wird geliebt von den Menschen, die ich liebe.

Und in den Momenten, in denen mir das klar wird ... In denen mir klar wird, dass dieser kleine, kaputte Junge aus der Grundschule endlich ein normales Leben führen kann mit Menschen, die ihn lieben, dann ...

Dann weiß ich, dass unsere Geschichte gemeinsam endet.

Noch oft denke ich an die Zeit zurück, wo ich trauerte und er trauerte und noch oft reden wir über die Vergangenheit, denn seine Geschichte ist ... Wir werden uns ewig an sie erinnern.

Doch heute sind wir anders. Heute sind wir glücklich und wir lieben.

Momente.

Ich schließe die Augen und atme tief ein und aus. Lasse den Wind um meine Ohren wehen und rieche den wunderbaren Geruch der Freiheit.

Momente.

Nathan und ich fahren gemeinsam wieder nach Hause.

Momente.

Nathan und ich lieben.

Momente.

Momente, in denen ich glücklich bin.

Jetzt.

Celine Ziegler

Celine ist 1997 in Hessen im schönen Fulda, geboren, wo sie auch heute noch wohnt.
Mit gerade mal 19 Jahren ist "Remember his Story" bereits ihr vierter Roman. Nach der erfolgreichen 3-teiligen Collide-Reihe ist ihr ein weiterer spannender New Adult Roman gelungen.

Celine auf Facebook: Celine Ziegler - Autorin

28190894R00381

Printed in Poland
by Amazon Fulfillment
Poland Sp. z o.o., Wrocław